작은 도릿 2

작은 도릿 2

초판 1쇄 발행 2022년 5월 13일

지은이 찰스 디킨스
옮긴이 김옥수
펴낸이 김소연

펴낸곳 비꽃
등록 2013년 7월 18일 제2013-000013호
주소 서울 강북구 삼양로16길 12-11
이메일 rain__flower@daum.net
전화 02)6080-7287, 010)3924-7287 팩스 070-4118-7287
홈페이지 www.rainflower.co.kr

ISBN 979-11-85393-93-3
     979-11-85393-19-3 (세트번호)

값 29,600원

Little Dorrit

작은 도릿 2

찰스 디킨스 지음 · 김옥수 옮김

비꽃

목 차

1장. 길동무

가을철, 밤과 어둠이 알프스 능선을 타고 천천히 드높이 오른다. 그랑 생베르나르 고개[1]에서 스위스 쪽으로 제네바 호수 제방을 타고 뻗어간 계곡에서 포도를 수확한다. 포도 향이 공중에 가득하다. 포도로 가득한 바구니와 커다란 통과 기다란 통을 어스름한 마을 주택 입구마다 세워서 가파르고 좁은 길을 하나같이 틀어막은 채, 큰길마다 골목길마다 온종일 바쁘게 운반한다. 포도가 바닥 곳곳에 떨어져서 짓밟힌다. 농부 여인네가 아기를 등에 업고 포도를 집으로 힘겹게 나르다 포도알을 건네면 아기는 순식간에 울음을 그치고, 어떤 멍청이는 폭포로 가는 길가 통나무 오두막 처마 밑에 앉아서 큼지막한 종기에 햇볕을 쬐며 포도를 우적우적 씹는다. 젖소와 염소가 내쉬는 숨결마다 포도 잎사귀와 줄기 냄새가 진하게 깃들고, 조그만 선술집마다 포도를 먹고 마시며 포도 얘기로 꽃을 피운다. 거칠고 냉혹하고 묽은 포도주에 끝없는 풍요를 그대로 못 담아내는 게 안타깝구나, 포도에서 생겨

---

1) the Pass of the Great Saint Bernard: 알프스산맥 서부 몽블랑 동쪽, 스위스와 이탈리아 국경이 있는 고개로, 높이는 2,472m. 유명한 그랑 생베르나르 수도원 근방은 알프스에서 가장 높은 겨울철 주거지다. 마흐띠늬(Martigny)에서 수도원까지 가는 데 대략 11시간이 걸린다.

난 건 똑같은데도!

밝은 햇살은 사방에 가득하고 공기는 맑고 따뜻하다. 금속 첨탑과 교회 지붕은 멀어서 애매하게 보여도 반짝이는 모습만큼은 확실하고, 눈 덮인 봉우리는 낯선 눈에 너무나 또렷해, 중간에 자리한 농촌도 건너뛰고 바위가 울퉁불퉁한 언덕도 가볍게 넘어서 서너 시간이면 너끈하게 다가갈 것처럼 보인다. 유명한 봉우리가 계곡에서 몇 달 연속으로 안 보일 때도 있는데, 오늘은 아침부터 새파란 하늘에 또렷하게 걸쳤다. 하지만 아래쪽부터 그늘이 조금씩 깔리더니, 급기야 새빨간 황혼으로 물러나고 새하얀 색깔만 남아, 유령처럼 엄숙하게 물러나는 것 같은데, 아직은 외로운 모습이 안개와 어둠 위로 또렷하다.

이처럼 쓸쓸한 곳에서, 그랑 생베르나르 고개에서, 깜깜한 밤이 산으로 오르는 모습은 물이 차오르는 모습 같기도 하다. 그러다 그랑 생베르나르 수도원 담장까지 오르는 순간에는 건물이 풍파에 시달리다 또 다른 노아의 방주로 변해서 새까만 파도에 둥둥 뜨는 것 같다.

어둠이 앞질러 울퉁불퉁한 수도원 담장을 다 올라도 노새에 올라탄 여행자는 여전히 산길을 오른다. 얼음과 눈이 녹아 흐르는 개울가에서 물을 마시게 하던 한낮의 뜨거운 열기는 공기가 적고 차가운 고지대에서 춥디추운 냉기로 변하듯, 낮은 지역의 상쾌하고 아름답던 풍경 역시 쓸쓸하고 황량한 풍경으로 변한다. 바위투성이 울퉁불퉁한 산길이, 거대한 폐허 무너진 계단 같은 산길이, 노새가 이 바위에서 저 바위로 방향을 바꾸며 일렬종대로 오르는 산길이 여행자가 지금 오르는 길이다. 나무 한 그루 안 보이고 식물조차 안 자란다. 바위 틈새에 초라한 갈색으로 얼어붙은 이끼가 전부다. 길가에 새까만 형체만 남긴 채 위쪽 수도원을 가리키는 나뭇가지는 예전 여행자가 눈사태로 죽은 자리에서 출몰하는 유령 같다. 갑작스러운 눈보라를 피하라고 만든 동굴과 틈새마다 매달린 고드름은 하나같이 정말 위험한 곳이라며 속삭이고, 갑작스러운 소용돌이와 안개 자욱한 미로는 울부짖는 바람에 쫓기듯 맴돌고, 하얀 눈은, 산에 가득한 위험은, 곳곳에 방호시설을 했는데도 갑자기 무섭게 흘러내린다.

한 줄로 늘어선 노새는 힘든 일과에 지쳐서 이리 돌고 저리 비틀며 가파른 비탈을 천천히 오른다. 안내인은 차양이 넓은 모자 동그란 재킷 차림에 등반용 지팡이 한두 개를 어깨에 걸친 모습으로 제일 앞에서 인도하며 다른 안내인과 대화한다. 노새를 타고 한 줄로 오르는 여행자 사이에는 말하는 사람이 하나도 없다. 날씨는 너무나 춥고 등반길은 너무나 힘들며, 가쁘게 몰아쉬는 숨은 맑고 서늘한 물속을 이제 막 빠져나오면서 흐느끼는 듯 하나같이 침묵한다.

바위투성이 꼭대기에서 하얀 눈과 안개 사이로 마침내 불빛이 번뜩인다. 안내인이 다그치자 노새들은 축 늘어뜨린 머리를 추켜들고, 여행자들은 말문을 열어, 미끄러지는 소리, 산을 오르는 소리, 쨍그랑대는 소리, 짤랑대는 소리, 감탄하는 소리를 터트리는 가운데 수도원 대문 앞에 이른다.

다른 노새들이 농부와 물품을 싣고 조금 전에 도착하면서 눈을 밟아, 대문 주변을 진흙탕으로 만들어놓았다. 눈 녹은 진흙탕과 계단 주변에 승마용 안장과 굴레, 화물용 안장과 줄 달린 방울, 노새와 인간, 등불, 횃불, 포댓자루, 여물, 동그란 통, 치즈 통, 꿀통과 버터통, 모양이 다양한 가마니와 꾸러미 등이 어지럽게 쌓였다. 구름이 가득한 고지대라, 모든 게 구름 사이로 보인다. 그 속으로 빨려드는 느낌이다. 인간이 내뿜는 숨결도 구름, 노새가 내뿜는 숨결도 구름이니, 불빛도 구름에 감기고, 바로 옆에서 말하는 사람도 구름에 가리지만, 말소리도 이런저런 소리도 놀라울 만큼 또렷하다. 사람들은 구름에 휘감긴 노새를 담장 고리에 급하게 묶는데, 한 마리가 다른 노새를 물거나 차면 구름 전체가 흔들린다 사람들은 재빨리 달려들어, 구름 속에서 인간과 짐승이 내지르는 소리가 흘러나와도, 옆에서 구경하는 사람은 뭐가 문제인지 분간할 수 없다. 이런 가운데, 거대한 지하 마구간은 노새를 넣느라 문 앞이 혼란스러워 그 규모만큼이나 대단한 구름을 내뿜으니, 울퉁불퉁한 건물에는 구름만 가득할 뿐 아무것도 없어, 구름이 빠지는 순간에 무너지고 봉우리 정상은 황량하게 변해서 하얀 눈만 가득할 것 같다.

이렇게 시끄럽고 어수선한데, 바로 옆 다섯 걸음 거리에 쇠창살을 둘러친 건물에는 산에서 시체로 발견된 여행자[2]들이 가만히 모여들어, 같은 구름에 휩싸이고 같은 눈발을 맞는다. 오래전에 눈보라에 갇힌 어머니는 아기를 가슴에 안은 모습 그대로 모서리에 서고, 공포와 굶주림에 떨면서 팔을 올린 채 얼어붙은 사내는 팔을 마른 입술에 댄 모습 그대로 오랜 세월을 보냈다. 섬뜩한 무리가 신비롭다! 어머니는 가혹한 운명을 이렇게 예견하는 것 같다.

"생전에 못 보고 앞으로도 영원히 못 볼 사람이 주변에 가득하니, 나와 아기는 그랑 생베르나르에 달라붙어, 이름도 사연도 모른 채 주검만 구경할 수많은 세대보다 오랜 세월을 보내겠구나."

그때만 해도 살아있는 여행자는 죽은 여행자 생각을 조금도 못 했다. 수도원 대문 앞에 내려서 안으로 들어가, 벽난로에 몸을 데울 생각만 간절했다. 노새를 마구간으로 넣으면서 소란이 서서히 가라앉는 현장

---

2) 그랑 생베르나르 수도원 산장 옆 시체안치소는 지금은 공개를 안 하지만, 디킨스는 1846년에 방문한 소감을 이렇게 썼다. '수도원 산장 옆에 쇠창살을 둘러친 조그만 건물이 있어, 누구나 빗장을 열고 들어갈 수 있는데, 눈에서 발견된 시신을 누이지 않고 모서리나 벽에 걸쳐서 세워놓았다. 일부는 똑바로 서서 표정이 또렷하고, 일부는 얼굴을 무릎에 묻고, 일부는 옆으로 쓰러지고, 일부는 여럿이 뒤엉켰다.'

을 벗어나, 하나같이 부르르 떨며 계단을 황급히 올라서 건물로 들어설 뿐이다. 건물 내부는 아래층에서 올라오는, 밧줄에 매인 짐승 냄새로 가득했다. 복도는 아치를 단단하게 세우고, 기둥은 커다란 돌을 쌓아 올리고, 계단은 큼지막하고, 조그만 창문은 두꺼운 벽으로 움푹 들어간 모양이 눈보라 적군을 막아내려고 단단히 준비한 요새 같았다. 천장이 높고 어둑어둑한 침실도 있는데, 엄청나게 춥긴 해도 깨끗하고 쾌적하게 청소해서 손님 맞을 준비를 마쳤다. 마지막으로, 손님이 앉아서 식사할 널찍한 거실[3]에는 식탁을 벌써 펼쳐놓고, 벽난로에는 새빨간 불꽃이 활활 타올랐다.

여행자는 젊은 수사신부 두 명[4]한테 숙소를 배정받은 뒤에 거실 벽난로 주변으로 곧장 모여들었다. 숫자가 제일 많고 신분도 높은 첫 번째 무리가 제일 느렸다. 등반 도중에도 다른 무리한테 따라잡힐 정도였다. 나이 많은 여자 한 명과 백발 신사 두 명, 젊은 숙녀 두 명과 젊은 오라비 한 명에, 시중드는 사람은 (안내인 네 명을 제외해도) 집사 한 명, 하인 두 명, 하녀 두 명까지 있는데, 하나같이 불편할 정도로 체력이 좋아서 같은 건물 다른 공간을 배정받았다. 이들을 따라잡아서 함께 등반한 무리는 세 명이 전부로, 숙녀 한 명과 신사 두 명이었다. 세 번째 무리는 이탈리아 쪽에서 먼저 올라온 네 사람인데, 거대한 체구에 잔뜩 굶주린 표정으로 안경을 쓴 채 말이 없는 독일인 교사 한 명이 학생 세 명과 여행하는 중으로, 학생 세 명 역시 거대한 체구에

3) 수도원은 대체로 검소하나, 손님 전용 공간은 피아노와 서적과 그림 등으로 우아하게 장식했다.
4) 수도원은 성 오거스틴 소속으로 까맣고 길며 소매가 꽉 끼는 수사 복장에, 꼭대기에 술이 달린 피라미드 모양 모자를 썼다. 수사는 40여 명으로 18살에 들어와서 15년을 지내야 했다. 하지만 기간을 다 채우는 수사는 거의 없었다. 겨울 날씨가 혹독해 대부분 건강이 나빠져서 일찍 나왔다. 이들은 1년 내내 여행자를 돌보고, 산맥을 넘는 안내인 역할도 하는 데다, 겨울에는 수사 두 명이 그랑 생베르나르 개를 데리고 나가서 조난자를 찾아야 했다. 그래서 많은 사람이 존경하며 후원했지만, 실제로는 개만 내보내고 수사는 안 나갈 때가 많았다.

잔뜩 굶주린 표정으로 안경을 쓴 채 말이 없었다.

세 무리는 벽난로에 둘러앉아서 음식이 나오기만 기다리며 서로를 물끄러미 쳐다보았다. 그들 가운데 한 무리만, 셋이 온 무리에 속한 신사 한 명만, 대화를 시도했다. 일행한테 말하면서도 신분이 높은 무리 우두머리한테 던지는, 하지만 관심 있는 사람은 누구나 들으라는 어투였다. 고된 하루였다, 여성분이 특히 힘들었을 거다. 안타깝게도 젊은 숙녀 한 분은 체력이 떨어지거나 등반이 익숙하지 않은 것 같다, 두세 시간 전에 기진맥진하더라. 뒤에서 똑똑히 보았다, 노새에 앉은 모습이 완전히 지친 것 같았다. 자신은 뒤로 처질 때마다 안내인한테 그 숙녀분이 어떠냐고 두세 차례 물었다. 그래서 숙녀분이 기운을 차렸다는, 힘든 시기를 넘겼다는 대답을 듣고서 기뻤다. (어느새 우두머리한테 시선을 고정한 채) 그 숙녀분이 더 힘들어하지 않기를, 숙녀분이 이번 여행을 후회하지 않기를 바란다고 말해도 실례가 아닐 거라 믿는다.

"고맙소, 선생, 우리 딸은 이제 완전히 회복해서 여행을 충분히 즐긴다오."

우두머리가 말하자, 알랑대던 여행자가 물었다.

"알프스는 처음인가요?"

"알프스가 - 하 - 처음이다."

우두머리가 중얼거리자, 알랑대던 여행자가 다시 물었다.

"하지만 선생님은 알프스에 익숙하시죠?"

"나는 - 으흠 - 꽤 익숙하다오. 최근에는 못 왔다오. 최근에는 못 와."

우두머리가 손을 멋들어지게 흔들며 대답하자 알랑대던 여행자는 고개를 숙여서 답례하고, 지금껏 관심을 보인 아가씨 대신 그 옆에 있는 아가씨한테 눈길을 돌려, 산길을 올라오면서 많이 불편하지 않았기를 바란다고 말했다.

"불편하긴 해도 지친 건 아니랍니다."

젊은 아가씨가 대답하자, 알랑대던 여행자가 딱 맞는 표현이라고 치켜세웠다. 자신이 하려던 말이 바로 그거다. 어떤 숙녀든 노새를, 고집스럽기로 유명한 짐승을 타면 당연히 불편할 수밖에 없다.

그러자 젊은 아가씨가 내성적이면서도 도도한 표정으로 대답했다.

"우리는 마흐띠닉에 마차를 모두 남겨두어야 했답니다. 너무나 험준해서 필요한 물품을 가져올 수 없어 모두 남겨두어야 한다면, 당연히 불편하겠지요."

"가혹한 곳이지요."

알랑대던 여행자가 말하자, 나이 많은 부인이, 의상은 예의범절에 딱 맞고 자세는 일종의 기계설비처럼 완벽한 부인이, 나지막하고 부드러운 목소리로 끼어들었다.

"하지만 불편한 장소가 다 그러하듯 여기도 꼭 구경해야 한다오. 많은 사람 입에 오르내리는 곳이니 꼭 구경할 필요가 있지요."

"아! 분명히 말씀드리지만 이곳을 구경하는 걸 저는 반대하지 않는답니다, 제너럴 부인."

젊은 숙녀가 아무렇지 않게 답하자, 알랑대던 여행자가 끼어들었다.

"부인께서는 여기에 와보신 적이 있나요?"

"예전에요."

제너럴 부인이 대답하더니 젊은 숙녀에게 다시 말했다.

"뜨거운 불길이 얼굴에 안 닿도록 하세요, 아가씨, 산 공기와 눈에 시달린 다음에는. 그대도, 아가씨."

제너럴 부인이 말하니, 나이 어린 아가씨는 곧바로 따르지만 젊은 숙녀는 "고마워요, 제너럴 부인, 저는 완벽하게 편안하니 이대로 있겠

15

어요"라고 대답할 뿐이었다.

오라비는 자리에서 벗어나, 한쪽 구석에 있는 피아노 뚜껑을 열어서 휘파람을 불고는 다시 뚜껑을 닫더니, 외알 안경을 눈에 찌른 채 불가로 느긋하게 돌아왔다. 여행용 복장 일습을 완벽하게 갖췄는데, 그만한 복장에 합당한 여행지를 찾기에는 세상이 좁을 것 같았다.

"이 친구들은 저녁 차리는 시간이 오래 걸리는군요. 어떤 요리가 나올지 궁금해요! 아는 사람 있나요?"

오라비가 느긋하게 말하자, 셋이서 온 무리 가운데 두 번째 신사가 대답했다.

"사람을 구운 요리는 아니겠지요."

"당연하지요. 말씀하시는 의도가 뭔가요?"

젊은 오빠가 묻자, 상대가 대답했다.

"저녁 음식이 안 나오더라도 선생 스스로 저 불길에 자기 몸뚱이를 구워서 내놓지는 않을 테니까요."

젊은 오빠는 벽난로 불길에 등을 댄 채, 닭과 비슷한 부류라서 불길에 넣어 돌돌 돌릴 준비라도 하듯 외투를 겨드랑이에 집어넣은 채 가만히 서서 외알 안경으로 느긋하게 쳐다보다, 안색이 싹 변했다. 그래서 구체적으로 설명할 것을 요구하려고 할 때 - 그렇게 말한 신사한테 시선이 쏠릴 때 - 옆에 있는 숙녀가, 젊고 아름다운 숙녀가, 갑자기 체력이 떨어져서 정신을 잃고 머리를 신사 어깨에 기대, 지금 오간 소리를 못 들었다는 사실을 드러냈다.

"부인을 침실로 곧장 데려가야 마땅했던 것 같군요."

젊은 신사가 가라앉은 어투로 말하더니, 동료에게 부탁했다.

"사람을 불러서 등불을 가져오도록, 그래서 길잡이를 하도록 해주겠나? 낯설고 복잡해서 침실을 못 찾을 것 같으니."

"내가 하녀를 부르겠어요."

젊은 숙녀 가운데 커다란 키가 소리치고, 여태껏 말이 없던 작은 키도 말했다.

"제가 부인 입술에 물잔을 대줄게요."

두 숙녀 모두 제안한 대로 하니, 거드는 손길은 부족하지 않았다. 사실, 하녀 두 명까지 들어온 터라(도중에 외국어로 묻는 말을 듣고 넋이 안 나가도록 집사까지 따라온 터라), 거드는 손길이 너무 많았다. 젊은 신사는 이 사실을 깨닫고, 두 숙녀 가운데 몸이 가늘고 키가 조그만 숙녀한테 자기 생각을 짤막하게 말한 다음, 부인 팔을 자기 어깨에 올리고 일으켜서 부축하며 나갔다.

혼자 남은 동료는 벽난로 앞으로 안 오고 곰곰이 생각하는 표정으로 실내를 천천히 오가면서 까만 콧수염을 잡아당기는 걸 보면, 동료의 험한 말에 책임감을 느끼는 표정인데, 그 상대가 구석에서 잔뜩 화내며 씩씩대는 동안, 우두머리가 고상하게 말했다.

"그대 친구분은 선생, 성미가 - 하 - 약간 급한데, 성미가 급해서 - 으흠 - 상처를 준 사실조차 모르겠구려. 하지만 그냥 털어냅시다, 그냥 털어내. 그대 친구분은 성미가 약간 급하구려, 선생."

그러자 동료가 대답했다.

"그렇게 볼 수도 있지만, 선생님, 예전에 제네바 호텔에서 훌륭한 사람들과 함께 저 신사를 만나는 영광을 누리고 이리저리 함께 여행하면서 친교를 나누고 대화하는 영광을 누린 저로선 - 선생님처럼 외모랑 신분이 탁월한 분이 하더라도 - 흥보는 소리를 받아내는 게 쉽지 않을 것 같군요, 선생님."

"나한테서 그런 소리가 나올 염려는 하지 마시오. 친구분 성격이 급하다고 한 건 그런 뜻이 아니라오. 내가 말한 건, 우리 아들은 가문으로 보나 – 하 – 교육으로 보나 – 으흠 – 신사라는 신분을 의심할 수 없으니, 여기에 있는 모든 사람한테 불길을 공평하게 쬘 권리가 있다는 말을 정중하게 했더라면 기꺼이 응했으리라는 뜻이라오. 원칙적으로 나는 – 하 – 모든 사람이 – 으흠 – 이런 문제에 평등해야 한다고 생각한다오."

"훌륭하십니다. 그걸로 됐습니다! 선생님 자제분 뜻에 따르겠습니다. 깊이 생각해서 하시는 말씀을 선생님 자제분이 받아들이길 소망합니다. 이제야 하는 말이지만, 선생님, 우리 동료가 가끔 빈정댄다는 사실은 저도 인정한답니다, 충분히."

"숙녀분은 동료 부인이오, 선생?"

"네, 그렇습니다, 선생님."

"잘 생겼구려."

"네, 비할 데가 없지요. 올해 결혼했답니다. 그래서 신혼여행도 하고, 미술 공부 여행도 하는 중이랍니다."

"친구분이 화가요, 선생?"

젊은 신사는 오른손 손가락에 뽀뽀해서 하늘에 던지는 동작으로 대답을 대신했다. 영원불멸한 예술가를 하늘에 맡긴다는 동작 같았다. 그러다 덧붙였다.

"하지만 명문가 출신이랍니다. 높은 사람이 많은 명문가. 높은 자리에 친척이 많으니 단순한 화가 이상이지요. 도도하고 성급하고 빈정대는 (두 표현 역시 인정하는 바니) 성격 때문에 사실상 인연을 끊었을 수도 있었지만, 그런 친척이 많은 건 확실합니다. 아까 일어난 불꽃이 잘 보여주지요."

고상한 신사가 더 언급하지 말자는 어투로 말했다.

"으음! 부인이 빨리 회복하면 좋겠구려."

19

"저도 그러길 바랍니다, 선생님."

"지쳐서 쓰러졌을 거요."

"지치기도 했지만, 노새가 넘어져서 안장 밑으로 떨어졌답니다. 가볍게 떨어진 터라 스스로 일어나서 웃으며 안장에 올랐지만, 초저녁부터 옆구리가 살짝 쑤신다고 하소연하더군요. 우리가 선생님 일행을 따라 산길을 오르는 동안에 그렇게 여러 번 말했답니다."

수행원이 많은 우두머리는 친절하긴 해도 스스럼없지는 않아, 자신이 아랫사람한테 너무 겸손하게 굴었다고 생각하는 것 같았다. 그래서 입을 꾹 다물어, 저녁 식사가 나올 때까지 대략 15분 동안 침묵이 감돌았다.

저녁 식사와 함께 (늙은 수사신부는 없는지) 젊은 수사신부 한 명이 나타나서 식탁 머리에 앉았다. 요리는 스위스 일반 호텔과 비슷하고, 포도주는 날씨가 온화할 때 수도원에서 직접 기르고 담가서 정말 훌륭했다. 사람들이 식탁에 앉은 다음, 화가 여행자도 나타나서 자리에 조용히 앉는데, 여행용 복장이 완벽한 여행자와 조금 전에 충돌한 건 완전히 잊은 것 같았다. 그래서 수프를 떠먹으며 식탁 머리에 앉은 주인에게 물었다.

"그 유명한 수도원 개는 지금도 많나요?"

"무슈(Monsieur),[5] 세 마리랍니다."

"아래층 복도에서 세 마리를 보았는데, 그렇다면 그 세 마리겠군요."

수사신부는 홀쭉한 체구에 피부는 짙고 눈빛은 맑고 태도는 정중한 젊은이로, 까만 복장에 하얀 십자가 줄무늬가 있는데, 전형적인 그랑 생베르나르 개가 아닌 것처럼 전형적인 그랑 생베르나르 수사도 아닌

---

[5] 그랑 생베르나르 수도원에는 스위스와 프랑스 출신에 독일 출신과 이탈리아 출신 수사도 있지만, 모두 불어를 사용한다.

것 같았다.

화가 여행자가 다시 말했다.

"그런데 한 마리를 예전에 본 것 같아요."

당연히 그럴 수 있다. 매우 유명한 개다. 구조대를 불러오라는 명령을 받고 마을로 내려간 개를 계곡이나 호수 주변에서 보았을 수 있다.

"그렇다면 겨울철에만 마을로 내려오겠군요."

무슈 말이 맞다.

"개가 없으면 안 될 테니, 정말 중요한 개로군요."

이번에도 무슈 말이 맞다. 개는 정말 중요하다. 한 마리 한 마리를 사방에서 높이 칭찬한다는 사실은 마드무아젤도 잘 아실 거다.

마드무아젤은 그 사실을 모르지만, 불어가 어색해서 그런 것 같기도 해, 제너럴 부인이 잘 안다고 대신 말했다. 조금 전에 체면을 깎인 오빠가 영어로 끼어들었다.

"그 개가 사람을 몇 명이나 구했는지 물어보세요."

수사신부는 통역이 안 필요했다. 그래서 불어로 곧바로 대답했다.

"없습니다. 그 개는 아닙니다."

"왜요?"

오빠가 묻자, 수사신부가 차분하게 대답했다.

"죄송합니다, 기회가 생기면 그렇게 할 게 분명합니다."

수사신부는 사람들에게 돌릴 송아지 요리를 자르면서, 조금 전에 체면이 깎인 오빠한테 웃는 얼굴로 덧붙였다.

"예를 들어, 선생께서, 무슈, 기회를 주신다면 그 개가 열심히 움직여서 맡은 의무를 다할 거라고 저는 확신합니다."

화가 여행자가 웃었다. 알랑대던 여행자는 (저녁 식사를 넉넉하게 하려는 욕심을 가만히 드러낸 채) 콧수염에 묻은 포도주 방울을 빵조각으로 닦아내면서 끼어들었다.

"관광객이 여행하기에는 늦은 시기 아닌가요?"

"네, 늦었지요. 앞으로 이삼 주면 눈에 파묻히니까요."

"그럼 그림에 나오는 대로 아이는 눈에 묻히고 개는 눈을 긁겠군요!"

알랑대던 여행자가 말하자, 수사신부는 의미를 모르겠다는 표정으로 물었다.

"죄송합니다만, 그림에 나오는 대로 아이는 눈에 묻히고 개는 눈을 긁는다니요?"

대답이 나오기도 전에 화가 여행자가 다시 끼어들었다. 식탁 맞은편 동료에게 냉랭하게 되물은 것이다.

"겨울에 이쪽으로 오는 사람은 밀수업자밖에 없다는 걸, 안 그러면 여기에서 장사할 수 없다는 걸 몰라?"

"신성한 파랑! 아닙니다. 난생처음 듣는 말입니다."

수사신부가 대답하자, 화가 여행자가 다시 말했다.

"나는 그렇게 들었습니다. 밀수업자는 날씨가 변하는 징후를 완벽하게 알기에 개를 쓸 일이 많지 않은 거예요 - 그래서 개는 숫자가 줄고 - 산장은 밀수업자가 이용하기에 딱 좋은 위치고. 밀수업자는 어린 가족을 집에 남겨둔다고 들었거든요."

그러더니 열정적인 어투로 갑자기 덧붙였다.

"정말 잘하는 거예요! 탁월한 방침. 세상에서 제일 멋진 조치. 눈물이 고일 정도로!"

그리고는 자기 몫으로 떼어낸 송아지고기를 느긋하게 먹었다.

이 말 밑바닥에 사람을 놀리는 엉뚱한 논리가 깃들어서 거슬리지만, 말씨는 세련되고 얼굴은 잘생긴 데다, 엉뚱한 논리는 영어가 완벽하지 않은 사람은 이해할 수 없을 정도로 교묘해서 화를 낼 수도 없었다.

게다가 어투는 간결하면서도 차분했다. 화가 여행자가 침묵 속에서 송아지고기를 먹은 뒤에 동료에게 말했다. 똑같은 어투였다.

"저 신사는 나이도 안 많은데, 얌전하고 우아하게 주인 노릇을 하면서 우리한테 세련되게 아첨하는 걸 보라고! 런던 시장과 식사할 때 (초대받을 수 있다면) 어떤 차이가 있는지 보라고 생전 처음 볼 정도로 잘생긴, 얼굴 그림이 완벽한 신사가 힘든 삶을 놔두고 해발 몇 미터인지도 모를 고지대로 올라온 거잖아, 당신과 나처럼 게으르고 불쌍한 놈을 산장에 묵도록 하겠다는, 계산서는 우리 양심에 맡기겠다는 목적으로! 아, 정말 아름다운 희생 아니야? 정말 감동적인 모습 아니야? 사람들을 구조하는 똑똑한 개들을 일 년 열두 달 가운데 여덟아홉 달만 풀어놓는다는 이유로 우리가 비난할 수 있겠어? 아니야! 이곳은 은총이 가득한 곳. 대단한 곳, 영광스러운 곳이라고!"

신분 높은 무리를 이끄는 우두머리 백발 신사가 가슴을 부풀리는 게, 자신을 게으르고 불쌍한 놈 가운데 하나로 취급하는 것에 반발하는 듯하더니, 화가 여행자가 말을 마치자마자, 자신은 어디서든 지도자로 활약할 의무가 있다는 사실을 잠시 잊었다는 표정으로 근엄하게 입을 열었다. 겨우내 여기에 있으면 지루하겠다는 의견을 묵직하게 내뱉은 것이다.

수사신부는 약간 따분하다는 걸 무슈에게 인정했다. 공기는 희박해서 충분히 오랫동안 잇따라 빨아들여야 하고, 추위는 모질다. 그걸 견디려면 젊고 튼튼해야 한다. 하지만 자신들은 젊고 튼튼하니, 하늘에서 내리는 은총을……

"네, 훌륭하군요. 하지만 갇혀서 지내야 하지요"라고 백발 신사가 끼어들고 수사신부는 계속 말했다.

날씨가 아무리 험악해도 바깥에 나가서 돌아다니는 날이 많다. 조그만 길을 내서 운동하는 전통이 있다.

"하지만 공간이 너무 작아요. 너무나 – 하 – 비좁아요."

둘러볼 피난처가 곳곳에 있다는 사실을, 그곳으로 가는 길도 만들어야 한다는 사실을 무슈는 생각해야 한다.

그래도 무슈는 여전히 강조한다. 공간이 너무 – 하 – 으흠 – 비좁다. 게다가 하루하루가 늘 똑같다, 늘 똑같다.

수사신부는 그렇지 않다는 미소를 머금으며 어깨를 가만히 으쓱하다 가만히 내렸다. 그리고 말했다. 그 말은 맞다. 하지만 모든 사물은 나름대로 자기 관점이 있다고 말하고 싶다. 무슈도, 자신도, 이곳의 초라한 삶을 똑같은 관점에서 바라보지 않는다. 무슈는 갇혀 사는 데 익숙하지 않다.

"나는 – 하 – 그렇소, 맞는 말이오."

백발 신사가 대답했다. 합당한 설명에 커다란 충격을 받은 표정이었다.

무슈는 영국인 여행자로, 쾌적하게 여행할 수단이 가득하다. 재산도 많고 마차도 많고 하인도……

"완벽하지요, 완벽해. 당연히."

백발 신사가 대답하자, 수사신부가 다시 말했다.

무슈는 '내일 여기에 갈까, 다음날 저기에 갈까, 이 장벽을 넘을까, 저 경계를 넓힐까'를 선택할 권한이 없는 처지에서 사물을 바라볼 수 없다. 인간은 필요에 따라 마음이 효율적으로 적응한다는 사실을 실감할 수 없다.

"맞는 말이오. 이제 – 하 – 그 얘기는 그만합시다. 선생 말이 – 으흠 – 완벽하게 옳으니까. 이제 그 얘기는 그만합시다."

저녁 식사가 끝난 터라 백발 신사는 이렇게 말하면서 의자를 끌어다 벽난로 앞 원래 자리로 돌아갔다. 식탁 주변이 정말 추워, 다른 손님들 역시 침실로 가기 전에 몸을 충분히 데울 생각으로 벽난로 앞자리로 돌아왔다. 모든 사람이 식탁에서 일어나자, 수사신부는 고개를 숙이며 잘 자라 인사하고 물러났다. 하지만 알랑대던 여행자가 따뜻하게 데운 포도주를 마실 수 있겠느냐고 물어본 다음이고, 수사신부는 그렇다고 대답한 터라 거실을 나서자마자 포도주를 들여보내고, 알랑대던 여행자는 일행 가운데 앉아서 불기운을 충분히 받으며 사람들에게 포도주를 나눠주는 일에 몰두했다.

젊은 숙녀 두 명 가운데 작은 아가씨는 (등잔이 연기에 그을려서 침침해, 벽난로 불길이 어두침침한 실내를 밝히니) 어두운 모서리에 앉아, 부축받으며 나간 부인 얘기가 나오는지 귀를 기울이다 살그머니 빠져나왔다. 문을 조용히 닫고 나니 어느 쪽으로 가야 할지 당혹스러웠다. 소리가 울리고 복잡도 한 복도에서 잠시 망설이다, 하인들이 저녁을 먹는 널찍한 복도 모서리 방으로 들어갔다. 그래서 등잔불도 얻고 부인이 묵는 침실도 파악했다.

위층이라서 커다란 계단을 올라야 했다. 복도를 따라가는 사이에 하얀 벽 곳곳을 쇠창살로 막은 모습이 교도소랑 비슷하다는 생각이 절로 들었다. 숙소 같기도 하고 감방 같기도 한 부인 침실로 다가가니, 아치형 문이 완전히 닫힌 건 아니었다. 방문을 두세 차례 두드려도 대답이 없자, 작은 아가씨는 문을 살며시 열어서 들여다보았다.

부인은 기력을 되찾은 순간에 추위를 물리치려고 담요 여러 장과 가운 여러 장을 겹쳐서 덮은 상태 그대로 침대 바깥쪽에 누워서 두 눈을 꼭 감고 있었다. 깊이 파인 창문 안쪽에 희미한 불빛이 있으나, 아치형 실내까지 영향을 미치는 건 아니었다. 방문자는 침대로 머뭇머뭇 다가가서 조그맣게 속삭였다.

"괜찮나요?"

부인은 선잠에 빠져들고, 속삭이는 소리는 너무 작았다. 방문자가 가만히 서서 내려다보며 중얼거렸다.

"정말 아름다워. 이렇게 아름다운 얼굴은 본 적이 없어. 아, 나랑 너무나 달라!"

이상한 말이긴 해도, 두 눈에 고이는 눈물을 보면 무언가 숨은 의미가 있는 것 같았다.

"짐작이 맞아. 이분은 그분이 그날 초저녁에 말한 분이 분명해. 다른 문제는 아무리 많이 틀릴지언정, 이번만큼은 아니야, 절대로!"

방문자는 잠자는 여인의 흐트러진 머리칼을 다정한 손으로 쓸어주더니, 담요 밖으로 나온 손을 살며시 만지며 중얼거렸다.

"자세히 보고 싶어. 그분을 사로잡은 게 무언지 알고 싶어."

방문자가 손을 거두기도 전에 잠자던 여인이 눈을 뜨다, 깜짝 놀랐다.

"놀라지 마세요. 아래층에 있던 여행자 가운데 한 명이에요. 몸이 괜찮은지, 도와줄 건 없는지 물어보려고 왔어요."

"내가 아플 때 하녀를 보내서 도와준 분인가요?"

"아니에요, 그건 우리 언니였어요. 이제 괜찮으세요?"

"많이 좋아졌어요. 살짝 긁혔는데, 치료해서 거의 나았어요. 아까는 순간적으로 현기증이 일어서 어지러웠던 거예요. 전에도 아프긴 했지만, 갑자기 심하게 몰려들었거든요."

"사람이 올 때까지 곁에 있어도 되나요? 그래도 괜찮겠어요?"

"당연하죠, 여기는 외로운 곳이니. 하지만 안타깝게도 아가씨가 너무 추울 것 같아요."

"나는 추위를 안 타요. 체력도 좋고요, 겉보기와 달리."

방문자가 거친 의자 두 개 가운데 하나를 침대 곁으로 후다닥 끌어다 앉았다. 상대는 자신이 덮은 여행용 가운 일부를 끌어다 방문자를 덮어 주고 가운 자락을 잡느라, 한쪽 팔을 방문자 어깨에 걸쳤다. 그리고 미소를 머금으며 말했다.

"친절한 간호사 같아요, 우리 집에서 일부러 찾아온 간호사."

"그렇게 말씀하시니 고맙네요."

"잠에서 깨기 직전에 우리 집을 보았어요. 결혼하기 전에 살던 집."

"멀리 떠나기 전에 살던 집이군요."

"이보다 멀리 떠난 적도 많답니다. 하지만 그때는 소중한 부모님이 곁에 계셔서 이렇게 그립지는 않았어요. 쓰러져서 잠자는데, 혼자 외롭다 보니, 살짝 그리워하다 꿈에서 본 것 같아요."

깊이 사랑하는 마음과 안타까운 마음이 구슬프게 뒤섞이는 목소리에, 방문자는 상대를 똑바로 바라볼 수 없었다. 그래서 잠시 침묵하다 말했다.

"마침내 만나서 가운까지 덮어주시다니, 정말 묘한 우연이네요. 오랫동안 찾아다녔거든요."

"나를요?"

"여기에 쪽지가 있는데, 언제든 당신을 찾으면 건네주라는 내용이에요. 이거요. 내가 크게 착각한 게 아니라면, 이건 당신한테 보내는 글이 맞아요, 아닌가요?"

부인이 쪽지를 받아서 내용을 보고, 그렇다고 하고는 자세히 읽었다. 그 모습을 방문자는 가만히 바라보았다. 짧은 쪽지였다. 부인이 얼굴을 살짝 붉히며 방문자 뺨에 뽀뽀하고 한 손을 꼭 잡았다.

"그분이 젊고 소중한 친구분을 소개한다고, 나한테 큰 위안이 될 거리고 하시네요. 자신도 처음 만나는 순간부터 위안을 받았다면서."

부인이 말하자, 방문자가 망설이다 물었다.

"당신은…… 당신은 내 이야기를 모르지요? 그분이 내 이야기를 안 하셨지요?"

"네."

"그래요, 그분이 왜 하시겠어요! 당장은 나도 말할 권리가 없는데요. 말하지 말라는 부탁을 받았거든요. 그러니, 대단한 내용은 아니지만, 여기서는 쪽지에 관한 말을 꺼내지 말라고 부탁하고 싶어요. 우리 가족을 당신도 보았으니까요, 그죠? 가족 일부는 - 당신한테만 하는 말인데 - 조금 거만한 데다, 편견이 살짝 있거든요."

"쪽지는 당신이 가져가세요, 남편이 못 보도록. 안 그러면 남편이 우연히 보고서 나무랄지 몰라요. 당신 가슴에 다시 넣을래요, 확실히 하도록?"

방문자는 조심스럽게 따랐다. 조그맣고 가녀린 손이 쪽지를 여전히 잡고 있을 때, 복도를 걸어오는 소리가 들려서 방문자가 일어나며 말했다.

"부인을 (언젠가는 분명히 마주칠 터라) 만난 뒤에 그분께 편지를 보내기로, 그래서 부인이 건강하고 행복하게 지내는지를 알려주기로 했어요. 부인이 건강하고 행복하게 지낸다고 써도 될까요?"

"네, 네, 네! 매우 건강하고 많이 행복하게 지낸다고 쓰세요. 정말 고맙다는, 영원히 안 잊겠다는 내용도 함께."

"아침에 다시 만나요. 그런 다음에도 얼마 안 가서 다시 만나겠지요. 잘 있어요!"

"잘 가세요. 고마워요, 고마워. 잘 가요, 아가씨!"

두 사람은 허둥지둥 작별하고, 방문자는 밖으로 나갔다. 방으로 오는 부인 남편과 마주치리라 예상했다. 하지만 복도를 걸어가는 사람은 남편이 아니었다. 콧수염에 묻은 포도주를 빵조각으로 닦아내던 여행자였다. 상대는 방문을 지나서 어둠 속을 걸어가다 뒤에서 이는 발소리를 듣고 돌아섰다.

상대는 지독하게 예의 바른 나머지, 젊은 숙녀 혼자 등잔불을 들고 계단을 내려가도록 하지 않았다. 등잔불을 받아서 돌계단을 제일 잘 비추도록 들어주며 식사한 거실까지 따라왔다. 젊은 숙녀는 계단을 내려가는 동안 등이 오싹한 느낌을 지울 수 없었다. 저녁 식사 전에 조용한 모서리에 앉아있을 때, 자신이 지금껏 살아온 현장을 그 사내라면 어떻게 견디어냈을까 상상하다, 혐오감이 몰려들다 못해 소름마저 돋은 터였다.

사내는 미소를 머금고 예의를 다하며 계단 밑으로 따라오다, 거실까지 들어와서 벽난로 앞 제일 좋은 자리에 다시 앉았다. 모닥불이 타올라도 불길은 줄어 어두운 실내를 밝히며 일어나다 가라앉고, 사내는 쭉 뻗은 두 다리를 뜨끈뜨끈하게 데우며 따듯한 포도주를 쭉 들이켜서 벽과 천장에 섬뜩한 그림자를 드리웠다.

지칠 대로 지친 사람들은 하나같이 흩어져서 침실로 가고, 젊은 숙녀 아버지만 벽난로 앞 의자에 앉아서 꾸벅꾸벅 졸았다. 사내가 계단을 올라갔다 내려오는 수고를 감수한 이유는 자기 침실에서 휴대용 브랜디를 가져오려는 거였다. 그래서 남은 포도주에 브랜디를 부으면서 그렇게 말하고는 새로운 맛을 쭉 들이켰다.

"실례지만, 이탈리아로 가는 길인가요?"

사내가 물었다. 백발 신사는 잠에서 깨어나 침실로 가려고 준비하다 그렇다고 대답했다.

"저도 그렇습니다! 황량한 산보다 훨씬 편안하고 아늑한 곳에서 인사드리는 영광을 누리긴 바랍니다."

사내 말에, 백발 신사는 냉담하게 고개를 끄덕이고는 고맙다고 대답했다.

사내는 브랜디 섞은 포도주에 빠뜨린 콧수염을 말리려고 손으로 쭉 쭉 잡아당기면서 다시 말했다.

"우리처럼 가난한 신사는, 선생님, 왕자처럼 화려하게 여행할 수 없어도, 우아하고 예의 바른 인생을 추구한답니다. 선생님께서 건강하시길 기원하며!"

"고맙소, 선생."

"고귀한 선생님 가족이 - 아름다운 숙녀 두 분, 선생님 두 따님께서 - 건강하길 기원하며!"

"또 고맙소, 선생. 안녕히 계시오. 얘야, 하인들이 - 하 - 대기했니?"

"네, 아버지."

백발 신사는 딸과 팔짱을 한 채 문 쪽으로 걸어가고, 사내는 벌떡 일어나서 가로질러 문을 열고 잡아주며 말했다.

"제가 잡아드리겠습니다! 편히 쉬십시오! 재회하는 기쁨을 기원하며! 내일을 기원하며!"

사내가 그 손에 키스하는 더없이 훌륭한 예의를 선보이며 고상한 미소를 머금자, 젊은 숙녀는 아버지한테 바싹 달라붙은 채 행여나 닿을까 몸서리치면서 옆을 지나고, 알랑대던 여행자는 혼자 남은 순간에 천박한 모습과 목소리를 드러냈다.

"제기랄! 사람들이 잠자리로 든다고 해서 나까지 그럴 이유가 뭐겠어! 지랄같이 서두르는구면. 여기는 온몸이 얼어붙을 정도로 고요하고 고독해. 두 시간 뒤에 잠자리에 들어도 밤이 길다는 생각이 저절로 떠오를 거라고."

술잔을 비우려고 머리를 뒤로 젖히다, 여행자 명부에 시선이 꽂혔다. 피아노에 펼쳐놓았는데, 옆에는 펜과 잉크도 있었다. 하룻밤 묵는 사람들 이름을 사내가 자리를 비운 사이에 기재한 것 같았다. 사내는 명부를 손에 들고서 안에 적힌 내용을 읽었다.

윌리엄 도릿 님

프레데릭 도릿 님

에드워드 도릿 님

미스 패니 도릿

미스 에이미 도릿

제너럴 부인

그리고 수행원. 프랑스에서 이탈리아로 감.

헨리 가우언 부부. 프랑스에서 이탈리아로 감.

사내는 조그맣고 미묘한 손으로 가늘고 기다랗게 휘갈겨서 자기 이름을 덧붙이니, 다른 이름 전체를 올가미로 낚아채는 느낌이었다.

블랑두아. 파리. 프랑스에서 이탈리아로 감.

그리고는 배정받은 감방으로 물러났다. 코는 콧수염으로 내려오고 콧수염은 코로 올라간 상태였다.

2장. 제너럴 부인

여행자 명부에 도릿 가족과 함께 이름을 넣을 정도로 중요한, 교양있는 부인을 소개하고 넘어가자.

제너럴 부인은 대도시 고위 성직자의 딸로 태어나, 45세까지 독신으로 살면서 예의범절을 이끌었다. 엄격하고 뻣뻣하기로 유명한 60세 병참 장교는 예의범절이라는 사두마차를 끌고 대도시 상류사회를 휘젓는 여인에게 깊이 빠져든 나머지, 말 네 마리가 묶인 훌륭하고 화려한 마차 마부석에 나란히 앉게 해달라고 간청했다. 여인은 청혼을 받아들이고, 병참 장교는 예의범절 뒷자리에 정중하게 앉았으며, 제너럴 부인은 병참 장교가 죽을 때까지 사두마차를 몰았다.

두 사람은 그렇게 돌아다니다, 예의범절 앞으로 튀어나오는 사람을 여럿 깔고 뭉갰다. 하지만 언제나 차분하고 고상했다.

장례식을 치르고 병참 장교를 (영구마차에 예의범절이라는 말 네 마리를 묶고 문장을 새긴 새까만 벨벳에 깃털까지 단) 장식과 함께 합당하게 묻은 뒤, 제너럴 부인은 속세에나 필요한 잡동사니가 은행 계좌에 얼마나 있는지 알아보았다. 결혼하기 몇 해 전에 병참 장교가 연금수령권을 사들여서 제너럴 부인을 속인 사실이, 청혼할 당시에 예금 이자에서 생활비가 나온다고 했을 뿐 자세한 사정은 숨긴 사실이 그때 비로소 드러났다. 따라서 생계 수단이 어이없게 줄어든 사실 역시 제너럴 부인은 깨달았다. 하지만 마음을 완벽하게 다진 덕분에, 막 치른 장례식 때 병참 장교는 이 세상에서 아무것도 가져갈 수 없다[6]고 선언한 내용이 정확한지에 의문을 제기하지는 않았다.

상황이 이처럼 복잡한 가운데, 제너럴 부인은 자신이 상류층 숙녀의 "마음을 다지고" 예법을 늘릴 수 있겠다는 생각을 불쑥 떠올렸다. 돈 많은 여성 상속자나 과부의 마차에 예의범절이란 말 네 마리를 묶어, 자신이 몰고 경호하며 상류사회라는 미로를 헤쳐나갈 수 있을 듯했다. 제너럴 부인은 이런 생각을 성직자 인맥과 병참기지 인맥에 전달해서 환호를 받는데, 제너럴 부인에게 확실한 재능이 없다면 하나같이 모르는 척할 인맥이었다. 영향력 있는 인맥들 모두 제너럴 부인은 경건하고 교양있고 도덕적이고 고상한 모범이라고 추켜세우는 추천서를 돌렸다. 부주교는 (믿을만한 사람한테 들은 바에 따르면) 완벽한 부인이라는 추천서를 작성하면서 눈물까지 흩뿌릴 정도였다, 제너럴 부인과 눈을 직접 마주치는 도덕적 쾌락과 영광을 누린 적은 지금껏 한 번도 없었다고 덧붙이면서.

제너럴 부인은 교회와 국가보다 앞서는 임무를 부여받고, 그 자리를 지켜야 한다고 느끼며, 높은 가격으로 자신을 제시했다. 제너럴 부인을 잡으려는 시도는 일정 기간이 지나도록 없더니, 마침내 지방에 사는 홀아비한테 열네 살짜리 딸이 있어, 제너럴 부인과 협상을 시작했다. 제너럴 부인은 자신을 찾는 사람이 필요 이상으로 많은 척하는 게 타고난 성품이거나 인위적인 방침인지라(둘 가운데 하나는 분명한데), 홀아

6) 영국 성공회 장례식에 나오는 기도; "이 세상에 아무것도 가져오지 않았으니, 이 세상에서 아무것도 가져갈 수 없도다."

비는 제너럴 부인이 어린 딸의 마음과 예법을 단련하겠다고 약속할 때까지 졸졸 쫓아다녔다.

제너럴 부인은 7년에 걸쳐서 신탁을 집행하는 동안, 유럽 여행도 따라다니며 예법과 교양이 탁월한 사람이라면 본인 눈이 아니라 다른 사람 눈으로 세상을 보아야 한다는 원칙을 어린 학생에게 다양하게 주입했다. 그러다 마침내 예법을 갖추고 마음을 다진 딸은 물론 홀아비마저 결혼하게 되었다. 홀아비는 제너럴 부인이 불편도 하고 돈도 많이 든다는 사실을 깨닫고, 부주교가 그런 것처럼 제너럴 부인의 장점에 깊이 감동해, 부인의 놀라운 능력을 다른 이에게 떠넘길 가능성이 있는 곳마다 놀라운 은총을 찬양하니, 제너럴 부인은 어느 때보다도 명성을 날렸다.

누구보다 훌륭한 불사조가 이렇게 높은 횃대에 앉아있을 무렵, 막대한 재산을 최근에 물려받은 도릿 선생은 두 딸을 완벽하게 교육할 자격을 갖추고 사교계에서 이끌어 줄 명문가 출신으로, 교양과 인맥이 훌륭한 부인을 찾고 싶다는 소망을 은행가에게 언급했다. 도릿 선생이 거래하는 은행가는 홀아비와도 거래하는지라, 그 자리에서 "제너럴 부인"을 추천했다.

도릿 선생은 제너럴 부인을 아는 사람마다 위에서 언급한 감동적인 능력을 하나같이 추천한다는 사실을 알아내고 행운이 서린 빛을 쫓아, 홀아비가 사는 시골로 내려가서 제너럴 부인을 직접 만나는 수고를 감수하다, 기대한 최대치 이상으로 탁월한 인물임을 깨달았다.

"실례지만, 혹시…… 보수는……"

도릿 선생이 묻자, 제너럴 부인이 막았다.

"아아, 그런 주제를 입에 담고 싶지는 않답니다. 여기에 사는 친구분들하고도 그런 얘기를 한 적은 없지요. 미묘한 기분을 이겨낼 수 없거든요. 선생님께서도 아시길 바라는데 저는 가정교사가 아니라……"

"그럼요, 당연하지요! 부인, 내가 한순간이라도 그렇게 여겼다는 생각은 마십시오."

도릿 선생은 상대가 의심할 것 같아서 얼굴이 빨갛게 달아오르고, 제너럴 부인은 머리를 근엄하게 끄덕이며 이어갔다.

"따라서 저로선, 제가 기뻐서 자발적으로 제공하는 서비스에 가격을 매길 순 없답니다, 일정한 보수를 바라면서 단순한 서비스를 제공할 수도 없고요. 제가 제공하는 서비스와 비교할 사례는 어디에도 없거든요. 너무 특별해서요."

당연하다. 그렇다면 바람직하게 접근할 단서라도 달라.

"도릿 선생님께서 여기에 사는 친구분들한테 제 은행 계좌에 분기별로 입금한 액수를 물어보는 일까지 – 바라는 바는 아니지만 – 반대할 수는 없겠지요."

도릿 선생은 알았다며 고개를 숙이고, 제너럴 부인은 계속 말했다.

"이 문제를 다시 거론하는 일은 절대로 있을 수 없다는 사실을 덧붙이고자 합니다. 아랫사람 취급을 받을 순 없다는 사실과 함께. 도릿 선생님 가족을 만나는 영광을 제안하시겠다면…… 따님이 두 분이라고 하셨나요?"

"네, 둘입니다."

"저는 동료며 보호자며 선생이며 친구로 완벽하게 동등하다는 조건에서만 제안을 받아들일 수 있답니다."

도릿 선생은 자신의 높은 신분을 충분히 자각하면서도, 제너럴 부인이 일정 조건으로 제안을 받아들인다는 건 정말 고마운 처사라고 느꼈다. 하마터면 입 밖으로 내뱉을 뻔할 정도였다.

"따님이 두 분이라고 하셨나요?"

제너럴 부인은 다시 묻고, 도릿 선생은 다시 대답했다.

"네, 둘입니다."

"그렇다면 이곳 친구분들이 제 은행 계좌에 입금한 액수에 (총액이 얼마로 드러나든) 삼 분의 일을 추가해야 한답니다."

도릿 선생은 그곳에 사는 홀아비에게 미묘한 문제를 곧바로 묻고, 제너럴 부인 계좌에 매년 300파운드 입금한다는 정보를 들으니, 수학적으로 복잡하게 계산하지 않아도 매년 400파운드[7]를 입금해야 한다는 결론에 도달했다. 도릿 선생은 제너럴 부인이 반짝반짝 빛나는 품목이라서 돈 들일 가치는 충분하다 여기고서 부인을 가족 일원으로 여기는 영광과 기쁨을 허락해달라고 공식적으로 제안했다. 제너럴 부인은 대단한 특권을 받아들이고, 그래서 여기까지 오게 되었다.

제너럴 부인은 인품에 큰 영향을 미치는 치마까지 고귀하고 당당한 여인으로, 체구가 크고 풍성한 데다 활동성이 좋으며 늘 꼿꼿한 자세로 예의범절을 앞세웠다. 옷자락 주름 하나 흘뜨리는 것 없고 핀 하나 빠뜨리는 것 없이, 알프스산맥 꼭대기에 오르고 헤르쿨라네움[8] 밑바닥까지 내려갈 수 있으며, 실제로 그랬다. 행여나 더없이 점잖은 방앗간에서 살아온 듯 얼굴과 머리칼에 하얀 가루가 많은 편이라면, 제비꽃 분말로 외모를 꾸미거나 머리칼이 하얗게 세서 그렇다기보다는, 애초에 분필 가루 같은 사람이기 때문이다. 행여나 두 눈에 표정이 없다면, 그건 표현할 게 없기 때문이고, 행여나 주름살이 없다면, 그건 그 명칭이든 다른 명칭이든 얼굴에 새긴 적이 없기 때문이다. 한마디로 불이 한 번도 제대로 안 붙다, 이제는 불꽃마저 꺼져서 차갑고

---

7) 당시에 가정교사 일반은 연봉 20~50파운드를 받고, 가우언 부부 생활비는 연 300파운드라는 사실을 고려하면, 400파운드는 아주 큰돈이다.

8) Herculaneum: A.D. 79년에 베수비오 화산 폭발로 폼페이와 함께 매몰된 나폴리 인근 고도.

창백한 여인이었다.

제너럴 부인은 의견이 없었다. 마음을 다지는 방식은 의견이 생기는 자체를 차단하는 거였다. 머릿속에 홈을 동그랗게 파거나 레일을 동그랗게 깔아서 다른 사람의 다양한 의견이 열차처럼 지나가게 하니, 각 열차는 다른 열차와 부닥친 적도, 특정 목적지에 도달한 적도 없었다. 제너럴 부인의 예의범절은 세상에 부당한 게 있어도 따지질 않았다. 부당한 걸 없애는 방법은 눈에 안 보이는 데로 치워놓고 아예 없는 척하는 것이었다. 마음을 다지는 또 다른 방법……골치 아픈 품목은 찬장에 쑤셔 넣고 자물쇠를 채워서 아예 없다고 여기는 방식. 가장 쉬운 방식이며 비할 데 없이 탁월한 예의범절이었다.

제너럴 부인 앞에서는 충격적인 얘기도 하면 안 된다. 각종 사고, 비참한 삶, 다양한 범죄는 말하지 말아야 했다. 열정은 잠들고 진한 피는 우유와 물로 바꿔야 했다. 제너럴 부인이 하는 일이라고는, 이런 걸 모두 배제하고 얼마 안 남은 대상에 니스칠하기다. 이게 마음을 다지는 과정이니, 제일 조그만 붓을 제일 커다란 통에 넣고서 눈에 들어오는 대상 모두에 니스를 칠했다. 금 간 부분이 많으면 니스도 그만큼 많이 칠했다.

목소리에도 니스를 칠하고, 손길에도 니스를 칠하고, 자신을 에워싼 공기에도 니스를 칠했다. 깃털 같은 눈이 지붕에 쌓이는 동안, 생베르나르 품에 아늑하게 안겨서 곤하게 잠잘 때도 – 행여나 꿈이라도 꾼다면 – 꿈에다 니스를 칠할 게 분명하다.

3장. 여행길에서

아침 햇살은 눈부시고, 하얀 눈은 그치고, 안개는 사라지고, 산 공기는 한없이 맑고 상쾌했다. 숨을 들이쉬는 순간에 몸이 깨끗하게 닦이는 느낌이었다. 단단한 땅 자체는 부드럽게 변하고, 산은, 하얗게 반짝이는 거대한 봉우리는, 저 아래 까마득한 땅과 새파란 하늘 사이에 둥둥 떠오르는 구름 같았다.

하얀 눈에 박힌 까만 점이 가느다란 실에 엉킨 매듭처럼 보였다. 기나긴 하산 길을 하나로 엮으려고 수사들이 곳곳에 흩어져서 애쓰는 광경이다. 수도원 입구 주변에 밟힌 눈은 벌써 녹기 시작했다. 노새는 바삐 끌려 나와서 담장 고리에 묶인 채 종 달린 줄을 달고 짐을 실었으며, 마부와 여행자 목소리는 달콤하게 일었다. 일찍 서둔 여행자는 벌써 멀찌감치 벗어나, 수도원 근처 짙은 호숫길에도, 어제 올라온 곳을 내려가는 길에도 사람과 노새가 조그맣게 움직이는데, 조그만 존재가 대자연에 묻혀서 딸랑대는 종소리랑 흥겨운 목소리로 아름다운 곡을 연주하며 나아가는 것 같았다.

간밤에 저녁을 먹은 거실에 남은 잿더미 위로 새로 지핀 불이 활활 타오르며 빵과 버터와 우유 등 소박한 아침 식사를 비추었다. 타오르는 불빛은 도릿 가족 집사도 비추는데, 불편할 만큼 튼튼한 몸뚱이로 가져온 품목을 꺼내서 도릿 가족이 먹을 간식을 만드는 중이었다. 가우언과 블랑두아는 아침을 벌써 먹고 호숫가로 내려가서 주변을 산책하며 시가를 태웠다.

도릿 가족이 식사할 준비를 마치고 집사가 나가자, 팁이, 다른 말로 에드워드 도릿 님이, 여행자 명부를 넘기며 중얼거렸다.

"가우언? 애송이 이름이 가우언이로군! 이 말만 하겠어! 필요하다면 그놈 코를 납작하게 만들겠다만, 굳이 그럴 필요는 없으니…… 그놈은 운이 좋은 거야. 그놈 마누라는 어때, 에이미? 너라면 알겠지. 너는 그런 일에 관심을 기울이니까."

"괜찮아, 에드워드 오빠. 그 사람들은 오늘 안 가."

"아! 오늘 안 간다! 그것 역시 그놈 운이 좋군. 안 그러면 나랑 부닥칠지도 모르니."

"부인이 노새를 힘들게 타는 편보다 오늘 하루 침대에 누워서 편히 쉬다 내일 출발하는 게 좋겠다고 수사들이 권했거든."

"당연히 그래야지. 그런데 그 부인을 보살피기라도 한 듯이 말하는구나. 설마 옛날 습관에 (제너럴 부인이 없어서 하는 말인데) 빠져든 건 아니겠지, 에이미?"

팁이 물으며 미스 패니와 아버지를 살짝 쳐다보았다.

"도울 게 있는지 물어보러 갔을 뿐이야, 팁 오빠."

작은 도릿이 대답하자, 젊은 신사가 눈살을 찌푸리며 받아쳤다.

"팁이라 부르지 말라고, 꼬마. 그건 옛날 습관이라고, 버려야 할 옛날 습관."

"일부러 그런 건 아니야, 에드워드 오빠. 깜빡 잊었어. 너무 익숙해서 순식간에 자연스럽게 나온 거야."

미스 패니가 끼어들었다.

"그래! 익숙해서, 자연스럽게, 기타 등등! 이상한 소리 그만해, 계집애! 가우언 부인이라는 여자한테 관심을 보이는 이유를 완벽하게 아니까. 나를 속일 순 없다고."

"나는 언니를 안 속여. 화내지 마."

"아! 화낸다! 나는 참을성이 없다."

젊은 숙녀가 부르르 떨면서 소리쳤다. 하지만 참을성이 없다는 말은 맞다.

"맙소사, 패니, 도대체 무슨 말이니? 자세히 설명하렴."

도릿 선생이 물으면서 눈썹을 추켜세우자, 미스 패니가 대답했다.

"아! 신경 쓰지 마세요, 아빠, 별일 아니니까. 에이미는 알아들을 거예요. 가우언 부인을 예전부터 알았거든요. 인정하는 게 좋아, 에이미."

도릿 선생이 둘째 딸을 쳐다보며 물었다.

"얘야, 언니가 – 하 – 하는 말이 맞니?"

작은 도릿이 대답도 하기 전에 미스 패니가 다시 끼어들었다.

"우리가 아무리 숙맥이라도 춥디추운 산꼭대기에서 다른 방으로 살금살금 들어가, 상대와 의자에 나란히 앉아서 덜덜 떨지는 않아요, 예전에 알던 사람이 아닌 한. 가우언 부인이 누구 친구인지 한눈에 알아봤거든요."

"누구 친구?"

아버지가 묻자, 미스 패니는 잔뜩 학대받아 불만이 가득한 상태로 자신을 몰아넣다, 늘 그러듯 제대로 성공한 채 대답했다.

"아빠, 나쁘게 말해서 죄송한데, 가우언 부인 친구는 정말 불쾌하고 못마땅하며 예의라고는 기대도 할 수 없어, 우리 모두 구체적으로 언급하지 않는 게 좋다고 여기는 그날, 수많은 사람 앞에서 우리를 일부러

모욕하고 분노케 한 바로 그 사람이에요."

도릿 선생이 고귀한 애정으로 엄격한 모습을 달래며 물었다.

"얘야, 에이미, 맞니?"

작은 도릿이 그렇다고 조그맣게 대답하자, 미스 패니가 소리쳤다.

"그래, 맞아! 당연하지! 내가 그렇다고 했잖아! 그러니, 아빠. 확실하게 선포하는데……"

패니는 하루도 빠짐없이 – 아니, 하루에도 몇 번씩 – 확실하게 선포하는 습관이 있었다.

"정말 창피한 짓 아닌가요? 내가 확실하게 선포하는데, 이런 짓은 당장 멈춰야 해요. 우리만 아는 일을 오랫동안 겪은 거로 충분하지 않나요? 우리 마음을 이해하고 모르는 척해야 마땅한 사람이 입체적으로 줄기차게 자극해서 우리 체면을 깎아야 하는 건가요? 우리가 이상한 행위를 매 순간 겪으면서 살아야 하는 건가요? 인제 그만 잊으면 안 되는 건가요? 다시 말하지만, 이건 완벽한 수치라고요!"

오빠가 머리를 절레절레 저으며 끼어들었다.

"으음, 에이미, 무슨 일이 있을 때마다 내가 네 편을 들려고 최선을 다한다는 건 너도 알아. 하지만 지금은 가족을 사랑하지 않는 행동을 했다고 단호하게 말할 수밖에 없구나. 인간이 인간을 대하는 자세 가운데서 나를 가장 비신사적으로 취급한 사내를 돕다니. 너도 알겠지만, 그놈은 비열한 도적놈이 분명해. 아니라면 그렇게 행동하겠어?"

설득력 있는 말에 미스 패니가 덧붙였다.

"이번 일이 어떻게 번질지 생각해보라고! 그러고도 하인이 우리를 존경하길 바라? 말도 안 돼. 우리 하녀 두 명, 아빠 여행 담당, 마부, 집사 등 온갖 하인이 있는데도 우리가 물잔을 들고 직접 뛰어다녀야 하는 거야, 천한 머슴처럼? 맙소사, 거리에서 거지가 발작한다고 해서 경찰이 물잔을 들고 뛰어갈까, 바로 여기에 있는 에이미가 간밤에 우리 앞에서 그런 것처럼?"

"가끔은 괜찮아. 하지만 클레넘이라는 작자는 완전히 다른 문제야."

팁이 끼어들자, 미스 패니가 반박했다.

"그 작자도 똑같은 문제라고, 다른 문제랑 똑같은 문제. 무엇보다 우선, 그 작자는 우리 일에 중뿔나게 끼어들었어. 우리가 바란 적도 없는데. 나는 그 작자한테 우리 일에 안 끼면 좋겠다는 뜻을 늘 드러냈다고. 게다가, 그 작자는 우리를 무척 화나게 했어. 우리를 까발리는 걸 좋아하는 게 분명해. 아니면 어떻게 그러겠어. 그런데도 그런 사람 친구를 시중드는 천박한 짓거리나 하다니! 가우언이라는 작자가 오빠한테 그런 게 이상하지 않아. 우리 과거를 떠올리면서 속으로 히쭉히쭉 웃다 보면, 그러는 게 너무나 당연한 거 아냐?"

"아버지, 에드워드 오빠, 아니에요. 가우언 부부 누구도 우리 이름을 들은 적 없어요. 두 사람은 우리 내력을 몰라요, 지금도 예전에도."

작은 도릿 말에, 패니가 조금도 배려하지 않고 단호하게 받아쳤다.

"그럼 더 나빠, 그렇다면 너는 변명거리조차 없다고. 우리 내력을 안다면 두 사람을 달래려는 마음으로 그럴 수도 있으니까. 그 자체가 말도 안 되는 나약한 실수긴 해도 어느 정도 고려할 수 있지만, 누구보다 가깝고 소중한 가족을 일부러 계획적으로 깎아내리는 건 고려할 수 없다고."

"나는 언니를 일부러 깎아내린 적이 없어. 너무 심하게 닦아세우는 것 같아."

"그렇다면 더 조심했어야지, 에이미. 실수라면, 더 조심했어야지. 독특한 공간에서 태어나 예의범절이 무딘 환경에서 성장했다면, 나는 '혹시 내가 무얼 몰라서 제일 가깝고 소중한 가족을 깎아내리는 건 아닐까?' 하고 매 순간 심사숙고했을 거야. 당연히, 내가 너라면."

패니가 계속 닦아세우자 도릿 선생이 끼어들어, 아버지라는 권위로 고통스러운 주제를 단번에 끝내고, 이번에 깨달아야 할 교훈을 지혜롭게 지적했다. 둘째 딸한테 말한 것이다.

"얘야, 이제 더 – 하 – 말하지 않는 게 좋겠구나. 패니 말이 강하긴 해도 명분은 충분해. 너는 – 으흠 – 지켜야 할 신분이 있어. 너만 신분이 높은 게 아니라 – 하 – 나도, 그리고 – 하, 으흠 – 우리 모두도. 우리 모두. 신분이 높은 사람은 존경받아야 할 의무가 있어, 우리 가족은 더더욱, 내가 – 하 – 잊으려 애쓰는 이유로. 우리 가족이 존경받으려면 매사에 조심해야 해. 하인이 우리를 존경하도록 – 하 – 일정한 거리를 유지하면서 – 으흠 – 억눌러야 해. 억눌러야. 그러니 네가 하인 없이 모든 일을 한 것처럼 굴지 않는 건, 그래서 하인들 입방아에 안 오르는 건 – 하 – 아주 중요해."

"당연하죠, 누가 반대하겠어요? 그게 핵심인데."

미스 패니가 맞장구치고, 아버지는 과장된 어투로 막았다.

"패니, 내가 말할 테니 가만히 있으렴. 그럼 – 하 – 클레넘 선생 문제로 넘어가자꾸나. 클레넘 선생에 대해서 – 으흠 – 나는 네 언니랑 생각이 완전히 다르다고 자신 있게 말하마, 에이미. 그 사람은 – 하 – 관대하고 – 행실이 올바르다는 주장에 충분히 공감한단다. 행실이 올바른 사람. 클레넘 선생이 나랑 가까워지려고 아무 때나 불쑥 찾아오곤 했다는 점은 문제 삼지 않겠어. 내가 높은 신분이라는 걸 알고 공적 측면에서 그랬다고 볼 수 있거든."

도릿 선생이 갑자기 근엄하게 강조했다.

"하지만 내가 클레넘 선생을 조금 아는 바에 따르면(아주 조금인데), 현 상황에서 나든 우리 가족 누구든 소식을 다시 주고받는 건 – 하

- 클레넘 선생이 우리한테 정말 무례하게 구는 거야. 그게 옳지 않다는 걸 알 만한 예의가 있다면, 나는 그 예의를 존중하고 - 하 - 신뢰할 만한 신사라고 인정하겠어. 하지만 그런 예의가 없다면 - 으흠 - 그런 천박한 사람이랑 당장은 - 하 - 소식을 주고받을 수 없어. 어떤 경우든 클레넘 선생은 우리가 고려할 대상이 아니야, 그 사람은 우리한테 볼일이 없고 우리는 그 사람한테 볼일이 없어. 하 - 제너럴 부인!"

도릿 선생이 말한 부인이 아침 식사를 하러 들어오면서 대화는 끝났다. 그런 뒤에 집사는 여행 담당과 하인과 하녀 두 명과 안내인 네 명과 노새 열네 마리가 준비를 마치고 대기하는 중이라 알리고, 아침을 들던 일행은 수도원 대문으로 나가서 대열에 합류했다.

가우언은 시가와 연필을 들고서 멀찌감치 있고, 블랑두아는 숙녀들에게 인사하러 다가왔다. 그래서 챙이 늘어진 중절모를 벗으며 다정하게 인사할 때 망토 차림에 거무스름한 얼굴이 대낮 아래서 환히 드러나니, 작은 도릿은 불빛밖에 없던 간밤보다 사악하게 보인다는 생각이 절로 들었다. 하지만 아버지와 언니가 인사를 호의적으로 받아주니, 못 믿을 자라는 말이라도 했다가는 교도소 출생이라서 그런다는 지적이 또 나올까 두려워서 입을 다물었다.

그런데도, 일행이 울퉁불퉁한 길을 굽이치며 내려오느라 수도원이 여전히 보이는 동안 작은 도릿은 고개를 여러 번 돌려, 황금빛 햇살에 휘감긴 굴뚝에서 직선으로 높이 올라가는 수도원 연기를 배경으로 블랑두아가 툭 튀어나온 지점에 올라서서 계속 내려다보는 걸 확인했다. 블랑두아가 흰 눈에 박힌 까만 막대기처럼 보인 게 오랜 뒤에도, 작은 도릿은 사악하게 웃는 얼굴과 툭 튀어나온 매부리코와 코에 바싹 달라붙은 두 눈동자가 보이는 것 같았다. 수도원은 완전히 사라지고 맑은 아침 구름이 고갯길을 가린 다음에도, 길가에 골격만 섬뜩한 나뭇가지

하나하나가 블랑두아를 가리키는 것 같았다.

　마음이 눈보다 단단하고 차가워서 절대로 안 녹을 것 같더니, 따스한 지역으로 내려오면서 파리의 블랑두아 생각도 점차 사라졌다. 태양은 다시 따사롭고, 눈 덮인 동굴과 빙하에서 내려오는 개울물은 상쾌하고, 소나무 숲, 바위투성이 시냇물, 초록이 우거진 언덕과 골짜기, 스위스 특유의 농가와 거친 울타리도 다시 나타났다. 가끔은 길이 널찍해서 작은 도릿은 아버지 옆에서 나란히 노새를 몰기도 했다. 그럴 때면 아버지를 쳐다보기만 해도 마음이 넉넉하니, 좋은 옷에 모피를 걸친 차림은 훌륭하고, 부자에 자유로우며, 시중드는 하인도 많고, 두 눈은 저 멀리 화려한 전경을 둘러보는데, 그늘을 드리워서 시야를 참혹하게 가리는 장막은 없었다.

　삼촌은 오랜 그늘을 예전에 벗어던진 채 가족이 주는 옷을 입고, 가족의 명예를 위해 자주 목욕하는 희생을 감수하고, 참을성 강한 동물이 그러듯 가족이 가자는 대로 따라다니며 색다른 경치와 공기를 즐기는 것 같았다. 하지만 딱 하나만 빼고 모든 점에서 형이 비추는 빛을 반사만 할 뿐, 스스로 빛나는 건 없었다. 형이 높은 신분과 재물과 자유와 위풍당당한 모습을 가진 걸 기뻐하면서도 자신은 상관이 없다고 여겼다. 말이 없고 수줍은 성격이라, 형이 말하는 소리가 들리면 아예 입을 다물고, 시중받고 싶은 욕구조차 없는 터라, 하인들은 그 형에게만 전념했다. 내면에서 일어난 유일한 변화는 둘째 조카딸을 대하는 자세가 완전히 달라졌다는 사실이다. 하루를 더할수록 두드러지게 존경하는 자세가 드러나니, 늙은 사람이 젊은 사람에게 그러는 건 극히 드문 사례고, 삼촌이 조카한테 그러는 건 더더욱 드물 듯했다. 미스 패니가 단호하게 선언할 때마다 삼촌은 둘째 조카딸 앞에서 모자를 벗어든 채 안타까워하고, 마차에서 내리거나 탈 때는 손을 내밀어서 거드는 등, 밑바닥 깊은 곳에서 우러나오는 존경심으로 다양하게 배려했다. 엉뚱하다거나 억지로 한다는 느낌은 없었다. 늘 진심에서 우러나오니, 소박하면서도 자발적이며 진정성이 가득했다. 형이 권해도 둘째 조카딸한테 늘 양보하는 식이었다. 작은 도릿을 존중하는 마음이 너무나 강하다 보니, 그랑 생베르나르에서 내려오는 길에 작은 도릿이 노새에서 내릴 때 하인이 바로 옆에 있으면서도 등자를 안 잡아주자, 크게 분개한 채 당장에라도 짓밟아 죽일 것처럼 노새를 몰면서 상대를 무지막지하게 밀어붙여, 모든 하인을 놀라게 하기도 했다.

도릿 가족은 꽤 훌륭한 고객이라 호텔 주인은 최선을 다해서 접대했다. 어디를 가든 집사는 먼저 달려가서 최고로 훌륭한 방을 넉넉하게 준비하도록 일렀다. 가족 행렬을 알리는 전령이었다. 화려한 여행용 마차가 뒤를 잇는데, 안에는 도릿 선생, 미스 패니 도릿, 미스 에이미 도릿, 제너럴 부인이 타고, 밖에는 하인 일부가 타고 (날씨가 좋으면) 에드워드 도릿 님이 탈 마부석 한자리를 늘 비워놓았다. 바로 뒤에는 프레데릭 도릿 님이 타고 궂은 날씨면 에드워드 도릿 님이 올라탈 자리를 비워놓은 이륜마차가 쫓아왔다. 그런 다음에 비로소 짐마차가 나머지 하인과 짐을 가득 실은 채 다른 마차가 남긴 진흙과 먼지까지 머금으며 쫓아왔다.

도릿 가족은 등반 여행에서 돌아오고, 마차 행렬은 마흐띠늬에 있는 호텔 마당을 장식했다. 많은 사람이 여행하는 중이라, (영국 시장에서 그네 같은 물건을 들여와 바퀴가 달린 나무틀에 올리고 그 위에 바퀴가 없는 나무틀을 올린 듯한) 이탈리아 마차부터 깔끔한 영국 마차까지, 다른 마차도 다양했다. 하지만 호텔에는 도릿 선생이 못 받아들일 장식도 있었다. 낯선 여행자 두 명이 도릿 선생 방 가운데 하나를 차지한 것이다.

호텔 주인은 마당에서 모자를 벗어들고 집사에게 하소연했다. 자신은 속이 바싹 타들어 간다. 어째야 좋을지 모르겠다. 너무나 괴롭다. 자신은 세상에서 가장 불쌍하고 불행한 짐승이다. 자기 머리는 돼지머리가 분명하다. 절대로 양보하지 말아야 했다. 하지만 너무나 점잖은 귀부인이 그 방에서 식사하겠다고, 삼십 분이면 충분하다고 애원해서 어쩔 도리가 없었다. 그 삼십 분은 이제 다 지났다. 귀부인과 신사는 후식과 커피를 드는 중이다. 요금은 벌써 냈다. 말을 데려오라는 지시도 했으니 곧 떠날 거다. 하지만 불길한 운명과 하늘의 저주로, 아직 떠난 건 아니다.

도릿 선생은 사과하는 말을 듣고 계단 밑에서 발길을 돌리는데, 그렇게 화날 수 없었다. 암살자한테 가족의 존엄이 갈가리 찢어 발겨진 기분이었다. 도릿 선생은 존엄하다는 느낌에 더없이 예민했다. 다른 사람은 아니어도 도릿 선생만큼은 그걸 해치려는 음모를 단번에 느꼈다. 날카로운 메스 여러 개로 자신의 존엄을 끊임없이 찔러대는 느낌이 고통스럽게 몰려들었다. 그래서 얼굴을 잔뜩 붉히며 물었다.

"정말 그럴 수 있는 거요, 선생, 내 방 한 칸에 다른 사람을 들일 정도로 – 하 – 뻔뻔할 수 있는 거요?"

수천 번 미안하다! 너무나 점잖은 귀부인한테 압도당해서 완벽하게 실수했다. 무슈께 간절하게 애원하니, 제발 화내지 말라. 무슈께 자비를 바랄 뿐이다. 온전히 무슈를 위해 준비한 객실에 딱 5분만 머무시는 고귀한 미덕을 베푸신다면, 모든 문제가 풀릴 거다.

"아니요, 선생, 어느 방에도 안 들어가겠소. 아무것도 안 먹고 아무것도 안 마시고 발조차 안 들인 채 당신 호텔을 떠나겠소. 감히 어떻게 이럴 수 있소? 내가 누군 줄 알고 – 하 – 다른 신사와 차별하는 거요?"

아아! 무슈는 모든 귀족 가운데서 가장 자비로운 분이며, 가장 고귀한 분이며, 가장 존경스러운 분이며, 가장 영광스러운 분이라고 온 세상에 외치겠다. 자신이 무슈를 다른 신사와 차별했다면, 그건 무슈가 그만큼 훌륭하고 그만큼 고귀하고 그만큼 관대하고 그만큼 유명하기 때문이다.

하지만 도릿 선생은 잔뜩 열 내며 소리쳤다.

"헛소리 마시오, 선생. 당신은 나를 모욕했소. 나한테 더없이 무례한 짓을 저질렀소. 감히 어떻게? 해명하시오."

아, 하느님, 호텔 주인으로서 더 설명할 게 없는데 무얼 더 설명하겠는가, 죄송스럽다는 말밖에! 자비롭기로 유명한 무슈에게 모든 걸 맡길 뿐이다!

도릿 선생이 너무 화나서 숨을 헐떡였다.

"분명히 말하는데, 선생, 당신은 나를 - 하 - 다른 신사와 차별했소. 재산이 많고 지위가 높은 신사와 차별했소. 왜 그랬는지 묻고 싶소. 도대체 무슨 권한으로, 누구의 권한으로 - 하 - 그랬는지 알고 싶소. 대답하시오, 선생. 해명하시오. 이유를 대란 말이오."

그렇다면 평소에 우아하시던 나리께서 까닭 없이 화내신다고 집사 무슈께 공손하게 아뢰는 걸 양해하시라. 이유는 없다. 헌신적인 집사 무슈께서 나리께 이미 말씀드리는 영광을 누렸는데, 나리께서 없는 이유를 의심하시는 거다. 집사 무슈께서 잘 말씀드리면 좋겠다.

"가만히 있어! 입 다물고! 점잖다는 귀부인 얘기는 안 듣겠어. 당신 말도 안 듣고. 이 가족을 - 우리 가족을 - 어떤 귀부인보다도 점잖은 가족을 보라고. 당신은 우리 가족한테 무례했어. 우리 가족한테 실례했다고. 당신을 망하게 하겠어. 하 - 사람을 보내서 말을 데려오고, 마차에 짐을 싣도록, 나는 이 사람 호텔에 다시는 발을 들이지 않을 테니!"

심각한 갈등에 누구도 끼어들지 않았다. 에드워드 도릿 님은 불어가

딸리고 두 딸이 끼어들 자리도 아니었다. 그런데 갑자기 미스 패니가 영어로 신랄하게 끼어들어 아버지를 지원하며, 저 사람이 무례하게 행동한 데는 특별한 이유가 분명히 있다고, 자기네 가족과 다른 부유한 가족을 차별한 이유를 어떤 식으로든 털어놓도록 하는 건 매우 중요하다고, 저렇게 뻔뻔한 이유를 도무지 모르겠지만, 이유는 분명히 있을 테니 강제로라도 밝혀야 한다고 선언했다.

안내인, 노새 마부, 마당에서 빈둥대던 하인 모두 화나서 자기네끼리 떠들어대다, 집사가 직접 서둘며 마차를 바삐 꺼내는 모습에 크게 감동했다. 그래서 역마차 사무실로 보낸 말이 돌아오기도 전에 바퀴마다 열 명씩 달라붙어 마차를 시끌벅적하게 꺼낸 다음, 짐을 싣기 시작했다.

하지만 매우 점잖은 귀부인의 영국식 이륜마차는 말까지 묶은 채 입구를 가로막고, 호텔 주인은 어려운 사정을 하소연하러 계단을 살그머니 올라갔다. 그러더니 마당에서 모두 쳐다보는 가운데 신사와 귀부인과 함께 계단을 내려오다, 잔뜩 화난 도릿 선생을 한 손으로 의미심장하게 가리켰다. 그러자 귀부인 곁에 있던 신사가 앞으로 나오며 말했다.

"실례합니다, 나는 말이 적은 데다 설명도 못 합니다. 하지만 여기에 계시는 귀부인께서 소동이 없기를 바라십니다. 귀부인께서 - 사실 제 어머니인데 - 소동이 없기를 바란다고 전하라 하십니다."

도릿 선생은 여전히 화나서 숨을 헐떡이며 되돌릴 수 없다는 자세로 단호하고 냉랭하게 신사와 귀부인을 향해 인사하고, 신사는 다행히도 편하게 상대할 사람으로 에드워드 도릿 님을 가리켰다.

"아니, 정말이지…… 여기요, 친구. 당신! 당신과 내가 문제를 제대로 풀어봅시다. 귀부인께서 소동이 없기를 바란다고요."

에드워드 도릿 님은 사환이 이끄는 대로 옆으로 약간 물러나서 외교관 표정을 머금으며 대답했다.

"넉넉한 시간을 두고 예약해서 자기 방이 되었는데, 그 방에 다른 사람이 있는 걸 보면 유쾌하진 않다는 것부터 인정하세요."

"맞아요, 당연히 유쾌하지 않겠지요. 나도 인정해요. 그러니 당신과 내가 문제를 제대로 풀어봅시다. 잘못은 저 사람이 아니라 우리 어머니가 했으니까요. 우리 어머니는 엉뚱한 말을 조금도 안 하는 훌륭한 여성이라 – 훌륭한 교육을 받으신 분이라 – 저 사람도 어쩔 수 없었던 거예요. 단번에 꼼짝을 못 하게 만들었거든요."

"사정이 그렇다면……."

에드워드 도릿 님이 대답하자, 상대하던 신사가 본론으로 돌아가며 말했다.

"내가 장담하는데, 사정이 그렇습니다. 그러니, 소동을 일으킬 이유가 뭐겠소?"

"에드먼드, 호텔 주인은 잘못이 없다는 걸 신사분과 가족한테 충분히 설명했니, 계속 설명하는 중이니?"

건물 입구에서 귀부인이 물었다.

"분명히 말하는데, 어머니, 아무리 설명해도 소용이 없어요."

에드먼드가 대답하더니 에드워드 도릿 님을 물끄러미 보다, 자신감 넘치는 어투로 갑자기 물었다.

"친구! 이제 만족하시오?"

그러자 귀부인이 도릿 선생한테 한두 걸음 우아하게 다가가며 말했다.

"잘 모르겠지만, 내가 직접 말하는 게 좋겠군요. 내가 착하신 호텔 주인께 낯선 신사분이 안 계신 동안 스위트룸 하나에 (아주 짧은 시간만) 들어가서 식사하겠다고, 내가 책임지겠다고 간청했답니다. 스위트

룸 주인이 이렇게 빨리 오시는 줄도 모르고, 벌써 오셨다는 사실도 모르고, 내가 헝클어뜨린 방을 원래대로 복구해야 한다는 생각도, 내가 직접 설명하고 사과해야 마땅하다는 생각도 못 했답니다. 바라건대, 이 정도 말씀드리면……"

귀부인이 말하면서 눈에 외알 안경을 끼우는 순간, 말문을 잃고서 그대로 얼어붙은 채 도릿 자매를 쳐다보았다. 가족과 마차와 하인들이 있는 웅장한 장면 제일 앞에서 미스 패니가 한쪽 팔로 동생을 꼼짝도 못 하게 잡은 채 다른 팔로 우아하게 부채질하며 자신을 머리끝부터 발끝까지 훑어보고 있었던 것이다.

귀부인은 – 머들 부인으로, 쉽게 당황하는 성격이 아니니 – 곧바로 정신을 차리고 하던 말을 이어가, 이 정도 말씀드리면 무례한 행동을 충분히 사과한 거로, 바람직하게 행동한 호텔 주인한테 소중한 고객을 되찾아준 거로 믿는다고 말했다. 도릿 선생은 모든 걸 자신의 존엄한 제단에 바치는 제물로 여기겠다고 우아하게 대답했다. 그리고 하인들에게 – 하 – 말을 돌려보내도록 하겠다고, 처음에 모욕으로 받아들인 걸 너그럽게 넘기는 건 물론 영광으로 받아들이겠다고 덧붙였다. 그러자 '가슴'은 고개를 숙이며 사례하고 자세를 훌륭하게 가다듬은 다음, 예전에 만나는 기쁨을 누린 적은 없지만, 젊은 숙녀 두 분께 호감이 간다면서 자매에게 매혹적인 미소로 작별 인사를 보냈다.

하지만 '번뜩이는 머리'는 아니었다. 얼어붙은 건 귀부인 어머니랑 똑같으나, 정신을 차리지는 못하고 제일 앞에 미스 패니가 있는 무리 전체를 멍하니 바라보았다. 어머니가 "에드먼드, 준비가 다 됐으면 팔을 내주겠니?"라는 말에 입술을 움직이는 걸 보면, 번뜩이는 재능으로 늘 그런 것처럼, 알겠다고 대답하는 것 같은데 몸이 움직이질 않았다. 너무나 딱딱하게 굳은 나머지 어머니가 안에서 제때 안 잡아당겼더라면 마차에 올라타지도 못할 것 같았다. 어쨌든 안으로 들어가자마자 이륜마차 뒤 조그만 창문 덮개가 사라지고 동그란 눈이 그 자리를 차지했다. 그래서 상대가 너무나 작아져 식별할 수 없도록, 그런 뒤로도 오랫동안, 상자에 잘못 들어간 동그란 눈처럼 (혹은 말로 형용할 수 없을 정도로 놀란 생선처럼) 쳐다보았다.

우연한 만남은 미스 패니 마음에 쏙 들었다. 나중에 떠올리며 고소하게 여길 거리가 넉넉해, 신랄한 자세조차 눈에 띄게 줄어들었다. 다음 날 행렬이 다시 움직일 때는 자리에 앉아서 상쾌한 표정은 물론 활기찬 모습마저 꾸준히 보여, 제너럴 부인이 놀랄 정도였다.

언니가 즐거운 표정을 하는 것도 잘못을 지적하지 않는 것도 작은 도릿은 좋았다. 하지만 자신이 맡은 건 생각에 빠져드는 역할, 그리고 가만히 있는 역할이다. 여행 마차에서 아버지 맞은편에 앉아 예전에 살던 마셜씨 감방을 떠올리면, 지금 살아가는 풍경은 꿈이었다. 눈에 보이는 모든 게 새롭고 놀라울 뿐, 현실은 아니었다. 웅장한 산과 아름다운 시골 풍경이 금방이라도 사라지고, 마차가 갑자기 방향을 돌려서 마셜씨 교도소 철문으로 덜거덕대며 달려갈 것 같았다.

할 일이 없다는 점도 이상하지만 벌어먹일 사람도, 계획을 세워서 힘겹게 꾸려갈 일도, 다른 사람을 대신해서 짊어질 짐도 없다는 점 역시 이상했다. 자신과 아버지 사이에 틈새가 생기고, 그 자리에 다른 사람이 들어와서 아버지를 보살핀다는 건, 자신은 무엇도 하지 말아야 한다는 건 더더욱 이상했다. 처음에는 살아온 삶과 너무나 달라서 거대한 산맥은 상대도 안 될 정도라, 아버지를 예전처럼 보살피려고 했다. 하지만 아버지는 작은 도릿을 조용히 불러서 타일렀다. 사람은 – 하 – 신분이 높은 사람은, 얘야, 모든 점에서 하인한테 존경받아야 하느니라. 도싯셔 도릿 가문에서 유일하게 남은 가족이, 작은 도릿이, 자기 딸이,

미스 에이미 도릿이 하인이나 하는 일을 - 하, 으음 - 직접 한다는 - 으흠 - 사실이 알려지면 존경받을 수 없다. 따라서 얘야, 내가 - 하 - 아버지로서 명령하니, 숙녀 신분이라는 사실을, 자부심을 품고 - 으흠 - 행동해야 한다는 사실을, 숙녀 신분을 지켜야 한다는 사실을 명심하라. 불쾌한 말이 나돌면서 - 하 - 권위를 해칠 만한 행동은 자제하도록 하라. 작은 도릿은 군말 없이 복종했다. 두 발을 딛고 굳세게 살아가던 삶에서 완전히 벗어나, 작지만 부지런한 손을 무릎에 내려놓은 채 마차 모서리에 가만히 앉아있었다.

이런 자세로 바라보는 광경은 하나같이 현실이 아닌 것 같았다. 경치가 놀라울수록 현실이 아니라는 느낌은 작은 도릿 내면에서 더욱 강하게 떠올랐다. 온종일 지나는 공간이 너무나 공허했다. 심플론 협곡, 엄청난 높이에서 우레처럼 떨어지는 폭포, 훌륭한 도로, 바퀴 하나가 풀리거나 말 한 마리만 흔들려도 곧장 떨어질 것처럼 위험한 절벽, 이탈리아로 내려가는 길, 울퉁불퉁한 산길이 넓어지면서 우울하고 어두운 감옥에서 풀려난 듯 환하고 아름답게 열리는 대지, 모든 게 꿈이었다. 예전에 가난하게 살던 마셜씨 교도소 하나만 현실이었다. 아니, 가난하게 살던 마셜씨 교도소조차도 아버지가 없다고 상상하는 순간에 밑바닥부터 흔들렸다. 아직도 죄수들이 비좁은 마당을 거닐고, 초라한 감방에 들어차고, 교도관은 휴게실에 머물며 철문을 여닫는다는 사실 자체가 의심스러울 정도였다.

아버지가 교도소에 살던 기억이 구슬픈 후렴처럼 따라다니는 가운데, 작은 도릿은 자신이 태어난 공간에 대한 꿈에서 깨어나, 온종일 펼쳐지는 꿈속으로 빨려들곤 했다. 꿈은 페인트를 칠한 방, 황량한 궁전의 소박한 접견실로 시작할 때가 잦았다. 가을이라서 빨갛게 물든 덩굴 이파리는 유리창에 걸치고, 창문 밖에 실금이 난 하얀 테라스에는 오렌지 나무가 자라고, 테라스 밑 작은 길에는 수사와 농부들이 무리를 이루고, 눈 앞에 펼쳐진 땅 하나하나마다 경치가 아무리 드넓고 다양하게 펼쳐지더라도, 비참한 모습은 화려한 경관과 맞붙어 싸우다, 마침내 운명이라는 힘을 동원해서 화려한 경관을 물리치기 일쑤였다. 그러다 보면 황량한 통로와 기둥이 우뚝 선 복도는 미로처럼 펼쳐지고, 건물이 에워싼 마당에는 하인들이 마차에 짐을 싣는 등, 가족 행렬을 펼쳐나갈 준비에 한창이었다. 다음에는 페인트를 칠한 다른 방에서, 곰팡이가 핀 황량하게 널찍한 방에서 아침 식사를 들었다. 그러고 나서 출발하는데, 작은 도릿은 화려한 행렬에 낄 만큼 중요한 인물이 아니라는 느낌도 들고 수줍기도 한 터라 불편하기만 했다. 그러고 나면, 집사가 (마셜씨 교도소라면 신분 높은 외국 신사로 여길 법한 모습으로) 나타나서 준비를 마쳤다 보고하고, 그러면 여행 담당은 아버지를 시중들며 여행 복장을 화려하게 갖춰주고, 그런 다음에는 패니 하녀와 작은 도릿 하녀가 (작은 도릿은 너무나 부담스러워, 처음엔 어찌할 바를 몰라서 눈물까지 터뜨렸는데) 시중을 든다. 오빠 여행 담당은 오빠에게 여행 복장을 완벽하게 꾸며주고, 그런 다음에 아버지는 제너럴 부인에게 팔을 내밀고, 삼촌은 작은 도릿에게 팔을 내밀어, 호텔 주인과 일꾼이 에스코트하는 가운데 계단을 내려간다. 그러면 이들이 마차에 올라타는 모습을 구경하려고 인파가 몰려드니, 어떤 사람은 고개를 숙이며 인사하고, 어떤 사람은 구걸하고, 어떤 사람은 껑충껑충 뛰고, 어떤 사람은 욕하고, 어떤 사람은 재잘댄다. 이어서 마차는 불쾌하고 좁은 거리를 마구 달리며 빠져나간다.

대낮에 펼쳐지는 비현실 가운데는 새빨간 덩굴이 화려하게 엉킨 나무가 몇 킬로미터나 늘어선 도로도 있고, 올리브 숲두 있고, 겉은 사랑스러워도 속은 무서울 정도로 가난하고 지저분한, 언덕 위 하얀 마을과

읍내도 있고, 도로변 십자가도 있고, 새파란 호수와 아름다운 섬도 있고, 차양과 돛을 아름답고 화려하게 꾸민 채 잔뜩 모여든 보트도 있고, 썩어서 먼지를 흩날리는 건물더미도 있고, 잡초가 자라서 줄기가 쐐기처럼 틀어박힌 채 아치로 파고들며 벽을 가르는 공중정원도 있고, 돌계단 틈새마다 바쁘게 오가는 도마뱀도 있고, 사방에 온갖 거지도, 어린 거지도 어른 거지도 있고, 불쌍함과 아름다움, 굶주림과 흥겨움도 있었다. 역마차 사무실 등에서 마차를 세울 때마다 가난한 모습으로 몰려드는 사람이 작은 도릿한테는 유일한 현실이었다. 그래서 일부러 가져온 돈을 모두 건네고 나면 두 손을 포개고 앉아, 머리가 하얗게 센 아버지를 조그만 여자애가 손잡고 나아가는 모습을 바라보며 깊은 생각에 빠져들었다, 오래전에 사라진 나날을 떠올리는 표정으로.

다시, 화려한 방에 한 주일 내내 머물며 매일같이 잔치를 열고, 마차에 탄 채 놀라운 경치를 구경하고, 화려한 건물을 몇 킬로미터씩 산책하고, 커다란 교회 어둑한 모서리에 쉴 때면 기둥과 아치 사이에는 황금 등잔과 은 등잔이 깜빡이고, 고해실과 복도 곳곳에는 무릎 꿇은 형상이 보이고, 향내와 안개가 어렸다. 입구마다 커다란 휘장과 화사한 유리창으로 빛이 흘러들어, 다양한 그림과 환상적인 조각상과 화려한 제단과 높은 천장과 널찍한 실내를 부드럽게 밝혔다. 이런 도시를 가족 행렬은 다시 떠나, 덩굴과 올리브나무가 늘어선 도로를 달리고 비참한 마을을 지나는데, 더러운 담에 금이 안 간 오두막은 없고 유리나 종이가 온전한 창문도 없었다. 사람이 살 것도 먹을 것도 일할 것도 자랄 것도 희망을 품을 것도 없어, 할 거라고는 죽는 일밖에 없는 것 같았다.

다시, 화려한 건물이 가득한 도시로, 거주자를 모두 내쫓고 전체를 병영처럼 만든 도시로 들어서는데, 한가로운 군인은 곳곳에서 웅장한 창문 밖으로 고개를 내밀고 대리석 구조물에 군복을 걸어서 말리는 모습이 건물 버팀목을 (즐겁게) 갉아먹어, 자기네는 물론, 군인 무리, 사제 무리, 스파이 무리 등,[9] 파멸할 수밖에 없는 사악한 인물군 모두를 한순간에 깔아뭉개서 죽일 것 같았다.

가족 행렬은 이런 풍경을 지나며 베네치아로 들어섰다. 그래서 잠시 흩어졌다. 대운하 옆 화려한 건물에서 (마셜씨 교도소 전체보다 여섯 배는 커다란 건물에서) 서너 달을 지낼 예정이었다.

도로마다 물이 뒤덮으니 낮이고 밤이고 죽음 같은 정적을 깨뜨리는 건 부드럽게 울리는 교회 종소리와 출렁이는 물살 소리, 곤돌라 사공이 물길 모서리를 돌면서 경고하는 소리밖에 없는 비현실의 극치에, 작은 도릿은 할 일이 아무것도 없다는 점에 당황하며 가만히 앉아서 깊은 생각에 잠겼다. 가족은 여기저기 돌아다니며 흥겹게 지내느라 밤이 낮으로 변했지만, 작은 도릿은 어울리는 게 싫어, 혼자 있고 싶다고 부탁할 뿐이었다.

작은 도릿은 강압적으로 시중드는 하녀한테서 - 하녀가 아니라 주인 같은, 그것도 가혹한 주인 같은 하녀한테서 - 잠시나마 벗어나는 데 성공하면, 입구에 페인트를 칠한 기둥에 늘 정박한 채 기다리는 곤돌라 가운데 한 척에 올라타, 낯선 도시 곳곳을 돌아다니곤 했다. 다른 곤돌라를 타고 관광을 즐기던 사람들은 조그만 여자애가 곤돌라에 혼자 올라타서 공손히 손을 모은 채 구슬프면서도 의아한 표정으로 주변을 둘러보며 지나는 모습에 궁금증을 드러내기도 했다. 그런데도 작은 도릿은 다른 누가 관심을 보인다는 생각도 못 하고 당황한 표정으로 겁에 질린 채 조용히 돌아다닐 뿐이었다.

하지만 작은 도릿이 제일 좋아하는 곳은 대운하에 걸친 자기 방 발코니로, 밑에는 다른 발코니가 있어도 위에는 없었다. 세월이 묻어나는

---

9) 오스트리아 군대가 1815년부터 이탈리아 북부를 점령한 걸 말한다.

거대한 석조 발코니는 동양에서 엉뚱한 공상을 들여와서 또 다른 엉뚱한 공상을 가득 덧붙인 작품이었다. 작은 도릿은 키가 정말 작은 터라, 쑥 나온 턱에 널찍한 방석을 대고 기대서 내다보았다. 초저녁이면 그곳보다 좋아하는 곳이 없는 터라 순식간에 구경거리가 되어, 지나는 곤돌라마다 사람들이 쳐다보고, 늘 혼자 지내는 영국 여자애가 저기에 있다고 말하는 사람도 많았다.

이런 사람들 역시 늘 혼자 지내는 영국 여자애한테는 현실이 아니었다. 영국 여자애는 이런 사람들이 있다는 자체를 몰랐다. 황혼이 지는 광경을, 보라색과 빨간색이 기다랗게 깔리는 광경을, 하늘 높이 새빨갛게 타오르는 광경을, 건물마다 빨간빛에 물들다 못해, 단단한 벽이 투명하게 변해, 안에서 빛을 뿜어내는 듯한 광경을 쳐다볼 뿐이었다. 대단한 영광이 사라지는 광경도 쳐다보았다. 밑에서 까만 곤돌라가 음악회와 무도장으로 손님을 데려다주는 광경도 바라보고, 눈을 들어서 반짝이는 별도 바라보았다. 예전에 자신도 파티에 가지 않았나, 별이 반짝이는 파티에? 낡은 철문이 문득 떠오른다!

작은 도릿은 낡은 철문을, 깜깜한 밤에 그 앞에 앉아서 매기에게 머리를 무릎에 베도록 하던 자신을, 그 시절에 겪은 다양한 공간과 장면을 떠올리곤 했다. 그러다 발코니에 기댄 채 수면을 내려다보았다, 모든 게 수면 아래에 그대로 있다는 듯. 그래서 흐르는 물을 바라보며 깊은 생각에 잠겼다, 물이 다 흘러서 사라지면 교도소와 옛날 감방과 자신과 죄수와 방문객이 다시 보이기라도 한다는 듯. 이것만이 하나같이 안 변하는, 영원한 현실이었다.

4장. 작은 도릿이 보낸 편지

친애하는 클레넘 선생님께,

베네치아 제 방에서 편지를 씁니다, 선생님이 편지를 받으면 기뻐하시겠다고 생각하면서. 하지만 선생님은 편지를 받아도 제가 편지를 쓰는 것만큼 기뻐하실 수는 없을 겁니다. 지금 선생님이 바라보는 대상은 하나같이 익숙해서 무엇 하나 안 그리울 테니까요 - 제가 그립지도 않을 거고요, 만난 기간도 짧고 자주 만나지도 않았으니까요 - 하지만 저는 모든 게 낯선 만큼 그리운 것도 많답니다.

스위스에 있을 때, 불과 몇 주 전이어도 몇 년 전 같은데, 가우언 부인을 만났답니다. 우리처럼 산으로 여행을 왔더군요. 가우언 부인은 매우 건강하고 많이 행복하게 지낸다고 하셨어요. 따뜻한 관심이 고맙다는, 영원히 안 잊겠다는 말도 선생님께 전해달라 하셨습니다. 그분은 저를 믿고, 저는 처음 대화하는 순간부터 그분을 사랑하게 되었답니다. 이상할 건 없겠지요. 아름답고 매력적인 분을 누가 사랑하지 않을 수 있나요! 누가 그분을 사랑하더라도 저는 안 놀란답니다.

선생님께서 진정한 친구로 가우언 부인께 관심이 있다고 하신 걸 기억해서 드리는 말씀인데, 그분이 훨씬 잘 어울리는 분과 결혼하면 좋았을 거라고 제가 말한다 해도 가우언 부인을 걱정하지 않기를 바랍니다. 가우언 선생은 부인을 좋아하며, 부인 역시 남편을 좋아하는 것 같으니까요. 하지만 그것 말고 다른 점에서는 가우언 선생이 그다지 성실하지 않다는 느낌을 받았습니다. 제가 가우언 부인이라면 (차이가 크니, 제가 가우언 부인처럼 되려면 모든 점에서 변해야 하겠지요!) 굳세고 꾸준한 분이 곁에 없어서 외롭고 허전할 것 같아요. 제가 보기에 가우언 부인 역시 조금은 아쉬워하는 것 같고요, 이유는 확실히 모르겠지만. 그러나 걱정하지 마세요, 그분은 "매우 건강하고 많이 행복하게" 지내니까요. 게다가 누구보다 아름다우니까요.

조만간에 가우언 부인을 다시 만날 것 같아요. 사실, 며칠 전부터 여기서 재회하기를 기대하는 중이랍니다. 선생님을 위해서 가우언 부인께 좋은 친구가 되겠어요. 친애하는 클레넘 선생님, 저한테 친구가 없을 때 (그렇다 해서 지금 다른 친구가 있는 건 아니랍니다, 새로 사귄 친구 역시 없으니까요) 친구처럼 다가오신 걸 선생님은 가볍게 여기시겠지요. 하지만 저는 크게 여기니, 영원히 잊을 수 없답니다.

아버지가 꾸려준 사업을 플로니쉬 부부가 잘하는지, 낸디 노인은 딸 부부, 두 손자와 행복하게 사는지, 그래서 아는 노래를 부르고 또 부르는지 알고 싶어요. 하지만 저한테 누구도 편지를 안 보내는 편이 좋겠지요. 불쌍한 매기를, 사람들이 매기한테 아무리 잘하더라도 작은 엄마가 없어서 처음에 느낄 공허함을 생각하면 흐르는 눈물을 막을 수 없어요. 그러니 매기를 - 아무도 몰래 은밀하게 - 찾아가서, 우리가 헤어진 걸 제가 매기 이상으로 슬퍼한다고, 많이 사랑한다고 알려주실래요? 매일 생각한다고, 제 마음은 어디서든 그분들을 그리워한다고 모든 분께 알려주실래요? 아, 얼마나 그리워하는지 아신다면, 선생님은 멀리 떨어져서 호화롭게 지내는 저를 불쌍히 여기실 거예요!

친애하는 아버지는 건강하시고, 변화를 극히 바람직하게 여기시며, 예전에 만나실 때와 완전히 다른 모습이라는 소식을 들으면 선생님도 당연히 기뻐하시겠지요. 삼촌도 많이 좋아지신 듯해요. 하지만 예전에 불평하신 적이 없는 만큼 지금은 크게 기뻐하신 적이 없답니다. 패니 언니는 똑똑하고 빠르며 우아해요. 언니는 숙녀가 되는 게 자연스러워요. 새로운 운명에 놀라울 정도로 편하게 적응하니까요.

이렇게 말하니 제가 적응을 못 한다는 사실이, 영원히 적응할 수 없다는 절망감이 드러나네요. 저는 배우는 능력이 많이 떨어지는 것 같아요. 제너럴 부인은 우리 곁에 머물며 다양하게 단련하려 애쓰고, 우리는 프랑스말과 이탈리아어를 배워요. 우리가 프랑스말과 이탈리아어를 배운다는 건 저 말고 다른 사람이 그런다는 뜻이랍니다. 저는 너무 느려서 거의 못 따라가거든요. 계획을 세우고 생각하고 노력하는 순간, 모든 계획과 생각과 노력이 옛날 방식으로 돌아가니, 저는 그날 살아갈 비용과 친애하는 아버지와 일감을 떠올리다 이제 그런 걱정거리가 사라졌다는 생각을 문득 하고는, 진짜 같지 않고 너무나 낯설어서 화들짝 놀란답니다. 그리고 방황하지요. 저는 선생님이 아닌 누구한테도 이런 말을 털어놓을 용기가 있으면 안 되거든요.

새로운 나라와 놀라운 경치도 마찬가지예요. 물론 매우 아름답고 놀랍지만, 저는 그걸 바라보며 즐거워할 만큼 마음이 편안하지 않답니다 ─ 굳이 설명하자면, 익숙하지 않다는 뜻이에요. 예전 기억이 불쑥불쑥 튀어나와서 뒤섞이거든요, 이상할 정도로. 예를 들면, (너무 하찮아서 아무리 선생님이라도 말하고 싶지 않은데) 우리가 산속에 있을 때는 거대한 바위 너머에 마셜씨 교도소가 있을 것 같고, 하얀 눈만 넘어가면 수많은 나날을 일하던 선생님을 처음 본 클레넘 마님 방이 나올 것 같답니다. 제가 코번트 가든에 있는 선생님 하숙방에 매기하고 찾아간

61

밤을 기억하세요? 그 방이 여기에 있다는, 눈앞에 있다는, 어둠이 깔린 뒤에 마차 창문을 내다보면 마치 옆구리에 달라붙어서 함께 달린다는 느낌이 들기도 한답니다. 그날 밤에 우리는 철문 안으로 들어갈 수 없어, 그 앞에 앉기도 하고 동녘이 틀 때까지 거닐기도 했어요. 그런데 이 방 발코니에서도 눈을 들어 별을 바라보면, 지금도 매기하고 철문 앞에 있다는 느낌이 들곤 한답니다. 영국에 남은 사람들도 마찬가지예요. 곤돌라를 타고 돌아다니다, 그분들이 있기라도 한 듯 다른 곤돌라를 들여다보는 저를 발견하고 깜짝 놀라니까요. 너무 자주 그러다 보니 그분들을 만나면 더할 나위 없이 기쁘긴 해도, 처음에는 많이 안 놀랄 것 같아요. 공상의 나래를 펼치다 보면 그분들이 어디에든 있다는 느낌이 드니까요. 운하에 걸친 육교나 선창에서 그리운 얼굴과 마주치길 바랄 정도로요.

제가 느끼는 또 다른 어려움은 선생님께 이상하게 보일 거예요. 저를 뺀 모든 사람 눈에 많이 이상하게 보일 테니까요. 하기야 제가 생각하기에도 이상하긴 해요. 굳이 이름을 언급할 필요는 없으나, 그분께 오랜 연민을 느끼거든요. 그분 역시 변했으니 저로선 더없이 고맙고 행복하지만, 예전의 구슬픈 연민이 때로는 너무나 강력하게 몰려들어, 그분 목덜미에 두 팔을 두른 채 끝없이 사랑한다 말하고, 그 가슴에 얼굴을 기대서 살짝 울고픈 마음마저 든답니다. 그러면 정말 기쁘고 자랑스럽고 행복할 거예요. 하지만 그러면 안 된다는 걸 잘 안답니다. 그분이 싫어할 테고, 패니 언니가 화낼 테고, 제너럴 부인이 깜짝 놀랄 터라, 제가 마음을 달래야 하겠지요. 그래서 그분과 멀리 떨어졌다는, 그분이 외롭다는, 제가 필요하다는 느낌을 물리치려 애쓴답니다.

친애하는 클레넘 선생님, 제 이야기를 많이 썼지만, 아직은 조금 더 써야겠어요. 안 그러면 나약한 편지에서 진정으로 하고픈 말만 쏙

빠지는 셈이 될 테니까요. 어리석은 생각을 모두 용감하게 고백하는 건 행여나 저를 이해할 사람이 있다면 그 사람은 바로 선생님이며, 행여나 이해할 수 없더라도 인정은 하시리라 여기기 때문인데, 어리석은 생각을 하는 와중에도 머릿속을 결코 - 결단코 - 안 벗어나는 생각이 하나 있으니, 그건 선생님께서 조용한 시간에 저를 조금이라도 생각하길 바라는 소망이랍니다. 덧붙여서, 멀리 떠나온 뒤로 너무나 떨쳐내고픈 걱정거리가 생겼다는 말씀을 드려야겠어요. 저는 선생님이 새로운 시각으로 저를 바라보거나 새로운 인물로 여기시지나 않을까 줄곧 걱정한답니다. 제발 그러지 마세요, 제가 견딜 수 없으니까 - 선생님이 생각하시는 이상으로 슬프니까. 선생님이 너무나 잘해주시던 제가 아니라 다른 사람으로 여기고, 그래서 생소하게 느끼신다면 제 마음이 무너질 테니까. 선생님께 기도하며 간청드리는 건, 절대로 저를 부잣집 딸로 여기지 말라는 거, 선생님이 저를 처음 알 때 이상으로 제가 옷을 잘 입는다거나 잘산다고 생각하지 말라는 거예요. 선생님이 지극히 다정하게 지켜주시던 조그맣고 초라한 여자애로만 기억하시라는 거예요, 실밥이 터져 나온 드레스에 빗물이 안 묻도록 해주시고 축축하게 젖은 발을 선생님 벽난로 앞에서 말리게 하시던 여자애로만. (저를 조금이라도 생각하실 때) 저 자신을 있는 대로 바라보시고, 제 가슴에 가득한 애정과 지극히 감사해 하는 마음만, 늘 변하지 않는 선생님의 불쌍한 여자애로만 생각하시길 바랍니다.

선생님의 불쌍한 여자애,
작은 도릿 올림.

추신: 가우언 부인을 걱정하지 말라고 다시 당부드리고 싶어요. 가우언 부인이 전하라는 말은 "매우 건강하고 많이 행복하다"니까요. 게다가 누구보다 아름다우니까요.

5장. 어딘가 문제가 있다

　도릿 가족이 베네치아에서 한두 달 지낼 즈음, 도릿 선생은 백작
및 후작들과 어울리느라 짬이 안 나다, 하루는 제너럴 부인과 상담할
시간을 특별히 떼어놓았다.
　마음속으로 정한 시간이 다가오자, 도릿 선생은 시종 팅클러에게
(마셜씨 교도소 전체의 1/3 규모는 될 듯한) 제너럴 부인 숙소로 가서
안부 인사를 전하고, 자신이 상의할 게 있다는 뜻을 전하라고 지시했다.
가족 구성원 전체가 각자 자기 숙소에서 커피를 마시는 오전 시간으로,
원래는 화려했어도 지금은 색바래 울적한 느낌과 습기만 가득한 식당
에 모여서 아침 식사를 하기 두 시간 전이라, 시종은 제너럴 부인을
쉽게 만날 수 있었다. 제너럴 부인은 사각형 조그만 양탄자에 있는데,
대리석과 돌이 가득한 바닥에 비해 턱없이 작아, 기성품 구두를 신어보
려고 펼쳐놓는 것 같기도 하고, 아라비안나이트에서 세 왕자 가운데
한 명이 돈주머니 40개를 주고 샀다는 마법 양탄자를 손에 넣자마자
소원을 말해, 호화로운 궁전으로 막 날아온 것 같기도 했다.
　제너럴 부인은 다 마신 커피잔을 내려놓으며, 당장 기꺼이 가겠다,
그래서 (도릿 선생이 정중하게 제안한 대로) 여기로 직접 찾아오는 수

고를 덜어주겠다 대답하고, 시종은 문을 활짝 열어서 제너럴 부인을 에스코트했다. 제너럴 부인 숙소에서 도릿 선생 숙소로 가는 길은 – 나지막하고 우울한 육교가 있으며, 건물군은 지하 감옥처럼 답답하게 마주 보고, 벽마다 아래로 흐르는 얼룩은 녹슨 눈물을 아드리안 해로 수백 년에 걸쳐 흘린 듯한 골목길로 – 이상한 층계참과 복도를 꽤 걸어야 했다. 숙소는 영국식으로 건물 정면에 유리창을 대서 아름다운 교회 돔이 파란 하늘로 솟구치는 경관에다 수면에 비치는 경관까지 그대로 보여주니, 대운하는 건물 입구로 조용히 다가오며 속삭이고, 전용 곤돌라와 사공은 말뚝 박힌 조그만 숲에서 한가롭게 흔들리며 도릿 선생이 올라타기만 기다렸다.

도릿 선생은 – 교도소 학생 사이에서 꾹 참으며 인내하던 번데기가 진귀한 나비로 변신한 듯 – 화려한 실내복에 모자 차림으로 일어나서 제너럴 부인을 맞이했다. 제너럴 부인께 의자. 훨씬 편한 의자, 팅글러 선생, 뭘 하는 거야, 뭘 하는 거냐고, 왜 그래? 당장 나가!

"제너럴 부인, 내가 실례를 무릅쓰고……"

도릿 선생이 말하는데, 제너럴 부인이 끼어들었다.

"아닙니다, 언제든 말씀만 하십시오. 커피는 다 마셨습니다."

그러자 도릿 선생은 틀림없는 사람이라도 되는 듯, 당당하면서 차분한 표정으로 다시 말했다.

"실례를 무릅쓰고 은밀하게 상의할 게 있어서 부인을 모셨답니다. 둘째 딸이 – 하 – 걱정스러워서요. 두 딸은 성격이 크게 다르다는 걸 느끼셨겠지요, 부인?"

제너럴 부인이 장갑 낀 두 손을 (부인은 장갑을 안 낀 적이 없는데, 손에 딱 맞아서 주름조차 안 잡혔다) 겹치며 대답했다.

"네, 크게 다르더군요."

"두 딸이 어떻게 다르다고 생각하시는지 물어도 될까요?"

도릿 선생이 정중하게 물었다, 당당하면서 차분한 자세를 안 해치는 선에서.

"패니는 성격이 강하고 자신을 믿는 면이 있어요. 에이미는 없고요."

없어요? 아, 제너럴 부인, 마셜씨 교도소에 가득한 돌과 쇠창살에다 물어보세요. 아, 제너럴 부인, 에이미한테 바느질을 가르쳐준 모자 기술자랑 에이미 때문에 패니한테 춤을 가르쳐준 댄스 선생한테 물어보세요. 아, 제너럴 부인, 제너럴 부인, 나한테, 에이미 아버지한테 물어보세요, 에이미가 얼마나 많이 거들었는지, 어릴 적부터 가녀린 몸으로 얼마나 열심히 살았는지!

이런 생각이 도릿 선생 머리에 떠오른 건 아니었다. 예의범절 마부석에 평소처럼 똑바로 앉은 제너럴 부인을 바라보다, 깊이 생각하는 표정으로 대답한 게 전부였다.

"맞습니다, 부인."

"그렇다 해서 패니한테 개선할 부분이 없다는 뜻으로 받아들이지는 마세요. 개선할 부분이 있으니까요…… 어쩌면 꽤 많이."

"구체적으로 말씀하시겠습니까, 부인? 큰딸한테 개선할 부분이 꽤 많다는 말은 무슨 뜻인가요? 개선할 게 무언가요?"

"패니는 당장으로선 의견이 너무 많답니다. 가정교육이 완벽한 사람은 의견이 없을 뿐 아니라, 겉으로 드러내질 않거든요."

도릿 선생은 자신이 완벽한 가정교육을 못 받은 게 안 드러나도록, "당연하지요, 부인, 맞습니다"라고 황급히 대답하고, 제너럴 부인은 표정도 없고 감정도 없이 "네, 맞습니다"라고 대답했다.

"하지만 부인도 아시다시피, 두 딸은 어릴 적에 어머니를 잃는 불행을 겪었으며, 내가 상속자로 늦게 인정받는 바람에 비교적 가난하게. 그래도 신사라는 자부심을 지키면서 – 하, 으음 – 외딴곳에 살았답니다!"

"그러한 사정은 충분히 고려했답니다."

"부인, 큰딸 패니는, 부인이 지금처럼 훌륭한 본보기를 보이면서 지도하시니……"

제너럴 부인은 눈을 감고 도릿 선생은 계속 말했다.

"나도 걱정이 없답니다. 패니는 적응 능력이 탁월하거든요. 하지만 둘째 딸은, 제너럴 부인, 생각만 해도 안타깝고 걱정스럽군요. 분명히 말씀드리지만, 내가 제일 좋아하는 자식은 바로 그 아이랍니다."

"그런 식으로 편애하는 자식은 누구나 있지요."

"하 – 맞아요, 맞아. 나는 에이미가, 말하자면, 우리랑 다른 것 같아서 걱정스럽답니다. 우리랑 다니는 걸 좋아하지 않아요. 행여나 이곳 사교계에 같이 참석이라도 한다면 어찌할 바를 모르고요. 우리 취향과 에이미 취향은 다른 게 분명해요. 다른 식으로 굳이 말하자면, 에이미한테 – 하 – 뭔가 문제가 있어요."

도릿 선생이 재판관처럼 엄숙하게 요약하자, 제너럴 부인은 살짝 니스칠하며 "새로운 신분과 관련이 있다고 추정해도 될까요?"라고 묻고, 도릿 선생은 재빨리 대답했다.

"실례지만, 부인, 신사의 딸이, 비록 – 하 – 신사가 한때는 비교적 풍요롭지 않았다 해서 – 비교적 – 그리고 딸을 – 으음 – 외딴곳에서 키웠다 해서 지금 이 신분이 아주 새롭다고 말할 순 없겠지요."

"맞아요, 맞아요."

"따라서, 부인, 실례를 무릅쓰고, 실례를 무릅쓰고 (되풀이하며 강조하는 게, 자기 말에 두 번 다시 토 달지 말도록 단호하고도 품위 있게 강조히는 것 같은데) 만나지고 요청한 이유는, 이 문제를 말씀드리고 어떻게 풀어가면 좋을지 물어보고 싶어서랍니다."

"도릿 선생님, 우리가 여기에 머문 뒤로 저는 '태도 단련'이라는 일반적인 주제로 에이미와 몇 차례 대화했답니다. 에이미는 베네치아가 엄청나게 이상하다고 표현하더군요. 저는 이상하게 여기지 않는 편이 바람직하다고 대답했습니다. 고전적 여행가로 유명한 유스터스[10] 선생은 베네치아를 대단하게 여기지 않았다고, 웨스트민스터나 블랙프라이어스 다리와 비교하면 리앨토 다리[11]는 많이 떨어진다고 지적한 부분도 거론하고요. 선생님 말씀을 들으니, 앞서 말한 내용은 아무런 효과도 없었다는 사실을 굳이 덧붙일 필요가 없겠군요. 선생님께서는 저한테 어떻게 풀어가면 좋을지 물어보는 영광을 베푸셨는데, 제가 보기에 (근거 없는 추측이라면 용서를 바라는데) 도릿 선생님은 사람들 마음에 영향력을 발휘하는 능력이 탁월하신 것 같더군요."

"으음 – 부인, 으음 – 꽤 커다란 공동체에서 우두머리 역할을 오랫동안 했답니다. 나한테서 그런 능력을 보신 건 잘 보신 겁니다."

"제 판단이 맞다니 다행이네요. 따라서 저는 도릿 선생님께서 에이미에게 직접 말씀하시길, 그래서 선생님께서 관찰하신 내용과 바라는 사항을 확실하게 전달하시길 강력하게 추천하는 바입니다. 선생님께서 가장 좋아하는 따님이라 선생님을 그만큼 더 사랑할 테니, 에이미는 선생님 말씀에 따를 가능성이 아주 크답니다."

"그렇게 말씀하실 줄 알았습니다, 부인. 하지만 – 하 – 행여나 내가 부인 영역을 침범하는 게 아닐지……"

"제 영역이요, 도릿 선생님? 그건 조금도 걱정하지 마십시오."

"부인께서 허락하셨으니……"

도릿 선생이 조그만 종을 울려서 시종을 부르며 이어갔다.

---

10) 이탈리아 여행기를 쓴 작가며 여행가.
11) Rialto: 베네치아 대운하에 있는 대리석 다리. 베네치아 상업 중심 구역.

"에이미를 당장 부르겠소."

"도릿 선생님께서는 제가 곁에 있기를 바라시나요?"

"다른 약속이 없다면, 일이 분 정도 계셔도 상관없다면……"

"알겠습니다."

그래서 시종 팅클러는 에이미 아씨 하녀를 찾아, 도릿 선생이 에이미 아씨를 찾는다고 전하라는 지시를 받았다. 도릿 선생은 지시하면서 팅클러를 가만히 살폈다. 방문을 나설 때까지 방심하지 않고 지켜보았다. 가족의 위엄에 해로운 생각을 할 수도 있다는, 시종으로 들어오기 전에 교도소 학교에 관한 농담을 풍문으로 들었을지 모른다는 의혹이 들었다. 그 시점에 팅클러가 조금이라도 웃었다면 도릿 선생은 죽을 때까지 의혹이 사실이라고 확신할 터였다. 하지만 팅클러에게 다행스럽게도 얼굴에 진지하고 태연한 표정만 가득해, 자신도 모르는 사이에 자신도 모르는 위험을 피했다. 그리고 돌아와서 – 도릿 선생이 다시 지켜보는 가운데 – 에이미 아씨가 장례식에라도 온 것처럼 알려, 도릿 선생 마음속에 교육을 잘 받은 젊은이라는, 홀어미 밑에서 교리문답을 열심히 공부하며 자라난 젊은이라는 애매한 인상을 남겼다.

"에이미, 지금껏 제너럴 부인하고 네 문제를 논의했단다. 우리는 네가 여기에서 편히 못 지낸다는 점에 공감했어. 하 – 왜 그러는 거니?"

도릿 선생이 물었다. 침묵이 흘렀다.

"저한테 시간이 조금 필요한 것 같아요, 아버지."

에이미가 대답하자, 제너럴 부인이 끼어들었다.

"아빠라고 부르는 게 좋아. 아버지는 저속하단다, 얘야. 반면에 아빠라고 하면 입술 모양이 예쁘게 잡혀. 아빠, 토마토, 닭고기, 자두, 프리즘 등은 입술 모양을 예쁘게 한단다. 자두랑 프리즘은 더더욱. 다른 사람 앞에 설 때 – 가령, 어떤 공간에 들어설 때 – 아빠, 토마토, 닭고기,

자두, 프리즘이라고 중얼거리면 자세를 단련하는 데 도움이 될 거야."

"부탁이니, 얘야, 제너럴 부인 말씀에 - 으흠 - 따르려무나."

불쌍한 작은 도릿은 니스칠로 유명한 부인을 씁쓸하게 바라보다, 노력하겠다 약속하고, 도릿 선생은 계속 추궁했다.

"시간이 조금 필요한 것 같다고 했는데, 에이미, 무슨 시간을 말하는 거냐?"

다시 침묵.

"새로운 삶에 적응할 시간이요."

작은 도릿이 대답하고는 사랑하는 눈으로 바라보는데, 아버지를 기쁘게 하고픈 마음에, 제너럴 부인이 시킨 대로 자두와 프리즘은 아니더라도 하마터면 닭고기라고 말할 뻔했다.

도릿 선생이 이맛살을 찌푸렸다. 기뻐하는 표정은 없었다.

"에이미, 적응할 시간이 지금껏 충분했다고 말하지 않을 수 없구나. 하 - 어이가 없구나. 실망스러워. 패니는 사소한 어려움을 이겨내는데, 너는 - 으음 - 왜 못 그러니?"

"저도 금방 좋아지길 바라요."

작은 도릿이 대답하자 아버지가 반박했다.

"나도 그러길 바라. 정말 - 하 - 진심으로 바라, 에이미. 내가 너를 부른 건, 제너럴 부인 앞에서, 이번 경우에도 다른 경우에도 - 하 - 늘 우리 곁에 머무는 은혜를 베푸시는 분 앞에서……"

제너럴 부인은 눈을 지그시 감고, 아버지는 계속 말했다.

"내 입으로 - 하, 으음 - 너한테 불만이 있다는 말을 확실히 하려는 거야. 제너럴 부인이 아무리 애써도 너한테는 소용이 없어서. 너 때문에 - 하 - 정말 당혹스러워. 너는 내가 (제너럴 부인한테 말한 것처럼) 제일 좋아하는 자식이라고. 나는 너를 늘 - 으음 - 친구나 동료처럼 여겼다고. 그러니 부디 간청하는데 - 하 - 정말 간청하는데, 주어진 환경을 - 으음 - 충분히 받아들이렴, 그래서 신분에 맞게 행동하렴."

도릿 선생이 잔뜩 흥분해서 자기 뜻을 명확히 강조하려다 보니 오히려 설득력이 평소보다 떨어졌다.

"부디 간청하니 내 말대로 하려무나, 에이미 도릿 아씨라는 - 하 - 신분에 맞게 행동하도록 고통을 감내하며 진지하게 노력하려무나, 나랑 제너럴 부인이 보기에 만족스럽도록."

제너럴 부인은 자기 이름이 나오는 순간에 다시 눈을 감더니, 그 눈을 천천히 뜨고서 일어나며 말했다.

"표면을 단련하는 일에 에이미 도릿 아가씨가 관심을 집중해서 나한테 부족한 도움이나마 받는다면, 도릿 선생님께서 더 걱정하실 이유도 없을 거야. 이번 기회를 빌려서 지적할 사례 하나로, 고귀하고 젊은 아가씨가 부랑자한테 관심을 기울이는 모습을 내 눈으로 본 적이 있는데, 부랑자한테 관심을 기울이는 건 예의범절에 어긋난다고 말해도 괜찮을까? 그런 사람은 쳐다보지도 말아야 해. 불쾌한 대상은 절대로 쳐다보지 말아야 해. 그런 습관은 좋은 가정교육으로 표면을 우아하고 차분하게 단련하는 걸 방해하는 데다, 정신 단련에도 안 좋거든. 진정으로 세련된 정신은 유쾌하지 않은 존재를 그대로 무시하는, 완벽하게 품위 있고 평온한 상태에서 나타나는 거야."

제너럴 부인은 고상한 느낌을 전달하고는 한 번으로 두 사람 모두에게 인사한 다음, '자두'와 '프리즘'을 나타내는 입 모양을 하면서 물러났다.

작은 도릿은 말할 때든 침묵할 때든, 차분하고 진지하고 사랑스러운 표정을 머금었다. 우울한 표정이 어리다가도 순식간에 사라졌다. 하지만 아버지와 단둘이 남은 지금은 살짝 포갠 두 손에서 손가락이 심하게

71

떨리고, 얼굴에는 감정을 억누르는 느낌이 또렷했다.

자신 때문이 아니었다. 마음은 약간 상할지언정, 자신이 걱정하는 대상은 아니었다. 늘 그랬듯 작은 도릿은 아버지한테 관심을 쏟았다. 유산을 상속받은 뒤로 애매하게 따라다니던 걱정이, 교도소에 들어오기 이전의 아버지 모습을 영원히 못 보는 건 아닌가 하는 걱정이 작은 도릿 마음에 또렷하게 나타났다. 이제 막 한 말에, 그리고 자신을 대하는 태도 전반에, 마셜씨 교도소 담장 특유의 그늘이 또렷하게 어렸다. 모습은 변했어도 오랫동안 슬프게 지배하던 그늘은 또렷했다. 교도소 철창에 갇힌 사반세기라는 세월을 극복할 수 없겠다는 두려움이 몰려들었다. 자신은 그 두려움을 물리칠 만큼 강인하지 않다는 사실을 인정할 수밖에 없다는 생각이 구슬프게 떠올랐다. 아버지를 탓할 순 없었다. 나무랄 수도 없었다. 효성스러운 마음에는 크나큰 동정과 무한한 애정 말고 어떤 감정도 없었다.

이런 이유로, 이탈리아 특유의 햇살은 화사하게 비추고 바깥에는 도시 풍경이 놀랍게 펼쳐지고 내부는 오랜 궁전처럼 화사하나, 화려한 소파에 앉은 아버지한테는 마셜씨 감방에 앉은 어둡고 울적한 모습이 그대로 어렸다. 작은 도릿은 옆으로 다가가서 위로하고픈 마음이, 힘껏 돕고픈 마음이 다시 일었다. 하지만 아버지는 작은 도릿이 생각한 내용을 정확하게 느낄 순 있을지언정, 마음속 생각은 완전히 달랐다. 그래서 소파에 앉은 몸을 불편하게 꿈틀대다, 불만이 가득한 얼굴로 일어나서 실내를 거닐었다.

"하실 말씀이 더 있으세요, 친애하는 아버지?"

"없다, 없어. 더 없어."

"저한테 실망하셨다니 죄송해요, 아버지. 앞으로는 실망하실 일이 없도록 하겠어요. 아버지가 바라시는 대로 주변 환경에 적응하도록 더 열심히 노력하겠어요. 지금까지 꾸준히 노력하긴 했거든요, 비록 실패했지만."

작은 도릿이 말하자, 아버지가 무뚝뚝하게 쳐다보며 대답했다.

"에이미, 너는 - 하 - 나를 끊임없이 아프게 하는구나."

"아버지를 아프게 해요! 제가!"

작은 도릿은 불만보다는 충격이 가득한 얼굴로 쳐다보고, 도릿 선생은 그 얼굴을 피해서 천장만 올려다보며 이어갔다.

"화젯거리가 - 으음 - 하나 있다, 고통스러운 화젯거리, 흔적까지 완벽하게 없애고픈 마음이 간절한 화젯거리. 네 언니는 그걸 잘 알아, 그래서 예전에 내가 있는 앞에서 너를 야단친 거야. 네 오빠도 그걸 잘 알아. 하, 으흠 - 정신이 똑바로 박힌 사람이라면 누구나 알아, 너만 빼고 - 하 - 유감스럽지만, 너만 빼고. 너, 에이미 - 으음 - 너 혼자만, 오로지 너만 - 화젯거리를 끊임없이 되살리거든, 입으로 말하는 건 아닐지언정."

작은 도릿은 아버지 팔에 한 손을 올렸다. 그게 전부였다. 아버지 팔을 다정하게 어루만졌다. 덜덜 떠는 손이 '제가 살아온 과정을 떠올려보세요, 제가 열심히 일한 걸 떠올려보세요, 제가 수많은 걱정에 시달린 걸 떠올려보세요!'라고 말하는 것 같았다. 하지만 입으로 뱉은 건 한 마디도 없었다. 그러나 손길 자체에 아버지를 나무라는 느낌이 깃들었다. 작은 도릿은 그럴 마음이 없으니, 미리 알았더라면 손을 재빨리 거둘 게 분명했다. 하지만 아버지는 가볍게 무시한 채, 잔뜩 화나고 열 나서 더듬대며 변명을 늘어놓았다.

"나는 그곳에서 수많은 세월을 보냈어. 그곳 모두가 나를 - 하 - 우두머리로 인정했어. 나는 - 으음 - 너희가 그곳에서 존경받도록 해주었어, 에이미. 나 때문에 - 하, 으음 - 우리 가족은 그곳에서 높은 신분을 누렸어. 나는 보답 받을 자격이 있어. 이제 보답을 받아야겠어. 내가 바라는 건 그곳 기억을 지상에서 깨끗하게 쓸어내고 다시 시작하는 거야. 그게 지나치니? 그게 그렇게 지나치니?"

아버지는 횡설수설하는 동안 작은 도릿을 한 번도 안 쳐다보았다. 텅 빈 공중에 손을 추켜올리며 호소할 뿐이었다.

"나는 오랜 고통에 시달렸어. 내가 많은 고통에 시달렸다는 건 나 자신이 누구보다 잘 알아 - 하 - 나 자신이 누구보다! 그걸 지울 수 있다면, 내가 그렇게 살았다는 표식을 없앨 수 있다면, 그래서 세상에 - 하 - 흠결이 없는 신사로, 오점이 없는 신사로 나설 수 있다면 - 이게 지나친 거니 - 다시 말하는데 - 내 자식한테 - 으음 - 똑같이 하라는 게, 불행한 과거를 지상에서 깨끗이 쓸어내라는 게 지나친 거니?"

도릿 선생은 혼란스러운 와중에도 나지막한 소리로 뱉어냈다, 시종이 못 듣도록.

"그래서 그러는 거야. 네 언니도 그렇고, 네 오빠도 그렇고, 너 혼자만, 내가 제일 좋아하는 자식만, 내가 - 하 - 갓난아기 때부터 친구며 동료로 여기며 살아온 자식만 안 그런다고. 너 혼자만 안 그런다고. 나는 네가 그럴 수 있도록 귀한 선생님까지 붙여주었어. 제일 좋은 가정교육을 받아서 교양이 풍부한 부인을 - 하 - 제너럴 부인을 붙여주었다고, 그럴 수 있도록. 그런데도 내가 실망하면 안 되는 거니? 내가 실망한 이유를 설명할 필요도 없는 거니? 아니야!"

도릿 선생이 계속 변명하는데, 흥분한 마음을 누그러뜨리는 기색은 없었다.

"나는 제너럴 부인한테 조심스럽게 확인했어, 실망한 마음을 드러내기 전에. 한정된 범주에서 - 으음 - 확인했어, 숨기고 싶은 부분을 부인한테 - 하 - 안 들키려고. 내가 나만 잘되자고 이러는 거니? 내가 이기적인 거니? 아니야. 아니야. 대체로 - 하, 으음 - 너를 위해서 이러는 거야, 에이미."

마지막 내용이 계속 말하는 사이에 불쑥 떠오른 것 같았다.

"나는 마음이 아프다고 했어. 그래, 맞아. 뭐라고 말하든, 마음이 - 하 - 정말 아파. 행운이 - 으음 - 덩굴째 굴러왔는데도 내 딸이 우울한 표정으로 방에 틀어박힌 채, 운명이 공평하지 않다는 생각이나 해대서. 우리 모두 숨기려는 과거를 들춰내려고 입체적으로 애써서. 그래서 - 으음 - 내 딸이 - 나는 입에 담을 수도 없는 공간에서 - 하, 으음 - 태어나고 자라난 걸 부유하고 저명한 상류사회에 알리려고 애쓰는 것 같아서. 내 마음이 아프다면서도 주로 너를 문제 삼는 건 모순되지 않아 - 하 - 조금도, 에이미. 너를 위한 거니까. 다시 말하지만, 너를 위한 거니까. 네가 제너럴 부인한테 도움을 받아 - 으음 - 표면을 단련하길 바라는 건 다 너를 위한 거니까. 네가 정신을 바람직하게 단련하길 바라는 건, 그래서 (제너럴 부인이 정확하게 지적하듯) 완벽하게 품위 있고 평온하길, 유쾌하지 않은 모든 걸 무시하길 바라는 건 다 너를 위한 거니까."

도릿 선생은 마지막 말을 하다, 고장 난 자명종처럼 갑자기 멈췄다. 딸이 손을 댄 느낌에 팔이 부르르 떨렸다. 도릿 선생은 침묵에 빠져들어 천장을 다시 쳐다보다, 딸을 쳐다보았다. 딸이 머리를 떨구어서 얼굴을 볼 순 없지만, 손길은 다정하고 편안하며, 기운이 하나도 없는 얼굴에도 나무라는 기색은 없었다. 아버지를 사랑하는 표정만 가득했다. 도릿 선생은 훌쩍이기 시작했다. 교도소 감방에서 밤에 그런 것과 똑같았다. 그래서 작은 도릿이 침대 곁에 아침까지 머물지 않았던가. 도릿 선생이 그때처럼 울면서, 자신은 불쌍한 쓰레기라고, 비참한 쓰레기라고, 돈이 많으면 뭐하느냐고 한탄했다. 그러면서 딸을 꼭 껴안았다. "쉿, 쉿!

사랑하는 아버지! 꼭 껴안아 주세요!"가 작은 도릿이 아버지한테 말한 전부였다. 도릿 선생은 금방 눈물을 그쳤다. 예전과 달리 정말 빨랐다. 그러더니, 나중에는 눈물을 흘린 걸 바로잡는 차원에서 시종을 고압적으로 닦아세웠다.

어쨌든 도릿 선생이 자유와 재산을 얻은 뒤로 작은 도릿에게 예전 이야기를 꺼낸 건 이때밖에 없으니, 남다른 예외로 기록할 만하다.

아침 식사 시간은 다가오고, 자기 숙소에 있던 미스 패니도, 자기 숙소에 있던 에드워드도 나타났다. 고귀한 두 젊은이 모두 늦게 자고 늦게 일어나는 나쁜 습관이 생겼다. 미스 패니는 자칭 '사교계 진출하기'에 흠뻑 빠져든 희생자가 되었으니, 그럴 수만 있다면 해가 질 때부터 해가 뜰 때까지 사교계로 50번이라도 달려갈 기세였다. 에드워드 역시 수많은 사람을 만나니, 밤만 되면 약속이 (대체로 주사위 놀음 같은 모임이) 가득했다. 에드워드는 운명이 변하기 이전에 최고 상류층과 어울릴 준비를 다 한 터라 배울 건 거의 없었다. 말 장수 사기를 치고 당구 점수 기록원을 한 바람직한 경력 덕분이었다.

아침 식사 자리에 프레데릭 도릿 선생도 나타났다. 노신사는 화려한 건물 꼭대기 층에 묵어서 권총 사격을 연습해도 다른 사람은 모를 정도라, 둘째 조카딸이 삼촌에게 클라리넷을 주자고 용감하게 제안한 적이 있었다. 도릿 선생이 없애라고 지시했는데도 둘째 조카딸이 몰래 숨겨놓은 클라리넷이었다. 미스 패니는 클라리넷이 천박한 악기라고, 소리가 역겹다고 반대하다 결국에는 양보했다. 하지만 삼촌 역시 클라리넷에 질린 터라, 밥벌이가 필요하지 않은 지금으로선 더 연주하고픈 마음이 없다는 게 드러났다. 삼촌은 발을 질질 끌며 미술관을 돌아다니는 습관을 조금씩 새롭게 들이는데, 그럴 때마다 코담배 곽을 손에 움켜쥔 채 (미스 패니가 진저리치고는 금 담뱃갑을 사주겠으니 가족의 명예를 떨어뜨리지 말라며 제안하고 실제로 사주었으나, 삼촌은 그걸 들고 다니길 완벽하게 거부했다) 유명한 베네치아 초상화 앞에서 몇 시간이고 보냈다. 하지만 황홀한 눈으로 바라보는 게 무언지는, 그림 자체에 관심이 있는 건지 영원히 떠난 젊은 시절의 영광을 그 속에서 찾아내려는 건지는 알아낼 수 없었다. 하지만 초상화 하나하나에 엄청나게 집중하면서 즐거워하는 건 확실했다. 그렇게 며칠이 지난 다음, 작은 도릿은 우연히 아침에 삼촌과 함께 미술관에 가게 되었다. 삼촌이 크게 반기며 좋아한 나머지, 작은 도릿은 다음부터 자주 함께 가고, 그럴 때마다 삼촌은 몰락한 뒤로 한 번도 표시하지 않던 기쁨을 드러내니, 작은 도릿이 초상화에서 초상화로 옮길 때마다 의자를 들고 쫓아다니다, 작은 도릿이 아무리 사정해도 상관하지 않고 의자에 앉힌 채 자신은 뒤에 서서, 베네치아 귀족한테 작은 도릿을 가만히 소개하곤 했다.

어쨌든 가족이 아침 식사하는 자리에서 삼촌은 그랑 생베르나르에서 마주친 부인과 신사를 전날 미술관에서 보았다고 불쑥 말하고는 이렇게 덧붙였다.

"이름은 잊었는데, 형은 기억하겠지? 너도 기억하고, 에드워드?"

"당연하지요."

에드워드가 대답하고, 미스 패니 역시 고개를 들어서 동생을 쳐다보며 대답했다.

"나도 기억나요. 하지만 우리가 두 사람을 일부러 떠올리는 일은 없었을 거예요, 삼촌이 그 말에 나뒹굴지 않았더라면."

"얘야, 표현이 이상하구나. 무심코 꺼냈다거나 우연히 언급했다는 표현이 바람직하지 않을까?"

제너럴 부인이 끼어들자, 젊은 아가씨가 사양했다.

"고맙습니다만, 제너럴 부인, 아니에요, 저는 생각이 달라요. 그 표현이 좋아요."

제너럴 부인이 지적할 때마다 미스 패니는 늘 이런 식으로 대응했다. 하지만 마음속에 담아두다 다음에 바꾸었다.

"나도 가우언 부부랑 마주친 얘기를 하려고 했어, 삼촌이 말하지 않으면. 그런 일이 있고 나서 우리 식구를 이제 처음 만나거든. 그래서 아침 식사를 하면서 말하려 했어. 가우언 부인을 찾아가서 친교를 나누고 싶거든, 아빠와 제너럴 부인이 반대하지 않는다면."

작은 도릿이 말하자, 패니가 대답했다.

"으음, 에이미, 베네치아에서 친교를 나누고 싶다는 말이 마침내 네 입에서 나오니까 반갑긴 하구나. 가우언 부부가 친교를 나눌 상대로 바람직한지는 고려해야 하겠지만."

"내가 말한 건 가우언 부인이야, 언니."

"나도 알아. 하지만 가우언 부인을 남편한테서 떼어낼 순 없잖아, 법적으로 소송하지 않는 한."

패니가 말하고, 작은 도릿이 주저하며 물었다.

"제가 그분을 찾아가는 걸 반대하세요, 아빠?"

"사실 나는 – 하 – 제너럴 부인은 어떻게 생각하나요?"

제너럴 부인은 이렇게 생각했다. 언급한 숙녀 및 신사와 친교를 나누는 영광을 누린 적이 없으니, 자신은 그 문제에 니스칠할 위치가 아니다. 자신이 할 수 있는 말은 니스칠 분야에서 가장 중요한 원칙이다. 사회적으로 도릿 가문처럼 돋보이는 가문 출신이냐 아니냐가 바로 그것이다.

이 말을 듣는 순간, 도릿 선생은 얼굴이 어두워졌다. 그래서 가우언이라는 이름을 (클레넘이라는 인물이 예전에 살아가던 모습을 떠올리고는 똑같이 눈에 거슬리는 인물이라 애매하게 판단하고) 나쁘게 말하려 할 때, 에드워드 도릿 님이 외알 안경을 쓰고서 "내가 말하겠는데 - 이봐, 두 사람! 밖으로 나가!"라고 말하며 불쑥 끼어들었다. 요리 접시를 나누어주던 하인 두 명에게 한 말로, 서빙을 잠시 중단하고 물러가라는 정중한 통보였다.

두 하인은 순순히 물러나가고, 에드워드 도릿 님은 이렇게 말했다.

"가우언 부부 혹은 가우언을 내가 좋게 여긴다고 할 순 없지만, 중요한 인물을 많이 아는 건 확실해요, 도움이 될지는 모르겠지만."

"아주 중요한 부분이에요. 중요하고 지위가 높은 사람을 많이 아는 게 사실이라면……"

니스칠하는 금발 부인이 말하자, 에드워드 도릿 님이 끼어들었다.

"직접 판단할 근거를 알려드리지요. 머들이라는 유명한 이름은 부인도 아시겠지요?"

"위대한 머들!"

제너럴 부인이 감탄하고, 에드워드 도릿 님이 다시 말했다.

"그 머들. 두 사람이 그 사람을 안답니다. 가우언 부인이 - 내가 말하는 부인은 점잖은 친구의 모친이자 미망인으로 - 머들 부인과 가까워, 그 초대 명단에 두 사람도 있답니다."

"그렇다면 그보다 확실한 배경은 있을 수 없겠군요."

제너럴 부인이 도릿 선생에게 말하면서 장갑 낀 손을 모두 들고서 머리를 숙이는 모습이 위대한 인물을 떠올리며 인사라도 하는 것 같아, 도릿 선생은 완전히 달라진 태도로 물었다.

"아들한테 묻겠는데 - 아 - 호기심 때문인데 - 그렇게 중요한 정보를 어디에서 들었니?"

"간단한 내용이니, 아버지, 바로 말씀드리지요. 그보다 먼저, 머들 부인은 아버지가 예전에 만났답니다."

"마흐띠닉에서."

미스 패니가 따분한 느낌으로 끼어들자 오빠가 그렇다는 뜻으로 고개를 끄덕이며 살짝 윙크하니, 미스 패니는 깜짝 놀란 표정으로 웃으면서 얼굴을 붉혔다.

"어떻게 그럴 수 있지, 에드워드? 네가 대화한 신사는 이름이 ─ 하 ─ '번뜩이는 머리'라고 했잖아. 실제로 명함까지 보여주었잖아. 음. '번뜩이는 머리'였다고."

"맞아요, 아버지. 하지만 그 친구 엄마 이름도 그래야 하는 건 아니잖아요. 머들 부인은 예전에 결혼한 적이 있고, '번뜩이는 머리'는 그때 낳은 아들이에요. 머들 부인은 지금 로마에 있으니, 우리가 자세히 알 수도 있어요, 아버지가 로마에서 겨울을 나신다니까. '번뜩이는 머리'는 지금 여기에 있어요. 지난밤에 '번뜩이는 머리'와 함께 지냈어요. 대체로 좋은 친구지만 한 가지 문제에 따분한 구석이 있어요. 어느 젊은 여성한테 홀딱 반했거든요."

여기에서 에드워드 도릿 님은 식탁 너머 미스 패니를 외알 안경으로 쳐다보며 이어갔다.

"간밤에 우리가 여행한 코스를 우연히 얘기하다, 아까 말씀드린 정보를 '번뜩이는 머리'한테 직접 들었어요."

여기서 외알 안경 너머로 미스 패니를 다시 쳐다보는데, 얼굴을 찡그린 걸 보면 장난 같지는 않았다. 하지만 외알 안경이 눈에서 못 빠져나가게 하려고 그런 것도 같고, 애매하게 웃어서 그런 것도 같았다.

"이런 상황에서는 ─ 하, 으음 ─ 정반대로 ─ 네가 바라는 대로 해도 반대하지 않겠다고 대답하는 게 나는 물론 제너럴 부인의 마음이겠구나, 에이미. 나는 – 하 – 네 생각을 – 경사스러운 징조로 지지하마. 머들 선생은 – 하 – 세계적으로 유명한 인물이거든. 엄청나게 많은 일을 하고. 그래서 엄청나게 많은 돈을 벌어 – 으음 – 국가적인 이익이라고 할 정도로. 머들 선생은 시대를 이끄는 인물이야. 세기적인 인물. 나를 대신해서 가우언 부부한테 예의를 다 하려무나, 우리도 – 하 – 우리도 인사할 기회가 있을 테니."

도릿 선생이 권장하는 자세로 관대하게 말했다. 엄숙하게 공감하는 식으로 정리한 것이다. 삼촌이 요리 접시를 밀쳐서 아침 식사를 거부한 건 아무도 주목하지 않았다. 삼촌이 그럴 때마다 주목한 사람은 작은 도릿 말고 없었다. 하인을 다시 부르고 식사는 끝으로 치달았다. 제너럴 부인이 일어나서 나갔다. 작은 도릿도 일어나서 나갔다. 에드워드와 패니는 남아서 식탁 너머로 속삭이고, 도릿 선생도 남아서 무화과를 먹으며 프랑스 신문을 읽는데, 삼촌이 주먹으로 식탁을 갑자기 내려치며 "형, 이건 문제가 있어!"라고 소리쳐서 세 사람을 깜짝 놀라게 했다.

삼촌이 알 수 없는 선언을 하고 그 자리에서 죽는다 해도, 세 사람이 그렇게 놀랄 수는 없었다. 도릿 선생은 무화과를 입으로 가져가다 신문을 떨어뜨린 채 돌덩이처럼 굳고, 삼촌은 덜덜 떨리는 목소리에 놀라운 힘을 담아서 말했다.

"형! 이건 문제가 있어! 나는 형을 사랑해. 내가 진심으로 사랑하는 건 형도 알아. 오랜 세월 동안 형한테 진실하지 않은 생각을 품은 적은 한 번도 없어. 몸이 약해도, 형을 나쁘게 말하는 작자가 있다면 언제라도 한 방 먹였을 거야. 하지만, 형, 형, 형, 이건 문제가 있어!"

노쇠한 인물이 진지하게 폭발할 수 있다는 사실이 놀라웠다. 두 눈은 번뜩이고 백발은 일어서고 이마와 얼굴에는 25년 전에 사라진 의지가 어리고, 식탁을 다시 내려치는 주먹에는 힘이 가득했다.

"사랑하는 프레데릭! 왜 그러니? 뭐가 문제야?"

도릿 선생이 소심한 목소리로 묻자, 삼촌이 패니를 바라보며 소리
쳤다.

"감히 어떻게, 감히 어떻게 그러니? 너는 기억을 하나도 못 하니?
너는 고마운 마음이 하나도 없니?"

패니가 겁에 질려서 눈물을 터트리며 반박했다.

"삼촌, 나를 잔인하게 비난하는 이유가 뭔데요? 내가 무슨 잘못을
했는데요?"

삼촌이 패니 동생 자리를 가리키며 소리쳤다.

"무슨 잘못을 해? 너한테 애정을 다하는 소중한 친구가 어디에 있니?
너한테 헌신한 수호천사가 어디에 있니? 너한테 엄마보다 소중한 동생
이 어디에 있니? 그렇게 소중한 동생한테 어떻게 그리도 잘난 척하니?
창피한 줄 알아, 나쁜 계집애, 창피한 줄 알라고!"

"나는 에이미를 사랑해요, 내 목숨만큼 - 아니, 내 목숨보다 많이.
나한테 그러는 건 부당해요. 나는 에이미한테 고마워하고, 에이미를
사랑해요, 누구보다도 많이. 이대로 죽어버리고 싶어요. 나는 그렇게
나쁜 년이 아니라고요. 가족의 명예를 걱정한 게 전부라고요."

미스 패니가 흐느끼며 반박하자 노인이 소리쳤다. 경멸과 분노가
묻어나오는 어투였다.

"가족의 명예 같은 건 엿이나 먹으라고 해! 형, 나는 자부심에 항의
해. 배은망덕한 자세에 항의해. 여기에 있는 우리 모두 알 만큼 알고
볼 만큼 봤으면서도 에이미를 한순간이나마 궁지에 몰아넣고 한순간이
나마 고통스럽게 몰아붙이는 데 항의한다고! 그건 정말 천박한 짓이라
는 걸 우리 모두 알아야 해. 우리 모두 심판을 받아야 한다고, 하느님

앞에서!"

삼촌이 손을 머리 위로 치켜들다 식탁을 내리치는데 대장장이가 망치로 내려치는 것 같았다. 그리고 잠시 침묵하다 평소처럼 기운이 떨어지더니, 발을 질질 끌며 다가가서 형 어깨에 한 손을 올린 채 "사랑하는 형, 이 말을 꼭 해야 할 것 같았어. 미안해, 내가 꼭 말해야 할 것 같았어!"라고 조그맣게 말하고는, 구부정한 자세로 화려한 식당을 나가는데, 마셜씨 교도소 감방에서 나가는 모습 그대로였다.

이러는 동안 패니는 줄곧 흐느끼다, 여전히 흐느꼈다. 에드워드는 깜짝 놀라서 입을 쩍 벌린 것 말고는 한 번도 입을 안 열고 물끄러미 쳐다보기만 했다. 도릿 선생 또한 너무나 당황한 나머지 어떤 말도 못 했다. 그래서 패니가 흐느끼는 목소리로 제일 먼저 말했다.

"지금껏 이렇게 비난받은 적은 한 번도, 한 번도, 한 번도 없어요. 이렇게 가혹하고 부당하게, 불쾌하고 폭력적이고 잔인하게 비난받은 적은 없다고요! 사랑스럽고 다정하고 조용한 꼬마 에이미가 자신도 모르는 사이에 나를 모욕하는 수단으로 쓰였다는 사실을 알면 어떤 기분이 들겠느냐고요! 하지만 에이미한테 말하지 않겠어요, 절대로! 그래요, 착하디착한 에이미한테는 말하지 않겠어요, 절대로!"

도릿 선생 역시 침묵을 깨뜨렸다.

"얘야, 그래 - 하 - 그게 좋겠구나. 이런 얘기는 - 하, 으음 - 에이미한테 비밀로 하는 게 좋겠어. 말하면 - 으음 - 에이미가 힘들 테니까. 하. 말하면 에이미가 힘들어할 게 분명해. 그런 말은 안 하는 게 옳아. 사려 깊은 행동이야. 우리만 아는 - 하 - 비밀로 하자꾸나."

"하지만 삼촌은 너무 잔인해요! 아, 너무나 잔인한 삼촌을 절대로 용서할 수 없어요!"

패니가 소리치자, 도릿 선생이 얼굴은 여전히 창백해도 목소리는 되찾으며 말했다.

"얘야, 나로선 그러지 말라고 부탁할 수밖에 없구나. 네 삼촌은 - 하 - 예전과 다르다는 걸 명심하렴. 네 삼촌은 우리한테 - 으음 - 엄청난 인내심을 요구하는 상태임을 명심하렴, 엄청난 인내심을 요구하는 상태."

"삼촌한테 어딘가 문제가 있다고, 아니라면 나를 이렇게 비난할 순 없다고 생각하는 게 자비로운 자세긴 하겠지요."

패니가 인정 많은 어투로 대답하며 흐느끼자, 도릿 선생 역시 동생을 끔찍하게 사랑하는 어투로 이어갔다.

"패니, 너도 알다시피, 너희 삼촌은 장점이 수없이 많긴 해도 - 으음 - 완전히 망가졌어. 그러니 내가 동생을 사랑하는 마음으로, 너희도 알다시피 내가 동생한테 늘 최선을 다하는 애정으로 간청하니 - 하 - 이걸로 마무리하렴, 그래서 동생을 아끼는 마음을 지켜주렴."

사건은 이걸로 끝났다. 그러는 내내 에드워드 도릿 님은 입을 뻥긋도 안 한 채, 당혹스럽고 의심쩍은 표정으로 쳐다보았다. 미스 패니는 그날 지긋한 애정으로 동생을 더없이 불편하게 했다. 툭하면 껴안고, 브로치를 이것저것 주고, 차라리 죽어버리고 싶다는 말까지 한 것이다.

6장. 어딘가 옳은 게 있다

헨리 가우언이 애매한 상태에 머무는 건, 가문이라는 권력과 미술이라는 권력 가운데 하나를 경멸하고 무시하는 건, 그렇지만 다른 권력을 늘리는 능력이 없는 건, 그래서 두 권력을 저주하며 중립지대를 우울하게 맴도는 건 정신건강에 해로우나, 시간이 흐른다 해서 좋아질 유형도 아니다. 세상에서 제일 나쁜 계산법은 엉터리 수학자가 다른 사람의 장점과 성공을 빼기만 할 뿐 더하지는 않는 계산법이니 말이다.

실망한 걸 떠벌리고 투덜대서 일정하게 보상받으려는 습관 역시 스스로 타락시키는 습관이다. 늘 게으르고 부주의하며 분별력 없는 자세가 바로 여기에서 나온다. 가치가 없는 걸 높이고 가치가 있는 걸 낮추는 행위도 마찬가지다. 어떤 분야든 진실을 무가치하게 대하는 습관은 더 나쁜 습관으로 나아갈 수밖에 없다.

그림을 그리는 예술 행위는 모든 점에서 가치가 없다고 줄기차게 주장한다는 부분에서 가우언은 누구보다 너그러웠다. 세상을 살아가려면 몸과 마음에 힘을 고르게 쏟아부어야 하는데, 미술가는 조그만 손가락에 힘을 모두 쏟아붓는다고 비난할 정도였다. 추천받은 작품이 쓰레기라고 누가 반발이라도 하면 가우언은 예술계를 대표해서 "친구여, 우리 행위 모두가 결국에는 하나같이 쓰레기로 변하지 않던가? 그대한테 솔직하게 고백하노니, 나 역시 마찬가지라네"라고 대답할 게 분명했다.

가난을 자랑하는 건 짓궂은 마음을 드러내는 또 다른 사례나, 자신은 부자로 살아야 마땅하다고 주장하고픈 의도 역시 숨어있으니, 이는 바너클 가문을 공개적으로 자랑도 하고 비난도 해서 자신이 바너클 가문 출신임을 사람들이 안 잊도록 하려는 태도로 드러났다. 어쨌든 가우언은 두 가지 모두를 입에 담기 일쑤인데, 그 솜씨가 너무나 대단한 나머지, 한 달 내내 자화자찬하더라도 그렇게 중요한 인물로 대접받지는 못할 것 같았다.

이렇게 잘난 척하며 늘어놓는 이야기를, 부인과 어디를 가든, 사람들은 가우언이 고귀한 가문의 반대를 무릅쓰고 결혼했다는, 결혼 약속을 용감하게 지켜냈다는 식으로 받아들였다. 가우언이 그렇게 말한 적은 없지만, 아니, 정반대로 그런 생각을 비웃는 것 같지만, 자신을 깎아내리려고 온갖 노력을 해도 어찌 된 일인지 가우언은 우월한 위치를 차지했다. 신혼여행을 시작한 초기부터 미니 가우언 부인은 사람들이 자신을 기사도 정신과 사랑으로 신분 차이를 이겨낸, 신분 하락을 감수하면서 결혼을 감행한 사내의 부인으로 바라본다는 느낌을 받았다.

가우언 부부는 파리에서 온 블랑두아와 베네치아까지 동행하고, 블랑두아는 가우언과 가까이 지내려고 엄청나게 애썼다. 제네바에서 처음 만날 때만 해도 가우언은 블랑두아를 걷어찰지 껴안을지 정할 수 없어, 스물네 시간 고민해도 만족스러운 결정을 못 내리다, 마침내 5프랑 동전을 던져서 신의 계시대로 '앞면이면 내차고, 뒷면이면 껴안자'고 다짐했다. 그런데 부인이 블랑두아를 꺼리고 호텔 분위기도 블랑두아를 꺼리는 쪽으로 기울자, 가우언은 블랑두아를 껴안기로 작정했다.

이렇게 고집부린 이유는 무얼까. 욱하는 성질? 아니다. 그렇다면 파리에서 온 블랑두아하고 비교할 수 없을 정도로 신분이 높은 데다, 매력적인 신사를 조각조각 분해해서 어떤 인간인지 파악할 능력도 충분한데, 가우언이 그런 사내와 어울리는 이유는 무얼까? 첫째는, 부인이 독단적으로 기대한 소망에 거스르자는 것으로, 장인이 빚을 갚아주었으니 이제 그 영향력에서 벗어날 기회로 삼고 싶었다. 둘째는, 주변 분위기에 거스르자는 것으로, 가우언은 다른 식으로 행동할 능력이 많긴 해도 기본적으로 심술궂은 성격이었다. 그래서 블랑두아처럼 세련되게 행동하는 시종은 문명국가 어디서든 가장 높은 자리에 올라야 한다고 선언하며 즐거워했다. 블랑두아를 우아하게 행동하는 전형으로 규정해, 우아한 척 거들먹거리는 사람을 깔볼 소재로 활용한 것이다. 진지하게 주장하길, 블랑두아가 인사하는 자세는 완벽하며 말하는 자세는 매력 있고 느긋한 자세는 (천성이 아니면 돈으로 못 사니) 10만 프랑 가치를 뛰어넘는다는 것이다. 그런 유형이 과장되게 행동하는 건 태양이 태양계에 속한 만큼이나 당연하니, 블랑두아가 어떤 혈통이냐에 따라 일정한 차이는 있을지언정, 일종의 풍자 소재로 받아들여 그렇게 과장되게 행동하는 사람을 비웃을 수 있다는 것이다. 그래서 블랑두아와 어울리며 풍자 소재를 습관적으로 즐기고, 블랑두아가 하는 말을 아무런 생각 없이 반기다, 급기야 여행 동반자라는 독특한 관계로 빠져든 것이다. 블랑두아가 놀음판에서 잔재주로 생활비를 번다 여기고, 가우언 자신은 대담하고 용감한데 블랑두아는 겁쟁이라 의심하고, 부인이 싫어한다는 걸 분명히 알고, 자신 역시 블랑두아를 좋아하는 마음이 없으니, 블랑두아가 혐오스러운 이유를 부인에게 구체적으로 알린 다음, 베네치아 제일 높은 창문에서 제일 깊은 운하로 떠밀어도 양심의 가책을 전혀 안 받을 것 같은데 말이다.

작은 도릿은 가우언 부인을 혼자 찾아가고 싶은 마음이 간절했지만, 삼촌이 나무란 충격에서 24시간이라는 세월이 지나도록 회복을 못한 언니가 함께 가자고 다그쳐, 자매는 도릿 선생 창문 밑에 정박한 곤돌라 가운데 하나에 올라타, 신분 높은 자매답게 길잡이에게 안내를 받으며 가우언 부인이 묵는 곳으로 갔다. 그곳은 가우언 부부처럼 높은 신분이 묵을 곳은 아니었다. 패니가 "끔찍하게 외딴곳"이라 투덜대고, 비좁고 복잡한 수로는 "시궁창 같다"고 힐뜯을 정도였다.

조그만 섬처럼 운하에 둘러싸인 건물은 다른 데에서 떨어져 둥둥 떠내려오다, 덩굴 잎사귀 밑에 누운 불쌍한 사람만큼이나 기술 훈련이 절박하게 필요한 덩굴이랑 어우러진 듯했다. 주변을 에워싼 풍경으로, 비계를 둘러친 교회 건물은 백 년이란 세월을 꼬박 수리하느라 건물 자체가 썩어 문드러진 듯하고, 빨래한 아마포는 잔뜩 널어서 햇볕에 말리는 중이고, 하나같이 이상한 각도로 기운 건물은 원시시대 때 만들어서 썩어 문드러진 치즈를 기하학적으로 잘라놓아 진드기가 잔뜩 달라붙은 듯하고, 창문은 하나같이 열병에 시달리고, 블라인드란 블라인드는 기울어진 채 각종 쓰레기를 더럽게 매단 형상이었다.

건물 2층은 은행으로 - 영국에서 인류를 대상으로 비즈니스 소송을 제기하는 신사한테는 정말 이상하게 보일 은행으로 - 은행원 두 명이 황금 술로 장식한 녹색 벨벳 모자를 쓰고 턱수염을 기른 채 조그만 영업장 조그만 계산대 너머에 바싹 마른 기마병처럼 한가롭게 서 있었다. 주변에 특별한 물건은 없었다. 문이 열려서 빈 속을 드러낸 철제 금고와 물 항아리와 종이로 감싼 장미 화환이 전부였다. 하지만 은행원은 고객이 합당하게 요구하는 순간, 안 보이는 곳으로 손을 쑥 집어넣어서 5프랑 동전을 끝없이 꺼낼 수 있었다. 은행 아래층은 창문마다 창살이 달린 방 서너 개짜리 숙소인데, 얼핏 보기에 범죄자를 가두는 더러운 감옥 같았다. 가우언 부인이 묵는 곳은 은행 위층이었다.

벽마다 가득한 얼룩은 선교사들이 사용하던 지도가 튀어나와 지리 상식을 자랑하는 듯하고, 이상한 가구는 쓸쓸하게 남아서 케케묵고, 물에 고인 베네치아 특유의 악취는 사방에 가득하고, 썰물은 잡초만 무성한 해안에서 황급히 도망치긴 해도, 실내는 예상보다 괜찮았다. 회개한 암살자처럼 웃는 사내가 - 임시로 고용한 하인이 - 현관문을 열어, 가우언 부인이 있는 방으로 안내하고는 아름다운 영국 숙녀 두 분이 찾아왔다고 선언했다.

가우언 부인은 바느질에 열중하다 바구니에 허둥지둥 내려놓고 뚜껑을 닫았다. 미스 패니는 숙련된 실력을 발휘해서 가우언 부인에게 지나칠 정도로 정중하게 인사하며 말했다.

"아빠는 안타깝게도 선약이 있으시어 (아빠는 약속이 꽉 찼거든요, 아는 사람이 지독하게 많아서!) 가우언 선생께 명함이라도 전하라고 특별히 부탁하셨답니다. 그러니 아빠가 최소한 열 번은 당부한 임무를 완수하는 차원에서 명함을 탁자에 내려놓는 걸 양해하세요."

그리고는 경험 많은 사람처럼 탁자에 명함을 느긋하게 내려놓으며 덧붙였다.

"두 분께서 머들 가문과 가깝게 지낸다는 말을 듣고 우리 모두 기뻤답니다. 서로 가까워지는 또 다른 통로가 되길 바라거든요."

"그 가문은 시댁과 가깝답니다. 나는 머들 부인께 직접 인사하는 기쁨을 못 누렸지만, 로마에 가면 인사를 드릴 것 같고요."

가우언 부인이 말하자, 패니가 우월감을 상냥하게 억누르는 모습으로 반문했다.

"정말요? 그분이 마음에 드실 거예요."

"그분을 아세요?"

부인이 묻자, 패니는 아름다운 어깨를 으쓱하며 솔직하게 대답했다.

"맙소사, 런던 사람이라면 누구나 아니까요. 여기로 오는 도중에 만났답니다. 사실대로 말하자면 하인이 예약한 숙소 일부를 머들 부인이 차지해서 아빠가 처음에는 화를 내긴 하셨지만, 화는 당연히 금방 사그라들고 우리는 좋은 사이가 되었답니다."

작은 도릿은 가우언 부인과 대화할 기회가 여전히 없지만, 두 사람은 눈빛만 봐도 서로를 이해할 수 있었다. 그래서 가우언 부인을 열심히 쳐다보며 그 목소리에 감탄했다. 그 주변이든 근처든, 가우언 부인이 관련된 모든 것에 관심을 집중했다. 그리고 더없이 사소한 부분까지 파악했으나, 한 가지는 예외였다. 그래서 물었다.

"그날 밤 이후에 잘 지내셨나요?"

"네, 잘 지냈어요. 당신은요?"

"아! 나는 늘 잘 지내요. 나는…… 네, 고마워요."

작은 도릿이 말을 더듬다 입을 다물었다. 다른 이유는 없었다, 가우언 부인이 작은 도릿의 손을 건들어 서로 눈빛을 마주친 것 말고는. 커다랗고 다정한 눈 깊숙이 걱정스러운 눈빛이 깃드는 걸 바라본 순간에 입을 다문 것이다.

"우리 남편이 그대를 제일 좋아한다는, 내가 질투할 정도라는 사실을 모르지요?"

가우언 부인이 묻자, 작은 도릿이 얼굴을 붉히며 고개를 저었다.

"남편이 한 말을 그대로 옮긴다면, 그대는 자신이 본 사람 가운데 누구보다도 조용하고 똑똑한 사람이라더군요."

"너무 좋게 말씀하시네요."

"그렇지는 않을 거예요. 확실한 건 그대가 - 그리고 미스 도릿이 - 찾아온 걸 남편에게 알려야 한다는 사실이에요. 두 분이 그냥 떠난다면 남편이 용서하지 않을 테니까요. 남편을 보러 갈까요? 화실이 엉망 진창인 걸 양해하신다면?"

미스 패니한테 묻는 말에 흥미진진하고 재밌겠다는 대답이 우아하게 돌아오니, 가우언 부인은 방문으로 다가가서 안쪽을 들여다보고 돌아와서 말했다.

"이리 오세요. 남편이 기뻐할 거예요!"

작은 도릿이 앞서서 들어서다 제일 먼저 마주친 대상은 파리에서 온 블랑두아, 커다란 망토에 이상하게 축 늘어진 모자를 쓰고서 모서리 연단에 선 블랑두아였다. 그랑 생베르나르에서 나뭇가지마다 가리키며 경고하던 모습이 떠올랐다. 그런 인물이 미소를 보내자 작은 도릿은 뒤로 주춤하고, 가우언은 문 뒤쪽 화판에서 나오며 말했다.

"놀라지 마세요. 블랑두아니까. 오늘은 모델을 서는 거랍니다. 내가 샅샅이 살피는 중이지요. 블랑두아를 모델로 써서 돈을 절약하는 거예요. 우리처럼 가난한 화가는 돈이 부족하거든요."

파리에서 온 블랑두아가 연단에 선 자세 그대로 축 늘어진 모자를 벗어 두 숙녀에게 인사하며 말했다.

"죄송합니다! 하지만 여기에 있는 예술의 대가께서 꼼짝을 못 하게 하는 터라 꿈틀댈 수조차 없답니다."

자매는 화판으로 다가가고, 가우언은 차갑게 말했다.

"그럼 꿈틀대지 마. 두 숙녀분이 그림 원형을 보면서 뭘 그리는지 살피도록. 저자는 저렇게 서 있답니다, 먹잇감을 기다리는 암살자, 국가를 구하는 탁월한 귀족, 누군가한테 나쁜 짓을 할 틈만 노리는 공공의 적,[12] 누군가한테 좋은 일을 하려는 천사…… 무어든 여러분이 생각하는 모습으로!"

---

12) 악마를 뜻한다.

"예술의 대가여, 우아한 미인을 찬양하기만 기다리는 가련한 신사라네."

블랑두아가 한 마디 끼어들고, 가우언은 진짜 얼굴이 움직인 부분을 화판 얼굴에 덧칠하며 대답했다.

"아니면 역겨운 모델도 좋고, 지금 막 사람을 죽인 살인자도 좋고. 하얀 손을 보여줘, 블랑두아. 망토 바깥으로 빼라고. 그러고 있어."

블랑두아 손이 불안한 느낌을 자아내더니, 주인이 웃으면서 손도 자연스럽게 흔들렸다.

"여러분이 보시다시피, 저자는 예전에 다른 살인자랑 혹은 희생자랑 드잡이질했는데, 저 손이 증거랍니다. 망토 바깥으로 빼라고! 제기랄, 도대체 무슨 생각을 하는 거야?"

가우언이 말하면서 그 손에 담긴 특징을 실력 없는 손으로 화폭에 급히 담아냈다.

파리에서 온 블랑두아가 몸을 다시 흔들며 웃으니 손도 다시 흔들렸다. 그러다 손을 들어서 축축하게 보이는 콧수염을 쓰다듬고는, 요구받은 자세로 약간 뻐기듯 섰다.

그리고는 화판 옆에 선 작은 도릿한테 얼굴을 곧장 돌려서 가만히 쳐다보았다. 작은 도릿 역시 독특한 눈길에 시선을 떼어낼 수 없어, 두 사람은 서로를 오랫동안 쳐다보았다. 그러다 작은 도릿은 몸을 와들와들 떨고, 가우언은 작은 도릿이 옆에 있는 커다란 개를 쓰다듬다 나지막이 으르렁대는 소리에 놀라서 그런다는 생각으로 힐끗 쳐다보며 말했다.

"저놈은 안 물어요, 미스 도릿."

"개가 무서운 건 아닌데, 저 표정을 보세요!"

작은 도릿이 곧바로 대답하자, 가우언이 붓을 내던지고 개 목덜미를 두 손으로 움켜잡으며 소리쳤다.

"블랑두아! 그런 식으로 멍청하게 자극하지 말라고! 하늘과 지옥에 대고 맹세하는데, 이놈이 자네를 갈가리 찢어발길 거라고! 엎드려! 라이언! 내가 하는 소리 안 들려, 반역자?"

커다란 개는 목덜미가 잡혀서 숨이 막히는데도 맞은편에 있는 블랑두아에게 달려들려고 몸부림쳤다. 달려들려고 몸을 웅크리는 순간에 가우언에게 목덜미를 잡힌 것이다. 그래서 뒷다리로 일어서는 순간, 주인과 개 사이에서 몸싸움이 일었다.

"라이언! 라이언! 뒤로 물러나! 엎드려, 라이언! 블랑두아, 개가 못 보는 곳으로 가! 도대체 무슨 짓을 한 거야?"

"아무 짓도 안 했어."

"개가 못 보는 곳으로 가, 이놈을 못 붙잡겠으니! 밖으로 나가! 경고하지만, 이놈이 자네를 죽이고 말 거야!"

커다란 개가 무섭게 짖어대며 달려들려고 몸부림치는 가운데 블랑두아는 밖으로 나가고, 그와 동시에 개는 온순하게 변하고, 주인은 개 이상으로 흥분하며 머리를 때려서 쓰러뜨려 발뒤꿈치로 마구 차니, 주둥이에서 피가 흐르기 시작했다.

"모서리로 가서 엎드려, 안 그러면 곧장 데리고 나가서 쏴 죽일 테니까."

가우언이 소리치고, 라이언은 주인에게 지시받은 대로 모서리로 가서 엎드린 채 입과 가슴을 혀로 핥았다. 라이언 주인은 동작을 멈추고 호흡을 가다듬더니, 평소처럼 차분한 자세를 회복하고는 겁에 질린 부인과 두 손님을 쳐다보며 말했다. 모든 일이 벌어진 게 2분이 채 안 됐다.

"괜찮아요, 괜찮아, 미니! 저놈이 사근사근하게 말을 잘 듣는다는 건 당신도 알잖소. 블랑두아가 자극한 게 분명해⋯⋯ 얼굴을 찡그려서. 저 개는 좋아하고 싫어하는 게 분명한데, 블랑두아를 제일 싫어하거든. 하지만 당신 때문에 성격이 변한 것 같아, 미니, 예전에는 이런 적이 없거든."

미니는 당황해서 아무 말 못 하고, 작은 도릿은 그런 미니를 달래고, 패니는 두세 차례 비명을 지르다 보호받으려 가우언 팔을 붙잡고, 라이언은 사람들을 놀라게 한 게 더없이 창피한 나머지, 바닥에 바싹 엎드려서 몸을 질질 끌며 여주인 발치로 다가오고, 가우언은 그런 라이언을 발로 차면서 "감히 네놈이 날뛰다니, 벌을 받아야 마땅해"라고 소리치다, 발로 다시 차고 다시 찼다.

"아, 제발 그만 때리세요. 발로 차지 마셔요. 저 개가 얼마나 온순한지 보세요!"

작은 도릿이 사정하니, 가우언도 발길질을 멈추었다. 작은 도릿이 끼어들어서 도와줄 만한 개였다. 미안해하는 모습이 더없이 온순하고 불쌍해 보였다.

아무리 바람직한 상황이라도 패니는 그곳이 당연히 불편한데 이런 충격까지 받으니 더 머물 수 없었다. 작은 도릿은 떠나기 전에 새롭게 대화하다, 가우언이 부인을 많이 좋아할 때조차 예쁜 아이처럼 대하는 태도가 너무 심하다는 인상을 받았다. 내면 깊숙이 깃들 수밖에 없는 감정을 가우언이 겉으로 너무나 당연하게 드러낼 때는 깊숙한 내면이 과연 있을까 의심스러울 정도였다. 가우언한테 진지한 모습이 부족한 건 그런 자질이 부족해서 자연스럽게 드러난 결과일 수 있다는, 물이 너무 얕은 암초 지대는 선박이 닻을 내리지 못해서 이리저리 떠도는 것처럼 사람도 똑같을 수 있겠다는 생각이 들었다.

가우언은 바깥까지 자매를 배웅하며, 자신처럼 가난한 화가는 숙소가 초라할 수밖에 없다고 익살스럽게 사과하더니, 위대하고 고귀한 바너클이, 자기 친척이, 이곳을 끔찍이도 창피하게 여긴 나머지 좋은 숙소를 제공하겠다면 기꺼이 따르겠다고 익살을 떨었다. 물가에서 블랑두아가 인사하는데, 막 겪은 일로 얼굴은 창백해도 라이언 얘기가 나오는 순간에는 웃는 표정으로 가볍게 넘겼다.

가우언은 둑길에 핀 조그만 덩굴에서 잎사귀를 뜯어 수면에 느긋하게 흩뿌리고 블랑두아는 담배에 불을 붙이는 가운데, 자매는 곤돌라에 올라타서 올 때만큼 당당하게 물러났다. 그래서 가만히 나아가는데, 언니가 필요 이상으로 화려하게 행동한다는 사실을 깨닫고, 작은 도릿은 그 원인을 찾아서 열린 문과 열린 창문 너머로 주변을 살피다, 자신들을 쫓아오는 게 분명한 곤돌라를 발견했다.

그 곤돌라는 교묘한 방식으로 따라다녔다. 때로는 앞으로 쏜살처럼 나아가다 멈춰서 자신들이 지나치게 하고, 때로는 넓은 수로 바로 옆에서 나란히 나아가고, 때로는 바로 뒤에서 따라오는데, 그럴 때마다 언니는 그 곤돌라에 탄 누군가에게 노골적으로 매력을 발산하면서도 완벽하게 모르는 척하니, 마침내 작은 도릿은 누군데 그러느냐 묻고 패니는 짤막하게 대답했다.

"그 멍청이."

"누구?"

작은 도릿이 다시 묻자, 패니는 (삼촌한테 야단맞기 전이라면 '멍청한 꼬맹이'라고 했음 직한 어투로) 대답했다.

"사랑하는 꼬마는 머리가 정말 둔해! '번뜩이는 머리'."

그러고는 바로 옆 창문을 내리고 등을 기대서 팔꿈치를 창턱에 아무렇게나 걸쳐, 까만색과 황금색이 화려하게 어우러진 스페인 부채로 얼굴을 부쳤다. 따라오던 곤돌라는 앞으로 나아가고 창문에서는 눈동자 하나가 빠르게 움직이는 것 같자, 패니가 요염하게 웃으며 말했다.

"저런 멍청이를 본 적 있니, 사랑하는 동생?"

"저 사람이 계속 쫓아올 것 같아?"

"소중한 꼬마, 필사적인 멍청이가 어떻게 할지는 대답할 수 없지만 가능성은 크겠지. 먼 거리도 아니잖아. 베네치아가 넓은 곳은 아니니까, 나를 보려고 저렇게 애쓰는 작자한테는."

"정말?"

작은 도릿이 순진무구하게 묻자, 언니가 대답했다.

"으음, 정말이지 대답하기 어색한 질문이군. 아마 그럴 거야. 오빠한테 묻는 게 좋아. 저 작자가 오빠한테 말했다니까. 카지노든 어디든, 내 얘기만 늘어놓아서 구경거리가 됐다고 들었거든. 하지만 굳이 알고 싶으면 오빠한테 직접 물어봐."

작은 도릿이 잠시 생각하다 말했다.

"저 사람이 안 찾아오는 게 이상해."

"사랑하는 에이미, 궁금증은 금방 풀릴 거야, 내가 들은 정보가 정확하다면. 오늘 찾아온다 해도 전혀 놀랍지 않거든. 지금 저러면서 용기를 끌어모으는 것 같기도 하고."

"그럼 만나줄 거야?"

"그거야 상황에 따라 다르겠지. 저 작자가 또 오는군. 저길 봐. 아, 숙맥!"

창문에 댄 한쪽 눈이 유리에 박힌 혹 같아, '번뜩이는 머리'가 나약해 보이는 건 부정할 수 없고, 곤돌라는 갑자기 멈출 이유가 없었다, 고장 난 게 아닌 한.

패니가 머들 부인만큼이나 우아하면서 무관심한 어투로 차분하게 물었다.

"저 작자를 만나줄 거냐고 물었는데, 무슨 뜻이야?"

"언니 뜻은 어떻냐고 물은 거 아닐까, 사랑하는 언니?"

패니가 점잖은 척하면서도 교활하고 상냥한 표정으로 다시 웃더니, 한쪽 팔을 동생 어깨에 장난스럽게 두르며 말했다.

"그 여자는 마흐띠늬에서 우리를 보았을 때 무슨 생각을 했을까? 그 순간에 속으로 다짐하는 걸 느끼긴 했니?"

"아니, 언니."

"그럼 내가 알려주지, 에이미. 그 여자는 '상황이 변했으니 이제 나는 두 사람이 만나도 아무 말 않겠다, 천박한 여자애라는 생각 자체를 않겠다'고 다짐했어. 어려운 상황을 풀어나가는 그 여자 특유의 방식이거든. 그때 그 집을 나오면서 내가 너한테 뭐라고 했지? 세상 여느 여자처럼 경솔하고 뻔뻔한 여자라고 했잖아. 하지만 그 여자가 지닌 첫 번째 능력은, 에이미, 자신과 필적할 만한 사람을 찾아낸다는 거야."

패니가 스페인 부채로 자기 가슴을 의미심장하게 가리켜, 본인이 바로 그 사람이라는 표정을 떠올리며 이어갔다.

"그게 전부가 아니야. 그 여자는 '번뜩이는 머리'한테도 똑같은 역할을 부여했어. 우스꽝스러운 대가리 가운데서도 가장 우스꽝스러운 대가리 속에 (저걸 머리라고 할 수는 없잖아) 그 역할을 완벽하게 집어넣어서 나를 쫓아다니게 하고, 그래서 '번뜩이는 머리'가 호텔 마당에서 나랑 처음 맞닥뜨린 척한 거야."

"왜?"

"왜냐고? 맙소사! (또다시 멍청한 꼬맹이라고 나무라는 어투로) 어떻게 그걸 물을 수 있니? 내가 대가리한테 훨씬 바람직한 상대로 여겨진다는 사실을 모르겠니? 그 여자가 우리를 속여서 자기 어깨에 (어깨가 정말 예쁘긴 해) 가득한 부담을 내려놓으면서도 우리 감정을 배려하는 척한다는 사실을 모르겠니?"

미스 패니가 말하면서 만족스러운 표정으로 자기 몸을 훑어보았다.

"하지만 우리는 언제든 평범한 진실로 돌아갈 수 있잖아."

"그래, 하지만 그럴 순 없어. 절대로. 나는 평범한 진실로 돌아가지 않아, 에이미. 그런 척한 건 내가 아니야. 그 여자지. 그러니 그 여자는 혼쭐이 나야 한다고."

미스 패니가 의기양양하고 기고만장한 자세로 한 손은 스페인 부채를 부치고 다른 손은 동생 허리를 힘껏 껴안고서 머들 부인을 압박하듯 말했다.

"그럼, 그렇고말고. 나 역시 똑같이 할 거야. 그 여자가 그렇게 했으니, 나도 똑같이 하는 거야. 운명과 행운의 도움으로, 그 여자랑 가까이 지내는 거야. 그 여자가 예전에 자기 양장점에서 만들어준 옷보다 열 배는 아름답고 비싼 옷을 내 양장점에서 만들어, 그 여자가 보는 앞에서 그 여자 하녀한테 주는 거야!"

작은 도릿은 침묵했다. 가족의 품위에 관한 한 언니는 어떤 얘기도 안 듣는다는 걸 아는 데다, 언니가 갑자기 보이는 호의를 무작정 잃고 싶지도 않았기 때문이다. 동의할 순 없지만, 반발 역시 안 한 것이다. 작은 도릿이 이런 마음인 걸 패니는 알았다. 너무나 잘 알았다. 그래서 곧바로 자극해, "그럼 언니는 '번뜩이는 머리'를 부추기겠다는 거야?" 라는 질문이 나오게 했다. 그리고는 경멸스럽다는 미소를 머금으며 되물었다.

"'번뜩이는 머리'를 부추기겠느냐고? 부추긴다는 게 무슨 뜻이냐에 따라 다르겠지. 아니야, 나는 부추길 생각이 없어. 노예로 만들 생각이 거든."

작은 도릿이 진지하면서도 의심쩍은 표정으로 쳐다보는데, 패니는 멈출 생각이 없었다. 까만색과 황금색이 어우러진 부채를 접어서 동생 코를 톡톡 치며 말을 이어갔다. 자부심 넘치는 미녀가 못생긴 동료를 가르치며 장난치는 분위기였다.

"나는 '번뜩이는 머리'를 뺑뺑이 돌릴 거야, 내 말에 복종시킬 거라고. 행여나 그놈 엄마까지 복종하도록 만들 순 없다 해도, 내가 부족하기 때문은 아닐 거야."

"언니는 – 사랑하는 언니, 편하게 하는 말이니까 화내지 마 – 정말 그럴 수 있다고 확신해?"

작은 도릿이 묻자, 패니는 완벽하게 무관심한 어투로 대답했다.

"아직은 확신할 수 없겠지만, 때가 되면 알겠지. 내 계획은 그래. 계획을 여기까지 끌어오는데 정말 오랜 시간이 걸렸어. 이제 다 왔군. '번뜩이는 머리'가 문가에서 누가 사느냐고 묻고 있어. 물론, 우연히 묻는 척하면서!"

실제로, 사랑에 빠진 사내가 곤돌라에서 일어나 한 손에 명함 통을 든 자세로 하인에게 묻는 중이었다. 그런데 '번뜩이는 머리'가 두 숙녀 앞에서 엉뚱한 자세를, 옛날 같으면 구애하다 액운이 꼈다고 여길 자세를 연출하고 말았다. 젊은 숙녀 두 명이 탄 곤돌라에서 노를 젓던 사람들이 추격전을 짜증스럽게 여기던 참이라, 곤돌라를 몰아서 '번뜩이는 머리'가 탄 곤돌라에 살짝 부닥치는 바람에 멀쩡한 신사가 커다란 볼링 핀처럼 나뒹굴어, 갈망하던 소중한 여인에게 신발 밑창을 보여주다 못해, 바닥에서 하인에게 깔린 채 몸부림치는 장면까지 보여준 것이다.

하지만 미스 패니는 크게 걱정하는 표정으로 "신사분께서 다치셨나요?"라 소리치고, '번뜩이는 머리'는 예상 이상으로 재빨리 일어나서

얼굴을 붉히며 "아니에요"라고 더듬거렸다. 미스 패니는 상대를 본 기억이 없다는 듯 머리를 살짝 끄덕인 채 그대로 지나치고, 상대는 자기 이름을 재빨리 밝혔다. 그런데도 패니는 기억을 떠올릴 수 없어, 상대는 자신이 마흐띠늬에서 마주치는 영광을 누렸다고 설명했다. 패니는 그때 비로소 기억하고 귀부인께서 잘 지내시길 바란다고 인사하니, '번뜩이는 머리'도 더듬더듬 대답했다.

"고맙습니다, 어머니는 잘 지내십니다⋯⋯ 불편하긴 해도."

"베네치아에 계시나요?"

미스 패니가 묻자, '번뜩이는 머리'가 대답했다.

"로마에 계십니다. 여기는 저 혼자 왔습니다, 저 혼자. 에드워드 도릿 님을 만나러 왔습니다. 사실, 도릿 선생님도 함께 만나러. 실제로는, 가족 모두를 만나러."

미스 패니는 하인을 우아하게 쳐다보며, 아빠나 오빠가 안에 계시느냐고 물었다. 두 분 모두 계신다는 대답이 나오고, '번뜩이는 머리'는 한쪽 팔을 겸손하게 내밀었다. 미스 패니는 그 팔을 잡아서 에스코트 받으며 계단을 오르니, 행여나 아직도 '번뜩이는 머리'가 미스 패니한테 엉뚱한 생각이 없다고 믿는다면 (하기야 그걸 의심할 이유도 없으니) 그건 자신을 스스로 속이는 셈이 될 터였다.

틀이 완벽하게 잡힌 응접실로 들어서자, 색바랜 벽지는 오래전에 닳고 닳아 바다색이 칙칙하다 못해서 창문 밑으로 떠다니는 해초와 한 가족이라고 – 감옥에 갇힌 가족이 안타까워 벽에 달라붙은 채 흐느낀다고 – 주장할 것처럼 보이는 가운데, 미스 패니는 사람을 보내서 아버지와 오빠를 불러오게 했다. 그래서 아버지와 오빠가 나타날 때까지 소파에 앉아서 매력을 한껏 뽐내며 단테에 대해 말하는 식으로 '번뜩이는 머리'를 완벽하게 정복했다. '번뜩이는 머리'가 단테를 똑똑한 괴짜로, 피렌체 대성당 앞에서 이해할 수 없는 이유로 머리에 잎사귀를 둘러쓰고 걸상에 앉은 인물로 알고 있었던 것이다.[13]

도릿 선생은 최고로 우아하고 최고로 품위 있게 손님을 맞이했다. 그리고는 머들 부인에 대해 각별하게 물었다. 머들 선생에 대해서도 각별하게 물었다. '번뜩이는 머리'가 대답하길, 혹은 셔츠 칼라를 당겨서 조각조각 쥐어짜길, 머들 부인은 시골 별장에서 지내는 것도 브라이튼[14] 별장에서 지내는 것도 완벽하게 질린 데다, 선생님도 아시다시피, 당연히, 생기가 사라진 런던에 머물 수도 없는 터에, 올해는 다른 사람네 집을 찾아갈 마음도 안 생겨 로마에 잠시 머물기로 작정했는데, 잘생긴 외모로 유명한 데다, 엉뚱한 말도 안 하는 여성이라서 로마에 커다란 도움이 될 수밖에 없다. 머들 선생은 도심지를 비롯해 다양한 곳에서 다양한 사람이 찾는 데다, 물건 구매와 은행 일에 탁월한 능력을 발휘하니, 영국의 화폐유통 시스템 전체가 과연 놓아줄지 의심스럽다. 하지만 작업량이 너무 많은 터라, 잠시 벗어나서 완전히 새로운 풍경과 기후를 즐기는 게 바람직할 수 있다는 느낌 역시 '번뜩이는 머리'는 안 숨겼다. 그러더니, 자신은 특별한 용무가 있어 도릿 가족이 어디를 가든 따라가고 싶다는 뜻까지 전달했다.

이렇게 말하는 놀라운 위업을 달성하는 데는 시간이 필요했지만, 효과는 있었다. 도릿 선생이 조만간에 저녁 식사를 함께 들면 좋겠다는 희망을 드러낸 것이다. '번뜩이는 머리'는 제안을 고맙게 받아들이고, 도릿 선생은, 예를 들면, 특별한 일정이 있느냐고 물었다. '번뜩이는 머리'는 (평소에 하는 일이란 아무 일도 안 하는 것이며 그 능력 역시 탁월한 터라) 특별히 할 일이 없다고 대답하니, 그 즉시 저녁 식사를

---

13) 피렌체 대성당 앞 산타크로체 광장에 있는 단테 조각상을 말하는 것으로, 머리에 쓴 건 월계관이다.
14) Brighton: 영국 해협에 있는 해변 관광도시.

함께하자는, 그런 다음에 두 숙녀를 오페라 극장으로 에스코트하라는 제안까지 받았다.

저녁 식사 시간에 '번뜩이는 머리'는, 비너스를 쫓아가는 아들 큐피드처럼 바다[15]에서 벗어나, 웅장한 계단을 근사하게 올라갔다. 패니는 오전에 매혹적이었다면, 지금은 색상이 잘 어울리는 드레스를 멋들어지게 걸쳐서 세 배나 매혹적인 데다, 무관심한 분위기까지 더해서 '번뜩이는 머리'한테 족쇄를 이중으로 채우고 리벳까지 박아서 옴짝달싹 못 하게 했다.

"자네는 - 하 - 가우언 선생을 잘 안다고 들었네, 헨리 가우언 선생?"

저녁 식탁에서 주인이 묻자, '번뜩이는 머리'가 대답했다.

"그렇습니다, 선생님. 그분 어머니와 우리 어머니가 가까운 친구입니다."

"그 생각을 했더라면, 에이미, 그 부부한테 오늘 함께 식사하자고 초대장을 보냈을 텐데. 우리 하인이 찾아가서 - 하 - 부부를 모셔오고 다시 모셔가면 되는 건데. 곤돌라를 - 으음 - 타고 가면 충분한데. 미처 생각을 못 해서 안타까워. 이 얘기를 내일 나한테 꼭 하렴."

도릿 선생이 데시무스 경만큼이나 고상한 후원자처럼 말하자, 작은 도릿은 헨리 가우언이 어떻게 받아들일지 의심쩍으면서도 꼭 얘기하겠다고 약속했다.

"헨리 가우언 선생이 - 하 - 초상화도 그리나?"

도릿 선생이 묻고, '번뜩이는 머리'는 돈만 된다면 무어든 그린다고 대답했다.

"특정 분야(particular walk)[16]는 없나?"

---

15) 응접실을 '바다'로 표현했다. 색바래서 칙칙한 바다색 벽지가 해초처럼 보인다는 표현과 일맥상통한다.

16) 'walk'는 명사로 원래 '걷기'라는 뜻이나, '분야' 혹은 '특기'란 뜻이 있고, 여기에서 도릿

'번뜩이는 머리'는 사랑의 여신에게 자극받아 머리가 팍팍 돌아가는 터라, 이렇게 대답했다. 구체적으로 걸으려면(particular walk) 거기에 맞는 신발이 있어야 한다, 가령, 사냥하려면 사냥용 신발이 있어야 하고 크리켓을 하려면 크리켓 신발이 있어야 하는 것과 같다. 그런데 헨리 가우언은 그렇게 특별한 신발이 없는 것 같다.

"전공 분야(specialty)가 없다고?"

'번뜩이는 머리'가 알아듣기에 알파벳이 너무 긴 데다 패니를 쫓아다니느라 영혼이 지친 상태였다. 그래서 "고맙지만 괜찮습니다. 저는 특산품(specialty)이 없습니다"라고 대답했다.

"으음! 친척이 그렇게 고귀한 신사라면 – 으음 – 편히 생활하면서 – 하 – 천재성을 발현하도록 돕고 싶다는 – 으음 – 증거라도 확실하게 보여주는 게 좋겠어. 가우언 선생한테 초상화를 맡기겠네. 결과물에 – 하 – 양측이 만족하면 가족 초상화도 그리도록 제안하고."

대담하고 독창적인 생각이 '번뜩이는 머리'에 절묘하게 떠올랐다. 바로 이 시점에, 어떤 화가도 초상화를 그릴 자격이 없을 만큼 훌륭한 가족도 있다는 식으로 ('훌륭한'이라는 표현을 특별히 강조해서) 추켜세우자는 생각이었다. 하지만 적당한 표현이 안 떠오르고, 그 생각은 하늘로 돌아갔다.

더욱 안타까운 건, 초상화 생각에 미스 패니가 엄청나게 환호하면서 아빠한테 꼭 그리도록 당부했다는 사실이다. 가우언 선생은 예쁜 부인과 결혼하느라 그보다 대단하고 중요한 기회를 놓쳤다며, 움막에서 사랑하고 그림을 그려서 먹거리를 구하는 생활 자체가 지극히 즐겁고 흥미로우니, 가우언 선생이 초상화를 잘 그리든 못 그리든 맡기자며, 하지만 자신과 에이미는 그 사람이 똑같이 그릴 수 있다는 사실을 잘

선생은 후자로 사용했는데, '번뜩이는 머리'는 전자로 받아들였다.

안다며, 화판에 똑같이 그린 초상화를 모델이랑 생생하게 비교할 기회가 있었다며 아빠를 조를 정도였다. '번뜩이는 머리'로서는 (미스 패니가 의도한 대로) 마음이 찢어질 수밖에 없었다. 한편으로는 미스 패니가 열정적인 사랑을 높이 평가한다는 사실이 드러나지만, 다른 한편으로는 자신의 뜨거운 짝사랑을 조금도 모른다는 사실 역시 드러나니, 누군지 모를 연적이 너무나 미워서 눈알이 튀어나올 것 같았다.

저녁 식사를 마치고 바다로 다시 내려가고, 바다에서 나와, 곤돌라 사공 한 명이 남자 인어 하인처럼 커다란 등불을 들어서 앞을 밝히는 가운데 오페라 극장으로 다시 솟구쳐 올라, 칸막이 관람석으로 들어가고, '번뜩이는 머리'는 고통 속으로 빨려들어 초저녁 내내 괴로워했다. 극장은 어둡고 칸막이 관람석은 밝으며, 몇몇 관객은 공연 도중에 느릿느릿 들어오는데, 패니가 관심을 보이고 매력을 발산하며 말을 주고받다 속마음을 드러내는 건 물론, 멀리 떨어진 칸막이 관람석에 있는 사람을 당연히 고귀한 신분으로 여기니, '번뜩이는 머리'는 너무나 비참한 나머지 모든 남성을 증오했다. 하지만 공연이 끝날 즈음에 마음을 달랠 게 두 가지는 있었다. 미스 패니가 망토를 입는 동안 자신에게 부채를 맡기고, 계단을 내려갈 때는 팔을 다시 내밀어 에스코트하는 신성한 특권을 부여한 것이다. 이렇게 조금씩 부추길 때마다 '번뜩이는 머리'는 계속해보자고 다짐하는데, 미스 패니 역시 그렇게 다짐할 가능성이 컸다.

남자 인어는 등불을 들고서 칸막이 관람석 문 앞에 대기하고, 다른 남자 인어들 역시 각자 등불을 들고서 수많은 칸막이 관람석 문 앞에 대기했다. 도릿 가문의 남자 인어는 등불을 나지막이 들어서 계단을 밝히고, '번뜩이는 머리'는 바로 뒤에서 계단을 내려가며 불빛에 반짝이는 두 발을 바라보다, 묵직한 족쇄를 하나 더 차고 말았다. 여기에서 얼쩡대던 사람 가운데는 파리에서 온 블랑두아도 있어, 미스 패니 바로 옆에서 얘기하며 나란히 내려간 것이다.

작은 도릿은 (도릿 선생이 집에 남아) 제일 앞에서 오빠랑 제너럴 부인과 걸었으나, 선창에서 모두 만났다. 그래서 블랑두아가 바싹 다가와, 언니가 곤돌라에 올라타도록 손을 잡아주는 모습에 흠칫 놀랐다.

"가우언은 오늘 멋진 숙녀 두 분이 찾아오는 행운을 누린 뒤에 손실을 겪었답니다."

블랑두아가 말하자 '번뜩이는 머리'는 모든 희망을 포기하고, 패니는 자리에 앉으며 물었다.

"손실이요?"

"네, 개를 잃었으니까요, 라이언을. 라이언이 죽었거든요."

블랑두아가 대답할 때, 작은 도릿은 블랑두아한테 손을 잡힌 상태로 물었다.

"죽어요? 그렇게 멋진 개가?"

"그렇답니다, 숙녀분들! 그렇게 멋진 개를 누가 독살했답니다. 그래서 도제스(Doges)[17]처럼 깨끗하게 죽었답니다!"

블랑두아가 대답하고는 빙그레 웃으며 어깨를 으쓱했다.

---

17) Doges는 베네치아 공화국을 통치하던 인물로, 여기에서는 개(Dog)를 강조하려고 사용한 것 같다. 베네치아 공화국은 나폴레옹에게 점령당한 1797년에 역사의 뒤안길로 사라졌다.

7장. 대체로, 자두와 프리즘

제너럴 부인은 예의범절이라는 마차를 훌륭하게 몰면서 소중한 젊은 친구의 표면을 단련하는 수고를 감내하고, 소중한 젊은 친구는 가르침을 제대로 받아들이려 애썼다. 작은 도릿은 다양한 목적을 달성하려고 오랫동안 힘겹게 노동하며 단련하고도, 지금은 제너럴 부인이 니스칠하는 데 적응하려고 더더욱 열심히 노력했다. 제너럴 부인이 부드러운 손길로 조종하는 게 불편하고 불안한 건 사실이지만, 작은 도릿은 가족의 사소한 욕구에 자신을 바친 것처럼, 가족의 커다란 욕구에도 자신을 바쳤다. 예전에는 아버지에게 저녁거리를 먹이려고 자신이 먹을 음식을 따로 챙기면서 굶주림을 참아냈다면, 지금은 자신의 취향과 성향을 기꺼이 포기하며 참아냈다.

제너럴 부인에게 호되게 시달리는 와중에도 기댈 데가 하나 있어서 작은 도릿은 크게 고마워하며 위로받으니, (작은 도릿 특유의) 노력과 희생에 익숙하지 않은 데다 헌신적인 애정 역시 부족한 사람이 합리적으로 느끼는 이상이었다. 인생을 살아가는 방식에서, 실제로, 작은 도릿 같은 유형은 얌삽하게 살아가는 사람에 비해 절반도 신중하고 합리적이지 않게 보일 때가 많기 때문이다. 작은 도릿이 기댈 언덕은 늘 다정하게 행동하는 언니였다. 다정한 모습이 윗사람처럼 생색내는 형태로 나타나는 건 작은 도릿한테 문제도 안 됐다. 그건 오래전에 적응했다. 작은 도릿이 아랫사람처럼 굴어야 하는 것도, 새빨간 마차에서 언니는 편한 자리에 앉고 자신은 하녀처럼 나쁜 자리에 앉는 것도 마찬가지였다. 어차피 편한 자리에 앉고 싶은 마음은 없었다. 아름답고 우아하고 똑똑한 언니를 늘 숭배하는 자세 가운데 언니를 사랑하는 마음에서 나온 게 얼마고, 언니가 사랑하는 마음에서 나온 게 얼마인지 따져보지도 않은 채, 작은 도릿은 자매로서 조건 없는 애정을 언니한테 쏟아부었다.

제너럴 부인이 도릿 가족에게 엄청나게 주입하는 자두와 프리즘은 물론, 패니가 사교계로 끊임없이 달려가는 생활 역시 밑바닥에 쌓이는 진실은 없었다. 그래서 언니가 보이는 진심은 작은 도릿한테 두 배나 소중하고 그만큼 더 위안이 되었다.

기회만 된다면 언니는 대단히 즐거운 마음으로 사교계에 또다시 달려가겠지만 작은 도릿은 완전히 녹초가 된 어느 날 저녁, 단둘이 있을 때 언니가 말했다.

"에이미, 내가 네 조그만 머리에 중요한 내용을 집어넣을 건데, 뭔지 추측도 못 할 거야."

"당연하지. 내가 그걸 추측할 가능성은 없어."

"좋아, 힌트를 주지, 꼬마. 제너럴 부인."

자두와 프리즘이 온종일 다양하게 수천 가지로 결합하는 터라 - 하나같이 표면이고 니스칠일 뿐, 본질은 없는 터라 - 작은 도릿은 제너럴 부인이 침대에서 이불을 뒤집어쓰고 오랫동안 잠자기만 바라는 표정으로 쳐다보았다.

"이제 추측하겠어, 에이미?"

언니가 묻는 말에, 작은 도릿은 행여나 니스칠이 갈라져서 표면이 주름졌다는 뜻일 수 있다는 생각에 불안한 표정으로 대답했다.

"아니, 언니. 내가 무얼 잘못한 거야?"

엉뚱한 말에 언니가 폭소를 터트리더니, ('번뜩이는 머리'를 마구 찔러대서 가슴에 피가 철철 흐르게 하는 잔인한 무기류[18]와 함께 화장대에 있던) 제일 좋아하는 부채를 들어서 동생 코를 톡톡 치며 웃었다. 그러다 말했다.

"아, 우리 에이미, 우리 에이미! 소심하고 멍청한 꼬맹이! 하지만 이번에는 웃어넘길 일이 아니라고, 동생. 정반대야. 짜증이 치밀거든."

"나한테 치미는 게 아니라면 나는 상관없어."

동생이 웃으면서 대답하자, 언니가 반박했다.

"맙소사! 나는 상관이 있고 너도 마찬가지야, 동생, 내가 자세히 말하면. 에이미, 어떤 사람이 제너럴 부인한테 너무 친절하게 행동한다고 생각한 적 있어?"

"제너럴 부인한테는 모든 사람이 친절하잖아. 왜냐하면……"

"무서워서? 내가 말하는 건 그게 아니야. 완전히 다른 거야. 제대로 대답하라고! 아빠가 제너럴 부인한테 너무 친절하게 행동한다고 생각한 적 있어, 에이미?"

언니가 묻는 말에 에이미는 당혹스럽다는 표정으로 조그맣게 중얼거렸다.

"아니."

"아니다. 당연히 아니겠지. 하지만 실제로 그렇단다. 실제로 그렇다고, 에이미. 내 말 명심해. 제너럴 부인이 아빠한테 묘한 흑심을 품었으니까!"

---

18) 화장품과 장신구를 뜻한다.

"사랑하는 언니, 제너럴 부인이 다른 누구한테 묘한 흑심을 품을 수 있다고 생각해?"

"그럴 수 있다고 생각하냐고? 동생, 나는 알아. 분명히 말하는데, 제너럴 부인은 아빠한테 묘한 흑심이 있어. 그게 전부가 아니야. 분명히 말하는데, 아빠는 제너럴 부인을 놀라운 인물로, 교양이 대단한 인물로, 우리 가족한테 깃든 보물로 여기는 터라, 언제든 완벽하게 빠져들 수 있어. 그러면 우리 앞에 아름다운 그림이 펼쳐지지 않겠어? 내가 제너럴 부인한테 엄마라고 부르는 광경을 떠올려보라고!"

작은 도릿은 아무 대답도 안 했다. 하지만 그런 결론에 도달한 이유를 불안한 표정으로 진지하게 묻고 언니는 날카롭게 대답했다.

"맙소사, 동생. 차라리 어떤 남자가 나한테 홀딱 빠진 이유를 물어보라고! 하지만, 나는 당연히 알아. 그런 일은 흔하거든. 그럴 때마다 나는 당연히 알고. 이번 역시 똑같아. 어쨌든, 나는 안다고."

"아빠가 그렇게 말했어?"

"그렇게 말해? 맙소사, 사랑하는 동생, 당장으로선 그렇게 말할 필요가 뭐겠니?"

"그럼 제너럴 부인이 그렇게 말했어?"

"맙소사, 에이미, 제너럴 부인이 그렇게 말할 사람이야? 당장으로선 허리를 쭉 펴고 짜증 나는 장갑이나 낀 채 여기저기 휩쓸고 다니는 거로 충분한 거 아니야? 그런 걸 묻다니! 그 여자는 에이스를 쥐고도 아무 말 안 할 사람이라고, 동생. 게임이 끝날 때까지는."

"하지만 언니가 착각할 수도 있잖아. 안 그래?"

"그래, 착각할 수도 있겠지. 하지만 이번에는 아니야. 그래도 네가 그런 도피처를 생각해낸 건 다행이야, 그럴 가능성을 떠올릴 정도로 차분하게 받아들이는 것도 다행이고. 그런 일이 일어나도 충분히 이겨낼 것 같아. 하지만 나는 이겨낼 수도, 이겨내야 할 이유도 없어. 그러기 전에 '번뜩이는 머리'랑 결혼할 테니까."

"맙소사, 언니는 그 사람이랑 결혼하지 않잖아, 어떤 상황에 부닥치더라도."

동생 말에 젊은 숙녀는 더없이 무관심한 어투로 대답했다.

"맹세하는데, 동생. 당장으로선 그것조차 확실한 대답을 못 하겠어. 앞으로 어떤 일이 일어날지 모르거든. 결혼하면 머들 부인 방식으로 머들 부인을 다룰 기회가 수없이 많을 테니 말이야. 기회만 찾아오면 확실하고 단호하게 활용할 생각이거든, 에이미."

자매 사이에서 얘기는 그걸로 끝났지만, 그동안 들은 내용이 있어서 머릿속에 제너럴 부인과 '번뜩이는 머리'만 가득해, 작은 도릿은 그 생각에 오랫동안 빠져들었다.

제너럴 부인은 표면을 오랫동안 단련한 터라 그 밑에 있는 게 무어든 (행여나 있다면) 완벽하게 숨기니, 그 밑을 살피는 건 불가능했다. 도릿 선생이 부인을 높이 평가하고 지극히 친절하게 행동한다는 건 부정할 수 없으나, 패니는 충동적인 성향이 강해서 판단이 틀릴 가능성도 컸다. 반면에 '번뜩이는 머리' 문제는 완전히 달랐다. 사정이 어떤지 누구나 한눈에 알 수 있어, 작은 도릿은 의심스럽기도 하고 놀랍기도 한 눈으로 가만히 살폈다.

'번뜩이는 머리'가 헌신하는 모습에 필적하는 건 그를 사로잡은 여인의 잔인한 변덕밖에 없었다. 때로는 패니가 확실한 관심을 보이는 바람에 기뻐하며 커다랗게 웃다, 바로 다음 날, 혹은 바로 한 시간 뒤에 패니가 완벽하게 무시하는 바람에 깜깜한 심연에 빠져들어, 살짝 기침하는 척하면서 끙끙대기 일쑤였다. '번뜩이는 머리'가 끊임없이 찾아와도 패니는 전혀 감동하지 않았다. 그런데도 '번뜩이는 머리'는 에드워드한테 바싹 달라붙으려 애쓰니, 에드워드로서는 다른 사람을 만나고 싶을 때면 뒷문으로 나가서 위장한 곤돌라를 타고 음모꾼처럼 뒷길로 살그머니 빠져나가야 하고, 그런데도 '번뜩이는 머리'는 도릿 선생이 열병에라도 걸린 것처럼 궁금해하며 하루걸러 한 번씩 찾아와서 문안 인사를 드리고, 그런데도 1,000시간 노를 저어서 1,000마일[19] 가는 내기에 큰돈이라도 걸린 것처럼 끊임없이 노를 저으며 제일 커다란 창문 앞을 오가고, 패니를 태운 곤돌라가 대문을 나서기만 하면 순식간에 튀어나와서 밀수업자를 뒤쫓는 세관 관리처럼 추격전을 벌였다. 그런데도 '번뜩이는 머리' 몸뚱이가 빼빼 마르지 않은 이유는, 신선한 공기와 바닷바람을 잔뜩 쐬서 체력이 자연스럽게 좋아졌기 때문일 가능성이 크다. 여하튼 '번뜩이는 머리'가 건강을 해쳐서 사모하는 아가씨를 감동하게 할 가능성은 조금도 없이, 허풍은 매일 늘고 몸집은 불그스름하면서 통통하게 불어나기만 하는 게, 젊은이라기보다는 이상하게 커다란 소년처럼 보였다.

블랑두아가 인사하러 찾아오자 도릿 선생은 가우언 친구라며 반갑게 맞이하고, 자신을 후손에게 전하는 역할을 가우언에게 맡기면 어떨지 언급했다. 블랑두아는 그 생각을 높이 평가하고, 도릿 선생은 블랑두아가 친구에게 좋은 기회를 알리면 어떨까 생각했다. 블랑두아는 그 역할을 자진해서 우아하게 맡아, 한 시간이 다 가기 전에 임무를 완수하겠다고 맹세했다. 그래서 소식을 전하니, 가우언은 예술의 대가답게 (후원자가 없어도 불만이고 있어도 불만이라) 도릿 선생한테 엿이나 먹으라는 욕설을 수십 번 뱉어내다, 소식을 가져온 친구에게 달려들었다.

---

19) 당시에 '1,000시간 1,000마일 걷기 기록'에 도전해서 성공한 사례가 있었다. 마일 단위는 km 단위로(1마일은 1.6km) 바꿔야 '번역'이라 할 수 있으나, 여기서는 '1,000'이라는 상징적인 숫자를 살렸다.

"내 정신세계에 문제가 있는 걸 수 있겠지만, 블랑두아, 도대체 자네가 그 일과 무슨 관계가 있나?"

"지랄 같군. 나도 몰라, 친구를 돕겠다는 생각만 했어."

블랑두아가 대답하자, 가우언이 눈살을 찌푸리며 반박했다.

"벼락부자가 거만하게 내민 돈을 주머니에 쑤셔 넣으라는 생각? 그런 생각? 간판장이한테 그려서 선술집 간판에나 쓰라고 해. 내가 어떤 사람이냐고, 그 작자는 어떤 사람이고?"

"예술의 대가, 그러면 블랑두아는 어떤 사람인데?"

가우언은 이 질문에 아무런 관심도 안 보인 채 분노어린 휘파람으로 도릿 선생을 무시했다. 하지만 다음 날, 살짝 웃으면서 대수롭지 않게 말하는 식으로 문제를 다시 꺼냈다.

"그래, 블랑두아, 자네가 말한 예술의 후원자한테 언제 가면 좋을까? 우리 같은 초보자는 일이 있을 때 잡아야 하거든. 언제 가서 일거리를 잡을까?"

"자네 마음대로 해. 내가 무슨 관계가 있나? 그게 나한테 뭔데?"

감정 상한 어투였다.

"그게 나한테 뭔지는 말할 수 있지. 빵과 치즈. 사람은 먹어야 하거든! 그러니 함께 가자고, 블랑두아."

도릿 선생은 두 딸 앞에서, 그리고 때마침 우연히 방문한 '번뜩이는 머리' 앞에서 두 사람을 맞이하니, 가우언이 아무렇게나 말했다.

"잘 지냈나, '번뜩이는 머리'? 자네가 타고난 지혜로 살아야 할 때, 친구, 나보다 편히 살면 좋겠군."

그런 다음에 도릿 선생은 자신이 생각한 내용을 제안하고, 가우언은 점잖게 듣다가 웃으면서 말했다.

"선생님, 나는 이 분야에 초짜로 기교를 다양하게 발휘하는 전문가가 아닙니다. 다양한 각도에서 선생님을 관찰하다 좋은 모델이라는 생각이 들면, 다른 일은 중단하고 선생님을 멋지게 그리는 일에 열정을 쏟아부을 시기를 판단하겠습니다."

가우언이 다시 웃으며 이어갔다.

"분명히 말하는데, 소중하고 탁월하고 훌륭하고 고상한 화가가 가득한 진영에서, 동료 화가들 사이에서, 나는 완벽한 배신자가 된 느낌이랍니다, 속임수를 쓸 줄 몰라서요. 하지만 지금껏 그렇게 안 살았으니 인제 와서 배우기에는 늦었답니다. 자, 사실대로 말하자면 나는 서툰 화가지만 화가 일반보다 서툰 건 아닙니다. 100기니 정도를 기꺼이 내버리겠다면, 고귀한 인물을 친척으로 둔 가난한 화가로서 정말 고마울 것 같습니다, 선생님이 그 돈을 나한테 내버린다면. 그러면 나 역시 그 돈에 합당한 만큼 최선을 다할 테니, 최선을 다한 결과가 어설프다면, 그렇다면 선생님은 유명한 화가가 그린 어설픈 초상화 대신에 이름 없는 화가가 그린 어설픈 초상화를 받는 셈이 되겠지요."

이런 논조를 도릿 선생이 기대한 건 아니나, 대체로 마음에 들었다. 친척이 고귀한, 게다가 단순한 노동자도 아닌 신사가 자신에게 신세를 지겠다고 하지 않는가! 그래서 가우언의 두 손에 자신을 맡긴 것에 만족도 하고, 신사라는 신분에 걸맞게 서로 가까이 지내는 기쁨을 누릴 것 같다는 확신도 들었다. 그러자 가우언이 말했다.

"정말 훌륭하십니다. 붓질하는 무리에 (세상에서 가장 흥겨운 무리에) 합류했다고 해서 내가 상류사회와 단절한 적은 없으니, 정겹고 흥겨운 화약 냄새를 이따금 즐기긴 한답니다, 비록 나를 허공으로, 현재의 천직으로 날려 보내긴 했지만."

가우언이 다시 느긋하게 웃으며 이어갔다.

"설사 내가 시간과 장소를 제안하더라도 내가 이 분야 동지들과 결탁

해서 음모를 꾸미리란 생각은 안 하시겠지요, 도릿 선생님? 그럴 일은 결코 없으니까요. 분명히 말하지만, 나는 어디를 가든 동지를 배신할 수밖에 없거든요, 이 분야를 진심으로 사랑하고 존중해도."

하! 도릿 선생은 가우언 선생이 솔직해서 - 으음 - 그런 의심을 조금도 할 수 없다.

"다시 말씀드리지만, 정말 훌륭하십니다. 도릿 선생님께서 로마로 가실 예정이라고 들었습니다. 나도 로마로 갑니다, 그곳에 친구가 있거든요. 선생님께 부당하게 바가지 씌우는 작업은 이곳이 아니라 그곳에서 시작하겠습니다. 여기에서는 남은 기간 내내 우리 모두 바쁠 테니까요. 베네치아에서 옷깃을 스치는 사람 가운데 나보다 가난한 사람은 없겠지만, 아직은 아마추어 느낌을 - 당연히 이 분야를 포함해서! - 완전히 벗어난 건 아니나, 푼돈이나 벌려고 허겁지겁 달려들 순 없으니까요."

도릿 선생은 이 말을 앞에서 한 말 이상으로 바람직하게 받아들이니, 이 말은 가우언에 대한 평판을 그대로 보여주고, 가우언 부부를 정찬에 초대하는 것으로 이어졌다.

이 말은 가우언 부인에 대한 평판을 그대로 보여주기도 했다. 남편은 잘생긴 부인을 사랑해서 소중한 혈통을 포기하고, 바너클 가문은 크게 반대하고, 미망인 가우언 부인 역시 결단코 반대하다, 결국에는 무너진 가슴을 끌어안고 모성애 하나로 양보한 사실을 미스 패니가 새삼스럽게 확인한 것이다. 제너럴 부인 역시, 집착은 가족에 커다란 슬픔과 불화를 가져온다는 걸 새삼스럽게 확인했다. 정직한 미글스 선생 이야기는 안 나왔다. 그런 부류가 자기 딸을 높은 신분으로 끌어올리려 하는 건 자연스러운 현상이니, 그렇게 하려고 최선을 다하며 애쓴 걸 누가 비난하겠느냐는 내용이 전부였다.

작은 도릿은 아름다운 가우언 부인에게 관심이 큰 터라, 그런 말을 너무나 쉽게 받아들이는 분위기가 이상해, 모든 걸 진지하고 세세하게 빈틈없이 살폈다. 가우언 부인의 얼굴에 그늘이 드리운 이유를 알 것 같았다. 그 말 전체에 진실은 하나도 없다는 사실마저 본능적으로 깨달았다. 그러나 자두와 프리즘 학교가 가우언 부인에게 예의를 깍듯하게 차릴 뿐 가까이 지낼 순 없도록 장애물을 설치해, 작은 도릿은 장학생으로서 학교 규정에 공손히 따를 수밖에 없었다.

그렇지만 두 사람은 이미 충분한 공감대를 형성한 터라, 아무리 커다란 어려움도 이겨낼 수 있고, 한정된 만남으로 우정을 쌓아갈 수도 있었다. 우연한 계기가 우정을 도와주기로 작정한 듯, 두 사람은 파리에서 온 블랑두아를 혐오한다는 공감대를, 파충류만큼이나 불쾌한 생명체에 반감과 공포와 혐오감을 느끼는 건 너무나 당연하다는 공감대를 서로에게서 우연히 확인하고 새로운 동질감마저 느꼈다.

두 사람 사이에는 이렇게 능동적으로 일치하는 것도 있지만, 수동적으로 일치하는 것도 있었다. 블랑두아는 두 사람을 똑같은 태도로 대하는데, 그 태도에 뭔가 일정한 느낌이 깃들었다는 걸, 다른 사람을 대하는 태도와 다르다는 걸 두 사람 모두 느낀 것이다. 너무나 사소한 차이라 다른 사람은 못 느껴도 두 사람은 확실히 느꼈다. 사악한 눈빛만 봐도, 하얗고 부드러운 손만 뒤집어도, 툭하면 내려오는 코와 올라가는 콧수염이 터럭 한 올만큼만 움직여도 두 사람한테 허풍을 떠는 느낌으로 다가왔다. '나한테는 은밀한 힘이 있다. 나도 알 건 다 안다'라고 말하는 것 같았다.

이걸 두 사람이 또렷하게 느낀 건, 서로 그렇게 느끼는 걸 더없이 확실하게 깨달은 건, 블랑두아가 베네치아를 떠나기 직전에 인사하러 도릿 선생 숙소를 찾아온 날이었다. 가우언 부인이 같은 이유로 찾아온 다음이라, 블랑두아는 두 사람과 우연히 마주쳤다. 다른 가족은 모두 나간 상태였다. 두 여인이 만나고 5분도 안 돼 블랑두아가 찾아와서 독특한 태도를 보이는 게 '하! 내 얘기를 하고 있었구나. 내가 그걸 막으려고 왔다!'라고 말하는 것 같았다. 그런 블랑두아가 미소를 머금으며 물었다.

"가우언도 오나요?"

가우언 부인이 남편은 안 온다고 대답했다.

"안 온다! 그렇다면 여기를 떠날 때 내가 집까지 에스코트하리다."

"고맙지만, 집으로 안 간답니다."

"집으로 안 간다! 그렇다면 나 혼자 쓸쓸하겠군."

블랑두아가 말했다. 맞는 말이었다. 하지만 두 사람 곁을 떠나면 이리저리 기웃댈 데가 많으니 쓸쓸할 건 없었다. 그래서 자리에 앉아 두 사람한테 찬사를 늘어놓으며 훌륭한 대화를 이어갔다. 그러나 "아니야, 아니야, 아니야, 내가 그걸 막으려고 특별히 찾아왔어!"라고 끊임없이 말하는 느낌이었다.

블랑두아가 그 느낌을 너무나 끈질기고 의미심장하게 드러낸 나머지, 마침내 가우언 부인이 떠나려고 일어났다. 그러자 블랑두아는 계단을 내려가는 걸 돕겠다며 손을 내밀고, 가우언 부인은 작은 도릿 손을 꼭 움켜잡으며 사양했다.

"아닙니다, 고맙습니다. 하지만 저 밑에 곤돌라 사공이 대기하는지 확인해주면 고맙겠습니다."

블랑두아로선 두 사람보다 먼저 내려갈 수밖에 없었다. 그래서 한 손에 모자를 들고 그렇게 하니, 가우언 부인이 속삭였다.

"저자가 개를 죽였어요."

"가우언 선생도 아세요?"

작은 도릿도 속삭였다.

"사실은 아무도 몰라요. 나를 쳐다보지 말고 저 사람을 쳐다보세요. 언제 우리를 돌아볼지 모르니까. 아무도 모르지만 나는 저 사람이 죽었다고 확신해요. 당신은?"

"나……나도 같은 생각이에요."

"남편은 저자를 좋아하니, 저자 짓이라는 생각을 안 할 거예요. 속이 넓고 소탈하거든요. 하지만 당신과 나는 저자가 어떤 사람인지 알아요. 저자는 개가 돌변해서 자신한테 달려들 때 이미 독극물에 중독된 거라고 주장했어요. 남편은 그 말을 믿지만 우리는 안 믿어요. 저자가 귀를 가만히 기울이지만 우리 말은 못 들어요. 잘 있어요, 아가씨! 잘 있어요!"

마지막 인사를 일부러 커다랗게 하니, 블랑두아는 잔뜩 경계하던 동작을 멈추고 고개를 돌려서는 층계참 바닥에서 두 사람을 쳐다보았다. 얼굴은 무척 공손하지만, 인류를 진정으로 사랑하는 사람이 있다면 그 목에 커다란 돌덩이를 매달아 지금 서 있는 어두운 아치 너머로, 흐르는 강물로 당장 떨어뜨리고픈 욕구가 치밀 것 같았다. 하지만 그러한 은혜를 인류에 베풀 사람은 그 자리에 없으니, 블랑두아는 가우언 부인이 배에 오르도록 손으로 잡아주고서 그 배가 멀찌감치 사라질 때까지 바라보다, 자신도 자기 배를 손으로 잡아서 올라타고 뒤를 쫓았다.

작은 도릿은 블랑두아가 아버지 집에 너무 쉽게 들어온다는 생각을 자주 했는데, 계단을 올라가는 지금도 비슷한 생각이 들었다. 하지만 도릿 선생이 사교계에 흠뻑 빠져든 큰딸에 동조하면서 이런저런 사람이 수없이 들락거리니, 블랑두아가 그러는 것만 이상하게 여길 순 없었다. 다양한 사람을 만나서 재산을 자랑하며 거들먹대고픈 열망이 도릿 가문에 득실대기 때문이다.

작은 도릿이 볼 때, 사교계는 일종의 고급 마셜씨 교도소랑 비슷했다. 많은 사람이 해외로 깃드는 이유 역시 빚이나 게으름, 인간관계, 호기심, 집에서 지내는 게 안 맞는 등등이니, 많은 사람이 교도소로 들어오는 이유와 너무나 똑같았다. 집사와 현지인에 이끌려서 외국 도시로 들어서는 모습 역시 채무자가 교도소로 끌려오는 광경과 똑같았다. 교회와 미술관을 돌아다니는 모습은 교도소 마당을 따분하게 돌아다니는 광경 그대로였다. 내일이면, 다음 주면 대체로 떠나는데, 자기 마음조차 모르는 경우가 많고, 자신이 다짐한 걸 실제로 하는 경우나 자신이 마음먹은 곳을 가는 경우도 드무니, 이런 모습 역시 교도소 채무자랑 너무나 비슷했다. 허술한 숙소에 묵으려고 높은 비용을 내고, 좋아하는 척하면서도 뒤에서 비난하니, 마셜씨 교도소 전통 그대로였다. 떠나기 싫은 척하면서도 뒤에 남은 사람은 먼저 떠난 사람을 부러워하는 모습에도 마셜씨 교도소 기질이 나타났다. 교도소에서 그러듯, 여행객 역시 자기네끼리만 통하는 은어를 입에 달고 살았다. 여행객이나 죄수나, 특정 대상에 마음을 붙이는 능력이 부족한 모습도 똑같고, 서로를 타락시키는 습성도 똑같고, 옷을 허술하게 입고 지저분하게 살아가는 모습도 똑같았다. 모든 점에서 마셜씨 교도소 사람을 보는 것 같았다.

베네치아에 머무는 기간은 하루하루 흐르다 마침내 끝나고, 도릿 가족은 하인을 데리고 로마로 이동했다. 목적지로 나아가는 과정은 갈수록 더럽다 못해 공기마저 병든 이탈리아 특유의 우중충한 풍경을 다시 스치듯 나아가는 과정이었다. 코르소 번화가에 멋진 주택을 미리 잡아서 주거지로 삼는데, 도시 전체가 폐허에 자리 잡아 영원히 멈추려고 애쓰는 것 같았다. 예외라고는 화려하고 다양한 분수에서 영원한

법칙에 따라 공중으로 솟구치다 떨어지는 물밖에 없었다.

작은 도릿이 볼 때, 사교계에 가득한 마셜씨 정신이 여기에서 변하다, 자두와 프리즘에 자리를 내주는 것 같았다. 모든 사람이 다른 사람 말에 따라 성 베드로 대성당과 바티칸을 돌아다니고, 다른 사람이 걸러낸 정보를 통해서 사물을 바라보았다. 무엇이 어떻더라는 말은 아무도 않고, 모든 사람이 제너럴 부인이나 유스터스 선생 등, 다른 사람이 한 말을 되풀이했다. 모든 여행자가 스스로 손발을 묶어서 유스터스 선생과 그 수행원에게 인간 제물로 넘겨, 신성한 사제단이 진실을 마음대로 조작하도록 하는 것 같았다. 현대인이 혯바닥을 묶고 두 눈을 가린 채 폐허로 변한 고대 신전과 무덤, 궁궐과 원로원 건물, 극장, 원형 경기장을 조심스럽게 더듬으며 자두와 프리즘을 끊임없이 되풀이해서 입술을 표준 모양으로 만들려 애쓰는 것 같았다. 제너럴 부인은 물 만난 고기였다. 의견을 지닌 사람이 하나도 없으니, 표면을 단련하는 자세가 놀라운 규모로 드러날 뿐 용기 내서 정직하고 자유롭게 말하는 방해꾼은 없었다.

로마로 들어선 직후에 자두와 프리즘이 색다르게 변하면서 작은 도릿의 관심을 은근히 끌었다. 머들 부인이 영원한 도시에서 색다른 겨울을 보내다 일찌감치 방문해, 패니와 함께 놀라운 실력을 발휘하며 칼싸움하는 덕분에, 가만히 바라보며 껌뻑이던 작은 도릿 눈빛조차 조그만 단검처럼 번뜩인 것이다.

"마흐띠늬에서 불길하게 시작한 친교를 이어가니 기쁘군요."

머들 부인이 말하자, 패니가 받아쳤다.

"마흐띠늬에서, 당연하죠. 매력이 넘쳤으니까요!"

"우연한 만남을 우리 아들 에드먼드 '번뜩이는 머리'가 많이 끌어올렸더군요. 베네치아에서 좋은 시간을 보내면서요."

"정말요? 그분이 거기에 오래 있었나요?"

패니가 태평한 표정으로 묻자, 머들 부인이 가슴을 도릿 선생에게 돌리며 말했다.

"그건 도릿 선생께 묻는 편이 좋겠군요. 덕분에 에드먼드가 편하게 지냈으니까요."

"어머나, 그런 말씀 마세요. 아빠가 에드먼드 선생을 두세 차례 초대하는 기쁨을 누리긴 했지만…… 그 정도는 아무것도 아니랍니다. 우리 주변에 사람이 들끓어서 숙소 자체를 개방한 터라, 에드먼드 선생이 그런 기쁨을 누렸다 해서 특별할 건 없으니까요."

패니가 말하는데, 도릿 선생이 끼어들었다.

"하지만 얘야, 하지만 - 하 - 세상 사람이 다 그렇듯 - 하 - 나 역시 머들 선생을 - 으음 - 탁월하고 훌륭한 분으로 - 하 - 높이 평가한다는 사실을 어떤 식으로든 - 하, 으음 - 가치도 없고 의미도 없을지언정. 드러낼 수 있어서 정말 기뻤단다."

'가슴'은 찬사를 더없이 매력적인 자세로 받아들이고, 패니는 '번뜩이는 머리'를 배제하려는 의도로 말했다.

"우리 아빠가 머들 선생님 얘기를 자주 하신다는 걸 부인도 아셔야 한답니다, 머들 부인."

"'번뜩이는 머리'한테서 머들 선생이 해외로 나올 가능성은 - 으음 - 없다는 말을 듣고서 - 하 - 크게 실망했답니다, 부인."

도릿 선생이 말하자, 머들 부인이 대답했다.

"아아, 맞아요, 남편은 일도 많고 만나자는 사람도 많아서 여유가 없답니다. 벌써 몇 년이나 해외로 못 나왔으니까요. 그대는, 미스 도릿, 해외에서 오랜 세월을 보내는 것 같은데 말이에요."

"아, 맞아요. 정말 오랜 세월이죠."

패니가 불굴의 정신으로 느릿느릿 말하니, 머들 부인이 다시 말했다.

"내가 추측한 대로군요."

"그대로지요."

패니가 대답하고, 도릿 선생이 다시 말했다.

"알프스 이쪽이나 지중해에서 머들 선생을 뵙는 - 으음 - 영광을 못 누린다 해도, 영국으로 돌아가면 가능하겠지요. 내가 무엇보다 갈망하고 무엇보다 중요하게 여기는 영광이랍니다."

머들 부인이 패니에게 감탄한 듯 외알 안경 너머로 꾸준히 바라보다 대답했다.

"남편도 무엇보다 중요하게 여길 거예요."

작은 도릿은 인제 혼자 지내는 시간이 없어도 깊은 생각에 빠져드는 습관은 여전하니, 이번 대화를 처음에는 자두와 프리즘 정도로 여겼다. 하지만 가족 전체가 머들 부인 숙소에서 화려하게 열린 잔치에 다녀온 뒤, 가족이 모인 아침 식탁에서 아버지가 머들 선생을 만나고 싶다는 말을 되풀이하고, 훌륭한 인물에게 조언받아 재산을 투자해서 이익을 챙기고 싶다는 말까지 하는 순간, 단순한 자두와 프리즘이 아니라는 생각이 들어, 시대의 놀라운 빛을 직접 만나고픈 호기심마저 느꼈다.

8장. 미망인 가우언 부인이 '절대로 그렇지 않다'는 말을 듣다

베네치아 수로와 로마 유적지는 햇살을 환하게 반사해서 도릿 가족을 즐겁게 하고, 여행용 연필은 비율도 특징도 달라서 비슷한 게 하나도 없는 스케치를 매일 수없이 그려대고, 도이스와 클레넘 회사는 블리딩 하트 단지에서 작업 시간 내내 망치질하느라 쇠와 쇠가 쾅쾅 부닥치는 소리가 끊임없이 울렸다.

젊은 동업자는 어느덧 사업 내용 전체를 질서정연하게 가다듬고, 늙은 동업자는 독창적인 지혜를 마음껏 발휘해서 공장의 성격을 또렷하게 드러냈다. 하지만 지배 권력은 독창적인 사람을 범죄자로 여기니, 도이스 역시 시도 때도 없이 이런저런 방해를 받지만, 권력층으로선 너무나 당연한 정당방위였다. '아무것도 안 하는 법'으로 볼 때 '무얼 하는 법'은 하늘 아래 공존할 수 없는 원수기 때문이다. '빙글빙글 돌리기 관청'이 체제를 필사적으로 받치는 지혜의 근간은 바로 여기에 있으니, 독창적인 영국인 모두에게 독창적으로 사고하는 걸 위험하다 지적하고 괴롭히고 방해하는 데다, 강도가 (손해배상은 애매하고 법률비용은 많이 청구하는 식으로) 약탈하게 하고, 짧은 기간만 특권을 허용하다[20] 모든 걸 압류하니, 발명을 반역죄로 여기는 게 분명했다. 이 체제를 바너클이 하나같이 환호하는 건 너무나 당연했다. 가치를 창출하는 발명가는 진지할 수밖에 없는데, 바너클은 진지한 걸 하나같이 질색하고 혐오하기 때문이다. 그게 너무나 당연한 또 다른 이유는, 온 나라가 진지함이라는 유행병에 걸리는 순간, 자리를 제대로 지킬 바너클은 한 명도 없기 때문이다.

데니얼 도이스는 온갖 시련을 겪고 벌금을 내면서도 작업 자체를 즐기며 차분하게 일했다. 클레넘은 곁에서 진심으로 협력하며 사업을 열심히 돕는 건 물론 정신적으로도 도우니, 회사는 번창하고 두 동업자는 확실한 동지로 다져졌다.

하지만 데니얼 도이스는 예전에 떠올린 발명을 여전히 잊을 수 없었다. 그냥 잊는다는 건 이치에 안 맞았다. 가볍게 잊을 수 있다면 애초에 마음에 품지도 않고, 그 작업을 해낼 인내와 끈기도 안 보일 터였다. 최소한 클레넘 눈에는 그렇게 보였다, 데니얼 도이스가 초저녁마다 모형과 설계안을 훑어보다 한숨을 내쉬고 놀라운 발명품이 확실하다고 중얼거리며 스스로 위로할 때마다.

그렇게 애쓰고 그렇게 실망하는 모습을 보고도 동정하지 않는 건, 클레넘이 생각하기에, 동업자에 대한 의무를 다하지 않는 것이었다. 이렇게 생각하다 보니, '빙글빙글 돌리기 관청' 입구에서 우연히 느낀 관심이 다시 살아났다. 그래서 동업자한테 발명품에 관해 설명해달라고 요청했다. "나는 기술자가 아니라는 사실을 충분히 고려"하라는 조건도 달았다.

"기술자가 아니라고? 이쪽 일에 전념했다면 당신은 완벽한 기술자가 되고도 남았을 거요. 이 분야를 파악하는 머리가 뛰어나니 말이오."

---

20) 당시에는 특허권을 14년 보장했다. 하지만 특허권을 침해당해도 합당하게 보상받을 방법은 없었다.

"안타깝게 덧붙이자면, 이 분야 교육을 조금도 못 받았답니다."

클레넘이 말하자, 데니얼 도이스가 대답했다.

"그건 모르겠소. 하지만 그렇게 말하지 마시오. 사업체를 전체적으로 계발하고 스스로 자신을 계발한 사람이 아무런 교육도 못 받았다고 할 순 없으니까요. 나는 애매한 걸 싫어한다오. 내가 생각한 자격이 충분하단 전제로, 또렷하고 확실하게 설명한 다음, 선생 판단을 들어보고 싶구려."

"그렇게 말씀하시니, 서로 칭찬을 주고받는 것 같지만, 진짜 그런건 아니니 – 최대한 쉬운 설명을 듣고 싶군요."

클레넘 말에, 데니얼 도이스는 한결같은 자세로 차분하게 대답했다.

"으음! 그러도록 노력하리다."

데니얼 도이스는, 그런 성격이 흔히 그렇듯, 자신이 생각하고 의도한 내용을 처음에 떠올린 대로 또렷하고 확실하게 설명할 힘이 있었다. 설명하는 방식이 정연하고 깔끔하고 담백해서 혼동할 게 없었다. 눈과 엄지손가락이 계획안 너머로 정확하고 기민하게 오가다, 상대가 조금이라도 더 이해하도록, 특정 지점에 참을성 있게 멈춰서 자세히 설명하다 원래대로 조심스럽게 돌아가고, 중요한 단계마다 차분하고 정확하고 확실하게 정리하는 자세는, 데니얼 도이스를 몽상가로 여기는 상투적인 시각과 완전히 달랐다. 그런 시각 자체가 우스꽝스러울 정도였다. 자신을 배제하고 설명하는 모습 역시 놀라웠다. 기계 구조를 자신이 발명했다거나 그 조합을 만들어냈다는 말은 조금도 안 했다. 조물주가 모든 걸 만들고 자신은 우연히 발견했다는 자세였다. 창조주를 존경하는 느낌이 창조주를 차분히 숭배하는 모습과 유쾌하게 어우러졌다. 자연법칙에 따랐을 뿐이라고 지극히 자연스러우면서도 겸손하게 확신했다.

클레넘은 그때는 물론이고 이후로도 며칠 동안 초저녁만 되면 계획 안을 검토하며 감탄했다. 내용을 파고들수록, 그걸 굽어보는 백발 머리를 쳐다볼수록, 계획안을 - 12년에 걸쳐서 마음을 쏟아부은 대상을 - 사랑하는 마음과 즐거움이 눈빛에 날카롭게 번뜩일수록, 클레넘은 이대로 포기하면 안 된다는, 새롭게 시도하자는 마음이 강하게 일었다. 그래서 말했다.

"데니얼 도이스 선생님, 마침내 여기까지 왔군요. 수없이 깨져나가다 사업을 망가뜨리느냐, 아니면 모든 걸 다시 새롭게 시작하느냐?"

"그렇소. 12년이나 고생한 걸 상원과 하원에서 그렇게 만들었소."

"정말 대단한 사람들이에요!"

클레넘이 씁쓸하게 말하자, 데니얼 도이스가 대답했다.

"늘 그런 식이라오! 내가 그만큼 거대한 조직에 속했다면, 이렇게 당하지는 않았을 거요."

"완전히 포기할 것인가, 새롭게 시작할 것인가?"

클레넘이 중얼거리며 생각을 정리하자, 데니얼 도이스가 대답했다.

"바로 그게 요점이라오."

클레넘이 벌떡 일어나서 노동으로 거친 손을 잡으며 소리쳤다.

"그렇다면, 데니얼 도이스 선생님, 처음부터 다시 시작해요!"

데니얼 도이스가 깜짝 놀란 표정으로 황급히 대답했다.

"아니요, 아니요. 이대로 놔두는 편이 좋소. 놔두는 편이 훨씬 좋아. 언젠가는 다른 사람이 발명했다는 소식이 들릴 거요. 이대로 놔둬요. 그냥 잊어버리시오, 클레넘. 나는 지금껏 이대로 놔두었소. 이제 다 끝났소."

"그래요, 데니얼 도이스 선생님, 선생님이 애쓰고 좌절하시는 건 이제 다 끝났어요. 하지만 나는 아니에요. 나는 선생님보다 젊으며, 대단한 관청에 어차피 발을 들여놓았으니, 기꺼이 새로운 사냥감이 되겠어요. 기운을 내세요! 내가 도전하겠어요. 선생님은 우리가 동업한 뒤로 지금껏 하시던 대로 하면 돼요. 나는 지금껏 해오던 일에다, 선생님께 공공의 정의가 실현되도록 하는 일을 (가볍게) 덧붙일 테니까요. 그래서 완벽하게 성공한 다음에 알려드릴 테니까요."

데니얼 도이스는 그래도 마음이 안 내켜, 그대로 두는 편이 좋다는 말을 하고 또 했다. 하지만 클레넘에게 점차 설득당하다 양보하는 모습 역시 너무나 자연스러웠다. 그래서 마침내 양보하고, 클레넘은 '빙글빙글 돌리기 관청'을 상대하는 작업에, 힘은 힘대로 들면서 희망은 안 보이는 작업에 다시 들어갔다.

'빙글빙글 돌리기 관청'은 다시 찾아오는 클레넘에 곧바로 적응하고, 관리인은 그런 클레넘을 소매치기라도 경찰서로 데려가듯 대기실로 곧장 데려갔다. 다른 게 있다면 경찰서는 소매치기를 잡아두는 게 목적이지만, '빙글빙글 돌리기 관청'은 클레넘을 쫓아내는 게 목적이었다. 하지만 클레넘은 위대한 '빙글빙글 돌리기 관청'에 끈질기게 달라붙어서 서류를 받고, 편지를 주고받고, 기록하고, 메모하고, 서명하고, 역 서명하고, 역 서명에 다시 역 서명하고, 뒤로 갔다 앞으로 가고, 옆으로 가고, 교차해서 왔다 가기를 되풀이했다.

예전에 언급하지 않은 '빙글빙글 돌리기 관청'의 특징이 여기서 드러난다. 훌륭한 관청에 문제가 생겨서 일부 국회의원이 크게 분개해서 개별 사건을 공격하다 못해 '빙글빙글 돌리기 관청'마저 혐오스러운 정신병원 같다고 공격하면, 상원과 하원에서 바너클을 대변하는 의원은 (제대로 하는 일을 방해할 목적으로) '빙글빙글 돌리기 관청'이 얼마나 많은 일을 하는지 아느냐며 반격하는 식으로 갈가리 찢어발기고 깔아뭉갰다. 그러다 숫자 몇 개가 들어간 종이 한 장을 손에 들고서 의회 전체에 관심을 보이길 청원한다. 그러면 하급 바너클은 명령에 따라 "들어보자, 들어보자, 들어보자!" 그리고 "읽어라!"라고 소리친다. 그러면 상원이나 하원의 바너클 의원이 연단에 올라서 주장한다, 여기에 있는 조그만 서류를 보면 아무리 심술궂은 사람이라도 (하루살이 바너클은 곳곳에서 폭소와 환호를 터트리며 조롱하고) 지난 반년이라는 짧은 기간에, 모든 비방을 다 받는 부서에서 (커다란 환호성) 편지를 15,000통이나 주고받았으며 (더 커다란 환호성) 회의록을 24,000장이나 작성했으며 (더더욱 커다란 환호성) 비망록을 32,517장이나 작성했다는 사실을 (거대한 환호성) 알 수 있다. 이게 전부가 아니다. 이 관청과 관련이 있는 영리한 신사는, 이 신사 역시 유능한 공무원으로, 동일 기간에 동일 관청에서 소비한 문방구류 분량을 계산하는 재미난 실험을 했다. 역시 여기 짧은 기록물에 적혀있다. 이 관청이 공공 봉사에 사용한 대판 양지 종이를 옥스퍼드 거리 양쪽으로 인도에 깔면 끝에서 끝까지 깔고도 400m 길이가 남아, 공원까지 깔 수 있다는 (거대한 환호와 폭소) 놀라운 사실을 아는가? 동일 관청에서 사용한 테이프는 – 빨간 테이프[21]는 – 하이드 파크 모서리에서 중앙우체국까지 꽃 줄로 우아하게 이어도 될 정도다. 이렇게 말한 다음에 비로소 상원이나 하원의 바너클 의원은, 국회 전체가 환호하는 가운데, 만신창이가 된 상대 의원을 격투장에 남겨둔 채 자리로 돌아간다. 한 명을 본보기로 삼아서 만신창이를 만들고 나면, '빙글빙글 돌리기 관청'은 많이 일할수록 되는 일이 적으며, '관청'이 불행한 대중에게 줄 수 있는 제일 바람직한 은총은 아무 일도 안 하는 거라고 대담하게 주장할 사람은 모두 사라진다.

---

21) 관공서에서 서류를 묶는 테이프로, 비효율적인 권위와 형식을 상징한다. 현대 영어에서 'red tape'를 '관료적 형식주의'라는 일반명사로 사용할 정도다.

하는 일은 많은데 추가 업무까지 - 유능한 인물이 자기 명대로 못 살고 수없이 죽어가게 한 업무까지 - 맡으니, 클레넘은 삶이 단조롭게 변했다. 여러 달이 지나는 동안, 어두운 어머니 방에 정기적으로 찾아가고 트위크넘에 정기적으로 가서 미글스 선생을 만나는 게 변화라면 변화였다.

클레넘은 작은 도릿이 몹시도 보고 싶었다. 많이 그리우리란 예상은 했지만, 이렇게 보고 싶을 줄은 몰랐다. 작은 도릿의 조그만 모습이 사라지는 순간에 삶에 생긴 커다란 공백을 이제 비로소 충분히 깨달았다. 하지만 작은 도릿이 돌아오리란 희망을 품으면 안 된다는 사실 역시 깨달았다. 도릿 가족이 자신과 작은 도릿을 확실히 떼어놓으려 한다는 걸 너무나 잘 알기 때문이다. 자신이 작은 도릿에 품었던 오랜 관심과 작은 도릿이 자신에 오랫동안 기댄 믿음은 그 마음에 우울증으로 나타나다 온몸을 사로잡아, 남모를 애정과 함께 과거로 곧장 달려갔다.

클레넘은 작은 도릿 편지를 받고서 크게 감동했지만, 거리 하나만 떨어진 건 아님을 깨달았다. 도릿 가족이 자신에게 설정한 거리를 한층 또렷하고 날카롭게 느꼈다. 작은 도릿이 고마워하는 은밀한 기억 속에 자신을 소중하게 간직한다는 사실도, 그 가족이 자신을 교도소 및 부속물과 동격으로 여긴다는 사실도 깨달은 것이다.

매일 같이 몰려드는 작은 도릿 생각을 이런 식으로 떠올리다 보니, 작은 도릿을 예전과 다른 모습으로 생각하게 되었다. 자신에게 순수한 친구며, 섬세한 아이며, 소중한 작은 도릿이었다. 새롭게 변한 환경이 오랜 습관에 이상할 정도로 잘 맞았다. 장미를 강물에 흘려보낸 밤부터 나타나 습관, 자신을 실제보다 훨씬 많이 늙은 사람으로 여기는 습관이 었다. 작은 도릿을 어른과 아이라는 관점에서 바라볼 뿐, 그게 작은 도릿한테 말로 다 할 수 없는 고통일 수 있다는 생각은 조금도 못 했다. 작은 도릿에 대한 애정이 그 미래는 물론 남편감까지 곰곰이 생각하는 형태로 나타나니, 작은 도릿으로선 마음에 품은 소중한 희망이 마지막 한 방울까지 사라지는 고통에 휩싸일 수밖에 없는데도 말이다.

주변 모든 것이 클레넘에게 스스로 늙은 사람으로 여기도록 부추기니, 미니 가우언과 관련해서 내적으로 갈등하던 열망 같은 건 (계절과 달로 계산해서 시간이 많이 지나지도 않았는데) 이제 완전히 사라졌다. 미니 가우언의 아버지와 어머니에 대한 관계는 부인을 여읜 사위와 같았다. 쌍둥이 자매가 안 죽고 살아서 여성으로 한창 꽃피울 나이에 죽고 클레넘은 그 남편일 때 미글스 부부와 맺을 딱 그런 관계였다. 그러다 보니 자신은 이제 다 살았다는, 연애 감정은 완전히 사라졌다는 느낌만 가슴에 들어찼다.

미니는 자신이 정말 행복하다는, 남편을 매우 사랑한다는 편지를 보내고, 클레넘은 그 소식을 미글스 부부한테서 매번 들었다. 그럴 때마다 미글스 선생 얼굴에 그늘이 어린다는 사실도 깨달았다. 결혼식을 마친 뒤로 미글스 선생은 예전처럼 밝게 웃은 적이 없었다. 페트와 떨어진 충격을 떨쳐낸 적도 없었다. 명랑하고 너그러운 성품은 여전하지만, 어린 자매 초상화에 깃든 한 가지 표정만 너무나 쳐다보다 그 얼굴에도 한 가지 표정만 깃드니, 얼굴이 어떻게 변하든 상실감이 어렸다.

어느 겨울 토요일에 클레넘이 트위크넘으로 넘어가자 미망인 가우언 부인이 햄튼 코트 궁전에서 여러 사람이 주인인 척하는 마차를 타고 달려와서 녹색 부채로 얼굴을 가린 채 바깥으로 나오는 은혜를 베풀었다. 그래서 비천한 사돈을 격려하며 말했다.

"두 분 모두 잘 지내셨나요, 사돈과 사부인? 우리 불쌍한 놈 소식을 최근에 언제 들었나요?"

우리 불쌍한 놈은 아들을 뜻하는데, 자기 아들이 미글스 가족의 간계에 넘어갔다는 주장을 세상에 무례하지 않게, 점잖게 드러내는 화법 가운데 하나였다.

"그리고 예쁜 아이는요? 나보다 최근에 들은 소식이 있나요?"

예쁜 아이라는 표현 역시, 아들이 미모에 홀려서 세속적인 이익을 모두 포기했다는 뜻을 교묘하게 내포했다.

가우언 부인은 그래서 나온 대답에 별다른 관심을 안 보인 채 다시 말했다.

"두 사람이 행복하게 지낸다는 소식을 들으면 마음이 많이 놓인답니다. 우리 불쌍한 놈은 한 곳에 못 있는 성격이라서 예전부터 이리저리 떠돌다 온갖 사람을 만나는 변덕을 부리며 인기를 누린 터라, 나로선 잘 지낸다는 소식이 그나마 커다란 위안이랍니다. 두 사람이 지금은 찢어지게 가난하겠지요, 사돈?"

이 질문에 미글스 선생이 짜증스러운 어투로 대답했다.

"그렇지는 않겠지요, 사부인. 조그만 수입으로 어떻게든 꾸려나갈 겁니다."

가우언 부인이 녹색 부채로 사돈 팔을 톡톡 치더니, 나오는 하품을 교묘하게 가리며 대답했다.

"아! 존경하는 사돈! 어떻게 그렇게 말할 수 있나요, 사업 능력도 좋고 세상도 아시는 분이…… 사돈은 우리보다 사업 능력이 좋고 세상을 잘 아시면서…… (조금 전과 같은 이유로 미글스 선생을 교활한 모사꾼으로 여기는 표현이었다) 조그만 수입으로 어떻게든 꾸려나갈 거라니요? 우리 아들이 불쌍해요! 그놈이 수백 파운드로 간신히 살아간다니! 귀엽고 어여쁜 며느리하고. 그 애가 간신히 살아간다니! 사돈!

그렇게 말하지 마세요!"

"으음, 사부인, 안타깝지만 헨리 가우언은 자기 수입을 확실하게 안
답니다."

"소중한 사돈 - 격식을 차리진 않을게요, 우리 역시 일종의 친척이니
- 그럼요, 사부인, 일종의 친척!"

가우언 부인이 감탄하는 게, 그 생각이 처음으로 문뜩 떠오른 것
같았다.

"소중한 사돈, 이 세상 누구도 모든 걸 자기 방식대로 처리할 수는
없답니다."

이 말 역시 조금 전과 같은 이유로, 미글스 선생이 지금껏 마음속에
흉계를 품고 모든 걸 꾸몄다고 교묘하게 주장하는 표현이었다. 가우언
부인은 자신이 적절하게 표현했다는 생각이 들어서 가만히 곱씹다 되
풀이했다.

"모든 걸 그럴 순 없답니다. 그럼요, 그렇고말고. 이 세상 누구도
모든 걸 자기 마음대로 할 순 없답니다, 사돈."

미글스 선생이 얼굴을 살짝 붉히며 반박했다.

"누가 모든 걸 자기 마음대로 하는지 물어도 될까요, 사돈?"

"아, 그런 사람은 아무도 없어요, 아무도! 내가 말하려는 건 - 그런데
사돈이 막았네요. 사돈이 끼어들 때, 내가 무슨 말을 하려고 했더라?"

가우언 부인이 녹색 부채를 축 늘어뜨린 채 미글스 선생을 가만히
쳐다보며 곰곰이 생각했다. 잔뜩 흥분한 신사의 마음을 가라앉히는
데 바람직한 행동은 아니었다.

"아! 그래, 맞아요! 우리 불쌍한 놈은 늘 기대하는 데 익숙하다는
사실을 사돈이 알아야 한답니다. 기대가 충족될 때도 있고 안 될 때도
있지만……"

가우언 부인이 말하자, 미글스 선생이 대답했다.

"그렇다면 충족이 안 됐다고 합시다."

미망인이 화난 표정으로 물끄러미 바라보다 고개와 부채를 흔들어서 노기를 털어내고는 조금 전에 하려던 말을 이어갔다.

"그래도 다를 건 없어요. 우리 불쌍한 놈은 그런 것에 지금껏 익숙한 터라, 사돈도 당연히 알겠지만, 이런 결과에 대비했답니다. 나 자신도 이런 결과를 또렷하게 예측했으니 놀랄 게 하나도 없네요. 사돈 역시 놀라지 않을 게 분명하고요. 아니, 놀랄 수가 없겠지요. 이런 결과를 만들어낸 당사자시니."

미글스 선생은 부인과 클레넘을 쳐다보고는 입술을 지그시 깨물다 헛기침하고, 가우언 부인은 계속 말했다.

"그런데 지금 우리 불쌍한 놈은 아기가 태어날 거라는, 가족이 늘어나는 만큼 비용 역시 늘어날 거라는 통보를 받았답니다! 불쌍한 헨리 가우언! 하지만 인제 와서 어쩌겠어요. 너무 늦어서 이제 어떻게 할 수도 없잖아요. 하지만 자기 수입을 안다는 말은 하지 마세요, 사돈, 이제 처음 깨달은 것처럼. 너무 심하니까요."

"너무 심해요, 사부인?"

미글스 선생이 물었다. 설명을 요구하는 어투였다.

가우언 부인이 한 손을 흔들면서 아랫사람 대하듯 대답했다.

"그래요, 그래! 요새는 불쌍한 놈 어미로서 너무나 힘들어요. 두 사람은 결혼으로 단단히 묶여, 인제 와서 되돌릴 수도 없으니까요. 그래요, 그래! 나도 알아요! 사돈이 말할 필요는 없어요. 나도 잘 아니까. 내가 아까 뭐라고 했나요? 두 사람이 행복하게 지내서 마음이 놓인다고 했잖아요. 앞으로도 행복하게 살길 바라고요. 우리 불쌍한 놈이 행복하고 만족스럽게 살도록 예쁜 며느리가 할 수 있는 모든 걸 다 하길 바란다고요. 하지만 사돈과 사부인, 더 얘기하지 않는 편이 좋겠네요. 우리는 이 문제를 똑같은 각도에서 바라본 적이 없고, 앞으로도 그럴 테니까요. 그래요, 그래! 이제 됐어요."

참으로 놀라울 만큼 엉뚱한 견해를 드러내고, 미글스 선생한테 신분 높은 집안과 사돈 맺는 영광을 턱없이 적은 돈으로 기대하면 안 된다고 경고하는 차원에서 할 말 못 할 말 역시 다 했으니, 가우언 부인은 나머지 얘기를 그만둘 마음이 있었다. 따라서 미글스 부인이 간청하는 눈빛과 클레넘이 의미심장하게 흔드는 손짓을 미글스 선생이 받아들였더라면, 가우언 부인도 그런 마음 상태를 조용히 즐길 수 있었다. 하지만 페트는 미글스 선생에게 누구보다 소중한 딸이며 자부심이니, 그 딸이 집안의 햇살일 때보다 열심히 옹호하거나 사랑할 때가 있다면, 그건 바로 지금, 집안에 일상적인 은총이자 기쁨이던 딸이 멀리 떠난 지금이었다.

"가우언 부인, 사부인, 나는 평생을 평범하게 살았습니다. 행여나 내가 - 나 자신한테든 다른 사람한테든 양쪽 모두한테든 - 속임수를 썼더라면 당연히 실패했겠지요."

"그랬겠지요, 사돈."

미망인이 대답했다. 상냥한 미소를 머금지만, 얼굴이 창백하게 변해서 두 뺨이 평소보다 빨갛게 돋보였다.

미글스 선생이 자제하려고 엄청나게 노력하면서 다시 말했다.

"따라서 사부인, 나한테 그런 속임수를 쓰지 말라고 부탁해도 마음이 안 상하기를 바랍니다."

"사부인 남편을 이해할 수가 없군요, 사부인."

가우언 부인이 말했다. 훌륭한 사부인께 말문을 돌린 건 논쟁에 끌어들여서 방패막이로 삼으려는 술책이었다. 하지만 미글스 선생이 사전에 끼어들며 막았다.

"애 엄마, 당신은 상황을 잘 모르니까 상대하지 않는 게, 아무 말 않고 가만히 있는 게 좋겠소. 여보세요, 사부인! 상식을 지닌 사람답게 행동합시다. 좋은 마음을 갖도록 하자고요. 공평무사하게 행동하자고요. 사부인은 헨리 가우언을 편들지 않고, 나는 페트를 편들지 않는 거예요. 한쪽만 편들지 않는 거예요, 친애하는 사부인. 사려 깊지도 않고 친절하지도 않은 행동이니까요. 페트가 헨리 가우언을 행복하게 만들길 바란다거나, 헨리 가우언이 페트를 행복하게 만들길 바란다는 식으로 말하지 맙시다. (이렇게 말하는 표정이 행복해 보이지 않았다.) 그 대신 두 사람이 서로를 행복하게 하길 바랍시다."

"그래요, 그걸로 끝내요, 애 아빠."

사람 좋은 미글스 부인이 상냥하게 말하자, 미글스 선생이 대답했다.

"아니요, 애 엄마, 아니요, 그렇지 않소. 이걸로 끝낼 순 없소 대여섯 마디만 더 하겠소. 가우언 부인, 내가 과민한 게 아니길 바랍니다. 나는 그런 사람이 아니니까요."

"그래요, 사돈은 그런 사람이 아니지요."

가우언 부인이 고개와 함께 커다란 녹색 부채를 끄덕이며 강조했다.

"고맙습니다, 사부인. 이제 됐습니다. 그렇지만, 마음이 약간 – 강하게 표현하고 싶진 않은데 – 아프다고나 할까요?"

감정을 억누르며 솔직하게 말했다. 화해를 바라는 어투였다.

"마음대로 하세요. 나는 관심이 없으니까."

가우언 부인이 대답하자, 미글스 선생이 나무랐다.

"안 되지요, 안 되지요, 그렇게 말하면 안 되지요. 바람직한 대답이 아니에요. 마음이 살짝 아픈 건, 그런 줄 알았다느니, 이제 너무 늦었다느니 하는 말을 들었기 때문이니까요."

"그러세요, 사돈? 놀랍지도 않네요."

"으음, 사부인, 나는 사부인이 조금이라도 놀라길 바랐습니다, 일부러 민감한 문제를 꺼내서 마음을 아프게 하는 행동은 자비로운 자세가 아니니까요."

"나한테 사돈 마음을 신경 쓸 책임은 없답니다."

미글스 선생은 불쌍하게도 너무 놀라서 어이없는 표정이고, 가우언 부인은 계속 말했다.

"불행하게도 내가 사돈 머리에 맞춘 모자를 쓰고 다녀야 한다면 모자 모양을 탓하지는 마세요, 사돈, 부탁합니다!"

"맙소사, 사부인! 그 말은 마치……"

미글스 선생이 흥분하고, 가우언 부인은 상대가 흥분할 때마다 차분히 생각하는 자세로 말했다.

"그래요, 사돈, 혼란을 막는 차원에서, 사돈이 나 대신 말하는 수고를 감수하는 편보다는 내가 직접 말하는 게 좋겠네요. 사돈은 '그 말은 마치'라고 했어요. 괜찮다면 내가 마저 말하지요. 그 말은 마치 - 내가 강조하거나 꺼내고픈 주제는 아니지만 이제 소용이 없으니, 바라건대 현 상황에서 최선을 다하자는 의미로 묻겠는데 - 내가 처음부터 끝까지 결혼을 반대하다, 마지막에 마지못해 허락했다는 말과 똑같은 건가요?"

"애 엄마! 이 말을 들어보시오! 클레넘! 이 말을 들어보게!"

미글스 선생이 소리치고, 가우언 부인은 부채를 부치면서 주변을 둘러보며 이어갔다.

"실내 크기가 적당해서 대화하기에 적합해, 곳곳에서 이런저런 말이 나오는 것 같네요."

침묵이 흘렀다. 미글스 선생이 다시 말하는 순간에 자신도 모르게 의자를 박차고 일어서지 않으려고 확실히 앉더니, 마침내 말했다.

"사부인, 나 역시 되풀이하고 싶은 마음은 조금도 없지만, 내가 불행한 문제에 관해 처음부터 끝까지 어떤 의견이었으며 어떻게 행동했는지를 상기시켜드려야 하겠군요."

"아, 친애하는 사돈! 분명히 말씀드리지만 나도 잘 안답니다."

가우언 부인이 대답하고는 나무라듯 고개를 저으며 웃고, 미글스 선생은 다시 말했다.

"나는 그전까지 불행이란 걸 몰랐으며, 걱정이란 것 역시 몰랐다오, 사부인. 나한테는 너무나 고통스러운 시기라······"

미글스 선생이 말을 잇지 못한 채 손수건으로 얼굴을 훔치고, 가우언 부인은 부채 너머로 차분하게 쳐다보며 말했다.

"나도 잘 안답니다. 사돈께서 클레넘 선생께 호소하니 나 역시 클레넘 선생께 호소하지요. 클레넘 선생은 내가 모든 상황을 잘 안다는 사실을 아니까요."

모든 당사자가 쳐다보는 가운데 클레넘이 대답했다.

"저는 이번 토론에 관여하고 싶은 생각이 없습니다. 헨리 가우언 선생을 충분히 이해하고 깨끗한 관계를 유지하길 바라기 때문입니다. 저로선 이런 소망을 품어야 할 이유가 확실합니다. 결혼하기 훨씬 전에 부인께서 저를 초대하시어 이런저런 대화를 나누다, 여기에 계시는 미글스 선생님께서 결혼을 밀어붙인다는 견해를 확실하게 드러내시어, 저는 그렇지 않다는 사실을 알려드리려 애썼습니다. 제가 알기로, 미글스 선생님은 (당시에도 그전에도) 말로든 행동으로든 결혼을 강력히 반대한다는 뜻을 확실히 밝히셨으니까요."

가우언 부인이 정의의 사도라도 되는 듯 두 손바닥을 미글스 선생한테 펼치며, 변명할 여지가 없으니 솔직히 고백하는 게 좋겠다는 어투로 말했다.

"들었지요? 정말 잘했어요! 사돈과 사부인 모두!"

가우언 부인이 벌떡 일어나며 이어갔다.

"힘든 논쟁을 여기서 끝내는 실례를 양해하세요. 이제 나는 더 말하지 않을 테니까요. 모든 걸 경험한 사람이 보기에 그건 또 다른 증거에 불과하다는, 이런 부류의 작업은 결코 성공할 수 없다는 - 우리 불쌍한 놈이 직접 말한 것처럼, 이런 작업은 아무런 소득이 없다는 - 한마디로, 결코 성공할 수 없다는 의견만 덧붙이겠어요."

"이런 부류의 작업이요?"

미글스 선생이 묻자, 가우언 부인이 대답했다.

"아무런 소용도 없답니다, 신분이 달라도 너무나 다른 사람이, 우연한 결혼으로 뒤섞인 사람이, 모든 게 못마땅하게 뒤흔들리는 상황을 똑같은 시각으로 바라볼 수 없는 사람이 한데 어울리려고 애쓰는 건. 절대로 성공할 수 없으니까요."

"실례지만, 사부인……"

미글스 선생이 말하는데, 가우언 부인이 막으며 이어갔다.

"아니에요, 그만 하세요. 왜 그래야 합니까! 또렷한 사실이잖아요. 절대로 성공할 수 없다는 건. 그러니 괜찮다면, 나는 내 길을 가고, 사돈은 사돈 길을 갑시다. 우리 불쌍한 놈의 어여쁜 부인만큼은 언제라도 다정하게 맞이해서 애정이 가득한 관계를 만들어가도록 애쓰겠어요. 하지만 이 관계는, 반은 가족이고 반은 낯설며 반은 들이받고 반은 따분한 관계는, 너무나 웃기는 상태라 어쩔 도리가 없겠네요. 분명히 말씀드리지만, 절대로 성공할 수 없답니다."

미망인은 여기에서 웃는 얼굴로 방에 있는 특정 인물이 아니라 방 자체에 대고 인사하더니, 그걸로 작별 인사를 마쳤다. 클레넘이 앞으로 나서서 손을 내밀어, 햄튼 코트 궁전의 모든 부인이 사용하는 게딱지만 한 마차까지 에스코트하고, 가우언 부인은 놀라울 정도로 차분하게 올라타서 멀리 떠났다.

그런 다음부터 미망인은 가까이 지내는 사람에게, 아들을 붙잡으려고 필사적으로 애쓰는 아들 처가 쪽 사람을 이해하려고 애썼지만, 조금도 이해할 수 없는 사람이란 사실만 확인하고 말았다는 이야기를 경쾌하고 익살맞게 늘어놓았다. 사돈 쪽을 깔아뭉개는 게 자신이 늘어놓는 거짓말에 바람직하다는, 불편한 상황을 피할 수 있다는, 그래도 (예쁜 딸을 결혼으로 단단히 묶어놓았으니) 손해 볼 위험은 없다는 결론을 미리 내렸는지 아닌지는 가우언 부인 자신이 누구보다 잘 알 터였다. 모든 상황을 볼 때 미리 결론을 내린 게 확실하지만 말이다.

9장. 나타나기와 사라지기

다음 날 초저녁에 미글스 선생이 말했다.

"클레넘, 젊은 친구, 애 엄마하고 논의하는 중이지만 이대로 있으려니 마음이 안 편해. 우아한 사부인이 – 어제 찾아온 귀부인이……"

"이해합니다."

클레넘이 대답하고, 미글스 선생은 계속 말했다.

"상류사회를 밝히는 상냥하고 겸손한 인물이 우리 말을 엉뚱하게 전하지나 않을까 걱정스러워. 딸한테 좋은 일이라면 우리는 아무리 힘들어도 참아내겠지. 하지만 이번에는 안 참는 게 좋을 것 같아, 우리 딸한테 차이가 없다면."

"맞습니다. 계속 말씀하세요."

"자네도 알다시피 그러다 보면 우리 사위랑 사이가 틀어질 수도 있고, 심지어 우리 딸하고도 사이가 틀어질 수 있으니, 가족 문제가 심각하게 변할지 몰라. 안 그런가?"

"네, 그렇지요. 선생님 말씀에 일리가 있어요."

클레넘이 대답하고는 늘 차분하고 합리적인 미글스 부인을 쳐다보자 정직한 얼굴에는 미글스 선생이 무슨 말을 하든 지지하길 바라는 표정이 가득하고, 미글스 선생은 계속 말했다.

"그래서 우리는, 애 엄마와 나는, 가방과 짐을 싸서 알롱과 마르숑 사이로 다시 들어가고픈 마음이 간절하다네. 이곳을 떠나고 프랑스를 거쳐, 이탈리아로 곧장 들어가서 우리 페트를 만나고픈 마음이 간절하다는 뜻이야."

클레넘은 미글스 부인이 환한 얼굴에 (예전에는 딸과 똑같은 모습이었을 게 분명한 얼굴에) 어리는 모성애 특유의 기대감에 감동하며 대답했다.

"더 좋은 방법은 없을 것 같네요. 어떻게 해야 좋을지 물으신다면 저는 내일 당장에라도 떠나라고 말씀드리겠습니다."

"정말인가? 애 엄마, 내 생각을 지지하는군!"

애 엄마가 고마운 기색이 가득한 표정으로 클레넘 마음에 쏙 들게 바라보며, 정말 그렇다고 대답하고, 미글스 선생은 얼굴에 먹구름을 드리우며 말했다.

"사실 클레넘, 사위가 또 빚져서 내가 다시 청산해야 할 것 같아. 이 일 때문에라도 직접 가서 사위를 다정하게 위로하는 게 좋겠어. 게다가 여기에 있는 애 엄마가 멍청하게도 (당연하기도 하고) 페트가 아프지나 않을까 걱정하는 거야. 이런 시기에 그 애 혼자 외롭게 놔둘 수 없다면서. 정말 먼 길이라는 건, 사랑에 빠진 불쌍한 딸한테 너무나 낯선 곳이라는 건 누구도 부정할 수 없으니까, 클레넘. 아무리 먼 길이라도 우리가 직접 가서 우리 딸을 보살펴야 한다는 거야, 그곳 여인이 보살핌을 받는 만큼은, 집 같지 않아도 집은 집인 것처럼. 로마 같지 않아도 로마는 로마인 것처럼."

"완벽하게 옳은 말씀이니, 먼 길을 떠날 이유가 충분합니다."

클레넘이 동조하니, 미글스 선생이 대답했다.

"그렇게 생각해서 기쁘네. 결정했어. 여보, 애 엄마, 준비하시오. 명랑한 통역사는 잃었지만(우리 딸은 3개 외국어를 하거든, 클레넘. 자네도 여러 번 들었잖아), 당신이 옆에서, 애 엄마, 할 수 있는 만큼 도와주면 되겠지."

미글스 선생이 고개를 저으며 이어갔다.

"나는 엄청나게 많은 도움이 필요하다네, 클레넘, 엄청나게 많은 도움이. 명사와 형용사 말고는 하나같이 막히거든…… 사위랑도 막히고, 사위가 딱딱할 때는."

"막 생각났는데, 존 밥티스트가 있어요. 존 밥티스트 카발레토가 기꺼이 도와드릴 거예요, 선생님이 필요하시다면. 나도 필요하긴 하지만 선생님이 무사히 데려올 테니까요."

클레넘이 제안하자, 미글스 선생이 곰곰이 생각하다가 대답했다.

"카발루로는 (이름부터 막히는군, 우스꽝스러운 노래 후렴 같기도 하고) 자네한테 필요하니, 내가 데리고 가고픈 마음은 없어. 게다가 언제 돌아올지도 모르고. 그 친구를 데려가서 세월을 무한정 보내면 안 되잖아. 우리 집이 예전 같지 않아. 두 사람이, 페트랑 불쌍한 태티코럼이 빠져나갔을 뿐인데, 집이 텅 빈 것 같아. 이번에 나가면 언제 돌아올지 모르겠어. 맞아, 클레넘, 애 엄마가 헤쳐나갈 거야."

그러는 편이 최선일 수 있겠다는 생각이 들어서 클레넘도 더 밀어붙이지 않고, 미글스 선생은 다시 말했다.

"자네가 시간 날 때마다 기분 전환 삼아 여기에 내려와서 머문다면, 나도 그렇고 애 엄마도 그렇고, 사람이 가득할 때처럼 이 집에 활력도 생기고 벽에 있는 두 아이 초상화도 가끔은 다정한 눈길을 받아서 마음이 놓일 것 같아. 이 집에도 두 아이한테도 한 식구나 마찬가지니, 클레넘, 자네가 그렇게 해준다면 우리 모두 기쁠 거야…… 그런데, 가만

있자…… 먼 길을 나서기에 날씨는 어떤가?"

미글스 선생이 갑자기 입을 다물더니, 헛기침하면서 일어나 창문 밖을 쳐다보았다.

날씨는 좋다는 데 모두 동의하고, 클레넘은 안전한 방향으로 대화를 이끌다 편안한 분위기가 다시 감도는 순간, 헨리 가우언 쪽으로 가만히 방향을 틀어, 충분히 관심을 기울인다면 꽤 괜찮은 성격이고 머리 회전도 빠르다고, 게다가 아내를 사랑하는 마음이 가득하다고 조심스럽게 말했다. 클레넘은 긍정적인 영향을 미치고, 미글스 선생은 사위를 칭찬하는 말이 마음에 든 나머지, 애 엄마를 증인으로 삼아, 자신은 사위에게 다정하고 따뜻하게 대하고 싶은 마음이, 서로 신뢰하고 조화롭게 지내며 바람직한 친교를 나누고 싶은 마음이 간절하다고 다짐했다. 그리고 서너 시간 뒤에는 가족이 빈 사이에 상하지 않도록 가구마다 천을 덮기 시작하고 – 미글스 선생 표현에 따르면, 머리카락까지 종이에 넣기 시작하고 – 며칠 뒤에 애 아빠와 애 엄마는 떠나고, 티킷 부인은 예전처럼 거실 블라인드 뒤에 틀어박혀서 버컨 박사를 펼쳐놓고, 클레넘은 정원에 쌓인 낙엽을 홀로 부스럭대며 거닐었다.

클레넘은 그 집이 좋았다. 그 집에 찾아가지 않고 일주일을 넘긴 적은 없었다. 때로는 토요일에 혼자 내려와서 월요일까지 지내고, 때로는 동업자와 함께 내려오고, 때로는 집 안과 정원을 한두 시간 거닐며 모든 걸 점검하고 런던으로 돌아가기도 했다. 언제든, 어떤 상황이든, 티킷 부인은 새까만 곱슬머리 가발 차림 버컨 박사를 펼쳐놓고 거실 창가에 앉아서 가족이 돌아오기만 학수고대했다.

한번은 클레넘이 찾아가자 티킷 부인이 "말할 게 있는데, 깜짝 놀랄 겁니다, 클레넘 선생님"이라고 말했다. 클레넘이 대문으로 들어설 때, 티킷 부인이 거실 창가를 벗어나 현관을 열고서 정원까지 나올 정도니,

정말 놀라운 내용이 분명했다.

"뭔데요, 티킷 부인?"

클레넘이 묻자, 충실한 가정부는 클레넘을 거실로 들여서 문을 닫으며 대답했다.

"선생님, 꼬임에 넘어가서 집 나간 아이를 다시 볼까 싶었는데, 어제 초저녁 어스름할 때 보았답니다."

"설마 태티……"

"코럼!"

"어디서요?"

"당시에 나는 메리 제인이 준비하는 차를 마시려고 평소보다 오래 기다리던 중이라, 눈꺼풀이 약간 무거웠답니다, 클레넘 선생님. 잠을 잔 건 아닌데, 정확히 말해서 꾸벅꾸벅 존 것도 아니었어요. 엄밀하게 말해서 두 눈을 감은 채 지켜보았다고 할 수 있지요."

클레넘은 무슨 말이냐고 묻는 대신에 "맞아요. 그래서요?"라 묻고, 티킷 부인은 계속 말했다.

"으음, 선생님, 나는 이런저런 생각을 했답니다, 선생님이 그러는 것처럼. 다른 사람이 그러는 것처럼."

"맞습니다. 그래서요?"

"내가 이런저런 생각을 할 때는, 말할 필요도 없겠지만, 주로 가족을 생각한답니다."

티킷 부인이 말하더니, 철학적으로 논쟁하듯 덧붙였다.

"사람이 생각하다 보면 옆길로 새더라도 마음에 가득한 생각이 주로 떠오르는 법이니까요! 생각은 그럴 수밖에 없으니, 누구도 막을 순 없답니다."

클레넘은 새로운 발견을 인정하며 고개를 끄덕이고, 티킷 부인은 계속 이어갔다.

"건방지게 말하자면 선생님도 그렇고 우리 모두 그렇지요. 우리를 바꾸는 건 신분이 아니랍니다, 클레넘 선생님. 생각은 자유니까요! 조금 전에 말한 것처럼, 나는 이런저런 생각을 하면서 주로 가족 생각을 했어요. 멀리 떠난 가족은 물론이고 이 집에 함께 살던 가족도요. 사람이 그런 식으로 이런저런 생각을 하다가 날이 어두워지면 모든 게 현재처럼 느껴지는 터라, 뭐가 뭔지 파악하려면 그런 상태부터 벗어나야 한답니다."

클레넘은 다시 고개를 끄덕였다. 티킷 부인이 수다를 새롭게 늘어놓을까 두려워서 한마디도 뻥끗하지 않았다.

"그래서 눈을 깜빡이다 대문을 들여다보는 그 아이를 보고서 나는 조금도 안 놀란 채 눈을 다시 감았답니다. 그 아이 역시 나나 선생님처럼 이 집에 산다는 생각만 하고, 집을 나갔다는 생각은 못 했거든요. 하지만 선생님, 눈을 다시 깜빡이다, 그곳에 아무도 없다는 사실을 깨닫고 갑자기 몰려드는 공포에 벌떡 일어났답니다."

"곧장 뛰어나갔나요?"

"네, 두 발을 최대한 빨리 움직여서 뛰쳐나갔는데, 선생님이 믿을지 모르겠지만, 별이 반짝이는 창공에 아무것도, 젊은 여자애 손가락만 한 것도 없었답니다."

클레넘은 별이 반짝이는 창공에 아무것도 없었다는 말을 무시한 채, 티킷 부인에게 대문 밖까지 나갔는지 물었다.

"나가서 이쪽도 저쪽도, 공중도 바닥도 살폈는데, 흔적조차 사라졌답니다!"

눈을 감았다 다시 깜박거린 사이에 시간이 얼마나 지났느냐고 클레넘이 물었다. 티킷 부인은 모든 상황을 자세히 설명했지만, 5초와 10분 사이에서 확실하게 대답할 수 없었다. 모든 게 애매한 데다, 잠자다 깜짝 놀라서 깨어난 상황 역시 분명한 터라, 클레넘은 꿈으로 여기고 넘어가고 싶었다. 그래서 애매한 해결책으로 티킷 부인을 달래고 가슴에 가만히 담은 채 그 집을 떠났다. 계속 그런 식일 것 같았는데, 묘한 상황이 곧바로 펼쳐지면서 그 생각을 바꾸어놓았다.

클레넘은 저물녘에 스트랜드 거리를 걸어가고, 가로등에 불붙이는 노동자는 앞에서 걸어가는데, 그 손길이 닿을 때마다 짙은 안개에 흐릿하던 가로등이 불쑥불쑥 튀어나오는 게 갑자기 만개하는 해바라기 같다고 느낄 때, 석탄 마차가 강변 부둣가에 길게 늘어서며 힘겹게 올라오느라 인도를 막아, 자리에 멈추고 말았다. 지금껏 이런저런 생각을 하며 빠르게 걷다 갑자기 멈추니, 이런 상황에 부닥친 사람이 흔히 그러듯, 주변을 새롭게 둘러보았다.

그와 동시에 바로 앞에 - 중간에 서너 사람이 있긴 해도 팔을 뻗으면 닿을 듯한 거리에 - 태티코럼이 이상한 사내와 서 있었다. 사내는 코가 높고 까만 콧수염은 가짜 같고 두 눈에 어린 표정도 가짜 같은데, 묵직한 망토를 걸친 모습이 외국인 분위기였다. 옷차림도 겉모습도 여행 중인 사내로, 여자애를 이제 막 만난 것 같았다. (키가 많이 큰 터라) 고개를 숙인 채 여자애가 하는 말을 들으면서도, 누가 뒤를 쫓는다고 의심하는 사람이 그럴 것처럼 미심쩍은 눈초리로 뒤를 줄기차게 돌아보곤 했다. 바로 그때 클레넘은 그 얼굴을 보았다. 클레넘이든 다른 사람이든 특정 얼굴에 눈길을 주는 게 아니라, 뒤에 있는 모두한테 눈살을 찌푸리는 얼굴이었다.

사내가 여전히 고개를 숙여서 여자애 말을 들으며 눈길을 돌리는 순간에 막힌 길이 뚫리면서 사람들이 물살처럼 빠져나갔다. 사내는 여전히 고개를 숙여서 열심히 들으며 여자애랑 나란히 걷고, 클레넘은 갑작스러운 장면을 끝까지 쫓아서 두 사람이 가는 곳을 확인하자고 다짐하며 뒤를 밟았다.

클레넘은 결심을 다지자마자 (아주 짧은 순간인데도) 다시 갑자기 멈춰야 했다. 두 사람이 애덜피 주택단지로 갑자기 들어서는 게 - 여자애가 이끄는 게 분명한데 - 앞으로 곧장 가다, 강물 위에 삐져나온 테라스로 가려는 것 같았다.

오늘날에도 널찍한 대로에서 시끌벅적하던 소리가 갑자기 끊기는 곳이 있다. 양쪽 귀에 솜을 찔러넣거나 머리에 두툼한 이불이라도 뒤집어쓴 듯 다양한 소리가 순식간에 가라앉는 느낌 말이다. 당시에는 이런 현상이 특히 심했다. 강물에는 조그만 증기선조차 없고, 미끌미끌한 나무 계단과 방죽길만 있을 뿐 물건을 내리는 하역장도 없고, 맞은편 강둑에 철로도 없고, 강을 건너는 다리나 수산시장도 근처에 없고, 제일 가까운 석조다리[22]를 건너는 사람도 없으니, 강물 위를 오가는 거라곤 뱃사공이 모는 나룻배와 석탄 운반선이 전부나, 널찍하고 새까만 석탄 운반선은 진흙에 단단히 박힌 모습이 두 번 다시 안 움직일 것 같고, 어둠이 깔린 강변은 장례식장처럼 조용해, 조그만 파문이라도 일면 강물 한가운데로 멀찌감치 밀려날 뿐이라, 해가 떨어진 다음에는 언제든, 집에 먹을 게 있는 사람은 집으로 가고, 집에 먹을 게 없는 사람은 구걸하거나 훔치러 나오기 직전에는 더더욱, 인적이 끊겨서 더없이 황량했다.

바로 이런 시각에 클레넘은 여자애와 낯선 사내가 걸어가는 모습을 바라보며 모서리에서 멈췄다. 사내가 돌바닥을 내딛는 소리가 시끄러워서 자신이 걷는 소리까지 보태고 싶지 않았다. 하지만 두 사람이 갈림길을 지나서 테라스로 이어진 어두운 모서리로 들어설 때는 아무

---

22) 구 워털루 다리로, 통행세 2펜스를 받는 터라 지나는 사람은 거의 없었다.

관계도 없는 사람이 자기 길을 느긋하게 걸어가는 표정을 최대한 떠올리며 뒤를 쫓았다.

어두운 모서리를 돌아가니, 두 사람은 자신들 쪽으로 다가오는 인물을 향해 테라스를 따라 걸어가고 있었다. 그 인물만 보았더라면 가로등과 안개와 거리 때문에 첫눈에 알아볼 수 없겠지만, 여자애 덕분에 웨이드 아가씨를 한눈에 알아볼 수 있었다.

클레넘은 모서리에 멈추어, 그곳에서 누굴 만나기로 약속한 듯한 표정으로 뒤를 돌아보았다. 하지만 한쪽 눈은 세 사람을 조심스레 살폈다. 세 사람이 만나는 순간에 사내는 모자를 벗어서 웨이드 아가씨에게 고개를 숙이며 인사하고, 여자애는 뭐라고 말하는 게 사내를 소개하는 것 같기도 하고 늦게 온 걸, 혹은 일찍 온 걸 설명하는 것 같기도 했다. 그러더니 뒤로 한두 걸음 물러나고, 웨이드 아가씨는 사내와 함께 테라스를 따라 오르내리며 거니는데, 사내는 지나치게 굽실대며 아부하는 모습이고, 웨이드 아가씨는 지나치게 거만한 모습이었다.

웨이드 아가씨가 모서리로 내려와서 발길을 돌릴 때 말했다.

"그것 때문에 내가 궁지에 몰린다 해도, 선생, 그건 내 일이오. 당신은 당신 일이나 하고 나한테 아무것도 묻지 마시오."

사내는 다시 고개 숙여 인사하며 대답했다.

"맙소사, 마님! 그건 제가 강인한 마님 성격을 깊이 존경하고 아름다운 모습을 높이 숭배하기 때문이랍니다."

"나는 누구한테 존경이든 숭배든 안 바라오, 당신한테는 더더욱. 보고나 계속하시오."

"저를 용서하신 건가요?"

사내가 물었다. 약간 겸연쩍으면서도 용감한 척하는 느낌이었다.

"당신은 보수를 받으니, 당신이 바랄 건 그게 전부요."

148

여자애가 한두 걸음 뒤에서 따라다니는 이유가 대화 내용을 들으면 안 되기 때문인지 내용을 충분히 알기 때문인지 클레넘은 애매했다. 두 사람이 발길을 돌리고 여자애도 발길을 돌렸다. 여자애는 두 손을 앞에 모은 채 걸으며 강물을 쳐다보았다. 클레넘이 얼굴을 안 드러낸 상태로 알 수 있는 건 이 정도가 전부였다. 다행히도 그곳에 실제로 누군가를 기다리며 어슬렁대는 사람이 있어, 난간 너머로 강물을 쳐다보기도 하고 어두운 모서리로 돌아와서 길을 쳐다보기도 해, 클레넘이 받을 의심을 덜어주었다.

웨이드 아가씨가 사내와 다시 걸어오다 말했다.

"내일까지 기다려야 하오."

"맙소사! 오늘 밤엔 안 될까요?"

"그렇소. 분명히 말하지만, 당신한테 건네려면 내가 먼저 손에 넣어야 하오."

웨이드 아가씨가 마차길에서 걸음을 멈추는 게 대화를 마친 것 같았다. 사내도 당연히 멈췄다. 여자애도 멈췄다. 사내가 말했다.

"약간 불편하네요. 약간. 하지만, 신성한 파랑! 이런 일을 하다 보면 이 정도는 아무것도 아니지요. 어쨌든 오늘 밤은 돈이 한 푼도 없네요. 이 도시에 돈줄이 있긴 한데, 큰돈을 끌어낼 때까지는 그 집에 가고 싶지 않거든요."

"해리엇, 이 사람한테 – 여기에 있는 신사한테 – 내일 돈을 좀 보내도록."

웨이드 아가씨가 말하는데, 신사라는 단어를 애매하게 발음해서 경멸스러운 느낌을 강하게 드러내고는 천천히 걸어갔다.

사내는 다시 고개 숙이며 인사하고, 여자애는 사내에게 뭐라고 말하면서 웨이드 아가씨를 따라갔다. 클레넘은 세 사람이 멀어질 때 여자애를 자세히 쳐다보는 위험을 무릅썼다. 새까만 눈동자를 고정한 채 사내를 자세히 살피는 게, 그리고 테라스 끝까지 나란히 걸어가면서도 사내와 거리를 유지하려 애쓰는 게 확실했다.

포장도로에서 우당탕 쿵쾅 소리가 일어, 무언가 지나간다는 사실을 깨닫기도 전에, 사내가 혼자서 돌아온다는 사실을 클레넘에게 알려주었다. 클레넘은 어슬렁대며 마차길로 들어서서 난간으로 다가가고, 사내는 망토 끝자락을 어깨에 걸친 채 프랑스 노래를 부르며 빠르게 지나갔다.

이제 클레넘밖에 없었다. 누군가를 기다리며 어슬렁대던 사람은 벌써 사라지고, 웨이드 아가씨와 태티코럼도 떠났다. 클레넘은 두 여자가 어디에 사는지 확인해서 미글스 선생한테 알려주기로 마음먹고 테라스 끝으로 가서 주변을 조심스레 살폈다. 무엇보다 먼저, 두 여자는 조금 전에 헤어진 사내와 정반대 방향으로 갔을 거라 판단했는데, 정확한 판단이었다. 대로가 아니라 근처 골목에서 두 여자를 금방 찾았는데, 사내가 충분히 멀리 떠날 때까지 기다리는 게 분명했다. 서로 팔짱을 끼고 한쪽 길을 천천히 내려가다, 맞은편 길을 천천히 올라오는 식이었다. 그러더니 골목 모서리로 다시 오는 순간, 느긋한 발걸음을 목적지가 또렷한 발걸음으로 바꾸며 꾸준히 걸었다. 클레넘도 두 여자를 꾸준히 쫓았다.

두 여자는 스트랜드 거리를 가로질러서 코벤트 가든을 (클레넘이 예전에 하숙해, 작은 도릿이 늦은 밤에 찾아온 건물 창문 밑으로) 지나더니, 북동쪽으로 비스듬히 방향을 틀어, 태티코럼이라는 이름을 딴 큰 건물을 지나서 그레이즈인 법학원 도로로 들어섰다. 플로라는 물론 족장과 팽스가 사는 근처로, 클레넘이 잘 아는 동네라서 두 여자를 쫓는 게 어렵지 않았다. 두 여자가 어디로 갈지 궁금했는데, 족장이 사는 거리로 들어서는 걸 보는 순간에는 더 커다란 궁금증이 몰려들었다. 두 여자가 족장 집 현관문 앞에 멈추는 순간에는 한층 더했다. 광채를 번뜩이는 놋쇠 고리를 두 번 나지막이 두드리자 현관문이 열리면서 불빛을 내뿜고, 묻고 대답하는 말이 오간 뒤에 문이 닫혔다. 두 여자가 안으로 들어간 것이다.

클레넘은 주변을 둘러보아 자신이 이상한 꿈을 꾸는 게 아닌 걸 확인한 다음, 집 앞을 오가며 거닐다 현관문을 두드렸다. 낯익은 하녀가 문을 열더니 예전처럼 플로라 전용 거실로 곧장 안내했다.

플로라와 함께 있는 사람은 피 선생 숙모로, 훌륭한 여인은 벽난로 옆 안락의자에 편히 앉아서 차와 토스트 냄새를 은은하게 맡는데, 바로 옆에는 조그만 탁자가 있고 무릎에는 하얗고 깨끗한 천을 펼쳐놓아, 토스트 두 조각이 입으로 들어가기만 기다렸다. 피 선생 숙모는 악마 의식을 집행하는 사악한 중국 마법사처럼 고개를 숙여 찻잔에서 올라오는 하얀 김 사이로 쳐다보며 하얀 김을 내뿜다, 커다란 찻잔을 내려놓으며 소리쳤다.

"제기랄 놈, 또 왔어!"

보아하니, 고인이 된 피 선생의 타협할 줄 모르는 숙모는 시계 대신 날카로운 감각으로 시간을 재서, 클레넘이 최근에 다녀갔다고 여기는 것 같았다. 클레넘이 피 선생 숙모 앞에 나타나는 위험을 감수한 건 최소한 3개월 전인데도 말이다.

플로라가 벌떡 일어나서 반갑게 맞이하며 소리쳤다.

"맙소사 클레넘! 데니얼 도이스와 클레넘 깜짝 놀랐어요 기계랑 주물 공장이 먼 건 아니며 당연히 당신도 어디서든 점심을 먹어야 할 테니 다른 시간도 아니고 정오에 가끔 찾아와서 백포도주 한 잔과 차가운 고기 같은 걸 넣은 소박한 샌드위치를 먹는 게 번거롭지도 않고 맛도 다른 곳보다 나쁘지 않겠지만 당신 덕분에 이익을 내야 하는 장사꾼도 있겠지요 안 그러면 가게를 유지할 수 없으니 여기에 올 이유가 없으면 볼 수 없고 기대할 수도 없다는 걸 이제 알아요 피 선생도 백문이 불여일견이라 했는데 안 보아도 믿을 수 있으니 당신 역시 안 보아도 내가 클레넘을 데니얼 도이스와 클레넘을 기대하지 않는다는 걸 충분히 믿을 수 있을 거예요 그 시절은 옛적에 사라졌는데 내가 무엇 때문에 그러겠어요 하지만 찻잔과 함께 새로 구운 토스트를 가져오라고 할 테니, 벽난로 옆에 앉으세요."

클레넘은 자신이 찾아온 이유를 설명하고픈 마음이 강했으나, 당장은 뒤로 미루었다. 상대가 한 말에 자신을 나무라는 의도가 있는 걸 깨달은 데다, 자신이 온 걸 진심으로 기뻐했기 때문이다.

플로라가 클레넘 옆으로 의자를 끌어오며 다시 말했다.

"조용하고 차분하고 조그만 여자애 얘기를, 그 애 운명이 바뀐 얘기를 당신이 아는 대로 모두 알려주세요 마차도 당연히 있겠고 정말 로맨틱한 말도 여러 마리고 가문의 문장도 있겠지요 다른 문장을 베낀 것처럼 사자가 뒷다리로 일어나서 입을 짝 벌리는 문장이요, 그런데 그 아이가 건강한가가 가장 중요한데 건강하지 않으면 재산이 아무리 많아도 소용이 없으니까요! 피 선생이 통증이 몰려들 때는 하루에 6페니만 벌어서 먹고살더라도 통풍이 없는 게 훨씬 좋겠다고 툭하면 말했거든요, 하지만 그 사람이 그만한 돈으로 진짜로 살 수 있다는 뜻은 아니에요 그렇게는 절대로 못 살 사람이거든요 그 아이도 정겨운 표정을 떠올리기는 했지만 몸이 가냘프고 작을 뿐 아니라 연약해 보였거든요."

피 선생 숙모는 토스트를 먹다 껍질만 남겨서 엄숙하게 넘기고, 플로라는 그걸 받아서 당연하다는 듯 먹었다. 그러자 피 선생 숙모는 손가락

열 개를 차례대로 입술에 대서 침을 천천히 묻히더니, 똑같은 순서로 하얀 손수건에 닦고는, 토스트를 또 집어서 열심히 먹었다. 그러는 동안에도 무서운 표정으로 쳐다보아, 클레넘은 마음이 안 내켜도, 자신 역시 피 선생 숙모를 쳐다보아야 할 것 같았다. 그래서 섬뜩한 노파가 토스트에 다시 열중하는 순간에 대답했다.

"작은 도릿은 이탈리아에 있다오, 가족과 함께, 플로라."

"정말 이탈리아에? 포도가 사방에서 자라고 용암 목걸이와 팔찌가 사방에서 나오고 불을 내뿜는 화산이 못 믿도록 아름다운 시인의 나라 그곳에서 손풍금 아이들이 화산을 피해 여기로 오면 너무나 어린 것도 하얀 쥐를 데려오는 것도[23] 더없이 인간적인 걸 아무도 이상하게 안 여기는데, 그 애가 사방에 푸른색만 가득하고 '죽어가는 검투사'와 '벨베데레 흉상'[24]이 있는 멋진 나라에 정말 있는 건가요 하지만 피 선생은 두 조각상에 생명이 있다면 그런 모습일 수 없다고 했는데 값비싼 아마포와 싸구려 아마포는 중간이 없으니, 정말이지 그럴 순 없을 것 같은데 빈부 격차가 너무 심해서 그런 것 같기도 해요."

클레넘이 끼어들려고 했지만, 플로라가 급히 이어갔다.

"'보존된 베네치아'[25]도 마찬가지예요. 당신도 보았을 텐데 좋던가요 나쁘던가요 사람들마다 평이 달라서 그런데 마카로니는 사람들이 마법사처럼[26] 먹는다면 왜 더 짧게 안 자를까요, 당신은 잘 아는 클레넘이니 – 사랑하는 데니얼 도이스와 클레넘은 아니에요 데니얼 도이스를

---

23) 19세기 초중반 런던 거리에는 어린애가 손풍금을 연주하고 하얀 쥐 묘기를 부리게 해서 돈 버는 이탈리아 이민자가 많았다.
24) '죽어가는 검투사'는 로마 Capitoline 박물관에 있는 유명한 조각상으로, 넓적다리에 난 상처를 붙잡고 고개를 숙인 모습이 검투사가 죽어가는 모습 같다고 한다. '벨베데레 흉상'은 남성 나체상으로, 바티칸 박물관에 있다.
25) 토마스 오드웨이가 발표한 비극으로 여주인공 이름이 '벨비데라'다. 플로라가 벨베데레 흉상을 얘기하다, 비슷한 이름을 떠올린 것이다.
26) 마법사가 마카로니를 삼킨 다음에 기다란 스카프를 입에서 뽑아내는 마술을 말한다.

사랑하지 않는 건 확실하거든요 하지만 용서하세요 - 잘 아는 클레넘 맨츄어(Mantua)가 맨츄어 제작(Mantua-making)[27]과 무슨 상관인가요 도무지 이해할 수 없어요."

"둘 사이에는 관련이 없는 것 같소, 플로라."

클레넘이 말문을 열려다, 플로라한테 또 막혔다.

"당신 말대로 관련이 없어요 나도 그런 적은 없지만 그 생각이 떠올라서 저절로 나온 것 같아요, 아아 예전에는 친애하는 클레넘 사랑하는 클레넘이라고 말하면 안 되지만 그 이름이 환하게 빛나던 때가 있었는데 지금은 어두운 구름에 가려서 모두 사라졌네요."

클레넘은 완전히 다른 얘기를 하고 싶은 마음이 굴뚝 같은 나머지 그 표정이 얼굴에 또렷하게 떠오르고, 플로라가 다정하게 바라보다 말을 멈추고는 무슨 일 있느냐고 물었다.

"지금 이 집에 - 캐스비 나리와 함께 있는 게 분명한 - 들어온 사람과 만나고 싶은 갈망이 크다오 이 집으로 들어오는 걸 내 눈으로 본 사람, 내가 잘 아는 집에 살다 엉뚱한 꼬임에 넘어가서 안타깝게도 그 집을 나간 사람이라오."

플로라가 일어나며 대답했다.

"아빠는 이상한 사람을 많이 만나니, 클레넘 당신이 아니라면 아래층으로 내려가는 모험을 감수하지 않겠지만 당신을 위해서라면 거실보다 더한 바닷속이라도 잠수종을 타고서 기꺼이 내려갈 테니 내가 없는 동안 당신이 피 선생 숙모를 안 보는 척하면서 돌본다면 빨리 다녀오겠어요."

플로라는 이 말과 함께 은근하게 쳐다보며 요란하게 나가고, 클레넘

---

27) 맨츄어는 19세기에 유행한 여성용 외투로, 스페인 말 'manto'에서 나왔다. 이탈리아 도시 맨츄어(Mantua)와 아무런 상관이 없다.

은 무서운 노파를 살피는 섬뜩한 책임을 떠맡았다.

피 선생 숙모의 독특한 태도에서 처음 나타난 변종은 토스트를 다 먹고 코를 오랫동안 커다랗게 킁킁댄 것이다. 클레넘으로서는 자신에 대한 경멸감을 불길하게 드러내는 의미로 추론할 수밖에 없어, 온순하게 행동하면 상대가 진정할지 모른다는 희망을 품고, 훌륭하지만 편견이 심한 노파를 애처롭게 바라보았다.

그러자 피 선생 숙모가 적개심으로 부르르 떨며 소리쳤다.

"나를 쳐다보지 마. 이걸 받아."

'이것'은 토스트 껍질이었다. 클레넘은 고마운 표정으로 선물을 받아 들고 살짝 당혹스러운 압박에 시달리는데, 피 선생 숙모가 목소리를 키워서 놀라운 힘으로 "저놈은 속이 거만해, 저놈은! 너무 거만해서 저걸 안 먹는 거야!"라고 소리치며 의자에서 일어나, 존경스러운 주먹을 클레넘 코앞에 대고 실제로 닿을 만큼 흔들어대니, 압박감은 조금도 가라앉지 않았다. 훨씬 커다란 어려움을 겪을 가능성도 있는데, 다행히도 플로라가 돌아와서 클레넘을 구해주었다. 조금도 당황하거나 놀라지 않은 채 "오늘 밤은 유난히 활기차네요"라며 노파를 칭찬하고 축하하고는, 손을 잡아서 의자에 다시 앉힌 것이다.

"저놈은 속이 거만해, 저놈은."

피 선생 숙모가 자리에 다시 앉아서 말하자, 플로라가 대답했다.

"아! 저 사람은 아니에요, 숙모님."

피 선생 숙모가 플로라 너머로 적군을 노려보며 말했다.

"저놈한테 여물이나 먹여. 속이 거만한 놈한테는 여물을 먹여야 해. 부스러기까지 먹이라고. 제기랄 놈, 저놈한테 여물이나 먹이라고!"

플로라는 클레넘에게 여물을 주겠다는 핑계를 대고서 셋넌으로 데려나오고, 피 선생 숙모는 말할 수 없이 신랄하게 "그놈은 속이 거만하다"

155

라고 소리치고 또 소리치면서 자신이 강력하게 권한 대로 말먹이를 먹이라고 주장하고 또 했다.

"계단이 불편하고 모서리도 많으니, 내 숄 밑으로 팔을 두르지 않겠어요?"

플로라가 속삭였다. 클레넘은 계단을 내려가기에 웃긴 자세라고 생각하면서도 요청받은 자세로 내려가다 거실 앞에서 비로소 풀려나는데, 플로라가 그곳에서조차 안긴 상태로 "클레넘, 제발 부탁이니, 아빠한테는 절대로 말하지 마세요!"라고 속삭이니, 떼어내는 게 쉽지는 않았다.

클레넘이 플로라와 함께 거실로 들어서자 족장은 혼자 앉아서 천으로 짠 신발을 벽난로 울타리에 걸친 채 두 손 엄지손가락을 빙글빙글 돌렸다, 영원히 안 멈출 것처럼. 열 살짜리 어린 족장 초상화가 족장위 액자에서 쳐다보는데, 차분하지 않은 느낌은 실제 족장이랑 똑같았다. 반들반들한 머리가 반짝이는 것도, 어색한 것도, 울퉁불퉁한 것도 마찬가지였다.

"클레넘 선생, 어서 오시오. 잘 지냈길 바라오, 선생, 잘 지냈길 바라오. 어서 앉으시오, 어서 앉아."

클레넘은 의자에 앉으면서 실망한 표정으로 멍하니 둘러보며 말했다.

"혼자 계시지 않는 줄 알았습니다, 선생님."

"아, 그래요? 아, 그래요?"

족장이 다정하게 반문하자, 플로라가 끼어들었다.

"아까 제가 말했잖아요, 아빠."

"아, 맞아! 그래, 맞아. 아, 맞아!"

족장이 대답하고 클레넘은 걱정스러운 표정으로 물었다.

"선생님, 웨이드 아가씨는 떠났습니까?"

"웨이드 아가씨? 아, 그 여자를 웨이드라고 부르는군. 딱 어울리는 이름이야."

캐스비 나리가 대답하자, 클레넘이 재빨리 물었다.

"선생님은 뭐라고 부르시나요?"

"웨이드. 아, 언제나 웨이드."

클레넘은 캐스비 나리가 두 손 엄지손가락을 돌리면서 자기 몸뚱이를 태워도 자비롭게 용서하겠다는 눈빛으로 벽난로 불길을 바라보며 미소 짓는 모습을 쳐다보다 말했다.

"실례합니다만, 캐스비 선생님……"

"아니요, 그렇지 않소, 그렇지 않아."

"하지만 웨이드 아가씨는 여자 한 명을 - 제 지인이 보호하던 젊은 여자를 - 데리고 다니면서 바람직하지 않은 영향을 미치는데, 저는 그 젊은 여자한테 예전 보호자가 아직도 돌아오길 바란다고 알려주고픈 마음이 간절하답니다."

"정말, 정말?"

족장이 되묻고, 클레넘은 물었다.

"그러니 웨이드 아가씨가 사는 주소를 알려주실 수 있나요?"

"저런, 저런, 저런! 안타깝군! 두 사람이 여기에 있을 때 알았더라면! 나도 젊은 여자를 보았다오, 클레넘 선생. 새까만 머리칼과 새까만 눈동자에 혈색이 좋은 여자요, 클레넘 선생. 내가 잘못 본 건 아니지요, 내가 잘못 본 게 아니지요?"

클레넘은 제대로 보았다 대답하고, 새로운 표정으로 다시 말했다.

"그분 주소를 알려주시면 고맙겠습니다."

"저런, 저런, 저런! 쯧, 쯧, 쯧! 안타깝군, 안타까워! 나는 주소를 모른다오, 선생. 웨이드 아가씨는 주로 해외에 산다오, 클레넘 선생. 오래전부터 그랬는데, (여성분한테 이렇게 말해도 괜찮을지 모르겠지만) 변덕이 심하고 지나칠 정도로 불확실하다오, 클레넘 선생. 나는 앞으로 오랫동안, 정말 오랫동안 그 여자를 못 볼 수도 있다오. 다시는 못 볼 수도 있고. 안타깝군, 정말 안타까워!"

클레넘은 족장에게 도움받을 가능성이 족장 초상화에 도움받을 가능성보다 적다는 사실을 깨달았다. 그런데도 다시 부탁했다.

"캐스비 선생님, 제가 아까 언급한 지인을 생각하시어, 선생님이 바라신다면 비밀을 꼭 지키겠으니, 웨이드 아가씨에 관한 정보를 무어든 알려주시겠습니까? 저는 웨이드 아가씨를 해외에서 보고 런던에서도 보았으나, 아는 게 하나도 없습니다. 무어든 웨이드 아가씨에 관한 정보를 알려주시겠습니까?"

족장이 한없이 자애로운 표정으로 커다란 머리를 저으며 대답했다.

"없소, 하나도 없어. 저런, 저런, 저런! 웨이드 아가씨는 너무 빨리 떠나고 그대는 너무 늦게 와서 안타깝군! 지인을 대리하는 업무로, 대리하는 업무로, 내가 돈을 가끔 준다오. 하지만 그걸 안다고 해서 그대한테 무슨 도움이 되겠소, 선생?"

"네, 하나도 안 되는군요."

클레넘이 대답하자, 족장이 반짝이는 얼굴에 자애로운 미소를 머금고서 불길을 바라보며 공감했다.

"그래요, 하나도 안 된다오, 선생. 정확히 대답했소, 클레넘 선생. 그래요, 하나도 안 된다오, 선생."

족장이 가만히 앉아서 엄지손가락 두 개를 교차하며 빙글빙글 돌리는 모습에, 클레넘은 계속 물어도 소용없다는, 새로운 내용은 물론 앞으로 조금도 나아갈 수 없다는 사실을, 자신이 아무리 애써도 소용없다는 사실을 깨달았다. 클레넘이 언제 생각하더라도, 족장은 어디서든 울퉁불퉁한 머리와 하얀 머리칼에 모든 걸 미루는 습관이 있는 데다, 모든 힘이 침묵에서 나온다는 것까지 아는 사람이었다. 그러니 가만히 앉아서 엄지손가락을 빙글빙글 돌리며, 머리와 이마가 울퉁불퉁한 곳마다 자비로운 광택을 번뜩일 뿐이었다.

클레넘은 그런 모습을 바라보며 떠나려고 일어서다, 팽스라는 훌륭한 예인선이 주변을 맴돌 필요가 없을 때 정박하는 안쪽 선착장에서 콧김을 내뿜으며 다가오는 소리를 들었다. 콧김을 내뿜는 소리가 멀리서 일어나는 걸 보면, 아는 사람한테 확실히 알리려고 그런다는 생각이 들었다.

팽스는 고용주한테 서명받을 서류 한두 장을 가져오고 클레넘과 악수했다. 그런데 악수할 때 왼손 검지로 눈썹을 긁고 콧김을 한 번 내뿜었다. 클레넘은 이제 팽스를 알 만큼 아는 터라, 할 일을 마쳤으니 바깥에서 기다리면 금방 나가겠다는 신호라는 걸 알아챘다. 그래서 족장과 헤어지고 플로라와 훨씬 어렵게 헤어진 다음, 밖으로 나가서 어슬렁대며 팽스가 나오기만 기다렸다.

기다린 지 얼마 안 돼서 팽스가 나왔다. 팽스는 다시 악수하고 콧김을 다시 의미심장하게 내뿜고는 모자를 벗어서 머리칼을 쓸어올렸다. 클레넘은 그걸 팽스 자신도 조금 전에 있었던 일을 잘 안다는, 궁금한 걸 말하라는 신호로 받아들였다. 그래서 긴말 안 하고 물었다.

"두 사람이 떠난 게 맞나요, 팽스?"

"그렇소, 두 사람이 떠난 건 맞소."

"여성분이 사는 곳을 캐스비 선생이 아나요?"

"장담은 못 하오. 아마 알 것이오."

팽스 선생은 모르나요? 그렇소, 나는 모르오. 그 여성분에 관해서 팽스 선생이 아는 게 있나요?

"그 여자가 아는 만큼은 나도 알 거요. 그 여자는 누군가의 딸……
어떤 사람이 낳은 딸, 아무도 모르는 사람이 낳은 딸이니 말이오. 그
여자를 런던에 있는 방 아무 데나 넣고 그 여자 부모 또래 대여섯 명을
아무나 넣으시오, 그 사이에 아무도 모르는 부모가 있을 수 있으니까.
그 부모는 그 여자가 바라보는 여느 집에 있을 수도 있고, 그 여자가
지나치는 여느 공동묘지에 있을 수도 있고, 여느 거리에서 마주칠 수도
있고, 어느 때든 맞닥뜨려 말을 주고받을 수도 있소, 조금도 못 알아본
채. 그 여자는 자기 부모를 모르오. 친척이 있는지조차 모르오. 예전에
도 그랬고, 앞으로도 그럴 것이오."

"캐스비 선생은 아나요?"

"어쩌면. 알 것 같긴 한데, 나는 모르겠소. 주인 나리는 오래전에
(많지 않은 돈을) 신탁받아, 그 여자가 필요할 때마다 조금씩 내준다오.
그 여자는 자존심이 강해서 그 돈에 한참 손대지 않을 때도 있고, 땡전
한 푼이 없어서 그 돈을 받으러 올 때도 있소. 몹시 힘들게 살다가.
그 여자처럼 화를 잘 내고 무모한 복수심에 불타는 여자는 어디에도
없을 거요. 오늘도 돈을 받으러 왔더군요. 특별히 쓸 일이 생겼다면서."

클레넘이 가만히 생각하면서 대답했다.

"어떤 일인지 – 그 돈이 누구 주머니에 들어갈지 – 알 것 같소."

"정말요? 계약이라도 했다면 상대방은 정확히 지켜야 할 거요. 젊고
잘생긴 여자라도 나라면 그 여자와 계약하지 않겠소, 행여나 실수할
수 있으니. 그렇소, 주인 나리보다 돈을 두 배로 준다고 해도! 병에
걸려서 돈이 급하게 필요한 게 아닌 한."

팽스가 단서를 덧붙이자 클레넘은 지금껏 겪은 웨이드 아가씨를 황
급히 떠올리곤 자신 역시 똑같으리라는 결론을 내리고, 팽스는 계속

말했다.

"그 여자가 우리 주인 나리를, 자기 내력과 연결된 유일한 인물을 지금껏 한 번도 해친 적이 없다는 게 놀랍기는 하오. 어차피 말한 김에 우리 사이니까 덧붙이자면, 나는 주인 나리를 해치고 싶은 생각이 툭하면 떠오르는데 말이오."

"맙소사, 팽스, 그런 말 마세요!"

클레넘이 깜짝 놀라자, 팽스가 툭하면 물어뜯던 새까만 손톱 다섯 개를 클레넘 팔에 얹으며 대답했다.

"주인 모가지를 자르겠다는 뜻은 아니요. 너무 심하게 굴면 무엇보다 소중한 머리칼을 잘라버리겠다는 거지!"

팽스는 끔찍하게 협박하는 모습을 엄숙하고 진지한 표정으로 새롭게 담아내고는, 콧김을 몇 차례 내뿜다 킁킁거리며 떠났다.

10장. 애프리가 복잡한 꿈을 꾸다

'빙글빙글 돌리기 관청' 그늘진 대기실에서 마차 바퀴에 묶여 산 채로 살이 찢기는 고통을 선고받은 골치 아픈 죄인들과 상당한 시간을 함께 보내느라 따분할 때마다, 클레넘은 사나흘 연속으로 최근에 목격한 웨이드 아가씨와 태티코럼을 떠올렸다. 가볍게 넘길 수도 중요하게 여길 수도 없는 애매한 상황에서 벗어나고픈 마음만 간절했다.

이러는 사이에 낡고 우중충한 어머니 집에 못 가, 그날은 드디어 다가오고, 클레넘은 저녁 9시가 다가오는 시각에 동업자를 놔두고 공장을 나와서 어린 시절을 모질게 보낸 집으로 천천히 걸었다.

집을 생각하면 분노와 슬픔과 함께 모호한 느낌이 떠올랐다. 집 주변에도 어두운 기운이 스멀스멀 피어나는 느낌이었다. 음산한 저녁 어두운 거리는 고통스러운 비밀이 가득한 것 같았다. 황량한 회계사무소마다 금고와 궤짝에 비밀 장부와 서류를 쌓아놓고, 은행마다 금고실과 비밀공간에 온갖 비밀을 숨기고, 열쇠를 극소수 주머니에 남몰래, 극소수 가슴속에 남몰래 간직하니, 거대한 공장에 산재한 분쇄기마다 약탈자와 위조범과 배신자에 대한 비밀로 가득할 게 분명하고 개중에는 해가 뜨면 드러날 비밀도 있는데, 지금은 모든 게 숨어들어 공기를 무겁게 한다는 느낌마저 들었다.

　그 근원으로 다가갈수록 어둠도 깊어져, 외진 교회 봉안당의 비밀을
- 쇠로 만든 궤짝에 온갖 비밀을 쑤셔 넣던 사람들이 결국에는 비슷한
궤짝에 들어가서 아직도 해로운 비밀을 - 떠올리니, 온갖 비밀에 눈살
을 찌푸린 황야를 강물이 머금고 혼탁하게 흐르는 사이에 비밀은 더욱
혼탁하게 변해, 새들 날갯짓이랑 바람이 몰려다니는 자유로운 땅과
자유로운 공기마저 오염시킨다는 느낌이 들었다.[28]

　집으로 다가가는 사이에 어둠은 더욱 깊어지고, 아버지가 예전에
사용하던 방은 클레넘 혼자서 병상을 지킬 때 힘없이 호소하던 아버지
얼굴이 구슬프게 겹치며 마음을 어지럽혔다. 그 방에 갇힌 공기도 비밀
이었다. 집에 가득한 어둠과 곰팡이와 먼지도 비밀이었다. 그 집 한가
운데서는 어머니가 완고한 얼굴과 완강한 의지로 자신의 비밀과 아버
지의 비밀을 단단히 움켜쥔 채 모든 생명의 마지막 거대한 비밀에 정면
으로 맞섰다.

　집을 에워싼 마당으로 이어지는 좁고 가파른 길에 들어서는 순간,
바로 뒤에서 다른 사람이 그 길로 들어서는 소리가 들리다 바싹 다가와
서 클레넘을 벽으로 밀쳤다. 클레넘은 이런저런 생각에 빠져든 터라
아무런 대처도 못 하고, 상대는 "미안하오! 내 잘못이 아니오!"라고
거만하게 내뱉고는, 정신을 차리기도 전에 옆을 스치며 사라졌다.

　상대가 옆을 스치는 찰나에, 클레넘은 최근 며칠 동안 마음속에 가득
하던 사내가 앞에서 성큼성큼 걸어간다는 사실을 깨달았다. 그 사내가
확실했다. 강한 인상을 받은 만큼 확실했다. 여자애와 함께 가던 사내,
웨이드 아가씨와 말하는 걸 자신이 엿듣던 사내다.

---

28) 공동묘지 때문에 런던의 식수가 심각하게 썩어드는 현상을 지적한 내용이다. 작가는 이
문제를 '황폐한 집'에서 자세히 다루었다.

골목길은 굽이치며 가파르게 내려가고 사내는 (강한 술 몇 잔에 취한 건 아니어도 벌겋게 달아오른 얼굴로) 빠르게 내려가다, 클레넘이 다시 보는 순간에 사라지고 없었다. 사내를 쫓아가려는 의지는 확실치 않아도 조금 더 지켜보자는 충동이 일어, 클레넘은 사내가 사라진 골목길 모서리로 급히 걸었다. 모서리를 돌아도 사내는 안 보였다.

어머니 집 입구 바로 앞에서 내려다보아도 골목길은 텅 빈 상태였다. 사내를 가릴 정도로 커다랗게 삐져나온 장애물이나 모서리는 없고, 문을 여닫는 소리도 안 들렸다. 그런데도 클레넘은 상대한테 열쇠가 있는 게, 그래서 여느 집 현관문 가운데 하나를 열고 안으로 들어간 게 분명하다는 결론을 내렸다.

클레넘은 엉뚱한 곳에서 우연히 마주친 인물을 곰곰이 생각하며 마당으로 들어섰다. 그래서 불빛이 희미한 어머니 창문을 습관적으로 올려보다, 조금 전에 사라진 인물이 못 쓰는 땅을 둘러친 철제울타리에 기댄 채 똑같은 창문을 올려다보며 킥킥 웃는 모습을 발견했다. 밤마다 주변을 어슬렁대던 길고양이 일부가 사내를 경계하다 사내가 멈추는 순간에 함께 멈추는, 담장 꼭대기와 현관 꼭대기 등 안전한 지점에서 사내와 똑같은 눈으로 노려보았다. 사내는 걸음을 잠시 멈추고 즐기다, 앞으로 곧장 가면서 어깨에 걸친 망토 자락을 휙 내리고는 울퉁불퉁 내려앉은 계단을 올라, 현관문을 커다랗게 두드렸다.

클레넘이 놀란 마음을 차분하게 가라앉히고는 마찬가지로 현관문 쪽으로 가서 계단을 올랐다. 상대는 그런 클레넘을 거만하게 쳐다보며 노래했다.

"이 길을 누가 이렇게 늦게 지나나요?
마졸렌 동무여!

이 길을 누가 이렇게 늦게 지나나요?
언제나 흥겹게!"

그러다 문을 다시 두드리자, 클레넘이 나무랐다.

"참을성이 없군요, 선생."

"그렇소, 선생. 죽도록 없소, 선생. 참을성이 없는 성격이라오!"

애프리가 문을 열기 전에 사슬을 조심스럽게 걸치는 소리가 일어서 두 사람이 그쪽을 쳐다보았다. 애프리가 문을 살짝 열어서 너울대는 촛불을 들이밀어, 늦은 시간에 두드려대는 사람이 누구냐고 물었다. 그러다 클레넘을 먼저 보고 깜짝 놀라며 덧붙였다.

"맙소사, 클레넘 도련님! 도련님이 그런 건 아니겠지요?"

그러더니 옆에 있는 사내를 발견하고 소리쳤다.

"아, 맙소사! 또 당신이군!"

"그렇소! 또 당신이오, 친애하는 애프리. 문을 여시오, 내가 소중한 친구 예레미야를 꼭 껴안도록! 문을 여시오, 내가 플린트윈치를 어서 껴안도록!"

"집에 없어요."

애프리가 대답하자, 낯선 사내가 다그쳤다.

"그럼 데려오시오! 우리 플린트윈치를 데려오시오! 오랜 친구 블랑두아가 영국에 도착하자마자 찾아왔다고 전하시오. 사랑하는 양배추가 찾아왔다고 하시오! 문을 여시오, 아름다운 애프리, 플린트윈치를 데려오는 동안에 위층으로 올라가서 마님께 존경하는 마음과 안부 인사를 바치도록! 마님은 여전히 살아계시지요? 잘됐소. 문을 여시오!"

클레넘이 더더욱 놀란 건, 애프리가 자신에게 눈을 크게 떠서 상대할 사람이 못 된다는 표정으로 경고한 다음에 비로소 사슬을 벗겨서 문을 연다는 사실이었다. 낯선 사내는 고맙다는 인사조차 없이 안으로 들어가고 클레넘은 뒤따라 들어갔다.

"어서 데려오시오! 우리 플린트윈치를 데려오란 말이오! 마님께 내가 왔다고 알리시오!"

낯선 사내가 소리치며 복도에 깔린 돌바닥을 뚜벅뚜벅 걸어가자, 클레넘이 화난 눈빛으로 상대를 머리끝부터 발끝까지 훑어보며 단호한 목소리로 커다랗게 물었다.

"저 사람은 누군가요, 애프리?"

그러자 낯선 사내가 그대로 되풀이했다.

"저 사람은 – 하, 하, 하 – 누군가요, 애프리?"

때마침 위층에서 클레넘 마님 목소리가 들렸다.

"애프리, 두 사람 모두 올려보내. 클레넘, 곧장 올라와!"

블랑두아가 뚜벅뚜벅 걷던 발뒤꿈치를 하나로 모으고 모자를 벗어서 앞으로 내밀며 화려하게 인사했다.

"클레넘? 마님 아드님? 마님 아드님께 정중하게 인사드립니다!"

클레넘은 화가 안 가라앉는 표정으로 쳐다보다, 아무런 대답도 없이 발길을 돌려 위층으로 올라갔다. 방문객도 뒤따라 올랐다. 애프리는 문 뒤에서 열쇠를 빼내곤 남편한테 알리러 살그머니 빠져나갔다.

블랑두아가 예전에 그 방에 들어온 장면을 본 사람이라면 클레넘 마님이 이번에는 다른 자세로 블랑두아를 맞이한다는 사실을 단번에 알 터였다. 얼굴에 또렷하게 드러났다. 억누른 자세와 단호한 목소리가 완벽했다. 블랑두아가 들어오는 순간부터 얼굴만 쳐다보고, 블랑두아가 목소리를 키울 때는 두 손을 팔걸이에 대고 꼼짝을 않은 채 똑바로 앉은 몸만 앞으로 두세 차례 살짝 끄덕이는 게, 아무리 길게 말해도 열심히 듣겠다고 다짐하는 것 같았다. 클레넘도 그 모습을 분명히 보았다. 하지만 현재 모습이 예전과 다른 건 알아챌 수 없었다.

"마님, 저를 신사한테, 마님 아드님한테 소개하는 영광을 베푸십시오. 신사분께서, 마님 아드님께서 저를 나쁘게 여기는 경향이 있는 것 같습니다. 예의가 없는 걸 보면."

블랑두아가 말하자, 클레넘이 재빨리 끼어들었다.

"선생이 어떤 사람이든 무슨 일로 찾아왔든 내가 이 집 주인이라면 곧바로 내쫓았을 거요."

어머니가 아들한테 눈길조차 안 준 채 반박했다.

"하지만 너는 주인이 아니야. 안타깝게도 주인이 아니니 성질대로 터무니없게 행동하지 마라, 클레넘."

"내가 주인이라는 뜻이 아니에요, 어머니. 저 사람이 여기에서 저러는 모습에 내가 반발한다면, 심하게 반발한다면, 행여나 내가 여기에 자그마한 권한이라도 있어서 저 사람이 잠시라도 머무는 고통을 거부한다면, 그건 모두 어머니를 위한 겁니다."

"저 사람을 쫓아내야 한다면 내가 그럴 수 있겠지. 당연히."

모자가 논쟁하는 대상은 벌써 의자에 앉아서 손으로 넓적다리를 치며 커다랗게 웃고, 클레넘 마님은 블랑두아만 쳐다보며 아들에게 다시 노골적으로 말했다.

"너는 어떤 신사한테든 (다른 나라에서 온 신사라면 더더욱) 나쁘게 말할 권리가 없어, 네 기준에 안 맞는다는 이유로, 네가 세운 원칙에 어긋난다는 이유로. 그 신사 역시 똑같은 이유로 너를 나쁘게 볼 수 있으니까."

"바라는 바입니다."

클레넘이 대답하고, 클레넘 마님은 계속 말했다.

"이 신사분은 극히 존경스럽고 믿음직한 거래처에서 발행한 추천서를 예전에 우리한테 가져왔어. 이번에는 무슨 일로 찾아왔는지 몰라. 완벽하게 모르니, 아무렇게나 추측할 수도 없겠지."

클레넘 마님이 천천히 묵직하게 강조하는 사이에 습관적으로 찡그린 표정은 한층 깊어졌다.

"하지만 플린트윈치가 오고, 내가 나와 플린트윈치한테 설명하는 친절을 부탁한다면, 그래서 신사분이 설명한다면, 우리 사업에 도움이 되는 내용이 나올 게, 그래서 우리한테 도움이 되고 우리 사업에 바람직할 게 분명해. 다른 내용일 수는 없어."

"두고 보면 알 겁니다, 마님!"

블랑두아가 말하고, 클레넘 마님이 공감했다.

"두고 보면 알아. 신사분은 플린트윈치를 알아. 신사분이 지난번 방문 때 플린트윈치와 좋은 시간을 보내면서 친교를 즐겼다고 들었거든. 나는 이 방 바깥에서 일어나는 일을 충분히 알 수 없어, 이 방 바깥에서 사소하게 찌그럭대는 세상사에 관심도 없고. 하지만 그 말을 들은 기억은 나."

"맞습니다, 마님. 사실입니다."

블랑두아가 다시 웃더니 문 앞에서 부른 노랫가락을 휘파람에 담고, 어머니는 다시 말했다.

"따라서 클레넘, 신사분은 낯선 사람이 아니라 지인으로 찾아왔는데, 네가 터무니없는 성질로 무례하게 굴어서 안타깝구나. 내가 신사분께 사과하겠어. 너는 안 할 테니. 나 자신과 플린트윈치를 대신해서 사과하겠어, 저 신사분은 우리 두 사람한테 볼 일이 있어서 온 것이니."

아래층에서 현관문에 열쇠를 넣고 돌리는 소리가 일다 문을 여닫는 소리로 이어졌다. 곧이어 예레미야가 나타나자, 방문객이 의자에서 일어나 커다랗게 웃으면서 꼭 껴안았다.

"어떻게 지내, 소중한 친구! 재미가 어때, 소중한 플린트윈치? 얼굴이 발그레해? 그럴수록 좋지, 그럴수록 좋아! 아, 정말 좋아 보여! 아, 봄에 핀 꽃처럼 젊고 싱싱해! 아, 착한 아이! 용감한 아이, 용감한 아이!"

블랑두아가 칭찬을 늘어놓으며 양쪽 어깨를 잡아서 빙글 돌리니, 예레미야는 한층 더 딱딱하게 찡그린 얼굴로 네모 팽이처럼 비틀대며 한 바퀴 돌았다.

"예전에 만날 때 우리가 가까운 사이로 잘 지낼 거란 예감이 들었다네. 자네는 그런 예감이 안 드셨나, 플린트윈치? 아직도 그런 예감이 안 드시나?"

상대가 하는 말을 예레미야가 받아쳤다.

"맙소사, 선생, 안 들어. 보통 때랑 똑같아. 자리에 앉는 편이 안 좋겠나? 포도주를 더 마시고 싶은 게야?"

"아, 짓궂은 장난꾼! 귀여운 돼지! 하, 하, 하, 하!"

방문객이 웃으면서 예레미야를 내던지는 거로 농담을 마치고는 자리에 다시 앉았다.

클레넘은 그 장면을 지켜보는데 놀라움과 의심과 분노와 굴욕감마저 일어서 말문이 막혔다. 예레미야는 상대가 내던진 힘에 빙그르르 돌면서 2~3m 밀리다, 숨이 가쁜 걸 빼면 하나도 변한 것 없이, 딱딱한 얼굴 그대로 자세를 바로잡은 채 클레넘을 노려보았다. 겉으로는 평소처럼 과묵하고 무뚝뚝한 모습이었다. 다른 게 있다면, 귀밑에 있어야 할 넥타이가 뒷머리로 돌아가서 주머니 가발 장식처럼 우아하게 보인다는 사실이다.

클레넘 마님이 블랑두아한테 시선을 고정했다면 (사나운 개도 꾸준히 쳐다보면 얌전하게 변하듯 블랑두아도 얌전하게 변했는데) 예레미야는 클레넘한테 시선을 고정했다. 두 사람이 역할을 분담하기로 암암리에 합의한 것 같았다. 침묵이 계속되는 가운데, 예레미야는 가만히 서서 턱을 문지르며 쳐다보는 모습이 클레넘 머릿속 생각을 억지로 끄집어내려는 것 같았다.

그렇게 시간이 흐르자 방문객은 침묵이 따분한 듯, 의자에서 일어나 오랜 세월을 끊임없이 타오르는 신성한 불길에 짜증스럽게 등을 댔다. 그러자 클레넘 마님이 처음으로 한 손을 움직이며, 아주 살짝 움직이며, 나가라고 신호했다.

"우리는 할 일이 있으니 그만 나가도록, 클레넘."

"어머니, 내키진 않지만 어쩔 수 없겠군요."

"내키든 안 내키든 신경 쓰지 마. 그만 나가도록. 여기에서 30분을 따분하게 파묻는 게 의무로 여겨질 때 다시 찾아오고. 잘 가."

클레넘 마님은 천으로 감싼 손가락을 늘 하던 대로 내밀고, 클레넘은 그 손을 잡고 휠체어로 다가가서 어머니 얼굴에 가볍게 뽀뽀했다. 평소보다 많이 긴장했다는, 훨씬 차갑다는 느낌이 들었다. 다시 치켜드는 어머니 눈길을 따라가니, 블랑두아가 경멸스러운 표정으로 손가락을 뚝뚝 꺾었다.

"어머니 방에 당신이…… 당신이 사업상으로 아는 사람을 두고 떠납니다, 예레미야, 안 내키는 마음으로 억지로."

클레넘이 말하자, 그 대상이 손가락을 다시 뚝뚝 꺾었다.

"안녕히 계세요, 어머니."

"잘 가라."

블랑두아가 벽난로 앞에 두 다리를 쩍 벌리고 서서, 물러나는 클레넘 발길을 잡을 목적으로 말했다.

"예전에 친구가 있었는데, 훌륭한 동지 플린트윈치, 도시의 어두운 내용과 방식을 너무나 많이 들은 터라, 두 사람이 그 친구를 물리적으로 제압해서 땅에 묻으려는 순간에 모조리 털어놓았다네 - 정말이라네! 집이 이렇게 훌륭한데도. 흥! 대단한 겁쟁이지, 플린트윈치! 안 그런가?"

"겁쟁이로군, 선생."

"그래! 겁쟁이. 하지만 연약한 입을 두 사람이 어차피 틀어막을 거란 사실을 몰랐더라면, 안 그랬을 거야, 플린트윈치. 물 한 잔 안 마셨을 거라고 - 집이 이렇게 훌륭한데도 - 두 사람 가운데 한 명이 먼저 꿀꺽 삼키는 걸 보기 전에는."

클레넘은 말할 가치도 없는 데다 실제로 목이 막혀서 말하기도 어려워 방문객을 지나치며 힐끗 쳐다보기만 했다. 방문객이 손가락을 다시 뚝뚝 꺾어서 인사하며 불길하고 흉측하게 웃으니, 코는 콧수염 위로 올라가고 콧수염은 코 밑으로 내려왔다.

어두운 복도에서 애프리가 현관문을 열어주어, 클레넘은 손으로 더듬어 밤하늘이 보이는 곳으로 나가며 속삭였다.

"맙소사, 애프리, 도대체 무슨 일이 일어나는 겁니까?"

애프리는 어둠 속에서 앞치마를 머리에 섬뜩하게 뒤집어쓴 채 죽어가는 목소리로 나지막이 말했다.

"나한테 묻지 마세요, 도련님. 오래전부터 꿈을 꾸는 중이니까요. 어서 가세요!"

클레넘이 나오고 애프리는 현관문을 닫았다. 클레넘은 어머니 창문을 올려보았다. 희미한 불빛이 노란 블라인드에 막혀서 애프리처럼 말하는 것 같았다.

"나한테 묻지 마세요. 어서 가세요!"

11장. 작은 도릿한테서 온 편지

친애하는 클레넘 선생님께,

지난 편지에서 저한테 답장을 아무도 안 보내는 게 최선이라고 말씀 드린 터라, 제가 조그만 편지를 또 보내도 이걸 읽은 이상은 선생님께 수고를 안 끼칠 테니 (물론 읽을 시간이 없을 수도 있지만, 언젠가는 시간이 나시길 바라니) 이제 저는 한 시간을 꼬박 들여서 편지를 씁니다. 이번에는 로마입니다.

우리는 베네치아를 가우언 부부보다 먼저 떠났지만, 두 분은 도중에 우리처럼 많은 시간을 안 보낸 데다 같은 코스로 간 것도 아니어서, 우리가 로마에 도착하니 두 분은 벌써 도착해서 그레고리아나[29]라는 곳에 숙소를 정했더군요. 아마 선생님도 그곳을 아실 거예요.

이제 가우언 부부에 대해서 제가 아는 내용을 모두 말씀드리겠어요, 선생님이 제일 듣고 싶으실 테니까요. 두 분이 묵는 숙소는 그다지 편한 곳이 아니에요. 여러 나라를 다니면서 다양한 전통을 많이 보셨으니 선생님 눈에는 괜찮게 보일 수도 있겠지만, 제 눈에는 아니었어요.

---

29) Via Gregoriana: 외국인 여행객과 화가가 주로 거주하는 곳으로, 18세기에는 '영국인 빈민굴'로 유명했다. 여기는 호텔조차 없다.

물론 제가 얼마 전까지 지내던 곳보다는 상대가 안 될 정도로 – 수백만 배는 더 – 좋은 곳이긴 하지만요. 그래서 제 눈이 아니라 가우언 부인 눈으로 바라보았답니다. 가우언 부인은 다정하고 행복한 가정에서 성장한 게 한눈에 보이거든요, 예전 생활을 더없이 사랑하는 마음으로 저한테 이야기하지 않더라도.

아아, 그곳은 어둡고 초라한 계단을 한 층 올라간, 가구 하나 없는 숙소랍니다. 우중충하고 커다란 방 한 칸이 전부로, 여기서 가우언 선생이 그림을 그립니다. 창문은 하나같이 막혀서 밖을 내다볼 수 없고 벽에는 분필과 목탄 그림이 가득해요. 예전에 살던 사람이 – 아 – 몇 년은 살던 사람이 그린 거예요. 커튼은 빨간색이라기보다 엷은 다갈색에 가까운데, 그걸로 방을 갈라서 커튼 안쪽을 거실로 사용합니다. 제가 처음 찾아갈 때는 가우언 부인 혼자였어요. 바느질감을 바닥에 떨어뜨린 채 창문 꼭대기 너머로 반짝이는 하늘을 올려다보더군요. 제가 굳이 말하더라도 걱정하지 않으시길 바라는데, 그곳은 제가 바라는 만큼 공기가 잘 통하거나, 환하거나, 산뜻하거나, 즐겁거나, 발랄한 곳이 아니랍니다.

가우언 선생이 아빠 초상화를 그리는 덕분에 (직접 못 보았더라면 아빠를 그린다는 생각은 안 할 텐데) 가우언 부인이랑 지낼 기회는 예전보다 많답니다. 가우언 부인이 외롭거든요. 정말 외롭거든요.

제가 두 번째 만난 얘기를 해드릴까요? 한번은 혼자 돌아다닐 기회가 생겨서 오후 너덧 시에 갔어요. 당시에 가우언 부인은 혼자 식사하는데, 다른 곳에서 배달온 음식을 불이 피어오르는 화로 같은 것에 올려놓았어요. 제가 보기에 함께 식사할 사람도 찾아올 사람도 없고, 그걸 배달한 노인이 전부였어요. 노인은 가우언 부인을 즐겁게 하려고 긴 이야기를 (성문 밖에서 성인의 석상을 훔치다 잡힌 도적 이야기를) 해주더니,

제가 잠시 나가자 "저렇게 예쁘진 않아도 자신 역시 딸이 있기 때문"이라고 하더군요.

이제 가우언 선생 얘기를 해야겠어요, 가우언 부인 얘기를 계속하기 전에. 가우언 선생은 부인이 아름다운 걸 좋아하고, 부인을 자랑스럽게 여기는 게 분명해요. 부인의 미모를 모든 사람이 칭찬하거든요. 가우언 선생이 부인을 좋아하는 것도 분명해요. 그건 조금도 의심하지 않아요…… 자기 방식으로 좋아한다는 게 문제일 뿐. 선생님도 가우언 선생을 아시는데, 제 눈에 경솔하고 불만이 가득한 모습으로 보이듯 선생님 눈에도 보인다면, 가우언 부인한테 잘 맞는 모습으로 변하길 바라는 제가 틀리진 않았겠지요. 하지만 선생님 눈에 다르게 보인다면 제가 완전히 잘못 본 것이고요. 조금도 안 변한 선생님의 불쌍한 아이는 선생님의 선하신 지식을 말로 다 못 할 정도로 신뢰하니까요. 하지만 겁먹지 마세요, 말로 다 하려 들진 않을 테니까요.

가우언 선생은 (선생님도 똑같이 생각하신다면) 변덕이 심하고 불만이 많아서 자신이 하는 일에 전념을 못 한답니다. 무엇 하나 차분하고 꾸준한 게 없어요. 일을 시작했다 하면 내던지고, 일할 때나 안 할 때나 작업 자체에 관심이 없어요. 초상화를 그리도록 아빠가 앉아서 자세를 취하실 때 가우언 선생이 아빠한테 하는 말을 저는 옆에 앉아서 듣는데, 가우언 선생이 자신을 못 믿기 때문에 다른 사람도 못 믿는 건 아닐까 하는 생각이 든답니다. 제 생각이 맞나요? 선생님이 그 자리에 계신다면 뭐라고 하실지 궁금하네요! 선생님 표정은 제가 잘 아니, 아이언 다리에서 말씀하시던 목소리가 들리는 것 같아요.

가우언 선생은 – 상류층으로 여겨지는 사람들과 어울리는 걸 즐기는 것 같지도, 좋아하는 것 같지도 않은데 – 툭하면 나가서 그들과 어울리고, 가우언 부인도 때때로 따라가다 최근에는 거의 안 나간답니다.

사람들이 가우언 부인에 대해 앞뒤가 안 맞는 말을 하거든요. 이기적인 이유로 가우언 선생과 결혼했다는 식으로, 자기 자신이나 자기네 딸이 가우언 선생과 결혼하는 건 말이 안 된다고 여기면서도. 가우언 선생은 스케치할 계획으로 야외에 자주 나가는데, 사람들이 많이 모이는 곳에는 아는 사람도 많고 유명도 해요. 그런데 가우언 선생이 집에서든 밖에서든 자주 어울리는 친구가 한 명 있는데, 그 친구를 대하는 자세가 매우 차갑고 변덕스럽답니다. 가우언 부인은 그 친구를 싫어하세요. (실제로 저한테 그렇게 말했어요.) 저 역시 그 사람이 역겨운 나머지 최근에 멀리 떠난 게 커다란 위안이 되니, 가우언 부인은 어떻겠어요!

하지만 선생님께 구체적으로 알려드리고 싶은 이유는, 선생님이 행여나 불편하게 여기시지 않을까 걱정하면서도 굳이 말씀드려야겠다고 결심한 이유는 이렇습니다. 가우언 부인은 너무나 순수하고 헌신적이며, 남편에게 사랑과 의무를 영원히 바쳐야 한다고 완벽하게 확신하는 터라, 죽을 때까지 남편을 사랑하고 존경하고 칭찬하며 모든 잘못을 숨겨줄 걸 선생님도 아실 겁니다. 저는 가우언 부인이 남편의 잘못을 숨길 거라고, 영원히 숨길 거라고, 자신한테도 숨길 거라고 확신합니다. 절대로 되돌리지 못할 마음을 주었으니까요. 남편이 아무리 애쓰더라도 그 애정을 고갈시키지는 못할 테니까요. 선생님은 이 말이 사실임을 아세요, 저보다 훨씬 많은 걸, 모든 걸 아시니까요. 그렇지만 저는 가우언 부인한테서 드러난 본성을, 상상하기 어려울 정도로 훌륭한 본성을 말하지 않을 수 없답니다.

이번 편지에서 가우언 부인을 이름으로 안 불렀지만, 우리는 가까운 친구가 되었으며, 둘만 있을 때는 나도 이름을 부르고 가우언 부인도 이름을 부른답니다 – 세례명이 아니라, 선생님이 저한테 붙여주신 이름이요. 가우언 부인이 에이미라고 부를 때, 제가 짧은 이야기를, 선생님은 늘 작은 도릿이라 불렀다고 알려주었거든요. 그 이름이 저한테는 다른 어떤 이름보다 소중하다는 말까지 해서 이제는 가우언 부인도 저를 작은 도릿이라고 부른답니다.

가우언 부인 아버님과 어머님께 아직 못 들으시어, 가우언 부인이 아들을 낳았다는 소식을 모르실 것 같네요. 아들이 이틀 전에, 두 분이 오시고 일주일 만에 태어났답니다. 두 분이 매우 좋아하셨어요. 하지만 선생님께 모두 말씀드려야 하니, 가우언 선생이 두 분한테 눈치를 주는 것 같다는, 딸을 사랑하는 모습을 조롱하는 것 같다는, 그 태도에 두 분이 모멸감을 느끼는 것 같다는 말씀도 드려야겠어요. 어제였는데, 제가 찾아가니, 미글스 선생님께서 얼굴색이 변한 채 일어나서 나가시더군요, 그대로 있다가는 더 못 참고 분노를 터트릴까 염려스러운 듯. 하지만 두 분은 인정이 많고 상냥하며 사리를 아시니, 가우언 선생이 두 분을 더 많이 생각할 수도 있어요. 아무리 가우언 선생이라도 두 분을 받아들이지 않을 순 없을 테니까요.

지금 막 마침표를 찍고서 쭉 읽어보았어요. 처음에는 제가 이해한 만큼만 설명한 것 같아서 보내지 말까 고민했답니다. 하지만 다시 생각하니 선생님이 주의를 기울이신다면 모두 알아보시겠다는, 제가 파악한 내용만 아셔도 되겠다는, 저 역시 선생님 관심을 통해 파악했다는 생각이 들었답니다. 실제로 그랬으니까요.

이 문제를 마무리하니 이번 편지에는 할 말이 더 없네요.

우리는 잘 지내고, 패니 언니는 매일 좋아진답니다. 언니가 저한테 얼마나 다정한지, 저 때문에 얼마나 수고하는지 선생님은 상상도 못 하실 거예요. 언니한테 애인이 있는데, 처음에는 스위스에서 쫓아다니더니 나중에는 베네치아에서 쫓아다니고, 이번에는 저한테 언니를 세상 어디든 쫓아다니겠다고 털어놓았답니다. 그분 말을 듣고 혼란스러웠지만, 그분은 정말 그럴 것 같았어요. 저는 뭐라고 해야 좋을지 모른다, 결국에는 안 그러는 편이 좋겠다고 말했답니다. 패니 언니는 너무 똑똑하고 활력이 넘쳐서 그분한테 안 맞거든요. (이것까지 그분한테 말한 건 아니에요.) 그런데도 그분은 계속 쫓아다니겠다고 다짐한답니다. 저는 애인이 당연히 없고요.

긴 편지를 여기까지 읽으셨다면, 작은 도릿이 여행 얘기를 빼고 마무리하지는 않으리라고, 이제 여행 얘기를 하겠다고 생각하실 것 같네요. 실제로 그럴 때라는 생각은 들지만, 뭐라고 해야 좋을지 모르겠어요. 베네치아를 떠나, 제노바와 피렌체 같은 멋진 곳을 돌아다니며 놀라운 경관을 엄청나게 보았는데, 그곳에 몰려든 인파는 생각만 해도 머리가 어찔어찔하답니다. 하지만 선생님이 저보다 많이 아시니, 제가 그 얘기로 선생님을 피곤하게 할 이유가 뭐겠습니까?

친애하는 클레넘 선생님, 여행하면서 힘들어하던 게 무언지 말할 용기가 생겼으니, 이제 겁나서 피하지 않겠어요. 제가 계속 생각하던 하나는 이겁니다. 도시마다 오래되었으니 그 나이 자체도 신기하지만, 제가 두세 도시 이상은 존재하는 자체를 모를 때도, 낡은 담장 너머에 뭐가 있는지 자체를 모를 때도, 도시마다 제자리를 지켰다는 사실이 훨씬 더 신기하다는 생각이요. 이렇게 생각하면 괜스레 우울해지는데 이유는 모르겠어요. 우리가 유명한 피사 사탑을 구경하러 갔을 때 햇살은 밝게 비추고 사탑과 주변 건물은 더없이 오래된 것처럼 보이는데, 땅과 하늘은 한없이 젊고, 땅에 드리운 사탑 그림자는 한없이 부드럽고 한적하더군요! 처음에는 아름답다는 생각조차, 신기하다는 생각조차 못 하고 '아, 담장 그늘이 우리 방에 떨어지고 힘없는 발길이 마당을 거닐 때보다 몇 배나 더 - 아, 몇 배나 더 조용하고 아름답구나!'라는

178

생각만 했어요. 완전히 압도당했거든요. 가슴이 벅차올라 두 눈에 눈물이 터졌답니다, 꾹 참으려고 애써도. 그런 뒤로도 똑같은 느낌이 자주 떠오르고요……툭하면.

운명이 바뀐 뒤로 꿈을 많이 꾸는데, 저는 매번 어릴 적 모습이라는 사실을 아세요? '아직 나이가 안 많잖아'라고 하실지도 모르겠어요. 맞아요, 하지만 그걸 말하려는 게 아니에요. 바느질 배우던 시절이 꿈에 늘 나타나니까요. 그곳으로 돌아가서 잘 모르는 얼굴이, 완전히 잊어버린 줄 알았던 얼굴들이 마당을 거니는 광경을 자주 꾸니까요. 스위스나 프랑스나 이탈리아 등, 해외에서 돌아다니는 꿈도 가끔 꾸는데, 저는 매번 어린아이랍니다. 제너럴 부인한테 가는 꿈도 꾼답니다, 제가 처음 입은 기억이 나는 누더기 차림으로. 베네치아에서 많은 사람과 저녁을 먹는 꿈도 꾸는데, 저는 돌아가신 어머니를 기리느라 여덟 살 때 입은 상복 차림, 올이 다 드러나서 더는 수선할 수 없을 정도로 입고 다니던 상복 차림이랍니다. 사람들이 부자 아버지와 그 옷이 얼마나 안 어울린다고 생각할까, 아버지와 패니 언니와 에드워드 오빠가 숨기려는 모습을 노골적으로 드러내서 우리 가족을 얼마나 창피하고 불쾌하게 할까 하는 생각이 절로 떠올라 많이 고통스러워하면서. 하지만 그렇게 생각하는 저는 여전히 어린애랍니다. 식탁에 앉아서 저녁으로 먹은 값을 계산하고, 돈을 어떻게 낼까 괴로워하며 가슴앓이할 때도 여전히 어린애, 조금도 안 자란 어린애랍니다. 우리 운명이 바뀐 자체는 꿈에 나온 적이 없으며, 못 잊을 아침에 선생님이 소식을 알려주는 꿈을 꾼 적도, 선생님을 꿈에서 본 적도 없습니다.

친애하는 클레넘 선생님, 제가 선생님 생각을 - 그리고 다른 사람 생각을 - 낮에 너무 한 터라 밤에는 남은 게 없어서 그럴 수 있어요. 이제야 고백하지만 저는 향수병에 시달린답니다, 고향 땅이 너무나 그립답니다, 아무도 안 볼 때 눈물을 글썽일 정도로요. 고향 땅에서 멀어지는 걸 견딜 수가 없어요. 행여나 고향 땅으로 몇 km라도 다가갈 때는, 다시 멀어질 걸 알면서도 마음이 살짝 풀릴 정도예요. 저는 가난하고 선생님은 다정한 그곳이 너무나 그립답니다. 아, 너무나 그립답니다, 아, 너무나 그리워!

선생님의 가련한 아이는 영국을 언제 볼지 아무도 모른답니다. 우리 가족 모두 (저만 빼고) 이곳을 많이 좋아할 뿐, 돌아갈 계획은 없거든요. 사랑하는 아버지가 재산과 관련된 일을 처리하러 다음 봄 늦게 런던에 가신다는데, 저를 데려갈 희망은 없답니다.

저는 제너럴 부인에게 가르침 받으며 조금은 좋아지려고 노력하니, 예전처럼 멍청하지는 않기를 바랄 뿐이에요. 선생님께 말한 외국어 두 개도 이제 비교적 편하게 알아듣고 말하거든요. 지난번 편지에는 선생님이 두 외국어 모두 잘하신다는 사실을 깜빡 잊었어요. 하지만 나중에 떠올린 덕분에 많은 도움을 받았답니다. 하느님이 축복하시길 바라요, 친애하는 클레넘 선생님. 잊지 마세요,

선생님께 늘 감사하며 사랑하는
작은 도릿을.

추신: 미니 가우언은 훌륭하게 기억할 자격이 누구보다 충분한 인물임을 특별히 알아주세요. 끝없이 좋게 보아도 괜찮은 사람이니까요. 지난번에는 팽스 선생님을 깜빡 잊었어요. 그분을 보시면 작은 도릿이 안부를 전하더라고 알려주세요. 작은 도릿을 많이 도와주셨거든요.

12장. 애국자 회담을 열다

머들이라는 유명한 이름은 날이 갈수록 나라 전역에 명성을 떨쳤다. 그렇게 유명한 머들이 산 사람이든 죽은 사람이든 누구한테 혹은 세속적인 대상한테 좋은 일을 한 적이 있는지는 아무도 몰랐다. 아담의 자식들이 걸어가는 수많은 미로 가운데 의무나 오락, 고통이나 쾌락, 노동이나 휴식, 사실이나 환상으로 가득한 길에서 다른 생명체에 희미한 촛불이나마 비추어줄 능력이 실제로 있는지 역시 아무도 몰랐다. 진흙으로 만든 숭배 대상이 실제로는 아주 평범한 진흙일 뿐인데, 심지가 안에서 타들어 가는 걸 막듯 인류의 형상이 산산이 부서지는 걸 막아주는 진흙으로 여겨야 하는 이유를 아무도 몰랐다. 머들이 자수성가해서 엄청난 부자가 되었다는 걸 모든 사람이 안다(혹은 안다고 생각한다). 이것 하나만으로 사람들은 그 앞에 무릎을 꿇었다, 동굴에서 기어 나와 통나무나 파충류 속에 깃든 신을 달래던 우매한 원시인보다 우매하고 천박하게.

아니다, 제사를 주도하는 제사장은 모든 인간의 천박함에 맞서는 징표로 머들을 내세웠다. 대중은 ― 그 이유를 확실히 알아 ― 믿음으로 숭배해도, 제단을 차지한 제사장은 머들을 끊임없이 내세웠다. 사람들은 머들이 여는 잔치에 참석하고, 머들은 사람들이 여는 잔치에 참석했다. 머들에게는 언제나 따라다니는 유령이 있으니, 유령은 수많은 제사장한테 "너희는 그 징표를, 그 사람의 머리, 눈, 말하는 방식, 어투와 태도를 믿고 숭배하느냐? 너희는 '빙글빙글 돌리기 관청'을 부추겨서 인류를 지배한다. 너희 가운데 대여섯 명이 치고받고 싸워도 어머니 지구는 다른 지배자를 배태하지 않으니, 너희 권한은 대중이 그 사람을 높이 받들고 충성하는 능력에서 나오는가? 아니면, 그 사람이 너희 가운데 나타날 때마다 내가 드러내는 징표를 제대로 파악할 능력이 있어, 그걸 대중에게 솔직하게 보여주는 데서 나오는가?"라고 더없이 추악하게 물었다. 하지만 제사장 모두는 머들과 함께 도시 전역을 돌아다니면서도, 두 질문을 못 들은 척하자는 데 암묵적으로 동의했다.

머들 부인이 자리를 비우고 해외로 나간 사이에, 머들은 거대한 저택을 개방하고 방문객은 밀물처럼 흘러들었다. 일부 방문객은 아예 저택을 차지하니, 신분이 높고 활달한 귀부인 서너 명은 "우리 친애하는 머들 저택에서 다음 목요일에 만찬을 듭시다. 누구를 초대할까요?"라는 말을 상냥하게 주고받았다. 그러면 우리 친애하는 머들은 통지받고 식탁에서 사람들 사이에 무겁게 앉아있다 응접실을 멍청하게 돌아다니니, 잔치를 방해만 하는 듯 보이기 일쑤였다.

위대한 머들의 삶에서 집사장은 복수심에 불타, 엄격한 모습이 조금도 줄어들지 않았다. 집사장은 '가슴'이 없어도 '가슴'이 있을 때처럼 만찬을 지켜보니, 그 눈은 머들에게 바실리스크[30]였다. 성격이 엄격하나, 식기류나 포도주에 유난히 진지했다. 자기 기준에 안 맞는 음식은 식탁에 내놓지를 않았다. 자신의 존엄성에 합당한 식탁을 차렸다. 손님이 음식을 건네면 거절하지는 않지만, 그 음식 역시 자신의 존엄성에

---

30) 전설에 나오는 뱀으로, 한 번 보거나 입김만 쐬어도 사람이 죽었다 한다.

합당해야 했다. 집사장이 요리 운반 탁자 옆에 설 때면 '나는 지금 내 앞에 있는 음식을 쳐다볼 책임을 맡았을 뿐, 다른 걸 쳐다볼 책임은 조금도 없다'라고 선언하는 것 같았다. 행여나 만찬을 주도하던 '가슴' 이 그립다면, 그건 불가피한 상황에 잠시 빼앗긴 자신의 지위 일부를 그리워하는 것이니, 은행에 보내서 보관하는 화려한 식탁 장식이나 고급 포도주 냉각기를 그리워하는 것과 마찬가지였다.

머들은 바너클에게 만찬 초대장을 보냈다. 데시무스 경이 참석할 예정이고, 타이트 바너클이 참석할 예정이고, 쾌활하고 젊은 바너클이 참석할 예정이며, 의회가 문을 닫는 동안 지방을 돌아다니며 우두머리 찬가를 불러대던 바너클 의회 합창단이 참석할 예정이었다. 사람들은 거대한 행사가 될 거로 예상했다. 머들이 바너클 가문을 후원한다는 거였다. 머들과 고상한 데시무스가 – 젊고 매력적인 바너클이 대리해서 – 세세하고 섬세하게 협상했다. 머들이 훌륭한 성실성과 거대한 재산이 라는 무게추를 바너클 저울에 올리기로 한 다음이었다. 심술궂은 사람 은 독직을 의심했다. 인류의 영원한 적과 손잡아서 좋은 자리를 차지한 다면 – 국가의 이익을 위해, 국민의 이익을 위해 – 바너클 가문 역시 망설일 게 없을 테니 말이다.

머들 부인은 훌륭한 남편에게, 휘팅턴[31] 시절 이후 처음으로 영국 상인 전체를 하나로 묶고 온몸에 금을 1m 두께로 덧씌운 주인공임을 누구도 의심하지 않는 남편에게, 로마에서 연속으로 편지를 보내, 지 금이 아니면 에드먼드 '번뜩이는 머리'를 공직에 앉힐 수 없다고 끈질 기게 졸라댔다. 에드먼드가 절박한 상태니, 좋은 자리에 앉히면 엄청 난 이익을 누릴 수 있다는 논리였다. 머들 부인이 이렇게 중요할 때 사용하는 문법은 한 가지밖에 없으니, 그것은 바로 명령법이고, 시제

---

31) 장사꾼으로 성공해, 런던 시장을 3번이나 역임한 입지전적인 인물이다.

는 현재형이었다. 현재형 명령법을 너무나 절박하게 구사하니, 머들은 동사 변형조차 할 수 없어, 느긋하게 돌던 피와 기다란 외투 소매가 흔들렸다.

이렇게 흥분한 상태에서 머들은 고개를 들어 집사장 생각을 살피기보다는 시선을 피한 채 상대 신발만 쳐다보며, 특별 만찬을, 대규모 만찬이 아니라 매우 특별한 만찬을 열 거라고 알렸다. 집사장은 세상에서 가장 값비싼 만찬을 지켜보는 걸 반대하지 않는다고 대답하고, 마침내 만찬 날은 다가왔다.

머들은 여러 응접실 가운데 한 곳에서 벽난로 불길에 등 대고 선채 중요한 손님들이 도착하길 기다렸다. 그는 혼자라는 게 확실하지 않은 한 벽난로 앞에서 불길에 등 대고 서는 무례를 저지를 사람이 아니었다. 집사장이 있을 때는 더더욱 그랬다. 무서운 하인이 나타나는 순간, 경찰관한테 잡힌 것처럼 두 손목을 단단히 모은 채 벽난로 양탄자를 이리저리 거닐 거나, 값비싼 가구 사이로 숨어들 터였다. 불길이 올라오는 순간에 그림자가 쏜살같이 달려들고 불길이 가라앉는 순간에 쏜살같이 물러난다는 건, 머들이 느긋하게 기다린다는 확실한 증거였다. 아니, 확실한 증거 이상이었다. 그림자를 불안하게 쳐다보아야 할 이유가 머들에게 있다면.

머들 오른손에는 석간신문이 가득하고, 석간신문은 머들 이야기로 가득했다. 머들의 대단한 기업, 대단한 재산, 대단한 은행은 그날 밤 석간신문을 살찌우는 재료였다. 대단한 은행은 머들이 기획하고 설립하고 경영하는 것으로, 머들의 다양한 기적 가운데 가장 최근에 나타난 기적이었다. 이렇게 대단한 업적을 달성한 주인공인데도 머들은 누구보다 겸손하니, 작은 배들이 만찬장으로 찾아드는 동안 대저택 벽난로 양탄자에 다리를 쩍 벌리고 선 재계의 거물이라기보다는 살던 집을 압류당한 사내에 훨씬 가깝게 보였다.

항구로 몰려드는 선박을 보라! 매력 넘치는 젊은 바너클이 제일 먼저 도착하고, 변호사가 계단에서 따라붙었다. 변호사는 평소처럼 이중 외알 안경과 살짝 의기소침한 배심원 분위기로 무장한 채, 젊고 매력 넘치는 바너클을 보고 크게 기뻐하며, 우리 변호사들이 흔히 말하는 뱅코에 앉아서[32] 특별 논의를 할 것 같다고 말했다.

젊은 바너클이 쾌활하게 물었다. 이름이 페르디난드였다.

"그래요? 왜요?"

"맙소사, 그대가 모르면 내가 어떻게 알겠소? 성전에 있는 사람은 그대고, 나는 들판에서 감탄하는 군중에 불과한데."

변호사는 고객이 누구냐에 따라 쉽게 다룰 수도 있고 어렵게 대할 수도 있으니, 페르디난드 바너클 앞에서는 한없이 가벼울 수밖에 없었다. 게다가 늘 겸손하게 자신을 깎아내렸다…… 자기만의 방식으로. 변호사는 성격상 특징이 엄청 많지만, 제일 커다란 특징은 천에 새긴 무늬 한가운데로 관통하려고 애쓴다는 사실이었다. 그 눈에는 모든 사람이 배심원으로 보여, 늘 최선을 다해서 배심원을 확보해야 하니 말이다.

"우리의 유명한 주인공이자 친구, 재계에서 빛나는 스타가 정계로 진출하나요?"

변호사가 묻자, 젊고 매력 넘치는 바너클이 반문했다.

"진출해요? 벌써 하원에 들어갔는데요?"

변호사가 특별 배심원 앞에서 우아하고 경쾌하게 웃었다. 일반 배심원 앞에서 보이는 천박하고 경쾌한 웃음과 완전히 달랐다.

"맞아요. 벌써 하원에 들어갔지요. 그렇지만 지금까지는 주저주저하

---

32) 뱅코에 앉는다는 건 정식재판을 연다는 뜻으로, 순회재판에 상대되는 개념이다.

며 흔들리는 스타가 아니었나요? 안 그런가요?"

일반 증인이라면 "안 그런가요?"라는 질문에 넘어가서 바라는 대답을 하겠지만, 페르디난드 바너클은 다 안다는 표정으로 쳐다보며 계단을 오를 뿐, 아무런 대답도 안 하니, 변호사는 이런 식으로 무시당할 순 없어서 고개를 끄덕이며 다시 말했다.

"그래요, 그래. 그래서 우리가 뱅코에 앉아서 특별 논의를 할 것 같다고 한 거예요 – 이번 만찬은 고상하고 엄숙한 모임이 되리라는 의미로, 맥히스 대장[33]이 '판사들이 모였다, 끔찍한 광경이다!'라고 한 것처럼. 대장은 우리한테 가혹하지만, 우리 변호사들은 대장을 인용할 정도로 관대하답니다. 그렇다 해도, 대장이 고백한 내용을 증거로 내놓을 수는 있겠지요."

변호사가 머리를 익살맞게 살짝 돌렸다. 법적인 내용을 말할 때 세상에서 가장 우아한 분위기를 끌어모으는 습관이 나타난 것이다.

"일반적으로 법은 공평하게 적용하려는 경향이 있다고 고백한 내용 말입니다."

변호사가 이중 외알 안경으로 상대 어깨를 우아하고 경쾌하게 건들며 이어갔다.

"정확히 인용하자면 – 틀렸다면 많이 배운 친구가 바로잡아 주시고 – 대장은 이렇게 말했답니다.

법률은 모든 계급을 위해서 만들어
타인은 물론 내 속에 깃든 악까지 억누르니,
교수대까지 동행하지 않는 게
좋겠구나!"

---

33) 존 게이의 희가극 '거지의 오페라'에 나오는 주인공으로 노상강도다.

이런 대화를 주고받으며 두 사람은 벽난로 앞에 머들이 선 응접실로 들어섰다. 들어서면서 말하는 소리를 듣고 머들이 화들짝 놀란 나머지, 변호사는 존 게이가 한 말을 인용했다고 설명하며 덧붙였다.

"웨스트민스터의 권위에 의존하는 사람도 아니지만, 머들 선생님처럼 세상을 실용적으로 탁월하게 파악하는 분한테 천박하게 구는 사람도 아니랍니다."

머들은 무언가 말할 표정이다, 곧바로 아무 말 안 할 표정을 떠올렸다. 그 사이에 주교가 도착했다고 선포하는 소리가 일었다.

주교는 온순하게, 그러면서도 강하고 빠른 걸음으로 들어서는 게, 7리그 예복용 구두[34]를 신고 온 세상을 돌아다니며 모든 사람이 편히 사는지 확인하려는 것 같았다. 주교는 이번 만찬에 무언가 중요한 목적이 있다는 사실을 몰랐다. 동작 하나하나에 또렷하게 드러났다. 힘차고 신선하고 쾌활하고 상냥하고 온화하지만, 놀라울 정도로 순진한 것이다.

변호사가 다가가서 사모님은 잘 지내시느냐고 정중하게 물었다. 사모님은 견진성사 미사 때 감기에 걸리는 불운을 겪었지만, 그것 말고는 잘 지낸다. 아들도 잘 지낸다. 지금은 젊은 부인과 꼬맹이를 데리고 인간의 영혼을 치료하러 지방으로 내려갔다.

바너클 의회 합창단이 그다음에 도착하고 머들 주치의가 그다음에 도착했다. 변호사는 누구와 대화하든 혹은 뭐라고 말하든 상관없이, 대화 상대가 눈치를 못 채도록 한쪽 눈과 이중 외알 안경 일부를 교묘하게 돌려서 사람이 새로 나타날 때마다 살피다 다가가서 배심원 각자가 제일 좋아할 말을 건넸다. 합창단 일부를 만나서는 잠꾸러기 의원이

---

34) 옛날이야기에 나오는 신발로, 이 신을 신으면 한걸음에 7리그, 즉 35km를 갈 수 있다고 한다.

간밤에 로비에 나갔다 돌아와서 엉뚱하게 투표했다며 폭소를 터트리고, 다른 일부를 만나서는 시대정신이 새롭게 변해서 나랏일과 나랏돈에 이상한 관심을 보이는 작태를 막을 수 없다며 한탄하고, 주치의를 만나서는 건강 일반에 대해서 할 말이 있다고 했다. 박학다식하며 세련된 전문가에 관해 물어볼 것이 있다. 의술이 최고라고 인정받는 교수가 그제 증인석 반대 심문에서 새로운 치료법을 선도하는 전문가라고 주장할 때, 으음, 자신은 주치의한테 물어보면 좋겠다고 생각했다. 서로 다른 전문의 의견을 직접 들어보지 않더라도, 자신이 흔히 말하는 변호사 특유의 법적 통찰력이 아니라 일반상식으로 바라볼 때, 새로운 치료법이라는 건 – 훌륭한 권위자 앞에서 이렇게 말해도 될지 모르겠는데 – 사기 같다. 아! 같은 생각이라 하시니, 사기로 여겨도 되겠다. 이제 마음이 놓인다.

이즈음에 타이트 바너클이 존슨 박사의 유명한 지인처럼 머릿속에 한 가지 생각만, 그것도 잘못된 생각만 지닌 채 나타났다.[35] 유명한 신사와 머들은 벽난로 불빛이 노랗게 밝히는 기다란 의자에 이런저런 자세로 앉아 깊이 사색하듯 서로 아무런 대화도 안 하는 모습이 맞은편에 걸린 '젖소 두 마리'[36]와 너무나 비슷하게 보였다.

마침내 데시무스 경도 도착했다. 집사장은 지금껏 손님이 들어오는 모습을 평소처럼 (존경하는 시선보다는 경멸하는 시선으로) 지켜보는 역할만 했으나, 이번에는 계단을 함께 오르다 데시무스 경이 도착했다고 선언하는 역할까지 수행했다. 최근에 바너클 가문에 사로잡힌 물고기를 기념하는 차원에서 초대받은, 숫기 없이 젊기만 한 하원의원은

---

35) 보스웰이 쓴 '존슨의 생애'라는 소설 속 인물로, 존슨 박사가 유명한 지인에 대해서 '그 친구는 머릿속에 한 가지 생각만, 그것도 잘못된 생각만 있는 것 같다'고 평가한 부분을 인용한 것이다.
36) 네덜란드 화가 코이프가 그린 그림, '젖소 두 마리가 바닥에 편히 앉은 풍경'이다.

데시무스 경이 들어오는 순간에 눈을 꼭 감았다. 그만큼 강력한 세력가였다.

그렇지만 데시무스 경은 그 하원의원을 만나서 반갑고, 주교를 만나서 반갑고, 변호사를 만나서 반갑고, 외과의를 만나서 반갑고, 타이트 바너클을 만나서 반갑고, 합창단을 만나서 반갑고, 개인 비서 페르디난드를 만나서 반갑다고 인사했다. 지상에서 가장 강력한 인물인데도 상대에게 환심을 사는 능력이 놀라울 정도로 부족한 터라, 페르디난드가 그 자리에서 만나는 모든 사람에게 아는 척하면서 반갑다고 말하도록 조언한 결과였다. 데시무스 경은 쾌활하면서도 겸손하게 모든 사람과 악수한 다음, 코이프 그림처럼 긴 의자에 앉아서 세 번째 젖소가 되었다.

변호사는 배심원을 몽땅 확보했으니 이제 우두머리를 잡아야 한다 느끼고, 이중 외알 안경을 손에 든 채 살그머니 다가갔다. 그래서 공적으로 준비한 주제에서 완전히 벗어난 날씨를 언급했다. 자신이 들은 바에 따르면 (누가 왜 말했는지 모르겠지만 들은 사람이 아주 많은데) 올해는 배나 사과나 복숭아 등 울타리에 기대서 키우는 과일이 안 될 거라고 한 거다. 데시무스 경은 자기네 복숭아가 잘 안 된다는 말을 들은 적은 없지만, 사람들 말이 옳다면 사과 수확을 제대로 못 할 것 같다고 대답했다. 변호사는 깜짝 놀라며 걱정했다. 사실, 지상에 사과가 하나도 없다 해서 문제 될 건 전혀 없는데도, 변호사는 크게 걱정하는 표정을 떠올렸다. 사과 수확을 못 해요? 맙소사, 그 이유가 - 우리처럼 골치 아픈 법률가는 나중에 얼마나 유용할지 모르는 터라, 정보 모으기를 좋아하니 - 그 이유가 도대체 무언가요, 데시무스 경? 하지만 데시무스 경은 자세히 대답하지 않았다. 보통 사람 같으면 이 정도에서 멈추겠지만, 변호사는 새롭게 물으며 달라붙었다.

"그렇다면 배는 어떤가요?"

훨씬 나중에 변호사가 법무부 장관으로 임명될 때, 이 질문이 압권이었다는 소문이 나돌았다.[37] 데시무스 경은 이튼 스쿨에 다닐 때 기숙사 뒤 과수원에서 자라던 배나무에 얽힌 추억이 있어, 하나밖에 없는 농담을 평생에 걸쳐 꽃피웠다. 이튼 배와 의회 패거리 사이를 간편하고 소박하게 오가는 농담이지만, 데시무스 경한테는 그 배나무를 완벽하게 이해할 때 비로소 참맛을 느낄 수 있는 세련된 농담이기도 했다. 그래서 이야기는 처음에 배나무가 있는지조차 모르던 때로 시작해, 겨울에 나무가 있는 것 같다고 느끼다, 계절이 바뀌면서 싹이 트고 꽃봉오리가 맺히고 과일이 맺히고 과일이 익는 걸 보았다는 내용으로 조금씩 넘어가, 나뭇가지가 침실 창문 바로 앞에 있어서 배를 훔쳐먹기 딱 좋았다는 내용으로 마무리되곤 했다. 그러면 이야기를 듣는 사람마다 데시무스 경이 이튼 스쿨에 들어가기 훨씬 전에 배나무를 심어서 다행이라며 찬사를 늘어놓는 식이다. 사과에 대한 변호사의 관심은 데시무스 경한테 완전히 압도당하고, 데시무스 경은 "당신이 배를 말하니 배나무에 얽힌 추억이 떠오르는구려"라고 엄숙하게 말문을 여는 것으로 시작해, "우리 인간이 살아가면서 다양하게 변하듯 이튼 배와 의회 패거리도 그렇다오"라는 의미심장한 결론을 내리는 것까지 배가 변하는 과정을 설명해, 변호사는 이야기를 끝까지 듣느라 데시무스 경과 함께 아래층으로 내려가는 건 물론, 식탁 바로 옆자리에 앉기도 했다. 변호사로서는 우두머리까지 완전히 확보했으니, 저녁을 맛나게 먹을 수 있겠다고 느끼는 순간이었다.

변호사는 식욕이 없으나, 다양한 요리는 식욕을 자극할 만했다. 더없이 귀한 요리를 호화로운 그릇에 담아서 호사스럽게 내놓으니, 최고급

---

37) 변호사 모델은 Fitzroy Kelly로, 1858년에 법무부 장관이 되었다.

과일, 최고급 포도주, 금과 은, 도자기와 유리로 만든 놀라운 세공품, 미각과 후각과 시각을 자극하는 다양한 물건이 식탁에 끊임없이 나왔다. 아, 머들은 정말 훌륭한 사내, 정말 위대한 사내, 완벽한 대가, 거대한 은총과 축복을 누리는, 한마디로, 대단한 부자로구나!

그런 머들은 평소처럼 싸구려 음식만 맛없는 표정으로 먹을 뿐, 여느 훌륭한 사람처럼 말이 없었다. 다행히도 데시무스 경은 위대한 인물이라 옆에서 말을 많이 할 필요가 없으니, 그런 사람은 언제든 위대한 자신에 대해 깊은 명상에 빠져들 수 있기 때문이다. 그래서 숫기 없이 젊기만 한 하원의원은 음식을 바라볼 만큼만 눈을 뜨다, 데시무스 경이 말할 때마다 다시 질끈 감곤 했다.

식탁에서 주로 말하는 사람은 젊고 유쾌한 바너클과 변호사였다. 주교도 충분히 유쾌하지만 순진한 성격이 앞을 막았다. 그래서 곧바로 뒤처지고 말았다. 무슨 소문이 돈다는 느낌이 조금만 들어도 곧바로 말문이 막혔기 때문이다. 주교한테 세상일은 너무나 버겁기만 할 뿐, 무엇 하나 제대로 이해할 수 없었다.

그런 모습은, 변호사가 지혜롭고 올바른 ─ 거들먹대거나 교만하기보다는 완벽하게 올바르고 실용적인 ─ 우리 친구 '번뜩이는 머리' 선생을 좋은 자리에 앉힌다는 말을 듣고서 정말 기뻤다고 말할 때, 우연히 드러났다.

페르디난드 바너클이 웃으면서, 맞다, 자신도 그렇게 들었다, 투표는 투표니, 누구나 받아들일 수 있다고 말했다.

변호사는 우리 좋은 친구 '번뜩이는 머리' 선생이 오늘 이 자리에 없어서 아쉽다고 하고, 머들은 소맷자락에 숟갈을 댄 채 다른 생각에 한참 빠져들다 천천히 빠져나오며 대답했다.

"지금은 머들 부인이랑 멀리 떠났답니다. 이 자리에 꼭 있을 필요는 없으니까요."

"그래요, 머들이라는 마법 같은 이름 하나로 충분하겠지요."

변호사가 말하자, 머들은 숟갈을 옆에 내려놓고 두 손을 소맷자락에 넣어서 어설프게 숨기며 인정했다.

"맙소사 - 네 - 그렇겠지요. 나랑 이해가 같은 사람들이 어렵게 만들지는 않을 테니까요."

"훌륭한 사람들!"

변호사가 감탄하고, 머들이 대답했다.

"선생께서 그렇게 생각하신다니, 다행입니다."

변호사가 날카롭게 번득이는 눈으로 바로 옆자리에 있는 훌륭한 인물을 힐끗 쳐다보며 다시 말했다.

"그렇다면 다른 두 곳에 있는 사람들은 - 우리 같은 변호사는 언제 어디에 유용하게 사용할지 몰라서 늘 호기심이 많아, 늘 질문해서 온갖 잡동사니를 마음에 담아두니 - 다른 두 곳에 있는 사람들은요? 그 사람들도 그 계획과 명성에 따를 만큼 갸륵한가요? 그곳에 있는 조그만 개울물 하나하나가 웅장하게 흘러서 주변 땅을 풍요롭게 적시는 장대한 강물로 차분하고 단순하고 - 자연계에서 그런 것처럼 - 아름답게 빨려들까요? 개울물 하나하나가 흐르는 방향을 완벽하게 계산하고 확실하게 파악했나요?"

머들은 변호사가 화려하게 늘어놓는 말에 살짝 당혹스러워서 바로 옆에 있는 소금 그릇을 충동적으로 바라보다, 주저하며 대답했다.

"그 사람들은 자신들이 상류사회에 바칠 의무를 완벽하게 안답니다. 내가 어떤 사람을 보내더라도 선출하겠지요."

"다행이군요, 다행이에요."

변호사가 대답했다.

대화에 나온 세 곳은 섬나라 영국에서 썩을 대로 썩은 선거구 세 곳, 언제나 무식해서 언제나 술에 절어 사는, 더럽고 옹색한 선거구 세 곳, 머들이 낚싯줄로 낚아서 주머니에 넣은 선거구 세 곳이었다. 페르디난드 바너클은 정말 훌륭한 사람들이라고 느긋하게 칭찬하면서 쾌활하게 웃고, 마음속으로 평화로운 길을 돌아다니던 주교는 아무런 생각 없이 빠져들었다. 그런 식탁을 둘러보다 데시무스 경이 물었다.

"어떤 신사가 채무자 감옥에 오랫동안 갇혀 지내다, 돈 많은 가문 후손이라는 게 밝혀져서 엄청난 돈을 물려받았다는 이야기를 들었는데, 무슨 얘긴가? 곳곳에서 얘기하더군. 자네는 아나, 페르디난드?"

"제가 아는 거라곤 그 사람 때문에 제가 관여하는 영광을 누리는 부처가……"

젊고 활기 넘치는 바너클이 장난스럽게 받아넘기는 게, 우리 모두 그렇게 말하는 형식을 아니, 우리 모두 그 형식을 지켜서 목적을 이루어야 한다고 주장하는 것 같았다.

"크나큰 골칫거리에 시달리고 우리 모두 엄청난 곤경에 빠졌다는 게 전부랍니다."

"곤경? 곤경이라고?"

데시무스 경이 중얼대며 깊은 생각에 빠져들고, 숫기 없이 젊기만 한 하원의원은 두 눈을 꼭 감았다.

"정말 당혹스럽답니다."

타이트 바너클이 분노한 표정으로 엄숙하게 말하자, 데시무스 경이 물었다.

"당혹스러울 게 무언가? 곤경에 빠질 이유는 뭐고, 페르디난드?"

"아, 정말 좋은 이야기랍니다, 이야기로는, 그런 부류치고는 꽤 좋은 이야기예요. 도릿이란 인물은 (그 사람 이름이 도릿이랍니다) 은행 요정이 나타나서 유산을 안겨주기 오래전에 계약 내용을 이행하겠다는 계약서에 서명하고선 약속을 어기는 식으로 우리한테 빚을 졌답니다. 위스키든 단추든 포도주든 구두약이든 식량이든 옷감이든 돼지고기든 맞단추든 인두든 당밀이든 신발이든 기타 등등을 군대든 상선이든 누구한테든 공급하는 꽤 커다란 가족기업과 동업했는데, 그 기업이 부도 내고 우리는 채권자가 되어, 구속영장을 국왕에게 과학적으로 정확하게 제출하는 식으로 처리했답니다. 그런 참에 은행 요정이 나타나 그 사람을 대리해서 모든 걸 갚겠다 하니, 제기랄, 우리는 검토하고 다시 검토하고, 서명하고 다시 서명하는 일에 깊이 빠져든 나머지, 6개월이나 걸린 다음에 비로소 그 돈을 받을 방법과 영수증 발행 방법을 파악했답니다. 공직 업무가 올린 쾌거라고 할 수 있지요."

젊고 잘생긴 페르디난드 바너클이 실컷 웃으며 이어갔다.

"어르신께서는 그렇게 많은 서류 양식을 평생 못 보셨을 겁니다. 그쪽 변호사가 하루는 저한테 말하더군요. '맙소사, 내가 이 관청에서 2~3천 파운드를 주는 게 아니라 받는 거라 해도 이처럼 힘들 수는 없을 겁니다.' 그래서 제가 말했답니다. '그 말이 맞소, 친구. 여기에서 하는 일이 꽤 많다는 걸 이제 당신도 아시겠군요.'"

유쾌하고 젊은 페르디난드 바너클이 다시 실컷 웃었다. 성격은 느긋하고 유쾌하며 행동 하나하나는 매력이 가득했다.

타이트 바너클은 그 일을 그렇게 상쾌하게 바라보지 않았다. 도릿이 돈을 갚겠다는 식으로 관청을 애먹인 걸 안 좋은 것으로, 그렇게 많은 세월이 지난 다음에 그러는 건 예의가 아닌 것으로 여겼다. 하지만 타이트 바너클은 말이 없는(buttoned-up) 사내며, 그만큼 중요한 인물이었다. 말이 없는 사내는 누구나 중요한 인물이다. 말이 없는 사내는 누구나 믿음직하다. 내성적이라서 입에 달린 지퍼를 절대로 안 여는 게 바람직하든 아니든, 입에 달린 지퍼를 채울 때 지혜가 쌓이고 입에 달린 지퍼를 열 때 지혜가 사라지든 아니든, 중요하게 여겨지는 인물은 하나같이 말이 없는 사람이 분명하다. 타이트 바너클이 외투 단추를 하얀 넥타이까지 바싹 채우지 않았더라면(buttoned-up), 현재의 절반만 큼도 중요한 인물로 안 여겨질 터였다.

"다릿인지, 도릿인지, 가족이 있는지 물어도 될까?"

데시무스 경이 묻는데, 아무도 대답하지 않자, 집주인이 대답했다.

"딸이 두 명 있습니다, 각하."

"아! 그 사람을 아시오?"

데시무스 경이 다시 묻고, 머들이 다시 대답했다.

"머들 부인이 압니다. '번뜩이는 머리'도 압니다. 실제로, 젊은 아가 씨 가운데 한 명한테 '번뜩이는 머리'가 깊은 인상을 받았답니다. 에드 먼드 '번뜩이는 머리'는 감수성이 예민한 터라 홀딱 빠져들어……"

머들은 여기에서 입을 다물고, 누가 자신을 바라보거나 귀를 기울일 때 흔히 그러듯 식탁보를 쳐다보았다.

변호사는 머들 가족이 그 집 가족과 이미 접촉한 사실에 크게 기뻐했 다. 식탁 맞은편 주교에게 나지막한 목소리로, 물리법칙에 따른 일종의 유유상종이라고, 똥파리는 똥파리를 좋아하는 격이라고, 재물을 가진 자가 서로를 끌어당기는 힘은 정말 신기하고 흥미롭다고 – 천연자석이 나 중력에 버금가는 현상이라고 – 넌지시 말할 정도였다. 주교는 이 문제가 불거지는 순간에 속세로 천천히 충분히 돌아온 터라, 묵묵히 동의했다. 그리고는 상류사회에 좋은 쪽으로든 나쁜 쪽으로든 행사할 영향력을 예기치 않게 떠안는 어려운 위치에 놓인 사람이 좀 더 합리적 이고 좀 더 거대한 권능에 의탁하는 건, 그래서 영향력을 (오늘 이

자리를 마련한 우리 친구처럼) 상류사회의 이익에 바람직하게 행사하는 건 상류사회에 정말 중요하다고 말했다. 불꽃 두 개가, 커다란 불꽃과 작은 불꽃이, 서로 경쟁하면서 섬뜩하고 애매하게 타오르는 대신, 하나로 어우러져서 부드럽게 타오르며 온 땅에 따사로운 빛을 골고루 비추어야 한다는 것이다. 주교는 자기 입으로 한 말이 마음에 드는 듯, 똑같은 말을 하고 또 했다. 그러는 동안 변호사는 (배심원을 안 놓치려고) 동조하고 또 동조하는 척했다.

저녁 식사와 후식은 3시간이 걸렸으나, 숫기 없는 하원의원한테는 음식과 술로 몸이 따뜻하게 데우는 이상으로 빠르게 데시무스 경 그림자에 눌리면서 차갑게 식어, 추위에 떠는 시간이었다. 데시무스 경은 편편한 들판에 높이 치솟은 탑처럼 식탁보를 압도해, 하원의원에게 가는 빛을 가리고, 하원의원의 골수를 서늘하게 하고, 거리감을 자각하고 슬퍼하게 했다. 데시무스 경이 포도주를 권하는 순간에 불쌍한 하원의원은 걸음이 흔들리면서 새까만 어둠에 갇히고, "그대의 건강을 위해서!"라며 건배하는 순간에는 주변에 황량한 불모지만 가득했다.

마침내 데시무스 경이 한 손에 커피잔을 들고 초상화 사이를 맴도니, 조그만 새들은 동작조차 멈추고 날개를 퍼덕이며 위층으로 올라갈 가능성을 흥미롭게 따지기 시작했다. 고상한 날개가 같은 방향으로 퍼덕일 때까지는 누구도 올라갈 수 없고, 데시무스 경은 그렇게 시간을 끌면서 날개를 쓸데없이 몇 차례 퍼덕이다, 위층 응접실로 날아올랐다.

그런데 여기에서 어려운 문제가 생겼다. 두 사람을 만찬에 특별히 데려와서 서로 의논하도록 할 때면 늘 나타나는 문제였다. 이번 만찬에 모여서 먹고 마신 목적은 데시무스 경과 머들이 단둘이서 5분 동안 특별히 대화하도록 하는 것이라는 사실을 (하나도 눈치 못 챈 주교만

197

빼고) 모든 사람이 완벽하게 알고 있었다. 정교하게 준비한 기회는 드디어 찾아왔으나, 인간의 노력만으로 우두머리 두 명을 한 방에 넣을 순 없을 듯했다. 머들과 귀족 손님이 서로 맞은편 끝에 최대한 떨어진 채 어슬렁거리기만 한 것이다. 매력적인 페르디난드가 황동 말 조각상을 구경하는 척하면서 데시무스 경을 머들 근처로 데려와도 소용이 없었다. 그 순간에 머들이 살그머니 멀어졌기 때문이다. 페르디난드가 드레스덴 화병의 독특한 역사에 관심을 보이는 척하면서 머들을 데시무스 경 옆으로 데려와도 마찬가지였다. 그 순간에 데시무스 경이 아랫사람을 대신 내세운 채 살그머니 멀어졌기 때문이다. 페르디난드가 스무 번이나 실패하고서 변호사에게 물었다.

"저런 모습을 본 적 있나요?"

"자주 보았지요."

"모서리를 정해서 내가 한 사람을 몰고 선생이 한 사람을 몰지 않는 한, 이번 일은 어렵겠어요."

"좋습니다. 내가 머들을 몰겠소, 당신만 괜찮다면. 하지만 각하는 못 그러겠소."

페르디난드는 속이 타들어 가면서도 웃다, 시계를 쳐다보며 말했다.

"둘 다 너무 심해요! 관두고 싶은 마음뿐이에요. 두 사람이 못 만날 이유가 뭐냐고요! 두 사람 다 자신이 뭘 바라고 뭘 하려는지 알잖아요. 그런데 저 모습을 보라고요!"

두 사람은 여전히 맞은편 끝에 최대한 멀리 떨어진 채 어슬렁거리며, 각자 속마음을 분필로 등에 확실하게 써놓고도 상대방한테 별 마음이 없는 척하는 게 더없이 웃길 뿐이었다. 주교는 변호사와 페르디난드 곁에 머물다 순진한 탓에 대화에 못 끼어들고, 향유로 몸을 씻고서[38]

---

38) 더러운 걸 씻어내는 동작을 상징한다.

데시무스 경 주변으로 다가갔다.

"머들 주치의한테 머들을 붙잡으라고 한 다음, 내가 저명한 친척을 붙잡아서 협의하도록 설득하는 게, 안 되면 질질 끌어서라도 가는 게 좋겠어요."

페르디난드가 말하니, 변호사는 한없이 교활한 미소를 머금으며 대답했다.

"그대가 별 볼 일 없는 나한테 도움을 청하니, 나 역시 최선을 다하겠소. 어차피 한 사람이 할 수 있는 일 같지도 않으니. 지금 제일 멀리 떨어진 응접실에서 대화에 몰두하는 각하를 당신이 그 자리에 묶어놓는다면 내가 머들을 데려가겠소, 못 벗어나도록 하면서."

"좋습니다!"

페르디난드가 동조하고, 변호사도 대답했다.

"좋소!"

변호사가 이중 외알 안경 줄을 붙잡고 흥겹게 흔들다 배심원 우두머리한테 흥겹게 고개를 숙여, 우연히 그런 것처럼 머들에게 다가가서 실용적인 지식의 인도를 받고 싶다며 사소한 문제를 거론하는 장면은 보기에도 놀랍고 실속도 대단했다. (여기에서 머들 팔을 잡고 차분히 걸으며 말하길) 가령 A.B.라는 은행가가 상당한 돈을, 가령 1만5천 파운드를, 가령 P.Q.라는 고객한테 대출했다고 합시다. (데시무스 경에게 점차 다가가는 만큼 팔을 꼭 잡으며) 대출금 상환을 담보하는 차원에서, 미망인이라고 해도 좋을 P.Q.는 '식은 죽 먹기'라는 부동산의 자유 보유 등기권을 A.B.한테 넘겼다고 합시다. 문제는 이겁니다. '식은 죽 먹기'에 있는 숲에서 나무를 벌목할 권리는 P.Q. 아들에게 있으니, 그를 X.Y.라고 합시다 - 정말 어렵군! 데시무스 경 앞에서 딱딱한 법률을 분석하는 방법으로 집주인을 붙잡으려니 정말 어려워!

다음으로 미룰까? 주교가 몇 마디 거들지 않을까? 변호사는 너무나 후회스러울 뿐, 더 말하고 싶은 마음조차 사라졌다. (그러면서도 데시무스 경이 앉은 소파 바로 옆 소파에 머들을 앉혔다. 이 순간을 놓치면 기회는 없다.)

주교를 뺀 일행 전체는 앞으로 어떤 일이 일어날지 몰라서 관심과 흥미가 치솟은 상태로, 옆 응접실 벽난로에 둥글게 모여서 잡담을 느긋하게 나누는 척하지만, 머릿속 생각과 눈동자는 따로 앉은 두 사람 주변을 은밀하게 맴돌았다. 합창단은 더더욱 긴장하니, 자신들에게 좋은 일이 안 일어날 수도 있다는 불안감마저 밀려들었다! 주교 혼자만 한결같이 차분하게 입을 놀렸다. 젊은 사제들이 툭하면 걸리는 만성 후두염을 물리칠 방법에 대해, 그리고 교회에서 그런 병이 널리 퍼지는 사태를 막을 방법에 대해 훌륭한 외과의에게 물었다. 외과의는 그 병에 안 걸리는 제일 좋은 방법은 낭독하는 직업에 뛰어들기 전에 제대로 낭독하는 법을 익히는 거라고 어중간하게 대답했다. 주교는 정말 그렇게 생각하느냐고 의심스러운 어투로 묻고, 외과의는 그렇다고 단호하게 대답했다.

한편, 페르디난드는 둥글게 모인 사람들 외각에서 애쓰는 유일한 인물이었다. 그 모임과 두 사람 사이를 맴도는 모습이, 데시무스 경은 머들한테 머들은 데시무스 경한테 일종의 밀고 당기기를 하는 터라, 자신이 언제든 필요하면 옆에서 거들어야 한다고 여기는 것 같았다. 실제로 15분도 안 돼서 데시무스 경이 "페르디난드!"라고 불러서 회담에 5분이나 참석했다. 바로 그때, 합창단 사이에서 숨죽인 탄성이 터져 나왔다. 데시무스 경이 떠나려고 일어선 것이다. 이번에도 페르디난드가 인도하는 가운데, 데시무스 경은 인기 유지 차원에서 모든 사람과 화려하게 악수하고 변호사한테는 "배 얘기가 따분하지 않았나?"라는 농담까지 했다. 여기에 대해 변호사는 "이튼이요, 하원이요?"라고 되묻는 식으로, 자신이 농담을 완벽하게 이해했음을 깔끔하게 드러내는 건 물론, 앞으로 영원히 안 잊겠다는 암시까지 교묘하게 전했다.

중요한 내용을 속에 가득 채운 타이트 바너클이 다음으로 떠나고, 페르디난드가 그다음에 떠나서 오페라 극장으로 갔다. 남은 사람은 조금 더 머물며 화려한 탁자에 황금빛 위스키 잔을 올려놓은 채, 머들이 무슨 얘기라도 하기만 간절하게 기대했다. 하지만 머들은 언제나처럼 멍한 표정으로 느릿느릿 돌아다닐 뿐, 아무 말도 안 했다.

하루 이틀 뒤에 세계적으로 유명한 머들 선생의 양자 에드먼드 '번뜩이는 머리'가 '빙글빙글 돌리기 관청'의 간부로 임명되었다는 소문이 런던 전역에 나도니, 진심으로 믿는 자 모두는, 우아하고 은혜로운 데시무스 경이 위대한 상업 국가에서 가장 중요한 재계에 관심을 보이는 우아하고 은혜로운 표시로 받아들이고 환호하며 팡파르를 울렸다. 정부가 보인 관심에 힘입어 훌륭한 은행과 훌륭한 기업체 모두 번창하고 또 번창했으며, 사람들은 캐번디쉬 광장 할리 거리로 몰려들어서 황금빛으로 번뜩이는 놀라운 인물의 저택을 구경하며 감탄하고 또 감탄했다.

집사장이 현관문을 내다볼 때, 구경꾼마다 대단한 부자라고 중얼대며 훌륭한 은행에 돈이 얼마나 많은지 궁금하게 여겼다. 하지만 존경스러운 네메시스[39]가 어떤 인물인지 알았더라면, 조금도 궁금하지 않은 건 물론, 그 액수까지 정확히 맞추었으리라.

---

39) 복수의 여신으로, 머들과 집사장의 독특한 관계를 암시한다.

13장. 전염병 확산

정신에 번진 전염병 역시 육체에 번진 전염병만큼이나 심각하다는 건, 이런 병은 역병만큼이나 빠르고 심각하게 확산한다는 건, 한 번 감염되면 아무리 건강한 사람이라도 신분이나 직업에 상관없이 순식간에 망가진다는 건 우리 인류가 공기로 숨 쉬는 만큼이나 확실한 사실이다.[40] 세균이 번지기 전에 치명적인 감염자를 즉시 포착해서 (단번에 숨을 틀어막아서 죽이는 건 아닐지라도) 철저하게 격리하지 않는다면, 인류는 상상조차 할 수 없는 재난에 빠져들 게 분명하다.

대화재가 일어나면 화염이 이는 소리가 사방에 가득하듯, 강력한 바너클 가문이 지핀 신성한 불꽃은 머들이라는 이름을 사방에 퍼트렸다. 입이란 입은 하나같이 그 이름을 읊조리고, 귀란 귀마다 하나같이 그 이름이 파고들었다. 머들처럼 위대한 인물은 현재도 없고 예전에도 없고 앞으로도 없을 터였다. 앞에서 말한 것처럼, 머들이 지금껏 해온 일을 아무도 몰랐다. 하지만 인류 역사상 가장 위대한 인물이라는 걸 모두가 받아들였다.

---

40) 디킨스 생전에 콜레라와 천연두가 퍼져, 많은 사람이 사망했다. 1837년~1840년에 런던에서만 천연두 하나로 6,400명이 사망할 정도였다.

땡전 한 푼이 아쉬운 블리딩 하트 단지에서도 그 관심은 증권거래소만큼이나 대단했다. 플로니쉬 부인은 블리딩 하트 단지가 끝나는 계단 꼭대기에 조그만 잡화점을 차려서 늙은 아버지와 매기가 거드는 가운데 식료품과 생필품을 팔며 계산대를 사이에 두고서 단골과 툭하면 머들 얘기를 주고받을 정도였다. 플로니쉬는 마을에서 조그만 건축사업을 동업하느라 비계나 지붕에서 한 손에 흙손을 들고서 '사람들 말에 따르면, 머들은, 잘 들어, 우리 모두를 좋은 세상으로 이끌 인물, 우리 꿈을, 잘 들어, 실현하는 데 꼭 필요한 인물'이라고 말하기 일쑤였다.

밥티스트는 플로니쉬 부부의 하나밖에 없는 하숙인으로, 검소하고 소박하게 살면서 모은 돈으로 머들이 운영하는 사업체 가운데 한 곳에 투자한다는 소문이 살그머니 돌았다. 블리딩 하트 아낙네들은 차를 홀짝거리며 수다를 떨러 와서 플로니쉬 부인에게 묻곤 했다. 공장에서 재봉하는 사촌 메리 앤한테 들었는데, 머들 부인은 드레스가 짐마차 세 대를 가득 채울 정도라는 거 아세요, 아주머니? 어디를 가든 제일 아름다운 미모를 자랑하는데, 가슴이 대리석 같다는 거 아세요, 아주머니? 사람들이 말하는데, 모두 사실이라면, 이번에 정부에 들어간 아들은 전남편과 살면서 낳은 아들이라는 거, 전남편은 장군이었다는 거, 군대를 이끌고 전쟁에 나갈 때마다 승리했다는 거 아세요, 아주머니? 머들이 말하길, 정부를 손에 넣을 가치가 있다면 충분히 손에 넣을 수 있다고, 하지만 이익은 둘째치고 손실이 너무나 커서 안 그런다고 했다는 거 아세요, 아주머니? 사람들이 거짓말하는 게 아니라면, 머들은 자신이 다니는 길을 금으로 포장까지 했으니 그 정도로 무너지지 않지만, 아쉽게도 정부를 그만큼 바람직하게 다질 수 없다고 여긴다는 거 아세요, 아주머니? 빵값이랑 고깃값이 천정부지로 치솟는다는 걸 아는 사람은 그 사람밖에 없으며, 낮출 의지와 능력을 지닌 사람 역시 그 사람밖에 없다는 것도?

블리딩 하트 단지에 열병이 심하게 번진 나머지, 팽스가 집세를 받는 날에도 열병 환자는 넘쳐흘렀다. 증세는 딱 하나였다. 팽스가 집세를 내라고 할 때마다 감염자는 머들이라는 마법의 이름을 도피처로 삼으며 변명을 늘어놓으니, 이런 대화가 끊임없이 오갈 수밖에 없었다.

"인제 그만! 집세나 내라고! 어서!"

팽스가 말하면 집세를 못 낸 세입자가 대답한다.

"준비를 못 했어요, 나리. 먹고 죽으려 해도 땡전 한 푼 없다고요."

"말도 안 되는 소리 그만해. 설마 통하리라 생각한 건 아니겠지?"

집세를 못 낸 세입자는 힘없이 인정한다.

"네, 나리. 그런 건 아닙니다."

"주인님이 용납하지 않아. 그런 말이나 들으라고 나를 보낸 건 아니니까. 집세! 어서 내라고!"

팽스가 말하면, 세입자는 다시 대답한다.

"아, 나리. 제가 사람마다 떠들어대는 돈 많은 신사라면 – 제 이름이 머들이라면 – 당장 집세를 냈겠지요, 기쁜 마음으로."

집세를 달라는 대화는 대체로 현관 입구나 마당에서 하기 일쑤라서 주민 몇몇이 관심을 보이며 구경하다, 이 말을 듣고 정말 그렇다는 표정으로 중얼대고, 집세를 못 낸 세입자는 아무리 우울하고 난감하더라도 이 말을 하는 순간에 기운이 살짝 난다. 그래서 머리를 저으며 말한다.

"제가 머들이라면, 그렇다면 나리는 저한테 집세를 독촉할 필요도 없겠지요! 단번에 낼 테니까요, 나리가 말을 꺼내기도 전에."

이보다 공정한 말은 어디에도 없다고, 집세를 낸 것과 같다고 여기는 듯 똑같은 대답이 여기저기서 나온다.

그러면 팽스로서는 수첩에 내용을 적으면서 이렇게 말하는 수밖에 없다.

"으음! 방을 내놓고 자네를 쫓아내야 하겠군. 다른 방법이 없어. 나한테 머들 얘기나 하는 건 아무런 소용이 없거든. 자네는 머들이 아니고 나 역시 머들이 아니니까."

"그렇습니다, 나리. 저로선 나리가 머들이길 바랄 뿐입니다."

이 말은 기분 좋은 반응과 함께 "나 역시 자네가 머들이길 바랄 뿐이네, 선생"이라는 대답을 부르고, 세입자 역시 날아갈 듯한 기분으로 다시 말한다.

"나리가 머들이라면 우리한테 훨씬 관대할 테니, 양측 모두에게 좋겠지요. 우리한테도 좋고, 나리한테도 좋고. 그렇다면 나리는 다른 사람 때문에 골치를 썩일 필요가 없겠지요. 우리 때문에 속상할 필요가 없고, 나리 자신 때문에 속상할 필요도 없겠지요. 나리가 머들이라면 마음을 편하게 다스릴 테니, 다른 사람 마음도 편할 거예요."

팽스는 감정이 조금도 안 깃든, 칭찬 같기도 하고 비난 같기도 한 말에 너무나 쑥스러워서 아무 말도 못 했다. 손톱만 물어뜯다 콧김을 내뿜으며 다음 세입자한테 갈 뿐이다. 그러면 주민들은 집세를 못 낸 세입자 주변에 모여들어 터무니없는 소문을 주고받다, 머들은 현금이 정말 많다는 사실에 감동하며 위로받는다.

팽스는 집세를 받는 일에 또다시 실패한 것으로 일과를 마무리하고 수첩을 팔꿈치에 끼운 채 플로니쉬 부인이 있는 잡화점으로 간다. 업무가 아니라 사교가 목적이다. 힘든 하루를 보낸 터라 기분 전환이 필요했다. 시간이 날 때마다 들러서 작은 도릿 얘기를 하는 사이에 플로니쉬 가족과 많이 가까워진 것이다.

잡화점 내부는 플로니쉬 부인이 직접 꾸몄는데, 내실로 들어가는 입구를 초가집처럼 꾸민 느낌이 말할 수 없이 좋았다. 잡화점 내부를 시적으로 끌어올린 장식에 진짜 문과 창문까지 (균형은 안 맞아도 넉넉하게 어우러지도록) 덧붙였다. 소박한 초가집 주변에는 해바라기와 접시꽃이 화려하면서도 겸손하게 자라고, 굴뚝에서 진하게 올라오는 연기는 화목한 실내 분위기를 상징하는데, 최근에 굴뚝 청소를 안 했다는 증거 같기도 했다. 충실한 개는 문지방에 있다가 친한 손님한테 달려가고, 마당 울타리 너머에는 비둘기들이 동그란 비둘기 집을 에워쌌다. 문에는 (닫으면) 동판 같은 게 달려 있는데, 'T. 플로니쉬, M. 플로니쉬, 행복한 초가집'이라는 글자를 새겨넣었다. 남편과 아내가 행복하게 산다는 표시였다.

플로니쉬 부인은 초가집에서 부부가 행복하게 산다고 상상할 때마다 기분이 황홀했다. 어떤 시나 어떤 예술작품도 그만한 감흥을 줄 순 없었다. 플로니쉬가 일을 마치고 돌아와서 파이프를 태울 때 등을 기대는 습관이 있어 비둘기 집과 비둘기를 모자로 가려도, 주머니에 넣은 두 손이 활짝 핀 꽃을 뿌리째 뽑아서 인근에 쓰레기로 버려도 아무렇지 않았다. 플로니쉬 부인한테는 여전히 가장 아름다운 초가집이며 가장 훌륭한 작품이었다. 플로니쉬 눈이 초가집 침실보다 높이 올라와도 마찬가지였다. 잡화점으로 나와서 문을 닫은 뒤에 초가집 안에서 노래하는 아버지 목소리를 듣는 건 플로니쉬 부인한테 완벽한 이상이며, 황금시대의 부활이었다. 유명한 황금시대가 실제로 부활하더라도, 혹은 그런 시대가 실제로 존재했더라도, 가련한 플로니쉬 부인처럼 진심으로 아버지를 숭배하는 딸이 있을까 의심스러울 정도였다.

잡화점 문에서 쟁그랑대는 종소리가 손님이 온 걸 알리자, 플로니쉬 부인이 '행복한 초가집'을 나와서 상대를 확인하며 말했다.

"오실 줄 알았어요, 팽스 선생님. 오실 때가 됐으니까요, 그죠? 종소리를 듣고서 손님을 맞이하려고 아버지가 젊고 팔팔한 일꾼처럼 나오시네요. 좋아 보이시지 않나요? 선생님이 오시면 아버지가 아주 좋아하신답니다. 이야깃거리가 넘쳐흘러서요. 그러다 작은 도릿 아가씨 이야기로 넘어가면 더더욱 좋아하시고요. 요새는 노래하실 때 목소리가 정말 좋답니다."

너무나 자랑스럽고 기쁜 나머지 목소리가 떨렸다.

"간밤에 스트레폰을 부르시니, 남편이 벌떡 일어나서 식탁 너머로 '장인어른께서 오늘 밤처럼 아름답게 부르는 노래는 처음 듣는다'고 감탄할 정도였답니다. 고마운 일이에요, 그죠, 팽스 선생님?"

팽스는 노인에게 더없이 다정하게 콧김을 내뿜고서 맞다고 대답한 다음, 활기찬 알트로 친구는 아직 안 왔느냐고 별생각 없이 물었다. 플로니쉬 부인은 아직 안 왔다고, 볼일이 있어서 서쪽 끝에 갔지만 간식 먹을 시간에 돌아온다 했다고 대답했다. 팽스는 다정하게 초대받고서 '행복한 초가집'으로 들어가, 학교에서 막 돌아온 큰아들 플로니쉬 도령과 마주쳤다. 그래서 어린 학생이 학교에서 그날 배운 내용을 가볍게 검토하다, 실력이 좋은 학생은 글자 M을 익히면서 'Merdle(머들), Millions(수백만 파운드)'까지 배운다는 사실을 깨달았다.

"그래, 수백만 파운드가 사람들 입에 맴돈 뒤로, 장사는 어떤가요, 플로니쉬 부인?"

팽스가 묻자, 플로니쉬 부인이 대답했다.

"꾸준하답니다, 선생님. 사랑하는 아버지, 가게로 나가서 창문을 살짝 열어주시겠어요, 간식을 들기 전에? 아버지는 취향이 좋으시니까요."

딸이 부탁하자, 존 에드워드 낸디 노인은 기쁜 마음으로 순식간에 나갔다. 어려운 문제를 드러내면 아버지가 심각성을 느끼고 구빈원으로 달아날까 두려워 노신사 앞에서 금전 문제를 말하는 걸 끔찍하게 꺼리던 플로니쉬 부인은 그때 비로소 목소리를 낮춰서 속내를 털어놓았다.

"장사가 꾸준하고 단골도 많은 건 사실이랍니다. 문제는 외상이에요, 선생님."

심각한 문제, 블리딩 하트 단지 주민을 상대로 장사하는 사람은 누구나 느끼는 문제로, 플로니쉬 부인한테는 커다란 장애물이었다. 도릿 선생이 잡화점을 차려주자, 블리딩 하트 주민은 크게 감동하고서 플로니쉬 부인 잡화점을 애용하자고 결의했다. 한 마을에서 함께 오랫동안 고생하며 살았으니, 무슨 일이 있더라도 그곳을 이용하는 건 너무나 당연한 인지상정이었다. 이들은 고상한 감정에 자극받아, 약간은 사치품 같은 품목을 비롯해 평소에 안 먹던 버터 종류마저 사면서, "약간 무리한 건 맞지만, 이웃이자 친구를 돕자는 것이니, 이럴 때 아니면 누가 이렇게 무리하겠는가?"라고 반문했다. 그래서 장사는 잘되고, 물건은 순식간에 빠져나갔다. 한마디로, 블리딩 하트 주민이 돈만 낸다면 장사는 완벽한 성공이었다. 하지만 하나같이 외상인 터라, 실제로 실현한 이익은 아직껏 없었다.

팽스가 수치를 곰곰이 따져보느라 머리칼을 곤두세워서 고슴도치처럼 변할 때, 낸디 노인이 이상한 분위기로 다시 들어와서 밥티스트가 이상하다고, 어서 와서 보라고, 뭔가 끔찍한 상황에 맞닥뜨린 것 같다고 간청했다. 세 사람 모두 잡화점으로 나가서 창문 사이로 바라보니, 밥티스트가 창백하게 질린 얼굴로 너무나 이상하게 행동했다. 우선, 단지로 내려오는 계단 꼭대기에 숨어서 잡화점 문 옆으로 고개를 살며시 내민 채 거리 위쪽과 아래쪽을 살폈다. 불안한 눈으로 꼼꼼하게 살핀 뒤에는 숨은 곳에서 나와 거리를 빠르게 내려가는 게 아주 멀찌감치 가려는 듯하더니, 갑자기 돌아서서 똑같은 속도로 똑같은 속임수를 쓰며 거리를 올라왔다. 그래서 거리를 내려간 만큼 올라오다, 길을 건너서 사라졌다. 이렇게 속임수를 쓴 목적은 밥티스트가 계단에서 갑자기 방향을 돌리며 잡화점으로 들어와, 단지 끝까지, 혹은 '데니얼 도이스와 클레넘'까지 멀찌감치 애매하게 돌아가다 단지를 가로질러서 쏜살처럼 온다는 설명으로 드러났다. 그즈음에는 당연히 숨이 가쁘고 심장은 빠르게 뛰는 것 같았다, 문을 황급히 닫은 순간에 쨍그랑대면서 부르르 떠는 종보다.

"이봐, 친구! 알트로, 친구! 왜 그러는가?"

팽스가 물었다.

밥티스트 혹은 시뇨르 존 밥티스트는 이제 팽스만큼이나 영어를 잘 알아듣고 말도 잘했다. 그런데도 플로니쉬 부인은 이탈리아어 박사라는 허황한 영광을 놓치기 싫어서 불쑥 끼어들며 통역했다.

"저 사람은 무슨 문제가 있는지 알고 싶다."

밥티스트는 오른손 집게손가락을 급하게 흔들면서 아주 조그맣게 속삭였다.

"'행복한 초가집'으로 들어가요, 패드로나(Padrona, 사모님). 어서요!"

플로니쉬 부인은 패드로나라는 호칭이 자랑스러웠다. 안주인이 아니라 이탈리아어 박사로 여기는 증거였다. 그래서 밥티스트 말에 따라 내실로 앞장서서 들어갔다. 그런 다음에 평소처럼 풍부한 지혜를 발휘하며 팽스 말을 다시 통역했다.

"무슨 일이냐?"

"어떤 사람을 보았어요. 아주 우연히 보았어요."

"어떤 사람? 누구?"

"나쁜 사람. 몹시 나쁜 사람. 그 사람을 볼 일이 두 번 다시 없기를 바라요."

"나쁜 사람이란 걸 어떻게 아느냐?"

"그건 중요하지 않아요, 패드로나. 제가 너무나 잘 아니까요."

"그 사람이 너를 봤느냐?"

"아니요. 못 봤으면 좋겠어요. 못 봤을 거예요."

"밥티스트가 나쁜 사람을 만났는데, 나쁜 사람이 자신을 못 봤길 바라네요."

플로니쉬 부인이 살짝 생색내며 아버지와 팽스에게 통역하다, 이탈리아어로 물었다.

"나쁜 사람이 못 봤길 바라는 이유는 뭐냐?"

플로니쉬 부인이 사려 깊게 보호하는 조그만 외국인이 대답했다.

"친애하는 패드로나, 묻지 마세요, 제발. 다시 말하지만, 그건 중요하지 않아요. 나는 그 사람이 무서워요. 그 사람을 다시 만나고 싶지도, 두 번 다시 마주치고 싶지도 않아요 – 다시는! 됐어요, 그게 전부예요. 그만 얘기해요."

밥티스트에게 너무나 힘든 문제라서 평소의 활력마저 사라진 터라, 게다가 벽난로 시렁에서 아까부터 차가 끓는 터라, 플로니쉬 부인도 더 몰아붙이지 않았다. 하지만 놀라움과 호기심까지 줄어든 건 아니었다. 팽스 역시 마찬가지였다. 조그만 사내가 들어온 뒤로 씩씩대면서 콧김을 열심히 내뿜는 모습이 화물을 가득 실은 채 가파른 언덕을 오르는 증기기관차 같았다. 매기는 예전보다 좋은 옷차림으로, 하지만 이상한 모자를 쓴 괴물 같은 모습으로 처음부터 입을 쩍 벌리고 눈을 동그랗게 뜬 상태로 뒤에 있는데, 화제를 돌려도 그 입과 눈은 줄어들 줄 몰랐다. 어쨌든 그 얘기는 더 안 해도, 각자 깊은 생각에 잠긴 표정이었다. 플로니쉬네 두 아이도 예외는 아니었다. 빵과 버터를 먹긴 하는데, 너무 많이 먹으면 악당이 나타나자마자 자기네부터 잡아먹을 것 같아서 공포에 질린 표정이었다. 밥티스트는 입을 다시 조금씩 열긴 하지만, 평소에 앉던 자리가 아니라 문 뒤 창가 옆에 바싹 붙어 앉아서 꿈쩍도 안 했다. 그러다 조그만 종이 울릴 때마다 깜짝깜짝 놀라다, 커튼 자락에 얼굴을 숨긴 채 한 손으로 살짝 들어서 살그머니 내다보았다. 이리저리 멀찌감치 돌아왔어도 섬뜩한 사내가 무서운 사냥개마냥 쫓아왔다고 여기는 게 분명했다.

다른 시간대에 손님 두세 명과 플로니쉬가 들어오고, 그때마다 시선은 밥티스트한테 쏠렸다. 간식 시간은 끝나고, 아이들은 잠자리에 들고, 플로니쉬 부인은 아버지에게 노래 클로에를 불러달라고 부탁하고픈 마음이 들 때, 조그만 종이 울리면서 클레넘 선생이 들어왔다.

클레넘은 '빙글빙글 돌리기 관청' 대기실에서 시간을 많이 빼앗겼기 때문에 장부와 서류를 늦도록 열심히 들여다보았다. 게다가 어머니 집에서 최근에 겪은 일로 마음이 우울하고 불편했다. 그래서 지치고 외로워 보였다. 정말 힘들고 외로웠다. 그렇지만 사무실에서 집으로 가는 길에 작은 도릿한테 편지가 온 걸 알리려고 단지 끝까지 일부러 찾아온 터였다.

그 소식은 '행복한 초가집'을 흥분의 도가니로 만들었다. 밥티스트로 쏠리던 관심이 깨끗하게 사라질 정도였다. 매기가 앞으로 곧장 나오는데, 작은 엄마 소식을 귀와 코와 입과 눈으로 빨아들이는 것 같았다. 하지만 눈으로 빨아들이는 걸 눈물이 방해했다. 매기는 로마에도 병원이, 정말 친절한 병원이 있다는 클레넘 말에 특히 마음이 쏠렸다. 팽스는 특별히 전하는 안부 인사에 어깨가 으쓱했다. 모든 사람이 기뻐하며 관심을 보이니, 클레넘으로서도 충분한 보상을 받은 셈이었다.

"그런데 힘들어 보이세요, 나리. 초라한 집이나마 차를 드시겠다면 제가 당장 만들어드릴게요. 우리를 생각하시고 굳이 찾아오는 친절을 베푸시니, 고맙습니다, 나리."

플로니쉬 부인이 말했다. 플로니쉬 역시 집주인으로서 감사의 말을 해야 한다 느끼고 늘 그러듯 형식과 진정성을 바람직하게 뒤섞으며 사례했다. 그런 다음에 장인한테 말했다.

"장인어른, 조금도 거만하지 않고 겸손하게 행동하는 모습을 자주 못 보니, 그런 모습을 보면 고마운 마음으로 존경해야 합니다. 안 그러면 그런 모습을 볼 수 없어서 인생살이가 고달프겠지요."

이 말에 낸디 노인이 대답했다.

"자네 말에 진심으로 공감하네, 사위, 자네 의견이 내 의견이랑 똑같아. 더 말할 필요도 없고 주저할 필요도 없어. 맞아, 그 의견이 맞아. 자네와 나는 의견이 언제나 똑같아. 아무런 차이가 없다고. 그럼, 그렇고말고, 사위!"

클레넘은 별일 아닌데 높이 평가하니 고맙다며 살갑게 말하고, 차에 대해서는 아직 저녁을 먹기 전이며, 하루를 힘들게 일한 끝이라 집으로 곧장 가서 배를 든든히 채울 거라고, 안 그러면 친절한 제안을 기꺼이 받아들였을 거라고 설명했다. 그리고 팽스가 떠날 채비를 하며 콧김을 커다랗게 뿜어대자, 함께 나가겠느냐고 물으며 마무리했다. 팽스는 그러자고 대답하고, 두 사람은 '행복한 초가집'을 나섰다.

거리로 들어서서 클레넘이 말했다.

"우리 집으로 가서 저녁이든 만찬이든 함께 든다면 정말 고맙겠소. 오늘 밤은 유난히 쓸쓸하고 외로우니 말이오."

"그보다 더한 부탁이라도 선생이 원한다면 기꺼이 들어주겠소."

팽스가 대답했다.

괴팍한 인물과 클레넘은 마셜씨 교도소 마당에서 팽스가 러그 등으로 날아오른 뒤부터 서로를 이해하고 화합하는 느낌이었다. 도릿 가족이 떠난 잊지 못할 날에는 멀리 떠나는 마차를 물끄러미 쳐다보다 함께 천천히 거닐기도 했다. 작은 도릿한테서 첫 번째 편지가 왔을 때는 그 내용에 팽스 이상으로 관심을 보인 사람이 없었다. 지금 클레넘 상의 안주머니에 있는 두 번째 편지는 팽스라는 이름을 특별히 언급하며 안부까지 물었다. 팽스가 클레넘에게 또렷하게 고백하거나 선언한 적은 없지만, 그리고 지금 막 대답한 말이 대단할 건 없지만, 팽스가 특유의 독특한 호감을 지녔다는 믿음을 클레넘은 오랫동안 키워왔다. 노끈을 이렇게 모으다 하나로 엮으니, 팽스는 그날 밤에 너끈하게 의지할 밧줄이 되었다.

클레넘이 팽스와 나란히 걸으며 설명했다.

"나 혼자라오. 동업자는 맡은 일에 열중하느라 멀리 떠났으니, 무어든 당신 하고픈 대로 해도 된다오."

"고맙소. 그런데 선생은 조금 전에 조그만 알트로를 눈여겨보지 않았어요, 그죠?"

"네. 왜요?"

"알트로는 똑똑한 친구고, 나는 그 친구를 좋아해요. 그런데 오늘은 뭔가 이상하더군요. 그 친구가 넋 나간 이유를 혹시 아세요?"

"맙소사! 전혀 몰라요."

팽스는 자신이 묻는 이유를 설명했다. 클레넘은 완전히 뜻밖인 데다 그 이유를 조금도 추측할 수 없었다.

"나중에 아무것도 아닌 것처럼 물어보세요."

팽스가 말하자, 클레넘이 물었다.

"무얼요?"

"속으로 무슨 생각을 하는지."

"그보다 무슨 걱정이 있는지부터 알아봐야겠어요. 지금껏 지켜본 바에 따르면, 어떤 일을 하든 (아무리 조그만 일이라도) 열심히 즐겁게 하는 모습이 믿음직했는데, 그걸 물으면 의심하는 것처럼 보일 수 있잖아요. 옳지 못해요."

"그건 맞아요. 하지만 그대는 다른 사람 주인 노릇을 못 하겠군요, 클레넘 선생. 너무 섬세해요."

팽스가 말하자 클레넘이 웃으면서 대답했다.

"존 밥티스트한테 일거리를 주는 사람이 나만 있는 건 아니잖아요. 조각 실력으로 먹고사니까요. 공장 열쇠를 관리하고 이틀 밤마다 공장을 지키니 일종의 관리인이라고 할 수도 있고요. 맡길 일이 있으면 맡기긴 하지만, 밥티스트가 창의성을 발휘할 일은 거의 없어요. 그래요. 나는 주인이 아니라 조언자예요. 밥티스트의 고정 상담역 겸 은행가라는 표현이 사실에 가깝지요. 은행가라는 말까지 나와서 하는 말인데, 사람들 머릿속에 투기 생각이 가득한 데다 존 밥티스트까지 그런다는 게 이상하지 않아요?"

"투기? 무슨 투기요?"

팽스가 콧김을 내뿜으며 반문했다.

"머들이 하는 사업."

"아, 투자. 그래요, 그래! 선생이 투자 얘기를 꺼낼 줄은 몰랐소."

곧바로 대답하는 말투에 뭔가 다른 의미가 깃든 것 같아서 클레넘이 물끄러미 쳐다보았다. 하지만 그 말과 동시에 팽스가 증기기관을 열심히 끙끙대며 속도를 높이는 바람에, 그 생각은 오래가지 않고 집은 금방 나타났다.

클레넘은 벽난로 앞 조그만 원탁에 수프와 비둘기고기 파이로 저녁을 차리고 좋은 포도주로 풍미를 더 해, 팽스라는 증기기관에 제대로 기름칠했다. 그런 다음에 동양식 파이프 두 대를 꺼내서 한 대를 건네니, 팽스는 기분이 완벽하게 좋았다.

두 사람이 담배만 조용히 뻐끔대니, 팽스는 바람, 물길, 찬찬한 수면 등 조건이 완벽한 상태에서 항해하는 증기선 같았다. 그런 팽스가 먼저 입을 열었다.

"그래요. 투자가 맞아요."

클레넘이 아까와 같은 표정을 떠올렸다.

"아!"

"그 얘기를 하는 거요."

"네. 그런 것 같네요."

클레넘이 대답했다. 이유가 궁금했다.

"조그만 알트로 머릿속에 투자 생각이 가득한 게 이상하지 않으냐? 그렇게 말했지요?"

"네, 그렇게 말했어요."

"그래요! 하지만 단지 주민 전체가 같은 생각을 해요. 집세를 받는 날이면 모든 사람이 그 얘기를 한다고요, 여기저기에서, 사방에서. 집세를 내든 못 내든. 머들, 머들, 머들. 언제나 머들."

"사람들이 흠뻑 빠져든다는 게 정말 이상해요."

"그래요?"

팽스가 되묻더니, 담배를 몇 모금 뻐끔대다 이제 막 기름칠한 게 안 어울릴 정도로 뻣뻣하게 덧붙였다.

"선생은 사람들이 제대로 모르고 그런다고 여기니까요."

"네, 조금도 모르고."

"조금도 모른다. 판단할 줄 모른다. 돈 문제를 모른다. 계산도 안

한다. 그래서 성공할 수 없다는 건가요, 선생?"

"사람들이 제대로 판단한다면……"

클레넘이 대답하다, 팽스가 안색 하나 안 변한 채, 콧소린지 기관지 소린지, 평소보다 훨씬 강력한 소리를 내는 바람에 입을 다물었다.

"사람들이 제대로 판단한다면?"

팽스가 그대로 반박하는데, 질문하는 어투였다.

말까지 막은 걸 어떻게 받아들여야 할지 애매해서 클레넘이 주저하 며 대답했다.

"당신이 그렇게…… 말해서……"

"아니요. 아직은. 나중에 말할 순 있을지언정. 사람들이 제대로 판단 한다면?"

팽스가 다시 묻는 말에, 클레넘은 어떻게 받아들일지 몰라서 약간 당혹스러운 표정으로 대답했다.

"사람들이 제대로 판단한다면, 그렇게 하지는 않겠지요."

"왜요, 클레넘 선생?"

팽스가 재빨리 묻고는 이렇게 덧붙였다. 얘기를 시작할 때부터 쏘아 대던 대포를 다시 쏘아댈 듯한 분위기였다.

"사람들 생각이 옳아요. 제대로 모르고 그러긴 하지만, 사람들 생각 이 옳아요."

"존 밥티스트처럼 머들한테 투자하는 게 옳다는 건가요?"

"당-연-하-죠, 선생. 내가 다 검토했어요. 계산을 다 했어요. 판단도 다 하고. 정말 확실하고 안전한 투자에요."

여기까지 말한 다음에 비로소 마음이 놓이는 듯, 팽스는 허파가 허락 하는 선에서 동양식 파이프를 최대한 길게 빨아들이다 내뿜길 되풀이 하며 클레넘을 가만히 바라보았다. 그러다 자신이 감염된 전염병을 위험하게 퍼뜨리기 시작했다. 전염병이 번지는 방식, 사방으로 교묘하게 퍼져나가는 과정이었다.

"그 말은 수중에 있는 천 파운드를, 예를 들자면, 이를테면, 그곳에 투자할 수도 있다는 뜻인가요, 친구?"

"그렇소. 이미 그랬다오, 선생."

팽스는 담배를 다시 길게 빨아들이고 내뿜으며 오랫동안 차분히 쳐다보았다. 그러다 말했다.

"분명히 말하는데, 클레넘 선생, 이미 투자했다오. 머들은 재산도 많고, 자본도 많고, 정부에 영향력도 커요. 거기에 투자하는 게 최선이라오. 하나같이 확실하다오. 하나같이 안전하다오."

클레넘은 팽스를 진지하게 바라보다 심각한 표정으로 불길을 바라보며 입을 열었다.

"으음! 놀랍군요!"

"쳇! 그렇게 말하지 마시오, 선생. 선생도 투자해야 마땅하오! 그러니 선생도 나처럼 투자하시오."

팽스는 자신도 모르게 감기에 걸렸을 때 그런 것처럼 누가 자신에게 유행병을 옮겼는지조차 몰랐다. 수많은 질병이 그런 것처럼 처음에는 인간이 탐욕스러워서 걸리고, 다음에는 무지해서 번지다, 일정 기간이 지나면 무지하지도 탐욕스럽지도 않은 사람조차 걸리는 것이다. 팽스가 세 번째 부류에 속할 수도 있고 아닐 수도 있지만, 클레넘 눈에는 세 번째 부류로 보이고, 그래서 팽스가 퍼트리는 전염병은 그만큼 더 지독했다.

"그럼 천 파운드를 몽땅 투자한 거예요, 팽스?"

클레넘이 '투자'라는 표현을 사용하며 묻자, 팽스가 담배 연기를 내뿜으며 당당하게 대답했다.

"당연하죠, 선생! 열 배를 투자할 수 없는 게 아쉬울 뿐이라오!"

그날 밤, 클레넘은 외로운 마음을 무겁게 내리누르는 문제가 두 개였다. 하나는 동업자의 희망이 꾸준히 미루어진다는 사실이고, 하나는 어머니 집에서 보고 들은 광경이었다. 팽스라는 친구가 있어서, 믿음직해서 다행스럽다가도, 두 문제는 다시 떠올라 훨씬 빠르고 강력하게 짓누르며 출발점으로 돌려보냈다.

조금도 저항할 수 없었다. 그래서 투자 문제에서 벗어나, 파이프 담배 연기 사이로 벽난로 불길을 말없이 바라보다, 자신이 위대한 정부 부처에 몰두하게 된 이유와 과정을 팽스에게 말했다. 그러다 그 문제에 대한 감정을 솔직하게 드러내며 "데니얼 도이스 선생한테는 지금껏 어려운 문제였고, 앞으로도 어려운 문제"라는 말로 마무리했다.

"어렵지요. 하지만 관리하는 사람은 선생이에요, 그렇죠, 클레넘 선생?"

"무얼요?"

"사업 자금."

"네. 최선을 다해서 관리한답니다."

"잘 관리하세요, 선생. 그분의 노고와 실망에 보상하세요. 그분께 이 시대 최고의 기회를 제공하세요. 그런 식으로는 이익을 누릴 수 없어요, 고생을 자처하며 일만 열심히 하는 자세로는. 그분은 선생만 바라본다고요, 선생."

팽스 말에 클레넘이 대답하는데, 불안한 어투였다.

"최선을 다한다오, 팽스. 나한테 아무런 경험도 없는 분야를 제대로 평가하고 검토할 능력이 있는지 의심스럽기 하지만, 나이도 먹어가고."

"나이를 먹어가요? 하, 하!"

팽스가 웃어대면서 콧김과 연기를 뿜어대는 걸 보면 말도 안 된다고,

어이가 없다고 여기는 게 분명했다. 그런 팽스가 다시 말했다.

"나이를 먹어가요? 말도 안 돼! 늙어간다고요? 어이가 없구려, 어이가 없어!"

어이없다는 말투에도 계속 뿜어대는 콧김에도 그렇게 생각한 적은 한 번도 없다는 느낌이 또렷해, 클레넘은 더 말하지 않았다. 사실, 팽스가 갑자기 뱉어낸 숨이 갑자기 들이켜는 연기와 충돌해서 무슨 일이 일어나지나 않을까 걱정스러웠다. 그래서 두 번째 문제를 접으니, 세 번째 문제가 나타났다. 그래서 적당한 침묵이 흐른 뒤에 입을 열었다.

"젊든 늙든 중간이든, 팽스, 지금 나는 마음이 애매하고 불안한 상태라오, 지금 소유한 모든 것이 실제로는 내 소유가 아닐지 모른다는 의구심에 시달리는 상태. 이유를 말해도 되겠소? 당신을 믿어도 되겠소?"

"당연하오, 선생, 나한테 그만한 가치가 있다고 믿는다면."

"믿소."

"그럼 하시오!"

짧고 단호하게 대답하면서 새까만 손을 갑자기 내미는 모습이 더없이 믿음직해, 클레넘은 그 손을 따뜻하게 맞잡았다. 그런 다음, 자신이 오랫동안 걱정하던 내용을 상대가 이해하는 수준으로 누그러뜨려, 어머니 이름을 빼고 먼 친척 얘기를 하는 듯, 자신이 불안하게 여기는 내용과 직접 목격한 내용을 개괄적으로 털어놓으니, 팽스는 동양식 파이프가 더없이 마음에 드는데도 벽난로 앞에 내려놓고서 잔뜩 헝클어진 머리칼을 두 손으로 빙글빙글 돌리며 곤추세우니, 얘기를 마무리할 즈음에는 어설픈 햄릿 연기자가 아버지 유령과 대화한 듯 보였다. 그리고는 클레넘 무르팍을 툭 치면서 한탄했다.

"투자 얘기로 돌아갑시다, 투자 얘기로 돌아가! 내가 무슨 말을 하겠소, 아무런 책임도 없는 잘못을 해결하려고 스스로 괴롭히는데. 선생 모습이 그래요. 인간은 본성을 벗어날 수 없소. 내가 하고픈 말은, 그 일이 세상에 드러나서 친척을 욕보이지 않게 하려면 선생한테 돈이 많아야 한다는 거요…… 돈을 최대한 벌어놓아야 한다는 거!"

클레넘은 고개를 절레절레 저으면서 물끄러미 쳐다보고, 상대는 모든 힘을 끌어모으면서 강력하게 충고했다.

"돈을 최대한 많이 벌어놓으시오. 남을 안 해치는 선에서 최대한. 선생이 할 일은 그거요. 선생을 위해서가 아니라 다른 사람을 위해서. 기회를 놓치지 마시오. 가련한 데니얼 도이스 선생은 선생한테 달렸소. 그 친척도 선생한테 달렸소. 뭐가 또 선생한테 달렸는지 아무도 모른다오."

"그래요, 그래! 오늘 밤은 그만합시다."

클레넘이 말하자, 팽스가 받아쳤다.

"그만두기 전에 한 마디만 더, 클레넘 선생. 모든 이익을 욕심 많은 인간, 악당, 사기꾼한테 넘기는 이유가 무어요? 자신이 차지할 이익을 우리 주인 같은 작자한테 몽땅 넘겨야 하는 이유가 무어냐고요! 그런데 도 당신네는 늘 그래요. 내가 말한 당신네는 선생 같은 인물을 말하는 거라오. 당신네가 그러는 건 선생도 알아요. 그래요, 나는 그런 꼴을 평생에 걸쳐 하루도 빠짐없이 보았소. 안 그러는 모습은 한 번도 못 봤소. 내가 하는 일 자체가 그런 꼴을 보는 거요. 그래서 하고픈 말은, 안에 들어가서 차지하라는 게 전부요!"

팽스가 강조하자 클레넘이 물었다.

"안에 들어가서 빼앗기면?"

"빼앗길 일은 없소, 선생. 내가 자세히 검토했소. 드높은 명성 – 막대 한 재산 – 거대한 자본 – 드높은 지위 – 대단한 인맥 – 정부에 막강한 영향력. 그런 일은 도저히 있을 수 없소!"

팽스는 설명을 마무리하면서 흥분을 가라앉혀 곤두선 머리칼을 평소처럼 가라앉히고, 벽난로 앞에 둔 파이프를 다시 들어, 담배를 다시 채우고 불을 붙여서 연기를 내뿜었다. 두 사람은 더 말하지 않아도 침묵 속에서 똑같은 주제를 떠올리는 건 같으니, 자정이 될 때까지 헤어지지 않았다. 그러다 떠날 때 팽스는 클레넘과 악수한 다음, 몸을 빙글 돌리면서 증기를 내뿜었다. 그 모습을 클레넘은, 그날 밤에 얘기한 문제든 앞으로 일어날 또 다른 문제든, 행여나 자신에게 도움이 필요하면 팽스에게 넌지시 기대도 된다는 징표로 받아들였다.

다음 날은 시간이 날 때마다, 심지어 다른 일에 집중할 때조차, 팽스가 천 파운드를 고스란히 투자했다는, "자세히 검토했다"는 생각을 온종일 떠올렸다. 평소에 낙관적인 성격이 아닌데도, 그렇게 투자하고 꿈에 부풀었다는 생각도 떠올렸다. 막강한 정부 부처도 떠올리고, 데니얼 도이스 선생 일이 잘 풀리면 좋겠다는 생각도 했다. 집을 떠올릴 때마다 어둡고 우울한 느낌이 든다는 생각도, 그림자가 어려서 그 집을 예전보다 어둡고 우울하게 한다는 생각도 했다. 자신이 가는 곳마다 머들이라는 유명한 이름을 듣고 보고 느낀다는 사실도, 사무실 책상에 앉아서 사무를 볼 때조차 이런저런 매개체를 통해 그 이름이 툭하면 들린다는 사실도 깨달았다. 그 이름이 사방에 가득하다는 사실이, 자신을 빼면 안 믿는 사람은 하나도 없는 듯하다는 사실이 참으로 이상하다는 생각도 들었다. 그러다, 자신이 안 믿는 이유는 어쩌다 보니 그 이름에 관심을 안 기울였기 때문이라는 생각조차 들었다.

전염병이 창궐할 때 흔히 나타나는 징후였다.

14장. 충고를 듣다

노란 테베로 강[41] 기슭에 사는 영국인들은 총명한 동료 '번뜩이는 머리'가 '빙글빙글 돌리기 관청'의 나리로 임명되었다는 소식을 듣고는, 영국 신문에 실리는 평범한 뉴스 - 다양한 사건 사고 - 가운데 하나로 가볍게 여겼다. 일부는 비웃고, 일부는 사실상 한직이라 어떤 바보라도 제 이름만 쓸 수 있으면 되는 자리라는 식으로 돌려 말하고, 일부는 데시무스가 세력을 강화하려고 머리를 굴렸다는, 데시무스가 법에 따라 사람을 임명하는 목적은 자기 세력을 강화하는 하나밖에 없다는 정치적 견해를 엄숙하게 밝혔다. 까다로운 영국인 일부는 이런 견해를 안 받아들이니, 하나같이 공론에 불과했다. 현실적으로 볼 때 이들은 다른 영국인이 모르는 - 어딘가에 있거나 아무 데도 없는 - 문제에 아무런 관심도 없었다. 똑같은 관점에서 이들은 눈에 안 띄는 무명의 영국인이라면, 국내의 수많은 영국인이라면, 군말 없이 "받아들여야 한다"고, 그들이 조용히 받아들이는 건 너무나 당연하다고 스물네 시간 내내 쉬지 않고 주장한다. 하지만 그들이 어떤 계급이고, 얼마나 힘들게 살고 어디로 숨어드는지, 그렇게 숨어드는 이유는 무언지, 자기

41) 로마 한가운데를 흐르는 강으로, 산에서 진흙이 쓸려내려 노랗게 보인다.

네 이익을 스스로 외면하는 행위를 계속하는 이유는 무언지 역시, 노란 테베론 강 기슭에 사는 사람이나 새까만 템스 강 기슭에 사는 사람이나 모르는 건 똑같다. 자기네 이익을 스스로 외면하는 이유를 하나같이 어리둥절하게 받아들일 뿐이다.

머들 부인은 몸에 치장한 보석을 과시하듯 아무렇지 않게 축하를 받아넘기며 사방에 소식을 퍼뜨렸다. 그러면서 말했다. 그렇다, 에드먼드가 그 자리를 받아들였다. 남편이 그러길 바라서 에드먼드가 받아들인 것이다. 자신은 에드먼드가 좋아하길 바라지만, 실제로 어떤지는 모르겠다. 그 자리에 들어가면 도시에 살아야 하는데, 에드먼드는 시골을 더 좋아한다. 하지만 그 자리가 나쁜 자리는 아니다. 괜찮은 자리라고 할 수 있다. 아들이 그 자리에 들어간 게 남편에게 바람직하다는 건, 그리고 마음에만 든다면 에드먼드 자신에게도 나쁘지 않다는 건 부정할 수 없다. 아들한테 뭔가 할 일이 생긴 것도 잘됐고, 그 대가를 받는 것도 잘됐다. 하지만 그 자리가 에드먼드한테 군대보다 바람직한지는 두고 봐야 한다.

'가슴'은 어떤 일이든 아무렇지 않게 여기는 척하면서 대단한 평가를 끌어내는 실력이 훌륭했다. 반면에 데시무스한테 버림받은 헨리 가우언은 인민의 성문(The Porto del Popolo)[42]과 알바노 시[43] 사이에 머무는 지인을 모조리 찾아다녀서 눈물까지 글썽이며 단언했다, '번뜩이는 머리'는 성격이 좋고 순진무구하다고, 공유지 풀[44]을 자랑스럽게 뜯어 먹는 당나귀(멍청이)에 버금간다고, 사랑스러운 당나귀가 그 자리를 차지해서 너무나 기쁘다고, 가우언 자신에게 그보다 기쁜 일은 하나밖에 없을 것 같다고, 그건 바로 자신이 그 자리에 들어가는 거라고.

---

42) 로마 북쪽 관문으로 1561년에 미켈란셀로가 설계했다.
43) 알바노(Albano)는 로마 남동쪽 22km 거리 언덕에 자리한 도시로, 바다가 보이는 휴양지다.
44) 공유지 풀은 공유재산, 혹은 세금을 상징한다.

'번뜩이는 머리'한테 딱 맞는 자리라고, 할 일이 없으니 너무나 잘 어울리고, 상당한 봉급을 즐겁게 받을 테니, 그보다 확실하고 즐거운 자리는 어디에도 없다고. 사랑하는 당나귀가 더없이 근사한 마구간으로 들어가서 기쁘다고. 마구간을 건네준 사람이 가우언 자신은 외면한 걸 가볍게 용서하고픈 마음마저 들 정도라고. 가우언이 베푼 자비심은 이게 전부가 아니다. 사교모임이 있을 때마다 '번뜩이는 머리'를 끌어내서 모든 사람이 바라보게 하니, 사려 깊은 행동은 가우언 자신을 한층 더 쓸쓸하고 처량하게 만드는 결과만 낳긴 해도, 우호적인 의도 자체를 의심할 순 없었다.

하지만 '번뜩이는 머리'가 사랑하는 여인마저 의도를 의심하지 않은 건 아니었다. 이제 패니는 모든 사람이 '번뜩이는 머리'의 애인으로 간주하는, '번뜩이는 머리'한테 온갖 변덕을 부리면서도 그 곁을 떠날 순 없는 관계로 알려진 난감한 처지였다. 그래서 '번뜩이는 머리'가 조롱당하면 자신도 조롱당하는 느낌이 드는 데다 눈치는 정말 빨라, 가우언이 조롱하는 걸 막아준 게 한두 번이 아니니 '번뜩이는 머리'한테 큰 도움이 되었다. 그러면서도 '번뜩이는 머리'가 창피한 건 어쩔 수 없어, 관계를 완전히 끝낼지 아니면 힘을 확실하게 실어줄지 끊임없이 흔들리니, 불확실성 속으로 더욱 깊숙이 빠져들기만 한다는 불안감과 함께 자신이 힘든 만큼 머들 부인은 좋아한다는 고통 역시 늘어났다. 마음이 이렇게 복잡하니, 하루는 패니가 머들 부인 댁 무도회에 갔다가 밤에 잔뜩 흥분한 상태로 돌아온 건, 화장대 앞에 앉아서 성질부리며 눈물까지 흘리다 다정하게 달래는 동생을 밀쳐낸 채 가슴을 들썩이며 이제 모든 게 싫다고, 이대로 죽어버리면 좋겠다고 소리친 건 놀랄 일이 조금도 아니었다.

"사랑하는 언니, 왜 그래? 나한테 말해."

"왜 그러느냐고, 꼬마 두더지? 너한테 눈이란 게 달렸다면 물어볼 필요도 없을 거야. 얼굴에 두 눈이 달린 척하면서 왜 그러느냐고 물을 생각이나 한다니!"

"'번뜩이는 머리' 때문에 그래, 언니?"

작은 도릿이 묻자, 패니가 빈정대는데 태양계 전체에서 가장 경멸스러운 사람이라는, 생각조차 하기 싫은 사람이라는 어투였다.

"'번뜩-이는 머-리' 때문이냐고! 아니, 박쥐 아가씨, 그렇지 않아."

그러더니 동생한테 욕한 걸 곧바로 후회하고는, 자신이 못되게 굴었다며, 하지만 모든 사람이 그런 쪽으로 몰아간다며 흐느꼈다.

"오늘 밤에는 언니 몸이 안 좋은 것 같아."

작은 도릿 말에 젊은 숙녀는 다시 화내며 받아쳤다.

"말도 안 되는 소리! 너만큼은 좋아. 아니, 더 좋을 수도 있어, 너처럼 떠벌리지 않아도."

가련하게도 작은 도릿은 면박당하지 않고서 달랠 방법이 없어, 가만히 있는 게 최선이라고 생각했다. 이것조차 언니는 처음에 나쁘게 받아들여 거울에 대고 소리쳤다. 누구보다 짜증 나는 동생, 더없이 짜증 나는 동생, 멍청한 동생이란 생각이 든다. 동생 때문에 나쁜 성질이 그대로 드러난다. 그래서 자신을 더욱 혐오하게 만든다. 자신이 혐오스럽게 굴 때는 날카롭게 지적하는 게 무엇보다 중요하다. 하지만 동생이 멍청해서 제대로 지적할 수 없다. 그래서 자신은 한층 더 혐오스럽게 굴고픈 유혹을 느낀다. (거울에 대고 계속 소리치길) 그런데 자신한테는 잘못을 빌고픈 마음이 없다. 동생한테 잘못을 빌면서 허리를 숙이는 건 좋은 모습이 아니다. 그런데도, 자신이 바라든 바라지 않든, 늘 잘못을 비는 처지가 되는 건 옳지 않다. 그러더니 결국에는 엉엉 운다, 동생이 다가와서 바로 옆에 앉으며 달래는 순간에 "에이미, 너는 천사야!"라며 흐느꼈다.

다정하게 달래는 동생 덕분에 흥분이 가라앉자, 패니가 다시 말했다.

"내가 말하겠는데, 우리 귀염둥이, 결국에는 모든 일이 지금처럼 흘러갈 수도 없고 흘러가도 안 되는 상황이, 이제는 어떤 식으로든 마무리해야 하는 상황이 오고 말았어."

언니가 단호하지만 애매하게 선언하자, 작은 도릿이 제안했다.

"자세히 얘기해보자."

패니도 공감하고 눈물을 닦으며 대답했다.

"그래, 동생, 자세히 얘기하자. 이제 나도 정신이 돌아왔으니 네가 들어보고 바람직한 방향을 제시하는 거야. 할 수 있겠지, 착한 우리 동생?"

변덕스러운 말에 아무리 작은 도릿이라도 웃으면서 대답했다.

"그래, 언니, 최선을 다해서."

"고마워, 사랑하는 동생. 너는 나를 잡아주는 닻이야."

패니는 자신을 잡아주는 '닻'을 사랑스럽게 껴안은 다음, 화장대에서 화장수 병을 꺼내고는 하녀를 불러서 고운 손수건을 가져오라 지시했다. 하녀를 내보낸 다음에는 가끔가다 두 눈과 이마를 손수건으로 닦아서 열기를 식히며 충고받을 채비를 갖추었다. 그리고 말했다.

"사랑하는 동생, 우리는 성격도 사물을 보는 시각도 많이 다른 터라 (다시 뽀뽀해주렴, 동생), 내가 지금부터 하는 말을 듣고서 놀랄 가능성이 커. 내가 하고픈 말은, 동생, 우리한테 재산이 많더라도 사교적인 관점에서 크게 불리하다는 거야. 무슨 말인지 모르겠지, 동생?"

"더 듣다 보면 알 수도 있을 거야."

"으음, 동생, 내 말은 우리가 사교계에 이제 막 들어선 처지라는 거야."

작은 도릿이 부러운 눈빛으로 끼어들었다.

"언니한테서 그걸 알아챌 사람은 아무도 없어, 언니."

"아아, 사랑하는 동생, 알아챌 수도 있어. 하지만 그렇게 말하다니 너는 정말 다정하고 친절하고 사랑스러운 아이로구나."

패니가 손수건으로 동생 이마를 가볍게 문지르고서 입김을 살짝 불었다. 그리고 이어갔다.

"하지만 누구나 알듯이, 너는 나한테 둘도 없이 소중한 동생이야! 내가 제일 아끼는 동생. 아빠는 진짜 신사답고 아는 것도 많지만, 몇 가지 점에서 다른 돈 많은 신사와 살짝 달라. 불쌍하게도 오랫동안 고생해서 그럴 수도 있고, 당신이 말할 때 다른 사람이 그 생각을 하지나 않을까 하는 걱정이 속으로 떠올라서 그럴 수도 있어. 삼촌은, 사랑하는 동생, 다른 사람 앞에 내놓을 수 없고. 사람이 좋아서 내가 많이 사랑하지만, 삼촌은, 사교적으로 말해서, 너무 추잡해. 오빠는 돈을 펑펑 쓰며 사치를 즐기고. 내 말은, 그 자체가 천박하다는 건 아니야 – 정반대거든 – 돈을 제대로 못 쓴다는, 굳이 말하자면, 돈을 막 쓴다는 평판만 돌 뿐 본전은 조금도 못 찾는 게 문제지."

"불쌍한 오빠!"

작은 도릿이 한숨을 내쉬었다. 가족사 전체에 깃든 한숨이었다. 그러자 패니가 날카로운 어투로 말했다.

"맞아. 너도나도 똑같이 불쌍하고. 사실이야! 그리고, 사랑하는 동생, 우리한테는 엄마가 없고 제너럴 부인이 있어. 내가 분명히 말하는데, 동생, 속담을 뒤집어서 말하자면 제너럴 부인은 장갑을 끼고서 쥐를 잡으려는 고양이야.[45] 내가 장담하는데, 그 여자는 우리 새엄마가 되고 말 거야."

---

45) 원래 속담은 '장갑을 낀 고양이는 쥐를 못 잡는다'다.

"말도 안 돼, 언니, 어떻게……"

작은 도릿이 하는 말을 패니가 막았다.

"토 달지 마, 동생. 내가 잘 아니까."

날카로운 어투가 또 나오는 걸 느끼고서 패니는 동생 이마를 손수건으로 다시 가볍게 문지르고 입김을 살짝 불었다.

"계속 말하자면, 동생, 그렇게 되면 나한테 중요한 건 (너도 알다시피 나는 자부심이 강하고 활달한 터라, 그게 너무 심한 터라) 마음 단단히 먹고 가족과 함께 문제를 풀어가느냐 하는 거야."

"어떻게?"

동생이 물었다. 걱정스러운 어투였다. 하지만 패니는 질문에 답하지 않은 채 이어갔다.

"나는 제너럴 부인이 새엄마가 되는 상황을 받아들이지 않겠어, 제너럴 부인이 엄마처럼 굴면서 도와주거나 괴롭히는 것도 안 참고, 어떤 식으로든."

작은 도릿이 화장수 병을 움켜쥔 언니 손에 자기 손을 얹는데, 한층 더 걱정스러운 표정이었다. 패니가 손수건으로 이마를 마구 문지르는 식으로 자책하며 소리쳤다.

"그 작자가 어떤 식으로든, 지금 중요한 건 과정이 아니니, 정말 좋은 자리를 차지한 건 확실해. 인맥이 대단한 것도 확실하고. 똑똑하냐 아니냐는 문제를 본다면, 과연 나한테 똑똑한 남편이 어울릴까 의심스럽고, 나는 복종하는 성격이 아니거든. 그래서 남편한테 충분히 양보하지 않을 게 분명하거든."

작은 도릿은 언니가 무슨 말을 하는지 알아채고 갑자기 몰려드는 공포를 느끼며 충고했다.

"아, 사랑하는 언니! 누군가를 사랑하게 되면 그런 마음은 모두 변하는 거야. 누군가를 사랑하면 예전 모습은 싹 변해. 사랑하고 헌신하는 마음이 앞서서 자신을 깡그리 잊을 테니까. 누군가를 사랑하면, 언니……"

패니가 손수건으로 이마를 문지르다 멈춘 채 물끄러미 쳐다보다 감탄했다.

"정말! 사실이야? 맙소사, 사람마다 아는 분야가 다르다더니! 사람마다 누구나 나름대로 잘 아는 분야가 있다던데, 바로 네가 그런 모양이군, 동생. 맙소사, 꼬맹아, 농담이야."

패니가 동생 이마를 손수건으로 다시 문지르며 이어갔다.

"멍청한 표정은 그만해. 말이 안 되는 소리도 그만하고. 그래! 그럼 계속 얘기할게."

"사랑하는 언니, 내가 먼저 말할게. 나는 언니가 부자가 돼서 '번뜩이는 머리'랑 결혼하는 모습을 보느니 차라리 우리 모두 힘들게 일하면서 어렵게 사는 편이 훨씬 좋을 것 같아."

작은 도릿 말에 패니가 받아쳤다.

"네가 말해, 동생? 그래, 맞아, 무슨 말이든 해야지. 입을 틀어막을 순 없으니까. 함께 얘기해보자고. 그리고 '번뜩이는 머리'랑 결혼하는 건, 오늘 밤에 할 생각은 조금도 없어, 내일 아침도 마찬가지고."

"하지만 언젠가는 하는 거야?"

"지금 말할 수 있는 건, 나중에도 안 한다는 거야."

패니가 대수롭지 않게 대답하더니 갑자기 흥분하며 덧붙였다.

"너는 똑똑한 남자가 있다고 했어, 동생! 그런 말은 누구나 할 수 있어. 기분도 좋고. 하지만 그런 남자가 어디에 있지? 내 근처에는 하나도 안 보이던데?"

"사랑하는 언니, 조금만 기다리면……"

작은 도릿 말을 패니가 가로챘다.

"조금이든 오래든, 나는 이런 상황이 짜증 나. 상황 자체가 마음에 안 드는데, 나한테는 바꿀 힘이 없거든. 다른 여자애들은, 완전히 다른 환경과 분위기에서 자라난 여자애들은 내가 하는 말이나 행동이 의아할 수도 있어. 그러라고 해. 그 애들은 그런 환경과 분위기에서 살아가고, 나는 완전히 다른 환경과 분위기에서 살아가니까."

"언니, 사랑하는 언니, '번뜩이는 머리'보다 훌륭한 남자와 결혼할 자격이 충분하다는 건 언니도 알잖아."

작은 도릿이 말하자, 패니가 그대로 흉내 내며 대답했다.

"동생, 사랑하는 동생. 내가 아는 건 좀 더 확실하고 구체적인 신분을 바란다는 거야, 교만한 여자한테 내 위치를 확실하게 보여줄 신분."

"그것 때문에 ─ 이렇게 묻는 걸 용서해, 언니 ─ 그것 때문에 그 여자 아들하고 결혼하는 거야?"

작은 도릿이 묻자, 패니가 의기양양하게 웃으며 대답했다.

"그래, 어쩌면. 목적을 달성할 방법은 그것 말고도 많겠지, 효과는 적어도. 교만한 여자는 자기 아들한테서 나를 떼어내고픈 마음이 간절할 거야. 하지만 내가 자기 아들과 결혼해서 어떻게 앙갚음할지는 조금도 생각을 못 하겠지. 나는 하나에서 열까지 받아치며 그 여자와 맞설 생각이거든. 평생의 업으로 삼으면서."

패니는 여기까지 말하고는 화장수 병을 내려놓고 실내를 거닐었다. 그러다 다시 말할 때는 제자리에 늘 멈췄다.

"확실한 건 내가 그 여자를 늙게 만들고 말겠다는 거야. 그럼, 그렇고 말고!"

그러더니 다시 거닐다 멈추며 덧붙였다.

"그 여자한테 당신은 늙었다고 말하겠어. 그 여자 나이를 다 아는 척하겠어, 모르겠으면 그 여자 아들한테 물어서라도. 그래서 그 여자한테 말할 거야, 다정하게, 지극히 예의 바르고 다정하게, 동생. '나이에 비해서 건강해 보인'다고. 나는 그 여자를 단번에 늙어 보이게 할 수 있어, 나를 훨씬 젊은 모습으로 단장해서. 그래, 나는 그 여자만큼 잘생긴 얼굴이 아닐지 몰라. 내가 공평하게 판단할 순 없겠지. 하지만 옆구리에 박힌 가시가 될 정도는 충분해. 그 여자 옆구리에 박힌 가시가 되고 말겠다고!"

"사랑하는 언니, 그렇게 하려고 불행한 삶을 짊어지겠다는 거야?"

"불행한 삶이 아니야, 동생. 나한테 딱 맞는 삶이야. 성질 때문인지 환경 때문인지는 중요하지 않아. 나는 그렇게 사는 게 딱 맞아."

씁쓸한 어투가 깃든 말이었다. 하지만 곧바로 의기양양하게 웃으며 다시 거닐다, 커다란 거울을 지나며 멈췄다.

"자태! 자태, 동생! 맞아. 그 여자는 자태가 좋아. 나도 충분히 인정해. 부정하지 않아. 하지만 다른 사람은 도저히 비교도 못 할 정도로 대단할까? 분명히 말하는데, 나는 인정할 수 없어. 젊은 여자한테 그런 사내와 결혼시켜서 그런 드레스를 입혀보라고. 그럼 알 수 있겠지, 동생!"

패니는 정말 그럴 수 있겠다는 생각이 들어서 기분이 우쭐해, 의자에 다시 앉았다. 그래서 두 손으로 동생의 두 손을 움켜잡고 머리 위로 들어 올려서 웃으며 동생 얼굴을 쳐다보았다.

"그 여자는 깨끗하게 잊어버린 댄서가 - 나를 조금도 안 닮은 댄서가, 나한테서 떠올릴 수 없는 댄서가, 그래, 맞아! - 그 여자 곁을 맴돌며 춤추는 거야, 교만하면서도 차분한 삶을 뒤흔들며. 아주 조금만, 사랑하는 동생, 아주 조금만!"

진지하게 애원하는 표정이 동생 얼굴에 어리자, 패니는 네 손을 모두 내려서 한 손을 동생 입술에 댔다. 그리고는 단호하게 말했다.

"토 달지 마, 꼬마. 그래 봤자 소용없으니까. 이런 분야는 내가 너보다 많이 알아. 아직은 마음을 안 정했지만, 언젠가는 정하겠지. 지금껏 기분 좋게 대화했으니, 이제 잠이나 자자꾸나. 귀엽고 사랑스러운 생쥐야, 잘 자렴!"

패니는 이 말과 함께 자신을 잡아주는 '닻'을 올리고는 - 지금껏 충고를 충분히 들은 터라 - 그 문제에 관한 충고는 그만 들었다.

작은 도릿은 언니가 '번뜩이는 머리'를 노예처럼 다루는 광경을 계속 지켜보았다. 두 사람이 서로를 대하는 모습 하나하나를 중요하게 받아들일 이유가 생겼기 때문이다. '번뜩이는 머리'가 멍청하게 구는 모습을 견딜 수 없어서 언니가 짜증을 낼 때도, 완전히 절교할 것처럼 매섭게 대할 때도 있었다. 하지만 두 사람이 잘 지낼 때도 있었다. '번뜩이는 머리'가 언니를 즐겁게 할 때 그랬고, 언니의 우월성이 충분히 충족될 때도 그랬다. '번뜩이는 머리'는 모든 점에서 순종하는 연인이었다. 충실한 노예였다. 그게 아니라면 크나큰 고통과 압박을 진작에 벗어던질 것 같았다. 자신을 사로잡은 마법사하고 로마와 런던만 한 거리를 둘 것 같았다. 하지만 '번뜩이는 머리'는 증기선에 끌려가는 보트만큼이나 주관이 없어, 파도가 거칠든 잔잔하든 상관없이 잔인한 주인에게 늘 끌려다녔다.

머들 부인은 이런 일이 일어나는 동안에 패니한테 여기에 대한 말은 하나도 안 했지만, 패니에 관한 말은 자주 했다. 실제로, 머들 부인은 외알 안경을 쓰고 패니를 바라볼 수밖에 없어, 평범한 대화를 할 때마다 패니가 예쁘다는 칭찬을 억지로 짜냈다. 이렇게 칭찬하는 말을 들을 때마다 (어떤 방식으로든 들을 때마다) 패니는 반항심이 일어, '가슴'이 공평하게 말했다는 사실을 조금도 인정하지 않았다. 따라서 '가슴'이

할 수 있는 최고의 복수는 모든 사람 앞에서 "버릇이 없는 미녀로군. 하지만 저런 얼굴과 몸매라면 당연한 거 아니겠어?"라고 커다랗게 말하는 정도였다.

언니한테 충고하고 한 달에서 한 달 보름이 지날 즈음, 작은 도릿은 '번뜩이는 머리'와 언니 사이에 색다른 공감대가 생기는 걸 느꼈다. '번뜩이는 머리'가 무슨 말을 할 때는 늘 먼저 언니를 쳐다보았다. 허락이라도 구하는 표정이었다. 반면에 언니는 매우 신중했다. 뒤를 딱 한 번 돌아볼 정도였다. 언니가 침묵하면 허락한다는 뜻이고, 허락할 수 없을 때는 허락하지 않는다고 또렷하게 말했다. 덕분에 헨리 가우언이 친근한 척하면서 함정에 빠뜨리려 해도 '번뜩이는 머리'는 함정을 피할 수 있었다. 그게 전부가 아니었다. 언니가 날카로운 가시로 찌르듯 곧바로 끼어들어, 가우언은 벌통에 손이라도 넣은 듯 화들짝 물러서기 일쑤였다.

대단한 건 아니지만, 작은 도릿이 두려워하던 방향을 확인하는 또 다른 상황이 벌어졌다. '번뜩이는 머리'가 작은 도릿을 대하는 태도를 바꾼 것이다. 형부가 처제를 대하는 태도였다. 작은 도릿이 – 자기네 집이나 머들 부인 집이나 다른 곳에서 – 모임에서 빠져나와 혼자 있을 때면, '번뜩이는 머리' 팔이 허리를 살그머니 감싸곤 하는 것이다. 그러면서도 자신이 관심을 보이는 이유는 설명하지 않았다. 어색하지만 다정한 형부처럼 만족스러운 표정으로 빙그레 웃기만 하니, 더없이 불길한 징조가 아닐 수 없었다.

하루는 작은 도릿이 집에서 무거운 마음으로 언니를 떠올리고 있었다. 화려한 거실 끝에는 창문이 거리 위로 불규칙하게 삐져나간 방이 있어, 고르소 거리 위아래로 펼쳐지는 다양한 삶이 생생하게 내려다보였다. 영국시간으로 오후 서너 시면 창문 밑으로 사람들 모습이 또렷하게 보여, 작은 도릿은 베네치아 발코니에서 시간을 보내듯, 그곳에 앉아서 명상에 잠기곤 했다. 그날도 그렇게 앉아있는데, 어깨를 부드럽게 건드는 느낌과 함께 언니가 "아아, 우리 동생"이라고 하면서 옆에 앉았다. 두 사람이 앉은 곳은 창턱으로, 축제 행렬이 지나갈 때면 화려한 커튼을 밖으로 빼낸 채 무릎을 꿇거나 앉아서 구경하던 곳이었다. 그런데 그날은 아무런 행렬도 없는 터라, 작은 도릿은 언니가 말 타고 외출할 시간에 집에 있어서 깜짝 놀랐다.

"아아, 동생, 무슨 생각을 그렇게 하니?"

"언니 생각을 했어."

"그래? 우연이 대단하군! 사람을 하나 데리고 왔거든. 설마 이 사람까지 생각한 건 아니겠지, 에이미?"

작은 도릿은 그 사람도 생각하고 있었다. 언니가 데려온 사람은 '번 뜩이는 머리'였기 때문이다. 하지만 그렇게 말하는 대신에 '번뜩이는 머리'한테 손만 내밀었다. '번뜩이는 머리'가 다가와서 옆에 앉았다. 작은 도릿은 뒤에서 팔이 울타리처럼 다가오다 쭉 뻗어서 언니까지 다정하게 휘감는 걸 느꼈다.

"그래, 우리 동생. 무슨 의민지 알겠니?"

언니가 한숨을 내쉬자, '번뜩이는 머리'가 우물대며 말했다.

"홀딱 반할 만큼 동생이 아름다워 – 엉뚱한 면도 없고 – 마치……"

"굳이 설명할 필요 없어, 에드먼드."

"알았어, 내 사랑."

'번뜩이는 머리'가 대답하자 언니가 다시 말했다.

"한마디로, 우리가 약혼한 셈이야. 기회를 봐서 오늘 밤이나 내일이면 아빠한테 말할 거야. 그럼 다 끝나니까 더 말할 필요는 없겠지."

"사랑하는 패니, 에이미한테 한마디 하고 싶어."

'번뜩이는 머리'가 말하자, 젊은 숙녀가 대답했다.

"맙소사! 그럼 어서 해."

"내가 확신하는데, 친애하는 에이미, 극히 아름답고 재능이 탁월한 언니 다음으로 대단한 여자가 있다면, 엉뚱한 면도 없고……"

'번뜩이는 머리'가 말하는데, 패니가 불쑥 끼어들었다.

"우리도 잘 아니까, 에드먼드, 그런 건 신경 쓰지 마. 우리한테 엉뚱한 면이 없다는 말 말고 다른 말을 하라고."

"그래, 내 사랑. 내가 장담하는데, 에이미, 아름다운 여인의 선택을 받는 지극한 영광을 누리는 행복 다음으로 내가 더없이 행복하게 여기는 건 없으니, 그 여인은 엉뚱한……"

"제발, 에드먼드, 제발!"

패니가 다시 끼어들며 예쁜 발로 바닥을 살짝 내차자, '번뜩이는 머리'도 다시 말했다.

"내 사랑, 그대 말이 맞아. 이건 나한테 나쁜 습관이야. 내가 말하고 싶었던 건, 세상에서 가장 아름답고 훌륭한 여자와 결합하는 행복 다음으로, 에이미 같은 처제가 생겨서 행복하다는 거였어."

'번뜩이는 머리'가 씩씩하게 덧붙였다.

"얼핏 보면 나는 표준에 못 미칠 수 있어. 사교계 사람들이 그렇게 생각한다는 사실 역시 잘 알고. 하지만 처제만 본다면 나는 표준을 넘어서는 거야!"

그 증거로 작은 도릿 뺨에 키스하더니, 앞에서 멋지게 말한 것과 달리 산만한 어투로 이어갔다.

"우리 집과 식사를 처제한테 언제나 개방하겠어. 장담하는데, 우리 두목도 내가 높이 평가하는 인물을 자랑스럽게 맞이할 거야. 우리 엄마는 훌륭하고 세련된 여성으로……"

"에드먼드, 에드먼드!"

패니가 조금 전처럼 소리치자, '번뜩이는 머리'가 사과했다.

"미안해, 내 사랑. 나쁜 습관이라는 거 알아. 그래서 지적하는 수고를 감내하는 그대가 정말 고마워, 사랑스러운 패니. 하지만 어떤 사람이든 우리 엄마가 훌륭하고 세련된 여성이라는 걸, 엉뚱한 측면은 없다는 걸 인정해."

"그럴 수도 있고 아닐 수도 있어. 하지만 제발 부탁이니, 그런 말은 두 번 다시 하지 마."

"알았어, 내 사랑."

"그럼 이제 할 말은 없는 거지, 에드먼드?"

패니가 묻자 '번뜩이는 머리'가 대답했다.

"지금은, 숭배하는 여인이여. 말을 너무 많이 해서 미안해."

'번뜩이는 머리'는 일종의 영감을 받아, 패니가 묻는 말에 그만 나가라는 의미가 깃들었다는 걸 깨달았다. 그래서 팔로 둘러친 울타리를 거두고, 그만 가봐야겠다고 적당히 둘러대며 순순히 떠났다. 작은 도릿이 온갖 두려움과 불안감을 달래면서 축하한다는 말을 억지로 뱉어낸 다음이었다.

'번뜩이는 머리'가 나간 다음에 작은 도릿이 "아, 언니, 언니!"라고 한탄하며 고개를 돌려서 밝은 창턱에 앉은 언니를 바라보다, 그 가슴에 얼굴을 파묻고 흐느꼈다. 패니는 처음에 웃더니, 자기 얼굴을 동생 얼굴에 대고서 함께 흐느꼈다 - 조금. '번뜩이는 머리'와 결혼하는 문제로 가슴속에 억누른 감정이 있음을 보여주는 마지막 순간이었다. 스스로 선택한 길은 그 순간부터 앞에 쭉 펼쳐지고, 패니는 그 길을 오만하면서도 방자하게 뚜벅뚜벅 걸었으니 말이다.

15장. 두 사람이 결혼하면 안 될 정당한 이유나 장애물은 없다

도릿 선생은 큰딸한테 '번뜩이는 머리'가 청혼해서 결혼을 약속했다는 소식을 듣고서 아버지 특유의 위엄과 자부심을 크게 드러냈다. 위엄을 크게 드러낸 건 바람직한 인물과 인연을 맺을 가능성이 커졌다는 사실 때문이고, 자부심을 충족시킨 건 아버지의 위대한 목적에 큰딸이 동조했기 때문이다. 그래서 고귀한 꿈이 자신의 마음속에 큰 감동을 일으켰다며, 효성과 덕성이 지극하고 가문의 이름을 드높이는데 헌신하는 딸이라며, 아버지로서 큰딸을 축복했다.

패니가 허락해서 안으로 들어온 '번뜩이는 머리'한테는 이렇게 말했다. 큰딸 패니 역시 그대를 사랑하는 건 물론, 시대를 주름잡는 머들 선생과 바람직한 사돈 관계를 맺을 수 있으니, '번뜩이는 머리'가 청혼한 건 자신에게 정말 커다란 영광임을 숨기지 않겠다. (크게 칭찬하는 어투로) 머들 부인 또한 누구보다 저명하고 우아하고 고상하고 아름다운 분이 아니던가! (그대처럼 감각이 탁월한 신사라면 내가 하는 말을 정확하게 이해할 게 분명하니) 나로선 머들 선생과 서신을 주고받아, 내 딸의 신분과 지참금, 나중에 받을 유산에 근거해, 내 딸이, 돈벌레라는 느낌 없이, '상류사회의 여왕'에 오르도록 그분이 책임지겠다고 약속하는 특권을 누린 다음에 비로소 그대의 청혼을 최종적으로 받아들이겠다. 도릿 선생은 신분이 약간 떨어지는 신사 자격과 아버지 자격으로 이렇게 말하면서 청혼을 조건부로 받아들이니, 아직은 미정이지만 지극히 희망적이었다. 자신과 도릿 가문에 영광을 부여한 '번뜩이는 머리'에게 고마운 마음을 숨길 만큼 외교적이지 않다고 덧붙일 정도였다. 그리고는, 일하지 않아도 충분히 먹고사는 ─ 하 ─ 신사 자격과 딸을 소중히 여기는 편파적인 ─ 하 ─ 아버지 자격으로 마무리했다. 짧게 요약하자면, '번뜩이는 머리'한테 받은 청혼을 이제는 벗어난 시절에 금화 서너 닢을 적선 받은 것처럼 대한 것이다.

  '번뜩이는 머리'는 싫은 소리를 못 하는 머리에 이런 말이 쌓여서 어리벙벙했어도 간단하고 적절하게 대답했다. 자신은 미스 패니가 엉뚱하지 않다는 사실을 예전에 깨달았으며, 우리 두목 역시 다르지 않을 게 분명하다고 한 것이다. 동시에 사랑하는 여인은 용수철 뚜껑이 달린 상자처럼 튀어나와서 그 입을 틀어막고는 밖으로 쫓아냈다.

  이런 일이 생긴 직후에 도릿 선생이 인사하러 '가슴'을 찾아가, 따뜻한 환대를 받았다. 머들 부인은 에드먼드한테 이번 일을 들었다. 처음에는 놀랐다. 에드먼드가 결혼하리라는 생각을 해본 적이 없기 때문이다. 상류사회는 에드먼드가 결혼하리라는 생각을 해본 적이 없다. 그렇다 해도, 자신 역시 여성이니 (우리 여성은 이런 일을 본능적으로 안답니다, 도릿 선생!) 에드먼드가 미스 도릿에게 홀딱 반했다는 사실은 당연히 알고 있었다. 매력적인 딸을 해외로 데리고 나와서 많은 영국 남성의 머리를 복잡하게 만든 건 도릿 선생이 책임져야 한다고 노골적으로 말하겠다.

  "부인 역시 '번뜩이는 머리'가 드러낸 애정을 ─ 하 ─ 인정한다는 뜻으로 받아들여도 되겠습니까, 부인?"

도릿 선생이 묻자, '가슴'이 대답했다.

"분명히 말하지요, 개인적으로는 나 역시 기쁘다고."

도릿 선생은 기쁘게 받아들이고, 머들 부인은 되풀이했다.

"개인적으로는."

도릿 선생은 머들 선생 역시 기쁘게 받아들이길 바란다는 희망을 드러내고, 머들 부인은 이렇게 대답했다.

"머들 선생이 어떻게 받아들일지는 장담할 수 없답니다. 신사는, 상류사회에서 자본가라고 부르는 신사는 더더욱, 이런 문제에 자기 생각이 또렷하니까요. 하지만 내가 볼 때 – 내 생각을 말하는 것에 불과한데, 도릿 선생 – 내가 볼 때 머들 선생 역시……"

여기에서 머들 부인이 자기 말을 느긋하게 되새기다 덧붙였다.

"아주 기쁘게 받아들일 것 같군요."

상류사회에서 자본가라고 부르는 신사라는 표현에 도릿 선생은 기침이 절로 나왔다. 가슴속에서 반감이 치미는 느낌이었다. 머들 부인이 알아채고 곧바로 말했다.

"정말이지, 도릿 선생, 내가 그런 얘기까지 할 필요는 없겠지만, 가장 중요한 내용을 솔직하게 말하고 싶었답니다. 선생은 내가 아주 높이 평가하는 인물이며, 앞으로 훨씬 바람직한 인연을 맺는 기쁨을 누릴 인물이라서요. 머들 선생 역시 귀하와 비슷하게 여길 가능성은 매우 크긴 해도, 여러 상황으로 미루어 볼 때 사업을 하는 게 머들 선생한테 바람직할 수도 정반대일 수도 있는 데다, 사업을 하다 보면 아무리 거대한 시야라도 좁아질 때가 있거든요. 나는 사업에 관한 한 완전히 어린애지만, 도릿 선생, 사업을 하다 보면 그렇게 변하는 경향이 있는 것 같아서 걱정이랍니다."

도릿 선생과 머들 선생을 시소에 태워서 한쪽을 올리면 다른 쪽을 내리며 교묘하게 말하니, 도릿 선생은 반감이 사라졌다. 그래서 최대한 공손하게 말했다. 머들 부인은 교양이 정말 탁월하고 우아하다(칭찬하는 말에 머들 부인이 고개를 숙이며 사례한다). 하지만 자신으로선 실례를 무릅쓰고 말하지 않을 수 없으니, 머들 선생 사업체와 같은 사업체는, 다른 사람이 운영하는 보잘것없는 사업체와 다르긴 해도, 사업을 운영하는 사람의 천재성을 키우고 늘리기보다는 오히려 떨어뜨리는 경향이 있는 것 같다.

여기에 머들 부인은 최고로 멋진 미소를 떠올리며 대답했다.

"선생은 고결하시군요. 나도 선생과 같은 마음이에요. 하지만 솔직히 고백하건대 나는 사업에 관해서 아는 게 없답니다."

이 말을 듣고서 도릿 선생은 찬사를 또 늘어놓으니, 사업은 사람을 노예로 만들어서 시간을 갉아먹는 분야로, 머들 부인처럼 모든 사람의 마음을 사로잡는 분이 할 일은 아니다. 이 말에 머들 부인이 웃으면서 도릿 선생 말을 들으니까 가슴이 부풀어 오른다고 대답하는데, 이는 머들 부인으로선 최선의 찬사였다. 그런 뒤에 설명했다.

"내가 이렇게 많이 말하는 이유는 머들 선생께서 에드먼드를 끔찍이 위하는 데다, 미래를 바람직하게 만들어주려는 욕구가 강하기 때문이랍니다. 에드먼드의 공적 지위는 선생도 아시겠지요. 하지만 사적 지위는 오로지 머들 선생한테 달렸답니다. 하지만 나는 사업 능력이 없는 터라, 더는 모르겠네요."

도릿 선생은 모든 사람을 사로잡는 매력적인 여신이 그것까지 신경 쓸 필요는 없다는 마음을 자기 방식으로 다시 드러냈다. 그런 다음에 신사로서 그리고 딸을 둔 아버지로서 머들 선생에게 편지하겠다는 의지를 드러냈다. 머들 부인은 온 마음을 다해서 - 혹은 모든 기교를 다해서 - 공감하더니, '세계의 여덟 번째 기적'에게 다음 편지를 보내서 그 소식을 알렸다.

도릿 선생은 중요한 문제에 관해 대화하거나 주장할 때 그러듯 화려한 문체를 잔뜩 늘어놓으며 편지를 쓰는 게, 글자를 가르치는 선생이 습자 교본이나 산술책을 아름답게 꾸미는 듯했다. 그래서 기본 산술 법칙은 백조나 독수리나 그리핀을 본뜬 글씨체로 멋지게 변하고, 대문자는 몸과 마음을 벗어던진 펜과 잉크로 황홀하게 변하는 듯했다. 그렇긴 해도 편지를 쓰는 목적만큼은 꽤 또렷하게 담아서 머들이 충분히 파악하고 적절하게 대응할 수 있었다. 따라서 머들은 도릿 선생에게 답장을 보냈다. 도릿 선생도 머들에게 답장을 보냈다. 머들이 도릿 선생에게 다시 답장을 보냈다. 그렇게 오가는 편지로 두 사람은 만족스러운 공감대에 도달했다.

그때 비로소, 패니가 무대로 튀어나와 완벽하게 새로운 배역을 수행했다. 그때 비로소, '번뜩이는 머리'를 완벽하게 장악해서 두 사람은 물론 주변까지 환하게 밝혔다. 지금껏 자신을 곤란하게 하던 지위와 신분이라는 장애물을 완벽하게 뛰어넘어, 멋진 배가 무게추와 균형추까지 확보해서 항해의 품격을 드높이듯, 차분하면서도 멋들어지게 꾸준히 나아가기 시작한 것이다.

"준비가 착착 진행되는구나, 얘야, 이제 – 하 – 공식적으로 알려도 되겠으니 – 하 – 제너럴 부인한테……"

도릿 선생이 말하는 순간에 패니가 반발했다.

"아빠, 제너럴 부인은 상관이 없잖아요."

"얘야, 그러는 게 – 으음 – 예의야 – 좋은 가문에서 좋은 교육을 받으며 자란 귀부인한테……"

"맙소사! 제너럴 부인이 좋은 가문에서 좋은 교육을 받으며 자랐다는 말도 지겨워요. 제너럴 부인이라면 진절머리가 난다고요."

패니가 소리치자, 도릿 선생이 놀란 표정으로 나무라듯 말했다.

"제너럴 부인이라면 – 하 – 진절머리가 난다고?"

"메스껍다고요, 아빠. 정말이지 내가 결혼하는 게 그 여자하고 무슨 상관인지 모르겠어요. 자기 결혼이나 잘하라고 하세요……계획이라도 있다면."

출싹대는 패니와 완벽한 대조를 이루듯, 도릿 선생이 엄숙하면서도 묵직한 표정으로 천천히 말했다.

"패니, 자세히 설명해보렴 – 하 – 그게 무슨 말인지."

"내 말은, 아빠, 행여나 제너럴 부인한테 결혼할 계획이라도 있다면 거기에나 열중하라는 뜻이에요. 그럴 계획이 없다면 더욱 바람직하고요. 하지만 내가 결혼하는 걸 제너럴 부인한테 알리고 싶은 마음은 없다는 뜻이에요."

"이유를 물어도 괜찮겠니, 패니?"

"직접 알아낼 수 있으니까요, 아빠. 장담하는데, 그 여자는 모든 걸 살피거든요. 내 눈으로 직접 보았어요. 그러니 그 여자가 직접 알아내게 놔두세요. 직접 알아내지 못한다면, 내가 결혼할 때 알겠지요. 제너럴 부인은 그래도 충분하다고 말한다 해서 나한테 아빠를 사랑하는 마음이 부족하다고 여기지 않으시길 바라요."

"패니, 정말 놀랍고 정말 불쾌하구나, 제너럴 부인한테 – 하 – 그렇게 변덕스럽고 황량한 – 으음 – 적대감을 보이다니."

"적대감이라고 부르지 않으면 좋겠어요, 아빠. 분명히 말씀드리지만, 제너럴 부인은 그런 적대감을 보일 가치조차 없는 여자니까요."

이 말에 도릿 선생은 딱딱한 얼굴로 일어나서 엄숙하게 나무라는 표정으로 물끄러미 쳐다보았다. 큰딸이 팔에 걸친 팔찌를 빙글빙글 돌리면서 아빠를 쳐다보다 시선을 피하며 말했다.

"좋아요, 아빠. 그 말이 마음에 안 드신다면 미안해요. 하지만 나도 어쩔 수 없어요. 나는 어린애가 아니고 에이미도 아니에요. 할 말은 해야 한다고요."

도릿 선생이 웅장하게 침묵하다 숨을 헐떡이며 말했다.

"패니, 내가 제너럴 부인한테, 믿음직한 가족의 일원이며 ─ 으음 ─ 훌륭한 여성한테, 지금 우리가 ─ 하 ─ 심사숙고하는 변화를 공식적으로 알리는 동안, 너한테 여기에 얌전히 있으라고 부탁한다면, 아니, 부탁만 ─ 하 ─ 하는 게 아니라 ─ 으음 ─ 강력하게 요구한다면……"

도릿 선생이 말하는데, 패니가 의미심장한 어투로 날카롭게 끼어들었다.

"아, 아빠가 꼭 그러시겠다면 순순히 따를 수밖에요. 하지만 현 상황으로선 다른 방법이 없어서 그런다는 걸 알아주시면 좋겠어요."

패니는 이렇게 말하고 나서 의자에 가만히 앉으니, 극단적인 상황에서 할 수 있는 최소한의 반항이고, 아버지는 대답하는 자체로 자존심이 상할 것 같기도 하고 뭐라 대답해야 좋을지 모를 것 같기도 한 표정으로 시종 팅클러를 불러서 소리쳤다.

"제너럴 부인."

니스칠하는 부인에 관해 짤막한 지시를 받는 게 익숙하지 않아서 팅클러가 머뭇대는 순간, 도릿 선생은 마셜씨 교도소 전체가, 그 흔적 전체가, 눈앞에 어른대는 듯해서 곧바로 달려들며 소리쳤다.

"어떻게 감히? 지금 뭐하자는 거야?"

"죄송합니다, 나리, 구체적으로 알고 싶어서……"

시종 팅클러가 변명하자, 도릿 선생이 얼굴을 붉히며 소리쳤다.

"너는 구체적으로 몰라도 돼. 그럴 필요는 없으니까. 전대로. 지금 나를 놀리자는 건가?"

"확실히 말씀드리지만, 나리……"

팅클러가 사정하는 걸 도릿 선생이 차단했다.

"확실히 말하지 마! 하인한테 확실히 듣고 싶은 말은 없으니까. 지금 자네는 나를 놀리는 거라고. 그만 나가 - 으음 - 모두 나가라고. 머뭇대는 이유가 뭐야?"

"나리께서 지시하시길 기다리느라……"

"엉뚱한 소리 그만해. 이미 지시했잖아. 하 - 으음, 제너럴 부인께 안부를 전하고, 괜찮으시다면 잠시 들르시라 하라고. 그게 지시야."

팅클러가 심부름하면서 도릿 선생이 크게 화났다고 말했는지 어땠는지, 제너럴 부인 치맛자락이 평소와 달리 바삐 움직이는 소리가 - 통통 튀는 듯한 소리가 - 밖에서 다가왔다. 하지만 그 소리는 문 앞에서 가라앉아, 평소처럼 차분하면서도 위엄있게 실내로 들어섰다.

"제너럴 부인, 의자에 앉으세요."

도릿 선생이 말하자, 제너럴 부인은 고맙다는 표시로 고개를 우아하게 숙이고는 도릿 선생이 내민 의자에 우아하게 앉고, 도릿 선생은 다시 말했다.

"부인, 두 딸을 단련하는 역할을 맡아주시는 - 으음 - 친절을 베푸신데다, 두 딸한테 영향을 미칠 일에 관심이 - 하 - 많으실 터라……"

"당연하지요."

제너럴 부인은 더없이 차분하게 대답하고, 도릿 선생은 계속 말했다.

"……따라서 부인에게 알리고자 하니, 지금 여기에 있는 딸이……"

제너럴 부인이 고개를 살짝 돌려서 쳐다보자 패니가 고개를 깊숙이 숙이다 꼿꼿이 세웠다.

"……여기에 있는 딸 패니가 - 하 - '번뜩이는 머리'와, 부인도 잘 아는 청년과 결혼하게 되었답니다. 따라서 부인께서는 힘든 역할을

- 하 - 몹시 힘든 역할을······"

도릿 선생이 화난 눈으로 패니를 쳐다보다 강조하듯 이어갔다.

"······절반은 덜게 되었답니다. 하지만 다른 부분은 직접적이든 간접적이든 - 으음 - 변하는 게 없으니, 지금처럼 우리 가족과 함께 지내는 친절을 베푸시길 바랍니다."

제너럴 부인이 장갑 낀 두 손을 위아래로 멋들어지게 포개며 대답했다.

"도릿 선생님께서는 사려가 너무 깊으신 데다, 제가 진심으로 하는 일을 너무 높이 평가하세요."

(패니가 헛기침하는 게 '너무 높이 평가한다는 건 맞는 말'이라고 하는 것 같았다.)

"미스 패니가 상황에 맞도록 건전하게 판단했을 게 분명하니, 저 역시 진심으로 축하한다고 말할 수 있겠군요. 열정의 족쇄에서 벗어나는······"

제너럴 부인은 이렇게 말하면서 다른 사람을 쳐다볼 순 없다는 듯, 두 눈을 꼭 감고 이어갔다.

"가까운 친척이 모두 찬성하는, 그래서 가족의 명성을 드높이는 일은 대체로 바람직할 때가 많답니다. 미스 패니한테 제가 크게 축하해야 하겠어요."

제너럴 부인이 여기에서 말을 멈추고, 표정을 가다듬는 차원에서 속으로 "아빠, 토마토, 닭고기, 자두, 프리즘"이라고 중얼대다, 커다랗게 덧붙였다.

"도릿 선생님은 참 자상하세요, 이렇게 이른 시간에 이렇게 중요한 내용을 미스 패니 앞에서 직접 알려주시는 배려를 하시다니, 특별하신 배려가 더없이 고마울 뿐이랍니다. 도릿 선생님과 미스 패니의 특별한 대우에 고마운 마음과 동시에 축하하는 마음을 드립니다."

그러자 미스 패니가 끼어들었다.

"그렇게 말씀하시니까 더없이 고맙네요, 말할 수 없을 정도로. 부인께서 반대하지 않는다는 걸 알고 나니 마음의 부담도 사라지고요, 정말로. 행여나 반대하시면 어떻게 하나 크게 걱정했거든요, 제너럴 부인."

제너럴 부인이 자두와 프리즘 미소를 머금으며 오른손 장갑은 위로 왼손 장갑은 아래로 가도록 위치를 바꾸자, 패니는 미소를 머금은 느낌이 조금도 없는 미소로 대응하며 이어갔다.

"내가 결혼 생활에서 세운 가장 커다란 목적은 부인께서 그렇게 지지하는 마음을 잃지 않는 거랍니다. 그걸 잃으면 정말 비참할 테니까요. 하지만 부인은 워낙 다정한 분이라 반대하지 않을 게 확실하고 아빠역시 반대하지 않길 바라요, 부인이 저지른 사소한 실수를 내가 지적하더라도. 아무리 훌륭한 인간이라도 실수하니, 아무리 제너럴 부인이라도 사소한 실수는 저지르니까요. 부인이 감동적으로 언급한 특별한 배려와 대우는, 제너럴 부인, 이번 결혼에 더할 수 없는 찬사와 축복이 분명하지만, 결혼한다는 소식을 내가 알려드린 건 절대 아니랍니다. 그 문제를 부인이랑 상의했다는 공훈은 나한테 너무나 중요한 터라, 그 공훈을 내 것이 아닌데 내 것처럼 하면 안 된다는 느낌이 들거든요. 그건 오로지 아빠의 공훈입니다. 부인께서 찬성하고 격려하시는 마음은 깊이 감사하지만, 그렇게 하자고 요구한 사람은 아빠입니다. 내가 결혼하는 것에 너그럽게 찬성하시어 한시름 덜게 된 건 고맙지만, 부인은 나한테 고마울 게 조금도 없답니다. 나로선 집을 떠난 뒤에도 늘 지지하시면, 그리고 동생한테도 호의와 은혜를 늘 베풀어주시면 고맙겠다는 마음뿐이니까요, 제너럴 부인."

패니는 최대한 공손하게 말하고서 우아하고 쾌활한 표정으로 나가더니, 소리가 안 들릴 정도로 멀어지자마자 얼굴이 빨갛게 달아오를 정도로 위층으로 뛰어올라 동생 방으로 들어가, 귀여운 잠꾸러기라고 부르면서 동생을 잡아 흔들어 일어나도록 하더니, 아래층에서 벌어진 일을 말한 다음, 이제 아빠가 어떤 것 같으냐고 물었다.

젊은 패니는 머들 부인에 대해 일정한 거리를 두고 차분하게 행동할 뿐, 아직은 적대감을 노골적으로 드러내지 않았다. 패니 눈에 머들 부인이 격려하는 듯할 때나 머들 부인이 유난히 젊고 아름답게 보일 때 살짝 충돌하는 정도였다. 하지만 그럴 때마다 머들 부인은 곧바로 충돌을 피했다. 무관심한 척 방석 사이로 우아하게 파묻혀서 관심을 돌리는 식이었다. 상류사회는 (신비로운 모습이 로마에 있는 일곱 개 언덕에 걸쳤으니) 미스 패니가 약혼하면서 많이 좋아졌다고 느꼈다. 훨씬 쉽게 다가갈 수 있고, 훨씬 자유롭게 어울리고, 까탈스러운 측면은 많이 줄었다. 숭배자와 추종자가 곳곳에 생겨, 결혼할 딸을 둔 부인네들은 속앓이하며 분개하고, 그 딸들은 상류사회에 반발하며 새로운 기준을 세울 정도였다. 미스 패니는 자신이 일으킨 소동을 즐기며, 개인 자격으로 사교계를 오만하게 휘젓고 다니는 건 물론, '번뜩이는 머리'까지 오만하게 데리고 다니면서 사방에 과시했다. 사교계 인물 모두에게 '강력한 포로 대신 나약한 포로를 데리고 여러분 사이를 의기양양하게 돌아다니는 게 적절한지 아닌지는 내가 알아서 판단할 일이다. 나는 이걸 선택했다!'고 말하는 느낌이었다. '번뜩이는 머리'는 이런 모습에 문제를 제기하지 않았다. 미스 패니가 가자는 대로 가고 시키는 대로 하면서, 약혼녀가 유명한 걸 자신 역시 유명한 거로 여기니, 사방에서 알아주는 게 진심으로 고마울 뿐이었다.

이런 상황에서 겨울이 봄으로 나아갈 즈음, '번뜩이는 머리'는 영국으로 돌아가서 맡은 역할을, 온갖 재능과 학식과 상업과 기백과 상식을 제시하며 이끌어나가는 역할을 해야 하게 되었다. 셰익스피어, 밀턴, 베이컨, 뉴턴, 와트를 탄생시킨 나라, 과거에도 현재에도 관념 철학자, 자연 철학자로 가득한 나라, 자연과 기술을 온갖 형태로 정복한 인물로 가득한 나라가 '번뜩이는 머리'에게 어서 와서 이끌어달라고, 나라를 지켜달라고 요청한 것이다. '번뜩이는 머리'로서는 조국의 영혼 깊숙한 곳에서 고통스럽게 터져 나오는 외침을 거스를 수 없어, 이제 돌아가야 하겠다고 선언했다.

그와 동시에 세상에서 가장 훌륭한, 엉뚱한 측면은 하나도 없는 여성과 언제 어디서 어떻게 결혼하느냐는 문제가 급하게 다가왔다. 일정한 신비와 비밀을 거친 뒤에 미스 패니는 그 해결책을 동생에게 직접 알렸다. 하루는 동생을 찾아와서 이렇게 말한 것이다.

"자, 동생, 내가 아주 중요한 이야기를 할 거야. 방금 막 결정한 내용이야. 결정하자마자 너한테 달려왔다고."

"언니가 결혼하는 거?"

"소중한 동생, 앞서나가지 마. 당황한 꼬맹아, 중요한 얘기는 내 입으로 하도록 하라고. 네 추측에 곧이곧대로 대답하자면, 나로선 아니라고 말할 수밖에 없어. 실제로 지금 문제가 되는 건 에드먼드가 결혼하는 거지, 내가 결혼하는 건 절반도 안 되니까."

작은 도릿은 차이가 무엇인지, 그렇게 구별하는 이유가 무엇인지 이해할 수 없어, 어리둥절한 표정으로 쳐다보고, 미스 패니는 이렇게 소리쳤다.

"나는 문제 될 게 하나도 없고, 급한 것도 없고. 나라에서 내가 필요한 것 역시 아니거든. 어디에 투표해야 하는 것도 아니고. 하지만 에드먼드는 달라. 그런데 에드먼드는 혼자 돌아간다는 생각에 기가 팍 꺾였고, 정말이지, 나는 혼자 있는 에드먼드를 못 믿어. 정말이지, 에드먼드는 혼자 있으면 멍청하게 굴 게 분명하거든. 아니, 멍청하게 굴 수밖에 없거든."

미스 패니는 미래의 남편에 대한 믿음을 편견 없이 요약한 다음, 머리에 쓴 보닛을 사무적인 분위기로 벗어서 끈을 잡고 흔들며 이어갔다.

"따라서 그건 내 문제가 아니라 에드먼드 문제로 보는 게 타당해. 우리가 더 얘기할 필요는 없어. 얼핏 봐도 확실하니까. 아아, 사랑하는 에이미! 지금 떠오르는 핵심은 에드먼드 혼자 가는가, 혼자 가면 안 되는가 하는 거야. 그래서 또 다른 핵심이 떠올라. 우리가 여기에서 곧바로 결혼하는가, 아니면 몇 달 뒤에 영국에서 하는가."

"이제 언니랑 헤어지겠구나."

작은 도릿이 한탄하자 패니는 짜증이 이는 느낌 절반, 꾹 참는 느낌 절반으로 받아쳤다.

"앞서 말하지 마! 너는 아직 너무 어리니까! 제발, 꼬맹아, 내 말을 끝까지 들어. 그 여자는……"

머들 부인을 말하는 거였다.

"부활절이 끝날 때까지 여기에 머물 테니, 여기에서 에드먼드와 결혼하고 런던으로 가면 내가 한발 앞서는 거야. 이건 정말 대단한 거라고. 아니, 그 이상이라고, 에이미. 그 여자가 간섭할 게 없으니, 머들 선생이 아빠한테 제안한 것처럼 에드먼드와 내가 살 집을 골라서 수리를 마칠 때까지 그 집에 ― 네가 예전에 댄서와 함께 찾아간 집에 ― 머무는 걸 굳이 반대할 이유가 없거든. 또 있어, 에이미. 아빠도 봄에 런던으로 들어가겠다는 생각을 계속하셨으니, 에드먼드와 내가 여기에서 결혼하고 플로렌스로 신혼여행을 가면, 아빠가 그곳으로 와서 우리 셋이 영국으로 함께 들어갈 수도 있거든. 내가 이제 막 언급한 저택에 머물라고 머들 선생이 아빠한테 간청하셨으니, 아빠가 함께 머물 가능성도 크고. 물론, 아빠는 아빠 생각이 있으니까 내가 확실하게 말할 순 없겠지만."

아빠는 아빠 생각이 있고 '번뜩이는 머리'는 전혀 없다고 여긴다는 사실은 패니가 얘기를 풀어가는 모습에서 또렷하게 드러났다. 하지만 작은 도릿이 눈치챈 건 아니었다. 언니랑 헤어진다는 안타까움과 자신도 함께 런던으로 가면 좋겠다는 희망으로 생각이 갈렸기 때문이다.

"얘기가 끝난 거야, 사랑하는 언니?"

"얘기가 끝났다! 정말이지, 못 말리겠구나, 꼬맹아. 그런 식으로 안 들리도록 특별히 신경 써서 말했는데 말이야. 내 말은 특정 문제가 생겨났다는 거, 지금까지 얘기한 게 바로 그 문제라는 거야."

작은 도릿이 사려 깊은 눈으로 언니 눈을 다정하면서도 차분하게 바라보자, 패니가 보닛 끈을 잡고 중심을 잡으면서 초조하게 말했다.

"맙소사, 사랑하는 동생, 물끄러미 쳐다봐도 소용없어. 꼬마 부엉이도 그렇게 쳐다볼 수 있으니까. 너한테 바라는 건 조언이야, 에이미. 내가 어떻게 하면 좋겠니?"

작은 도릿이 잠시 망설이다 설득하는 어투로 물었다.

"여러 상황을 고려할 때 결혼을 몇 달 미루는 편이 최선일 수 있겠다고 생각하는 거야, 언니?"

"아니야, 꼬마 거북이. 그럴 생각은 조금도 없어."

패니가 날카롭게 쏘아붙이곤 보닛을 내던지고 의자에 철퍼덕 앉았다. 하지만 거의 동시에 애정이 가득한 표정으로 벌떡 일어나서 바닥에 꿇어앉아 동생을, 동생이 앉은 의자까지, 그대로 껴안았다.

"내가 급하게 서둔다거나 너무 냉정하다고 생각하지 마, 동생, 그런 거 조금도 없으니까. 하지만 너는 정말 괴팍해! 널 위로하고 싶은 마음만 가득한 사람한테 벌컥 화나게 한다고. 에드먼드는 혼자 있으면 안 된다고 내가 말하지 않았니? 에드먼드는 멍청하게 굴 수밖에 없다는 거 모르겠어?"

"알아, 알아, 언니. 언니가 그렇게 말했잖아."

"그래, 나도 네가 안다는 걸 알아. 아아, 소중한 동생! 에드먼드를 혼자 두지 말아야 한다면 당연히 내가 함께 가야 하지 않겠니?"

"그런 것……같아, 사랑하는 언니."

"그렇다면, 그런 것도 가능하다고 했으니, 사랑하는 에이미, 나한테 그렇게 하도록 조언했다고 받아들여도 되겠니?"

"그……그런 것 같아, 언니."

작은 도릿이 다시 대답하자, 패니가 체념하는 어투로 말했다.

"알겠어. 그렇다면 그러는 수밖에 없겠군! 애매한 느낌이 들 때, 그래서 확실히 결정해야 할 것 같을 때 너한테 온 거야, 사랑하는 동생. 이제 결정했어. 그럼 그렇게 하자."

이렇게 뻔한 태도로, 패니는 그러고 싶지 않지만 어쩔 수 없는 상황에 동생이 조언한 대로 따르겠다고 선언하고서 상냥한 표정을 떠올렸다. 소중한 친구가 말해서 자신이 의지를 꺾겠다는, 자신이 희생하는 게 오히려 마음이 편하다는 표정이었다.

"사랑하는 에이미, 너는 정말 훌륭한 동생이야, 상식이 풍부한. 너 없이 앞으로 어떻게 살지 모르겠어!"

패니가 동생을 꼭 껴안는데, 그 느낌이 더없이 포근했다.

"내가 너 없이 살 생각을 하는 건 결코 아니야, 에이미. 너랑 헤어질 생각은 없거든. 그런데 동생, 너한테 충고 한마디 하겠어. 네가 여기에 제니릴 부인과 단둘이 남으면……"

"내가 여기에 제너럴 부인과 단둘이 남는 거야?"

작은 도릿이 조용히 물었다.

"맙소사, 물론이지, 동생, 아빠가 돌아오실 때까지! 오빠한테 들어오라고 해도 되겠지만, 오빠는 여기에 있을 때도 안 들어왔는데, 나폴리나 시칠리아로 떠나면 더더욱 그렇겠지. 내가 말하려던 건 – 정말이지, 너는 사람이 하는 말을 중간에 막는 사랑스러운 방해꾼이야 – 여기에 단둘이 남으면, 에이미, 제너럴 부인한테 넘어가지 말아야 한다는 거야. 자기는 아빠를 좋아하고 아빠는 자기를 좋아한다는 식으로 꼬드길 거거든. 기회만 생기면. 장갑 낀 손으로 살금살금 더듬으면서 교활하게 파고들 게 분명해. 그런 식으로 접근해도 절대로 넘어가지 마. 그리고 아빠가 돌아오셔서 제너럴 부인을 새엄마로 들일 생각이라고 한다면(내가 없으면 그럴 가능성이 정말 커), '아빠, 저는 강력하게 반대해요. 언니가 미리 경고했는데, 언니도 반대하고 저도 반대해요'라고 확실히 말하라는 거야. 네가 반대한다고 해서, 에이미, 무슨 효과가 있다는 뜻은 아니야. 네가 정말 단호하게 말할 거라는 뜻도 아니고. 하지만 그건 원칙적인 문제야 – 딸과 아버지 사이에서 꼭 지켜야 하는 원칙. 제너럴 부인을 새엄마로 받아들이면 절대 안 돼. 그러면 주변 모두를 못살게 굴겠다고 확실하게 선언하라고. 물론 너는 강력하게 반발하지 못할 거야. 아버지가 하시는 일이니, 너라면 당연히 그럴 수밖에. 하지만 자식 된 도리를 잊지 말아야 해. 나 역시 최선을 다해서 도울게. 두 사람이 결합하는 걸 힘껏 반대하고. 너 혼자 고생하도록 놔두지는 않겠어. 결혼해도 매력은 그대로인 유부녀 신분으로 모든 힘을 다하겠어. 그 여자를 막는 데 최선을 다하겠어. 믿어도 돼. 그 여자 머리에서 가발을 (더없이 흉측한 걸 보면 진짜 머리칼은 아닌데, 정신이 멀쩡한 사람이라면 어떻게 그런 걸 돈 주고 사겠니) 벗겨버리고 말겠어!"

작은 도릿은 과감하게 반대하지도 않았지만 언니 말대로 하겠다는 확신도 없어, 조언을 가만히 들었다.

이제 패니는 처녀라는 신분을 공식적으로 마무리하고 세상일에 뛰어들어야 하는 터라, 신분이 변하는 중요한 절차를 준비하는 작업에 열정적으로 뛰어들었다.

그 준비 가운데는 하녀에게 여행 담당을 딸려서 파리로 보내, 영어 명칭을 붙이면 지극히 천박할 수 있는, 하지만 (지금껏 사용한 영어를 계속 써야 한다는 천박한 원칙에 따라) 프랑스 명칭으로 설명하는 걸 거부할 수밖에 없는, 신부용 예복을 사 오는 작업도 있었다. 특파원은 화려하고 아름다운 예복을 사서 로마로 다시 돌아오는 몇 주 동안 세관을 여러 번 거쳐야 했는데, 세관마다 제복을 걸친 초라한 동냥아치들이 행여나 자기네가 고대의 벨리사리우스[46]라도 되는 듯 '각설이타령'을 끊임없이 불러대고, 자기네가 엄청난 군대라도 되는 듯 예복을 만지작대면서 이리저리 살피고 또 이리저리 살피니, 여행 담당이 은화를 넉넉하게 안 건네면 로마에 도착하기도 전에 닳아 없어질 것 같았다. 하지만 이런 위험을 겪으면서도 로마로 조금씩 다가가, 마침내 예복은 목적지에 온전하게 도달했다.

엄선한 여성 몇이 예복을 구경하니, 점잖은 가슴마다 달랠 수 없는 질투로 출렁거렸다. 그와 동시에 보물 같은 예복을 공개적으로 내보일 날에 대비해서 모두가 열심히 준비했다. 로물루스가 세운 도시에 머무는 영국인 절반에게 아침 식사 초대장을 보내니, 나머지 절반은 초대를 못 받아서 질시하는 마음으로 단단히 무장한 채 엄숙한 예식장 바깥 여기저기에서 지켜보아야 했다. 한없이 고귀하고 화려한 영국

---

46) 비잔티움 제국의 명장으로 반달족과 고트족을 물리쳤으나, 반역을 꾀했다는 혐의로 체포돼, 눈이 뽑힌 채 길에서 구걸하며 살았다고 한다.

신사 에드가르도[47] 도릿 님께서 (훌륭한 나폴리 귀족 밑에서 표면을 단련하다) 진창길에 난 바퀴 자국을 뚫고 자리를 빛내러 오시었다. 특급 호텔은 물론 그 주방 일꾼들 모두 열심히 일하며 잔치를 준비했다. 도릿 선생이 발행한 지급명령서는 토를로니아 은행으로 끊임없이 달려가니, 영국 영사는 재직 기간 내내 그렇게 화려한 결혼[48]을 본 적이 없었다.

마침내 그날이 다가왔다. 제우스 신전에 있는 암늑대[49]는 섬나라 야만인들이 작당하는 광경을 보고서 질투심이 치솟아 으르렁댈 것 같고, 군부 통치 시대의 사악한 황제 조각상들은 비열하고 섬뜩한 흔적을 지울 수 없어서 조각가가 사실대로 표현한 형상 그대로 좌대를 섬뜩하게 내려와서 신부를 데리고 도망칠 것 같고, 오래전 검투사들은 얼굴을 닦던 분수대에서 끊어진 숨을 되살리며 뛰어올라 예식을 축하할 것 같고, 베스타 신전은 폐허를 딛고 일어나서 후원할 것 같았다. 하나같이 그럴 것 같지만 실제로 그러지는 않았다. 지각 있는 존재는 물론 만물의 영장조차 많은 변화를 일으킬 것 같지만, 실제로 아무도 그러지 않았다. 결혼식은 감탄할 정도로 화려했다. 복장이 까만 수도승, 하얀 수도승, 황갈색 수도승 모두 가던 길을 멈춘 채 마차 행렬을 구경하고, 양털을 걸친 농부는 건물 창문 밑에서 피리를 불며 구걸하고, 초대를 못 받은 영국인은 마냥 질시하고, 해는 넘어가고, 잔치는 사그라들고, 수많은 교회는 결혼식과 상관없는 종소리를 울려대고, 성 베드로는 "무슨 소린지 나는 모르겠다"[50]며 부인했다.

---

47) '에드워드'를 이탈리아식으로 부른 호칭인데, '에드라그도'는 '에드가'를 바꾼 호칭으로, '에드워드'는 '에두아르도'가 맞다.
48) 이탈리아에서 영국인이 결혼할 경우, 영국에서도 법적 효력을 지니려면 영국 영사가 결혼을 진행해야 했다.
49) 로마를 건국한 로물루스와 레무스를 키웠다는 암늑대 조각상.
50) 베드로가 예수를 모른다고 부정한 걸 말한다.

하지만 그건 신부가 플로렌스로 가는 여행 첫날을 거의 마무리할 즈음이었다. 신부만 돋보이는 결혼식이었다. 신랑한테 눈길을 주는 사람은 아무도 없었다. 첫 번째 신부 들러리한테 눈길을 주는 사람도 없었다. 설사 눈길을 주는 사람이 있다 해도 (첫 번째 신부 들러리를 맡은) 작은 도릿을 화려한 모습으로 바라볼 사람은 없었다. 신부는 멋들어진 마차에 올라타고 신랑은 꼬리에 달라붙듯 올라탔다. 마차는 포장이 잘된 길을 몇 분 정도 달리다, '절망적인 진창길'을, 그리고 무너진 폐허가 쭉 뻗은 길을 오랫동안 덜커덩거렸다. 신혼여행을 떠나는 마차는 이전에도 이후에도 그 길을 그렇게 지나갔다.

그날 밤에 작은 도릿 혼자 쓸쓸하게 남아 약간 우울하다면, 그 기분을 바꾸는 데는 예전에 그런 것처럼, 아버지 곁에 앉아서 일하다 저녁 식사를 하고 편히 쉬도록 거드는 이상으로 좋은 게 없을 터였다! 하지만 그건 생각할 수도 없었다, 자신과 아버지가 웅장한 마차에 올라타고 제너럴 부인이 마부석에 올라탄 지금은. 행여나 도릿 선생이 저녁 식사를 들고 싶다면, 이탈리안 요리사와 스위스 출신 과자 전문가가 아래층 연구실에서 교황 모자만큼이나 높다란 모자를 쓰고서 구리 냄비로 신비로운 연금술을 발휘해, 아버지 앞에 차려놓을 터였다.

아버지는 그날 밤에 설교를 늘어놓았다. 사랑하는 모습만 보여주었더라면 작은 도릿에게 훨씬 좋을 터였다. 하지만 작은 도릿은 아버지를 그대로 받아들여 - 작은 도릿이 아버지를 있는 그대로 받아들이지 않을 때가 있던가! - 누구보다 훌륭한 사람으로 여기며 존경했다. 마침내 제너럴 부인이 물러났다. 잠자리에 들려고 물러날 때마다 더없이 쌀쌀맞고 차가운 의식을 거치는 여인이었다. 인간적인 상상력을 돌처럼 꽁꽁 얼려서 못 따라오도록 하는 데 꼭 필요한 의식 같았다. 그래서 고상한 상류층 예법이라도 되는 듯 딱딱한 준비과정을 마친 다음에 물러난 것이다. 작은 도릿은 그때 비로소 한쪽 팔을 아버지 목에 두르고 안녕히 주무시라 인사하니, 도릿 선생은 그 손을 잡고서 말했다.

"사랑하는 에이미, 오늘 하루도 - 하 - 더없이 즐겁고 감동적인 하루도 끝이 나는구나."

"살짝 피곤하시지요, 아버지?"

"아니다, 아니야. 행사가 즐거워서 피곤한 줄도 모르겠구나."

작은 도릿은 아버지 말을 듣고서 기쁜 나머지 속에서 우러나오는 미소를 머금고, 도릿 선생은 계속 말했다.

"얘야, 이번 행사는 - 하 - 좋은 사례로 가득해. 내가 제일 좋아하고 사랑하는 딸한테 - 으음 - 너한테 정말 좋은 사례."

작은 도릿은 심장이 떨려서 뭐라고 대답해야 좋을지 모르고, 아버지는 대답이라도 기다리듯 입을 다물다, 다시 말했다.

"에이미, 사랑하는 언니가, 우리 패니가 - 하, 으음 - 결혼했으니 인맥이 앞으로 - 하 - 크게 넓어져서 - 으음 - 우리 신분을 끌어올릴 거야. 사랑하는 에이미, 너한테도 - 하 - 좋은 짝이 머지않아 생길 거고."

"아니에요! 저는 아버지 곁을 안 떠나요. 제발 부탁이니, 아버지 곁에 머물게 해주세요! 제가 바라는 건 딱 하나에요, 곁에 머물면서 아버지를 보살피는 거요!"

작은 도릿이 말하는데, 깜짝 놀란 어투였다.

"아니다, 에이미, 에이미. 나약하고 어리석은 소리야, 나약하고 어리석은 소리. 너한테는 신분에 따른 - 하 - 책임이 있어. 신분을 끌어올리는 거, 그리고 - 으음 - 신분에 어울리는 사람이 되는 거. 나를 보살피는 문제라면 - 하 - 내가 알아서 한단다."

도릿 선생이 잠시 머뭇대다 덧붙였다.

"보살핌이 정말 필요하다면 - 하 - 하느님 은총으로 - 으음 - 보살핌을 - 하 - 받을 수도 있고. 나는 - 하, 으음 - 사랑하는 에이미, 너를 독점할 생각이 - 하 - 너를 희생시킬 생각이 없어."

아, 인제 와서 자신이 희생하겠다고 고백하다니, 진짜 그러기라도 할 것처럼, 실제로 그럴 수 있기라도 한 것처럼!

"아무 말 말렴, 에이미. 나는 절대로 그럴 수 없으니까. 나는 - 하 - 그러면 안 되니까. 양심이 - 으음 - 허락하질 않아. 그러니까 우리 딸, 오늘 즐겁고 감동적인 결혼을 치른 걸 - 하 - 기회로 삼아서 엄숙하게 말하겠는데, 이제 내가 가슴에 소중하게 품은 소원은 네가 알맞은 (다시 말하지, 알맞은) 짝을 찾아서 결혼하는 모습을 지켜보는 거야."

"아, 맙소사, 아버지! 제발!"

"에이미, 상류사회를 제대로 잘 아는 사람에게, 매우 우아하고 훌륭한 사람에게 - 가령 - 하 - 제너럴 부인 같은 사람에게 - 물으면, 내 말이 옳다고 - 으음 - 딸을 사랑하는 아버지다운 생각이라고 대답할 게 분명해. 하지만 너는 아버지를 사랑하는 효성스러운 딸이라는 걸 - 으음 - 경험을 통해서 아는 터라, 더는 말하지 않겠다. 당장 추천할 - 으음 - 결혼 상대가 있는 건 아니고, 마음에 품은 사윗감이 있는 것도 아니니까. 우리가 서로 - 하 - 마음을 이해하기를 바랄 뿐이다. 으음. 잘 자렴, 딱 하나 남은 소중한 딸. 잘 자렴. 신께서 너를 축복하시길!"

이제는 재산이 많으니까, 그래서 자신이 하던 역할을 재혼한 부인에게 맡길 마음을 품으니까, 아버지가 자신을 가볍게 포기한다는 생각이 그날 밤 머릿속에 파고들어도 작은 도릿은 곧바로 그냥 몰아냈다. 아버지를 혼자서 힘들게 보살피던 시절에 그런 것처럼 아버지를 여전히 존경할 뿐, 그런 생각은 떠오르는 순간에 몰아냈다. 불안해서 눈물을 줄줄 흘리면서도 작은 도릿이 할 수 있는 생각은, 이제 아버지는 재산이라는 관점에서, 앞으로 부자로 계속 살아야 한다는, 아니, 더욱 커다란 부자가 되어야 한다는 걱정 속에서 모든 걸 바라본다는 정도였다.

두 사람은 제너럴 부인이 마부석에 앉은 웅장한 마차에서 삼 주 이상을 보내다, 마침내 도릿 선생이 패니와 합류하기 위해 플로렌스로 출발했다. 작은 도릿은 아버지를 사랑하는 마음 하나로 그곳까지 함께 가서, 그리운 영국을 속으로 가만히 떠올리다 혼자 돌아와도 기쁠 것 같았다. 하지만 여행 담당은 신부와 함께 벌써 떠났고, 시종은 그다음이니, 작은 도릿한테 돌아올 세 번째까지 돈을 들여서 구할 순 없었다.

로마 숙소에 두 사람만 남으니, 제너럴 부인은 편안하게 — 모든 점에서 최대한 편안하게 — 지냈다. 작은 도릿은 그나마 남은 임대 마차를 타고 나가서 혼자 내려, 고대 로마의 폐허 사이를 거닐었다. 거대한 고대 원형 경기장, 고대 사원, 고대 기념탑, 말이 수없이 지나다니던 고대 도로, 고대 무덤 등, 모든 폐허가 작은 도릿한테는 하나같이 낡은 마셜씨 교도소의 폐허로 — 예전에 살던 삶의 폐허로 — 교도소에 살던 다양한 얼굴과 형상의 폐허로 — 교도소에서 사랑하고 희망하고 보살피고 즐거워하던 폐허로 다가왔다. 폐허로 변한 두 영역과 고통스럽게 무너진 파편 사이에 홀로 우울하게 앉아, 새파란 하늘 아래 끝없이 울적한 공간에 앉아, 작은 도릿은 두 영역을 바라보았다.

그럴 때마다 제너럴 부인이 떠오르며 사물에 깃든 색상을 몽땅 앗아갔다, 자연과 기술이 제너럴 부인에게 색상을 앗아간 것처럼. 제너럴 부인은 손을 얹을 때마다 유스터스 원문에 자두와 프리즘을 새겨넣고, 어디를 바라보든 유스터스와 그 일행을 찾을 뿐, 다른 무엇도 안 보려 했다. 조그맣게 말라비틀어진 고대 뼈를 모조리 긁어모아

통째로 삼켰다, 인간다운 교제는 조금도 없이 – 장갑 낀 악귀가 시체를 먹듯.

16장. 앞으로 나아가다

신혼부부가 런던 캐번디쉬 광장 할리 거리에 들어서자 집사장이 맞이했다. 위대한 집사장은 신혼부부에게 아무런 관심이 없다. 그냥 견디는 분위기다. 사람들은 계속해서 장가들고 시집가야[51] 한다. 안 그러면 집사장 할 일이 없어진다. 국가가 있는 이유는 세금을 걷는 것이듯, 사람이 결혼하는 이유는 집사가 필요하기 때문이다. 집사장은 자신을 위해서 돈 많은 사람이 존재하는 게 자연의 순리라고 생각하는 게 분명하다.

집사장은 현관 입구에서 눈 하나 안 찌푸린 표정으로 마차를 겸손하게 쳐다보다, 하인 한 명에게 "토마스, 가서 짐을 운반하게"라고 멋들어지게 지시했다. 신부를 2층에 있는 머들 앞으로 에스코트까지 하지만, 이것을 주인집에 굴복한 행동으로 여기는 게 아니라 (특정 공작부인의 매력에 홀딱 반한 인물처럼) 여성을 존중하는 행위로 여길 게 분명하다.

머들은 '번뜩이는 머리' 부인이 들어서길 기다리며 벽난로 양탄자를 거닐었다. 그러다 한 손을 소맷자락으로 올려서 쓸데없이 풍성한 소맷

51) 마태오 24:38

자락을 보여주며 새색시를 맞이하니, 일반 대중이 바라보는 가이 폭스 인형[52] 같았다. 게다가 새색시 입술에 자기 입술을 맞추고, 자신을 스스로 붙잡은 경찰관이라도 되는 듯, 양손 손목을 스스로 붙잡고 소파와 의자와 탁자 사이로 물러서면서 "자, 꼼짝 마! 이리 와! 이제 나한테 잡혔으니, 조용히 따라오도록!"이라고 중얼거렸다.

'번뜩이는 머리' 부인은 웅장한 방에 - 오리 솜털, 비단, 사라사 무명, 고운 리넨이 있는 가장 은밀한 내실에 들어가서 의자에 앉으니, 지금까지는 제대로 성공했다는, 앞으로 한 발 한 발 나아간다는 느낌이 들었다. 결혼 전날에는 우아하면서도 대수롭지 않은 태도로 머들 부인 앞에서 머들 부인 하녀에게 약간의 선물을 (팔찌, 보닛, 드레스 두 벌, 모두 신상품을) 주었는데, 예전에 머들 부인이 자신에게 준 선물보다 가치가 네 배는 더 나갔다. 그런데 지금은 머들 부인 방을, 자신이 편하게 사용하도록 특별히 수선한 방을 차지한 것이다. 돈으로 살 수 있거나 재능이 있어야 만들 온갖 사치품으로 가득한 실내에 가만히 앉아, 머릿속 환희에 벅차올라 쿵쿵 뛰는 멋진 가슴이 오랫동안 유명세를 누리던 '가슴'과 겨루다 이겨서 화려하게 빛나는 광경을 마음속으로 떠올렸다. 이제 행복해? 패니는 더없이 행복하다. 이제 죽어도 여한이 없다.

여행 담당은 도릿 선생이 머들 저택보다는 그로스버너 광장 브룩 거리에 있는 호텔에 묵을 걸 추천했다. 머들 선생은 이른 아침에 식사하자마자 도릿 선생을 모시러 갈 마차를 준비하도록 지시했다.

마차는 번쩍번쩍하고, 말은 윤기가 자르르하고, 마구는 번득이고, 마부와 하인 복장은 화려하고 영원하게 보인다. 돈도 많고 책임감도

---

52) 가이 폭스는 영국 의회를 폭발하려다 실패한 인물로, 영국에는 그를 체포한 11월 5일만 되면 가이 폭스 인형을 불태우는 전통이 있다. 가이 폭스 인형은 가면을 쓰고 낡은 외투와 바지 차림으로 손을 소매에 숨긴 형상이다.

있어 보이는 마차. 머들이 타는 마차. 마차는 거리를 따라 덜거덕대며 나아가고 일찍 일어난 사람들은 그 뒷모습을 바라보고 부러움이 가득한 어투로 "저기에 그 사람이 간다!"며 감탄한다.

그 사람이 간다, 브룩 거리에 도착할 때까지. 화려하고 훌륭한 상자에서 보석이 내리는데, 반짝이는 느낌은 없다. 아니, 정반대다.

호텔 사무실은 야단이 난다. 머들이다! 호텔 주인은 거만한 신사로 혈통 좋은 말 한 쌍이 이끄는 마차를 타고 도심지에 막 다녀왔는데도, 직접 나타나서 위층으로 안내한다. 직원과 하인은 뒷길로 움직여서 문가와 모퉁이마다 어슬렁대다 우연히 마주친 듯 구경한다. 머들이다! 아, 해와 달아 찬양하고 반짝이는 별들아 찬양하라,[53] 위대한 인물을! 신약성서를 고쳐서 하늘나라에 벌써 들어선 부자를! 누구든 선택해서 함께 식사할 수 있으며, 돈을 펑펑 찍어대는 인물을! 머들이 계단을 올라갈 때 사람들은 그 그림자를 자기 몸뚱이에 받아내려고 계단 아래쪽에 자리를 잡는다. 그래서 병든 자를 메고 나와 베드로가 지나가는 길가에 눕혀놓는다[54] - 상류사회에 들어서지 못하고, 돈도 못 버는 사람들이.

도릿 선생은 실내복 차림으로 신문을 읽으며 아침 식사를 하는 중이었다. 여행 담당이 잔뜩 흥분한 목소리로 "머어들 선생님께서 오셨습니다!"라고 선포하자 도릿 선생은 쿵쿵 뛰는 심장을 달래며 벌떡 일어난다.

"머들 선생, 정말이지 - 하 - 대단한 영광입니다. 이렇게 대단한 - 하, 으음 - 관심을 보이시다니 더없이 - 으음 - 고마울 따름입니다. 머들 선생과 만나려는 사람이 많다는 걸, 선생, 그런데도 직접 이렇게

---

53) 시편 148:4
54) 사도행전 5:15

찾아오신 건 대단한 배려라는 걸 나도 잘 압니다."

도릿 선생은 크게 만족한 마음을 충분히 표현하고 싶었다.

"선생께서 - 하 - 소중한 시간을 내서 이른 시각에 찾아오시다니 - 하 - 나로선 더없이 고맙고 감동적인 배려가 아닐 수 없습니다."

도릿 선생은 잔뜩 흥분해서 더듬대며 열심히 말하고, 위대한 인물은 주눅이 든 목소리로 못 알아들을 말 몇 마디를 웅얼대다, 마침내 겉으로 뱉어냈다.

"만나서 반갑습니다, 선생."

머들이 말하면서 의자에 앉아, 지친 이마에 커다란 손을 갖다 댔다.

"친절하시군요. 정말 친절하세요. 건강은 좋으시겠죠, 머들 선생?"

"건강은 좋아요 - 네, 평소만큼은."

"하시는 일이 엄청나게 많을 거예요."

"견딜 만해요. 하지만 - 맙소사, 아니에요, 문제가 많은 건 아니에요."

머들이 말하면서 실내를 둘러보았다.

"소화 기능이 약간?"

도릿 선생이 넌지시 물었다. 화약 도화선이라도 탄 듯, 위아래 입술이 만나는 지점에 까만 흔적이 있었다. 급한 성질을 타고났다면 크게 흥분할 듯한 모습도 보였다. 게다가 한 손으로 이마를 묵직하게 만지작대니, 도릿 선생이 걱정스러운 어투로 물은 것이다.

머들이 대답했다.

"아마도. 하지만 - 맙소사, 아주 건강하답니다."

"머들 부인께서는, 내가 떠날 때만 해도, 선생께서 잘 아시듯, 수많은 숭배자가 - 하 - 우러러보고, 수많은 인물이 - 하 - 감탄하니, 로마 상류 사회 전체에서 미모와 매력이 최고였답니다. 건강도 훌륭할 만큼 좋아 보였고요."

"대체로 모든 사람이 매력적인 여인으로 여기지요. 맞아요, 정말 매력적이에요. 나도 안답니다."

"당연히 안 그러겠어요?"

도릿 선생이 대답하자, 머들은 - 혓바닥이 뻣뻣해서 안 움직이는 듯 - 꽉 닫은 입안에서 혓바닥을 돌려 입술을 적시고 이마를 손으로 다시 문지르고는 실내를 다시, 특히 의자 사이를, 둘러보더니, 처음에는 도릿 선생 얼굴을 바라보다 시선을 곧바로 떨어뜨려서 도릿 선생 조끼 단추를 바라보며 말했다.

"하지만 매력에 관해 논하려면 선생 따님을 얘기해야 마땅하지요. 정말 아름답더군요. 얼굴도 몸매도 대단해요. 간밤에 들어서는 모습을 보고서 너무나 매력적인 모습에 깜짝 놀랐으니까요."

도릿 선생은 크게 만족한 나머지, 편지로 이미 전달한 것처럼 두 집이 사돈 맺은 걸 대단한 영광과 행복으로 여긴다고 다시 말하지 않을 수 없었다. 그리고는 한 손을 내밀었다. 머들은 그 손을 가만히 바라보다, 자기 손이 노란 쟁반이나 생선 뒤집개라도 되는 듯, 그 손을 자기 손에 올려놓더니 도릿 선생에게 곧바로 돌려주었다.

"누구보다 빨리 달려와서, 행여나 선생께서 도움이 필요하다면 내가 직접 도와드리자고, 그리고 최소한 오늘은, 그리고 런던에 머무시는 내내 선생께서 특별한 약속이 없을 때는 함께 식사하는 영광을 부탁한다는 말을 전하자고 생각했습니다."

지긋한 배려에 도릿 선생이 감동하고, 머들은 다시 물었다.

"오랫동안 머무시나요, 선생?"

"당장은 - 하 - 2주를 안 넘길 생각입니다."

"너무 짧군요, 먼 길을 오셨는데."

"으음. 네. 하지만 사실대로 말씀드리자면 - 하 - 친애하는 사돈,

외국 생활이 건강과 취향에 딱 맞는다는 걸 깨달았답니다. 그런데 -
으음 - 이번에 두 가지 목적이 있어서 런던에 왔답니다. 하나는, 고귀한
가문이랑 사돈을 맺은 행복과 - 하 - 특권을 - 하 - 충분히 즐기고
누리자는 것이고, 또 하나는, 내 돈을 - 하 - 제일 좋은 방법으로 투자
- 으음 - 굴릴 방법을 찾자는 거랍니다."

도릿 선생이 말하자, 머들이 혓바닥을 다시 돌린 뒤에 대답했다.

"으음, 선생, 그 부분에서 내가 도울 게 있다면 말씀만 하십시오."

미묘한 주제에 다가서자 도릿 선생은 평소 이상으로 말을 더듬었다.
대단한 권력자가 자기 말을 어떻게 받아들일지 애매했기 때문이다.
자신이 가진 자본이나 재산 정도는 거대한 도매업자 눈에 초라한 소매
상 정도로 보이지나 않을까 염려스러웠다. 그런데 머들 선생이 먼저
도와주겠다고 제안하니, 고맙기도 하고 마음도 놓여, 곧장 붙잡고 늘어
지며 고맙다는 말을 퍼부어댔다.

"분명히 말씀드리는데, 사돈께 직접 도움받는 - 으음 - 엄청난 특혜
를 - 하 - 감히 기대한 적은 없답니다. 문명사회가 그러는 것처럼 -
하, 으음 - 사돈이 말씀하시는 대로 따라야 마땅하겠지만 말입니다."

머들이 카펫 무늬에 묘한 관심을 보이며 대답했다.

"우리는 한 가족이나 마찬가지니, 사돈, 최선을 다해서 돕겠습니다."

"하. 정말 멋져요, 정말로! 하. 대단히 멋져요!"

도릿 선생이 감탄하고, 머들은 계속 말했다.

"현재로써는 외부인에 불과한 사람이 좋은 일에 - 당연히 내가 하는
좋은 일을 말하는데 - 끼어드는 게 쉽지 않겠지요……"

"물론, 물론이지요!"

도릿 선생이 감탄하는데, 그보다 좋은 일은 없다는 어투였다.

"……높은 가격을 내지 않는 한. 흔히 말하는 비싼 가격이요."

도릿 선생이 호쾌하게 웃었다. 하, 하, 하! 비싼 가격. 좋아요. 하. 의미심장한 표현입니다!

"하지만 관심을 가지고 도와주려는 사람한테 상당한 우선권을 – 사람들이 흔히 말하는 호의를 – 보장할 권한이 나한테 있답니다."

"공공정신과 천재성도 있고요."

도릿 선생이 덧붙이자, 머들은 커다란 알약이라도 삼키듯 마른침을 꿀꺽 삼키고는 덧붙였다.

"일종의 답례라고 볼 수도 있겠지요. 사돈만 괜찮다면, 이렇게 한정된 권한을 (사람들이 시샘하는 데다, 권한 역시 무한한 건 아니니) 사돈께 바람직하게 사용할 방법을 알아보겠습니다."

"훌륭하십니다. 정말 훌륭하세요."

"이런 거래를 하려면 당연히 솔직하면서도 완전무결하고, 인간을 가장 순수하게 믿고, 나무랄 데도 없고 나무랄 수도 없게 확신해야 한답니다. 안 그러면 사업을 계속할 수 없거든요."

도릿 선생은 관대한 제안을 뜨겁게 반기고, 머들은 다시 말했다.

"따라서 내가 사돈한테 제공할 우선권은 규모가 제한될 수밖에 없답니다."

"알겠습니다. 제한된 규모."

"제한된 규모. 완전히 솔직하게. 하지만 그것과 별개로 조언은 넉넉하게 할 수 있겠지요. 변변치는 못해도……"

아! 변변치 못하다니요! (도릿 선생은 그 조언이 평가절하되는 걸 견딜 수 없다, 머들 자신이 말했더라도.)

"내가 좋아하는 분과 나 사이에는 흠잡을 데 없이 명예로운 유대감이 있으니까 내가 조언하는 걸 막을 수는 없겠지요, 내가 마음만 먹는다면."

머들이 이번에는 창밖을 지나는 쓰레기 마차에 깊은 관심을 보이며 이어갔다.

"그러니 사돈께서 필요하다는 생각이 들면 언제든 말씀만 하십시오."

도릿 선생은 다시 고마워하고, 머들은 손으로 이마를 다시 쓰다듬는다. 차분한 침묵이 감돈다. 머들은 도릿 선생의 조끼 단추를 다시 물끄러미 바라본다. 그러더니 기다리고 기다리던 다리가 갑자기 돋아난 듯 벌떡 일어나며 말한다.

"나는 시간이 꽤 소중한 터라 이제 도심지로 이동해야 한답니다. 내가 어디든 태워다 드릴까요, 사돈? 가는 도중에 기꺼이 내려드릴 수도 있고, 계속 타고 가셔도 좋아요. 마차를 마음껏 사용하세요."

도릿 선생은 거래 은행에 갈 일이 있다는 생각을 떠올린다. 거래 은행은 도심지에 있다. 머들이 도심지까지 태워준다는 건 행운이 넝쿨째 들어온 셈이다. 하지만 자신이 옷을 차려입는 동안 머들을 기다리게 할 수는 없지 않은가? 아니다, 충분히 기다릴 수 있다, 아니, 기다려야 한다고 머들이 고집부린다. 결국 도릿 선생은 옆방으로 물러나서 시종 손에 몸을 맡겨, 5분도 안 돼서 화려한 모습으로 돌아온다.

그러자 머들이 "괜찮다면 선생, 팔짱을 끼세요!"라고 권한다. 도릿 선생은 머들과 팔짱을 끼고 계단을 내려가며 숭배자를 여럿 마주치니, 머들이 내뿜는 광채가 자신까지 휘감는 걸 느낀다. 마차에 올라타서 도심지로 내달리니, 사람마다 우러러보고 노신사는 모자를 벗어서 하얀 머리를 드러내며 인사하는 등, 더없이 훌륭한 인물에게 하나같이 고개를 숙이고 허리를 숙이며 인사한다. 모든 교파의 아첨꾼이 ─ 웨스트민스터 수도원과 성 베드로 대성당에 있는 아첨꾼 모두가 ─ 일요일만 되면 숭배하는 대상 같다. 모두가 우러러보는 마차에 올라타서 잘 어울리는 목적지로, 롬바르드 황금 거리[55]로 멋들어지게 나아가니, 도릿 선생에게는 모든 게 황홀한 꿈이다.

롬바르드 황금 거리에서 머들은 이제 걸어가겠다고, 누추한 마차는 도릿 선생이 계속 타라고 고집부렸다. 그래서 도릿 선생이 은행에서 혼자 나올 때는 모든 사람이 머들 대신 자신을 바라보는 듯하고, 마차가 멋들어지게 나아갈 때는 사람마다 "머들 선생과 가까이 지낼 만큼 훌륭한 인물!"이라고 감탄하는 소리가 마음의 귀에 들리는 듯하니 황홀한 꿈은 한층 더 불어났다.

그날 만찬장에서 미리 통보받거나 예상한 건 아니지만, 대지의 흙이 아니라 현재는 알려지지 않은 최고급 재료로 만든 화려한 인물들이 최근에 결혼한 도릿 선생의 딸에게 눈부신 축복을 퍼부어댔다. 도릿 선생 딸은 그 자리에 없는 여인과 본격적으로 경쟁하느라 온 마음을 다하는데, 시작이 너무나 멋진 나머지, 도릿 선생은 '번뜩이는 머리' 부인이 사치라는 무릎에 기다랗게 누워서 평생을 안락하게 살았다는, 마셜씨 교도소 같은 거친 단어는 한 번도 들어본 적 없다는 확인서라도 받은 기분이었다.

다음 날, 그다음 날, 매일매일, 만찬에 화려한 인물이 더 많이 참석해서 극장에 뿌려대는 눈발처럼 많은 명함을 도릿 선생에게 건넸다. 유명한 머들과 사돈을 맺고서 가까이 지내니, 변호사, 주교, 재무상, 합창단, 모든 세력가가 도릿 선생과 가까이 지내며 친교를 나누길 바랐다. 볼일이 있어서 동쪽 방면으로 갈 때마다 (사업이 놀라울 정도로 번창한) 도심지의 수많은 머들 사무실에 들르면, 도릿이라는 이름은 머들이라는 위대한 인물로 곧장 나아가는 통행권이었다. 황홀한 꿈은 매시간 펼쳐지고, 도릿 선생은 머들을 등에 업고 앞으로 곧장 나아간다는 느낌이 끝없이 늘어났다.

---

55) 런던 금융 중심가

황금과 아무런 관련이 없고, 그렇다 해서 가볍게 넘기기도 어려운 문제 하나가 도릿 선생 마음에 걸렸다. 집사장이었다. 만찬 때마다 집사장 임무를 수행하면서 묵직한 시선으로 도릿 선생을 쳐다보았다. 복도를 지날 때도 계단을 오를 때도 만찬장에 들어설 때도 마음에 안 드는 시선으로 줄기차게 쳐다보았다. 도릿 선생이 식탁에 앉아서 포도주를 들이켤 때면 살며시 바라보는 눈빛이 포도주잔 너머로 차갑게 번뜩였다. 집사장이 학생 가운데 하나를 아는 게 분명하다는, 학교에서 자신을 본 게 분명하다는, 어쩌면 자신을 알현까지 했을 수 있다는 의심이 솟구쳤다. 그래서 집사장을 최대한 조심스럽게 살피지만, 그곳이 아닌 어떤 곳에서도 본 기억이 안 떠올랐다. 마침내 도릿 선생은 집사장한테 위대한 인물을 존경하는 마음이 없다는, 아무런 느낌이 없다는 쪽으로 생각이 기울었다. 그렇다 해서 불안감이 줄어든 건 아니었다. 자신이 어떤 식으로 생각하든, 요리 접시를 볼 때도 식탁에 있는 물품을 볼 때도 집사장은 거만한 눈빛으로 자신을 바라볼 뿐, 시선을 다른 데로 돌린 적이 한 번도 없기 때문이다. 자신을 그렇게 쳐다보는 게 불쾌하다는 눈치를 주거나, 그렇게 쳐다보는 이유가 무언지 물어보는 건 감히 생각도 할 수 없었다. 주인과 손님한테 더없이 엄격해, 가까이 다가오는 무례를 범한 적은 한 번도 없기 때문이다.

17장. 행방불명

머무는 기간이 이틀밖에 안 남았을 때 도릿 선생은 (피해의식에 사로잡힌 채) 집사장한테 또다시 검사받으려고 옷을 차려입는데, 호텔 하인이 나타나서 명함 한 장을 내밀었다. 도릿 선생이 명함을 받아서 읽었다.

"핀칭 부인."

하인은 존경하는 마음으로 가만히 기다리고, 도릿 선생은 잔뜩 화난 표정으로 쳐다보며 소리쳤다.

"야, 야, 이렇게 우스꽝스러운 명함을 가져온 이유가 뭐야! 나는 조금도 모르는 이름이라고. 핀칭?"

집사장 대신 하인한테 화내는 어투였다.

"하! 핀칭(Finching)이 도대체 무슨 뜻이야?"

'야, 야'라고 불린 하인은 그 뜻이 꽁무니 빼기(Flinching)라도 된다는 듯, 무섭게 몰아치는 도릿 선생한테서 뒷걸음질 치며 "부인입니다"라고 대답했다.

"나는 이런 부인을 몰라. 명함을 가져가. 남자든 여자든 나는 핀칭이란 이름을 모른다고."

"죄송합니다, 나리. 그 부인 역시 나리께서 모를 거라고 하셨습니다. 하지만 나리, 예전에 미스 도릿과 알고 지내는 영광을 누렸다는 말을 꼭 전하라고 하셨습니다. 작은 미스 도릿이요."

도릿 선생은 이맛살을 잔뜩 찡그린 채 곰곰이 생각하다 대답했다. 아무런 잘못도 없는 하인한테 책임을 전가하는 어투였다.

"핀칭 부인께 올라오시라고 전하게."

잠시 머뭇대는 순간에 행여나 안 만나면 그 여자가 아래층에 메시지를 남겨서, 혹은 무슨 말을 해서, 예전에 살던 모습이 드러나는 굴욕을 겪을지 모른다고 생각한 것이다. 그래서 양보하고, 그래서 플로라가 '야, 야'라고 불린 하인에게 안내받으며 들어오자, 도릿 선생은 가만히 서서 명함을 손에 들고 쳐다보며, 행여나 아는 사람일지라도 기쁜 느낌은 전혀 없는 듯한 어투로 말했다.

"이름을 알거나 귀하를 아는 기쁨을 누린 적이 없군요, 부인. 이봐, 의자를 가져오도록."

책임을 한 몸에 짊어진 하인이 깜짝 놀라며 시키는 대로 하고는 까치발로 물러났다. 플로라는 수줍음이 가득한 몸짓으로 망사를 젖혀서 얼굴을 드러내고 자신을 소개했다. 그와 동시에 향수 내음이 실내에 야릇하게 퍼지는데, 브랜디를 라벤더 향수병에 넣는 실수를 저지른 것 같기도 하고, 라벤더 향수를 브랜디 병에 넣는 실수를 저지른 것 같기도 한 냄새였다.

"도릿 선생님께 정말 미안합니다 여자 혼자 대담하게 찾아왔으니 수천 번 미안하다 해도 모자라겠지요 하지만 더없이 어렵고 불가능하다 해도 이게 최선이라고 생각했습니다 피 선생 숙모라면 기꺼이 함께 오셨을 텐데 기백이 넘치고 활력이 대단한 분으로 오랫동안 산전수전 다 겪었으니 당연히 삶의 지혜도 넉넉하거든요, 피 선생 자신도 툭하면 그렇게 말했답니다 블랙히스 근처에서 훌륭한 교육을 받느라 부모가 정말 큰돈인 80기니라는 높은 학비를 냈는데도 그곳을 떠날 때 식기를 그대로 두고 나왔으니까요 하지만 그건 그 가치 이상으로 비열하니 피 선생은 아무도 모르고 누구도 안 살 물건을 팔려고 영업사원으로 이리저리 돌아다닌 1년 사이에 그곳에서 대학 졸업장(Bachelor)을 따려고 보낸 6년보다 더 많은 걸 배우다 포도주 사업에 뛰어들었는데 총각(Bachelor)이 유부남보다 똑똑한 이유를 저는 지금도 모르고 예전에도 몰랐으나 이게 찾아온 용건은 아니니 용서하세요."

도릿 선생은 양탄자에 서서 당황한 조각상처럼 뿌리박힌 채 물끄러미 쳐다보고, 플로라는 계속 말했다.

"특별한 용건은 없다고 솔직히 밝혀야겠지만, 조그만 여자애를 알고 지낸 터라 완전히 바뀐 상황에 따르면 무례하게 보일 수 있는데 일부러 그런 건 아니며 그런 침모를 일당 반 크라운에 쓰는 건 은혜를 베푼 게 아니라 정반대라는 사실을 하늘은 아는데 일꾼이 품삯을 받는 건 당연한 일[56]이니 거기에 턱없이 못 미치는 건 아니나 지금 제가 바라는 건 일꾼이 품삯을 자주 받고 동물성 음식을 훨씬 많이 먹어 등과 다리에 관절염이 줄어들었길 바라는 정도랍니다 불쌍한 일꾼."

고 피 선생 미망인이 숨을 돌리려고 말을 멈추는 순간에 도릿 선생은 가까스로 숨을 돌리며 말했다. 얼굴이 빨갛게 달아오른 상태였다.

"부인, 우리 딸이 ─ 으음 ─ 예전에 하던 일을 ─ 하 ─ 그래서 일당을 ─ 하, 으음 ─ 말하는 거라면, 부인, 그 말이 사실이더라도 ─ 하 ─ 그건 내가 ─ 하 ─ 조금도 모르는 일이라고 하겠소. 으음. 내가 알면 절대로 허락하지 않았을 것이오. 하. 절대로! 절대로!"

"그 얘기까지 할 필요는 없으니 바람직하게 언급할 유일한 소개장이

---

56) 루가 10:7

라고 여기지 않았다면 아예 꺼내지도 않았겠지만 그게 무어든 의심할 여지가 없는 사실이니 선생님께서는 의심할 여지가 없는 사실로 믿으셔도 되는데 지금 제가 입은 바로 이 드레스가 멋들어지게 만든 증거로 나처럼 뚱뚱한 사람 대신 몸매가 좋은 사람이 입었더라면 훨씬 잘 어울릴 게 분명한데 저는 몸무게를 어떻게 줄여야 할지 모르니, 제발 용서하세요 또 헤매니까요."

도릿 선생은 차가운 표정으로 뒷걸음질 치다 의자에 앉고, 플로라는 양산을 만지작대며 다정하게 쳐다보다 말했다.

"클레넘이 – 젊은 시절의 어리석은 습관인데 현 상황에는 낯선 사람에게 그것도 신분이 상승한 낯선 신사에게 말할 때는 더더욱 클레넘 선생이라고 해야 올바르니 – 팽스라는 사람에게 기쁜 소식을 듣고서 전달한 아침에 완벽하게 기진맥진한 채 덜덜 떨면서 백지장처럼 하얀 얼굴로 우리 집을 아니 자유 보유 부동산은 아니나 푼돈으로 장기 임대한 아빠 집을 떠난 조그만 여자애 때문에 용기를 냈답니다."

클레넘과 팽스라는 이름까지 나오자, 도릿 선생은 얼굴을 찡그린 채 물끄러미 쳐다보다 다시 얼굴을 찡그리더니, 예전 모습 그대로 손을 입술에 갖다 대고 주저하며 말했다.

"부탁이니 – 하 – 찾아온 용건을 말씀하시지요, 부인."

"도릿 선생님, 허락하시니 정말 친절하신데 비록 품위는 많이 좋아지고 살집마저 불어났어도 닮은꼴은 닮은꼴이고 예전 모습은 여전한 터라 저로선 지극히 당연하게 보이는데, 제가 이렇게 찾아온 목적은 누구하고도 상의하지 않고 스스로 찾아왔는데 클레넘하고는 – 용서하세요 데니얼 도이스와 클레넘 무슨 말을 하는지 모르겠네요 클레넘 선생 한 명 – 더더욱 상의하지 않았으니, 그 사람한테 황금 사슬을 채워서 보랏빛 시절을 시름이 가득한 가운데 천상의 향내가 아른거리던 시절

273

을 영원히 되새기는 게 저한테는 군주의 몸값보다 소중한데 제가 그 몸값이 얼마나 되는지 알아서 하는 말이 아니라 이 세상에서 제가 가진 전부보다 많다는 뜻으로 하는 말이랍니다."

도릿 선생은 상대가 한 말에 가득한 진정성을 조금도 고려하지 않고 다시 물었다.

"용건을 말씀하시지요, 부인."

"제가 잘 아는 건 아니라도 웬만큼 알 수 있고 선생님께서 이탈리아에서 돌아오셨으며 이제 돌아가신다는 신문 기사를 읽는 기쁨을 누릴 때 충분히 알 수 있다는 생각이 들어서 선생님이 그 사람이랑 마주쳤는지 아니면 그 사람 소식을 들었는지 그랬다면 얼마나 즐겁고 바람직했는지 여쭤보기로 마음을 먹었답니다."

도릿 선생이 얼떨떨한 표정으로 물었다.

"그 사람이란 누구를 - 하⋯⋯"

도릿 선생이 깊이 좌절하다 목소리를 키웠다.

"⋯⋯도대체 누구를 말하는지 물어도 될까요?"

"이탈리아에서 왔다가 도심지에서 사라진 외국인이요 선생님도 나처럼 신문 기사를 읽었을 거예요 팽스라는 사적인 출처를 언급하지 않더라도 기사를 읽고 사람들이 다른 사람을 떠올리고는 끔찍하게 사악한 내용을 속닥거린다는 건 충분히 헤아릴 수 있으니 클레넘이 - 나쁜 버릇을 이겨내기 어렵네요 데니얼 도이스와 클레넘이 - 얼마나 짜증 나고 불편하겠어요."

도릿 선생은 그 기사를 읽거나 들은 적이 없어서 다행히도 무슨 말을 하는지 이해할 수 없었다. 그러자 핀칭 부인은 드레스에 가득한 줄무늬 사이에서 주머니를 찾는 데 많은 어려움을 겪고 수없이 사과하다 마침내 경찰 전단 한 장을 꺼냈다. 블랑두라는 외국인 신사가 최근에 베네치아에서 왔는데, 런던 특정 지역에서 특정한 날 밤에 알 수 없는 이유로 사라졌다, 어느 시간에 어느 집으로 들어가는 모습을 본 사람이 있고, 그 집에 사는 사람들 말로는 자정 훨씬 전에 그 집에서 나갔다고 하는데, 그 뒤로 어디에서도 목격되지 않는다는 내용이었다. 도릿 선생은 시간과 장소는 물론 묘하게 사라진 외국인 신사의 인상착의까지 상세히 읽었다. 그리고 말했다.

"블랑두아! 베네치아! 인상착의! 내가 아는 신사요. 우리 집에 온 적도 있소. 출신 가문이 좋은(하지만 친척과 사이가 데면데면한), 그래서 내가 – 으흠 – 후원하는 신사와 잘 아는 사이요."

"그렇다면 한층 더 소박하고 간절하게 부탁해야겠군요, 이탈리아로 돌아가시면서 도로변을 잘 살피고 갈림길에서 이리저리 살피고 호텔마다 오렌지 나무마다 포도원마다 화산마다 살피고 수소문하시는 친절을 베푸시길 어딘가 분명히 있을 텐데 모습을 드러내서 내가 여기에 있다고 말해서 모든 사람의 궁금증을 깨끗하게 안 풀어주는 이유가 무얼까요?"

도릿 선생이 전단을 다시 바라보며 물었다.

"부인, 클레넘 기업이 누굴 말하는 겁니까? 하. 블랑두아가 들어가는 모습을 보았다는 집과 관련해서 이름이 있던데, 클레넘 기업이 누굴 말하는 겁니까? 내가 예전에 – 으흠 – 살짝 – 하 – 일시적으로 조금 알고 지내던 사람을, 그래서 부인이 말한 듯한 사람을 말하는 건가요? 그 사람이 – 하 – 맞나요?"

"완전히 다른 사람이에요 다리를 못 움직여서 휠체어를 쓰는, 모질게 구는 여인으로 그 사람 어머니랍니다."

"클레넘 기업 – 으흠 – 어머니!"

도릿 선생이 소리치고, 플로라가 덧붙였다.

"그리고 다 늙은 사내도 있어요."

이 말을 듣는 순간, 도릿 선생은 넋이 달아난 듯한 표정이었다. 플로라가 예레미야와 클레넘 마님을 한통속으로 몰아넣으면서 예레미야 특유의 넥타이와 각반을 설명하고 성깔 나쁜 하인이라고 재빨리 덧붙여도 별다른 소용이 없었다. 노파와 노인, 못 쓰는 다리, 휠체어, 성깔 나쁜 하인, 모진 여인, 각반 등이 머리에서 빙글빙글 도는, 황량하고 불쌍한 모습만 가득했다. 하지만 플로라는 도릿 선생이 그러는 게 자신 때문이란 사실을 모른 채 계속 말했다.

"그러나 선생님을 더 붙잡아두지는 않겠습니다, 이탈리아로 돌아가시는 길에 그리고 돌아가신 다음에도 블랑두아 선생을 이리저리 찾아보기로 약속하신다면 그래서 그 사람을 찾거나 소식을 듣는 순간에 앞으로 나서서 모든 사람의 궁금증을 풀어주신다면."

이렇게 말하는 사이에 도릿 선생은 말해도 될 만큼 당혹스러운 마음을 정리하고는 최선을 다하겠다고 비교적 또렷하게 대답했다. 그러자 플로라는 찾아온 목적을 이룬 걸 기뻐하며 그만 떠나려고 일어나서 말했다.

"감사하다는 말씀과 함께 명함에 주소를 적어놓았습니다 개인적으로 연락하실 일이 있을지 몰라서, 조그만 여자애한테는 안부 인사를 전하지 않겠습니다 마음에 안 드실 수 있으니, 게다가 너무 커다란 변화를 겪은 터라 예전의 귀엽고 다정한 모습은 사라졌을 것 같기도 하고요 하지만 저와 피 선생 숙모는 조그만 여자애가 잘 살기를 바랄 뿐 은혜를 갚으라는 얘기는 조금도 않겠습니다 확신해도 좋습니다 아니 정반대로 그 애는 자신이 할 일을 한 데다 우리 대부분이 해내는 이상을 해냈으니까요, 어떤 일을 하더라도 누구보다 잘했으니까요, 저 역시 대부분 가운데 한 명으로 피 선생이 죽은 충격에서 벗어나기 시작할 때 제일 좋아하는 오르간을 배우겠다 다짐하고 또 다짐했으나 창피하게도 아직 음표 하나 제대로 못 배웠으니까요, 안녕히 계세요!"

도릿 선생은 방문까지 배웅한 다음에 비로소 정신을 차리고는, 머들 만찬 파티 분위기에 안 어울려서 폐기 처분한 기억이 핀칭 부인 때문에 되살아 난 걸 느꼈다. 그래서 그날 만찬 파티에 못 가는 걸 양해하라는 쪽지를 짤막하게 써서 보낸 다음, 호텔 자기 방에 지금 당장 저녁을 차리라고 지시했다. 이러는 이유는 또 있었다. 런던에 머물 시간이 거의 끝나는 시점에 처리할 업무가 새롭게 떠올랐다. 이탈리아로 돌아갈 계획은 다 세워놓았으니, 자신처럼 중요한 인물이라면 블랑두아가 행방불명된 사건을 직접 조사하고 이탈리아로 돌아가서 헨리 가우언에게 알려주는 게 마땅하다고 생각한 것이다. 따라서 만찬을 빠져서 생긴 시간에 클레넘 기업을 찾아가자고, 전단에 적힌 대로 가면 쉽게 찾을 테니 직접 가서 한두 마디 물어보자고 다짐했다.

도릿 선생은 호텔 측과 여행 담당이 최선을 다해서 준비한 저녁 음식을 소박하게 들고 핀칭 부인에게 받은 충격을 씻어내는 차원으로 벽난로 앞에서 눈을 잠깐 붙인 다음, 혼자 나가서 택시 마차를 타고 길을 나섰다. 폭력이 난무하던 시절에 머리를 잘라서 걸어놓다 버림받은 '템플 바' 그늘이 짙게 깔린 지점을 지날 때 성 바울 대성당에서 9시를 알리는 종이 묵직하게 울렸다.

골목길과 강변길을 따라 목적지로 나아가는데, 늦은 시간이라서 주변 지역이 생각보다 음산하게 보였다. 도릿 선생이 다녀가고 오랜 세월이 지난 데다 당시에도 낯설게 느껴지긴 했지만, 이번에는 섬뜩하고 황량한 느낌이 더했다. 그 느낌이 너무나 강한 나머지, 마부가 여러 차례 길을 물어본 뒤에 비로소 말을 세워서 이곳이 그곳 같다고 하자, 도릿 선생은 마차에서 내리고도 마차 문짝을 잡고 가만히 서서 어둠에 잠긴 건물을 두려움이 살짝 어린 눈으로 바라볼 정도였다.

실제로 건물이 예전 어느 때보다 음산하게 보였다. 입구 담벼락 양쪽
에 전단이 한 장씩 붙고, 깜깜한 밤에 전등 불빛이 깜빡일 때마다 그림
자가 스치고 지나는 게, 한줄 한줄 짚으며 나아가는 손가락 그림자
같았다. 감시꾼이 있는 게 분명했다. 도릿 선생이 잠시 망설일 때 사내
한 명이 길 건너편에서 나오고 또 한 명이 어두운 모서리에서 나와,
두 사람 모두 도릿 선생을 쳐다보고 지나치며 주변을 맴돌았다.

담장이 에워싼 건물은 한 채밖에 없어서 헷갈릴 게 없어, 도릿 선생
은 건물 계단을 곧장 올라서 현관문을 두드렸다. 2층 창문 두 개 안쪽에
불빛이 어렴풋했다. 현관문에서 음산하고 공허한 소리가 이는 게, 텅
빈 집 같았다. 하지만 아니었다. 불빛이 보이더니, 발소리가 일었기
때문이다. 그래서 불빛과 발소리가 현관문으로 다가오고 쇠사슬을 삐
걱대는 소리마저 들리다, 살짝 열린 현관문 사이에서 얼굴과 머리에
앞치마를 뒤집어쓴 여인이 나타났다.

"누구세요?"

여인이 묻는데, 도릿 선생은 이상한 모습에 더없이 놀란 채, 자신은
이탈리아에서 왔다고, 행방불명된 사람은 자신이 아는 사람인데, 어떻
게 된 일인지 알아보고 싶다고 대답했다.

"여봐요! 예레미야!"

여인이 갈라진 목소리로 커다랗게 소리치자, 바싹 마른 노인 한 명이
나타나는데, 다리에 찬 각반을 보고서 도릿 선생은 성깔 나쁜 하인이
분명하다는 생각을 떠올렸다. 여인은 깽마른 노인을 두려워하는 듯했
다. 노인이 다가오자 앞치마를 재빨리 내려서 창백하게 질린 얼굴을
드러냈기 때문이다.

"문을 열어서 들어오시게 해, 멍청한 여자야."

노인이 말하더니, 도릿 선생이 마부와 택시 마차를 힐끗 돌아본 뒤에 어두운 복도로 들어서자, 이렇게 덧붙였다.

"자, 선생. 무어든 궁금한 게 있으면 물어보세요. 이 집에는 비밀이 없으니까요, 선생."

도릿 선생이 미처 대답하기도 전에 강인하고 엄격한 목소리가, 하지만 여인 목소리가 위층에서 울렸다.

"누구야?"

"누구냐고요? 물어볼 게 있는 사람이요. 이탈리아에서 오신 신사분."

"모시고 올라와!"

예레미야가 투덜댔다. 그럴 필요가 없다고 여기는 것 같았다. 하지만 도릿 선생을 쳐다보며 말했다.

"클레넘 마님입니다. 뭐든지 하고 싶은 대로 해야 하지요."

그리고는 어둠이 까맣게 내린 계단을 앞서서 오르니, 도릿 선생은 당연히 바깥을 쳐다보려고 고개를 돌리다, 뒤에서 따라오는 여인을 보았는데, 조금 전에 그런 것처럼 앞치마를 다시 둘러쓴 모습이 섬뜩했다.

클레넘 마님은 조그만 탁자에 장부책을 펼쳐놓은 채 낯선 손님을 뚫어지게 바라보다, 불쑥 말했다.

"이탈리아에서 오셨다고요, 선생. 그래요?"

도릿 선생은 순간적으로 뭐라고 대답할지 몰라, 이렇게 대답했다.

"하 – 그래요?"

"행방불명된 사내는 어디에 있나요? 그 사람이 어디에 있는지 알려 주려고 오신 거죠? 그러면 좋겠는데, 아닌가요?"

"정반대랍니다. 어떻게 된 일인지 – 으음 – 알아보려고 온 거니까요."

"불행하게도 여기에서 알 수 있는 건 하나도 없답니다. 예레미야,

신사분께 전단을 보여드려. 몇 장 드려, 가지고 가시도록. 전단을 읽도록 불빛도 비춰드리고."

예레미야는 지시받은 대로 하고, 도릿 선생은 전단 내용을 찬찬히 읽었다, 생전 처음 보는 것처럼. 건물도 그렇고 사람도 그래서 살짝 불안하던 마음을 달랠 기회가 너무나 고마웠다. 두 눈을 전단에 집중하는 사이에는 예레미야와 클레넘 마님의 두 눈이 자신만 바라본다는 느낌을 받았다. 이윽고 고개를 드는 순간에는 자신이 착각한 게 아님을 깨달았다.

"선생께서 읽은 전단 내용이 우리가 아는 전부랍니다. 블랑두아 선생하고는 잘 아는 사인가요?"

"아니요 - 으흠 - 조금 아는 사이랍니다."

"그 사람한테 무슨 의뢰를 받은 건 아니겠지요?"

"내가요? 하. 당연히 아닙니다."

도릿 선생은 탐색하던 시선을 바닥으로 조금씩 떨구었다. 예레미야가 시선을 바닥으로 떨어뜨린 다음이었다. 자신이 묻는 게 아니라 물음을 당하는 처지라는 게 불편해, 그 처지를 되돌리려 애쓰며 덧붙였다.

"나는 - 하 - 재산이 많은 신사로, 지금은 이탈리아에서 가족과 함께 많은 하인을 거느리며 산답니다 - 으음 - 꽤 큰 집에서. 내가 소유한 - 하 - 부동산과 관련된 문제로 런던에 잠시 들렀다 내가 아는 사람이 이상하게 행방불명되었다는 소식을 듣고, 어떻게 된 일인지 직접 알아보고 싶었다오, 이탈리아로 돌아가면 마주칠 - 하, 으음 - 영국인 신사가 있는데, 그는 블랑두아와 매일 어울리며 가까이 지냈기 때문이라오. 헨리 가우언. 부인도 들어본 적이 있을 것이오."

"들어본 적 없어요."

클레넘 마님이 대답하고, 예레미야도 똑같이 대답했다.

"그 사람한테 상황을 – 하 – 논리적으로 설명하고 싶으니, 궁금한 걸 물어도 되겠습니까 – 가령, 세 개만?"

"서른 개라도, 원하신다면."

"블랑두아를 오래전부터 알았나요?"

"열두 달밖에 안 됐습니다. 여기에 있는 예레미야가 장부책을 보고서 파리에 있는 누가 언제 그 사람을 우리한테 소개했는지 알려줄 수 있어요. 선생께서 궁금하시다면. 우리는 조금도 궁금하지 않지만."

"그 사람을 자주 만났습니까?"

"아니요. 두 번. 한 번은 예전에, 또 한 번은……"

"이번 일이 벌어지기 직전에."

예레미야가 끼어들고, 클레넘 마님이 똑같이 대답했다.

"이번 일이 벌어지기 직전에."

도릿 선생은 자신감이 되살아나서 수사국 간부라도 된 듯한 환상을 즐기며 다시 물었다.

"그렇다면 부인, 내가 고용했다고 볼 수도 있고, 보호한다고 볼 수도 있고, 말하자면 – 으음 – 안다고 볼 수도 있는 신사가 충분히 이해하도록 돕는 차원에서, 물어도 될까요 – 전단에 적힌 날 밤에 블랑두아가 볼일이 있어서 여기에 온 것인지?"

"그 사람이 말은 그렇게 했지요."

클레넘 마님은 대답하고, 도릿 선생은 다시 물었다.

"볼일이라는 게 – 실례지만 – 무언지 알려주실 수 있나요?"

"아니요."

클레넘 마님이 단호한 대답으로 도저히 못 넘을 장애물을 세우고는 이렇게 설명했다.

"똑같은 질문을 예전에도 받았는데, 대답은 늘 같아요, 아니요. 아무리 별 볼 일 없는 기업이라도, 우리가 하는 일을 런던 전역에 알리고 싶은 마음은 없답니다. 우리 대답은 '아니요'예요."

"내 말은 가령, 그 사람이 돈을 받아 갔느냐 하는 겁니다."

"우리 돈을 받아 간 건 없습니다, 선생, 단 한 푼도."

클레넘 마님이 대답하자 도릿 선생은 클레넘 마님에서 예레미야로, 예레미야에서 클레넘 마님으로 시선을 돌리며 다시 물었다.

"내가 보기에 부인께서는 이번 사건을 부인 자신한테도 설명할 방법이 없는 것 같은데요?"

"왜 그렇게 생각하시죠?"

클레넘 마님이 되물었다. 차갑고 단호한 질문에 당황한 나머지 도릿 선생은 그렇게 생각한 이유를 조금도 설명을 못 하니, 클레넘 마님이 어색한 침묵을 가만히 지켜보다 말했다.

"굳이 설명하자면, 그 사람은 다른 어딘가를 여행하는 중이거나 어딘가에 숨은 게 분명합니다."

"그 사람이 어딘가에 숨어야 하는 이유를 아시나요?"

"아니요."

클레넘 마님은 조금 전과 똑같은 대답으로 장애물을 또 세우고는 단호하게 덧붙였다.

"선생이 물은 건 그 사람이 사라진 이유를 나한테 설명할 수 있느냐 하는 거였어요, 선생한테 설명하는 게 아니라. 나는 그 사건을 선생한테 설명할 수 있는 척하지 않겠어요. 나한테는 그럴 의무가 없고, 선생한테는 그걸 물을 권리가 없으니까요."

도릿 선생은 사과하듯 고개를 숙였다. 그리고는 이제 더 물어볼 게 없다고 말할 준비를 하면서 뒤로 물러나고, 부인은 음울하고 단호하게 앉아서 바닥만 내려다보는 게 나가기만 기다리는 느낌이 또렷했다. 예레미야는 휠체어와 약간 떨어진 거리에서 바닥만 내려다보며 오른손으로 턱을 가만히 문지르는데, 그 표정에서 부인과 똑같은 느낌이 또렷하게 묻어나왔다.

바로 그 순간, 애프리가 (물론, 앞치마를 두른 여인이) 들고 있던 촛대를 떨어뜨리며 소리쳤다.

"저기! 아, 하느님! 소리가 또 들려요. 저길 봐요, 예레미야! 어서!"

실제로 소리가 일었다 해도, 정말 작은 소리였다. 애프리한테는 그 소리를 들으려고 신경을 곤두세우는 습관이 있는 게 분명했다. 하지만 도릿 선생 역시 무슨 소리를 들은 것 같았다. 마른 잎사귀가 떨어지는 듯한 소리였다. 여인이 소스라치는 공포에 짧은 순간이나마 세 사람 모두 영향을 받은 듯 하나같이 귀를 기울였다.

제일 먼저 움직인 사람은 예레미야였다. 두 주먹을 불끈 쥔 채 여인을 마구 흔들어대고 싶어 팔꿈치를 부르르 떨면서 살금살금 다가가며 말한 것이다.

"애프리, 여편네, 나쁜 습관이 또 나오는군. 이제는 꿈속에서 걸어다니며, 여편네, 괴팍한 짓거리를 해대겠어. 약을 먹어야 해. 신사분을 밖으로 안내하고 나서, 내가 좋은 약을 만들어주겠어, 여편네, 정말 좋은 약을!"

애프리는 좋은 약을 기대하는 느낌이 조금도 없지만, 예레미야는 더 말하지 않고 클레넘 마님 탁자에서 촛불 하나를 집으며 말했다.

"자, 선생. 내려가는 길을 밝혀드려도 되겠습니까?"

도릿 선생은 고맙다고 하고서 계단을 내려갔다. 그래서 현관문을 나서자, 예레미야가 조금도 망설이지 않은 채 문을 쾅 닫고는 시시슬을 단단히 감았다. 사내 두 명이, 한 명은 길을 건너가고 한 명은 건너오면서 옆을 지나치는 가운데, 도릿 선생은 기다리라고 지시한 택시 마차에 올라타고 그곳을 떠났다.

얼마 안 가서 마부가 마차를 세우고는 두 사내가 동시에 묻는 바람에, 자신이 이름과 영업번호와 주소를, 그리고 도릿 선생을 태운 거리와 호출받은 시간과 마차를 몰아온 길까지 알려주었다고 말했다. 이 말을 들었다 해서 벽난로 앞에 다시 앉을 때도 잠자리에 들 때도 그날 밤의 이상한 경험이 도릿 선생의 마음을 뜨겁게 달구지 않은 건 아니었다. 밤새도록 음산한 건물이 떠오르고, 두 사람은 단호한 표정으로 자신이 떠나기만 기다리고, 앞치마를 머리에 뒤집어쓴 여인은 소리가 들린다며 소리치고, 행방불명된 블랑두아 시신은 지하실 바닥에서 나오기도 하고 담벼락 벽돌 사이에서 나오기도 했다.

18장. 공중누각

　많은 재산과 높은 신분은 많은 걱정을 만들어낸다. 도릿 선생은 클레넘 기업에 자신의 이름을 밝힐 필요가 없는 건 물론, 그 이름을 지닌 주제넘은 인물과 예전에 알고 지냈다는 사실을 암시할 필요가 없었다는 기억을 떠올리니 기분은 좋았으나, 돌아가는 길에 마셜씨 교도소를 지나면서 낡은 교도소 정문을 구경할까 말까 하는 갈등이 이는 바람에, 기억은 생생해도 좋은 기분은 하루 만에 꺾이고 말았다. 도릿 선생은 안 그러기로 작정했다. 마부가 런던 다리를 건너서 워털루 다리를 다시 건너는 길을 – 예전에 살던 구역이 눈에 띌 수도 있는 길을 – 제안하는 순간에 무섭게 화내서 마부를 깜짝 놀라게 했다. 그러고 나서도 마음속 갈등은 계속 일어났다. 터무니없는 이유 때문일 수도 있고 아무런 이유가 없기 때문일 수도 있는데, 도릿 선생은 막연하게 불만스러웠다. 다음 날 머들 만찬 파티에 참석해서도 그것 때문에 마음이 언짢은 나머지 툭하면 생각이 떠오르고 또 떠올라 주변에 가득한 상류사회 인사들과 제대로 교류할 수조차 없었다. 자신이 속으로 떠올리는 생각을 화려하게 차려입은 집사장이 묵직한 눈으로 파헤치면 어떻게 여길까 하는 생각마저 툭하면 떠올랐다.

작별 파티는 호화롭게 열리고 도릿 선생은 런던 방문을 멋들어지게 마무리했다. 패니는 젊음과 미모라는 매력에, 결혼하고 20년은 지난 듯한 위세까지 덧붙었다. 그 정도면 혼자 떠나도 마음을 놓겠다고 도릿 선생은 느꼈다. 그런 딸이 하나 더 있으면 좋겠다는 느낌도 들었다. 하지만 자신이 좋아하는 딸이 내성적인 성격인 걸 안 좋게 여기거나 앞으로 지원을 줄여야 하겠다고 여긴 건 아니었다.

딸과 헤어질 때는 이렇게 말했다.

"얘야, 패니, 우리 가족은 네가 - 하 - 가족의 존엄성을 드높이고 - 으흠 - 그 신분을 끌어올릴 거라고 믿는다. 너는 우리 가족을 절대로 실망케 하지 않을 게 분명해."

"당연하지요, 아빠. 그건 믿으셔도 될 것 같아요. 누구보다 소중한 에이미한테 사랑한다고, 금방 편지하겠다고 전해주세요."

"다른 사람한테 - 하 - 전할 말도 있니?"

도릿 선생이 물었다. 살짝 알랑대는 어투였다.

패니는 제너럴 부인을 곧바로 떠올리며 대답했다.

"아빠, 고맙지만, 아니에요. 정말 친절하시지만, 아빠, 이번에는 사양하겠어요. 다른 사람한테 전할 말은 없으니, 고맙지만 사랑하는 아빠도 충분히 이해하실 거예요."

두 사람이 작별하는 곳은 바깥쪽 거실로, 패니 옆에는 '번뜩이는 머리' 혼자서 장인과 악수할 기회만 노리며 줄기차게 기다렸다. 그런데 부녀가 작별 인사를 끝낼 즈음에 머들이 미스 비핀[57]의 쌍둥이 오빠라도 되는 듯 두 팔을 소매에 집어넣은 채 살며시 들어와, 도릿 선생을 아래층까지 에스코트하겠다고 고집을 부렸다. 도릿 선생이 사양해도

---

57) Sara Biffin(1784-1850)을 말한다. 팔과 다리 없이 태어나, 입으로 그림을 그린 여류화가로 당시에 대단히 유명했다.

소용이 없어, 누구보다 유명한 인물에게, (도릿 선생이 계단에서 손을 맞잡고 흔들며 말한 것처럼) 오랫동안 기억에 남을 방문 기간에 온갖 관심과 도움으로 자신을 압도한 인물에게, 현관까지 배웅받는 영광을 누렸다. 그리고 두 사람은 헤어졌다. 도릿 선생은 벅찬 가슴을 안고 마차에 올라타는데, 여행 담당이 계단 밑에서 대기하다 웅장하게 떠나는 광경에 가슴이 한층 더 벅차올랐다.

도릿 선생이 호텔에 내릴 때만 해도 앞에서 말한 웅장한 느낌은 그대로였다. 여행 담당과 호텔 직원 대여섯 명에게 도움받으며 내린 다음, 장엄하면서도 평온한 기분으로 입구를 지나는데, 맙소사! 갑자기 나타난 광경에 도릿 선생은 온몸이 얼어붙고 말문이 막혔다. 존 치버리가 나름대로 제일 좋은 옷을 입고, 높다란 모자를 팔꿈치에 끼우고, 상아 손잡이 지팡이를 점잖게 짚은 채, 한 손에 시가 한 다발을 들고 있는 게 아닌가!

"자, 젊은 친구. 이분이 그분이시네. 이 젊은이가 나리를 만나겠다고, 나리께서 기뻐하실 거라고 고집을 부렸답니다."

수위가 말하고, 도릿 선생은 젊은 친구를 가만히 쳐다보다, 숨이 막히는데도 최대한 온화한 어투로 말했다.

"아! 젊은 존! 젊은 존이 맞아, 아닌가?"

"네, 선생님."

젊은 존이 대답했다.

"그래 – 하 – 젊은 존이라고 생각했어. 젊은 친구도 함께 올라가자고"

도릿 선생이 걸어가다 하인들을 돌아보며 덧붙였다.

"그래, 저 친구도 함께 올라갈 거야. 젊은 존은 나를 따라오도록. 위층에서 얘기하자고"

젊은 존이 기쁜 마음으로 웃으면서 뒤를 따랐다. 이윽고 도릿 선생이 묵는 방에 들어섰다. 초마다 불을 붙였다. 하인들이 물러났다.

주변에 아무도 없다는 걸 확인하는 순간, 도릿 선생이 갑자기 돌아서서 젊은 존 목덜미를 움켜쥐며 따져 물었다.

"아니, 젊은이. 이렇게 찾아온 이유가 뭐야?"

불쌍한 존은 이제 포옹하길 기대하다, 깜짝 놀라서 공포에 젖은 표정을 너무나 강력하게 드러낸 나머지, 도릿 선생이 손을 풀고서 가만히 노려보았다.

"감히 어떻게 찾아올 수 있나? 도대체 무슨 생각으로 찾아온 거야? 감히 나를 이런 식으로 욕보이다니!"

"제가 욕보여요, 선생님? 아!"

젊은 존이 한탄하자, 도릿 선생이 대답했다.

"그래, 젊은이. 날 욕보여. 자네가 여길 찾아온 자체가 무례하고 뻔뻔하고 건방진 거야. 여기는 자네가 올 곳이 아니라고. 누가 보냈나? 도대체 – 하 – 왜 찾아왔느냐고!"

젊은 존은 도릿 선생이 – 학교생활을 포함해 – 평생 본 적이 없는, 너무나 심한 충격에 백지장처럼 하얗게 질린 얼굴로 대답했다.

"시가 다발을 선물하면 선생님께서 기뻐하실 것 같아서……"

도릿 선생이 분노를 못 참고 소리쳤다.

"지랄 같은 시가 다발! 나는 – 으흠 – 담배를 안 태워."

"죄송합니다, 선생님. 예전에 태우셔서."

젊은 존이 말하자, 도릿 선생이 잔뜩 흥분하며 소리쳤다.

"한 번만 더 그렇게 말하면 내가 부지깽이로 후려치고 말겠어!"

존 치버리가 문가로 뒷걸음질 치니, 도릿 선생이 다시 소리쳤다.

"멈춰! 멈추라고! 앉아. 제기랄 놈, 앉으라고!"

존 치버리는 문에서 제일 가까운 의자에 철퍼덕 주저앉고, 도릿 선생

은 실내를 이리저리 거닐었다, 처음에는 빠르게, 나중에는 느리게. 한 번은 창가로 다가가서 이마를 유리에 가만히 대기도 했다. 그러다 갑자기 돌아서며 물었다.

"용건이 더 있나?"

"없습니다, 선생님. 아아! 선생님께서 건강하게 지내시길 바란다는 말을 전하고, 미스 에이미께서 잘 지내시는지 물어보고 싶었을 뿐입니다."

"그게 자네랑 무슨 상관인가?"

도릿 선생이 면박을 주었다.

"물론 저하고는 상관이 없습니다. 분명히 말씀드리지만, 지금껏 벌어진 거리를 좁힐 생각은 없으니까요. 그건 무례한 짓이라는 걸 저도 압니다. 하지만 선생님께서 나쁘게 받아들이시리란 생각은 못 했습니다. 명예를 걸고 말씀드립니다, 선생님. 보잘것없는 인생이지만 저한테도 자존심이라는 게 있으니, 행여나 제가 그런 생각을 조금이라도 했다면 이렇게 찾아오는 일은 없었을 겁니다."

감정이 북받치는 목소리였다.

도릿 선생은 부끄러웠다. 창가로 돌아가, 유리창에 이마를 다시 대고 한참이나 가만히 있었다. 그러다 돌아서는데, 한 손에 손수건을 들더니 그걸로 두 눈에 가득한 눈물을 훔쳤다. 지칠 대로 지친 표정이었다.

"젊은 존, 경솔하게 대해서 미안하네. 하지만 - 하 - 어떤 기억은 행복한 기억이 아니야. 그러니 - 으흠 - 찾아오지 말아야 했네."

"이제 저도 알겠습니다, 선생님. 하지만 조금 전까지 몰랐으며, 선생님께 해를 끼칠 생각은 없었습니다."

존 치버리가 대답하고, 도릿 선생이 다시 말했다.

"그래, 그래. 나도 – 으흠 – 알아. 하. 손을 내밀게, 젊은 존, 손을 내밀어."

젊은 존이 손을 내밀었다. 하지만 도릿 선생은 흥미가 모두 사라진 다음이니, 커다란 충격을 받아서 하얗게 질린 혈색을 되돌릴 수 있는 건 아무것도 없었다. 그런 도릿 선생이 젊은 존과 손을 맞잡고 천천히 흔들며 다시 말했다.

"그래! 다시 앉게, 젊은 존."

"고맙습니다, 선생님…… 하지만 서 있는 편이 좋습니다."

도릿 선생이 대신 앉았다. 그래서 머리를 고통스럽게 움켜잡다, 마음을 편히 가지려 애쓰면서 젊은 존을 쳐다보았다.

"그래, 자네 아버지는 어떠신가, 젊은 존? 모두 – 하 – 어떻게 지내시는가, 젊은 존?"

"고맙습니다, 선생님. 모두 잘 지내십니다, 선생님. 투덜대는 사람은 없으니까요."

도릿 선생이 조금 전에 저주하며 분개하던 시가 꾸러미를 힐끗 쳐다보고서 물었다.

"으음. 예전에 하던 일을 계속하나 보지, 존?"

"네, 선생님. 지금은……"

존이 약간 주저하다 이어갔다.

"아버지가 하시던 일까지 한답니다."

"아, 그렇군! 자네가 – 하, 으흠 – 자물쇠를……"

"관리하느냐고요, 선생님? 네, 선생님."

"할 일이 많은가, 존?"

"네, 선생님. 현재로썬 많습니다. 왜 그런지 모르겠지만 대체로 일이 매우 많은 편이랍니다."

"이 시기에 특히 그런가, 젊은 존?"

"일 년 내내 똑같습니다, 선생님. 어떤 시기든 우리한테는 차이가 없으니까요. 그럼 안녕히 계십시오, 선생님."

"잠깐만, 존 - 하 - 잠깐만 기다려. 으흠. 시가는 여기에 두게, 존, 내가 - 하 - 사정하네."

"알겠습니다, 선생님."

존이 덜덜 떨리는 손으로 탁자에 시가 꾸러미를 내려놓았다.

"잠깐만 기다리게, 젊은 존. 조금만 더 기다려. 자네는 믿음직한 사람이니 자네 편으로 선물을 - 으흠 - 조금 보내, 사람들이 바라는 만큼 - 하, 으흠 - 나누어 가지면 - 하 - 내가 기쁠 것 같군. 선물을 가져가기 싫은가, 존?"

"아닙니다, 선생님. 선물을 받으면 좋아할 사람이 많으니까요."

"고맙네, 존. 내가 - 하 - 수표를 쓰겠네, 존."

도릿 선생은 손이 떨려서 수표를 쓰는 데 시간이 걸렸으나, 결국에는 비뚤비뚤 휘갈겨서 간신히 마쳤다. 백 파운드 수표였다. 도릿 선생은 수표를 접어서 젊은 존에게 쥐여 주고, 그 손을 잡아서 꼭 누르며 다시 말했다.

"조금 전에 있었던 일은 - 으흠 - 그냥 넘어가면 좋겠네, 존."

"그런 말씀 마십시오, 선생님, 어떤 식으로든. 분명히 말씀드리지만, 저는 나쁜 마음이 조금도 없습니다."

하지만 그곳에 있는 동안 존이 혈색이나 표정은 물론, 그 태도조차 원래대로 돌릴 수 있는 건 하나도 없었다.

도릿 선생이 젊은 손을 마지막으로 꼭 움켜잡다 풀어주며 말했다.

"그리고, 존, 우리가 나눈 말을 - 하 - 비밀로 하면 좋겠네. 자네가 밖에 나가도 나랑 관련된 말은 자제하길 바라네…… 행여나 사람들이

– 으흠 – 오해할 수 있으니……"

"아! 안심하십시오, 선생님, 제가 보잘것없는 놈이긴 해도 자존심은 있고 명예라는 것도 압니다, 선생님."

도릿 선생은 자존심도 없고 명예도 몰라, 존이 곧장 떠나는지 아니면 다른 사람을 만나서 무슨 말이라도 하는지 확인하려고 문가에 귀를 바싹 갖다 댔다. 하지만 호텔 밖으로 곧장 나가서 도로를 빠르게 걸어가는 게 분명했다. 도릿 선생은 한 시간 정도 혼자 있다 종을 울려서 여행 담당을 부르더니, 벽난로 양탄자에 있는 의자에 앉아서 등을 돌린 채 불길을 바라보다 손을 아무렇게나 흔들며 말했다.

"저 시가 꾸러미를 가져가서 여행길에 태우게, 그러고 싶다면. 하 – 예전에 우리 땅에서 일하던 소작인 아들이 – 하 – 공물이랍시고 – 으흠 – 가져온 거라네."

다음 날 아침 태양은 도버로 가는 도릿 선생 일행을 비추는데, 빨간 조끼를 입은 호객꾼[58]마다 여행객을 무자비하게 약탈하려고 세워놓은 잔인한 여인숙 간판 같았다. 런던에서 도버로 가는 도로변마다 인간이 하는 일이라곤 약탈이 전부라, 도릿 선생은 다트포드에서 매복을 당하고, 그레이브센드에서 강탈을 당하고, 로체스터에서 노략질을 당하고, 시팅본에서 탈취를 당하고, 캔터베리에서 금품을 빼앗겼다.[59] 하지만 여행 담당이 할 일은 도릿 선생을 강도들 손에서 구출하는 것이니, 그런 일이 있을 때마다 돈을 써서 도릿 선생을 무사히 구출하고, 빨간 조끼는 봄날이 화창한 풍경에 빨간 기운을 흥겹게 번뜩이면서 규칙적으로 올라갔다 내려오는 식으로, 흙이 바싹 마른 도로를 따라 회색 먼지를 일으키며 내달렸다.

---

58) 마차를 끄는 말에 올라타서 여인숙으로 데려가 말을 바꾸어주는 사람으로, 주로 어린애였다.
59) 런던에서 도버까지 마차로 7시간 거리. 그런데도 마을이 나타날 때마다 멈췄다는 건 여행 담당과 하인들이 뇌물을 먹고서 도릿 선생한테 바가지 씌운 걸 의미한다.

그다음 날 태양은 칼레에 도착한 도릿 선생을 비추었다. 해협이 존 치버리를 가로막으니 도릿 선생은 그만큼 더 안전하다는 걸, 외국 땅은 영국 땅보다 공기가 좋아서 숨쉬기가 편하다는 걸 느꼈다.

바닥이 단단한 프랑스 도로를 따라 파리로 다시 달렸다. 도릿 선생은 이제 평정심을 되찾고 마차에 편히 앉아서 공중누각을 쌓는 일에 빠져 들었다. 아주 커다란 성이 분명했다. 온종일 성곽을 높이 쌓아 올리고, 성곽을 허물고, 여기에 성벽을 더하고, 저기에 총안을 만들고, 성벽을 둘러보고, 방어시설을 늘리고, 실내를 화려하게 장식하며, 모든 점에서 가장 훌륭한 성을 만들었다. 흠뻑 빠져든 얼굴에는 도릿 선생이 무슨 일에 몰두하는지 또렷하게 드러나, 역참마다 몰려들어 하느님 이름으로 적선하고, 성모님 이름으로 적선하고, 모든 성인의 이름으로 적선하길 갈망하며 찌그러진 양철통을 마차 창문으로 밀어 넣는 장애인들도, 시각장애인이 아닌 한 도릿 선생이 몰두하는 작업을 같은 동포 르 브룅[60]처럼 한눈에 알아볼 것 같으니, 행여나 르 브룅이 그 자리에 있다면 영국인 여행객을 대상으로 특별히 연구해서 골상학 논문을 발표할 게 분명했다.

파리에 들어선 뒤에는 3일 동안 쉬면서 거리를 홀로 거닐며 상점 진열창을 들여다보는데, 그중에서도 보석상 진열창을 유난히 열심히 살폈다. 그러다 제일 유명한 보석상 상점에 들어가, 귀부인에게 선물할 보석을 사고 싶다고 말했다.

도릿 선생이 말한 상대는 귀엽고 매혹적인 여인, 녹색 벨벳으로 장식한 안쪽에서 회계장부를 ― 너무나 아담하고 아름다운 나머지, 판매 내용을 기록하기보다는 입을 맞추는 데 적합할 것 같은 회계장부를

---

60) Le Brun(1619-1690); 프랑스 역사를 그림에 담은 화가로, 골상학과 관련된 연구서를 발표했다.

- 기록하다, 세련된 드레스 차림으로 손님을 맞으러 나온 지극히 활달한 여인이었다.

귀여운 여인이 물었다. 그렇다면, 예를 들어, 선생님께서 생각하시는 선물은 어떤 유형인가요? 사랑 선물?

도릿 선생이 빙그레 웃다 대답했다. 아, 으흠! 그럴 수도 있겠지요. 내가 무얼 알겠습니까? 여성보다 매혹적인 건 없으니까요. 좋은 물건이 있으면 보여주시겠소?

귀여운 여인이 대답했다. 기꺼이 보여드리겠습니다. 마음에 드실 만큼 넉넉하게 보여드리지요. 그런데 죄송하지만! 먼저, 사랑 선물과 결혼 선물이 다르다는 사실은 아시는지요? 예를 들어, 여기에 있는 황홀한 귀걸이와 여기에 잘 어울리는 목걸이는 사랑 선물이라고 볼 수 있답니다. 여기에 있는 더없이 우아하고 거룩하고 아름다운 브로치와 반지는, 선생님께서 괜찮으시다면, 결혼 선물이라고 할 수 있고요.

도릿 선생이 빙그레 웃으며 넌지시 말하길, 둘 다 가져가서 사랑 선물을 먼저 하고 결혼 선물로 마무리하는 방법도 있지 않을까요?

귀여운 여인은 두 손 손가락 끝을 하나로 모으며 대답했다. 아, 그렇네요! 그럼 정말 좋겠네요. 훌륭하세요! 귀부인께서도 선물에 흠뻑 반해 선생님 뜻에 따르실 거예요.

이 부분만큼은 도릿 선생도 자신이 없었다. 하지만 활달하고 귀여운 여인이 완벽하게 확신하니, 도릿 선생은 두 종류를 모두 사느라 상당한 돈을 냈다. 그런 다음에 머리를 높이 추켜들고 천천히 걸어서 호텔로 느긋하게 돌아왔다. 노트르담 대성당 양쪽에 높이 들어선 장방형 탑보다 훨씬 높은 공중누각을 마침내 완성한 것이다.

도릿 선생은 마르세유로 달리면서도 온 힘을 다해, 하지만 오직 자기 눈에만 보이는 공중누각을 지어 올렸다. 아침부터 저녁까지 바쁘게,

더 바쁘게, 공중누각을 지어 올리고 또 지어 올렸다. 잠을 잘 때는 건축자재가 공중에 맴돌고, 잠에서 깨어나면 작업에 다시 빠져들어 건축자재를 적재적소에 배치했다. 여행 담당이 마차 뒤 하인석에서 젊은 존이 갖다 준 최고급 시가를 태우며 가느다란 연기를 엷은 실처럼 가볍게 흩날린 건 언제일까? 도릿 선생한테서 빼돌린 돈으로 공중누각을 한두 개 지어 올릴 때 아닐까?

일행이 마차를 타고 지나친 어느 화려한 도시도, 어느 대성당 첨탑도, 도릿 선생이 세운 공중누각보다 튼튼하거나 드높지 않았다. 손 강물도 론 강물도 그 작업 속도에 비할 만큼 빠르지 않고, 지중해도 도릿 선생이 깊이 파낸 성곽 토대보다 깊지 않고, 코르니쉬 고갯길에서 멀리 보이는 풍경도, 더없이 훌륭한 제노바 언덕과 해안도 도릿 선생이 지어 올린 공중누각보다 아름답지 않았다. 도릿 선생은 더할 데 없이 훌륭한 공중누각을 그렇게 지어 올리며 하얀 주택과 더러운 악당이 가득한 치비타베키아에 상륙하고, 도로마다 가득한 쓰레기를 헤치며 로마로 나아갔다.

19장. 공중누각에 몰아닥친 태풍

태양이 완전히 떨어진 게 4시간 전이라 여행객이 로마 성벽 바깥을 달리기에는 너무나 늦은 시각인데도, 도릿 선생 마차는 여전히 덜거덕대며 쓸쓸한 평야[61]를 지루하게 달렸다. 잔인한 목동들과 사납게 보이는 농부들은 햇빛이 환할 때 도로변 곳곳에서 움직이다 태양과 함께 사라져, 황야는 텅 비었다. 도로가 꺾일 때마다 폐허만 가득한 땅이 숨결을 내쉬듯 희미하게 너울대는 지평선은 도시가 멀리 있음을 보여주지만, 어설프게나마 안도의 한숨을 내쉬는 순간은 극히 드물고 짧으니, 마차는 바닥이 새까맣게 마른 바다 밑으로 다시 가라앉아, 돌처럼 딱딱한 구릉과 우울한 하늘 말고는 아무것도 안 보였다.

도릿 선생은 공중누각을 쌓는 일에 몰두하는 와중에도 너무나 황량한 분위기에 마음이 쓰였다. 마차가 방향을 바꾸고 마부가 커다랗게 소리칠 때마다 궁금증이 일었다. 런던을 떠난 뒤로 궁금증이 그렇게 심한 건 처음이었다. 마부석에 앉은 시종이 벌벌 떠는 게 분명했다.

---

61) 로마 주변 평야를 'Campagna'라고 한다. 디킨스는 '이탈리아 풍경, Pictures from Italy' 라는 기행문에서 이곳을 50km 거리에 달하는 울퉁불퉁한 평지로 "끔찍하게 단조롭고 우울한 분위기……더없이 울적하고, 더없이 조용하고, 더없이 음울한 곳, 거대한 폐허에 은밀한 비밀이 가득한 곳"이라고 묘사했다.

마차 뒤 하인석에 앉은 여행 담당도 마음이 불안한 건 똑같았다. 도릿 선생이 마차 유리창을 내려서 (툭하면) 뒤를 돌아볼 때마다, 여행 담당은 얌전히 앉아서 존 치버리 시가를 태울 때도 있으나, 대체로 일어나서 주변 모든 게 의심스럽다는 표정으로 사방을 둘러보며 끊임없이 경계했다. 그러면 도릿 선생은 유리창을 다시 올리고는, 마부마다 살인강도가 분명하다고, 치비타베키아에서 밤을 보내고 아침 일찍 출발하는 편이 좋았다고 후회하기 일쑤였다. 하지만 이렇게 불안한 가운데도 틈만 나면 공중누각을 쌓았다.

그런데 이제, 담장은 무너지고, 창문은 틈새가 쩍 벌어지고, 벽은 기울고, 집은 텅 비고, 우물은 깨지고, 물탱크는 부서지고, 삼나무는 유령 같고, 덩굴은 뒤엉키고, 오솔길은 기다랗고 울퉁불퉁하고 난잡하게 변하면서 모든 게 무너졌다, 보기 흉한 건물부터 덜커덩대는 도로까지 ─ 로마가 가까워졌음을 나타내는 징표였다. 그런데 이제, 마차가 갑자기 휘청대다 멈추는 순간, 도릿 선생은 마침내 도적 떼가 몰려들었다는, 자신을 웅덩이에 집어넣고 모든 걸 빼앗으리라는 불안감에 시달렸다. 그래서 유리창을 다시 내리고 쳐다보다, 고작해야 장례 행렬이 몰려들었을 뿐이라는 사실을 깨달았다. 기다란 행렬이 더러운 장례복 차림으로 활활 타오르는 횃불을 치켜들고, 쇠줄에 매단 향로를 흔들고, 커다란 십자가를 들고서 기도문을 기계적으로 읊조리며 나아가는데, 십자가 뒤에서 사제는 툭 튀어나온 이마로 시선을 내리깔고 지나다, 마차에서 맨머리를 드러낸 채 쳐다보는 도릿 선생과 시선이 마주치는 순간, 기도문을 읊조리며 입술을 움직이는 게 고귀한 여행객을 위협하는 듯하고, 한 손을 움직이는 동작도 그렇게 보이는데, 사실은 여행객의 묵례에 손을 흔들어서 답례한 것이었다. 그런데 사제가 옆을 지나고 장례 행렬이 죽은 자를 데리고 지나간 다음에도, 도릿 선생은 위험하다고 느꼈다. 주변 풍경이 너무나 지루한 나머지 상상력을 일깨운 결과였다. 도릿 선생 일행은 장례 행렬과 정반대 방향으로 나아가다, 얼마 뒤에는 (고트족과 정반대로)[62] 유럽의 가장 커다란 수도 두 곳에서 가져온 사치품을 마차에 가득 실은 채, 로마 성문을 두드렸다.

가족과 하인은 도릿 선생이 그날 밤에 온다고 여기지 않았다. 처음에 그렇게 예상하긴 했으나, 도릿 선생이 평소에 외출하던 시간을 넘긴 순간에는 내일 올 거라고 여긴 것이다. 그래서 도릿 선생 일행이 도달하는 순간에 도릿 선생을 맞이하러 정문 앞으로 나온 사람은 짐꾼밖에 없었다. 도릿 선생이 물었다. 도릿 아가씨는 집에 안 계시나? 아닙니다, 집에 계십니다. 도릿 선생이 주변에 모여든 하인에게 다시 말했다. 다행이군. 알리지 말게. 짐을 내리는 일이나 돕도록. 도릿 아가씨는 직접 올라가서 만날 테니.

도릿 선생은 힘든 몸으로 웅장한 계단을 천천히 올라서 방마다 텅 빈 상태인 걸 확인하다, 조그만 쪽방에서 흘러나오는 불빛을 보았다. 다른 방 두 개 사이로 움푹 들어간 곳에 커튼을 쳐서 천막처럼 보이는 공간으로, 도릿 선생이 천천히 다가가는데, 불빛이 따사롭고 아늑해 보였다.

입구에 커튼만 있고 방문은 없어, 도릿 선생은 가만히 멈춰서 몸을 숨긴 채 안을 들여다보는데, 갑자기 가슴이 아팠다. 질투심은 아니겠지? 무엇 때문에 질투심을 느끼겠어? 안에는 딸과 동생 단둘이 있었다. 동생은 의자를 벽난로 앞에 놓은 채 따뜻한 장작불을 즐기고, 딸은 조그만 탁자에 앉아서 자수에 열중하는 중이었다. 정물화 그림이 현실

---

62) 런던이랑 파리에서 보물을 가지고 오는 도릿 선생과 5세기 초에 로마에서 보물을 훔쳐 가는 고트족을 대조시킨 표현이다.

과 크게 다른 걸 고려한다면, 예전 모습이 절로 떠오르는 광경이었다. 동생이 예전의 자신처럼 보였다. 옛 모습이 그대로 떠올랐다. 자신 역시 밤이면 저렇게 앉아서 석탄불을 쬐고, 딸 역시 저렇게 앉아서 시중을 들었다. 하지만 비참하게 살던 생활을 그리워할 이유는 조금도 없었다. 그런데도 가슴이 이렇게 아픈 이유는 무얼까?

"제 눈에 삼촌이 젊어진 것처럼 보인다는 거 아세요, 삼촌?"

삼촌이 머리를 저으며 물었다.

"언제부터, 소중한 아이야, 언제부터?"

작은 도릿이 바늘을 부지런히 움직이며 대답했다.

"몇 주 사이에 훨씬 젊어진 것 같아요. 호기심도 많고 쾌활하고 재치도 많은 걸 보면요."

"소중한 아이야…… 전부 네 덕분이란다."

"제 덕분이라니요, 삼촌!"

"그래, 맞아. 네가 오랫동안 도와주었어. 아무렇지 않은 척하면서 더없이 다정하고, 더없이 배려하고, 더없이 섬세하게 도와주어서 나는…… 아, 아, 아! 너는 나한테 보물단지야, 소중한 아이야, 보물단지."

"아무것도 아닌데, 삼촌이 그렇게 생각하시는 것뿐이에요."

작은 도릿이 쾌활하게 말하자, 노인이 중얼거렸다.

"아, 아, 아! 하느님 고맙습니다!"

작은 도릿이 하던 일을 멈추고 삼촌을 쳐다보는데, 그 표정이 아버지 가슴을 다시 아리게 만들었다. 너무나 연약한 나머지 이리저리 우유부단하게 흔들리는, 자기 결점을 모른 채 성깔만 부리는 모순덩어리 가슴, 밤을 안 거친 아침 햇살만 깨끗하게 쓸어낼 수 있는 안개 덩어리였다.

"너도 알겠지만 나는 지금껏 마음이 편안했어, 우리 둘만 있는 동안.

우리 둘만 있는 동안이라고 한 건 제너럴 부인을 우리 식구로 안 치고, 관심도 안 가기 때문이야. 그 여자는 나하고 아무런 상관이 없어. 하지만 패니가 나 때문에 애태운 건 알아. 패니 입장에서는 당연해. 나는 불만이 없어. 걸리적대지 않으려고 나름대로 최선을 다하지만, 그래도 걸리적댈 수밖에 없다는 걸 알거든. 나는 우리 가족이 어울리는 사람한 테 안 맞아."

노인이 갑자기 존경스럽다는 어투로 이어갔다.

"윌리엄 형은 군주하고 어울려도 손색이 없어. 하지만 네 삼촌은 안 그래. 프레데릭 도릿은 윌리엄 도릿한테 도움이 안 돼. 프레데릭 도릿이 잘 알아. 아! 너희 아버지가 오셨구나, 에이미! 친애하는 윌리엄 형, 돌아온 걸 환영해! 형을 봐서 정말 기뻐, 사랑하는 형!"

(말하면서 고개를 돌리다 문가에 선 도릿 선생을 본 것이다.)

작은 도릿은 더없이 기뻐하며 아버지 목에 두 팔을 두른 채 뽀뽀하고 또 뽀뽀했다. 하지만 아버지는 짜증도 살짝 나고 불만도 살짝 있는 어투로 대답했다.

"마침내 만나서 기쁘구나, 에이미. 하. 마침내 나를 맞이할 사람이 – 으흠 – 나타나서 기뻐. 분명히 말하지만, 나를 기다리는 사람이 – 하 – 아무도 없는 것 같아 – 하, 으흠 – 오늘 마음대로 돌아온 걸 – 하 – 사과해야 하는 거 아닌가 하는 생각마저 들었거든."

"너무 늦어서 오늘 밤에 안 오는 줄 알았어, 친애하는 형."

동생이 말하자, 형은 나무라는 마음에 형제애를 묘하게 뒤섞으며 대답했다.

"나는 너보다 튼튼해, 친애하는 프레데릭. 마음먹은 시간에 – 하 – 마음대로 마차를 타고 달릴 수 있다고."

"그럼, 그렇고말고. 당연하지, 형."

동생이 대답하는데, 행여나 자신이 실수하지나 않았나 걱정스러운 어투였다.

딸은 아버지가 여행용 겉옷을 벗도록 거들고, 아버지는 이렇게 말했다.

"고맙구나, 에이미. 나 혼자서도 벗을 수 있어. 나는 – 하 – 너를 귀찮게 할 필요가 없어, 에이미. 빵 한 조각과 포도주 한 잔을 들 수 있을까 – 으흠 – 귀찮으면 그만두고?"

"사랑하는 아버지, 저녁 식사를 곧바로 차려드릴게요."

하지만 도릿 선생 말투는 냉랭하기만 했다.

"고맙구나, 사랑하는 딸. 내가 귀찮게 하는 것 같구나. 으흠. 제너럴 부인은 잘 계시니?"

"제너럴 부인은 머리가 아프다고, 이제 지쳤다고 하셨어요. 그래서 아버지를 오늘 밤 맞이하는 걸 포기하는 순간에 잠자러 가셨어요, 아버지."

제너럴 부인 몸 상태가 안 좋은 건 자신이 안 와서 실망한 결과라고 도릿 선생이 여긴 듯했다. 어쨌든 딱딱한 표정이 풀리면서 만족스러운 어투로 말한 건 사실이었다.

"제너럴 부인이 안 좋다는 말을 들으니 안타깝구나."

짧게 대화하는 사이에 딸은 평소보다 집중해서 아버지를 살폈다. 예전과 다른 것 같기도 하고 지친 것 같기도 한데, 아버지는 그 눈빛을 알아채고 싫어하는 것 같았다. 여행용 외투를 혼자 벗고는 벽난로 불가로 다가가서 다시 짜증스러운 어투로 말했기 때문이다.

"에이미, 도대체 무얼 그렇게 보는 거냐? 유별나게 – 으흠 – 걱정스러운 표정으로 – 하 – 뚫어지게 쳐다보는 이유가 뭐냐?"

"그래요, 아버지? 저도 몰랐어요. 미안해요. 아버지를 다시 봐서 눈빛이 반짝인 거예요. 그게 전부에요."

"그게 전부란 말은 하지 말렴. 그게 - 하 - 전부는 아니니까. 너는 - 으흠 - 너는 내가 안 좋아 보인다고 생각하는 거야."

"조금 지쳐 보인다고 생각했어요, 사랑하는 아버지."

"그렇다면 착각한 거야. 하, 나는 지치지 않았어. 하, 으흠. 멀리 떠날 때보다 기운이 넘친다고."

도릿 선생이 툭하면 화내는 것 같아, 작은 도릿은 더 변명하지 않고 옆에서 아버지 팔을 껴안은 채 가만히 있었다. 동생은 반대편에 있어, 도릿 선생은 두 사람 사이에 물끄러미 서 있다 일 분도 못 버티고 깜빡 졸더니, 화들짝 깨어나서 동생을 쳐다보며 말했다.

"프레데릭, 충고하겠는데, 당장 가서 잠자리에 들려무나."

"아니야, 형. 기다리다 형이 저녁 먹는 걸 볼래."

"프레데릭, 그만 가서 잠이나 자. 내가 - 하 - 개인적으로 부탁할게. 너는 오래전에 잠자리에 들었어야 마땅해. 몸이 약하잖아."

형이 쏘아붙이자 노인은 형을 기쁘게 하고픈 마음만 간절한 터라 이렇게 대답했다.

"하! 아, 아, 아! 그래, 그 말이 맞을 거야."

동생 말에, 도릿 선생은 연약한 동생보다 체력이 놀라울 정도로 대단하다는 어투로 다시 말했다.

"사랑하는 프레데릭, 그건 분명해. 연약한 너를 보니까 마음이 아파. 하. 참 슬퍼. 으흠. 너한테는 건강한 모습이 조금도 안 보여. 늦도록 안 자는 건 너한테 안 좋아. 조심해야 해. 정말 조심해야 한다고."

"그럼 먼저 가서 잘까?"

프레데릭이 묻자, 도릿 선생이 대답했다.

"사랑하는 프레데릭, 그래, 내가 간청할게! 잘 자렴, 동생. 내일은 훨씬 튼튼한 모습을 보고 싶구나. 네 모습이 마음에 안 들거든. 잘 자렴, 사랑하는 동생."

도릿 선생은 동생을 잠자리로 우아하게 보내더니, 동생이 밖으로 완전히 나가기도 전에 다시 꾸벅 졸았다. 하마터면 앞으로 비틀대다 통나무 더미로 쓰러질 뻔했는데, 다행히도 딸이 잡아주었다. 그래서 다시 깨어나며 말했다.

"네 삼촌은 종잡을 수 없구나, 에이미. 말에 - 하 - 조리가 없어. 말소리도 - 으흠 - 엉성하고, 내가 - 하, 으흠 - 알던 모습보다 심해. 내가 없는 동안에 아팠니?"

"아니에요, 아버지."

"삼촌이 - 하 - 많이 변한 게 너한테도 보이니, 에이미?"

"안 보이는데요, 아버지?"

"많이 망가졌어. 정말 많이. 사랑하는 프레데릭이 불쌍하게도 너무나 연약해! 예전 모습을 고려하더라도 프레데릭이 - 으흠 - 딱할 정도로 망가졌어!"

저녁 식사를 가져와서 작은 도릿이 자수를 놓던 조그만 탁자에 차려놓자, 도릿 선생은 그쪽으로 관심을 쏟았다. 작은 도릿은 오래전에 그런 것처럼 아버지 옆에 앉았다. 그 시절이 끝난 뒤로 처음이었다. 두 사람밖에 없었다. 작은 도릿은 아버지에게 고기를 잘라주고 마실 걸 따라주었다. 교도소에서 그러던 그대로였다. 그런 일이 지금 일어났다. 재산을 상속받은 뒤로 처음이었다. 아버지가 화낸 터라, 작은 도릿은 아버지를 많이 안 쳐다보려 애썼다. 하지만 예전 풍경과 너무나 비슷한 나머지 아버지는 식사하던 도중에 자신이 교도소 감방에 있는 게 아니라는 걸 확인하려는 듯, 갑자기 딸을 쳐다보고 주변을 둘러보는 모습을 작은 도릿은 두 번이나 목격했다. 그럴 때마다 아버지가 한 손을 머리에 올리는 게 예전에 쓰던 까만 모자를 찾는 것 같았다. 하지만 그 모자는 마셜씨 교도소에 그냥 내버려, 이후로 한 시도 자유를 못 누리고 다른 사람 머리에 얹혀서 여태껏 마당을 맴돌 뿐이었다.

아버지는 저녁 식사를 조금 들었으나 시간은 오래 걸려, 툭하면 동생 건강이 나빠졌다는 얘기를 되풀이했다. 동생을 더없이 동정하면서도 가혹하다 싶을 정도로 흉보았다. 불쌍한 프레데릭이 - 하, 으흠 - 망령 들었다는 말까지 했다. 망령 들었다는 말이 딱 들어맞아. 불쌍한 동생! 말도 안 되는 소리를 마냥 떠벌리는, 누구보다 소중하지만 불쌍한, 말도 안 되는 소리를 마냥 떠벌리는 삼촌하고만 어울리느라 네가 더없이 따분하게 지냈을 걸 생각하면 마음이 아파. 옆에서 제너럴 부인이 말동무라도 해주어서 다행이야. 그러더니 조금 전처럼 만족스러운 어투로, 그렇게 - 하 - 훌륭한 여성이 몸이 안 좋다니 안타깝다고 덧붙였다.

작은 도릿은 사랑하는 마음으로 지켜본 터라 그날 밤에 아버지가 한 말과 행동을 사소한 부분까지 기억하긴 해도, 그날 밤을 특별히 떠올릴 이유는 없었다. 그러나 아버지가 옛날 풍경을 또렷하게 떠올리고서 주변을 둘러본 건, 그 기억을 딸한테서 지우려 한 건, 어쩌면 아버지 마음속에서 지우려 한 건, 그래서 당신이 멀리 여행하는 동안 재산과 지위가 대단한 사람들이 주변을 가득 에워쌌다는 자랑까지 한 건, 당신과 가족이 고상한 신분을 지켜야 한다는 말까지 한 건 확실히 기억했다. 아버지가 한 말과 행동 이면에는 두 가지 기류가 나란히 흐른다는 점 역시 확실하게 기억했다. 하나는 에이미가 없어도 당신이 충분히 잘 지낼 수 있다는, 더는 에이미한테 의지할 필요가 없다는 사실을 보여주려 애쓰는 모습, 다른 하나는 자신이 멀리 떠난 사이에

에이미가 아버지에게 소홀할 수 있다는 듯, 불평 비슷한 말을 알아들을
수 없도록 툭하면 뱉어내는 모습이었다.

도릿 선생이 딸한테 머들은 정말 대단한 신분이라고, 법관조차 앞에
서 허리를 숙인다고 자랑하다 보니, 머들 부인 이야기가 자연스럽게
나왔다. 너무나 자연스러운 나머지, 대체로 평소보다 조리가 없는데
도, 단번에 그 얘기로 넘어가서 머들 부인이 어떻게 지내냐고 물을
정도였다.

"잘 지내세요. 다음 주에 떠나세요."

"영국으로?"

"중간에 서너 주 더 머무신대요."

"그분이 떠나면 여기는 손실이 크겠구나. 영국은 소득이 - 하 - 크고,
패니한테, 그리고 - 으흠 - 상류사회 - 하 - 모두한테."

작은 도릿은 앞으로 시작할 경쟁을 생각하면서 조그만 목소리로 동
의했다.

"머들 부인께서 만찬 파티 겸 송별 모임을 거창하게 열 예정이에요,
아버지. 아버지가 제시간에 돌아오셔야 한다면서 걱정하셨어요. 아버
지와 저를 만찬에 초대했거든요."

"정말 - 하 - 친절하시구나. 그게 언제지?"

"내일모레요."

"아침에 전갈을 보내서 내가 돌아왔다고 - 으흠 - 기꺼이 참석하겠다
고 하려무나."

"제가 아버지 방까지 계단을 함께 올라도 될까요, 아버지?"

아버지가 화난 표정으로 돌아보며 대답했다, 인사조차 잊은 듯 벌써
움직이던 중이었기 때문이다.

"아니다! 그럴 필요 없다, 에이미. 나는 도움이 필요하지 않아. 나는

아버지야, 허약한 삼촌이 아니라!"

아버지가 벌컥 화내며 대답하는 만큼 갑자기 동작을 멈추며 다시 말했다.

"나한테 뽀뽀하지 않았구나, 에이미. 잘 자렴, 사랑하는 딸! 이제 너를 결혼시켜야 - 하 - 너를 결혼시켜야 하겠어."

그리고는 훨씬 천천히 훨씬 지친 모습으로 계단을 오르더니, 방에 들어서자마자 시종을 내보냈다. 다음에 한 일은 파리에서 산 물건을 모두 긁어모으고 상자를 열어서 내용물을 조심스레 살피고 금고에 넣어서 잠그는 것이었다. 그런 다음에 꾸벅꾸벅 졸기도 하고 공중누각을 올리기도 하느라 오랫동안 정신이 없어, 침대로 기어오른 건 황량한 평야 동쪽 끝에 새벽 기운이 감돌 무렵이었다.

다음 날 적절한 시간에 제너럴 부인이 안부 인사를 올려보내, 힘든 여행 뒤에 충분히 쉬었기를 바란다고 알렸다. 도릿 선생도 안부 인사를 내려보내, 정말 잘 쉬어서 상태가 좋다고 알렸다. 그렇지만 방에서 한 발짝도 안 나오다, 오후 늦은 시간에 비로소 제너럴 부인과 딸과 함께 나들이하려고 화려하게 차려입는데, 몸 상태가 좋아 보이는 느낌은 거의 없었다.

그날은 찾아온 손님이 없는 터라 가족 네 명만 모여서 만찬을 들었다. 도릿 선생이 온갖 예법을 다해서 제너럴 부인을 자기 오른편 자리로 안내하니, 작은 도릿은 삼촌과 함께 뒤를 따르면서 아버지가 이번에도 우아하게 차려입었다는, 그리고 제너럴 부인을 대하는 자세가 매우 특별나다는 걸 알아차릴 수밖에 없었다. 제너럴 부인은 풍부한 교양으로 표면을 완벽하게 단련한 나머지 고상하고 반들반들한 표면 입자를 조금도 변형시킬 수 없는데도, 작은 도릿은 쌀쌀맞은 눈가가 의기양양하게 살며시 녹아내리는 모습을 어렴풋이 본 것 같았다.

가족이 '자두'와 '프리즘'을 중시하며 만찬을 드는 자리인데도 도릿 선생은 도중에 몇 번이나 잠들었다. 간밤처럼 갑자기 조는데, 짧은 순간이나마 깊이 잠들었다. 혼수상태에 처음 빠져들 때만 해도 제너럴 부인이 많이 놀란 듯 보였다. 하지만 증세가 되풀이되니, 묵주를 돌리듯 '아빠, 감자, 가금류, 자두, 프리즘'을 점잖게 읊조렸다. 조금도 안 틀리고 천천히 정확하게 읊조린 덕분에 도릿 선생이 화들짝 깨어나는 순간과 동시에 묵주 기도를 마치는 분위기였다.

도릿 선생은 (자기 상상에 불과한데도) 프레데릭한테 꾸벅꾸벅 조는 경향이 있다고 또다시 애처롭게 지적하고는, 만찬을 마치고 프레데릭이 물러나자 불쌍한 동생을 용서하라면서 제너럴 부인에게 살그머니 사과했다.

"인정 많고 소중한 동생인데 – 하, 으흠 – 완전히 망가졌다오. 불행하게도 내리막이 빠르네요."

"프레데릭 선생님은 멍한 표정으로 고개를 숙이는 습관이 있지만, 선생님 말씀처럼 나쁜 상태는 아니길 저랑 기원해요."

제너럴 부인이 말했다. 하지만 도릿 선생은 동생 얘기를 그만둘 마음이 없었다.

"내리막이 빨라요, 부인. 비참한 몰골. 황폐한 몰골. 우리가 보는 앞에서 무너지고 있어요. 으흠. 착하디착한 프레데릭!"

제너럴 부인이 프레데릭을 안타까워하며 냉랭하게 한숨을 내쉰 다음에 물었다.

"'번뜩이는 머리' 부인은 행복하게 잘 살겠지요?"

"주변에 – 하 – 온갖 매력이 가득해서 – 으흠 – 마음을 끌어올린답니다. 남편이 – 으흠 – 있으니, 부인, 행복하지요."

제너럴 부인은 가슴이 살짝 두근거렸다. 남편이라는 단어가 어디로 이어질지 몰라서 장갑으로 우아하게 밀어내는 듯하고, 도릿 선생은 계속 파고드는 듯했다.

"패니는, 제너럴 부인, 고품격을 지녔답니다. 하. 야망이 있고 - 으흠 - 목적이 또렷하고, 신분을 - 하 - 의식하고, 신분을 유지하는 자세가 확실하고 - 하, 으흠 - 우아하고 아름답고 천성이 고결하답니다."

"그럴 수밖에요."

제너럴 부인이 말하는데 살짝 뻣뻣한 어투고, 도릿 선생은 계속 파고들었다.

"이런 품성 말고도, 부인, 패니한테는 - 하 - 나를 불편하게 만드는 - 으흠 - 구체적으로 덧붙이자면 - 하 - 화나게 하는 결점이 하나 있는데, 이제 패니도 더는 못 그럴 테고 - 하 - 다른 사람 역시 못 그럴게 분명하답니다."

"무슨 말씀이신지요? 저로선 도무지 무슨 말씀이신지……"

제너럴 부인이 장갑을 다시 흔들며 묻는데, 도릿 선생이 "그렇게 말하지 마세요, 친애하는 부인"이라며 끼어들어, 그 소리가 잦아드는 순간에 마무리하는 제너럴 부인 목소리가 들렸다.

"……상상할 수도 없네요."

그러고 나서 도릿 선생은 깜빡 잠들다 화들짝 깨어나며 말했다.

"내 말은, 제너럴 부인, 패니한테 강력하게 - 하 - 반대하는 마음, 혹은 - 으흠 - 질투하는 - 하 - 마음이 있어, 내가 - 으흠 - 지금 이렇게 대화하는 영광을 누리는 숙녀분께 - 하 - 품은 연정에 - 하 - 가끔 반발한다는 겁니다."

"도릿 선생님께서는 항상 너무나 자상하시고, 항상 너무나 고마워하세요. 제가 봉사하는 일을 도릿 선생님이 너무나 좋게 받아들이시는 걸 미스 도릿이 싫어한다고 느껴지던 순간이 있긴 해도, 선생님께서 높게 평가하시는 자체가 저한테는 늘 커다란 위안과 보상으로 다가온답니다."

"부인이 봉사하시는 일이요?"

도릿 선생이 묻자, 제너럴 부인이 우아한 분위기로 반복했다.

"네, 제가 봉사하는 일이요."

"부인이 봉사하시는 일 하나만요, 친애하는 부인?"

도릿 선생이 다시 묻고, 제너럴 부인은 다시 우아한 분위기로 받아넘겼다.

"네, 제가 봉사하는 일 하나만요."

그러더니 살짝 의심쩍은 느낌으로 장갑에 덧붙였다.

"왜냐하면, 다른 건 상상할 수도 없어서……"

"그대가 - 하 - 있잖소, 제너럴 부인. 하, 으흠. 그대도 있고 탁월한 재능도 있잖소"가 도릿 선생 대답이었다.

"실례지만 지금은 이 대화를 계속할 시간과 장소가 아닌 것 같아요. 미스 도릿이 바로 옆 방에 있어, 이름만 말해도 눈에 보이는 것 같다고 해도 양해하세요. 가슴이 설렌다고, 그동안 극복한 줄 알았던 약점이 두 배나 강력하게 몰려든다고 해도 용서하세요. 그만 물러나는 걸 양해하세요."

"으흠. 그렇다면 흥미진진한 대화를 - 하 - 나중에 다시 합시다, 바라건대, 부인한테 - 아 - 어떤 점에서도 - 으흠 - 불쾌하지 않은 선을 지키면서."

도릿 선생이 말하자, 제너럴 부인은 고개를 숙이고 일어나면서 눈길을 내리깐 채 대답했다.

"저는 도릿 선생님 말씀을 늘 존중하며 순종한답니다."

그리고 나서 우아하게 물러나는데, 덜 훌륭한 여인이라면 덜덜 떠는 게 당연하겠으나, 제너럴 부인한테는 그런 느낌이 전혀 없었다. 도릿 선생은, 많은 사람이 교회에서 그러듯, 그리고 미사에서 역할을 맡은 사람이 그러듯, 감탄스러울 정도로 겸손하면서도 장엄하게 대화를 펼쳐나간 터라, 전체적으로 자신에게도 그리고 제너럴 부인에게도 충분히 만족한 것 같았다. 제너럴 부인이 차를 마시러 다시 올 때는 파우더와 머릿기름을 살짝 발랐는데 도덕적 매력이 가득한 건 여전하니, 그 매력은 미스 도릿을 부드럽게 보호하는 자세로, 그리고 도릿 선생에게 엄격한 예의를 지키면서도 다정하게 관심을 보이는 형태로 나타났다. 저녁 시간이 끝나서 제너럴 부인이 물러나려고 일어날 때, 도릿 선생은 제너럴 부인을 인민의 광장으로 데려가서 달빛을 받으며 3박자 느린 춤이라도 추려는 듯 그 손을 잡고서 방문까지 근엄하게 인도하더니, 그 손등을 들어서 뽀뽀했다. 화장품 냄새만 맡는 뽀뽀를 살짝 하고 헤어진 다음에는, 딸에게 우아한 축복을 내렸다. 그런 식으로 뭔가 놀라운 일이 일어나리라 암시하고는 다시 잠자리에 들었다.

도릿 선생은 다음 날 아침 내내 자기 방에 혼자 틀어박히더니, 이른 오후에 팅클러 편으로 제너럴 부인에게 안부 인사를 특별히 내려보내, 자신은 빼고 미스 도릿과 단둘이 나가서 바람이나 쐬라고 부탁하기도 했다. 나중에 딸은 아버지가 나타나기 전에 머들 부인 만찬 파티에 갈 채비를 마쳤다. 그런 다음에 비로소 아버지가 찬란하게 빛나는 차림새로 나타났지만, 늙어서 쪼그라든 느낌만 또렷했다. 하지만 몸이 괜찮냐고 묻기라도 하면 아버지가 화낼 게 분명한 터라, 딸은 용기 내서 그 뺨에 뽀뽀한 게 전부였다. 그리고 걱정스러운 마음으로 아버지와 함께 머들 부인 숙소로 출발했다.

두 사람이 가는 거리는 정말 짧았지만, 도릿 선생은 전반을 가기도 전에 마차 안에서 공중누각을 올리는 작업에 다시 빠져들었다. 머들

311

부인이 최선을 다해서 도릿 선생을 맞이하는데, '가슴'은 여전히 훌륭한 상태라서 그 자체로 명품이고, 만찬은 최상이고, 손님은 하나같이 고르고 고른 최상류층이었다.

주로 영국인이나, 이런 자리마다 - 늘 똑같은 모습으로 나타나서 모임을 장식하는 이정표로 - 언제나 참석하는 프랑스 백작과 언제나 참석하는 이탈리아 후작도 있었다. 식탁은 길고 만찬도 길었다. 작은 도릿은 커다란 덩치에 구레나룻이 까만 사람과 커다란 덩치에 하얀 넥타이를 한 사람 사이에 가려, 아버지를 시야에서 완전히 놓쳤는데, 하인 한 명이 종이쪽지 한 장을 건네면서 머들 부인이 당장 읽으라 했다고 속삭였다. 머들 부인이 연필로 쓴 쪽지 내용은 "어서 가서 도릿 선생을 보살펴라, 몸이 안 좋은 것 같다"였다.

작은 도릿이 남몰래 급히 다가가는데, 아버지가 벌떡 일어나서 딸이 원래 자리에 있다고 여기고서 상체를 식탁 너머로 기울이며 소리쳤다.

"에이미, 에이미, 우리 딸!"

겉모습이 이상하게 들뜨고 목소리도 이상하게 들뜬 데다 행동마저 이상해서 순간적으로 깊은 침묵이 감돌고, 아버지는 계속 말했다.

"에이미, 우리 딸. 어서 가서 밥이 철문을 지키는지 보렴."

작은 도릿이 옆으로 다가가서 가볍게 건들어도, 아버지는 딸이 원래 자리에 있다고 여기고서 식탁 너머로 상체를 여전히 기울이며 소리쳤다.

"에이미, 에이미. 몸이 이상하구나. 하. 내가 왜 이러는지 모르겠구나. 밥을 어서 보고 싶어. 하. 수많은 교도관 가운데 밥이 너랑 나한테 제일 잘하잖아. 밥이 휴게실에 있는지 알아보고 당장 오시라 부탁하렴."

이제 모든 손님이 당황하며 하나같이 일어섰다.

"사랑하는 아버지, 저는 저기에 없어요. 여기에 있잖아요, 아버지

옆에.”

"아! 여기에 있구나, 에이미! 잘됐다. 으흠. 잘됐어. 하. 밥을 불러. 밥이 퇴근해서 철문을 안 지킨다면 뱅엄 부인한테 가서 모셔오라고 하렴.”

작은 도릿이 데리고 나가려고 부드럽게 애쓰는데, 아버지가 안 나가려고 저항하며 성질을 부렸다.

"내가 말하잖아, 에이미. 밥이 없으면 좁은 계단을 못 올라가. 하. 사람을 보내서 밥을 데려와. 으흠. 밥을 데려와 - 제일 좋은 교도관을 - 밥을 데려와!"

도릿 선생이 혼란스러운 표정으로 주변을 둘러보다, 많은 얼굴이 에워싼 걸 알아채고서 연설했다.

"신사 숙녀 여러분, 나는 마셜씨 교도소에 오신 여러분을 환영할 의무가 있습니다! 마셜씨 교도소에 오신 걸 환영합니다! 공간이 - 하 - 좁으니 - 좁으니 - 행렬을 넓혀야 합니다. 하지만 시간이 지나면 - 신사 숙녀 여러분, 시간이 지나면 - 훨씬 넓어진 걸 느낄 테고 - 공기는, 모든 점을 고려할 때, 매우 좋습니다. 서리 산맥 - 하 - 너머에서 불어오니까요. 서리 산맥 너머에서 불어와. 이곳은 술을 파는 곳입니다. 으흠. 학생회에서 - 하 - 조금씩 모은 회비로 운영합니다. 회비를 내면 - 뜨거운 물 - 공동주방 - 살짝 할인받는 혜택이 있습니다. 마셜씨 교도소에 - 하 - 머무는 사람은 나를 교도소 아버지라고 부르길 좋아합니다. 나 역시 낯선 사람한테 마셜씨 교도소 아버지로 - 하 - 대우받는데 익숙하고요. 교도소에서 오랜 세월을 보낸 게 - 하 - 영광스러운 호칭을 누릴 자격이라면, 나는 확실히 누릴 자격이 있답니다. 우리 딸입니다, 신사 숙녀 여러분. 우리 딸. 여기에서 태어났지요!"

작은 도릿은 그 사실도 아버지도 부끄럽지 않았다. 겁에 질려서 얼굴이 하였으나 관심사는 딱 하나, 사랑하는 아버지를 위해 아버지를 달래서 밖으로 데리고 나가는 것이었다. 작은 도릿은 궁금한 표정으로 쳐다보는 다양한 얼굴과 아버지 사이에서, 자기 얼굴을 아버지 얼굴까지 올린 채 아버지 가슴을 붙잡아 돌렸다. 아버지는 왼팔로 작은 도릿을 붙잡고, 아버지한테 밖으로 나가자고 다정하게 애원하는 작은 도릿 목소리가 사이사이로 나직이 들렸다. 하지만 아버지는 눈물을 흩뿌리며 다시 말했다.

"여기에서 태어났어요. 여기에서 자랐어요. 신사 숙녀 여러분, 우리 딸입니다. 불행하지만 - 하 - 신사라는 걸 안 잊은 아버지의 딸이랍니다. 물론 가난하지만 나한테는 - 으흠 - 자부심이 있습니다. 한시도 잊은 적이 없습니다. 나를 추종하는 사람들은 - 나를 추종하는 사람들만 - 내가 여기에서 누리는 신분에 경의를 표하는 마음으로 - 하 - 조그만 공물을, 대체로 - 하 - 금전이라는 형식으로, 내가 여기에서 품위를 - 품위를 - 유지하도록 자발적으로 선물하는데, 그걸 받는다고 해서 내 평판이 나빠지는 건 아니라는 사실을 부디 이해하시기 바랍니다. 하. 나빠지지 않습니다. 하. 거지가 아니니까요. 그럼요. 거지라는 호칭은 거부합니다! 그렇다 해서 추종자들이 바치는 공물을 - 으흠 - 마음에 안 드는 척하는 식으로 기쁜 마음을 숨길 생각 역시 - 으흠 - 없습니다. 정반대입니다. 나는 공물 받는 걸 정말 좋아합니다. 내 이름이 아니라면, 우리 딸 이름으로 공물을 기쁘게 받으면서도 - 하 - 개인적으로 품위 같은 걸 지키려고 애쓴답니다. 신사 숙녀 여러분 모두한테 하느님 은총이 가득하길!"

'가슴'은 엄청난 굴욕에 시달리면서 손님 대부분을 다른 방으로 이미 물러나게 했다. 머뭇대던 소수도 다른 손님을 따라가고, 작은 도릿과 아버지 곁에 남은 사람은 하인이 전부였다. 더없이 소중하고 사랑스러운 아버지, 이제 저와 함께 나가요, 네? 작은 도릿이 간절하게 말하자 아버지는 이렇게 대답했다. 밥이 없으면 좁은 계단을 못 올라. 밥이 어디에 있니, 밥을 데려올 사람이 없니? 작은 도릿은 밥을 찾는 척하면서 이제 비로소 흥겨운 표정으로 저녁 모임에 참석하려고 밀려드는 인파를 헤치며 아버지를 데리고 나가, 사람을 이제 막 내려놓은 마차에 태워서 집으로 갔다.

그동안 묵던 로마식 궁전 널찍한 계단은 도릿 선생이 쇠약한 눈으로 보기에 런던 교도소 좁다란 계단으로 줄어들었다. 그런데도 딸과 동생 말고는 누구도 자기 몸에 손대지 못하게 했다. 하인은 멀찌감치 떨어진 가운데 딸과 동생이 도릿 선생을 데리고 방으로 올라가서 침대에 눕혔다. 그 순간부터 도릿 선생은 정신이 희미해, 그 날개를 부러뜨린 교도소만 기억할 뿐 그 뒤로 쫓아다니던 꿈은 깨끗하게 지우니, 기억하는 거라곤 마셜씨 교도소가 전부였다. 거리에서 걸음 소리가 들리면 교도소 마당을 힘없이 거니는 소리로 여겼다. 자물쇠를 채우는 시간에는 밤이 돼서 방문객을 모두 내보낸다고 여겼다. 자물쇠를 다시 여는 시간에는 밥을 너무나 보고 싶어 해, 딸과 동생은 - 오래전에 죽은, 다정한 교도관 - 밥이 감기에 걸렸다고, 하지만 내일이나 모레나 아무리 늦어도 글피에는 꼭 데려오겠다고 다짐했다.

도릿 선생은 기력이 빠르게 떨어졌다. 손조차 올릴 수 없었다. 그런데도 예전에 늘 그런 것처럼 동생을 보호하려 애써, 동생이 침대 곁에 있으면 하루에 50번이라도 "착한 동생, 프레데릭, 의자에 앉아. 너는 몸이 약하잖아"라고 말하며 자기만족에 빠져들었다.

제너럴 부인을 옆으로 데려갔지만 도릿 선생은 제너럴 부인을 못 알아보았다. 뱅엄 부인 자리를 빼앗으려 한다는, 술을 고주망태로 마신다는 막연한 의심만 머릿속에 가득해, 입에 담을 수 없을 정도로 심하게 나무라는 건 물론, 딸에게 교도소 소장을 찾아가서 저 여자를 쫓아내도록 하라고 심하게 다그쳤기 때문에, 처음 실패한 뒤로는 제너럴 부인을 두 번 다시 못 끌어들였다.

"팁은 밖에 나갔니?"라고 한 차례 물은 것 말고는 두 자식에 대한 기억도 깨끗하게 사라진 느낌이었다. 하지만 온갖 일을 다 하며 자신을 보살피고도 아무런 보상을 못 받은 자식만큼은 뇌리에서 벗어난 적이 없었다. 도릿 선생이 작은 도릿을 편하게 해주었다거나 자신을 간호하느라 지칠 대로 지친 걸 걱정했다는 의미는 아니다. 이 부분에 대해서는 예전에 그런 이상으로 신경 쓰지 않았다. 그렇다. 도릿 선생은 예전 방식으로 딸을 사랑했다. 두 사람은 교도소로 다시 들어와, 딸은 아버지를 돌보고, 아버지는 딸이 무한정 필요했다. 딸이 없으면 무엇 하나 할 수 없었다. 그러면서도 자신이 딸을 위해 엄청나게 고생했다는 말까지 했다. 작은 도릿은 상체를 침대 위로 굽혀서 차분한 얼굴을 아버지 얼굴에 대는 게, 아버지를 살릴 수 있다면 자기 목숨이라도 기꺼이 내놓을 것 같았다.

그렇게 쓰러지고 2~3일 동안 아무런 고통 없이 지내다, 시계가 – 끊임없이 째깍대는 게 자신과 시간 말고는 움직이는 게 하나도 없다는 듯 요란하고 화려한 금시계가 – 째깍대는 소리에 아버지가 힘들어한다는 사실을 작은 도릿은 알아챘다. 그래서 시계를 멈춰 세웠지만, 아버지는 여전히 불편해하면서 자신이 바라는 건 그게 아니라고 표시했다. 마침내 아버지는 시계를 팔아서 돈을 마련하라는 뜻을 힘겹게 설명했다. 작은 도릿이 팔 목적으로 시계를 가져가는 척할 때는 매우 기뻐하더니, 그다음에 비로소 포도주와 젤리 맛을 조금이나마 즐기는데, 아프고 나서 처음이었다.

도릿 선생이 바라는 유형이 그런 내용임은 더욱 또렷이 드러났다.

하루나 이틀 뒤에는 커프스단추와 반지를 내보냈다. 작은 도릿에게 심부름을 시키면서 놀라울 정도로 만족스러워했다. 가장 바람직하고 신중한 조치로 여기는 느낌이었다. 자질구레한 장신구를 비롯해 주변에 보이는 물건을 그렇게 모두 내보낸 다음에는 자신이 입던 옷가지에 관심이 꽂혔다. 하지만 가상의 전당포업자에게 옷가지를 한 점씩 넘기는 재미로 많은 나날을 살아갈 순 없었다.

작은 도릿은 아버지가 누운 베개로 몸을 구부려서 아버지 뺨에 자기 뺨을 열흘 동안 누였다. 때로는 너무 지친 나머지 아버지 곁에서 그런 식으로 곤하게 잠들기도 했다. 그러다 화들짝 깨어나, 자기 얼굴에 닿은 게 무언지 떠올리며 조용히 빠르게 눈물을 흘리고는, 베개에 누인 소중한 얼굴로 마셜씨 교도소 담장 그늘보다 짙은 그늘이 가만히 다가오는 모습을 지켜보았다.

조용히, 조용히, 공중에 거대한 누각을 세우려고 만든 줄이 하나씩 녹아내렸다. 조용히, 조용히, 그동안 살아오면서 이리 얽히고 저리 얽힌 흔적이 사라지면서 얼굴이 깨끗한 백지로 변했다. 조용히, 조용히, 교도소 철창과 담장 꼭대기에 지그재그로 박힌 쇠꼬챙이가 투영된 흔적도 사라졌다. 조용히, 조용히, 늙은 얼굴은 하얀 머리칼과 달리 작은 도릿이 예전에 본 어떤 얼굴보다 젊은 얼굴로, 작은 도릿과 비슷한 얼굴로 가라앉았다. 그러면서 영면에 들었다.

처음에는 삼촌이 미쳤다.

"아, 형! 아, 윌리엄 형, 윌리엄 형! 나보다 먼저 가다니. 혼자 가다니, 이렇게 가다니, 나만 남겨두고! 형은 훨씬 탁월하고, 훨씬 훌륭하고, 훨씬 고상해도, 나는 무엇 하나 쓸모가 없는데, 나는 떠난 걸 슬퍼할 사람 하나 없는데!"

자신이 돌봐야 할 삼촌이 있다는 게 작은 도릿한테는 그나마 도움이 되었다, 일정한 시간 동안은.

"삼촌, 사랑하는 삼촌, 몸을 돌보세요, 저를 도와주세요!"

마지막 말까지 못 들을 정도는 아니었다. 그래서 마음을 가다듬기 시작했다. 그게 작은 도릿을 돕는 길이었다. 노인에게 중요한 건 자신이 아니었다. 오랫동안 아득한 상태에 빠져들다 이제 비로소 깨어나 갈가리 찢겨나가는 마음에, 정직한 마음에 남은 힘을 모조리 끌어모아, 작은 도릿에게 경의를 표하고 신의 은총을 빌었다. 두 사람이 그 방을 떠나기 전에 노인이 쭈글쭈글한 손으로 작은 도릿 손을 꼭 잡고 울부짖었다.

"아, 하느님, 죽은 형님의 딸을 보시옵소서! 제가 반소경에 죄 많은 눈으로 오랫동안 지켜본 행위를 하느님은 밝은 눈으로 또렷이 보셨나이다. 이 아이의 머리칼 하나도 하느님 앞에서 해를 입지 않게 하소서. 이 아이가 죽을 때까지 이승에서 편들어 주소서. 그러다 내세에 커다란 상을 내리소서!"

두 사람은 자정이 될 때까지 어둑한 옆방에 조용히 머물며 함께 슬퍼했다. 자정에 삼촌은 처음에 그런 것처럼 울부짖으며 슬픔을 달랬으나, 기력이 떨어져서 크나큰 슬픔을 감당할 수 없는데도 작은 도릿이 한 말을 떠올리고는 자신을 탓하며 마음을 가라앉혔다. 삼촌이 마음껏 슬퍼하는 방식은 딱 하나, 툭하면 형 혼자 떠났다고, 자신과 형은 어릴 적부터 함께였다고, 그래서 함께 불행에 빠져들고, 가난한 세월을 함께 겪어왔다고, 그날까지 함께 지냈다고, 그런데 형 혼자 떠났다고, 혼자 떠났다고 절규하는 거였다!

삼촌과 조카딸은 슬픔에 젖은 마음으로 무겁게 헤어졌다. 작은 도릿은 삼촌을 삼촌 방 말고 다른 어느 곳에도 남겨둘 마음이 없어, 삼촌이 옷을 입은 그대로 침대에 눕는 모습을 확인하고 담요를 덮어주었다. 그런 다음에 자기 방으로 돌아와서 침대에 쓰러져, 깊은 잠에 빠져들었다. 지칠 대로 지쳐서 잠들어도 온몸에 가득한 고통에서 완벽하게 벗어난 건 아니었다. 잠자거라, 착한 아이야, 작은 도릿아. 밤새도록 잠자거라!

달빛이 비치는 밤이었다. 보름달이 오래전에 지난 터라 달이 늦게 떠올랐다. 하지만 평화로운 창공에 높이 떠오르자, 반쯤 닫힌 격자 블라인드 사이로 달빛이 흘러들어, 이리저리 흔들리고 비틀거리던 삶이 이제 막 마감한 방을 엄숙하게 비추었다. 방 안에는 두 사람이 조용히 누워있었다. 두 사람 모두 아무런 느낌 없이 가만히, 사람도 물질도 가득 붐비는 땅에서 도저히 못 건널 거리 너머에 가만히, 이제 곧 땅속에 누울 자세로 가만히 있었다.

한 사람은 침대에 누웠다. 한 사람은 바닥에 무릎을 꿇고서 침대로 고개를 숙이고 두 팔을 담요에 편히 평화롭게 내려놓고 얼굴을 숙여서 마지막 숨이 닿은 손에 입술을 댔다. 두 형제는 아버지 앞으로, 세상의 어두운 판결이 안 미치는 곳으로, 세상을 모호하게 뒤덮은 안개 위 높은 곳으로 그렇게 나아갔다.

20장. 새로운 장으로 들어서다

칼레 항구에 도착한 여객선에서 승객이 내렸다. 칼레는 지대가 낮고 분위기는 우울한 곳으로, 나지막한 수위표(water-mark)까지 썰물이 밀렸다. 모래톱 위로는 물이 여객선을 간신히 띄울 정도밖에 없어, 급기야 모래톱이 얕은 바다를 양쪽으로 갈랐다. 게을러터진 바다 괴물이 수면으로 이제 막 올라와서 애매하게 엎드린 채 잠자는 형상이었다. 사방이 하얗고 홀쭉한 등대는 예전에 색깔도 있고 몸통도 통통하던 건물 유령이라도 되는 듯 해안에 출몰해, 몰아치던 파도가 물러나는 순간에 구슬픈 눈물을 뚝뚝 떨구었다. 까맣고 황량한 말뚝은 풍파에 찌들고 축축한 진흙투성이 모습으로 기다랗게 늘어섰는데, 이제 막 밀려난 썰물에 해초가 장례식 화환처럼 뒤엉킨 풍경이 해양 공동묘지 마냥 눈에 거슬렸다. 드넓은 회색 하늘 밑으로 시끌벅적하게 울부짖는 바람과 바다 앞에, 긴 줄을 이루며 무섭게 몰려드는 파도 앞에, 칼레가 아직도 남아있다는 게 기적이었다. 나지막한 대문과 나지막한 담장과 나지막한 천장과 나지막한 도랑과 나지막한 모래언덕과 나지막한 성벽과 평평한 길이, 사방을 에워싼 채 파고드는 바다에 - 아이들이 모래사장에 쌓아 올린 성처럼 - 안 무너지고 아직껏 버틴다는 게 기적이었다.

승객마다 질퍽한 말뚝과 판자 사이를 미끄러지듯 걸어서 축축한 계단을 비틀대며 오르고 소금기를 잔뜩 머금은 다양한 장애물 사이를 걸으며 부두를 따라 나아갔다. 그런데 칼레에 사는 (주민 절반에 달하는) 프랑스 건달과 영국에서 도망친 무법자들이 분위기를 한층 더 당혹스럽게 만들었다. 영국인 무법자마다 자세히 점검하고 프랑스 무법자마다 자기네 몫이라 주장하며 반박하고 다시 반박하면서 손에 손을 맞잡다 드잡이질하는 길을 모든 승객이 1km나 걸은 다음에 비로소 벗어나고 도로에 들어서서 열심히 쫓기는 가운데 각자 자신이 갈 길로 열심히 도망쳤다.

이런저런 근심에 시달리던 클레넘도 희생 제물 가운데 하나였다. 그는 아무런 힘도 없어서 심각한 상황에 부닥친 동포 몇 명을 구한 다음에 혼자 갈 길을 갔다. 아니, 기름때 묻는 양복에 기름때 묻은 모자를 쓴 프랑스 건달이 50m나 쫓아오면서 "여봐! 나 좀 보라고! 여봐! 여길 봐! 나 좀 보라고! 멋쟁이!"라고 계속 불러대는 소리를 뿌리치면서 혼자 갈 길을 가려고 애썼다.

하지만 이렇게 정 많은 프랑스 건달도 결국에는 뒤로 처지니, 클레넘은 방해를 안 받고 자기 길을 갈 수 있었다. 영국해협과 프랑스 해안에서 시달린 다음이라 시내 공기는 편안했다. 가라앉은 분위기조차 마음에 들 정도였다. 또 다른 영국인 무리를 만났는데, 하나같이 헝클어진 느낌이 예전에는 화려한 꽃을 마음껏 가꾸다, 이제는 쓸모없는 잡초로 변한 것 같았다. 한정된 공간을 매일 똑같이 거니는 분위기도 있어, 마셜씨 교도소 느낌이 강하게 떠올랐다. 하지만 클레넘은 이런 생각이 떠오르는 이상을 안 살핀 채, 자신이 마음에 새긴 주소지로 찾아갔다. 그러다 주소지가 가리키는 우중충한 주택 앞에서 혼자 중얼거렸다.

"팽스가 말한 대로군. 캐스비 나리가 아무렇게나 던져놓은 서류 사이에서 정보를 제대로 찾아냈어. 그 정보가 아니면 그 여자가 이런 집에서 살리란 생각은 못 하겠지."

건물도 죽은 듯하고 길가 담벼락도 죽은 듯하고 옆에 있는 대문도 죽은 듯했다. 길게 늘어뜨린 종 손잡이는 죽은 듯 쨍그랑대는 소리를 두 차례 흘리고, 두드리개는 죽은 듯 뻣뻣한 소리를 한 차례 흘리는데, 소리가 작아서 금 간 문틈조차 못 파고들 것 같았다. 하지만 죽은 듯한 스프링이 삐걱대면서 대문은 열리고, 클레넘이 안으로 들어가서 대문을 닫으니 우중충한 마당이 나왔다. 또 다른 담벼락이 죽은 듯 틀어박힌 비좁은 마당이었다. 나지막한 관목을 키우려 했으나 모두 죽고, 동굴에 조그만 분수대를 만들려 했으나 말라비틀어지고, 조그만 조각상을 놓아서 장식하려 했으나 오래전에 사라지고 없었다.

건물로 들어가는 입구는 왼편에 있는데, 바깥쪽 대문에 그런 것처럼 프랑스어와 영어로 인쇄한 전단 두 장이 붙어있었다. '가구 딸린 셋집, 당장 입주할 수 있음'이라는 내용이었다. 튼튼하고 쾌활한 여성 농부가 짧은 치마에 스타킹, 하얀 모자, 귀걸이 차림으로 어둑한 입구에 나타나서 치아를 상쾌하게 드러내며 물었다.

"여보세요! 나를 봐요! 누구요?"

클레넘은 프랑스어로 대답했다, 영국인 부인을 만나러 왔다고, 영국인 부인이라고. 그러자 여성 농부는 프랑스어로 "괜찮다면 들어와서 올라가세요"라고 대답했다. 클레넘은 들어가서 여성 농부를 따라 황량하고 어둑한 계단을 올라, 2층 뒷방으로 들어섰다. 우중충한 마당과 다 죽은 관목과 말라비틀어진 분수대, 조각상은 오래전에 사라지고 받침대만 있는 울적한 풍경이 그대로 보이는 방이었다.

"블랑두아라고 하오."

클레넘이 말하자, 여자 농부가 대답했다.

"알겠습니다, 선생님."

여자 농부가 밖으로 나가자 혼자 남은 클레넘은 실내를 둘러보았다. 이런 건물에 흔한 특징이 그대로 나타났다. 춥고 우중충하고 어두웠다. 왁스를 칠한 바닥은 정말 미끄러웠다. 하지만 스케이트를 탈 만큼 넓은 건 아니고 다른 운동 역시 쉽게 할 수 없었다. 창문에는 빨갛고 하얀 커튼이 있으며, 조그만 밀짚 돗자리, 다리가 뒤엉킨 조그만 원탁, 바닥에 골풀을 조잡하게 댄 의자 몇 개, 앉기에 불편할 것 같은 빨간색 벨벳 안락의자 두 개, 서랍 달린 책상, 여러 조각을 굴뚝에 달아서 한 조각인 척하는 거울, 번쩍이는 화병 두 개에 싸구려 조화가 있는데, 그 사이에서 그리스 투사가 헬멧을 벗어들고 프랑스인에게 시계를 바쳤다.

조금 기다리자 다른 방과 연결된 옆문이 열리면서 여자가 들어왔다. 처음에는 클레넘을 보고서 깜짝 놀라더니, 다른 사람을 찾으려고 실내를 둘러보았다.

"미안합니다, 웨이드 아가씨. 나밖에 없습니다."

"내가 들은 이름은 선생 이름이 아니었는데요?"

"그래요, 나도 알아요. 미안해요. 내 이름을 대고서 못 만나는 경험을 한 터라, 내가 찾는 사람 이름을 대는 위험을 감수했답니다."

"그 이름이 무어였죠?"

웨이드 아가씨가 물으면서 의자를 차갑게 가리키고, 클레넘은 선 자세로 대답했다.

"블랑두아."

"블랑두아요?"

"아가씨가 아는 이름이요."

클레넘이 대답하자, 웨이드 아가씨가 눈살을 찡그리며 말했다.

"내가 하는 일에다 내가 만나는 사람까지 캐고 다니다니, 정말 이상하군요, 클레넘 선생. 무슨 생각으로 그러는지 모르겠어요."

"죄송합니다. 그 이름을 아시지요?"

"그 이름이 선생하고 무슨 관계가 있나요? 그 이름이 나하고 무슨 관계가 있나요? 내가 어떤 이름을 알든 말든 선생이 무슨 상관인가요? 나는 아는 이름이 많지만, 잊어버린 이름이 더 많답니다. 그 이름은 전자에 속할 수도 있고 후자에 속할 수도 있으며, 들어본 적 없는 이름일 수도 있답니다. 그 이름과 관련해서 나를 무슨 이유로 조사하는지 모르겠군요."

"괜찮다면 내가 강하게 밀어붙이는 이유를 말씀드리지요. 내가 그 문제를 강하게 밀어붙인다는 건 나도 인정하니, 행여나 내가 이번에도 그렇게 밀어붙인다면 부디 용서하시길 진심으로 간청할 수밖에 없군요. 그 이유는 오로지 저 때문이며, 아가씨하고 어떤 식으로든 관계가 있다고 말하지 않겠습니다."

클레넘 말에 웨이드 아가씨는 조금 전보다 덜 거만하게 의자에 앉으라는 신호를 보내면서 말하는데, 이번에는 웨이드 아가씨가 의자에 앉아서 클레넘도 그렇게 했다.

"으음, 선생 친구분한테 자유로운 선택권을 빼앗기고 노예로 힘겹게 살다 나한테 도움받은 여자와 관련된 문제가 아니라서 그나마 다행입니다, 선생. 괜찮다면 이유가 무언지 말씀하시지요."

"그보다 먼저 우리가 말하는 인물이 누군지 확인하는 차원에서, 그 인물은 얼마 전에 런던에서 당신이 만난 인물이라는 사실을 짚고 넘어갑시다. 강 옆에서 만난 기억이 날 테니까요, 애덜피 주택단지에서!"

"남 일에 쓸데없이 간섭하는 습관이 묘하군요. 어떻게 아셨나요?"

웨이드 아가씨가 물으면서 불쾌하단 표정으로 험상궂게 노려보았다.

"나쁘게 받아들이지 마세요. 우연히 본 것에 불과하니까요."

"무슨 우연이요?"

"거리를 가다 두 분이 만나는 광경을 우연히 보았다는 뜻입니다."

"직접 보았나요, 다른 사람이 보았나요?"

"직접 보았습니다."

클레넘이 대답하자, 웨이드 아가씨는 가만히 생각하다 화가 많이 풀린 표정으로 말했다.

"길에서 만났으니 누구나 볼 수 있겠지요. 아마 그 장면을 본 사람이 50명은 넘을 거예요. 그렇다 해서 문제 될 건 없겠지요."

"내가 본 광경도 그렇고, 내가 여기에 온 이유도, 답변을 듣고 싶은 내용도 마찬가지랍니다."

클레넘 말에 웨이드 아가씨가 잘생긴 얼굴로 쳐다보며 비꼬았다.

"아! 답변을 듣고 싶은 내용이 있다! 태도가 부드러워졌다는 생각이 드는군요, 클레넘 선생."

클레넘은 반박하지 않고 몸을 살짝 으쓱하는 거로 만족했다. 그리고는 블랑두아가 행방불명이라고, 그런 얘기를 들었느냐고 물었다. 선생은 들었을지 몰라도 나는 들은 적이 없다. 주변을 둘러보고 직접 판단해라, 어떤 소문이 돈다 해서 이렇게 갇혀 지내는 여인네 귀까지 흘러들어 슬프게 할 이유가 있겠는지. 이렇게 부인하고는 클레넘이 믿자, 웨이드 아가씨는 블랑두아가 행방불명이라는 게 무슨 말이냐고 물었다. 그래서 클레넘은 어찌 된 상황인지 자세히 설명한 다음, 그 사람이 실제로 어떻게 되었는지 알고 싶은 마음과 어머니 집에 어린 어둡고 의심스러운 그늘을 몰아내고픈 마음을 드러냈다. 웨이드 아가씨는 이 말을 듣고 깜짝 놀라면서도 크게 이는 관심을 억누르는 기색이 또렷했다. 클레넘이 예전에 못 본 반응이었다. 하지만 냉정하고 도도하게 벽을 쌓는 자세가 사라진 건 아니니, 클레넘이 이야기를 마치는 순간에 웨이드 아가씨가 한 말은 이게 전부였다.

"내가 그 일과 무슨 상관이 있으며 물어볼 게 무언지는 여전히 말하지 않는군요. 괜찮다면 그것까지 말씀하시지요?"

클레넘은 꾹 참은 채, 웨이드 아가씨가 경멸스럽게 바라보는 표정을 부드럽게 만들려 애쓰면서 말했다.

"내가 추측한 건, 그 사람과 만나는 관계라면 - 굳이 말해서, 은밀하게 만나는 관계라면······"

"누구든 마음속 생각을 마음대로 말할 순 있겠지만, 나는 선생이 추측한 내용에도 다른 어떤 사람이 추측한 내용에도 동의하지 않습니다, 클레넘 선생."

웨이드 아가씨가 끼어들자, 클레넘은 무던한 반응을 바라는 마음으로 앉은 자세를 살짝 바꾸며 이어갔다.

"······최소한 개인적으로 연락하는 관계라면, 그 사람이 예전에 무슨 일을 하고 지금은 무슨 일을 하며, 습관은 어떻고, 주로 거주하는 곳은 어딘지 아시겠다고 생각했습니다. 그 사람을 찾거나 불러낼, 혹은 어떻게 되었는지 확인할 방법을 알려주실 수 있느냐? 이게 내가 묻고 싶은 말이며, 지금 아가씨께 진지하게 고려하길 바라는 마음으로 간절하게 부탁하는 내용입니다. 행여나 무어든 조건을 달아야 하겠다면 어떤 조건인지 안 묻고 그대로 받아들이겠습니다."

웨이드 아가씨는 클레넘이 하소연한 내용보다 두 사람이 만난 장면을 우연히 목격했다는 말에 훨씬 많은 관심을 보여서 클레넘에게 수치심을 안기며 말했다.

"선생은 내가 거리에서 그 사람과 만나는 장면을 우연히 보았다고 했어요. 그렇다면 그 전부터 그 사람을 알았나요?"

"그 전은 아니고 나중에 알았습니다. 예전에 본 적은 없지만, 그 사람이 행방불명 된 날 밤에 다시 보았습니다. 사실, 우리 어머니 방에서. 그리고 먼저 나왔답니다. 여기에 다 적혀있으니까 한번 읽어 보세요."

클레넘이 인쇄 전단을 건네자, 웨이드 아가씨가 집중하는 얼굴로 차분하게 읽고는 전단을 돌려주며 말했다.

"여기에 적힌 내용이 내가 아는 내용보다 많군요."

클레넘 얼굴에 실망스러운 표정이, 아니, 못 믿겠다는 표정이 강하게 깔린 게 분명했다. 웨이드 아가씨가 여전히 냉정한 어투로 덧붙였기 때문이다.

"못 믿으시는군요. 하지만 사실입니다. 개인적으로 연락한다는 말은, 그 사람과 선생 모친 사이에 적용해야 마땅합니다. 그런데도 선생은 모친께서 그 사람을 더는 모른다고 하신 말씀을 믿는군요."

의심하는 느낌이 강한 표현에, 그렇게 말하면서 씽긋 웃는 미소에 클레넘은 두 볼이 빨갛게 달아오르고, 웨이드 아가씨는 칼로 푹푹 찔러대는 기쁨을 잔인하게 만끽하며 덧붙였다.

"그래요, 선생, 선생이 바라는 대로 모든 걸 털어놓겠습니다. 솔직히 말해 내가 좋은 평판을 바란다면(실제로는 조금도 아닌데), 혹은 좋은 이름으로 남고 싶다면(실제로는 아니니, 나는 좋은 이름이든 나쁜 이름이든 관심이 없는데), 그런 사내와 어떤 식으로든 관계가 있다는 건 나한테 큰 손해가 된다고 여겨야 마땅하겠지요. 하지만 그 사람은 내 집 문턱을 넘어온 적이 한 번도 없답니다 - 자정이 될 때까지 한자리에 앉아서 대화를 즐긴 적도 없고요."

웨이드 아가씨는 클레넘이 한 말을 반대로 돌려서 오랜 원한을 갚았다. 애초에 남을 배려하는 성격이 아닌 데다 양심의 가책이란 것도 모르는 여자였다.

"그 사람이 돈만 아는 천박한 양아치라는 건, (내가 얼마 전에 간) 이탈리아에서 배회하는 모습을 처음 보았다는 건, 우연히 떠올린 목적을 달성하는데 필요한 도구로 내가 그 사람을 그곳에서 처음 고용한 건, 나로선 선생께 조금도 거리낌 없이 말할 수 있답니다. 한마디로 돈만 준다면 어떤 일이든 하는 첩자를 고용하는 건 나한테 - 부족한 마음을 보충하는 차원에서 - 나름대로 가치가 있었으니까요. 그래서 돈도 깨끗하게 주었답니다. 장담하건대 나한테 죽이고 싶은 사람이 있다면, 그리고 줄 돈이 충분하다면, 그리고 그 사람이 아무도 모르게 그럴 수 있다면, 그 사람은 돈을 받는 대가로 누구든 거리낌 없이 죽일 거예요. 최소한 나는 그 사람을 그렇게 생각하는데, 선생 생각도 크게 다르지는 않은 듯하군요. (선생이 이리저리 추측한 내용으로 판단컨대) 선생 모친은 생각이 완전히 다른 듯하고요."

"굳이 말하겠는데, 우리 어머니는 사업 때문에 그 사람을 처음 만나는 불행을 겪었답니다."

"선생 모친께서 그 사람을 마지막으로 만나는 불행을 겪은 이유 역시 사업 때문인 것 같은데, 업무를 처리하는 시간이 매우 오래 걸리는군요."

웨이드 아가씨가 비꼬자, 클레넘은 매서운 칼날이 차갑고 아프게 파고드는 걸 느끼며 말했다.

"당신 말은 두 사람 사이에 뭔가……"

웨이드 아가씨가 침착하게 끼어들었다.

"클레넘 선생, 나는 그 사람에 대해 암시하듯 말하지 않는다는 사실을 명심하세요. 그 사람은, 내가 조금도 안 숨기고 다시 말하는데, 돈만 아는 천박한 양아치예요. 그런 사람은 돈이 되는 장소라면 어디든 간답니다. 돈 될 일이 나한테 없었다면 그 사람이 나하고 만나는 장면을 선생께 보일 일도 없었겠지요."

가슴에 애매하게 깃든 우려를 칼로 계속 찔러대자 클레넘은 침묵하고, 웨이드 아가씨는 이렇게 덧붙였다.

"조금 전에 그 사람은 여전히 살았다고 내가 말했지만, 어쩌면 이미 죽었을 수도 있겠네요, 내가 모르는 일 때문에. 그러나 나는 관심이 없답니다. 그 사람을 볼 일이 더는 없으니까요."

클레넘이 한숨을 묵직하게 내쉬며 천천히 힘없이 일어났다. 웨이드 아가씨는 일어나지 않은 상태로 잔뜩 화나서 입을 꽉 깨문 채 의심하는 눈초리로 뚫어지게 쳐다보며 덧붙였다.

"그 사람이 가까이 지내던 사람은 선생 친구, 가우언 선생이었어요, 안 그런가요? 그러니 선생 친구분한테 가서 물어보세요."

가우언은 친구가 아니라는 말이 입술까지 올라왔으나, 클레넘은 오래전에 겪은 갈등과 결심을 떠올리고는 이렇게 대답했다.

"가우언 선생은 블랑두아가 영국으로 떠난 뒤로 한 번도 본 적이 없다더군요. 해외에서 우연히 알게 된 사이라서요."

"해외에서 우연히 알게 된 사이라! 맞아요. 선생 친구는 누구든 사귀는 식으로 기분을 전환할 필요가 있겠더군요, 그 사람 부인을 보니까. 나는 그 사람 부인을 증오합니다, 선생."

이 말이 드러낸 분노에, 힘껏 자제하는 만큼 두드러지는 분노에, 클레넘은 그 자리에 얼어붙을 정도로 관심이 쏠렸다. 자신을 바라보는 새까만 눈이 번뜩이고, 코끝이 떨리고, 내쉬는 숨결마다 달아올랐다. 하지만 얼굴은 차분하고 오만한 표정 그대로며, 태도는 도도하고 우아한 게 관심조차 없다는 분위기였다.

"내가 말할 수 있는 건, 그 부인은 당신이 공감할 수 없을 정도로 도발한 적이 없을 거라는 게 전부랍니다."

클레넘이 말하자, 웨이드 아가씨가 대답했다.

"괜찮다면 선생 친구한테 가서 물어보세요, 그 부분을 어떻게 생각하는지."

"나는 그 친구한테 그런 문제를 물어볼 정도로 가까운 사이가 아니라오, 웨이드 아가씨."

"나는 가우언도 증오해요. 그 부인보다 많이, 한때 그 사람한테 속아서 하마터면 그 사람을 멍청하게 사랑할 뻔한 짓을 했기 때문에. 선생이 나를 본 건 평범할 때가 전부니, 장담하건대, 선생은 나를 평범한 여자로 여겼을 거예요, 다른 사람보다 고집이 약간 센. 나에 대해서 아는 게 그게 전부라면, 내가 증오한다고 한 말이 무슨 뜻인지 모를 거예요. 당연히 모르겠지요, 나 자신과 주변 사람을 내가 얼마나 열심히 연구했는지 모른다면. 지금껏 살아온 과정을 선생께 말하고픈 생각이 드네요 ─ 선생이 나를 좋게 여기도록 하려는 의도는 아니에요, 선생이 어떻게 여기든 관심 없으니까. 하지만 선생이 선생 친구와 그 부인을 떠올릴 때, 내가 증오한다는 게 무슨 뜻인지 깨닫게 하고 싶어요. 내가 오랫동안 써온 글을 넘겨줄까요, 아니면 그냥 둘까요?"

클레넘은 넘겨달라고 부탁했다. 웨이드 아가씨가 책상으로 가서 자물쇠를 열더니, 접은 종이 몇 장을 안쪽 서랍에서 꺼냈다. 그걸 클레넘에게 건네면서 말하는데, 클레넘이 아니라 거울에 비친 자신을 바라보는, 자신이 고집부리는 걸 당연하게 여기는 말투였다.

"이걸 읽으면 내가 증오한다는 게 무슨 뜻인지 알 거예요! 이 얘기는 그만 해요. 선생이 텅 빈 런던 집을 찾아오든 칼레 아파트를 찾아오든, 내가 잠시 묵는 싸구려 숙소마다 해리엇이 있다는 걸 선생은 알아요.

그러니 떠나시기 전에 만나보고 싶을 수도 있겠군요. 해리엇, 안으로 들어와!"

웨이드 아가씨가 해리엇을 다시 불렀다. 두 번째 소리에 태티코럼이라고 불리던 해리엇이 들어왔다.

"클레넘 선생님이 오셨는데, 너를 보러 오신 건 아니야. 단념하셨거든. 내 말이 맞지요, 이번에는?"

"아무런 권한도 영향력도 없으니…… 맞습니다."

클레넘이 동의했다.

"너도 들었다시피 너를 찾으러 오신 건 아니지만, 다른 사람을 찾는 건 똑같아. 블랑두아라는 사내를 찾거든."

"런던 스트랜드 거리에서 네가 만난 사내."

클레넘이 넌지시 말하고, 웨이드 아가씨가 덧붙였다.

"그 사람에 대해서 아는 게 있다면, 해리엇, 베네치아에서 왔다는 내용은 빼고 - 우리 모두 아니까 - 클레넘 선생한테 충분히 말씀드려."

"저는 그 이상 아는 게 없어요."

여자애가 말하자 웨이드 아가씨가 클레넘에게 물었다.

"만족하세요?"

클레넘은 두 사람 말을 안 믿을 이유가 없었다. 행여나 여자애를 의심할 순 있으나 태도가 너무나 자연스러웠다. 그래서 대답했다.

"그 사람 소식은 다른 데서 찾아야 하겠군요."

클레넘은 곧바로 떠날 생각이 없지만 여자애가 들어오기 전에 일어선 상태라, 여자애는 클레넘이 곧장 떠날 거라 여긴 게 분명했다. 재빨리 쳐다보며 이렇게 물었기 때문이다.

"그분들은 잘 지내시나요, 선생님?"

"누구?"

여자애가 "그분들 모두"라고 말하려다 웨이드 아가씨를 쳐다보더니 "미글스 선생님 부부"라고 대답했다.

"내가 들은 바에 따르면 두 분은 잘 지내셔. 지금은 집에 안 계셔. 그건 그렇고 물어볼 게 있는데, 네가 그 집에 와서 안을 들여다본 게 사실이니?"

"어디요? 어디에서 누가 절 보았나요?"

여자애가 되물었다, 두 눈을 시무룩하게 내리깐 채로.

"그 집 정원 대문에서 안을 들여다본 거."

"아니에요. 이 아이는 그곳 근처에 간 적도 없어요."

웨이드 아가씨가 끼어들자 여자애가 반박했다.

"잘못 안 거예요, 그렇다면. 우리가 지난번 런던에 갔을 때 그곳에 갔어요. 아가씨는 없고 나 혼자 있던 날 오후에. 그래서 안을 들여다보았어요."

웨이드 아가씨가 끝없이 경멸하는 표정으로 나무랐다.

"마음이 흔들리는구나. 우리가 함께 지낸 시간이, 그렇게 많이 한 대화가, 네 입으로 수없이 늘어놓은 불평이 그렇게 무의미한 거니?"

"대문에서 잠시 들여다본다 해서 나쁠 건 없잖아요. 가족이 그 집에 없는 걸 창문으로 확인했으니까요."

"그 집까지 간 이유가 뭐니?"

"보고 싶었으니까요. 다시 보아야 한다고 느꼈으니까요."

잘생긴 얼굴 둘이 서로를 쳐다보는 사이에 클레넘은 두 사람 성격이 서로를 갈기갈기, 끊임없이 찢어발길 수밖에 없다는 걸 느꼈다.

웨이드 아가씨가 압도하듯 노려보다 시선을 돌리면서 차갑게 말했다.

"아! 노예처럼 산다는 사실을 네가 깨달아서 내가 구해주었는데, 그렇게 살던 집을 다시 보고 싶다면, 그건 또 다른 문제겠지. 하지만 그게 나한테 진실한 태도니? 그게 나한테 충실한 태도니? 그게 나랑 노력한 결과니? 나는 너를 믿었는데, 너는 그럴 가치가 없었어. 나는 너를 좋아했는데, 너는 그럴 가치가 없었다고. 너는 이리 붙고 저리 붙는 변덕쟁이에 불과하니, 너한테 채찍질 이상으로 나쁜 짓을 한 사람들한테 돌아가는 쪽이 차라리 낫겠어."

"다른 사람이 듣는 데서 그렇게 말하는 건 나를 그분들 편에 서게 할 뿐이에요."

"돌아가, 그 사람들한테 돌아가."

웨이드 아가씨가 몰아치자, 이번에는 해리엇이 반박했다.

"아가씨는 내가 그분들한테 돌아갈 수 없다는 걸 알아요. 내가 그분들을 버렸으며, 무슨 일이 있어도 돌아갈 수 없다는 걸, 결단코 돌아가지 않는다는 걸 아가씨는 알아요. 그러니 그분들 얘기는 그만 하세요, 웨이드 아가씨."

"너는 여기서 가난하게 사느니 그 사람들 곁에서 풍요롭게 살고 싶은 거야. 그 사람들을 높이 보고 나를 낮게 보는 거라고. 당연한 이치 아니겠어? 예전에 알아야 했다고."

웨이드 아가씨 말에 여자애는 빨갛게 달아오른 얼굴로 반박했다.

"그렇지 않아요. 지금 아가씨는 진심으로 말하는 것도 아니에요. 나는 아가씨 마음을 알아요. 지금 아가씨는 아가씨 말고 기댈 사람이 없는 나를 엉뚱하게 몰아세우는 거라고요. 아가씨 말고 기댈 사람이 아무도 없다는 이유 하나로, 지금 아가씨는 나를 무어든 시키는 대로 하거나 하지 않도록 만들어야 한다고, 마음대로 모욕해도 된다고 여기는 거라고요. 아가씨 역시 그분들만큼이나 나빠요, 모든 점에서. 하지만 나는 길들지도, 온순하게 복종하지도 않아요. 다시 말하는데, 나는 그 집을 보러 갔어요, 다시 한번 보고 싶다는 생각이 툭하면 떠올라서. 그분들이 잘 지내는지도 다시 물을 거예요, 내가 그분들을 좋아했고, 그분들 역시 나한테 다정했다는 생각이 툭하면 떠올라서."

여기에서 클레넘은 네가 돌아간다면 그분들이 다정하게 맞아줄 거라 하고, 여자애는 불끈 화내며 대답했다.

"절대로 안 돌아가요. 그런 일은 절대로 없어요. 그건 웨이드 아가씨가 잘 알아요, 비록 나를 종속시키고 닦아세우긴 해도. 내가 종속당했다는 건 나도 알아요. 내가 그걸 떠올릴 때마다 웨이드 아가씨가 크게 기뻐한다는 것도 알고."

웨이드 아가씨가 똑같이 화내며 거만하고도 신랄하게 받아쳤다.

"핑계가 그럴싸하군! 하지만 속이 그대로 보여. 나는 가난해서 돈 많은 사람들과 경쟁이 안 돼. 지금 당장 돌아가는 게 좋아, 당장 돌아가서 경쟁을 끝내는 게 좋다고!"

클레넘이 지켜보는 가운데, 두 사람은 황량하고 답답한 방에서 일정한 거리를 둔 채 각자 자신의 분노를 소중하게 여기며, 확고한 의지로 자신을 괴롭히고 상대를 괴롭혔다. 클레넘이 작별 인사로 한두 마디 했으나, 웨이드 아가씨는 고개조차 끄덕이는 느낌이 없고, 해리엇은 비참하게 종속당한 노예라는 굴욕감에 떠느라 (그러면서 반항하느라) 자신은 너무 천박해서 인사할 수도 받을 수도 없다고 여기는 듯했다.

클레넘은 어둡게 굽이치는 계단을 내려와서 마당으로 나왔다. 죽어 나자빠진 담벼락도, 다 죽은 관목도, 말라비틀어진 분수대도, 조각상이 오래전에 사라진 받침대도 한층 더 울적하게 보였다. 클레넘은 행방불명된 수상한 인물을 찾아내려는 노력이 모두 실패했다는 사실은 물론, 울적한 방에서 보고 들은 내용까지 가만히 떠올리며 자신이 타고 온

여객선에 올라타서 영국으로, 런던으로 돌아왔다. 돌아가는 길에는 접힌 종이를 펼쳐서 그 내용을 읽었다. 이런 내용이었다.

21장. 스스로 괴롭히는 사람이 거쳐온 역사

불행하게도 나는 바보가 아닙니다. 어릴 적부터 사람들이 나한테 무얼 숨기는지 알았답니다. 진실을 파악하는 습관이 아니라 계속 속아 넘어가는 습관이 있었더라면, 나 역시 세상 모든 바보처럼 편안하게 살았겠지요.

나는 어린 시절을 할머니하고, 말하자면, 나한테 하나밖에 없는 친척이며 할머니라고 자칭하는 여인하고 살았습니다. 그 여인은 친척이 아니지만, 나는 – 꼬마 바보에 불과해 – 조금도 의심하지 않았습니다. 여인네 집에는 자기네 가족 아이들과 다른 가족 아이들이 있었습니다. 모두 여자애로, 나를 포함해서 열 명이었습니다. 우리 모두 함께 살고 함께 교육받았습니다.

여자애들이 나를 보호하는 척하려고 단단히 결심했다는 사실을 깨달은 건 열두 살 무렵인 것 같습니다. 사람들이 나한테 고아라고 했습니다. 고아는 나밖에 없어, 여자애 모두 하나같이 잘난 척하면서 교만하게 동정한다는 사실을 알아챘습니다(내가 바보가 아니라서 겪은 최초의 불이익이겠지요). 이걸 알아챈 건 내가 경솔했던 거로 여기지 않았습니다. 그래서 여자애들을 괴롭혔습니다. 하지만 여자애 누구든 나한테 맞서게 하는 건 정말 어려웠습니다. 행여나 성공하더라도, 한두 시간만 지나면 하나같이 찾아와서 나를 달랬으니까요. 나는 그들을 괴롭히고 또 괴롭혔으나, 그들은 내가 그러기만 기다렸다는 걸 조금도 몰랐습니다. 그들은 언제나 나를 용서했습니다, 허영에 들떠 겸손한 척하면서. 어른들 모습이 꼬마들한테 투영된 거죠!

그들 가운데 한 명은 내가 좋아한 친구였습니다. 멍청한 기생충을 나는 정말 좋아했습니다, 어린 나이에도 당시를 떠올리면 굴욕감이 몰려들 정도로. 그 애는 사람들이 말하는 착한 품성에 다정한 성격이었습니다. 상대가 누구든 예쁜 표정과 미소를 떠올릴 수 있으며, 실제로 그랬습니다. 그 애가 나를 애태워서 상처를 주려고 일부러 그런다는 걸 아는 사람은 그 집에 나 말고 없었던 것 같습니다!

그런데도 나는 무가치한 애를 너무나 사랑했습니다, 삶 전체가 힘들어질 정도로. 나는 "그 애를 괴롭힌다"는 이유로, 그 애한테 배신했다면서 공격하고 속마음이 어떤지 다 안다고 몰아붙이면서 울린다는 이유로 늘 꾸지람듣고 망신당했습니다. 하지만 나는 그 애를 진심으로 사랑했고, 그래서 방학 때 그 애 집에 함께 갔습니다.

그 애는 학교보다 집에서 훨씬 심했습니다. 사촌과 지인이 너무 많아, 우리는 그 애 집에서 춤추다 다른 집으로 춤추러 가기도 했는데, 집이든 바깥이든 그 애는 못 견딜 정도로 내 사랑을 뒤흔들었습니다. 그 아이 계획은 모든 사람이 자신을 좋아하게 하는 것, 그래서 내가 미칠 듯이 질투하게 하는 것이었습니다. 모든 사람한테 귀엽고 사랑스럽게 행동하는 것 – 그래서 내가 그들 모두를 미칠 듯이 부러워하게 하는 것이었습니다. 밤에 우리 둘만 침실에 있을 때면, 나는 그 애한테 비열하게 행동하는 걸 내가 다 안다며 나무라고, 그러면 그 애는 울고 또 울다 나한테 정말 잔인하다며 하소연하고, 그러면 나는 그 애를 아침까지 꼭 껴안았습니다. 늘 그렇게 사랑하다 못해, 이렇게 고통받느니 차라리 그 애를 꼭 껴안고 강바닥으로 - 죽은 다음에도 꼭 껴안을 곳으로 - 뛰어들자는 기분마저 들었습니다.

사랑은 마침내 끝으로 치닫고, 나는 풀려났습니다. 그 애 가족 가운데 숙모가 있는데 나를 좋아하지 않았습니다. 가족 가운데 누가 나를 특별히 좋아한 사람이 있었다는 말은 아닙니다. 나는 그 집 가족한테 나를 좋아하길 바란 적이 없으니까요. 오로지 그 애 한 명한테만 사로잡혔으니까요. 숙모는 젊은 여자로, 나를 지켜보는 눈빛이 진지했습니다. 노골적으로 동정하듯 바라보는 무례한 여자였습니다. 앞에서 말한 밤이 지나고, 아침 식사를 들기 전에 나는 온실로 내려갔습니다. 샬럿은 (내가 좋아하던 불성실한 여자애 이름이랍니다) 먼저 내려갔는데, 내가 들어서는 순간에 내 얘길 하는 숙모 목소리가 들렸습니다. 나는 그 자리에 멈추고 나뭇잎 사이에 숨어서 엿들었습니다.

숙모는 "샬럿, 웨이드 때문에 네가 말라비틀어져서 죽을 테니, 계속 이러지 말아야 해"라고 했습니다. 내가 들은 말을 그대로 쓴 겁니다.

그렇다면 그 애가 뭐라고 했을까요? "말라비틀어지게 하는 건 바로 나예요. 그 애를 고문대에 올려놓고 고문하는 건 바로 나라고요. 그런데도 그 애는 밤마다 나를 열렬히 사랑한다고 말한다고요, 내가 자기를 얼마나 힘들게 하는지 알면서도"라고 했을까요? 아니에요. 그 애는 본성을 날것 그대로, 내가 오랫동안 겪은 그대로 드러냈어요. 그 애는 (숙모한테 동정받으려고) 조금씩 흐느끼다 급기야 눈물을 펑펑 흘리면서 말했어요.

"사랑하는 숙모님, 그 애는 스스로 괴롭히는 성격이에요. 학교에서 나를 포함한 모든 애가 그 성격을 고쳐주려고 열심히 노력해요. 우리 모두 열심히 노력해요."

그러나 숙모는 비열한 거짓말이 아니라 매우 고상한 말이라는 듯 다정하게 쓰다듬더니 파렴치하게 대답했어요.

"하지만 모든 일에는 한계가 있는 법이야, 사랑하는 조카. 그렇게 노력하는 건 더없이 훌륭하지만, 가련하고 불쌍한 아이는 늘 쓸데없이 너를 힘들게 하더구나."

가련하고 불쌍한 여자애는 숨은 곳에서 나와, 지금 이 글을 읽는 선생께서 짐작하시는 대로 "집으로 보내줘요"라고 말했습니다. 내가 한 말은 "집으로 보내줘요, 아니면 낮이든 밤이든 혼자 걸어서 돌아가겠어요!"가 전부였어요. 두 사람 누구한테도, 그 집에 사는 누구한테도 더 말하지 않았어요. 집으로 돌아와서는 할머니라는 여자한테, 그 아이는 물론 다른 아이가 하나라도 돌아오기 전에 나를 다른 곳으로 보내달라고, 다른 곳에서 마저 공부하겠다고, 그들의 교활한 얼굴을 보느니 차라리 벽난로에 뛰어들어 두 눈을 태워버리겠다고 했어요.

마침내 다른 여자애들이 있는 곳으로 갔는데, 그 아이들 역시 다르지 않다는 걸 깨달았어요. 말도 그럴싸하고 행동도 그럴싸하지만, 모든 언행 이면에서는 나를 깔본다는 사실을, 그들 역시 다를 게 없다는 사실을 꿰뚫어 본 거예요. 그들 곁을 떠나기 전에 나는 할머니도 없고 친척도 없다는 사실을 깨달았어요. 그 사실에 비춰서 과거를 들여다보고 미래를 들여다보았어요. 그래서 사람들이 나를 배려하거나 도와주는 게 실제로는 나를 깔보면서 잘난 척하는 것에 불과하다는 사실을 수없이 새롭게 발견했어요.

어떤 사업가 한 명이 나를 대상으로 재산을 조금 신탁했어요. 나는 가정교사로 일해야 했어요. 그래서 가정교사가 되어, 가난한 귀족 집으로 들어갔어요. 그 집에는 딸이 둘이었어요. 둘 다 어리지만, 부모는 가능하다면 여교사 한 명 밑에서 아이들이 성장하길 바랐어요. 두 아이 엄마는 젊고 예뻤어요. 그 여자는 처음부터 나한테 엄청 자상한 척하고, 나는 속으로 분노를 삭였어요. 자신이 여주인이라는, 마음만 먹으면 언제든 나를 다르게 대할 수 있다는 우월감을 그런 식으로 드러낸다는 사실을 너무나 잘 알았거든요.

나는 화도 안 나고 실제로 화낸 적도 없지만, 그 여자 말에 순순히 따르지 않는 식으로 그 속마음을 다 안다는 걸 보여주었어요. 그 여자가 포도주를 마시라고 압박하면 나는 물을 마셨어요. 행여나 식탁에 좋은 요리가 있으면 그 여자는 내 앞으로 밀어주었지만, 나는 언제나 거부하고 나쁜 요리를 먹었어요. 나는 그 여자가 드러내는 우월감을 날카롭게 받아치고 무너뜨리면서 '나는 나'라고 느꼈어요.

나는 두 아이를 좋아했어요. 둘 다 겁이 많긴 해도 전체적으로는 나를 좋아하는 경향이 또렷했어요. 하지만 유모가, 발그레한 얼굴로 중뿔나게 착한 척하고 즐거운 척하는 여자가 있었는데, 그 집에 나보다 먼저 들어와서 두 아이를 돌보며 미리 충분히 애정을 쌓아놓은 상태였어요. 이 여자만 아니면 나는 그 집에 완전히 뿌리내렸을지도 모릅니다. 하지만 아이들을 독차지하려고 끊임없이 경쟁하며 교묘하게 행동하니, 다른 사람이었다면 깜빡 속았을 거예요. 하지만 나는 처음부터 속내를 꿰뚫어 보았어요. 내 방을 청소하고 나를 시중들고 내 옷을 정돈한다는 핑계로 (이런 일을 유모는 정말 열심히 했는데) 자리를 절대로 안 비웠어요. 교활한 행위는 수없이 많은데, 그중에서 가장 교활한 행위는 두 아이가 나를 좋아하게 만드는 척하는 짓이었어요. 두 아이가 나한테 다가가고 나를 좋아하게 하는 식으로요. "착하신 웨이드 선생님께 가렴, 다정한 웨이드 선생님께 가렴, 어여쁜 웨이드 선생님께 가렴. 선생님은 너희를 많이 사랑하셔. 웨이드 선생님은 매우 똑똑하신 분이셔. 읽은 책도 엄청 많아서 훌륭하고 재미난 이야기를 나보다 훨씬 많이 해주실 거야. 어서 가서 웨이드 선생님 말씀을 들어!" 하지만 교활한 행위를 볼 때마다 나는 속으로 화가 펄펄 이는데, 두 아이한테서 어떻게 관심을 끌어내겠습니까? 두 아이가 순진무구한 얼굴을 빼내면서 나 대신 유모 목을 두 팔로 껴안는데, 내가 어떻게 하겠습니까? 그럴 때마다 유모는 바싹 달라붙은 두 아이를 떼어내고 나를 올려다보며 "두 아이 모두 금방 바뀔 거예요, 웨이드 선생님. 한없이 순진하고 사랑스러우니까요, 선생님. 낙담하지 마세요, 선생님"이라고 했어요……나를 이겼다고 자랑하면서!

유모가 그러는 건 또 있어요. 위에서 설명한 방법으로 내가 깊이 좌절하고 낙담했다는 느낌을 받을 때마다 유모는 두 아이한테 나를 보라고 했어요, 자신과 내가 다르다는 사실을 또렷하게 보여주려고요. "쉿! 가련하게도 웨이드 선생님은 몸이 안 좋으셔. 얘들아, 시끄럽게 하지 말렴, 선생님 머리가 아프시니까. 어서 가서 달래드려. 어서 가서 괜찮으신지 물어보렴. 어서 가서 침대에 누우시라고 말해. 마음에 담아 두지 마세요, 선생님. 미안해요, 선생님, 금방 좋아질 거예요!"

견딜 수 없을 정도였어요. 하루는 혼자 있으면서 더는 못 견디겠다는 느낌이 최고로 치솟는 순간에 유모를 부리는 마님이자 나를 고용한 여주인이 방으로 들어왔어요. 나는 그만두겠다고 말했어요. 도스라는 여자가 곁에 있는 걸 도저히 못 견디겠다면서요.

"웨이드 선생님! 불쌍한 도스는 선생님께 헌신해요. 선생님을 위해서라면 무슨 일이라도 하려고 들면서요!"

나는 여주인이 그렇게 말하리라 예상하고 충분히 대비한 상태였어요. 그래서, 여주인 말에 굳이 반박할 처지는 아니니까 그냥 관두겠다는 대답만 했어요.

늘 그렇듯 여주인은 우월감이 살며시 드러나는 어투로 대답했어요.

"우리가 함께 지낸 이후로 내가 한 말이나 행동으로 선생님이 '여주인'이라는 불쾌한 표현을 당연하게 사용하도록 한 적은 없으면 좋겠어요, 선생님. 행여나 그런 적이 있다면, 그건 내가 전적으로 실수한 거예요. 부탁이니, 그게 무언지 알려주세요."

여주인한테는 아무런 불만이 없으니 알려줄 것도 없다고, 하지만 그만두겠다고 대답했어요.

여주인은 잠시 망설이더니 바로 옆에 앉아서 내 손에 자기 손을 올려놓았어요. 그런 영광을 베풀면 어떤 기억이라도 사라질 것처럼!

"안타깝게도 선생님은 스스로 괴롭히시는데, 내가 어떠한 영향도 못 미치네요."

이 말을 듣는 순간에 예전 경험이 떠올라, 나는 빙그레 웃으며 대답했어요.

"네, 스스로 괴롭히는 성격이니까요."

"나는 그렇게 말하지 않았어요."

"무어든 쉽게 설명하는 방법이지요."

"그럴 수도 있지만, 나는 그렇게 말하지 않았어요. 내가 하고픈 말은 완전히 다른 의미였어요. 나는 남편이랑 이 문제에 관해서 많은 의견을 주고받았어요, 선생님이 우리와 편하게 지내지 않는다는 사실을 깨닫고 너무 힘들어서."

"편하게[63] 지내지 않아요? 아! 두 분 모두 대단하시네요, 여주인님."

"불행하게도 내가 의도한 뜻과 정반대로 들릴 수 있는 표현을 사용했네요." (여주인이 부끄러워했어요. 내가 그렇게 반응하리란 예상을 조금도 못 했던 거죠.) "내가 말하고자 한 건, 우리와 행복하게 지내지

---

63) '편하게'라는 표현을 여주인은 '편안한 관계'라는 의미로 말하고, 웨이드 아가씨는 '동등한 관계'로 받아들였다.

않는다는 뜻이었어요. 젊은 여자가 또 다른 젊은 여성한테 꺼내기 어려운 주제지만, 어쩌면…… 간단히 말해서, 우리 부부는 선생님 잘못이 하나도 없는 가정환경 때문에 선생님 스스로 영혼을 갉아먹는 건 아닌가 걱정스러웠답니다. 그게 정말이라면, 그것 때문에 고통스러워하지 말라고 간절히 부탁하겠어요. 우리 남편은 주변에서 잘 알듯이, 몹시 소중한 누이가 예전에 있었답니다, 법적으로 친누이는 아니지만, 모두에게 사랑받고 존경받던……"

나는 단번에 깨달았어요, 주인 부부가 나를 받아들인 이유는 죽은 여자 때문이란 사실을, 그 여자가 누구든, 나를 주변에 자랑하는 데 이용했다는 사실을. 나는 깨달았어요, 유모가 그 사실을 알고서 나를 그런 식으로 이용하며 괴롭혔다는 사실을. 나는 깨달았어요, 두 아이가 나를 피한 이유는 내가 다른 사람과 다르다는 느낌을 막연하게 받았기 때문임을.

굳이 말할 필요가 없는 비슷한 경험을 짧게 한두 차례 하고서 나는 학생이 한 명밖에 없는 또 다른 집으로 들어갔어요. 여자애는 열다섯 살 외동딸이었어요. 부모는 나이가 많고 신분이 높고 돈이 많았어요. 찾아오는 사람도 많았는데, 이 집에서 자란 조카가 제일 많이 들락거리다, 나한테 관심을 보이기 시작했어요. 나는 단호하게 거절했어요. 그 집에 들어갈 때 누구도 나를 동정하거나 잘난 척하지 않게 하겠다고 다짐했거든요. 하지만 조카가 편지를 보냈어요. 그래서 우리는 결혼을 약속하는 관계로 나아가게 되었어요. 그 사람은 나보다 한 살 어린데, 겉모습은 더 어려 보였어요. 인도에서 전망이 좋은 직책에 있는데, 잠시 휴가받아서 나온 상태였어요. 앞으로 6개월이면 우리는 결혼해서 인도로 들어갈 예정이었어요. 그동안 나는 그 집에 머물다 그 집에서 결혼하기로 했고요. 이 계획을 조금이라도 반대한 사람은 아무도 없었어요.

그 사람이 나를 숭배했다는 말을 안 할 수는 없지만, 가능하다면 안 하고 싶어요. 허영심 때문이 아니에요. 그 사람이 숭배하는 게 나는 정말 힘들었으니까요. 그 사람은 그걸 숨기려고 애쓰는 기색이 조금도 없으며, 그래서 돈 많은 사람이 주변에 있을 때마다 겉모습을 보고서 나를 산 듯한, 자신이 잘 샀다고 자랑하는 듯한 느낌에 시달렸으니까요. 나는 사람들이 나를 보면서 속으로 가격을 매기다, 최고 가치는 얼마나 될까 궁금해한다는 사실을 깨달았어요. 나는 그들에게 그걸 알려주면 안 된다고 다짐했어요. 사람들 앞에서 입을 꾹 다문 채 조금도 안 흔들렸어요. 그들에게 인정받으려고 나 자신이 드러나는 말을 하느니, 차라리 그들 가운데 한 명에게 죽는 고통을 감수하겠다는 각오였어요.

그 사람은 내가 능력을 충분히 발휘하지 않는다고 했어요. 나는 능력을 충분히 발휘하는 중이라고, 실제로 마지막까지 최선을 다하는 중이라고, 사람들 비위를 맞추려고 굽실대지 않을 수 있는 건 바로 그것 때문이라고 대답했어요. 사람들 앞에서 애정을 과시하지 않으면 좋겠다는 말까지 하자, 그 사람은 걱정스러운 표정은 물론 충격받은 표정까지 떠올렸어요. 하지만 사랑하는 마음에 자연스레 이는 충동일지라도 기꺼이 자제해서 나를 안심시키겠다고 다짐했어요.

그 사람은 그걸 핑계 삼아서 나한테 보복했어요. 몇 시간을 함께 보내는 동안 나하고 일정한 거리를 유지하면서 내가 아닌 다른 사람과 대화했어요. 그 사람이 어린 사촌하고 ― 내 학생하고 ― 대화하는 동안, 나는 저녁 시간 절반을 다른 사람 눈에 안 띄게 혼자 앉아서 지냈어요. 그러는 내내 사람들 눈을 바라보았어요. 그 사람이 나보다 사촌하고 훨씬 가까워 보인다고 여기는 눈빛이었어요. 가만히 앉아서 사람들 머릿속을 파헤치다, 어려 보이는 그 사람 외모가 나를 우스꽝스럽게 만드는 걸, 그 사람을 조금이라도 사랑한 나 자신한테 분노가 치미는 걸 느꼈어요.

한때는 그 사람을 정말 사랑했거든요. 그 사람은 그럴 자격이 없는데도, 그것 때문에 내가 받는 모든 고통을 - 그 사람이 목숨을 다할 때까지 고마운 마음으로 내 사람이 되어야 마땅한 고통을 - 전혀 생각하지 않는데도, 나는 그 사람을 사랑했으니까요. 그 사람 사촌이 내가 기뻐한다고 여기는 척하면서, 하지만 그럴 때마다 내 가슴은 썩어 문드러진다는 사실을 너무나 잘 알면서, 내 얼굴에 대고 그 사람을 칭찬하는 것도 꾹 참았어요, 그 사람을 위해서. 그 사람 옆에서 받은 모욕과 학대를 모조리 떠올리면서도, 지금 당장 도망쳐서 그 사람을 두 번 다시 안 봐야 하는 건 아닌가를 수없이 고민하면서도, 나는 그 사람을 사랑했으니까요.

그 사람 숙모는 (나를 고용한 여주인이라는 걸 상기하세요) 내가 겪은 고난과 시련을 체계적이고 계획적으로 배가시켰어요. 그 사람이 진급하면 우리가 인도에서 어떤 스타일로 얼마나 화려한 집에 살며, 어떤 손님을 맞이하는지 떠벌리는 걸 좋아했거든요. 남에게 종속돼서 열등하게 살아가는 신분을 내가 결혼해서 살아갈 신분과 노골적으로 비교하고 지적할 때마다 나는 자존심이 상했어요. 그런데도 분노를 억눌렀어요. 겸손하게 대답하는 식으로 앙갚음한 게 전부니까요. 여주인께서 말씀하시는 의도를 충분히 파악했다. 여주인께서 설명하신 내용은 나한테 대단한 영광이라는 사실을 확실히 인정하겠다. 내가 그렇게 커다란 변화를 못 견디는 건 아닐지 걱정스럽다. 여주인 딸을 가르치는 가정교사가, 일개 가정교사가, 그렇게 높은 신분이 된다니, 당연하지 않겠는가! 이 대답을 그 사람 숙모는 물론 모든 사람이 불편하게 여겼어요. 그 사람 숙모가 하는 말을 내가 충분히 이해했다는 걸 사람들이 깨달았으니까요.

내가 최고로 고통스러울 때, 내가 자기 때문에 겪는 수많은 고통과 굴욕에 관심도 없고 고마워할 줄도 모르는 약혼자한테 분노가 끝없이 치밀 때, 선생의 소중한 친구 가우언 선생이 나타났어요. 예전에 그 집과 가깝게 지내다, 외국에 다녀온 거였어요. 가우언 선생은 당시 상황을 한눈에 파악하고 내가 겪는 고통을 이해했어요.

가우언 선생은 살아평생에 나를 처음으로 이해한 사람이었어요. 그 집에 세 차례 나타나기도 전에 내 마음과 함께 움직인다는 사실을 깨달았으니까요. 주변 사람 모두를, 나를, 모든 주제를 냉정하고도 느긋하게 대하는 모습에 또렷이 드러났으니까요. 미래의 남편이 숭배할 때마다 가볍게 반박하는 모습에, 우리 약혼과 전망에 열광하는 모습에, 우리가 앞으로 쌓아 올릴 재화를 축하하고 가난할 수밖에 없는 자신을 힘없이 말하는 모습에 ─ 하나같이 공허하고 익살스럽고 비웃음이 가득한 모습에 ─ 또렷이 드러났으니까요. 가우언 선생은 나를 둘러싼 대상 전체를 더없이 훌륭하게 바라보는 척하면서 증오라는 빛을 새롭게 비추는 식으로, 내가 주변 모든 것에 더욱더 분개하고 더욱더 경멸하도록 거들었어요. 네덜란드 목판화 연작에 죽음의 신이 정장 차림으로 나와서 그랬듯, 상대가 젊든 늙든, 잘생겼든 못생겼든 상관없이, 함께 춤추든 함께 노래하든 함께 놀든 함께 기도하든 상관없이, 언제나 상대를 송장처럼 핼쑥하게 만드는 느낌으로요.

그러니 선생 친구가 나를 칭찬하는 건 사실 나를 동정하는 것이며, 분노에 휩싸인 나를 달래는 건 내가 지닌 상처를 모두 드러내는 것이며, "충실한 신랑감"이 "세상에서 가장 다정한 마음을 지닌, 가장 사랑스러운 젊은이"라고 선언하는 건 우스꽝스럽게 보인다는 나의 오랜 걱정을 건드린 거란 사실을 선생도 이해하시겠지요. 선생이라면 그런 행동은 나한테 별다른 도움이 안 된다고 할 수도 있겠지만, 나는 마음에 들었답니다, 내 마음을 그대로 나타내고 내 생각을 인정하는 느낌이었거든요. 그래서 나는 선생 친구와 어울리는 걸 다른 누구와 어울리는 것보다 좋아하게 되었답니다.

그런 모습을 질투하는 사람이 있다는 걸 (거의 동시에) 깨닫는 순간, 그 사람과 어울리는 걸 나는 더욱 좋아하게 되었지요. 나라고 해서 질투하는 대상이 되지 말라는 법은 없지 않은가? 그래. 약혼자도 그 느낌을 알아야 해! 나는 약혼자도 그 느낌을 알게 되었다는 게 기뻤어요. 그 느낌을 뼈저리게 알 수 있다는 게 기뻤어요. 약혼자가 질투하길 바랐어요. 그게 전부가 아니었어요. 가우언 선생은 나랑 동등한 자격으로 말하는 법도 알고 쓰레기 같은 주변 사람을 가혹하게 해부하는 법도 아는데, 약혼자는 무기력한 양이었어요.

이런 관계가 이어지자, 마침내 숙모가 - 나를 고용한 여주인이 - 총대를 메고서 말했어요. 내가 별다른 생각 없이 그런다는 걸 아는 터라 굳이 거론할 필요는 없겠지만, 그래도 넌지시 말하는 게 좋겠다는 생각이 들었다고, 가우언 선생과 어울리는 걸 자제하는 편이 바람직하겠다고.

나는 여주인한테 내가 무슨 생각인지 어떻게 확신하느냐고 물었어요. 여주인은 나한테 나쁜 의도가 없다는 것만큼은 확신할 수 있다고 대답했어요. 나는 이렇게 말했어요, 고맙긴 하지만, 내 일은 내가 알아서 한다고, 다른 하인은 착한 성격이라는 말을 들으면 하나같이 고마워하겠지만, 나는 아니라고.

다른 대화가 잇따르는 가운데, 나는 이렇게 물었어요. 여주인이 말하면 나는 당연히 순종해야 한다고 자신 있게 말할 수 있느냐? 내 신분이 그래서, 혹은 내가 고용인이라서 그렇게 생각하는 거냐? 내가 판 건 몸뚱이도 영혼도 아니다. 당신은 훌륭한 조카가 노예 시장에서 마누라를 돈으로 샀다고 여기는 것 같다.

이 주제는 조만간에 끝날 수밖에 없겠지만, 여주인은 단번에 마무리했어요. 가엾게 여기는 자세로, 나는 스스로 괴롭히는 성격이라고 말했어요. 오래된 비열한 공격이 그대로 나오는 순간, 나도 더는 안 참았어요. 그동안 내가 듣고 본 여주인 모습을, 내가 여주인 조카랑 약혼하는 경멸스러운 처지가 된 뒤로 내가 속으로 겪은 고통과 갈등을 전부 까발린 거예요. 모멸감에 시달리는 나를 구원한 인물은 가우언 선생밖에 없다고, 가슴에 오랫동안 담아두기만 했지만, 지금 말하는 건 너무 늦었지만, 이제 당신네 누구도 더는 안 보겠다고 선언했어요. 그리고 그렇게 했어요.

선생 친구는 내가 은둔한 곳까지 찾아와, 내가 파혼한 걸 가지고 익살을 떨었어요. 정말 훌륭한 사람들이 (자신이 만난 사람 가운데 그나마 최고라 할 수 있는 사람들이) 안 좋은 일을 겪어서 안타깝다면서, 벼룩을 잡으려고 초가삼간까지 굳이 태워야 했는지 한탄스럽다면서. 그리고는 곧바로, 내가 생각한 이상으로 진심을 담아서, 자신은 재능이 탁월하고 성격이 강한 여성에게 선택받을 가치가 없다고. 하지만……아, 아……!

선생 친구는 기분이 내키는 만큼 나를 재밌게 하는 걸 즐겼어요. 그러다 말했어요, 우리 둘 다 세계인이라고, 우리 둘 다 인간을 이해한다고, 로맨스 같은 건 없다는 사실을 우리 둘 다 안다고, 우리 둘 다 이성을 지닌 사람답게 자기 운명을 찾아서 각자 다른 길을 갈 준비가 되었다고, 그러다 다시 마주치면 지상에서 가장 좋은 친구로 지낼 수 있다는 걸 우리 둘 다 안다고. 가우언 선생은 그렇게 말하고, 나는 반박을 안 했어요.

가우언 선생이 현재의 마누라한테 구애한다는 건, 그래서 부모가 딸을 멀리 데려갔다는 건 얼마 뒤에 알았어요. 당시에도 나는 그 여자를 엄청나게 증오했어요, 지금 증오하는 만큼. 따라서 그 여자가 가우언 선생과 결혼하길 진심으로 기원했어요. 하지만 그 여자를 직접 보고 싶은 호기심도 일었어요. 나한테 얼마 안 남은 흥밋거리 가운데 하나가 너무나 궁금했어요. 그래서 여행을 떠나고, 마침내 그 여자를, 그리고 선생을 찾아냈어요. 선생 친구는 당시에 선생을 몰라, 지금과 달리 선생에게 우정어린 표시를 조금도 안 했던 것 같아요.

여자 일행 가운데서 나는 한 여자애를 찾았어요. 모든 점에서 나하고 너무나 비슷한 여자애였어요. 친절을 베푼다는, 보호한다는, 자비롭다는 표현을 그럴싸하게 붙여서 잘난 척하는 이기적인 행태에 불만이 가득한 모습을 재밌게 지켜보다, 나는 그 아이 성격에 관심이 생겼어요. 앞에서 설명한 내 성격이랑 똑같았거든요. "스스로 괴롭히는 성격"이라고 말하는 소리까지 툭하면 들을 정도로. 그 애는 편리한 표현에 담긴 의미를 너무나 잘 알고, 나는 내가 겪은 걸 충분히 이해할 동무가 필요한 터라, 부당한 굴레에서 여자애를 구하겠다고 결심했어요. 그래서 성공했다는 말까지 굳이 할 필요는 없겠지요.

그런 뒤로 내가 가진 얼마 안 되는 돈을 쓰면서 함께 지냈으니까요.

22장. 이 길을 누가 이렇게 늦게 지나나요?

아서 클레넘은 업무 압박이 심한 가운데 칼레로 쓸데없는 여행을 다녀온 상태였다. 세계지도에서 큰 영역을 차지하는 미개한 특정 강대국[64]에서 발명 능력이 좋고 집행 능력이 탁월한 엔지니어 한두 명에게 도움을 요청할 일이 생겼다. 엔지니어는 실용적인 인물이어야 했다. 부족한 인력과 재료를 현장에서 찾아내 최선의 결과를 만들어내는 건 물론, 바람직한 목표를 세우고 그 목적에 합당하게 인력과 재료를 대담하면서도 효율적으로 배치할 수 있어야 했다. 독한 포도주를 만들려면 포도에 담긴 – 그리고 포도원에서 일하는 일꾼이[65] 지닌 – 열기와 생기가 모두 사라질 때까지 지하실에 넣어서 햇빛을 차단해, 포도가 먼지로 변할 때까지 내리눌러야 하듯, 국가적으로 중요한 목표는 '빙글빙글 돌리기 관청'에 당연히 떠넘겨야 하는데, 이 나라는 미개한 국가라서 미처 그런 생각을 못 했다. 턱없이 무식한 나라는 '일하는 방법'을 더없이 단호하고 정열적으로 찾아 나섰다. '아무것도 안 하는 법'이라는 위대한 정치학을 존중하지 않고, 그게 생겨날 여지도 허용하지 않았다.

---

64) 짜르 지하의 세성 러시아를 말한다.
65) 마태복음 20:1~16

위대한 정치기법을 실행하는 계몽국가 신민에게 도움받아, 그 기법을 더없이 무식하게 때려잡으려 했다.

따라서 필요한 사람을 찾아 나섰으니, 일을 처리하는 방식이 너무나 미개하고 비정상적이지 않을 수 없다. 적절한 인물을 찾아내면 전적으로 신뢰하며 극진하게 대우하고(이것 역시 정치적으로 심각하게 무지함을 드러내는데), 당장 들어오도록 초청해서 필요한 일을 하게 했다. 한마디로, 필요한 일을 할 사람과 손을 맞잡고서 목표를 달성할 사람으로 여기며 일할 계획을 세운 것이다.

데니얼 도이스는 여기에 선택된 사람 가운데 하나였다. 당장으로선 자리를 비우는 기간이 몇 달일지 몇 년일지 아무도 예견할 수 없었다. 도이스가 출국준비를 하고, 클레넘은 합작기업에서 추진하는 작업과 결과를 상세히 정리해서 설명할 자료를 급히 만들어야 했으니, 그 작업에 밤낮없이 매달렸다. 그런데도 짬이 나는 순간에 해협을 미끄러지듯 건너고, 데니얼과 송별 모임을 하려고 순식간에 미끄러지듯 돌아온 상태였다.

그런 클레넘이 합작기업의 손익상태와 업무역량과 전망을 지금 구체적으로 열심히 알려주었다. 데니얼 도이스는 끈기 있게 듣다가 크게 감탄했다. 자신이 지금껏 제작한 천재적인 기계장비는 상대도 안 될 정도라는 표정으로 회계장부를 살피더니, 가만히 서서 한 손으로 모자챙을 잡아 머리에 얹으며 장부를 쳐다보는 모습이 아주 훌륭한 엔진을 감상하느라 흠뻑 빠져든 것 같았다.

"질서정연하고 규칙적으로 정리한 내용이 하나같이 아름답구려, 클레넘. 무엇도 이보다 명쾌할 순 없겠소. 훌륭할 수도 없고."

"마음에 드신다니 다행입니다, 데니얼 도이스 선생님. 선생님께서 멀리 떠나신 동안에 선생님 자본을 운용할 방법에 대해서, 그리고 사업상 필요할 때마다 상당 부분을 사용할 원칙에 대해……"

클레넘이 말하는데, 동업자가 막았다.

"그 문제는 물론 다른 모든 문제 역시 선생이 알아서 하시오. 지금까지 스스로 처리해서 나한테 마음의 부담을 크게 덜어준 것처럼 앞으로도 똑같이."

"내가 자주 지적하듯, 선생님은 자신의 사업역량을 터무니없이 얕보시는군요."

클레넘이 말하자, 데니얼이 빙그레 웃으며 대답했다.

"그럴 수도 있겠지요. 아닐 수도 있고. 어쨌든 나는 그런 문제보다 기계 원리를 연구하는 능력이 좋으며 나랑 훨씬 잘 맞기도 하다오. 나는 동업자를 완벽하게 믿으며, 가장 바람직한 결정을 내리리라 확신하오."

데니얼이 장인 특유의 둔탁한 엄지손가락을 동업자 외투 옷깃에 얹으며 이어갔다.

"돈이나 자금에 대한 편견이 굳이 있다면, 나는 투기를 안 좋아한다는 것이오. 이것 말고는 편견이 없는 듯하오. 나는 편견이 또렷하며, 이유는 딱 하나, 지금껏 그 문제를 골똘히 생각한 적이 없다는 것이오."

"그건 편견이 아니에요, 친애하는 데니얼 도이스 선생님. 분별력이 좋은 거예요."

클레넘 말에 데니얼 도이스가 회색 눈을 번뜩이며 다정하게 바라보았다.

"그렇게 생각해서 고맙소."

"실제로 지금 막, 선생님이 내려오시기 삼십 분 전에, 여기에 들른 팽스한테 똑같은 말을 했답니다. 팽스도 나도 안전한 투자에서 벗어나는 행위는 정말 위험한 짓거리라고, 멍청한 사람한테서 흔히 나타나는 나쁜 습관이라고 생각한답니다."

"팽스도?"

데니얼 도이스가 모자를 뒤로 기울이며 묻더니, 신뢰하는 표정으로 고개를 끄덕이며 덧붙였다.

"그래, 그래, 그래! 조심스러운 친구지요."

"정말 조심스러운 친구가 맞아요. 누구보다 조심스러운 친구요."

겉으로 드러난 대화만 볼 때, 두 사람 모두 팽스가 지적이라는 측면보다 조심스러운 성격이라는 측면에 만족하는 것 같았다.

데니얼 도이스가 자기 시계를 쳐다보며 말했다.

"그럼 이제, 시간과 세월은 사람을 안 기다리고 가방과 짐은 아래층입구에 내려놓아서 출발 준비를 마쳤으니, 마지막으로 한마디만 하겠소. 부디 내 부탁을 들어주길 바라오."

"어떤 부탁이든 말씀만 하시면……"

클레넘이 말하다, 동업자 얼굴을 보고서 순식간에 알아채고 덧붙였다.

"선생님 발명품을 포기하라는 말씀만 빼고요."

"바로 그것이라오. 내가 무얼 부탁할지 선생도 아는구려."

"그렇다면 안 된다고 말씀드리겠습니다. 단호하게 말씀드립니다, 안 된다고. 이미 시작한 일입니다. 그 사람들한테 또렷한 이유를, 책임 있는 설명을, 진짜 대답을 듣고 말겠습니다."

클레넘이 다짐하자, 데니얼 도이스가 머리를 저었다.

"불가능하오. 내 말을 믿으시오, 그건 불가능하니."

"최소한 시도는 해야지요. 시도하는 자체로 해로울 건 없으니까요."

클레넘 말에, 데니얼 도이스가 한 손을 클레넘 어깨에 올리며 설득하듯 대답했다.

"그건 모른다오. 나한테는 많은 해를 끼쳤으니, 친구. 그것 때문에 늙고 지치고 짜증이 치밀고 좌절했으니 말이오. 학대받고 인내심이 바닥나서 좋을 사람은 어디에도 없소. 이리저리 미루고 어물쩍거리는 작태에 시달리느라 선생한테서 부드러운 느낌이 예전에 비해 부쩍 줄었다는 생각마저 든다오."

"사적으로 힘든 일이 있어서 잠시 그랬을 뿐, 그 일에 시달려서 그런 건 아니에요. 아직은 괜찮아요. 아직은 안 지쳤어요."

"내 부탁을 안 들어주겠소?"

"단호하게, 안 됩니다. 나보다 연세가 많으시고 이해관계도 민감한 분이 오랫동안 꿋꿋하게 싸우시던 현장을 이렇게 빨리 포기한다면 수치스러울 겁니다."

데니얼 도이스는 클레넘 마음을 되돌릴 수 없다는 걸 깨닫고 손을 다시 꼭 잡는 것으로 대답하고 사무실을 마지막으로 둘러본 뒤, 클레넘과 함께 계단을 내려갔다. 사우샘프턴으로 가서 함께 작업할 동료 몇 명과 합류할 예정이었다. 역마차는 짐을 모두 올린 채 데니얼 도이스가 타기만 기다리는 중이었다. 같이 일하는 직공들이 배웅하려고 입구에서 기다리는데, 하나같이 데니얼 도이스를 자랑스럽게 여기는 표정이었다.

"행운을 빌어요, 사장님!"

직공 한 명이 소리쳤다.

"어디를 가시든 사장님처럼 일을 잘하는 사람이 없다는 걸 모든 사람이 느낄 거예요. 장비를 능수능란하게 다루시는 기술자, 장비도 알아보는 기술자는 사장님밖에 없다는 사실을. 의지도, 능력도 탁월한 기술자라는 사실을. 그게 기술자 아니면 누가 기술자겠어요!"

무뚝뚝한 직공이 뒤쪽에서 자발적으로 소리치니, 말재주가 그렇게 좋다는 걸 예전에 모르던 사람들이 세 차례 커다랗게 환호하고, 그 직공은 유명한 사람이 되었다. 환호성이 세 차례 커다랗게 이는 가운데 데니얼 도이스는 모든 직공에게 "잘 있어요, 여러분!"이라며 인사하고, 역마차는 시야에서 사라졌다, 사방에서 울리는 공기에 실려 블리딩 하트 단지 밖으로 날아가듯.

밥티스트는 외국인으로서 믿음직한 자리에서 일하는 걸 감사하게 여기어, 조그만 덩치에도 직공들 사이에 머물며 나름대로 최선을 다하려 했다. 하지만 지구상 어떤 민족도 영국인처럼 환호할 순 없다. 영국인은 진심으로 환호할 때 피와 영혼을 모두 끌어모아서 소리를 내지르니, 기세는 색슨 알프레드 대왕 이후 역사 전체가 모든 깃발을 한꺼번에 흔드는 느낌이었다. 그러니 밥티스트는 시작하기도 전에 몸이 빙글빙글 도는 식으로 밀리다 공포에 젖은 표정으로 숨을 돌리는데, 클레넘이 손짓했다. 위층으로 따라와서 장부와 서류를 제자리에 돌려놓으라는 신호였다.

사람을 떠나보내고는 마음이 텅 비어 ─ 모든 인간을 위협하는 위대한 이별의 전초전으로, 어떤 이별이든 하나같이 공허함이 뒤따르니 ─ 클레넘은 책상 앞에서 어렴풋한 햇살을 아련하게 쳐다보았다. 하지만 어려운 과제에서 풀려난 관심은 머릿속에 가득한 문제로 단번에 치달아, 자신이 어머니 집에서 사내를 본 신비로운 밤에 마음속에 새긴 상황을 하나씩 떠올리기 시작했다. 벌써 백 번째였다. 구불구불한 골목길에서 사내는 자신을 다시 밀치고, 자신은 사내를 다시 뒤쫓다 놓치고, 마당에서 집을 올려다보는 사내를 다시 발견하고, 사내를 쫓아 올라 현관 계단 위에 다시 나란히 섰다.

"이 길을 누가 이렇게 늦게 지나나요?

마졸렌 동무여!
이 길을 누가 이렇게 늦게 지나나요?
언제나 흥겹게!"

둘이 나란히 선 순간에 사내가 흥얼대던 어린애들 노래를 떠올린
건 처음이 아니지만, 자기 입으로 흥얼댄 사실은 모르던 터라, 다음
구절이 들리는 순간에 깜짝 놀랐다.

"국왕을 따르는 가장 훌륭한 기사랍니다,
마졸렌 동무여!
국왕을 따르는 가장 훌륭한 기사랍니다,
언제나 흥겨운!"

존 밥티스트가 옆에서 가사와 가락을 공손하게 알려준 것이다, 클레
넘이 흥얼대다 다음 구절을 몰라서 멈춘 줄 알고.
"아! 자네도 아는가, 존 밥티스트?"
클레넘이 묻자, 밥티스트는 고향이 떠오를 때마다 그러듯 이탈리아
어투로 돌아가며 대답했다.
"그럼요, 당연하죠, 나리! 프랑스에서는 누구나 안답니다. 조그만
아이들이 자주 부르거든요. 마지막으로 들은 건 달콤하고 귀여운 목소
리였답니다. 아주 귀엽고 아주 예쁘고 아주 순수한 목소리. 알트로!"
"내가 마지막으로 들은 건 예쁜 것과 정반대, 순수한 것과 정반대
목소리였어."
동류가 아니라 자신한테 말하는 어투였다. 그러다 사내가 한 말을
그대로 덧붙였다.

"죽도록 없다, 나는 참을성이 죽도록 없는 성격이다!"

"헉!"

존 밥티스트가 깜짝 놀랐다. 너무 놀라서 한순간에 하얗게 질린 얼굴이었다.

"왜 그러나?"

"나리! 제가 그 노래를 마지막으로 어디서 들었는지 아십니까?"

밥티스트는 이탈리아 출신답게 재빨리 움직여서 두 손으로 커다란 매부리코를 만들고, 두 눈이 달라붙도록 밀어붙이고, 머리칼을 흐트러뜨리고, 윗입술을 앞으로 쭉 내밀어서 두툼한 콧수염 모양을 하고, 가상의 망토를 어깨 위로 묵직하게 올렸다. 이탈리아 농부를 지켜본 적이 없는 사람이라면 도저히 못 믿을 정도로 빠른 동작에, 두드러지게 사악한 미소까지 얼굴에 담았다. 모든 동작이 번갯불처럼 지나는 동안에도 얼굴만큼은 너무 놀라서 하얗게 질린 표정이었다.

"맙소사, 지금 무얼 보여준 건가? 블랑두아라는 사내를 아는가?"

클레넘이 묻자, 밥티스트가 머리를 저으며 대답했다.

"아니요!"

"노래를 듣고서 지금 막 그 사내 모습을 그리지 않았는가?"

"맞아요!"

밥티스트가 고개를 오십 번은 끄덕였다.

"그렇다면 블랑두아라는 이름이 아닌가?"

"네! 알트로, 알트로, 알트로, 알트로!"

밥티스트는 머리와 오른손 집게손가락을 동시에 흔들지만, 그 이름을 충분히 물리칠 수는 없었다.

클레넘이 전단을 책상에 펼치면서 물었다.

"잠깐만! 이 남자였나? 내가 크게 읽으면 알아들을 수 있나?"

"전부. 완벽하게."

"하지만 직접 와서 보게. 옆으로 와서 직접 봐, 내가 읽는 동안."

밥티스트가 옆으로 다가와서 빠른 눈으로 단어를 일일이 쫓아가며 안달 난 표정으로 듣고 보더니, 사악한 인물을 사정없이 붙잡는 듯 두 손을 쭉 펴서 전단을 꽉 움켜쥐며 간절한 눈으로 클레넘에게 소리쳤다.

"그 사람이에요! 그 사람이라고요!"

클레넘이 잔뜩 흥분했다.

"이건 나한테 자네가 상상도 못 할 만큼 중요한 문제야. 이 사내를 어디에서 만났는지 알려주게."

밥티스트가 크게 당황하고는 전단을 천천히 내려놓으며 두세 걸음 물러나서 두 손에 묻은 먼지라도 터는 것 같더니, 마지못한 표정으로 억지로 대답했다.

"마르시그리아에서……마르세유에서."

"이 사내가 거기에서 무얼 했나?"

"죄수요, 그리고 ─ 알트로! 내가 보기에는……"

밥티스트가 다시 다가가서 속삭였다.

"살인자요!"

클레넘은 커다란 충격이라도 받은 듯 뒤로 주춤했다. 어머니가 그런 사내와 교류한다는 게 너무나 끔찍했다. 존 밥티스트가 한쪽 무릎을 철퍼덕 꿇고서 요란하게 몸짓하며 자신이 사악한 인물을 만나게 된 이유를 들어달라고 간청했다.

밥티스트는 있는 대로 말했다, 사소한 물건을 밀수하다 구속되고, 시간이 지난 다음에 감옥에서 풀려나고, 앞에서 말한 일은 완전히 손을 떼고, 손 강변에 있는 샬롱에서 '새벽'이라는 선술집에 묵는데, 한밤중에 그 살인자가, 원래는 '리고'였으나 당시에는 '라니에'라는 이름으로 나타나서 자신을 깨웠으며, 살인자는 자신에게 길을 함께 가자 제안하고, 자신은 살인자가 너무나 두렵고 역겨워서 새벽녘에 몰래 도망치고, 그런 뒤로 살인자가 다시 마주쳐서 자신을 아는 척할지 모른다는 두려움에 시달린다는 내용이었다. 밥티스트는 자기네 말로 균형을 잡으며 '살인자'라는 단어를 강조하는 식으로 이야기를 마치는데, 그렇다 해서 클레넘이 덜 끔찍한 느낌을 받은 건 아니고, 밥티스트는 갑자기 벌떡 일어나서 전단을 다시 움켜잡고는 북부 출신이 그랬다면 완전히 미친 사람이라고 여길 정도로 커다랗게 소리쳤다.

"바로 이 살인자예요! 이 사람이에요!"

밥티스트는 잔뜩 흥분한 터라 최근에 살인자를 런던에서 목격한 사실을 처음에는 깜빡 잊었다. 그러다 떠올리고 이야기하자, 클레넘은 그자를 목격한 날이 그자가 어머니 집에 나타난 밤보다 최근일 수 있다는 희망을 품었다. 하지만 존 밥티스트는 날짜와 장소를 너무나 정확하고 또렷하게 기억해, 그 일이 먼저 일어났다는 사실을 의심할 여지는 없었다. 그래서 클레넘이 진지하게 말했다.

"잘 들어. 이자는 우리가 전단에서 읽은 것처럼 완전히 사라졌어."

존 밥티스트가 경건한 눈으로 하늘을 쳐다보며 대답했다.

"잘됐네요! 하느님, 천 번은 고맙습니다! 저주받은 살인자!"

"아니야. 사내 소식을 제대로 듣기 전까지 나는 한 시간도 편안할 수 없거든."

"알겠습니다, 나리. 그건 안 되지요. 백만 번 죄송합니다!"

밥티스트가 사과하자 클레넘은 상대 팔을 잡아서 가만히 돌려 두 눈이 마주치도록 하며 다시 말했다.

"존 밥티스트, 나는 지금껏 자네를 조금이나마 도왔으며, 자네는 진심으로 감사할 줄 아는 사내야."

"그렇습니다, 맹세합니다!"

"나도 알아. 자네가 이 사내를 찾아내거나 어떻게 되었는지 알아낸다면, 아니 무엇이든 이 사내에 관한 최신 정보를 알아낸다면 자네는 나를 크게 도와주는 거고, 자네가 나한테 감사하듯 나 역시 자네한테 (훨씬 중요한 이유로) 감사하게 될 거야."

클레넘이 말하자, 존 밥티스트가 좋아서 상대 손에 뽀뽀하며 소리쳤다.

"어디에서 찾아야 할지는 몰라요. 어디부터 시작해야 할지도 모르고요. 어디로 가야 하는지도 몰라요. 하지만, 용기! 충분해요! 아무렇지도 않아요! 내가 떠나요, 지금 당장!"

"나 말고 누구한테도 말하지 마, 존 밥티스트."

"알-트로!"

존 밥티스트가 대답했다. 그리고는 순식간에 사라졌다.

23장. 애프리가 자기 꿈을 얘기하는 데 조건을 걸다

혼자 남은 클레넘은 밥티스트, 혹은 지오바니 밥티스타 카발레토의 풍부한 표정과 몸짓이 눈앞에 생생한 가운데, 따분한 일과를 시작했다. 업무에 필요한 작업이나 꼬리를 무는 생각에 집중하는 식으로 관심을 통제하려 했으나, 소용이 없었다. 머릿속 깊숙이 뿌리내려서 다른 생각은 들어설 수 없었다. 죄수가 깊고 맑은 강물에서 꼼짝을 안 하는 배에 사슬로 묶여, 강물이 아무리 멀리 흐르든 상관없이, 자신이 빠뜨려 죽여서 강바닥에 누운 시신만, 물살이 가로나 세로로 돌리고 얼굴이 섬뜩하게 늘어나다 줄어드는 것 말고는 조금도 안 움직이고 안 변하는 시신만 끊임없이 쳐다보는 형벌에 빠져든 느낌이었다. 빤히 들여다보이는 생각과 환상이 빠르게 흐르며 사라지는 동시에 다른 생각과 환상이 들어서는 물살 밑바닥에 까만 물체 하나가 단단히 박힌 채 움직일 줄을 몰랐다. 기묘한 문제 하나가 밑바닥에 단단히 박혀서 꼼짝을 안 했다. 흘려보내려고 온갖 노력을 다해도 소용이 없었다.

새롭게 품은 확신이, 블랑두아는, 진짜 이름이 무엇이든, 더없이 사악한 인물이라는 확신이 마음에 가득한 부담을 한층 더 키워놓았다. 실종사건이 내일 당장 해결된다고 하더라도 어머니가 그런 사내와 교류한 사실은 변하지 않았다. 교류 내용이 은밀할 수밖에 없다는 사실은, 어머니가 그 사내를 두려워하며 순순히 따랐다는 사실은 자신 말고 누구도 모르길 바랐다. 그렇다 해서, 자신은 이미 그 사실을 아는데, 가슴에 오랫동안 품은 애매한 두려움에서 그 사실을 어떻게 떼놓고 두 사람 관계에 불길한 측면은 없다고 어떻게 자신하겠는가?

어머니는 그 문제를 절대 말하지 않겠다 결심하고, 어머니가 완고한 성격임을 아는 클레넘은 무기력감만 늘어났다. 모든 문제가 드러나서 아버지와 어머니 명성이 더럽혀지기 직전이라는, 그런데도 놋쇠 성벽[66]으로 차단해서 두 분을 도우러 달려갈 수 없다는 느낌이 악몽처럼 짓눌렀다. 자신이 본국으로 돌아온 목적은, 마음에 오랫동안 품은 목적은 모든 두려움이 최고로 치솟는 순간, 어머니 손에 단호하고 철저하게 무너졌다. 모든 조언과 활력과 노력과 돈과 믿음 등, 자신이 지닌 건 하나도 소용이 없었다. 어머니가 옛날이야기에 나오는 힘을[67] 지녔다 해도, 그래서 어머니를 쳐다보는 사람은 하나같이 돌로 변한다 해도, 어머니가 어둑한 방에서 딱딱한 얼굴로 쳐다보는 순간에 자신을 그렇게 무기력하게 만들 순 없었다.

새롭게 깨달은 빛이 이런 생각을 환하게 비추니, 클레넘은 단호하게 움직이자고 각오했다. 목적이 올바르다는 확신과 함께 위험이 다가온다는 느낌이 몰려드니, 클레넘은 행여나 어머니가 아직도 그 문제에 접근하는 걸 허락하지 않는다면 애프리에게 간절하게 호소하자고 다짐했다. 그래서 애프리가 털어놓아 집안에 은밀하게 들어찬 마법을 깨뜨리도록 도와준다면, 매시간 떠올라서 머리가 마비되는 무력감을 떨쳐낼 방법이 생기지 않겠는가! 바로 이게 온종일 고민한 결과며, 바로

---

66) 예레미야 15:20
67) 메두사가 지닌 힘을 말한다.

이게 하루가 저물 때 마음먹은 내용이었다.

클레넘이 첫 번째로 실망한 건 집으로 다가가는 순간에 현관문이 열려있고 예레미야가 현관 앞 계단에서 파이프 담배를 태운다는 사실이었다. 평소 같으면 현관문을 두드리고 애프리가 열어주어야 했다. 현관문이 열려있고 예레미야가 현관 앞 계단에서 파이프 담배를 태운다는 건 평소와 다른 상황이었다.

"안녕하세요."

클레넘이 인사하자, 예레미야가 대답했다.

"안녕하시오."

예레미야 입에서 꾸부정하게 흘러나오는 연기가 삐뚤어진 몸뚱이를 돌아다니다 삐뚤어진 목구멍으로 되돌아와, 꾸부정한 굴뚝에서 흘러나온 연기와 꾸부정한 강에서 피어오른 안개에 뒤섞이는 것 같았다.

"무슨 소식이 있나요?"

클레넘이 묻자, 예레미야가 대답했다.

"아무런 소식도 없다오."

"외국 남자 소식 말이에요."

"외국 남자 소식 말입니다."

예레미야가 대답하면서 한쪽 귀밑에 넥타이 매듭을 한 채 삐딱하게 서서 차갑게 쳐다보니, 클레넘은 이런 생각이 절로 떠올랐다. 처음 떠오른 생각이 아니었다. 혹시 예레미야가 어떤 목적 때문에 블랑두아를 해치운 건 아닐까? 어떤 비밀이 드러나거나 자기 목숨이 위태로워서? 저 노인은 덩치가 작고 등이 굽은 데다 힘이 약할지 몰라도 오래된 주목처럼 단단하고 늙은 갈까마귀처럼 교활해. 저런 사내가 상대를 죽이겠다고 결심한다면, 그런데 상대는 훨씬 젊고 힘도 훨씬 센 사내라면, 늦은 시간에 외딴곳까지 쫓아가다 살그머니 다가가서 죽일 수도 있잖아.

클레넘 마음에 늘 뿌리내린 생각 너머로 이런 생각이 병적으로 떠오르는 동안, 예레미야는 가만히 서서 목을 삐딱하게 하고 한쪽 눈을 감은 채 출입구 건너편 건물을 바라보며 사악한 얼굴로 담배를 태웠다. 아니, 담배를 태운다기보다는 담뱃대를 물어뜯는 것 같았다. 그렇긴 해도 나름대로 담배를 즐기는 중이었다. 그러던 예레미야가 허리를 숙여서 담뱃재를 털어내며 차갑게 말했다.

"다음에는 내 초상화도 그리겠구려, 도련님."

클레넘은 퍼뜩 정신을 차리고 당황하다, 무례하게 빤히 쳐다보았다면 미안하다고 사과하며 덧붙였다.

"이번 사건에 정신이 팔렸던 것 같아요."

"하! 도련님이 신경 쓰는 이유를 모르겠구려."

예레미야가 대답했다. 느긋한 어투였다.

"모른다고요?"

"네."

짤막하면서도 단호한 대답이었다. 갑자기 사냥개로 변해서 손을 덥석 무는 것 같았다.

"사방에 걸린 현수막이 보이는데, 아무렇지 않아요? 이번 사건과 관련해서 어머니 이름과 주소가 사방에 오르내리는데, 아무것도 아니에요?"

클레넘이 반박하자, 예레미야는 가죽만 남은 뺨을 긁으며 대답했다.

"그게 도련님한테 왜 중요한지 모르겠구려. 하지만 내 눈에 보이는 걸 말씀드리죠."

예레미야가 창문을 힐끗 올려다보며 이어갔다.

"도련님 어머니 방에서 불빛이 흘러나오네요!"

"그게 이번 사건하고 무슨 상관이 있나요?"

클레넘이 묻자, 예레미야가 얼굴을 찡그리며 대답했다.

"맙소사, 도련님, 저 불빛이 말하길, (속담대로) 잠자는 개를 그대로 두는 게 낫다면 잃어버린 개도 그대로 두는 게 낫다네요. 그냥 모른 척하세요. 그러다 보면 금방 나타날 수도 있으니까."

예레미야는 이렇게 말하고 몸을 획 돌려서 어두운 복도로 들어갔다. 클레넘이 가만히 서서 눈으로 뒤쫓는 가운데 예레미야는 한쪽 옆 조그만 방으로 들어가서 성냥을 찾으려고 손을 통에 서너 차례 집어넣더니, 벽에 걸린 등잔에 불을 붙였다. 그러는 동안, 클레넘은 예레미야가 흉악한 짓을 저지를 가능성을, 그래서 주변에 널린 어두운 길 너머로 시신을 질질 끌고 가서 흔적조차 없앨 가능성을 떠올렸다. 자신이 떠올리는 게 아니라 안 보이는 손이 그 가능성을 보여주는 듯했다.

"이제, 도련님, 위층으로 올라가도 될까요?"

예레미야가 퉁명스럽게 물었다.

"어머니 혼자 계시겠지요?"

"아니에요. 캐스비 나리가 따님이랑 찾아왔거든요. 내가 담배를 태우는 도중에 와서, 담배를 마저 태우려고 나 혼자 남은 거예요."

두 번째 실망이었다. 클레넘은 아무 말 안 했다. 어머니 방으로 들어가자 캐스비 나리랑 플로라는 버터를 발라서 뜨겁게 구운 토스트와 멸치 어묵과 차를 다 먹고 마신 상태였다. 까맣게 그을린 애프리 얼굴에도 탁자에도 두 사람이 간식을 먹은 흔적은 그대로 있는데, 애프리는 토스트를 굽는 기다란 포크를 한 손에 여전히 움켜쥔 모습이 옛날이야기에 나오는 인물[68]처럼 보였다. 그 목적과 의미가 또렷한 게 다를 뿐이었다.

---

[68] 1페니 동전에 새긴 브리타니아를 말한다.

플로라는 보닛 모자와 숄을 침대에 내려놓아, 꽤 오랫동안 머물려는 의도를 조심스럽게 드러냈다. 캐스비 나리 역시 벽난로 시렁 근처에서 환한 미소를 머금어, 혹 덩어리를 자애롭게 번뜩이는 모습은 따뜻한 버터가 토스트에 달라붙었다 족장 특유의 해골로 삐져나오는 듯하고, 불그스레한 얼굴은 멸치 어묵에 든 색소가 족장 특유의 얼굴을 빨갛게 뒤덮은 듯했다. 클레넘은 통상적인 인사를 주고받으면서 이런 모습을 바라보다, 어머니에게 곧바로 말하자고 결심했다.

어머니는 방을 절대로 안 바꾸는 터라, 어머니와 단둘이 할 말이 있는 사람은 어머니 휠체어를 밀고 책상으로 가서 휠체어 등받이를 다른 사람 쪽으로 돌린 다음, 모서리에 늘 놓아두는 걸상에 앉는 게 오래된 관례였다. 제삼자 없이 어머니와 아들 단둘이서 오랫동안 대화하지 않았다는 점만 빼면, 방문객이 일반적으로 겪는 절차는 클레넘 마님에게 불편을 끼쳐서 미안하다고 사과한 다음, 사업상 문제를 얘기할 수 있느냐 묻고, 클레넘 마님이 좋다고 대답하면 앞에서 설명한 자리로 휠체어를 밀고 가는 식이었다.

따라서 클레넘이 그렇게 사과하고 요청한 다음에 휠체어를 밀고 책상으로 가서 걸상에 앉자, 핀칭 부인은 훨씬 커다랗고 빠르게 말하는 방식으로 자신이 아무 말도 엿듣지 않음을 우아하게 암시하고, 캐스비 나리는 하얗고 기다란 머리칼을 가만히 쓰다듬었다.

"어머니, 전에 이 방에서 본 사내가 예전에 무얼 했는지 오늘 들었는데, 어머니가 모를 게 분명해서 알려드려야 할 것 같았어요."

"네가 이 방에서 본 사내가 예전에 무얼 했는지 나는 조금도 모른다, 클레넘."

어머니가 커다랗게 말했다. 클레넘은 목소리를 낮췄지만, 어머니는 다른 모든 걸 거부하듯 은밀한 대화로 나아가는 것조차 거부하고는,

평소처럼 단호한 목소리에 평소와 같은 어조로 말한 것이다.

"돌아다니는 소문을 들은 게 아니에요. 관련자한테 직접 들었어요."

어머니가 조금 전과 똑같은 어조로 물었다, 그 얘기를 하려고 왔느냐고.

"어머니가 당연히 알아야 한다고 생각했어요."

"어떤 내용인데?"

"그자는 프랑스 감옥에 갇힌 죄수였어요."

어머니가 차분하게 대답했다.

"가능성이 크겠다는 생각은 했다."

"하지만 중범죄자 감옥에 있었어요. 살인죄로."

어머니가 깜짝 놀랐다. 공포가 깃든 표정이었다. 그런데도 여전히 커다랗게 물었다.

"누구한테 들었니?"

"감방에 같이 있던 사람이요."

"그 사람한테 듣기 전까지는 그 사내 전력을 너도 몰랐겠지?"

"네."

"그런데 그 사람도 죄수였지?"

"네."

"너한테 알려줬다는 사람에 대한 내 입장과 예레미야의 입장은, 모든 점에서 똑같을 순 없다는 거야. 하지만 그 사실을 알려준 사람 역시 거래업체에 돈을 집어넣고, 거래업체는 그 돈을 받은 다음에 편지를 보내서 네가 알게 된 거 아니야? 그렇다면 다른 게 뭐지?"

클레넘은 자신에게 그 사실을 알려준 사람은 특정 기관이 보낸 신임장 같은 걸 통해서 알게 된 사이가 아니라고 말할 수밖에 없었다. 클레넘 마님은 가만히 듣는 사이에 찌푸린 표정이 그럴 줄 알았다는 듯 의기양양하게 변하다 강하게 쏘아붙였다.

"그렇다면 남을 판단할 때 조심하도록. 너를 생각해서 말하는데, 클레넘, 조심해서 판단하도록!"

이렇게 쏘아붙이는 말은 물론 눈빛에서도 강조하는 느낌이 쏟아져나왔다. 어머니는 아들을 그렇게 쳐다보았다. 클레넘이 이 집에 들어올 때 어머니를 설득할 가능성이 있다는 희망을 조금이나마 품었다면, 지금 쳐다보는 눈빛으로 어머니는 그런 희망을 아들 가슴에서 모조리 몰아냈다.

"어머니, 내가 도울 일은 하나도 없습니까?"

"없다."

"나한테 믿음이나 책임을 부여하지 않고 설명도 안 하실 겁니까? 나하고는 상의를 안 하시나요? 내가 옆으로 다가가는 게 싫으신가요?"

"왜 나한테 묻니? 내 일에서 손을 뗀 사람은 너야. 내가 아니라 네가. 그런데 어떻게 나한테 말도 안 되는 질문을 할 수 있니? 네가 나를 예레미야한테 떠넘겼으니, 네가 할 역할은 이제 예레미야가 한다고."

클레넘은 예레미야를 힐끗 바라보다, 다리에 찬 각반을 보고서 지금 열심히 엿듣는다는 사실을 알아챘다, 겉으로는 벽에 기대선 채 턱을 긁으며 플로라가 하는 말을 듣는 척하면서. 하지만 플로라는 고등어 얘기도 하고 피 선생 숙모가 그네 타던 얘기도 하면서 주제를 산만하게 늘어놓아 혼란스럽게 뒤엉키다 풍뎅이와 포도주 사업까지 나와서 얽히고설키지 않는가!

클레넘 마님이 아들 이야기를 차분히 되새기며 말했다.

"죄수, 프랑스 감옥, 살인죄. 동료 죄수한테 들은 말은 그게 전부냐?"

"실질적인 내용은, 네."

"그리고 동료 죄수도 그 사람 공범이고 살인자냐? 하지만 자기 얘기는 당연히 좋게 했겠지. 물어볼 필요도 없어. 그 정도면 여기에 있는 사람들한테 새로운 이야깃거리는 될 수 있겠군. 캐스비 선생, 클레넘이 말하길……"

"잠깐만, 어머니! 잠깐, 잠깐만!"

클레넘이 황급히 차단했다. 자신이 알려준 내용을 어머니가 다른 사람한테 털어놓으리라는 상상은 조금도 못 했기 때문이다.

"이번엔 뭐냐? 또 뭐냐고?"

어머니가 짜증스러운 어투로 물었다.

"실례하겠습니다, 캐스비 선생님 - 그리고 당신한테도요, 핀칭 부인 - 어머니하고 조금만 더……"

어머니는 발로 바닥을 짚어서 휠체어를 돌리려 하고, 클레넘은 휠체어를 한 손으로 꼭 잡았다. 그래서 두 사람은 서로를 그 상태로 쳐다보았다. 어머니가 가만히 쳐다보는 가운데, 아들은 존 밥티스트가 한 말에 충격받은 마음으로 자신이 의도한 적도 없고 예상할 수도 없던 결과가 생겨날 가능성을 떠올리다, 아무한테도 말하지 않는 게 최선이라는 결론을 내렸다. 하지만 자신이 말한 내용을 어머니가 예레미야라는 동업자 한 명에게 알려주는 건 당연하게 여겼기에 내린 결론일 수도 있었다.

"이번엔 뭔데? 뭐냐고?"

어머니가 짜증을 내며 다시 물었다.

"다른 사람한테 알려주라는 의도로 말씀드리지 않았답니다, 어머니. 아무한테도 말하지 않는 게 좋겠어요."

"니한데 조건을 내세우는 기냐?"

"으흠! 네."

아들이 대답하자, 어머니가 한 손을 치켜들며 대답했다.

"그렇다면 알겠다! 그 내용을 비밀로 하라는 사람은 너다, 내가 아니라. 설명하라는 요구와 의혹과 의심을 우리 집에 들여온 사람도 너고, 클레넘. 그 사내가 어디에 있었든 무슨 일을 했든 그게 나랑 무슨 상관이라고 생각하니? 그게 나랑 무슨 상관이 있을 수 있겠니? 온 세상이 다 알 수도 있는데, 알려고 마음만 먹으면. 하지만 나하고는 아무런 상관이 없어. 이제 원래 자리로 돌려보내렴."

아들은 절박하면서도 의기양양한 어머니 시선에 굴복해, 휠체어를 원래 자리로 돌려보냈다. 그러는 동안 예레미야 얼굴에 의기양양한 표정이 깃들었다. 플로라 이야기를 듣고서 그런 게 아닌 건 분명했다. 자신이 파악한 내용은 물론 어떤 시도와 노력도 역효과만 났다. 어머니는 단호하고 확고한 자세 이상으로 커다란 장애물이었다. 자신이 아무리 노력해도 관계를 개선할 수 없다는 확신만 들었다. 이제 남은 건 오랜 친구 애프리에게 하소연하는 방법밖에 없었다.

하지만 애프리에게 하소연하는 극히 의심스러운 예비단계조차 성공 가능성은 매우 적은 것 같았다. 애프리는 똑똑한 두 명에게 완벽하게 속박당한 채 두 명 가운데 한 명에게 조직적으로 감시당하는 데다, 집 안을 돌아다니는 자체를 매우 두려워하는 터라, 단둘이서 얘기할 기회는 아예 없을 것 같았다. 게다가 (주인이 강력하게 세뇌한 결과로) 누구한테든 자신이 말하는 건 매우 위험하다는 확신까지 있으니, 지금 당장도 손에 상징적인 도구를 들고서 남이 접근하는 걸 막으며 구석에만 머물렀다. 그래서 플로라는 물론 암녹색 의상을 차려입은 족장이 말을 한두 마디 걸어도, 애프리는 아무것도 안 들리는 여인처럼 토스트 구이용 포크를 치켜들어 대화를 차단했다.

클레넘은 애프리가 탁자를 치우고 간식 그릇을 설거지하는 사이에 시선을 끌려고 몇 차례 시도하다 실패하고는, 플로라라면 좋은 방법을 떠올릴 수도 있겠다고 생각했다. 그래서 플로라에게 속삭였다.

"집 안을 구경하고 싶다는 말을 할 수 있겠소?"

가련한 플로라는 클레넘이 어린 시절로 돌아가서 다시 열렬히 사랑하는 순간을 늘 가슴 졸이며 기다리던 터라, 이렇게 속삭이는 소리가 한없이 반가웠다. 속삭였다는 사실 자체도 소중하지만, 다정하게 대화하며 사랑을 고백하려고 준비한다는 느낌도 들었다. 그래서 곧바로 작업에 들어갔다. 주변을 둘러보며 말한 것이다.

"아 맙소사 낡고 초라한 방은 언제나 똑같아서 정말 감동이에요 클레넘 마님 세월이 지난 만큼 그을린 부분만 빼면. 그을린 건 좋든 싫든 적응해야 하는데 저 자신이 끔찍하게 살찐 게 이 방이 그을린 거랑 똑같지는 않을지라도 비슷하거나 더 나쁘니, 아빠가 예전에 이 집에 데리고 올 때만 해도 저는 너무 추워서 난간에 두 발을 올린 채 의자에 찰싹 달라붙어서 물끄러미 쳐다보는 여자아이고 클레넘은 - 용서하세요, 클레넘 선생은 - 무시무시한 주름 장식이 달린 옷에 재킷을 입은 사내아이였어요 피 선생이 나타나기 전이지요 B로 시작하는 독일 어떤 지역에 있다는 유명한 요괴[69]처럼 지평선을 바라보는 흐릿한 그림자는 인간이 살아가는 길이 영국 북부에 난 길과 비슷하다는 사실을 증명하는 도덕적 교훈이에요 그곳에서는 사람들이 석탄을 캐고 쇳덩이 같은 걸 만들어서 석탄재를 깔아뭉개잖아요!"

플로라는 인간 존재의 불안정성에 한숨을 내쉬더니, 본론으로 곧장 들어가며 덧붙였다.

"제일 극악한 원수가 이 집을 쾌활한 집이라고 한 번도 말할 수 없었

---

69) 독일 브로켄산 꼭대기는 뒤로 태양이 뜨고 앞에 운무가 끼면, 빛이 굴절하면서 앞에 있는 운무에 자신의 그림자가 어리면서 광채를 띤 동그라미가 에워싸는데, 이를 '브로켄의 요괴' 또는 '브로켄 현상'이라고 한다.

던 이유는 이 집에 쾌활한 분위기가 조금도 없이 늘 무거웠기 때문인데, 판단력이 성숙하지 않은 시절에 겪은 추억이 다정하게 떠오르네요 클레넘이 – 습관으로 굳어서 – 클레넘 선생이 – 저를 곰팡이가 대단해서 사용하지 않는 주방으로 데려가 평생 숨긴 채 방학이라서 집에 머물 때는 자신이 먹을 음식을 숨겨서 나한테 주고 툭하면 겪는 치욕스러운 시간에는 마른 빵이라도 먹도록 하겠다고 한 적이 있는데, 집 안을 돌아다니면서 당시를 회상하도록 허락하길 요청한다면 너무 불편하거나 너무 무리한 부탁일까요?"

클레넘 마님은 좋은 마음으로 찾아온 핀칭 부인에게 어색한 반응을 보였다. 하지만 (클레넘이 갑자기 나타나기 전에) 핀칭 부인이 찾아온 건 자기만족이 아니라 순전히 좋은 마음인 게 확실한 터라, 어디든 마음대로 돌아보라고 대답했다. 플로라가 대뜸 일어나서 에스코트를 부탁하며 쳐다보니, 클레넘은 "당연하지요, 애프리가 불을 비춰줄 테니까요"라고 커다랗게 대답했다.

애프리는 "나한테 아무것도 부탁하지 마세요, 도련님!"이라며 사양하지만, 예레미야가 끼어들면서 "왜 안 돼? 애프리, 도대체 왜 그러는 거야, 여편네. 왜 안 되느냐고, 여편네!"라고 소리쳤다. 야단을 맞자 애프리는 구석에서 마지못해 나와, 토스트 구이용 포크를 남편 손에 넘기고 남편한테서 촛대를 넘겨받았다.

"앞서 내려가, 멍텅구리야! 올라가실 건가요, 내려가실 건가요, 핀칭 부인?"

예레미야가 묻자, 플로라가 대답했다.

"내려가요."

"그럼 앞서서 내려가, 애프리. 제대로 하라고 안 그러면 내가 난간을 굴러서 그대로 들이박을 테니까!"

예레미야가 으름장을 놓았다.

애프리는 탐험대 앞에 서고, 예레미야는 제일 뒤에 섰다. 곁을 떠날 생각이 조금도 없는 것이다. 클레넘은 뒤를 돌아보아 예레미야가 세 계단 뒤에서 따라오는 걸 차분하고 꼼꼼하게 확인하고서 나지막이 한탄했다.

"저 사람을 떼어놓을 순 없단 말인가!"

플로라가 대뜸 대답해서 안심시켰다.

"딱히 적절하다고 할 순 없지만 클레넘 게다가 젊은 사람이나 낯선 사람 앞에서 그러는 건 상상할 수도 없지만 당신이 굳이 그러고 싶다면 허락하겠어요 나를 너무 바싹 껴안지만 않는다면."

클레넘은 자신이 바라는 건 그게 아니라고 설명할 기운조차 없어, 한쪽 팔을 뻗어서 플로라 허리춤을 잡아주었다.

"어머나 어머나. 당신은 말을 정말 잘 듣는군요 명예로운 신사는 분명하지만 약간 더 바싹 껴안는다고 해서 무례한 사람으로 여기지는 않겠어요."

클레넘은 자신이 의도한 것과 완전히 다른데도 아무 말 못 한 채 터무니없는 자세를 취하며 지하실로 내려가고, 플로라는 특히 어두운 곳이 나올 때마다 더욱 바싹 달라붙더니, 불빛이 환한 곳이 나와도 마찬가지였다. 애프리는 더할 나위 없이 섬뜩하고 음침한 주방에서 촛대를 들고 방향을 돌려 아버지가 쓰던 방을 지나고 옛날 식당으로 들어서며 늘 앞에서 걸었다, 앞지를 수 없는 유령처럼. 클레넘이 "애프리! 물어볼 게 있어요!"라고 속삭여도 대답이 없는 건 물론 뒤조차 안 돌아보았다.

식당으로 들어서니, 플로라는 클레넘을 어린 시절에 자주 삼켰다는 용무늬 벽장을 살펴보고 싶다는 감상적인 욕구에 휩싸였다. 벽장 안이

굉장히 어두워 안으로 들어가면 바싹 달라붙을 수 있어서 그런 것 같았다. 클레넘은 빠르게 좌절하며 벽장을 열었다. 그런데 바깥쪽 현관에서 문을 두드리는 소리가 일었다.

애프리는 억누른 비명을 내지르며 앞치마를 얼굴에 뒤집어쓰고 예레미야는 나무랐다.

"뭐야! 약이 또 필요해! 약을 먹어야 한다고, 여편네, 이번에는 잔뜩! 아! 너한테 재채기를 해대겠어, 이리저리 간지럽히겠다고!"

"여길 둘러보는 동안 현관문에는 누가 나가나요?"

클레넘이 묻자, 예레미야가 퉁명스럽게 대답했다. 안 나가고 싶으나 상황이 상황이니만치 자신이 나가겠다는 어투였다.

"여길 둘러보는 동안, 내가 나가지요, 도련님. 그동안 여기에 있어요, 모두! 애프리, 여편네, 바보처럼 다른 데로 가거나 한마디라도 내뱉으면 약을 세 배로 늘리겠어!"

예레미야가 떠나자마자 클레넘은 핀칭 부인한테서 몸을 떼어냈다. 잔뜩 오해한 핀칭 부인이 몸을 느슨하게 하는 대신 바싹 달라붙으려고 애쓰는 통에 억지로 떼어내야 했다.

"애프리, 이제 말해요!"

클레넘이 하소연하자 애프리가 뒤로 움찔하며 애원했다.

"건들지 마세요, 도련님! 다가오지 마세요. 예레미야가 볼 거예요. 예레미야가. 오지 마세요."

"예레미야는 우리를 못 봐요, 내가 촛불을 끄면."

클레넘이 말한 대로 행동했다.

"우리 말을 들을 거예요."

애프리가 애원하자 클레넘은 다시 말하고 그대로 행동했다.

"우리 말을 못 들어요, 내가 아주머니를 깜깜한 벽장 안으로 잡아끌어, 여기에서 말한다면. 얼굴을 왜 가리세요?"

"뭐가 눈에 띌까 두려워요."

"여기는 어두워서 아무것도 안 보여요, 애프리."

"내 눈에는 보여요. 환할 때보다 많이."

"왜 두려워하세요?"

"집 안에 이상한 비밀이 가득해요. 속삭이는 소리랑 쑥덕대는 소리로 가득해요. 이런저런 소리로 가득해요. 속닥대는 소리가 이 집처럼 많은 집은 없어요. 나는 그 소리 때문에 죽을 거예요, 예레미야가 목을 졸라서 안 죽이면. 분명해요."

"나는 이 집에서 이렇다 할 소리를 들은 적이 한 번도 없어요."

"아! 하지만 들릴 거예요, 이 집에 산다면, 그래서 나처럼 여기저기 돌아다녀야 한다면. 그러면 이렇다 할 소리가 많다는 걸, 그런데도 뭐라고 말할 수 없어서 속이 터지는 걸 느낄 거예요. 예레미야가 와요! 도련님이 나를 죽이는 거예요."

"착한 애프리, 분명히 말하는데, 현관문으로 흘러든 빛이 복도 바닥에 비치는 것뿐이에요. 얼굴을 드러낸다면 애프리한테도 보일 거예요."

"안 돼요. 절대로 안 돼요, 도련님. 나는 예레미야가 안 볼 때 늘 눈을 가려요, 가끔은 볼 때도 가리고."

"예레미야가 문을 닫은 게 내 눈에 확실하게 보여요. 지금은 예레미야랑 80km는 떨어진 것처럼 안전하다고요."

("정말 그렇게 멀리 떨어지면 좋겠네요!")

"애프리, 이 집에 뭐가 문제인지 알고 싶어요. 이 집을 둘러싼 비밀이 뭔지 알고 싶어요."

클레넘이 말하는데, 애프리가 끼어들었다.

"분명히 말하지만, 도련님, 이런저런 소리가 비밀이에요, 여기저기에 부스럭대며 살금살금 돌아다니는 소리, 덜덜 떠는 소리, 머리 위로 걸어가고 밑에서 걸어가는 소리."

"하지만 그게 비밀 전부는 아니에요."

"나는 몰라요. 더 묻지 마세요. 도련님 옛날 애인이 옆에 있잖아요, 떠버리가."

옛날 애인은 사실 바로 옆에서 45도 각도로 클레넘한테 몸을 기댄 채 가슴을 두근거리다, 이제 비로소 끼어들어, 자신은 여기서 들은 내용을 가슴에 간직할 뿐 누구한테도 말하지 않겠다고 애프리에게 진심으로 맹세하고는 확실하게 덧붙였다, "클레넘을 – 아니, 너무 익숙해서 툭하면 실수하지만, 데니얼 도이스와 클레넘을 – 위해서라면"이라고.

"간절하게 부탁할게요, 애프리, 어린 시절에 좋은 인상으로 떠올리던 아주머니에게, 우리 어머니를 위해서, 아주머니 남편을 위해서, 나 자신을 위해서, 우리 모두를 위해서. 그 사내가 이 집에 온 일과 관련해서 나한테 무언가를 알려줄 수 있잖아요, 마음만 먹는다면."

"아아! 그렇다면 말하지요, 도련님."

애프리가 대답하다 불쑥 말했다.

"예레미야가 와요!"

"아니에요, 정말 안 와요. 현관문을 열어놓고 바깥에 서서 말하는 중이에요."

애프리가 가만히 듣다가 다시 말했다.

"그렇다면 말하지요, 그 사내도 처음 온 날에 이런저런 소리를 직접 들었다는 걸. 그 사내가 나한테 물었어요. '저게 무슨 소리지?' 나는 그 사내를 꼭 잡고서 대답했어요. '나도 모르지만, 저렇게 들리고 다시 들리고 또 들려요.' 내가 말하는 동안, 그 사내는 가만히 서서 쳐다보았어요, 온몸을 덜덜 떨면서, 정말로."

"그 사내가 이 집에 자주 왔나요?"

"그날 밤에 한 번, 마지막 날 밤에 한 번."

"마지막 날 밤에 무얼 보았나요, 내가 떠난 다음에?"

"똑똑한 두 사람이 그 사내를 독차지했어요. 도련님을 보내고 내가 현관문을 닫은 뒤에 예레미야가 춤추며 옆으로 다가와서 이렇게 말했어요. '이제, 애프리, 내가 뒤로 다가가서, 여편네, 그대로 올려보낼 거야.' 그리고는 손으로 내 목을 졸랐어요, 내가 입을 벌릴 때까지, 그러더니 앞으로 밀었어요, 목을 조르면서 침실까지. 바로 그게 나를 올려보낸다는 뜻이었어요, 정말로. 아, 너무 나쁜 사람이에요!"

"더 듣거나 본 거 없어요, 애프리?"

"나를 침실로 보냈다고 했잖아요, 도련님! 예레미야가 와요!"

"아직 현관문에 있어요. 속삭이는 소리랑 쑥덕대는 소리를 들었다고 했는데, 내용이 뭔가요?"

"내가 어떻게 알아요? 아무것도 묻지 마세요, 도련님. 저리 가세요!"

"하지만 친애하는 애프리, 내가 여기에 깃든 비밀을 파악하지 않으면 아주머니 남편한테 그리고 우리 어머니한테 파멸이 몰려들 거예요."

"아무것도 묻지 마세요. 나는 오랫동안 꿈을 꾸는 거니까. 저리 가세요, 저리 가!"

"전에도 똑같이 말했어요. 그날 밤에도 똑같이 말했어요, 현관문에서, 여기에서 무슨 일이 일어나느냐고 물을 때. 꿈을 꾸고 있다는 게 무슨 뜻인가요?"

"아무 말도 안 하겠어요. 저리 가세요! 도련님밖에 없어도 말할 수 없는데, 도련님 옛날 애인까지 있잖아요."

클레넘이 호소하고 플로라가 항의해도 소용이 없기는 마찬가지였다. 그러는 내내 애프리는 아무 소리도 안 들리는 듯 덜덜 떨면서 벽장을 나가려고 몸부림칠 뿐이었다.

"무슨 말을 하느니 차라리 예레미야한테 소리를 지르겠어요! 도련님이 계속 묻는다면 예레미야를 부르겠어요. 예레미야를 부르기 전에 마지막으로 한마디만 하겠어요. 행여나 도련님이 똑똑한 두 사람을 이길 거라면 (꼭 이겨야 해요, 도련님이 처음 돌아오신 날 내가 말한 것처럼, 도련님은 이 집에서 오랫동안 안 살아서 나처럼 두렵지 않을 테니까) 내가 보는 앞에서 이기세요. 그런 다음에 꿈 이야기를 하라고 하세요! 그럼 내가 말할 수도 있으니까!"

클레넘이 대답하려다 현관문 닫히는 소리에 입을 다물었다. 세 사람 모두 원래 있던 곳으로 살그머니 돌아오고, 클레넘은 노인이 돌아오는 순간에 앞으로 한 발 나서더니, 자신이 실수로 촛불을 꺼뜨렸다고 말했다. 예레미야는 물끄러미 쳐다보면서 복도 등잔으로 불을 다시 붙일 뿐, 자신이 대화한 사람 얘기는 안 했다. 하지만 방문객 때문에 짜증이 치민 걸 보상받으려는 표정인데, 그게 사실이든 아니든, 실제로 자기 마누라가 앞치마로 얼굴을 가린 모습을 보고서 벌컥 화내며 달려들어, 앞치마가 가린 코를 엄지와 검지로 움켜잡더니 온 힘을 다해서 비트는 듯했다.

플로라는 이제 영원히 달라붙어, 집 안을 둘러볼 때도 클레넘을 놓아주질 않았다, 클레넘이 어릴 적에 쓰던 다락방 침실에 들어설 때까지. 클레넘은 집 안을 둘러보기보다 다른 데에 생각이 팔렸으나, 나중에 우연히 떠올린 바에 따르면, 당시에 자신은 완벽하게 밀폐해서 집에 공기가 안 통한다는 사실, 위층에 먼지가 쌓여서 발자국이 그대로 남는다는 사실, 방문 하나는 너무 빡빡해서 어렵게 열었다는 사실, 그래서 애프리는 안에 누가 있다고 소리치고 자신 역시 진짜라고 믿었으나,

안을 살펴보고서 아무도 없다는 걸 확인한 일에 특별히 관심을 기울였다. 마침내 어머니 방으로 돌아오자, 어머니는 천을 휘감은 손으로 얼굴에 그늘을 만든 채 족장에게 나지막이 말하는 중이고, 족장은 벽난로 불길 앞에 서서 파란 눈과 번뜩이는 머리와 비단 같은 머리채를 돌려서 이제 막 들어오는 사람들을 쳐다보아 족장 특유의 헤아릴 수 없는 가치와 식을 줄 모르는 사랑을 발산하며 말했다.

"너희가 집 안을 구경했구나, 집 안을 구경했어 – 집 안을 – 집 안을 구경했어!"

이 말 자체는 자비나 지혜의 보석이 아니나, 족장이 말하는 투는 사람들이 새겨두어야 할 금과옥조 같았다.

24장. 긴 하루를 보낸 뒤에 맞이하는 저녁

　머들은 나라에서 가장 커다란 자랑이자 훌륭한 인물로 영광스러운 길을 꾸준히 걸어갔다. 상류사회에 많은 돈을 벌어주는 놀라운 공적을 세운 사람은 평민으로 남겨둘 수 없다는 말이 폭넓게 돌아다니기 시작했다. 준남작 작위를 수여해야 한다는 말은 물론 귀족 신분으로 끌어올려야 한다는 말조차 툭하면 나왔다.[70] 머들이 황금빛 얼굴로 준남작 작위를 단호하게 거부했다는, 준남작으로는 충분하지 않다고 데시무스 경에게 또렷하게 암시했다는, "싫습니다…… 귀족 신분이 아니면 평민으로 남겠습니다"고 했다는 소문까지 돌았다. 그래서 신분이 고귀한 데시무스 경마저 고상한 턱을 의심이라는 진구렁에 빠뜨릴 수밖에 없다고 했다. 바너클 가문은 스스로 모든 걸 만들어내는 집단으로, 고귀한 신분을 자신들에 한정하는, 그래서 군인이나 뱃사람이나 법률가가 귀족 작위를 받으면 바너클 가문에 끌어들이는 식으로 생색내고는 그 문을 곧바로 닫기 때문이다. (소문에 따르면) 데시무스가 힘들어한 건 자기네 조상도 똑같은 소문에 시달렸을 뿐 아니라, 바너클 가문에 들어올 후보자 몇 명이 벌써 줄 서서 위대한 영혼의 욕구와 충돌하

----

70) 준남작은 귀족 신분이 아니라 그 전 단계다.

다는 사실이었다. 맞든 틀리든 소문은 무성하고, 데시무스 경이 어려운 문제를 장엄하게 숙고하는 동안, 혹은 숙고하는 척하는 동안, 상류 사회는 공적인 행사가 이리저리 열릴 때마다 말만 무성한 정글을 헤집고 다니는 코끼리처럼 '거대한 기업', '영국의 부', '융통성', '자본', '번영' 등과 같은 칭찬을 마구 늘어놓는 방식으로 머들을 흔들어대며 농락했다.

시간은 그렇게 조용히 흘러, 로마에 있는 외국인 묘지에 영국인 형제가 한 무덤에 나란히 눕고서 별다른 관심을 못 받은 채 3개월이 지났다. '번뜩이는 머리' 부부는 자기네 집을 구해서 정착했다. 조그만 저택으로 타이트 바너클이 사는 집처럼 더할 나위 없이 불편한 데다, 이틀 전에 먹은 수프와 마구간 냄새가 끊임없이 진동하지만, 인간이 거주하는 지역 한가운데 자리한, 지극히 소중한 곳이었다. 이렇게 부러운 (실제로 많은 사람이 부러워하는) 주거지에서 '번뜩이는 머리' 부인은 '가슴'을 파멸시키는 작업에 곧바로 들어갈 계획을 세우다, 여행 담당이 주검이라는 소식을 가지고 달려오는 바람에 중단하고 말았다. 애초에 냉혹한 성격이 아니니, 그 소식을 듣는 순간에 '번뜩이는 머리' 부인은 커다란 슬픔에 빠져들었다, 열두 시간이나. 그런 다음에 일어나서 상복을 살펴보아, 머들 부인이 입을 만큼 멋진 상복으로 만들도록 조치하며 관심을 기울였다. (최고로 점잖은 소식통[71])에 따르면) 저명한 가족 한 명 이상에게 슬픈 그늘이 어리고, 여행 담당은 로마로 돌아갔다.

'번뜩이는 머리' 부부는 슬픈 그늘이 어린 가운데 단둘이서 저녁을 먹었다. 그리고 '번뜩이는 머리' 부인은 응접실 소파에 누웠다. 무더운 여름철 일요일 저녁이었다. 인간이 거주하는 지역 한가운데 자리한 저택은 비좁아서 만선 간기에 걸린 듯 언제나 답답한데, 그날 저녁에는

71) 신문 기사를 뜻한다.

유난히 심했다. 교회 종마다 쨍그랑 소리를 엉망진창으로 흩뿌리며 귀가 아프도록 울려대고, 교회마다 불빛을 흘리던 창문은 잿빛 어스름 녘에 노랗게 빛나기를 마치고 까만색으로 둔하게 죽어갔다. '번뜩이는 머리' 부인은 소파에 누워서 목서초 화단 너머로 좁은 거리 맞은편에 열린 창문을 바라보다, 싫증이 났다. 그래서 또 다른 창문으로 발코니에 있는 남편을 바라보다, 똑같이 싫증이 났다. 이번에는 상복을 입은 자신을 바라보다, 그 모습에도 싫증이 났다. 하지만 앞에서 본 두 장면만큼 싫증이 난 건 아니었다. 그래서 누운 자세를 바꾸며 짜증스럽게 말했다.

"우물 속에 누워있는 느낌이야. 여보, 에드먼드, 할 말이 있으면 하지 그래?"

'번뜩이는 머리'는 '내 사랑, 나는 할 말이 없어'라고 솔직하게 대답해야 마땅했다. 하지만 이 대답이 떠오르지 않아, 발코니에서 들어와 부인이 누운 소파 옆에 서는 거로 만족했다.

'번뜩이는 머리' 부인이 훨씬 짜증스러운 어투로 나무랐다.

"맙소사, 에드먼드! 목서초가 콧속으로 다 들어가겠어! 제발 그러지 마!"

'번뜩이는 머리'는 아무런 생각 없이 – 흔히 말하는 이상으로 심하게, 말 그대로 아무런 생각 없이 – 목서초 가지를 한 손에 잡고서 실제로 콧속으로 집어넣기라도 할 듯 냄새를 열심히 맡다, 빙그레 웃으며 "미안해, 여보"라고 대답하며 나뭇가지를 창문 밖으로 던졌다.

잠시 뒤에 '번뜩이는 머리' 부인이 얼굴을 들어서 남편을 쳐다보며 다시 말했다.

"그렇게 있으니까 머리가 지근거려. 불빛을 막아서 정말 커 보인다고. 자리에 앉아."

"알았어, 여보."

'번뜩이는 머리'는 의자를 가져와서 앉고, 패니는 더없이 따분하게 하품하며 말했다.

"긴 하루가 끝난 걸 몰랐더라면 오늘을 세상에서 제일 긴 하루로 여길 게 분명해. 이런 날은 생전 처음이야."

"당신 부채야, 내 사랑?"

'번뜩이는 머리'가 부채 하나를 집어서 내밀자 부인이 한층 더 피곤하다는 어투로 대답했다.

"에드먼드, 멍청한 질문은 그만해, 제발 부탁할게. 내 부채가 아니면 누구 부채겠어?"

"맞아, 나도 당신 부채라고 생각했어."

'번뜩이는 머리'가 하는 말에 패니가 그대로 반박했다.

"그럼 묻지 말았어야지."

그러더니 잠시 뒤에 소파에서 몸을 뒤집으며 소리쳤다.

"맙소사, 맙소사, 이렇게 긴 하루는 생전 처음이야!"

그리고는 조금 뒤에 천천히 일어나서 이리저리 거닐다 소파로 다시 돌아오자, '번뜩이는 머리'가 독창적인 생각을 떠올리며 말했다.

"여보, 당신은 마음이 싱숭생숭한 것 같아."

"아, 싱숭생숭하다! 아니야."

"사랑스러운 여보, 향내 식초[72]라도 맡아. 엄마가 그러는 걸 자주 보았는데, 기분 전환에 좋은 것 같았어. 당신도 알듯이 우리 엄마는 훌륭한 여성으로, 엉뚱한 소리를……"

패니가 다시 벌떡 일어나며 소리쳤다.

"어이가 없군! 도저히 못 견디겠어! 세상이 생겨난 뒤로 오늘처럼

---

72) 식초에 꽃향기를 섞어서 두통 치료에 사용했다.

지루한 날은 없을 거야."

'번뜩이는 머리'가 방안을 거니는 패니를 힘없이 쳐다보는 게 살짝 겁먹은 것 같았다. 패니는 잡동사니 몇 개를 이리저리 던지고는 세 개나 되는 창문으로 하나씩 다가가서 어두운 거리를 내다보다, 소파로 돌아와서 베개 사이로 몸을 던졌다.

"자, 에드먼드, 이리 와! 조금 더 가까이, 지금부터 하는 말을 당신이 제대로 듣도록 부채로 건들고 싶으니까. 그래, 됐어. 이제 충분해. 아, 정말 커다랗게 보이는군!"

'번뜩이는 머리'는 그렇게 보이는 것에 사과하고 자신도 어쩔 수 없다고 변명한 다음, 누구 친구라고 구체적으로 말하지 않은 채 "우리 친구들"도 자신을 퀸부르 플레스트린[73] 2세라고, 혹은 산처럼 커다란 젊은이라고 부르곤 했다고 덧붙였다.

"미리 말했어야지."

패니가 투덜대자, '번뜩이는 머리'가 만족스러운 표정으로 대답했다.

"여보, 당신이 관심을 보일 줄 몰랐어. 알았다면 벌써 말했을 거야."

"됐어! 제발 부탁이니 입 좀 다물어. 내가 말할 테니까. 에드먼드, 앞으로 우리 둘이 지내면 안 되겠어. 오늘 밤처럼 끔찍하게 우울한 상태로 다시는 안 빠져들도록 예방책을 세워야겠어."

"당신은 사람들이 알듯이, 대단히 훌륭한 여성으로 엉뚱한……"

"아, 하느님 맙소사!"

패니가 한탄하며 소파에서 벌떡 일어나다 다시 풀썩 주저앉는 모습이 '번뜩이는 머리'는 너무나 두려운 나머지 입을 꾹 다물었다. 그러다 괜찮겠다는 느낌이 드는 순간에 다시 말했다.

---

73) Quinbus Flestrin은 걸리버 여행기에서 소인국 사람이 걸리버를 부르던 호칭으로, '산처럼 커다란 젊은이'라는 뜻이다.

"내 말은, 여보, 당신이 사교계에서 반짝반짝 빛날 걸 모두가 예상한다는 뜻이야."

"사교계에서 반짝반짝 빛날 거로 예상한다. 그래, 맞아! 그런데 어떻게 됐느냐고? 내가 들어설 사교계 관점에서 볼 때, 가련한 아빠가 돌아가신 충격에서 벗어나자마자, 그리고 가련한 삼촌이…… 물론 삼촌이 잘 돌아가셨다는 건 굳이 안 숨기겠어, 어차피 사람 앞에 내세울 수 없을 바에는 세상을 뜨는 편이 좋으니……"

패니가 짜증 어린 목소리로 말하는데, '번뜩이는 머리'가 두려운 표정으로 끼어들었다.

"설마 내 얘기를 하는 건 아니겠지, 내 사랑?"

"에드먼드, 에드먼드, 믿음이 돈독한 성인도 당신한테는 질리고 말 거야. 내가 가련한 삼촌이라고 또렷이 말했잖아!"

"당신이 너무나 또렷이 쳐다보아서, 여보, 마음이 살짝 거북했거든. 고마워, 내 사랑."

'번뜩이는 머리'가 말하자, 패니는 체념한 듯 부채를 흔들면서 한탄했다.

"당신 때문에 너무 힘들어, 잠이나 자러 가는 게 좋겠어."

"그러지 마, 여보. 조금 더 있어."

패니는 소파에 누워서 두 눈을 감더니, 세상일을 완벽하게 포기한 듯 무기력한 표정으로 눈살을 찡그린 채 가만히 있었다. 그러다 아무런 예고도 없이 두 눈을 뜨고는 짤막하고 날카로운 어투로 말했다.

"그런데 어떻게 됐느냐고 묻잖아! 어떻게 됐어? 아아, 사교계에서 누구보다 환하게 빛나야 하는 순간에, 사교계에서 환하게 빛날 이유가 누구부다 확실한 순간에, 사교계에 들어서는 걸 상당 기간 미뤄야 하는 상황[74]에 놓이고 말았다고. 이건 옳지 않아, 정말로!"

"여보, 그렇다 해서 집에만 있을 필요는 없을 것 같아."

이 말에 패니가 벌컥 화내며 대답했다.

"당신은 멍청해, 에드먼드. 젊음이 한창인 데다 나름대로 매력이 없지도 않은 여자가 이런 상황에 모든 점에서 자신보다 못난 여자와 자태를 경쟁하는 자리에 나갈 수 있다고 생각해? 그렇게 생각한다면, 당신은 하늘을 찌를 정도로 멍청한 거야."

'번뜩이는 머리'는 "그 정도는 이겨낼 줄" 알았다고 힘없이 대답하고, 패니는 경멸하는 어투로 받아쳤다.

"이겨낸다고!"

"당분간은."

'번뜩이는 머리'는 다시 힘없이 대답하고, '번뜩이는 머리' 부인은 힘없이 하는 말에 아무런 관심도 안 보이는 영광을 베푼 채 비통하게 선언했다, 이건 정말 옳지 않다고, 이러느니 차라리 죽는 게 낫겠다고! 그러다 마음을 어느 정도 추스르면서 덧붙였다.

"하지만 더없이 짜증 나고 잔인한 상황이라도 깨끗하게 받아들여야 하겠지."

"모두가 기대하는 만큼 신경 써서."

'번뜩이는 머리'가 말하고 부인이 대답했다.

"에드먼드, 당신과 결혼하는 영광을 베푼 여자가 고통스러워하는 순간에 모욕적인 말 이상을 할 수 없다면, 차라리 침실로 가서 잠이나 자는 게 좋겠어!"

'번뜩이는 머리'는 나무라는 소리에 마음이 너무나 아파, 다정하고 진실하게 사과했다. 부인은 사과를 받아들이면서, 남편에게 소파 맞은 편으로 가서 창가에 앉아 감정을 누그러뜨리라고 요구했다. 그리고는

---

74) 패니가 임신했다는 뜻이다.

팔을 뻗으면 닿을 거리에 있는 남편에게 부채를 쭉 뻗어서 건들며 덧붙였다.

"에드먼드, 당신이 평소처럼 어이없는 말을 늘어놓기 시작할 때 내가 하려던 말은, 앞으로 혼자 있으면 안 되겠다는, 만족스러운 만큼 밖에 못 나갈 상황이라면 다른 사람이라도 곁에 두어야겠다는 거였어. 앞으로 다시는 오늘 같은 날을 겪을 수도 없고 겪지도 않을 작정이니까."

이 생각에 대해 '번뜩이는 머리'는, 한마디로, 엉뚱한 측면이 조금도 없다는 반응을 보였다. 그러고 나서 덧붙였다.

"게다가 당신도 알다시피 당신 동생이 곧 찾아올 테니……"

'번뜩이는 머리' 부인이 애정 어린 한숨을 내쉬며 끼어들었다.

"누구보다 사랑스러운 에이미, 맞아! 사랑스러운 꼬맹이! 하지만 에이미 한 명만 이 집에 들일 순 없어."

'번뜩이는 머리'는 "안 돼?"라고 물으려다 위험을 깨닫고 동의하듯 말했다.

"안 되지, 당연히 안 되지. 처제 한 명만 이 집에 들이면 안 되고말고."

"당연하지, 에드먼드. 소중한 동생은 차분한 성격이 장점이라, 주변에 활달한 사람이 있어서 서로 대비되며 조화를 이루어 사랑받도록 하는 게 중요해, 자극을 받는 것도, 다양한 측면에서."

"바로 그거야, 자극을 받는 것."

"제발 가만히 있어, 에드먼드! 할 말도 없으면서 굳이 끼어드는 습관은 나만 정신을 산만하게 만든다고. 그런 습관은 버려야 해. 에이미 말이 나왔으니 말인데, 불쌍한 꼬맹이는 가련한 아빠한테 더없이 헌신하며 강한 애정을 쏟아부은 데다, 아버지를 잃고 극도로 상심하며 마냥 슬퍼했을 게 분명해. 나도 그랬거든. 지독하게 슬퍼했다고. 하지만 에이미는 나보다 더했을 거야. 아버지 곁에서 지낸 데다 소중하고 가련한 아빠를 마지막 순간까지 지켰으니까. 불행하게도 나는 못 그랬는데."

여기에서 패니가 울음을 멈추며 덧붙였다.

"소중하고 사랑스러운 아빠! 아빠는 진정한 신사셨어! 가련한 삼촌 하고는 완전히 다르셨어! 우리 꼬맹이는 너무나 힘든 시기를 보낸 영향을 딛고 일어서는 데 필요한 자극을 받아야 해. 병에 걸린 에드워드 오빠까지 오랫동안 돌보았으니까. 여전히 간호가 필요한 상황이고 그 기간은 앞으로 상당히 늘어날 수도 있겠지만, 그러는 동안에는 가련하고 소중한 아빠가 벌여놓은 일을 마무리할 수 없는 만큼 우리 역시 불안하겠지. 하지만 이곳 대리인한테 맡긴 서류는 다행히도 아빠가 영국에 와서 작성한 대로 봉인해 금고에 넣어둔 상태니, 그 문제는 오빠가 시칠리아에서 건강을 되찾고 이곳으로 넘어와서 필요한 일을 집행하든 실행하든 할 때까지 그 상태로 충분히 기다리면 돼."

"처남이 건강을 되찾도록 간호하는 데는 처제만 한 사람이 없을 거야."

'번뜩이는 머리'가 대담하게 의견을 내자, (평소에는 응접실 가구를 바라보며 얘기하는 듯하던) 부인이 남편 쪽으로 눈꺼풀을 살짝 돌리며 대답했다.

"놀랍게도, 나 역시 당신 의견에 공감해. 그 말을 그대로 받아들일 수 있다고. 오빠가 건강을 되찾도록 간호하는 데는 동생만 한 사람이 없다. 소중한 꼬맹이는 활발한 사람을 살짝 지치게 할 때도 있지만, 간호하는 실력만큼은 완벽하거든. 에이미가 제일 잘하는 분야라고!"

'번뜩이는 머리'는 막 거둔 성공에 크게 흥분한 나머지 처남이 병치레(Bout)를 너무 오래 한다는 말까지 하자, 부인이 대답했다.

"병치레(Bout)가 가벼운 병을 뜻하는 속어라면, 그 말이 맞아. 그게 아니라면, 처남 동생 앞에서 야만인처럼 말한 것에 대해 나로선 뭐라고 할 말이 없어. 오빠가 너무 늦어서 아빠가 돌아가시기 전에 못 뵙긴 했어도, 로마로 가려고 밤낮없이 달리다 - 혹은 다른 지저분한 환경 때문에 - 어디선가 학질에 걸렸다는 사실은 의심할 여지가 없으니까, 그게 당신이 말하는 거라면. 오빠가 아무렇게나 살다가 몸이 약해져서 병에 걸린 것 역시 사실이고."

'번뜩이는 머리'는 서인도제도에서 황열병에 걸린 우리 친구 몇 명과 비슷하다는 의견을 내고, '번뜩이는 머리' 부인은 두 눈을 다시 감은 채, 서인도제도에 있는 우리 친구 몇 명이 황열병에 걸린 걸 아는 척하길 거부했다. 그러다 눈을 다시 뜨면서 이어갔다.

"그래서, 에이미는 충분한 자극을 받을 필요가 있어. 지난 몇 주를 불안하고 따분하게 지낸 영향에서 벗어나야 하거든. 에이미 마음속 깊숙이 박힌, 내가 너무나 잘 아는 천박한 습관에서 벗어날 필요도 있고. 하지만 뭐가 천박한 습관인지는 묻지 마, 에드먼드, 절대로 대답하지 않을 테니까."

"안 물을게, 여보."

'번뜩이는 머리'가 대답하고, 부인은 계속 말했다.

"착하디착한 꼬맹이를 충분히 발전시킬 생각이니 되도록 빨리 데려와야 해. 사랑스럽고 소중한 신발 두 짝[75) 꼬맹이! 가련한 아빠가 벌인 일을 정리하려는 건 내가 이익을 챙기려는 게 아니야. 결혼할 때 아빠가 충분히 도와주셨으니, 나는 더 바라는 게 없어. 제너럴 부인에게 유산을 남긴다는 유서만 작성하지 않았다면 나는 충분히 만족해. 소중한 아빠, 소중한 아빠."

패니가 다시 흐느끼지만, 제너럴 부인은 최고의 강장제였다. 그 이름

---

75) Twoshoes는 'Goody Twoshoes'라는 옛이야기에 나오는 주인공으로, 가난한 여자애가 학교 선생이 되고, 마침내 많은 재산을 물려받은 신사와 결혼한다는 내용이다.

에 자극받아, 곧바로 눈물을 닦으며 말한 것이다.

"아빠가 제너럴 부인에게 급료를 주고 집 밖으로 즉각 내쫓은 건 병에 걸린 오빠한테 바람직하고 고무적이었어. 소중한 아빠가 가련하게 돌아가시는 순간까지 정신이 멀쩡했으며 기백도 잃지 않으셨다는 증거거든. 아빠가 정말 잘하신 거야. 나라도 똑같이 했을 거야. 더없이 신속하고 정확하게 마무리하셨으니 아버지가 아무리 큰 잘못을 저질렀더라도 용서할 수 있을 것 같아!"

'번뜩이는 머리' 부인이 크게 만족스러워할 때 현관문을 두드리는 소리가 두 번 들렸다. 노크 소리가 이상했다. 나지막한 소리는 남이 관심을 안 보이도록 조용히 두드리는 듯하고, 기다란 소리는 뭔가 깊은 생각에 빠져서 손가락 떼는 걸 잊어버린 듯했다.

"여보! 누구지?"

'번뜩이는 머리'가 묻자 부인이 대답했다.

"에이미나 에드워드 오빠가 통지도 없고 마차도 없이 온 건 아닐 거야. 내다봐!"

응접실은 어두워도 거리는 가로등을 켜서 밝았다. '번뜩이는 머리'가 발코니 너머로 머리를 빼꼼 내밀고 쳐다보는데, 그 머리가 너무 크고 무겁게 불어난 나머지, 그대로 떨어져서 밑에 있는 미지의 인물을 납작하게 깔아뭉갤 것 같았다.

"남자 한 명이야. 누군지 안 보이는데…… 잠깐만!"

'번뜩이는 머리'가 다시 생각하고 발코니로 다시 나가서 다시 쳐다보았다. 그러더니 하인이 현관을 열어줄 때 돌아와서 "우리 왕초 모자"처럼 보인다고 선언했다. 잘못 본 게 아니었다. 우리 왕초가 모자를 한 손에 들고서 곧바로 들어왔으니 말이다.

"양초를 가져와!"

'번뜩이는 머리' 부인이 소리치고는 어두워서 미안하다고 사과하자, 머들이 대답했다.

"나는 이 정도로 충분해."

하인이 촛불을 가져오자 머들은 응접실 문 뒤에 서서 입술을 뜯다, 다시 말했다.

"한번 들러야겠다고 생각했어. 최근에 유난히 바빴거든. 그런데 이리저리 산책하다, 한번 들러야겠다는 생각이 들었어."

만찬 파티용 차림이라, 어디에서 만찬을 드셨느냐고 패니가 물었다.

"으음, 특별히 어디에서 만찬을 든 건 아니야."

"저녁 식사는 당연히 하셨겠지요?"

패니가 다시 물었다.

"아아 – 아니, 딱히 저녁을 든 건 아니야."

머들이 손으로 노란 이마를 쓰다듬으며 곰곰이 생각하는 모양새가 확실히 모르겠다는 느낌이었다. 그래서 식사하시겠느냐고 제안하니, 머들이 거절하며 말했다.

"아니야. 고마워. 굳이 먹고 싶은 기분이 아니야. 머들 부인과 함께 나가서 만찬을 들려고 했어. 그런데 만찬을 들 기분이 아니어서, 마차에 올라탈 때 머들 부인 혼자 가라고 했어. 나는 그 대신 산책이나 하자 생각하고."

그럼 차나 커피라도 드시겠어요?

"아니야. 고마워. 클럽에 들러서 포도주 한 병을 샀어."

머들이 대답하고는, '번뜩이는 머리'가 내어준 의자를 앞으로 천천히 미는 게 스케이트를 처음 타는 사람이 탈까 말까 망설이는 듯하다, 드디어 앉았다. 그리고는 모자를 옆 의자에 내려놓고, 모자 속이 10m는 족히 되는 듯 들여다보다, 다시 말했다.

"한번 들러야겠다고 생각했어."

"기분이 우쭐하네요, 아버님은 다른 사람 집을 찾아가는 분이 아니라서요."

패니가 말하자, 머들은 외투 소매 밑으로 자신을 옭매며 대답했다.

"그렇지……그래. 맞아, 나는 다른 사람 집을 찾아가지 않아."

"할 일이 많아서 그러실 수 없으니까요. 할 일이 그렇게 많으신 분께서 식욕이 없다는 건 심각한 문제니, 꼭 고치셔야 해요. 아프면 안 되잖아요."

패니 말에 머들이 곰곰이 생각하다 대답했다.

"아! 나는 건강해. 평소처럼 아주 건강해. 넉넉하게 건강해. 필요한 만큼은 건강해."

시대를 이끄는 영혼은 최대한 적게 말하고 그 말조차 어려워하는 성격답게 다시 침묵하니, '번뜩이는 머리' 부인은 위대한 영혼이 얼마나 머물 생각인지 궁금했다.

"아버님이 들어오실 때 가련한 아빠 얘기를 하는 중이었어요."

"그렇군! 우연의 일치가 대단해."

머들이 말하고, 패니는 뭐가 대단한 우연의 일치인지 알아들을 수 없었다. 하지만 자신한테는 말을 이어갈 의무가 있다고 느끼고서 이렇게 말했다.

"우리 오빠가 아파서 아빠 재산을 점검하고 조정하는 일이 늦어진다는 얘기도 하는 중이었어요."

"그래, 그래. 늦어지지."

"그게 중요한 건 아니에요."

패니가 덧붙이자, 머들이 응접실 장식을 눈에 보이는 대로 살피다 동의했다.

"그래. 그게 중요한 건 아니야."

"나한테 중요한 건 제너럴 부인 몫으로 무어든 돌아가면 안 된다는 거예요."

"제너럴 부인한테는 아무것도 돌아갈 수 없어."

머들이 말하자, 패니는 구체적인 의견을 듣고서 크게 좋아했다. 머들은 밑바닥에 있는 무언가를 살피듯 모자 속을 다시 깊숙이 들여다보, 머리칼을 쓰다듬으면서 자신이 마지막으로 한 말을 확인하듯 천천히 읊조렸다.

"그럼. 그렇고말고. 제너럴 부인한테는 아무것도 안 돌아가. 가능성이 없어."

주제가 시들하고 머들도 지친 듯해, 패니는 머들 부인 마차를 타고서 집으로 돌아가시느냐고 물었다.

"아니. 나는 지름길로 갈 거야, 머들 부인은 알아서……"

머들이 운세라도 읽으려는 듯 자기 두 손바닥을 꼼꼼히 쳐다보다 이어갔다.

"알아서 하도록 놔두고. 알아서 잘할 거야."

"그렇겠지요."

패니가 대답했다. 그러고 나서 침묵이 이어졌다. '번뜩이는 머리' 부인은 조금 전에 세상일을 완전히 포기할 때 그런 것처럼 소파에 다시 누워서 다시 두 눈을 감고 눈살을 찡그렸다.

"어쨌든 내가 내 시간과 자네 시간을 붙들었군. 한번 들러야겠다고 생각했어."

"잘하셨어요."

패니가 말하자, 머들이 일어서며 덧붙였다.

"인제 그만 가지. 접이칼 하나만 빌려줄 수 있나?"

패니가 웃으면서 대답했다. 이상한 부탁이네요, 자신은 편지 한 장 쓰는 일조차 힘들어하기 일쑤인데, 그런 사람한테 머들처럼 방대한 사업체를 운영하는 사람이 물건을 빌리다니요.

"안 그런가요?"

머들이 묵묵히 인정하며 대답했다.

"하지만 접이칼 하나가 필요해. 자네가 결혼할 때 가위와 족집게가 달린 접이칼을 결혼 선물로 몇 개 받은 걸 알아. 내일 돌려줄게."

'번뜩이는 머리' 부인이 남편에게 지시했다.

"에드먼드, 저기 조그만 책상에서 자개 상자를 (당신은 너무 서투르니, 간절하게 부탁하는데 정말 조심스럽게) 열어, 아버님께 자개 접이칼을 드려."

"고마워. 하지만 손잡이가 짙은 게 있다면, 그게 좋겠어."

"거북 등딱지요?"

"고마워. 그래. 거북 등딱지면 좋을 것 같아."

'번뜩이는 머리'는 거북 등딱지 상자를 열어서 거북 등딱지 접이칼을 머들에게 주었다. 그런 다음에 '번뜩이는 머리' 부인이 위대한 영혼에게 우아하게 말했다.

"잉크를 묻히셔도 용서할게요."

"잉크를 묻힐 일은 없을 거야."

머들이 대답했다. 그리고는 외투 소맷부리를 내밀어서 '번뜩이는 머리' 부인의 손을, 손목과 팔찌까지 모두, 순간적으로 함몰시켰다. 머들 손이 어디까지 움츠러들었는지는 확실치 않지만, '번뜩이는 머리' 부인이 느끼기에 아주 멀리 떨어진 것 같았다, 대단한 공적을 올린 첼시 퇴역군인이나 그리니치 연금수령인처럼.[76]

---

76) 첼시 퇴역군인이나 그리니치 연금수령인은 육군과 해군 출신으로 기다란 외투를 입고

머들이 응접실에서 나가자, 패니는 기나긴 하루가 마침내 끝났다고, 나름대로 매력이 없지도 않은 여자 가운데 멍청하고 둔한 남편 때문에 자신만큼 녹초가 된 여자도 없을 거라 완벽하게 확신하고는, 바람을 쐬러 발코니로 나갔다. 짜증이 치밀어서 두 눈에 눈물마저 고이니, 유명한 머들이 길을 따라 걸어가면서 펄쩍 뛰고, 왈츠를 추고, 빙글빙글 도는 것처럼 보이는 게, 사악한 악마가 여럿 달라붙은 것 같았다.

손을 절반이나 가릴 정도로 소매를 길게 늘어뜨렸다. 지금은 머들이 두 손을 툭하면 가리는 습관을 나타낸 표현 가운데 하나다.

25장. 집사장이 중요한 자리에서 물러나다

만찬 파티는 위대한 의사네 저택에서 열렸다. 변호사도 참석해서 능력을 충분히 발휘하고, 페르디난드 바너클도 참석해서 대단한 매력을 발산했다. 인간이 살아가는 모습은 의사에게 숨길 수 없으니, 의사는 인간의 어두운 측면을 주교보다 많이 보았다. 런던에 사는 화려한 귀부인들은 의사를 누구보다 매력이 대단하고 누구보다 유쾌한 인물로 여기며 흠뻑 빠져드니, 의사가 한두 시간 전에 사려 깊은 눈으로 어떤 장면을 바라보고 어떤 지붕 아래 어떤 병상 옆에 차분하게 머물렀는지 안다면, 그런 사람이 바로 옆에 있다는 사실에 큰 충격을 받을 터였다. 하지만 의사는 차분한 성격으로, 자기 자랑도 늘어놓지 않고 다른 사람 자랑도 늘어놓지 않았다. 지금껏 살아오면서 놀라운 광경을 수없이 보고 들었으며, 양립할 수 없는 도덕적 모순을 수없이 겪었으나, 한결같은 동정심은 모든 걸 치유하시는 성스러운 주님의 동정심만큼이나 흔들림이 없었다. 그래서 옳은 사람에게나 옳지 못한 사람에게나 똑같이 내리는 비처럼[77] 다가가서 선한 마음으로 능력껏 일할 뿐, 교회에서

---

77) 마태오 5:25 '아버지께서는 악한 사람에게나 선한 사람에게나 똑같이 햇빛을 주시고 옳은 사람에게나 옳지 못한 사람에게나 똑같이 비를 내려 주신다.'

도 거리 모퉁이에서도 자랑하지 않았다.

인간애를 폭넓게 겪은 사람은 아무리 조용한 성품이라도 대단한 지식을 지닌 사람으로 많은 관심을 받으니, 의사는 그만큼 시선을 끄는 사람이었다. 고상한 신사 숙녀들은 비밀을 조금도 몰라, 의사가 '와서 내가 본 장면을 보시오!'라고 터무니없는 제안이라도 하면 넋이 나갈 정도로 놀랄 게 분명한데도, 의사가 지닌 매력만큼은 인정했다. 의사가 있는 곳에는 뭔가 '진짜'가 있었다. '진짜'를 0.01g만 타면 희석제를 엄청 많이 탄 듯한 맛이 나니 말이다. 진귀한 천연제품을 살짝 탄 것과 마찬가지로.

그래서 의사가 마련한 조촐한 만찬에 참석하는 사람은 형식보다 내용을 중시할 때가 많았다. 손님마다 스스로 의식하든 의식하지 않든, "이 사람은 우리 모습을 그대로 파악한 사람, 가발을 벗고 화장을 지운 모습을 일상적으로 보는 사람, 우리가 통제할 수 없는 순간에 우리 마음이 흔들리는 소리를 듣고 우리 얼굴에 담긴 표정을 그대로 보아, 우리를 뛰어넘는, 우리가 대처하기에는 너무나 강한 사람이니, 이 사람 한테는 '진짜' 모습을 있는 그대로 드러내며 다가가는 게 좋다"고 속으로 중얼거리기 일쑤였다. 그래서 의사가 초대한 손님은 놀라울 만큼 자연스러운 모습으로 참석해서 동그란 식탁에 둘러앉았다.

변호사는 자신이 인류라고 부르는 배심원 부류를 면도날처럼 날카롭게 파악해도 면도날은 일상적으로 편리하게 사용하는 도구가 아니나, 의사가 사용하는 메스는 그렇게 날카롭지 않아도 용도는 훨씬 다양했다. 변호사는 인간이 멍청해서 나쁜 짓을 저지른다는 걸 훤히 알지만, 의사는 회진을 일주일만 돌아도 인간이 다정하고 사랑스럽다는 사실을 깨달으니, 그 통찰력은 변호사가 최고법정과 순회 법정에 70년 이상 참석한 것보다 훌륭했다. (온 세상이 정말로 거대한 법정이라면 마지막

심판 날이 당장 찾아와도 지나치지 않다고 생각하니) 변호사는 인간이 보여주는 다정하고 사랑스러운 모습을 늘 의심하는 건 물론 의심을 조장까지 하는 편이나, 다른 직종에 종사하는 사람 모두가 그러듯 의사를 존경하고 좋아했다.

머들이 빠져서 뱅쿼 의자[78] 하나가 식탁에 생겼다. 하지만 머들이 참석했더라도 그 자리에 뱅쿼가 앉는 이상의 차이는 없을 테니, 머들은 빠지나 안 빠지나 차이가 없었다. 변호사는 최고법정에 대한 온갖 잡동사니를 끊임없이 긁어모은 게 까마귀라도 그만한 시간이면 그만한 분량은 모았겠으나, 최근에는 머들이라는 바람이 부는 방향을 알아보려고 볏짚을 잔뜩 긁어모아서 공중에 뿌리곤 했다. 그런 변호사가 지금은 머들 부인한테 관련 문제를 직접 물어보려고, 당연히 이중 외알 안경을 쓰고 배심원처럼 축 늘어진 자세로 살금살금 다가갔다.

"최근에 우리 법률가 사이에서 어떤 새 한 마리가 왕국에 귀족 작위가 하나 늘어날 예정이라고 속삭이더군요."

변호사가 말하는데, 그 새는 까치[79]일 수밖에 없다는 표정이다.

"정말요?"

머들 부인이 묻자, 변호사가 대답했다.

"네. 그 새가 우리하고 완전히 다른 귀에 ‐ 사랑스러운 귀에 ‐ 대고 속삭이지는 않던가요?"

그리고는 머들 부인 귀걸이를 의미심장하게 바라보자, 머들 부인이 다시 물었다.

"내 귀를 말씀하시는 건가요?"

---

78) 뱅쿼는 셰익스피어의 '맥베스'에 나오는 장군으로 맥베스에게 살해된 뒤, 유령으로 나타나서 맥베스를 괴롭히지만, 다른 사람 눈에는 안 보이는 인물이다. 여기서는 머들이 참석했어도 사람들은 모를 거라는 의미다.
79) 까치를 뜻하는 'magpie'는 수다쟁이라는 뜻도 있다.

"나한테 사랑스럽다는 단어는 언제나 머들 부인을 뜻한답니다."

"변호사님이 지금껏 그런 적은 없는 것 같은데요?"

머들 부인이 반박하는데 기분 나쁜 표정은 아니었다.

"아, 잔인하고 부당하신 말씀! 그런데, 새는."

변호사 말에 머들 부인은 무기를 가볍게 매만지며 대답했다.

"나는 어떤 소식도 못 들었답니다. 그 사람이 누구라던가요?"

"증인석에 서면 잘하시겠어요! 어떤 배심원도 (장님을 선발한 게 아닌 한) 부인께 저항을 못 할 테니까요, 아무리 나쁜 증인이더라도. 하지만 부인은 훌륭한 증인이 될 게 분명해요!"

"왜요, 재밌는 변호사님?"

머들 부인이 웃으면서 묻자 변호사는 대답하는 대신에 이중 외알안경을 자신과 '가슴' 사이에 대고 서너 차례 흔들더니, 환심을 얻으려는 어투로 교묘하게 물었다.

"한없이 우아하고 교양있고 매혹적인 여성을 몇 주 뒤에, 아니 며칠 뒤에 뭐라고 불러야 할까요?"

"그 새가 뭐라고 불러야 하는지는 안 알려주었나요? 그럼 내일 물어보시고, 다음에 만나면 뭐라고 대답했는지 알려주세요."

두 사람은 비슷한 농담을 조금 더 주고받았으나, 변호사는 날카로운 눈매로 무엇 하나 파악할 수 없었다. 반면에 의사는 머들 부인을 마차로 배웅하고 망토를 걸치도록 거들면서 평소처럼 차분하고도 노골적으로 증세를 물었다.

"머들 선생 얘기가 사실인지 물어도 될까요?"

"친애하는 선생님, 그건 내가 선생님께 묻고 싶은 질문이랍니다."

"나한테 묻는다! 왜 나죠?"

"내가 보기에 머들 선생은 선생님을 누구보다 신뢰하니까요."

"정반대랍니다. 그분은 나한테 아무런 말도 안 하거든요, 하는 일조차도. 부인도 소문을 들으셨겠지요?"

"물론 들었습니다. 하지만 머들 선생이 어떤지는 선생님도 아시잖아요, 내성적이라서 말수가 정말 없다는 걸. 어떤 근거로 그런 소문이 나도는지 모르겠지만 나도 사실이면 좋겠어요. 그런데 선생님 앞에서 부인할 이유가 뭐겠어요? 곧바로 아실 텐데요, 내 말이 거짓이라면!"

"그건 그렇군요."

"하지만 소문이 모두 사실인지 일부만 사실인지 아니면 완전한 거짓인지 도통 모르겠어요. 정말 짜증스러운 상황, 더없이 우스꽝스러운 상황이지만, 선생님은 머들 선생을 아시니까 조금도 안 놀랄 거예요."

의사는 조금도 안 놀란 채 손을 잡아주어서 머들 부인이 마차에 올라타도록 거들고 작별 인사를 했다. 그리고는 자기 집 현관 입구에서 화려한 마차가 덜거덕대며 멀어지는 모습을 가만히 쳐다보았다. 위층으로 돌아가니, 나머지 손님도 금방 흩어지고 의사 혼자 남았다. 그는 온갖 종류의 문학을 좋아하는 터라 (약점이라고 생각한 적은 한 번도 없어) 편히 앉아서 책을 읽기 시작했다.

현관에 울리는 종소리가 관심을 끌어서 쳐다보니, 책상에 놓인 시계는 자정을 몇 분 앞두고 있었다. 의사는 소박한 사내답게 하인을 벌써 잠자리로 보낸 터라 현관문을 직접 열어야 했다. 그래서 내려가니, 모자나 외투도 없이 셔츠 소매를 어깨까지 쭉 말아 올린 사내 한 명이 보였다. 사내가 잔뜩 흥분한 채 숨을 헐떡이는 모습에, 의사는 싸움질하다 왔다는 생각이 순간적으로 떠올랐다. 하지만 다시 쳐다보니, 사내는 얼굴이 깨끗한 데다 차림새도 앞에서 말한 것 말고는 흐트러진 데가 없었다.

"온천장에서 왔습니다, 선생님, 저쪽 길 너머에 있는."

"온천장에서 무슨 일로?"

"당장 가셔야 합니다, 선생님. 탁자에 종이 한 장이 있었습니다."

사내가 의사 손에 종이 한 장을 내려놓았다. 의사가 쳐다보니 연필로 쓴 자기 이름과 주소가 보였다. 그게 전부였다. 의사는 필체를 자세히 쳐다보다 사내를 쳐다보고는 못걸이에서 모자를 집어 들고 현관문 열쇠를 주머니에 넣었다. 그리고 사내와 함께 급히 떠났다.

온천장으로 다가가자, 그곳에서 일하는 사람 모두 입구 계단을 오르내리며 자신들이 오는지 내다보는 중이었다. 의사는 "다른 사람은 모두 물러나게 하세요"라고 주인에게 소리치고, "현장으로 곧장 안내하시오, 친구"라고 심부름꾼에게 말했다.

심부름꾼은 앞장서서 조그만 방이 쭉 늘어선 복도를 지나 마지막 방 앞에 멈추고는 좌우를 둘러보았다. 의사도 가까이 다가가서 실내를 들여다보았다.

모서리에 욕조가 있는데, 원래 있던 물은 황급히 빼낸 상태였다. 욕조가 무덤이나 석관이라도 되는 듯 안에 묵직한 사내 시신이 누워있는데, 머리는 둔하고 몸뚱이는 거칠고 초라하며 평범했다. 시트와 담요로 급히 덮어놓은 상태였다. 실내에 가득한 증기를 빼내려고 채광창을 열어놓았지만, 증기는 물방울로 모여서 벽마다 묵직하게 달리고 욕조에 있는 얼굴과 몸뚱이에도 묵직하게 달렸다. 실내는 여전히 무덥고, 욕조 대리석은 여전히 따뜻하지만, 얼굴과 몸뚱이는 끈적끈적했다. 욕조 바닥 하얀 대리석에 빨간색이 정맥처럼 섬뜩하게 뻗어 나갔다. 측면 선반에는 텅 빈 아편 병 하나와 거북 등딱지 접이칼이 있는데, 흙은 묻었어도 잉크는 안 묻었다.

"경정맥 절단 - 급사 - 사망하고 최소한 30분경과."

의사가 한 말이 복도와 조그만 방을 지나서 온천탕 전체로 퍼져나가는 동안, 의사 자신은 욕조 바닥을 조사하려고 굽힌 허리를 똑바로 펴면서도 두 손은 여전히 물속을 첨벙거리고, 대리석이 뻗은 대로 빨갛게 뻗어 나간 흔적은 더욱 짙어졌다.

의사는 소파에 벗어놓은 옷과 탁자에 놓은 시계와 돈과 수첩으로 눈길을 돌렸다. 접어서 수첩에 끼워놓아 반쯤 안에 있고 반은 삐져나온 종잇조각이 자세히 살피는 눈길에 잡혔다. 의사는 종잇조각을 손으로 건들다, 수첩 사이에서 살짝 빼내곤 "나한테 보낸 쪽지야"라고 가만히 중얼거리고 펼쳐서 읽었다.

의사가 특별히 지시할 필요는 없었다. 온천장 사람들이 알아서 다 조치했다. 관계 당국이 곧바로 나타나서 고인의 시신과 소지품을 사무적으로 차분하게 수습했다. 표정과 태도가 시계태엽을 감는 이상으로 흔들리지도 않았다. 경험이 그렇게 많은데도 의사는 속이 메스껍고 머리가 어지러웠다. 밖으로 나와서 시원한 밤공기를 쐴 수 있어서 다행이고, 잠시나마 현관 계단에 앉을 수 있어서 더더욱 다행이었다.

근처에 사는 변호사를 찾아갔다. 의사가 아는 한, 변호사가 밤늦도록 일하길 좋아하는 방에서 불빛이 흘러나왔다. 특별한 일이 없으면 그 방에 불을 켤 일도 없는지라, 의사는 변호사가 잠자리에 들기 전이라고 확신했다. 실제로 변호사는 내일 배심원 평결을 받아야 하는데 증거가 불리해서, 배심원단에 함정을 설치하느라 빛나는 시간을 끌어올리며 열심히 일하는 중이었다.

현관문을 두드리는 소리에 변호사는 깜짝 놀랐다. 하지만 자기네 집에 도적놈이 들어올 예정임을 다른 누군가가 알려주려고 혹은 자신한테 좋은 정보를 주려고 왔을 수 있다는 생각이 들어, 곧바로 조용히 내려갔다. 배심원 머리에 뜨거운 물을 쏟아붓기 전에 차가운 물로 머리를 맑게 하고, 반대편 증인들 목줄을 마음껏 조이기 전에 셔츠 목깃을 활짝 열어젖힌 채 서류를 읽던 참이었다. 그래서 밑으로 내려갈 때 비교적 흥분한 표정이더니, 조금도 예상치 않던 의사가 찾아온 걸 깨닫고는 한층 더 흥분하며 소리쳤다.

"무슨 일이오?"

"예전에 선생은 나한테 머들 선생이 무슨 병을 앓느냐고 물어본 적이 있어요."

"대답이 독특하군요! 네, 맞아요."

"나는 모른다고 했고요."

"그래요. 나도 알아요."

"그런데 이제 알아요."

의사 말에 변호사가 깜짝 놀라며 뒤로 주춤하더니, 상대 가슴팍을 손으로 철썩 때리면서 한탄했다.

"맙소사! 이제 나도 알아냈어요! 선생 얼굴에 그대로 쓰여있어요."

두 사람이 제일 가까운 방으로 들어가자 의사는 쪽지를 건넸다. 변호사는 쪽지를 여섯 번은 읽었다. 내용은 안 많았다. 그래도 자세히 끊임없이 살피게 하는 내용이었다. 하지만 아무런 실마리도 없다는 사실이 안타까웠다. 조그만 단서라도 찾아내면 이번 사건을 단번에 휘어잡을 수 있을 것 같다는, 정말 대단한 사건을 밑바닥까지 확실하게 파악할 수 있을 것 같다는 한탄만 절로 나왔다.

의사는 할리 거리로 가서 소식을 알릴 예정이었다. 변호사는 어떤 배심원단보다 아는 게 많아도 당장은 훌륭한 배심원단을 함정에 빠뜨릴 방법을 떠올릴 수 없었다. 얄팍한 궤변을 늘어놓는 건 아무런 소용이 없고 전문가 특유의 전술과 기술을 발휘하는 건 (원래는 이렇게 할 계획이었으나) 불행한 결과만 낳을 뿐이니, 자신도 함께 가겠다고, 당신이 안으로 들어간 사이에 저택 주변을 거닐겠다고 제안했다. 그래서 두 사람이 함께 걷는데, 시원한 바람을 쐬니 마음이 차분하게 가라앉았다. 햇빛 날개가 퍼덕이며 밤을 밀어낼 때, 의사는 저택 대문을 두드렸다.

일반인 눈에 무지갯빛으로 보이는 하인이 주인을 기다리며 앉아있었다…… 주방에 촛불 두 개를 켜고 신문을 읽다 깊은 잠에 빠져들어, 저택에 화염이 휘감을 가능성을 엄청나게 높인 것이다. 하인을 깨운 다음에도 의사는 집사장을 깨우길 기다려야 했다. 마침내 고상한 집사장이 플란넬 가운에 천으로 만든 실내화 차림으로 식당에 들어왔다. 하지만 넥타이를 맨 모습이 과연 집사장다웠다. 이제 아침이었다. 의사는 기다리는 사이에 햇빛이 보고 싶어서 창문 덧문 하나를 열어놓은 상태였다.

"머들 부인 하녀를 불러, 머들 부인에게 일어나도록, 마음을 차분히 가라앉히도록 하세요. 내가 직접 올라가서 머들 부인께 전달할 끔찍한 소식이 있답니다."

의사는 이렇게 말하고, 집사장은 한 손에 든 촛불을 하인에게 가져가라고 지시했다. 그런 다음에 창가로 위엄 있게 다가와, 바로 그 방에서 열린 만찬 파티를 지켜보던 자세 그대로 의사를 바라보았다.

"머들 선생이 사망했소."

"한 달은 알려야 하겠군요."

집사장 말에 의사가 다시 말했다.

"스스로 목숨을 끊었소."

"그 말씀은 편견을 자아내기에 딱 좋아, 저 같은 처지에 있는 사람이 듣기에는 많이 불편하니, 이 자리를 당장 벗어나고 싶군요, 선생님."

"충격을 안 받은 것 같은데, 놀랍지도 않소, 집사장?"

의사가 다정하게 묻자, 집사장은 허리를 쭉 펴고 차분하게 대답했다.

기억에 남을 말이었다.

"선생님, 머들 선생은 신사다운 적이 한 번도 없어, 아무리 비신사적인 행동을 한다고 해도 제가 놀랄 일은 없을 겁니다. 선생님께서는 하실 일이 있으니, 제가 떠나기 전에 옆에서 거들 하인이라도 불러드릴까요, 아니면 지시하실 사항이 더 있나요?"

의사는 위층에서 할 일을 마치고 거리로 나가서 변호사를 만나, 머들 부인과 만난 결과를 알렸다. 모두 알린 건 아니지만 자신이 하는 말을 부인이 차분하게 받아들였다는 내용이다. 변호사는 거리에서 기다리는 동안 배심원 전체를 단번에 옭아맬 함정을 멋지게 만들어내고는 마음속에 차분하게 담아두니, 막 일어난 참사가 이제 비로소 또렷하게 보여, 두 사람은 집으로 천천히 걸어가며 이번 사건을 다양한 각도에서 검토했다. 의사네 현관문 앞에서 헤어지기 전에는 두 사람 모두 햇살이 성질부리는 아침 하늘을 올려다보는데, 일찍 피운 불에서는 연기가, 일찍 일어난 극소수 사람들 사이에서는 숨결과 목소리가 평화롭게 일었다. 이윽고 두 사람은 거대한 도시를 둘러보며 한탄했다, 아직도 잠자는 수십만 시민이 한순간에 빈털터리로 된 사실을 깨닫는다면 비참한 영혼에 욕설을 퍼부으며 울부짖는 소리가 하늘로 얼마나 섬뜩하게 올라갈까!

위대한 인물이 죽었다는 소식은 놀라울 정도로 빠르게 번져나갔다. 처음에는 죽은 원인으로 지금까지 알려진 모든 질병은 물론, 이번 사례를 설명하려고 빛처럼 빠른 속도로 만들어낸 완전히 새로운 질병까지 다양하게 나왔다. 머들은 갓난아기 때부터 부종이 있는 걸 숨겼다느니, 가슴에 물이 차는 질병을 할아버지에게 물려받았다느니, 지난 18년 동안 하루도 빠짐없이 아침마다 수술을 받았다느니, 몸속에서 혈관이 폭죽처럼 터지는 질병이 있었다느니, 허파에 문제가 있었다느니, 심장에 문제가 있었다느니, 머리에 문제가 있었다느니 하는 식이었다. 이런 소식을 조금도 모른 채 아침 식탁에 앉은 시민 500명은 식사를 마치기도 전에, 의사가 머들에게 "촛불이 한순간에 꺼지듯, 언제라도 한순간에 죽을 준비를 해야 한다"고 말하는 소리를, 그리고 머들은 의사에게 "인간은 어차피 한 번은 죽는다"고 말하는 소리를 직접 들었거나 알고 있다고 확신했다. 오전 11시경에는 머리에 문제가 있다는 주장이 지배했으나, 12시경에는 '혈압 문제'가 확실하다는 주장이 압도했다.

대중이 보기에는 혈압 문제가 훨씬 그럴싸해, 모든 사람이 만족스럽게 받아들이는 듯했으니 이 주장이 온종일 이어질 수도 있었으나, 변호사가 9시 30분에 자신이 목격한 광경을 법정에 보고하고 말았다! 그러면서 오후 1시경에는 머들이 자살했다고 속삭이는 물결이 런던 전역으로 번져나갔다. 하지만 혈압 문제는 새롭게 밝혀진 사실로 뒤집히기는커녕, 훨씬 더 그럴싸한 주장으로 자리 잡았다. 거리마다 혈압 문제를 둘러싸고 훈계하는 소리가 일었다. 돈을 벌려고 애써도 돈을 벌 수 없는 사람은 하나같이 "그것 봐라! 돈 버는 일에만 몰두하면 결국엔 혈압에 문제가 생긴다"고 주장했다. 게으른 사람도 이번 사례를 비슷하게 활용했다. "보라, 일하고 또 일하고 또 일만 하면 결국엔 어떻게 되는지! 고집스럽게 일만 하면 과로하게 되고, 혈압에 문제가 생겨서 끝장난다!"고 주장한 것이다. 대부분은 가능성이 매우 크다고 여겼지만, 과로할 위험이 거의 없는 새내기 직원과 그 동반자보다 그 주장을 열렬히 받아들인 사람은 없었다. 그래서 이번에 목격한 위험을 절대로 안 잊겠다고, 혈압에 문제가 안 생기도록, 자신을 충분히 오랫동안 지켜서 가족이 편히 지내도록 조심해야겠다고 하나같이 경건하게 선언했다.

하지만 증권거래소가 제일 바쁠 즈음에 혈압 문제는 사그라들었다. 동쪽으로 서쪽으로 북쪽으로 남쪽으로 섬뜩한 속삭임이 번져나갔다. 처음에는 조그만 소리와 조그만 우려가 돌아다니는 정도였다. 과연 머들 재산이 사람들 생각처럼 거대할까, 재산을 '현실화'하는 게 일시 적으로 어렵지 않을까, 훌륭한 은행 측에서 잠시나마 (가령 한두 달이 라도) 지급을 보류하지 않을까 하는 이상을 걱정하는 사람도 없었다. 그러나 시간이 지날수록 속삭임은 커지다, 급기야 모두에게 거대한 위기감으로 다가오기 시작했다. 온갖 사람이 아무런 근거도 없이 머들 에게 빠져들었다. 머들은 자연스러운 성장 과정 없이 바닥에서 갑자기 올라섰다. 머들은 무식한 천민이다. 머들은 눈길을 늘 내리깔아, 그 눈빛을 본 사람이 아무도 없다. 머들은 자기 돈이라곤 땡전 한 푼 없으 며, 벤처사업을 하나같이 무모하게 추진하면서 비용을 턱없이 많이 사용했다는 식이다. 소문은 이렇게 번지더니, 해가 떨어질 즈음에는 구체적인 목소리가 또렷하게 일었다. 머들이 온천탕에서 편지 한 장을 남겨 주치의가 지니고 있는데, 내일 검시할 때 제출할 예정으로, 그 내용은 머들에게 속아 넘어간 수많은 사람에게 청천벽력이 될 수밖에 없다. 다양한 직종과 분야에 종사하는 사람이 수없이 파산당하는 시련 을 겪을 것이며, 평생을 편안하게 살아온 수많은 노인이 들어갈 곳은 이제 구빈원밖에 없으니, 머들에게 재산을 맡긴 걸 그때 비로소 후회할 것이며, 수많은 아낙네와 아이는 머들이라는 천하의 사기꾼한테 미래 를 완전히 빼앗겼다. 머들이 차린 웅장한 잔치에 참석한 사람은 가정을 수없이 망가뜨린 공범으로 취급받을 것이며, 머들을 비굴하게 숭배하 며 추종한 부자는 차라리 악마를 숭배하는 편이 좋았을 거라는 식이었 다. 구체적인 사실이 새롭게 드러나고 석간신문이 판을 거듭하면서 소문은 사납게 드높이 몰아치기만 하다, 어둠이 깔릴 즈음에는 거대한 울부짖음으로 돌변하니, 성 바울 성당 동그란 지붕 난간에서 외롭게 감시하던 인물은 머들이라는 이름과 함께 욕을 퍼붓는 소리가 밤공기 여기저기에 묵직하게 어리는 걸 느낄 정도였다.

머들이 앓던 병은 사기 강도였다는 사실이 어느새 드러난 것이다. 수많은 사람이 광범위하게 아첨하던 세련되지 못한 대상이자, 위대한 인물마다 잔치에 초대하던 단골손님이며, 귀부인 모임에는 대붕의 알이고, 특권층을 정복해서 자부심을 무너뜨리고, 후원자 가운데 후원자며, '빙글빙글 돌리기 관청' 고위직을 놓고서 장관과 협상하고, 영국에서 200년 동안 예술과 과학 분야를 주도하며 수많은 업적을 남긴 수많은 위인보다 많은 찬사를, 대중에게 다양한 자선을 베풀며 가장 너그럽게 살아온 사람보다 많은 찬사를 10년에서 15년 사이에 받던 머들이 - 누구보다 놀라운 기적으로 동방박사가 선물을 들고 쫓아오던 샛별처럼 반짝이던 머들이 - 욕조 바닥에서 썩은 고기 같은 삶을 끝장냈으니, 교수대를 끝까지 기만한 거대한 사기꾼이며 거대한 도적놈으로 드러난 것이다.

26장. 되로 주고 말로 받다

급하게 숨 쉬는 소리와 급하게 걷는 소리가 일더니, 클레넘 사무실로 팽스가 황급히 들어왔다. 검시는 끝나고, 편지는 공개되고, 은행은 파산하고, 밀짚으로 쌓아 올린 공중누각은 불타서 잿더미로 변했다. 크고 작은 선박이 다양하게 모여든 거대한 선단 한가운데서 모두 숭배하던 해적선이 공중 폭발하니, 사방에는 잔해만 가득한 채, 선체는 불타고 창고는 터져나가고 대포는 저절로 폭발하면서 지인과 이웃을 갈가리 찢어발기고, 물에 빠진 사람은 부서진 돛대에 매달리다 여기저기 가라앉아, 깊은 바다에는 열심히 헤엄치는 사람과 둥둥 떠다니는 시신과 상어 떼만 가득했다.

작업장 사무실은 평소처럼 열심히 차분하게 일하는 분위기가 아니었다. 열지도 않은 편지와 분류조차 안 한 서류가 책상 여기저기에 널렸다. 열정은 무너지고 희망은 깨져나간 흔적 한가운데에 사무실 주인이 우두커니 서서 책상에 두 팔을 올려서 겹친 채 머리를 누이고 있었다.

팽스는 급하게 들어오다 그런 클레넘을 보고 우뚝 멈춰섰다. 그러다 팽스 역시 책상에 두 팔을 올린 채 머리를 누이니, 두 사람은 좁은 사무실에 한동안 우두커니 선 채 침묵했다.

먼저 고개를 들어서 말한 사람은 팽스였다.

"나 때문에 그런 거예요, 클레넘 선생. 나도 알아요. 그러니 욕설을 마음껏 퍼부으세요. 나도 내가 한심하니, 마음껏 욕하세요. 나는 아무리 많은 욕을 먹어도 부족하니까."

"아, 팽스, 팽스! 그런 말 마세요. 나한테 무슨 자격이 있겠소!"

"이보다 나은 행운을 누릴 자격."

팽스가 한탄하지만, 클레넘은 못 들은 척 이어갔다.

"나는 동업자를 파멸시켰어요! 팽스, 팽스, 내가 데니얼 도이스 선생을 파멸시켰다고요! 자립심 강하고 솔직하고 지칠 줄 모르는 노인을, 평생을 열심히 일하면서 살아온 분을, 수많은 좌절에 맞서 싸워온 분을, 그러면서도 선량하고 바람직한 품성을 가꾸어온 분을, 내가 크게 감동해 진심으로 거들려고 했던 분을, 내가 그런 분을 파멸시켰어요, 그런 분이 명예를 더럽히게 만들었어요, 그런 분을 파멸시켰어요, 그런 분을 파멸시켰다고요!"

이렇게 말하며 괴로워하는 클레넘이 너무나 안타까운 나머지, 팽스는 극심한 절망감에 시달리다 한 손으로 머리칼을 잡아 뜯으며 울부짖었다.

"마음껏 꾸짖으세요, 마음껏 꾸짖어요, 선생, 안 그러면 내가 나를 해칠 수도 있으니. 멍청한 자식이라고, 악당이라고 욕하세요, 어떻게 그럴 수 있느냐고, 개자식이라고 욕하세요, 도대체 무슨 생각으로 그랬느냐고, 짐승보다 못한 놈이라고! 나를 때리세요. 아무 욕이라도 하세요!"

그러는 내내, 팽스는 거친 머리칼을 사정없이 잡아 뜯었다. 하지만 클레넘은 앙갚음하려는 표정부다는 가엾다는 표정으로 말했다.

"당신이 치명적인 광기에 안 빠져들었더라면, 팽스, 당신한테 얼마나 좋았을까요, 나한테는 또 얼마나 좋고!"

"마음껏 때리세요, 선생! 나를 때려요!"

팽스가 울부짖었다. 너무나 안타까운 나머지, 이를 부드득 갈 정도였다.

"당신이 저주스러운 계산에 빠져들지 않았더라면, 그래서 가증스러울 정도로 또렷한 결과를 내놓지만 않았더라면, 당신한테 얼마나 좋았을까요, 나한테는 또 얼마나 좋고!"

클레넘이 신음을 뱉어내듯 말하자, 팽스가 움켜잡은 머리칼을 놓으면서 울부짖었다.

"마음껏 욕하세요, 선생! 마음껏 욕하고 또 욕하세요!"

하지만 클레넘은 어느덧 흥분이 가라앉는 걸 느끼고는, 자신이 하고픈 말 이상을 했다고, 이제 됐다고 대답했다. 상대 손을 움켜잡으면서 이렇게 덧붙일 정도였다.

"앞 못 보는 사람이 앞 못 보는 사람을 이끌었어요, 팽스! 하지만 데니얼 도이스, 데니얼 도이스, 데니얼 도이스 선생, 나 때문에 파멸한 동업자!"

이 말을 내뱉는 순간에 클레넘은 책상에 머리를 다시 기댔다.

조금 전과 똑같은 자세를, 그리고 똑같은 침묵을 다시 깨뜨린 건 이번에도 팽스였다.

"소문이 돌기 시작한 뒤로 잠자리에 든 적이 없어요. 잿더미에서 찌꺼기라도 건질까 해서 샅샅이 뒤졌어요. 하지만 아무런 소용이 없었어요. 모두 사라졌어요. 모두 없어졌어요."

"나도 알아요."

클레넘이 대답하자, 팽스는 영혼 밑바닥부터 고통스러운 듯 침묵하고, 클레넘은 다시 말했다.

"어제만 해도, 어제만 해도, 월요일만 해도 모두 팔아서 깨끗하게 마무리하려고 마음먹었는데……"

팽스가 대답했다.

"나 역시 그랬다고 말할 순 없겠지요. 하지만 놀랍게도 정말 많은 사람이 똑같이 말하는 걸, 삼백육십오 일 가운데서 바로 어제만 해도, 너무 늦지 않았다면, 전부 팔았을 거라고 말하는 소리를 수없이 들었답니다!"

증기처럼 내뿜는 숨결이 우스꽝스럽게 보이던 평소와 달리 지금은 어떤 탄식보다 슬프게 보이는 가운데, 머리끝부터 발끝까지 지저분한 걸 묻힌 모습이 깨끗이 안 씻어서 도저히 알아볼 수 없는 '불행의 여신' 처럼 보였다.

"클레넘 선생, 투자했소……모조리?"

팽스는 차마 입이 안 떨어져서 침묵하다, 마지막 단어를 어렵게 뱉어냈다.

"모조리."

팽스는 거친 머리칼을 다시 움켜잡아 힘껏 비틀어서 몇 가닥 잡아뺐다. 그리고는 극심하게 증오하는 눈으로 머리칼을 가만히 노려보다 주머니에 넣었다.

클레넘이 두 뺨을 타고 가만히 흘러내리는 눈물을 닦아내며 말했다.

"지금 당장 조치할 게 있소. 불행한 동업자의 평판부터 살려내야 하오. 내 것은 모조리 포기하겠소. 내가 지금껏 남용한 경영권을 채권단에 당장 넘겨야, 그동안 저지른 잘못을 – 혹은 범죄 행위를 – 살아있는 동안 최선을 다해서 배상해야 하오."

"이번 사태를 무난하게 넘길 방법은 없을까요, 선생?"

"불가능하오. 이제 무난하게 넘어갈 방법은 없소, 팽스. 나는 사업체에서 손을 빨리 뗄수록 좋소. 이번 주에 갚을 채무가 있는데, 상황을 숨긴 채 하루씩 미룬다 해도 며칠 뒤에는 파국이 닥칠 수밖에 없소. 어떻게 할지 밤새도록 고민했으니, 이제 남은 건 그대로 하는 거요."

"선생 혼자서 그런다는 건 아니겠죠? 법적인 도움을 받으세요."

팽스가 말하는데, 얼굴이 축축했다. 입에서 우울하게 뿜어댄 증기가 눈물로 변하는 것 같았다.

"그게 좋을 수도 있겠구려."

"러그를 만나세요."

"할 일이 없으니, 그것도 괜찮겠구려."

"내가 러그를 데려올까요, 클레넘 선생?"

"시간을 내서 그럴 수 있다면, 나로선 정말 고맙겠지요."

팽스는 즉시 모자를 쓰고 증기를 뿜어대며 펜튼빌로 나아갔다. 팽스가 없는 사이에 클레넘은 책상에서 머리를 한 번도 안 들고 원래 자세를 지켰다.

팽스가 친구며 법률 전문가인 러그를 데려왔다. 러그는 팽스가 극히 비이성적인 상태임을 여기까지 오면서 충분히 느낀 터라, 팽스에게 옆으로 비켜나라고 요청하는 식으로 전문 상담을 시작하니, 팽스는 순순히 힘없이 물러났다.

"지금 저분은 마음 상태가 우리 딸을 원고로 '러그 대 보킨스 파혼 소송'을 하던 당시와 너무나 비슷하답니다. 이번 사건에 너무나 강력하고 직접적인 이해관계가 얽혀서요. 그래서 감정에 너무 깊이 빠져들었어요. 우리 분야는 감정에 깊이 빠져들면 아무런 소득도 없답니다, 선생."

러그는 장갑을 벗어서 모자에 내려놓으며 힐끗 살피다, 고객 표정이 크게 변하는 걸 알아채고 덧붙였다.

"안타깝게도 선생은 감정에 깊이 빠져들었다고 표현할 수밖에 없답니다. 제발 부탁이니, 그러지 마세요. 이번 손실은 지극히 한탄스럽지만, 선생, 우리는 문제를 정면에서 또렷하게 바라보아야 한답니다."

"내가 날려버린 돈이 모두 내 것이었다면, 러그 선생, 이렇게 걱정하지도 않았을 겁니다."

클레넘이 한숨을 내쉬며 대답하자, 러그가 쾌활한 표정으로 두 손을 비비며 물었다.

"정말요, 선생? 놀랍군요. 독특합니다, 선생. 경험한 바에 따르면 사람들이 제일 많이 신경 쓰는 건 자기 돈이거든요. 다른 사람 돈에는 순식간에 관심을 끈 채 잘 견디고요, 정말 잘."

러그는 위로하듯 말하면서 책상 옆 사무실 걸상에 앉아, 상담을 시작했다.

"클레넘 선생께서 허락하신다면, 문제로 곧장 들어갑시다. 이번 사태가 어떤지 살펴봅시다. 문제는 단순합니다. 평이하고 단순하며 상식적인 문제니까요. 우리가 자신을 위해 무엇을 할 수 있는가? 우리 자신을 위해서 무엇을 해야 하는가?"

"나한테 그건 문제가 안 됩니다. 처음부터 오해하셨군요. 문제는, 내가 동업자를 위해서 무엇을 할 수 있는가, 동업자한테 어떻게 보상하는 게 최선인가? 하는 겁니다."

클레넘이 말하자, 러그가 설득하는 어투로 반박했다.

"안타깝게도 선생은 깊이 빠져든 감정에서 지금껏 벗어나질 못하는군요. 나는 '보상'이라는 표현을 싫어한답니다, 변호사가 손에 든 협상 수단일 때 말고는. 괜찮다면 나로선 미리 경고할 의무가 있는 것 같군요, 감정에 깊이 빠져들면 안 된다는 경고요."

클레넘은 의기소침한 가운데도 굴복하지 않고 애초에 마음먹은 대로 용감하게 말해서 러그를 깜짝 놀라게 했다.

"러그 선생께서는 내가 이미 결심한 대로 처리하지 않겠다는 느낌이 드는군요. 선생께서 동의할 수 없어 필요한 조치를 집행할 마음이 안 든다면, 나로선 안타깝게도 다른 분께 도움을 받아야 할 듯하네요. 하지만 선생이 뭐라고 해도 내 결심은 안 변한다는 사실만큼은 지금 이 자리에서 확실히 말씀드리겠습니다."

너무나 단호한 어투에 러그가 어깨를 으쓱하며 대답했다.

"좋습니다, 선생. 좋아요, 선생. 어차피 이번 일은 누군가 해야 하니, 내 손으로 하겠습니다. 바로 그게 '러그 대 보킨스' 소송을 대하는 원칙이었으니까요. 바로 그게 모든 사례를 대하는 원칙이니까요."

그래서 클레넘은 자신이 확고하게 결심한 내용을 러그에게 전달했다. 동업자는 소박하고 성실한 사람이다. 자신이 지금 이렇게 조치하려는 이유 역시 동업자가 그런 사람이란 걸 너무나 잘 알며 그 마음을 존경하기 때문이다. 동업자는 중요한 업무로 해외에 나갔으니 성급하게 판단하고 행동한 책임은 모두 자신에게 있으며, 동업자는 아무런 책임도 없다는 사실을 공개적으로 밝히는 건 아주 중요하다. 다른 나라에서 일하는 동업자의 명예와 신용을 엉뚱하게 훼손시켜 지금껏 성공적으로 진행해온 업무를 위험하게 만들면 안 되기 때문이다. 동업자가 도덕적으로 문제가 없음을 충분히 밝히는 건, 그리고 회사를 경영한 아서 클레넘 자신이 독단으로 결정했음을, 동업자가 사전에 경고했는데도 최근에 사망한 사기꾼 기업에 회사 자산을 모두 투자했음을 공개적으로 솔직하게 밝히는 건 자신이 현실적으로 할 수 있는 유일한 보상이고, 동업자에게 꼭 필요한 보상이며, 따라서 제일 먼저 해야 할 보상이다. 자신은 지금까지 말한 내용을 모두 담아 이미 작성한 선언문을 인쇄해서, 우리 회사와 거래한 모든 사람에게 보내는 건 물론, 일반 신문에 광고하고자 한다. (설명을 듣는 동안 러그는 얼굴을 수없이 찡그리고 팔다리를 불편하게 움직였다.) 이런 조치와 함께, 자신은 채권자 모두에게 편지를 보내서 동업자는 아무런 책임이 없음을 엄숙하게 밝히고, 채권자들이 바라는 바를 파악하고 동업자랑 충분히 소통할 때까지 회사 경영에 손을 뗀 채 채권자 요구에 겸허하게 따르겠다는 사실을 알리겠다. 동업자는 아무런 책임이 없다는 사실을 채권자들이 충분히 인정하고, 회사를 다시 바람직하게 운영하는 식으로 문제를 해결할 수 있다면, 그래서 현재의 위기를 극복할 수 있다면, 동업자에게 끼친 스트레스와 손실을 화폐 가치로 보상하는 차원에서 자신이 소유한 회사 지분은 모두 넘기고, 자신은 먹고사는데 필요한 봉급을 최소한으로 받으며 회사에 충실한 직원으로 봉사하기를 바랄 뿐이다.

러그는 지금 들은 결심을 도저히 꺾을 수 없다는 사실을 또렷하게 느끼면서도 얼굴이 일그러지고 팔다리가 불편한 상태로 나름대로 항의할 필요를 느끼고 이렇게 말했다.

"반대하지 않겠습니다, 선생. 반박하지도 않겠습니다. 선생 의견대로 하겠습니다. 하지만 마지못해서 하는 겁니다."

그런 다음에 자신이 생각하는 바를 장황하게 늘어놓았다. 사실상 런던 전체가, 아니 나라 전체가 최근 사태에 광분한 상태다. 피해자에 대한 반발이 극심하니, 사기를 안 당한 사람은 피해자가 자기네처럼 지혜롭지 못하다는 식으로, 사기를 당한 개개인은 자신 역시 다른 피해자에게 지혜가 없다는 걸 확실히 느꼈다고 변명하면서, 다른 수많은 피해자가 어리석게 행동하지 않았더라면 자신 역시 그렇게 안 했을 거라는 식으로 분노를 표출할 게 확실하다. 이런 시기에 클레넘이 선언문을 발표하면 적대감이 태풍처럼 몰아쳐서 채권자들에게 관용은 물론 공감조차 끌어낼 수 없다, 사방에서 집중포화를 퍼부어댈 목표물이 되어, 그대로 무너질 가능성이 크다.

이런 주장에 클레넘이 대답한 건 그 생각이 맞더라도 동업자는 아무런 책임이 없다는 사실을 공개적으로 밝히겠다는 의지는 줄어들지 않고 줄어들 수도 없다는 게 전부였다. 그러니 필요한 조치를 지금 당장 집행하라고 단호하게 요구했다. 이 말에 따라서 러그는 작업에 들어가고, 클레넘은 옷가지와 책과 얼마 안 되는 잔돈만 챙기고, 돈이 조금 있는 은행 통장은 회사 서류 옆에 그대로 놓았다.

발표하는 순간, 태풍은 무섭게 몰아닥쳤다. 수많은 사람이 누구든 비난할 사람만 맹렬하게 찾아다니던 차에 먹잇감이 생기니, 살아있는 사람을 단두대에 세운 거나 마찬가지였다. 이번 사태와 상관이 없는 사람도 극악무도하다고 느끼는데, 이번 사태로 돈을 잃은 사람으로서는 이번 발표를 순순히 받아넘길 수 없었다. 채권자들이 비난하며 욕설을 퍼붓는 편지가 산더미처럼 쌓이니, 러그는 사무실 높은 걸상에 앉아서 편지를 매일 읽다, 일주일 뒤에는 영장이 나올 것 같다는 우려를 알리고, 클레넘은 이렇게 대답했다.

"내가 저지른 일은 내가 책임져야지요. 영장이 나오면 여기로 찾아오겠군요."

바로 다음 날 아침에 블리딩 하트 단지로 들어서려고 플로니쉬 상점 모서리를 지나는데, 플로니쉬 부인이 입구에서 기다리다 이상한 표정으로 '행복한 초가집'으로 들어오라고 부탁했다. 그곳에 러그가 있었다.

"여기에서 기다리는 게 좋겠다고 생각했습니다. 내가 선생이라면 오늘 아침에 사무실로 안 갈 테니까요."

"왜요?"

"내가 알기로는 영장이 다섯 개나 나왔거든요."

"그럼 빨리 처리하는 게 좋겠군요. 당장 집행하라고 하세요."

클레넘이 말하자, 러그가 입구를 가로막으면서 대답했다.

"그렇긴 하지만 먼저 이유부터 들으세요, 이유부터 들어. 어차피 금방 잡혀갈 테니까요, 클레넘 선생. 하지만 이유부터 들으세요. 이런 경우에는 약소한 문제부터 들이밀어서 커다랗게 키우는 게 일반입니다. 이번에는 사소한 채무로 - 햄프턴 코트 궁전 법원[80]에서 발행한 영장으로 - 신문에 대문짝만하게 실릴 가능성이 큰 만큼, 나라면 피하는 편을 선택하겠습니다."

"왜요?"

"제일 큰 영장이 나오길 기다려야 하니까요, 선생. 그게 체면을 지키는 데 좋답니다. 법률 조언자로 말하는데, 최고법원에서 영장을 발행할 때까지 기다리도록 권고하는 바입니다. 괜찮다면 내 말대로 하세요. 그게 훨씬 좋아 보입니다."

"러그 선생, 내가 바라는 건 이번 사건을 마무리하는 겁니다. 그냥 가겠습니다, 운에 맡기고."

클레넘이 낙담한 표정으로 대답하자, 러그가 급하게 소리쳤다.

"이유는 또 있어요, 선생! 그 이유는 이렇습니다. 앞에서 말한 건 취향일 수 있겠지만, 이번에는 진짜 이유랍니다. 사소한 채무로 들어가면 마셜씨 교도소로 가게 됩니다. 마셜씨가 어떤지는 선생도 잘 알아요. 비좁고 답답하지요. 하지만 고등법원으로 가면……"

러그는 오른손을 넉넉하게 흔드는 식으로 공간이 널찍하다 알리고, 클레넘은 대답했다.

"나는 다른 교도소보다 마셜씨가 낫답니다."

---

80) 10파운드 이하의 사소한 채무는 이곳에서 처리하고, 마셜씨 교도소로 보냈다.

"정말입니까, 선생? 그렇다면 그것 역시 취향이니, 함께 걸어가도 되겠군요."

러그는 처음에 기분이 살짝 나빴으나, 곧바로 이겨냈다. 두 사람은 단지를 지나서 반대편 끝으로 걸었다. 블리딩 하트는 클레넘이 파산한 뒤로 예전보다 많은 관심을 보이다, 이제는 누구보다 정직한 사람으로, 그래서 자유를 스스로 포기한 사람으로 바라보았다. 주민 대부분이 밖으로 나와서 지켜보다 서로를 쳐다보며 "정말 좋은 사람"이라는, "스스로 내려왔다"는 말을 주고받았다. 플로니쉬 부인과 아버지는 계단 꼭대기에서 한없이 우울하게 쳐다보며 고개를 가로저었다.

클레넘이 러그와 함께 사무실로 들어설 때만 해도 기다리는 사람은 안 보였다. 하지만 나이 많은 유대인이 럼주에 푹 빠져든 표정으로 곧장 나타나서 러그가 그날 온 편지를 열기도 전에 유리 너머로 들여다 보니, 러그가 고개를 들고 쳐다보며 말했다.

"아! 안녕하시오? 들어오시오. 클레넘 선생, 아까 말한 신사가 온 것 같구려."

유대인 신사는 자신이 "샤쇼한 엄무 문제로"[81] 찾아왔다고 알리고는 법적 절차에 들어갔다.

"내가 함께 갈까요, 클레넘 선생?"

러그가 정중하게 물으며 두 손을 비볐다.

"고맙지만 혼자 가는 편이 좋겠습니다. 괜찮다면 옷가지나 보내주 세요."

러그는 가벼운 표정으로 그러겠다 대답하고는 클레넘과 악수했다. 클레넘은 유대인 신사와 함께 계단을 내려가고 제일 먼저 눈에 띈 마차 에 올라타, 오래된 철문으로 달렸다.

---

81) 당시 소설은 유대인을 하나같이 혀짧은 소리로 말한다고 묘사했다.

"이런 문제로 여기에 들어오리란 생각은 못 했는데, 하느님 용서하소서."

클레넘이 중얼거렸다.

자물쇠는 치버리가 지키고, 젊은 존은 휴게실에 있었다. 한쪽은 업무를 마치고 한쪽은 업무를 시작하는 듯했다. 그러다 새로 들어오는 죄수를 보고 두 사람 모두 깜짝 놀랐다. 교도관이 죄수를 보고서 그렇게 놀랄 순 없었다. 아버지 치버리는 안타까운 표정으로 클레넘과 악수하면서 "선생을 이런 일로 만나다니, 기쁘다고 할 수 없군요"라 말했다. 아들 존 치버리는 멀찌감치 떨어져서 악수할 생각조차 못 했다. 가만히 서서 물끄러미 바라보며 주저주저하는 자세였다. 마음과 눈이 무거운 클레넘조차 알아볼 정도였다. 그러더니 젊은 존이 곧바로 감옥 건물로 사라졌다.

클레넘은 휴게실에서 일정 시간 기다려야 한다는 사실을 아는 터라, 모서리에 앉아, 주머니에서 편지를 꺼내 열심히 읽는 척했다. 하지만 눈에 들어오는 건 편지가 아니라 치버리가 휴게실에서 죄수를 몰아내는 모습, 일부한테는 들어오지 말라고 열쇠로 신호하는 모습, 다른 사람한테는 팔꿈치로 쿡쿡 찔러서 나가라고 하는 모습, 그나마 클레넘을 최대한 편하게 해주려고 애쓰는 모습이었다.

클레넘은 가만히 앉아서 바닥에 두 눈을 고정한 채 지난 일을 떠올리고 현재 일을 곰곰이 떠올리려 애쓰지만 무엇에도 집중을 못 할 때, 누군가 어깨를 툭 치는 느낌이 일었다. 젊은 존이었다. 젊은 존이 말했다.

"들어오셔도 됩니다."

클레넘은 일어나서 젊은 존을 따라갔다. 안쪽 철문으로 들어가서 한두 걸음 걸을 때, 젊은 존이 돌아보며 말했다.

"선생님은 방이 필요해요. 내가 하나 만들어놓았어요."

"진심으로 고맙네."

젊은 존이 다시 돌아서더니, 클레넘을 데리고 옛날 입구로 들어서고 옛날 계단을 올라, 옛날 방으로 들어갔다. 클레넘이 한 손을 내밀었다. 젊은 존은 그 손을 – 엄숙하게 – 바라보고 클레넘을 바라보다, 눈물을 글썽이며 목멘 소리로 말했다.

"제가 할 수 있는지 모르겠어요. 네, 저는 할 수 없다는 걸 알아요. 하지만 선생님이 좋아하실 것 같아서 이 방을 준비했어요."

엉뚱한 언행에 깜짝 놀란 느낌은 곧장 떠난 젊은 존과 함께 사라지고, 텅 빈 감방은 상처 입은 클레넘 가슴에 새로운 감성을, 그 방을 신성하게 하던 다정하고 선량한 인물에 대한 추억을 끝없이 일으켰다. 자신은 운명이 바뀌었는데, 그래서 감방으로 들어왔는데 작은 도릿은 없다는 사실이 너무나 쓸쓸하게 다가오고, 사랑스럽고 진실한 얼굴이 너무나 보고 싶어, 클레넘은 벽에 얼굴을 기댄 채 마음이 가벼워질 때까지 흐느꼈다.

"아, 작은 도릿이여!"

27장. 마셜씨 교도소 학생

날은 화창하고 정오의 열기가 내리쬐는 마셜씨 교도소는 평소와 다르게 조용했다. 클레넘은 감옥에 갇힌 여느 채무자처럼 색 바랜 안락의자에 쓸쓸하게 앉아서 깊은 생각에 빠져들었다.

섬뜩하게 체포당하고 끌려온 뒤에 깃든 부자연스러운 평화 속에서 – 교도소에서, 수많은 사람이 다양한 방식으로 굴욕과 치욕에 깊숙이 빠져드는 위험한 안식처에서 – 누구한테나 제일 먼저 찾아오는 감정 변화를 겪으며 그동안 살아온 경로를 떠올리는데, 자신이 완전히 다른 존재로 변한 기분이었다. 자신이 어디에 있는지 고려한다면, 그리고 자신이 멀찍감치 벗어날 자유를 충분히 누릴 때 스스로 이곳을 찾아오도록 만든 관심을, 사방에 에워싼 담장과 철창이 연상시키는, 하지만 어떤 담장이나 철창도 가둘 수 없는 다정한 존재를 고려한다면, 지금 떠오르는 기억이 하나같이 작은 도릿으로 나아간다는 건 조금도 놀라운 현상이 아니었다. 그런데도 클레넘은 그게 놀라웠다. 그 현상 자체 때문이 아니라, 더없이 소중하고 다정한 존재가 자신이 바람직한 결정을 내리는 데 커다란 영향을 미쳤기 때문이다.

사람들은 자신이 현명하게 결정한 게 누구 혹은 무엇 때문인지 확실히 모르다, 소용돌이치는 삶의 굴레가 갑자기 멈춘 다음에 비로소 또렷이 깨닫곤 한다. 질병에 걸릴 때나 깊은 슬픔에 빠질 때, 혹은 깊이 사랑하던 사람이 죽을 때 깨닫곤 하니, 쓴 게 약이라는 말은 여기에도 들어맞는다. 클레넘도 깊은 고통 가운데서 그걸 또렷하고 포근하게 떠올렸다. 이런 생각이 들었다.

'내가 용기를 처음 끌어모아서 지칠 대로 지친 눈앞에 목적이란 걸 세울 때, 영웅과 위인이 아무리 많더라도 돌아섰을 게 분명한, 천박한 장애물에 맞서서 아무런 격려도 없고 아무도 안 쳐다보는 가운데 선한 목적 하나로 힘든 일을 꿋꿋하게 이겨낸 사람이 누구던가? 연약한 여자애! 내가 불가능한 사랑을 잊으려 애쓸 때, 행운을 누리는 사내가 아무것도 모른 채 나를 한 번도 정중하게 위로하지 않아도 내가 관대하게 행동하려고 애쓸 때, 거기에 필요한 인내심과 극기심, 감정을 누르고 관대하게 행동하는 힘, 고상하고 자비로운 애정을 누구한테 배웠던가? 불쌍한 여자애! 사내 특유의 장점과 수단과 힘을 지닌 내가, 행여나 아버지가 잘못을 저질렀더라면 아들 된 도리로 용서를 빌고 보상하는 게 무엇보다 중요하다는 마음속 속삭임을 조금이나마 가볍게 여길 때, 연약한 두 발을 드러낸 채 축축한 바닥을 걷고 연약한 손으로 끝없이 일하고 연약한 옷으로 가녀린 체구를 가린 채 매서운 날씨를 견디며 우뚝 서서 나를 부끄럽게 만들던 젊은이가 누구던가? 작은 도릿!'

클레넘은 색 바랜 의자에 홀로 앉아 늘 똑같은 생각을 떠올렸다. 언제나 작은 도릿이었다. 그러다 보니, 작은 도릿하고 멀어져서 방황한 벌이라도 받는 듯한, 작은 도릿의 미덕을 잊어버린 벌이라도 받는 듯한 느낌마저 들었다.

감방문이 열리더니, 아버지 치버리가 클레넘이 어느 쪽에 있는지도 모른 채 머리를 살짝 밀어 넣었다.

"일과를 마치고, 클레넘 선생, 퇴근하는 중입니다. 혹시 도울 일이 있을까 해서요."

"고맙습니다. 없습니다."

"문을 마음대로 연 걸 용서하세요. 하지만 아무리 두드려도 대답이 없어서요."

"문을 두드렸나요?"

"대여섯 번."

클레넘이 정신을 차리고 보니, 교도소는 정오의 낮잠에서 오래전에 깨어나고 수감자들은 마당 그늘을 이리저리 거니는 늦은 오후 시간이었다. 깊은 생각에 잠긴 채 몇 시간을 보낸 것이다.

"선생 물건이 와서 우리 아들이 올려올 겁니다. 아들이 직접 옮기고 싶다고 하지 않았더라면 내가 올려보냈을 거예요. 우리 아들이 직접 옮기겠다는 마음이 간절해서 그럴 수 없었답니다. 클레넘 선생, 혹시 한 말씀 드려도 될까요?"

"안으로 들어오세요."

클레넘이 말했다. 치버리가 문으로 머리를 조금만 밀어 넣어서 두 눈이 아니라 한쪽 귀만 보였기 때문이다. 섬세한 성격, 진짜 공손한 성격을 타고났다는 증거였다. 하지만 겉으로는 교도관다운 모습만 가득할 뿐, 신사다운 모습은 없었다.

치버리는 안으로 안 들어오고 귀만 드러낸 자세로 말했다.

"고맙습니다만, 안으로 들어가도 차이는 없습니다. 클레넘 선생, 우리 아들이 까탈스럽게 굴더라도 (선생께서는 선량하시니) 신경 쓰지 마십시오. 아들은 인정이 있고 본성이 착한 아이랍니다. 나도, 아이 엄마두 ㄱ 애 마음에 착한 본성이 틀어박힌 걸 잘 안답니다."

치버리는 수수께끼처럼 말하고서 귀를 빼내고 문을 닫았다. 10분

정도가 지났을까, 이번에는 아들 치버리가 찾아와서 커다란 가방을 조심스럽게 내려놓으며 말했다.

"선생님 가방이 왔습니다."

"고맙구나. 괜히 귀찮게 해서 미안하네."

이 말이 끝나기도 전에 아들 치버리가 사라지더니, 곧바로 돌아와서 조금 전과 똑같이 말하며 바닥에 조심스럽게 내려놓았다.

"까만 상자도 왔습니다."

"신경 써줘서 고맙네. 이제 손을 맞잡고 악수해도 되지 않을까, 존?"

하지만 젊은 존은 뒤로 물러나서 왼손 엄지랑 중지로 만든 구멍에 오른 팔목을 넣고서 돌리며 예전과 똑같이 말했다.

"제가 할 수 있는지 모르겠어요. 네, 저는 할 수 없다는 걸 알아요!"

그리고는 가만히 서서 엄숙하게 바라보는데, 동정하는 듯한 눈물이 두 눈에 고였다.

"나한테 그렇게 화를 내면서도 친절하게 도와주는 이유는 무언가? 우리 사이에 오해가 있는 게 분명해. 내가 무어든 오해할 만한 행동을 했다면 미안하네."

젊은 존은 구멍이 빡빡해서 팔목을 앞뒤로 돌리며 대답했다.

"오해는 없습니다, 선생님. 제가 선생님을 바라보는 감정에 오해는 없습니다! 선생님과 체급이 같다면 - 실제는 안 그런 데다, 선생님이 힘든 상황에 놓이지도 않으셨다면 - 실제는 힘든 상황이고, 마셜씨 교도소 규칙에 어긋나지 않는다면 - 실제는 어긋나는데 - 저로선 지금 이 자리에서 선생님과 한바탕 결투하고픈 마음만 가득합니다."

클레넘은 깜짝 놀라기도 하고 화도 살짝 치미는 눈으로 쳐다보다 "아, 아! 오해야, 오해!"라고 말하고는 몸을 돌려서 무거운 한숨을 내쉬며 색 바랜 의자에 다시 앉았다.

젊은 존은 그런 클레넘을 눈으로 따라가며 침묵하다, 다시 소리쳤다.

"용서하세요!"

클레넘은 푹 숙인 얼굴을 들지도 않은 채 한 손을 흔들며 대답했다.

"알겠네. 더 말하지 말게. 나는 그럴 가치도 없으니까."

그러자 젊은 존이 부드럽고 다정한 목소리로 설명했다.

"이 가구는, 선생님, 제 것입니다. 방이 있는데 가구는 없는 사람에게 빌려주곤 한답니다. 대단한 물건은 아니지만, 선생님이 쓰십시오. 제 말은, 공짜로. 선생님께 다른 조건으로 빌려드릴 생각은 없습니다. 선생님께서 공짜로 얼마든지 사용하십시오."

클레넘이 얼굴을 들어서 고맙다고, 하지만 호의를 받아들일 순 없다고 말했다. 그러나 존은 여전히 팔목을 돌리면서 조금 전에 드러낸 마음속 갈등을 억누르려 애쓸 뿐이었다.

"우리 사이에 무슨 문제라도 있나?"

클레넘이 묻자, 갑자기 커다랗고 날카로운 대답이 나왔다.

"말하지 않겠습니다, 선생님. 문제는 없습니다."

클레넘이 설명을 자세히 들으려고 다시 쳐다보았으나 소용이 없었다. 그래서 얼굴을 돌리고, 젊은 존은 잠시 뒤에 온순하게 말했다.

"선생님 팔꿈치 바로 옆 조그만 원탁은 - 누가 쓰던 물건인지 아실 거예요 - 제가 그분 성함을 말할 필요도 없을 텐데 - 그분이, 훌륭한 신사분이 돌아가셨어요. 그분한테 그걸 받아서 사용하던 사람한테 다시 샀어요. 그 사람은 모든 점에서 뒤떨어졌지요. 그분만큼 훌륭한 사람은 어디서도 찾을 수 없어요."

클레넘은 조그만 원탁을 잡아당겨서 팔을 올린 채 가만히 있고 젊은 존은 계속 말했다.

"선생님은 모르실 텐데, 그분이 런던에 오셨을 때 불쑥 찾아간 적이 있어요. 전체적으로 볼 때 그분은 너무 갑작스럽게 찾아왔다고 여기면서도 저한테 친절하게 의자를 권하고 아버지를 비롯해 예전에 친하게 지내던 사람들 안부를 물으셨어요. 하나같이 소박한 사람들인데도요. 제 눈에 그분은 엄청나게 변한 모습이고, 그래서 돌아온 다음에 그렇게 말하기도 했어요. 그런데 제가 그분한테 물었어요, 에이미 아가씨는 잘 계시……"

"그래, 잘 지낸대?"

클레넘이 묻자, 젊은 존은 눈에 안 보이는 커다란 알약이라도 먹은 듯하다, 대답했다.

"저 같은 사람한테 안 물어도 아실 줄 알았습니다. 일부러 물으셨겠지만, 미안하게도 드릴 대답이 없습니다. 사실대로 말씀드리자면, 그분은 안부를 물은 걸 무례하게 여기는 표정으로 '그게 자네랑 무슨 상관인가?'라고 되물었습니다. 찾아가기 전에 걱정하긴 했지만, 너무 갑작스럽게 찾아왔다는 걸 느낀 건 바로 그 순간이었습니다. 하지만 그분은 그런 다음에도 멋들어지게 말씀하셨습니다, 정말 멋들어지게."

두 사람은 한동안 침묵했다. 젊은 존이 중간에 "그분은 말씀도 행동도 정말 멋들어지셨다"고 말한 게 전부였다.

침묵을 깨뜨린 건 이번에도 젊은 존이었다.

"무례한 질문이 아니라면, 얼마나 오랫동안 안 먹고 안 마실 생각이신지요?"

"먹고 싶은 마음이 없군. 당장은 식욕이 없어."

"그럴수록 옆에서 돕는 사람이 필요합니다, 선생님. 식욕이 없다는 이유로 아무것도 안 드시고 여기서 몇 시간을 보내실 거라면, 바로 그것 때문에라도 식욕이 없어도 먹고 마셔야 하는 겁니다. 제 숙소에서 차를 들 예정인데, 무례한 청이 아니라면, 함께 가서 차를 드시길 바랍니다. 아니면 제가 2분 안에 쟁반을 들고 오겠습니다."

자신이 거절하면 젊은 존이 괜히 수고할 것 같기도 하고, 아버지 치버리의 간청과 아들 치버리의 사과를 받아들인다는 표시도 하고 싶어, 클레넘은 젊은 존 숙소로 가서 차를 기쁘게 마시겠다 대답하고는 자리에서 일어났다. 클레넘이 나가자 젊은 존은 방문을 대신 잠그고 열쇠를 주머니에 쑥 집어넣은 다음, 자기 숙소로 안내했다.

철문에서 제일 가까운 건물 꼭대기였다. 가족이 벼락부자로 교도소를 영원히 떠나는 날에 클레넘이 급히 뛰어올라서 의식을 잃고 쓰러진 작은 도릿을 들어 올린 바로 그 방이 있는 건물이었다. 계단에 발을 내딛는 순간, 클레넘은 자신들이 어느 방으로 가는지 알아챘다. 실내는 크게 바뀐 상태였다. 벽지를 새로 붙이고 페인트를 새로 칠하고 가구도 훨씬 편안했다. 하지만 작은 도릿을 바닥에서 들어 아래층으로 옮기던 당시에 딱 한 번 둘러본 실내 풍경이 그대로 떠올랐다.

젊은 존이 그런 클레넘을 뚫어지게 바라보며 손톱을 물어뜯었다.

"예전 모습이 떠오르시나요, 클레넘 선생님?"

"생생하게 떠오른다네. 신이시여, 작은 도릿을 보호하소서!"

손님이 실내를 둘러보는 동안, 젊은 존은 차를 준비하는 것조차 잊은 채 손톱을 물어뜯으며 손님을 쳐다보았다. 그러다 찻주전자를 준비하고 통에 든 차를 마구 집어넣더니, 뜨거운 물을 구하러 공동주방으로 뛰어갔다.

그 방은 마셜씨 교도소로 돌아올 수밖에 없는 상황을 클레넘에게 너무나 생생하게 보여주었다. 작은 도릿 생각이, 작은 도릿을 잃었다는 생각이 구슬프게 떠올랐다. 그 생각을 떨쳐내는 게 정말 힘들 것 같았다, 혼자가 아니더라도. 하지만 혼자였으며, 클레넘은 그 생각을 굳이 떨쳐내려 하지 않았다. 아무것도 모르는 벽을 작은 도릿이라도 되는 듯 한 손으로 부드럽게 어루만지면서 이름을 나지막이 불렀다. 창가로 가서 쇠꼬챙이가 모질게 꽂힌 교도소 담장 너머를 바라보며 작은 도릿이 풍성하고 윤택하게 살아가는 머나먼 이국땅에 대고 여름철 아지랑이 사이로 축복을 빌었다.

젊은 존은 자리를 한참 비우다 돌아왔다. 신선한 버터를 바른 양배추 잎사귀, 햄을 얇게 썰어놓은 양배추 잎사귀, 미나리와 채소 샐러드가 든 조그만 바구니는 바깥에 다녀왔음을 보여주었다. 젊은 존은 음식을 보기 좋게 차리고, 두 사람은 식탁에 앉았다.

클레넘은 성의에 보답하려 했으나, 제대로 안 됐다. 햄은 구역질이 나고 빵은 입에서 모래알로 변하는 느낌이었다. 억지로 집어넣을 수 있는 건 차 한 잔이 전부였다.

"채소를 드세요."

젊은 존이 말하면서 바구니를 건넸다.

클레넘은 미나리를 한두 개 집어서 다시 시도했다. 하지만 빵은 훨씬 더 굵직한 모래알로 변하고, 햄은 (품질이 좋은데도) 마셜씨 교도소 전역에 몰아치는 모래폭풍 같았다.

"채소를 조금 더 드세요, 선생님."

젊은 존이 말하면서 바구니를 다시 건넸다. 우중충한 새장에 갇힌 새에게 채소 먹이를 건네는 느낌인데, 신선한 채소가 한 줌 담긴 조그만 바구니를 가져온 건 퀴퀴하고 뜨겁게 달아오른 감옥 분위기를 조금이라도 줄이려는 의도라는 게 너무나 분명한 터라, 클레넘은 빙그레 웃으며 말했다.

"철망 사이로 밀어 넣을 생각을 하다니, 정말 친절하군. 하지만 오늘은 이것조차 못 삼키겠어."

목에 걸리는 느낌이 전염된 듯, 젊은 존 역시 음식 접시를 밀어놓고

는 햄이 있는 양배추 잎사귀를 접기 시작했다. 그래서 손바닥에 들어갈 만큼 조그맣게 몇 겹을 접더니, 그걸 두 손으로 납작하게 누르면서 클레넘을 뚫어지게 바라보았다. 그러다 양배추 잎사귀를 힘껏 누르며 말했다.

"선생님 자신에게 관심을 기울일 가치가 없다면, 남에게도 관심을 기울일 가치가 없는 건지 궁금하네요."

클레넘이 한숨과 함께 미소를 머금으며 대답했다.

"누굴 말하는지 모르겠네."

"클레넘 선생님, 솔직하게 말할 수 있는 신사분이 그렇게 야비하게 대답한다는 사실이 정말 놀랍네요. 클레넘 선생님, 고결한 마음을 지닌 신사분이 제 마음을 그렇게 무자비하게 대한다는 사실이 정말 놀라워요. 정말이지, 깜짝 놀랐습니다, 선생님. 진실로 깜짝 놀랐습니다!"

젊은 존이 마지막 말을 강조하려고 벌떡 일어서다 다시 앉아, 겹친 채소가 오른쪽 다리로 굴러떨어졌다. 그러는 동안에도 클레넘한테서 눈을 안 뗀 채 잔뜩 화난 표정으로 뚫어지게 바라볼 뿐이었다. 그러다 다시 말했다.

"나는 이겨냈습니다. 이겨내야 한다는 걸 알았으며 결국엔 이겨냈습니다. 더 생각하지 않겠다고 마음도 다졌습니다. 선생님이 이곳으로 끌려오지 않았더라면 저 역시 그 생각을 다시는 안 떠올렸을 텐데, 불행하게도 바로 오늘 한 시간도 안 돼서!"

너무나 흥분한 나머지 젊은 존은 자기 어머니 특유의 강력한 문장 구조를 사용하기 시작했다.

"선생님이 오늘, 단순한 피고가 아니라 사로잡힌 유퍼스 나무[82]처럼 휴게실에 나타나는 순간, 저는 불과 몇 분 사이에 눈앞에 있는 모든

---

82) 주변에 독을 흩뿌린다. 독화살 재료로 많이 사용한다.

게 쓸려가고, 온갖 감정이 용솟음치며 뒤엉키다, 소용돌이에 말린 채 빙글빙글 돌았습니다. 그러다 빠져나왔습니다. 몸부림쳐서 빠져나왔습니다. 마지막으로 말한다면, 제가 소용돌이에 맞서서 온 힘을 다해 싸웠으며 그래서 빠져나왔다는 겁니다. 제가 무례했다면 사과하는 게 당연하다고, 사과하는 게 천박한 행동은 아니라고 생각했습니다. 그래서 지금, 신성한 생각 다음으로 중요한 생각도 있음을 보여드리고 싶었는데 - 그런데 지금, 선생님은 점잖게 암시하는 저를 교묘하게 회피해서 원래 상태로 돌아가게 했습니다. 제발 그러지 마세요, 선생님, 제가 한 암시를 교묘하게 회피한 걸, 그래서 저를 원래 상태로 되돌려놓은 걸 잔인하게 부정하지 마세요."

클레넘은 더없이 놀란 채 넋을 잃은 표정으로 물끄러미 바라보다, "무슨 말이니? 지금 무슨 말을 하는 거니, 존?"이라고 물은 게 전부였다. 하지만 존은 대답도 할 수 없는 마음 상태에 빠져들어 무턱대고 뱉어낼 뿐이었다.

"분명히 말하지만, 저는 모든 게 끝났다고 여길 만큼 대담한 성격이 아니에요. 그런 성격인 적은 한 번도 없어요, 단 한 번도. 내가 그런 성격이라면 왜 아니라고 하겠습니까, 축복을 누릴 희망도 늘어나는데, 말을 이미 뱉은 다음인데, 못 넘을 장애물을 쌓아 올린 것도 아닌데! 그렇다 해서 저한테 추억이 있으면, 생각이 있으면, 신성한 영역이 있으면 안 되는 건가요?"

"도대체 무슨 말을 하는 건가?"

클레넘은 큰 목소리로 묻고, 존은 광활한 초원에서 거친 표현을 열심히 찾으며 계속 말했다.

"마음껏 짓밟아도 좋아요, 선생님, 죄책감을 느끼는 쪽으로 마음을 굳히셨다면. 마음껏 짓밟아도 좋지만 죄책감은 존재해요. 존재하지 않는다면 마음껏 짓밟을 수 없을 테니까요. 하지만 그런다 해서 신사답게 되는 것도, 명예롭게 되는 것도, 나비처럼 몸부림치며 열심히 싸워서 간신히 벗어난 인간을 원래 상태로 돌려놓는 게 정당한 것도 아니에요. 온 세상이 비웃을지언정, 교도관도 사내예요 - 여자가 아니라고요, 여성 수감자들이 바라는."

앞뒤가 안 맞는 말이 우스꽝스럽긴 해도 단순하면서도 다정다감한 모습에 진정성이 있는 데다, 민감한 부분에 상처를 입었다는 느낌이 빨갛게 달아오른 얼굴과 잔뜩 흥분한 목소리와 몸짓에 그대로 배어나니, 클레넘이 모른 척하는 건 너무 잔인한 것 같았다. 그래서 자신이 모르는 상처를 처음 드러낸 지점으로 돌아가서 생각하고, 젊은 존은 그 시간에 겹친 채소를 동그랗게 말아서 세 조각으로 정성스레 잘라, 특별 요리라도 되는 듯 접시에 올려놓았다.

클레넘은 미나리에 관한 대화까지 돌아가다 돌아와서 말했다.

"자네가 작은 도릿 얘기를 하는 건 충분히 있을 법한 것 같아."

"충분히 있을 법하지요, 선생님."

"나는 이해가 안 돼. 내가 이해가 안 된다고 한 건, 자네를 불쾌하게 하려는 의도가 결코 아니니, 내가 자네를 또 화나게 한다고 받아들이지 않길 바라네."

"선생님은 제가 미스 도릿에게 감정이 있다는 걸, 주제넘은 사랑은 아닐지라도 숭배하고 헌신하고픈 마음은 있다는 걸 지금도 알고 오래 전에도 알았다는 사실을 외면하고 부정할 생각인가요?"

"정말이지, 존, 나는 내가 아는 내용을 누구한테도 속이지 않아. 자네가 의심하는 이유를 나는 정말 모르겠어. 내가 예전에 찾아뵌 적이 있다는 사실을 자네 모친 치버리 부인께 들은 적 있나?"

"없습니다, 선생님. 그런 얘기는 한 번도 못 들었습니다."

존이 짤막하게 대답했다.

"하지만 그런 적이 있네. 이유를 짐작할 수 있겠나?"

"없습니다, 선생님. 짐작할 수 없습니다."

존이 짤막하게 대답했다.

"내가 말하지. 나는 미스 도릿을 행복하게 해주고 싶은 마음이 강했네. 그래서 행여나 미스 도릿이 자네 애정에 바람직한 반응을 보인다면……"

가련하게도 존 치버리는 양쪽 귀가 빨갛게 물들었다.

"미스 도릿은 그런 적이 없습니다, 선생님. 저 역시 최선을 다해서 명예를 지키고 진실하길 바라니, 행여나 미스 도릿이 한순간이라도 그런 척한대도, 혹은 내가 그렇게 믿도록 미스 도릿이 한 번이라도 그런 척한다면, 저는 비웃음을 살 겁니다. 그렇습니다. 차가운 이성으로 생각할 때 미스 도릿이 그렇게 하거나 그럴 수 있다고 기대할 순 없었습니다. 미스 도릿은 언제나 모든 점에서 우월했습니다."

존이 잠시 뒤에 덧붙였다.

"점잖은 가족도 마찬가지였고요."

작은 도릿과 관련된 대상을 하나같이 훌륭하게 바라보는 마음이 너무나 존경스러웠다. 체구는 조그맣고 두 다리는 빈약하고, 머리칼은 더더욱 빈약하고, 성격은 붕 뜬 것 같지만, 클레넘 눈에는 골리앗보다 훌륭해 보였다. 그래서 진심으로 감탄하며 말했다.

"자네는, 존, 진정한 사내답게 말하는군."

존이 손으로 두 눈을 비비며 대답했다.

"으음, 그렇다면 선생님도 그렇게 말씀하시지요."

예기치 않은 대꾸가 나오자 클레넘은 의아함이 가득한 얼굴이고, 존은 쟁반 너머로 손을 쭉 뻗으며 말했다.

"제가 너무 강하게 말했다면, 취소하겠습니다! 하지만, 왜 안 그러시나요, 왜요? 제가, 아무리 교도관이라 해도, 다른 사람을 생각해서라도 자신을 돌보아야 한다고 했는데, 클레넘 선생님, 왜 솔직하게 말씀하시지 않는 거죠? 선생님이 제일 좋아하실 게 분명한 방을 제가 왜 구해드렸겠습니까? 선생님 물건을 제가 왜 올려다 드렸겠습니까? 짐이 무거워서가 아니에요. 그래서 말하는 게 아니라고요, 절대로. 제가 아침부터 선생님과 왜 좋은 사이가 되려고 했겠습니까? 선생님이 훌륭해서? 아닙니다. 물론 선생님이 훌륭한 분이라는 건 의심하지 않습니다. 하지만 그것 때문이 아닙니다. 그보다 중요한 게, 저한테는 훨씬 더 중요한 게 있습니다. 그런데 왜 시원하게 말하지 않으시나요?"

"솔직히 말해서, 존, 자네는 정말 좋은 사람이고 나는 자네 성격을 진심으로 좋아해. 내가 미스 도릿과 아는 사이라는 이유로 오늘 자네가 친절하게 도와주었는데, 행여나 내가 그걸 제대로 못 느끼는 것처럼 보였다면 - 그건 내가 잘못한 거니, 용서하길 바라네."

클레넘이 말하자, 존이 비웃는 투로 되풀이했다.

"왜요? 왜 시원하게 말하지 않으시나요?"

"분명히 말하겠는데, 나는 자네 말을 이해할 수 없어. 나를 보게. 내가 지금 어려운 처지에 놓였다는 사실을 생각하라고. 그런데도 자네를 속이거나 불쾌하게 만들어서 자책할 거리를 또 만들 것 같은가? 나는 자네 말이 이해가 안 된다고."

존은 못 믿겠다는 표정이 조금씩 사라지다 의심스러운 얼굴을 떠올렸다. 그래서 벌떡 일어나 채광창 밑으로 물러나더니, 클레넘에게 다가오라 손짓하고는 깊이 생각하는 표정으로 쳐다보았다.

"클레넘 선생님, 설마 모른다는 뜻으로 하시는 말씀은 아니겠지요?"

"뭘, 존?"

젊은 존이 담벼락 쇠꼬챙이에 대고 숨을 헐떡이며 호소했다.

"하느님, 이분이 묻습니다, 뭐냐고!"

클레넘은 쇠꼬챙이를 쳐다보다 존을 쳐다보고, 다시 쇠꼬챙이를 쳐다보다 또 존을 쳐다보니, 젊은 존은 그런 클레넘을 당황한 표정으로 훑어보며 한탄했다.

"이분이 뭐냐고 묻습니다! 그런데 진짜처럼 보입니다! 채광창이 보이세요, 선생님?"

"당연히 보이지."

"이 방이 보이세요?"

"맙소사, 당연히 보이지."

"저쪽에 있는 담벼락과 저 밑에 있는 마당도? 저 모든 게 낮이면 낮마다 밤이면 밤마다 매주, 매월 끊임없이 지켜보았답니다. 미스 도릿이 이 방에서 그러는 모습을 내가 얼마나 많이 보았는지 모른다고요!"

"무얼 지켜봐?"

"미스 도릿이 사랑하는 사람."

"그게 누군데?"

"선생님."

존이 대답하면서 손등으로 클레넘 가슴을 툭 건들고 물러나더니, 창백한 얼굴로 팔짱을 한 채 고개를 절레절레 저으면서 의자에 앉았다.

존이 가볍게 건든 게 아니라 힘껏 때렸다 해도, 클레넘은 온몸이 그렇게 흔들릴 순 없었다. 깜짝 놀란 표정으로 가만히 서서 두 눈은 존을 바라보고 입술은 살짝 벌린 게, '나를!'이라는 말을 뱉어내려는 것 같은데 아무런 소리도 안 나오고, 두 손은 옆으로 축 떨어지니, 깊은 잠에서 이제 막 깨어나자마자 엉뚱한 소리를 듣고 넋이 나간 표정 그 자체였다.

"나를!"

마침내 클레넘이 뱉어내고, 젊은 존은 신음 같은 소리를 뱉어냈다.

"아! 네!"

클레넘이 미소 같은 걸 간신히 머금으며 대답했다.

"공상이야. 자네가 완벽하게 착각했어."

"내가 착각하다니요, 선생님! 내가 그걸 완벽하게 착각하다니요! 아닙니다, 클레넘 선생님, 그렇게 말하지 마세요. 제가 통찰력을 지닌 사람도 아니고 단점도 많으니, 다른 건 착각할 수 있겠지요. 하지만 야만인 화살이 가슴에 꽂히는 고통에 수없이 시달리게 하던 원인을 제가 착각하다니요! 담배 장사에 지장이 없고 아버지 어머니만 괜찮다면 차라리 무덤으로 들어가고픈 고통에 시달리게 하던 원인을 제가 착각하다니요! 다 큰 남자라면 누구나 여자를 크든 작든 사랑하는 걸 당연하게 여기면서, 다 큰 여자는 그러면 안 된다고 여기는 이유가 무언지 모르겠지만, 사람들 말이, 지금껏 다 큰 여자애처럼 툭하면 손수건을 꺼내게 만들던 원인을 제가 착각하다니요! 그렇게 말하지 마세요, 그렇게 말하지 마!"

겉보기에는 우스꽝스러워도 속마음은 지극히 존경스러운 존이 눈물을 닦으려고 손수건을 꺼내는데, 과시하려는 느낌이나 숨기려는 느낌은 조금도 없었다. 마음속이 더없이 선량한 사람만 보여줄 수 있는 광경이었다. 젊은 존은 눈물을 닦으면서도 계속 흐느끼고 훌쩍이는 사치를 누리다, 손수건을 주머니에 넣었다.

가볍게 건들었으나, 힘껏 맞은 이상으로 강한 충격에 클레넘은 말을 잇는 건 물론 주제를 마무리할 수도 없었다. 젊은 존이 손수건을 주머니에 넣을 때, 미스 도릿을 아직도 극진하게 생각하고 사심 없이 행동하는 모습에 감동했다면서 이렇게 이어간 게 전부였다. 방금 이야길 듣고서 떠오르는 느낌은 – 이때 존이 끼어들어 "느낌이 아니에요! 확실한 거예요!"라 소리치고 – 그 느낌은 나중에 말하고 지금은 그만 말하자. 기분이 울적하고 피곤하니, 존만 괜찮다면 이제 방으로 돌아가서 오늘 밤에 더는 안 나오겠다. 존은 동의하고, 클레넘은 담벼락 그늘을 따라 자기 방으로 걸어갔다.

지저분한 노파가 감방 바깥 계단에 앉아서 기다리다 치버리 교도관이, 늙은 치버리가 아니라 젊은 치버리가, 잠자리를 만들어주라 했다고 하고는 일을 마치고 떠난 뒤에도, 클레넘은 한 대 크게 맞은 느낌이 너무나 또렷해, 정신이 아찔한 충격을 받은 사람처럼 색 바랜 안락의자에 앉아서 두 손을 머리에 감쌌다. 작은 도릿이 사랑한다니! 클레넘으로선 비참한 처지 이상으로 당혹스러울 뿐이었다.

그럴 수 없는 이유를 떠올려. 여태껏 작은 도릿을 아이로 여겼잖아. 소중한 아이라고 부르고, 나이 차이가 크다는 이유로 속 얘기를 끄집어냈잖아, 툭하면 나는 다 늙어가는 사람이라면서. 그런데도 작은 도릿이 자신을 늙은 사람으로 여기지 않을 수 있다니. 장미 다발을 강물에 둥둥 떠내려 보내기 전에는 자신도 늙은 사람으로 여기지 않았다는 사실이 떠올랐다.

상자에 넣어둔 서류 가운데는 작은 도릿 편지 두 통이 있어, 클레넘은 꺼내서 읽었다. 작은 도릿이 달콤하게 전하는 목소리가 들리는 것 같았다. 다정한 어투가 귀에 쏙쏙 들어오는 느낌이었다. 의미가 새로웠다. 바로 이 방에서 바로 그날 밤에 – 운명이 바뀐 사실을 알려준 밤에, 그래서 둘 사이에 여러 말이 오간 밤에, 작은 도릿이 "안 돼요, 안 돼요, 안 돼요"라고 조용히 쓸쓸하게 절규하던 장면이 갑자기 밀려들었다, 애초에 죄수가 돼서 굴욕감 속에 떠올린 운명이기라도 한 듯.

그러면 안 되는 이유를 떠올려.

하지만 기억을 떠올릴수록 그 이유는 희미하게 변해갔다. 그와 동시에 자기 마음속을 새롭게 들여다보는 경향 역시 또렷하게 변해갔다. 작은 도릿이 누군가를 사랑한다고 마지못해 믿던 마음에는, 그 문제를 정리하자는 마음에는, 작은 도릿이 누군가를 사랑하도록 돕는 건 나름대로 고상할 수 있겠다는 막연한 의식에는, 내면에 이는 욕구를 스스로 억누르려던 의도가 있지 않았을까? 작은 도릿이 자신을 사랑하면 안 된다고, 작은 도릿이 고마워하는 마음을 이용하면 안 된다고, 예전에 경고받고 질책당한 사례를 명심하라고, 지인의 죽은 딸이 사라지듯 젊은 시절에 바라던 희망 역시 완전히 사라졌음을 깨달아야 한다고, 그런 시절은 완전히 사라졌음을 끊임없이 되뇌어야 한다고, 자신은 깊은 슬픔에 빠진 늙은이라고 꾸준히 속삭인 이유는 바로 그것이 아닐까?

자신은 작은 도릿이 의식을 잃고 쓰러진 날, 바닥에서 들어 올리는 순간에 키스했다. 작은 도릿에게 의식이 있다면 과연 자신이 그렇게 키스할 수 있었을까? 아무런 차이도 없이?

이런 생각에 깊이 빠져든 사이에 어둠이 깔렸다. 플로니쉬 부부가 감방문을 두드린 것도 어둠이 깔린 다음이었다. 부부는 바구니를 하나 가져왔는데, 팔리기는 잘 팔려도 돈은 늦게 들어오는 재고 가운데 엄선한 상품이 가득했다. 플로니쉬 부인은 슬퍼하며 눈물을 흘리고, 플로니쉬는 철학적이긴 해도 명료하진 않은 방식으로 상냥하게 투덜댔다. 세상을 살다 보면 올라갈 때도 있고 내려갈 때도 있는 법이다. 왜 올라가고 왜 내려가느냐고 묻는 건 의미가 없다. 세상살이라는 게 그런 거다. 지구가 실제로 돌아간다는 말을 들었는데, 정말이라면, 아무리 훌륭한 신사라도 머리가 밑으로 내려가서 머리칼이 우주라는 곳으로 엉뚱하게 뻗치는 순간은 있을 수밖에 없다. 그렇다면 괜찮다. 내가 하고 싶은 말은, 그렇다면 괜찮다는 거다. 그 신사분 머리도 때가 되면 제대로 올라가고 머리칼은 차분히 앉아서 보기에 좋을 테니, 그렇다면 괜찮은 것이다!

플로니쉬 부인이 철학적이지 않게 울었다는 건 앞에서 이미 말했다. 그런데 이번에는 철학적이지 않게 우연히 새로운 사실을 들춰냈다. 슬픈 마음에서 나온 말일 수도 있고, 감각이나 사물을 재빨리 파악하는 여성 특유의 재능이나 사물을 느리게 파악하는 여성 특유의 재능에서 나온 말일 수도 있는데, 클레넘이 곰곰이 생각하던 문제를 새롭게 파악할 근거가 되었다. 이렇게 말한 것이다.

"우리 아버지가 선생님을 얼마나 높이 평가하시는지 모르실 거예요, 클레넘 선생님, 그래서 지금은 많이 안타까워하세요. 불행한 사태에 목소리까지 잃으셨으니까요. 아버지가 노래를 얼마나 잘하시는지는 선생님도 아시는데, 제가 분명히 말씀드리지만, 지금은 간식을 들 때 아이들한테 음표 하나도 못 뱉어내실 정도예요."

플로니쉬 부인은 머리를 절레절레 저으며 눈물을 훔치더니, 추억을 되짚듯 실내를 둘러보다가 이어서 말했다.

"밥티스트 역시 이번 일을 알면 어떻게 했을지 저로선 상상도 짐작도 못 하겠어요. 여기에 있으면 그랬을 거라는 뜻인데, 다행히도 선생님께 은밀한 지시를 받고 멀리 떠났지요. 밥티스트는 맡은 일을 끈기 있게 할 거예요, 조금도 안 쉬면서……실제로."

플로니쉬 부인이 이탈리아식으로 마무리했다.

"내가 밥티스트한테 무샤토니샤 패드로나[83]라고 한 것처럼."

우쭐하는 느낌은 아닐지언정, 플로니쉬 부인은 자신이 토스카나 말[84]을 완벽하게 해냈다고 느끼고, 플로니쉬는 외국어를 멋들어지게

---

83) '가정주부가 깜짝 놀라도록'이란 뜻이다.

한 부인을 더없이 자랑스러워했다. 그런 다음에 착하디착한 여인이
말했다.

"하지만 정작 내가 하고픈 말은, 클레넘 선생님도 인정하실 게 분명
한데, 세상일에는 감사할 무언가가 늘 있다는 거예요. 이 방에서 말하
니까 그게 무언지 금방 떠오르네요. 미스 도릿이 지금 여기에서 이
상태를 알 수 없다는 사실도 감사한 일이니까요."

클레넘은 플로니쉬 부인이 각별한 표정으로 바라본다는 느낌을 받
고, 플로니쉬 부인은 되풀이해서 말했다.

"미스 도릿이 먼 곳에 있다는 건, 그래서 이 일을 모른다는 건 정말
감사한 일이에요. 여기에 있다가 이 일을 들었더라면, 불운과 역경에
시달리는 선생님 모습을 보았더라면……"

플로니쉬 부인이 똑같은 말을 되풀이하며 이어갔다.

"그런 선생님 모습을 보았더라면, 애정이 가득한 미스 도릿으로선
도저히 못 견딜 거예요. 미스 도릿한테 이렇게 커다란 충격을 줄 상황은
달리 생각할 수 없으니까요."

플로니쉬 부인이 클레넘을 다시 쳐다보는데, 우호적인 감정에 나무
라는 기색이 또렷하게 배어났다. 그러다 다시 말했다.

"맞아요! 아버지가 연로하신 나이에도 알 건 다 안다는 사실은 오늘
오후에 '얘야, 미스 도릿이 여기에서 이번 일을 볼 수 없어서 정말
다행이구나'라고 하신 말씀에 잘 드러나는데, 내가 이야기를 더하거나
꾸미지 않았다는 건 '행복한 초가집'이 알아요. 아버지가 그대로 말씀
하셨거든요. '미스 도릿이 이 자리에 없어서 이번 일을 못 보는 게,
얘야, 정말 다행이구나'라고. 그래서 저는 '아버지 말씀이 맞네요!'라고
했고요. 이건 아버지와 제가 주고받은 말 그대로예요. 제가 지금 한

---

84) 토스카나 말은 이탈리아 표준어다.

말에는 아버지와 제가 주고받은 말밖에 없어요."

플로니쉬는 말수가 훨씬 적은 성격이라 끼어들 기회만 노리다, 부인에게 이제 클레넘 선생님을 놓아드리자고 제안하며 엄숙하게 덧붙였다.

"당신도 알다시피, 나도 그게 무슨 말인지 알거든, 마누라."

그리곤 도덕적으로 뭔가 아주 중요하고 소중한 비밀이라도 담긴 듯 똑같은 소리를 몇 차례 되풀이하더니, 마침내 부부는 서로 팔짱을 하고 밖으로 나갔다.

작은 도릿, 작은 도릿. 다시 몇 시간 동안 깊은 생각에 잠겼다. 늘 작은 도릿이었다!

정말 그랬다 해도 다행히 다 지난 일이고, 다 지난 게 훨씬 바람직했다. 작은 도릿이 사랑했고 자신이 알았더라도, 그래서 작은 도릿을 사랑하는 고통을 감수했더라도, 자신이 작은 도릿을 데리고 어떤 길로 들어서겠는가! 비참하게 이곳으로 다시 돌아오지 않겠는가! 작은 도릿이 그 길에서 영원히 벗어났다고, (언니가 결혼했다는 소식과 아버지가 작은 도릿을 결혼시키려 한다는 소문이 블리딩 하트 단지에 막연하게 돌았으니) 작은 도릿이 벌써 결혼했거나 이제 곧 결혼하겠다고, 그 시기는 예전에 지나서 복잡한 상황이 마셜씨 교도소 철문으로 들어올 가능성은 조금도 없다고 생각하니, 클레넘은 마음이 편안했다.

아, 아, 한없이 소중한 작은 도릿이여!

초라한 과거를 돌아볼 때, 작은 도릿은 자신에게 전환점이었다. 오랫동안 바라보던 모든 것이 결국엔 순수한 작은 도릿으로 나아갔다. 그것을 찾으러 수천 킬로미터를 돌아다녔으나, 애매하기만 하던 희망과 의심은 그 앞에서 저절로 풀렸다. 삶에서 가장 의미 있는 경험이며,

선량하고 유쾌한 모든 활동의 종착지였다. 그 너머에는 어두운 하늘과 황무지만 있었다.

클레넘은 음산한 철문이 닫히는 바람에 담장 안에서 처음 보낸 밤에 그랬듯, 이런 생각에 깊이 빠져든 채 첫날 밤을 불편하게 보냈다. 바로 그 시각, 젊은 존은 담요를 덮고 누워서 편안하게 잠잤다. 베개를 베고 누워서 비문에 새길 문장을 다음처럼 완성한 다음이었다.

낯선 이여!
존 치버리 2세의 무덤에
인사하라,
말할 필요가 없을 만큼
늙은 나이에 죽었노라.
깊은 고난에 빠진 연적과 마주쳐
한바탕 대결하려고
마음먹었으나
사랑하는 이를 떠올리며
쓰라린 마음을 이겨내고
도량을 베풀었노라.

28장. 마셜씨 교도소로 찾아온 인물

교도소 바깥 사회에 이는 여론은 시간이 갈수록 클레넘에게 가혹했으며, 교도소 내부 사회에서는 어떤 친구도 사귀지 않았다. 마당을 거닐다 어울려서 각자의 처지를 위로하는 무리랑 교류하기에는 너무나 우울하고, 초라한 술집 사교모임에 들어가기에는 사교성이 너무나 부족하고 너무나 불행했다. 그래서 감방에 죽치다, 사람들에게 불신만 샀다. 일부는 오만하다며 흉보고, 일부는 늘 울적한 채 말이 없다며 흉보고, 일부는 빚진 돈에 눌려서 꼼짝도 못 하는 똥개라며 경멸했다. 교도소 재소자 모두가 클레넘을 다양한 이유로 피했으나, 세 번째가 제일 커다란 이유였으니, 마셜씨 교도소를 배신하는 행위로 여긴 것이다. 그러다 보니 클레넘은 곧바로 은둔자로 낙인찍혀, 밖에 나와서 거니는 시간이라곤 사람들이 술집으로 가고 마당에는 여자와 아이만 남는 저녁밖에 없었다.

교도소에 갇힌 생활이 서서히 영향을 미쳤다. 턱없이 게으르게 변한 데다 우울증까지 심하다는 걸 클레넘도 알아챘다. 좁디좁은 감방에 갇혀 지내다 보면 어떻게 되는지를 너무나 잘 아는 터라, 스스로 자신이 걱정스러웠다. 다른 사람 시선도 피하고 자기 시선마저 피하다 보니,

변화가 눈에 띄게 나타났다. 클레넘에게 짙게 드리운 담장 그늘을 누구나 느낄 수 있었다.

교도소에 들어오고 10주에서 12주 정도가 되어가던, 클레넘이 책을 읽으려 애쓰나 책에 나오는 인물조차 마셜씨를 못 벗어나던 어느 날, 발소리 하나가 감방문 앞으로 다가오다 두드리는 소리가 일었다. 클레넘이 일어나서 문을 여니 상쾌한 목소리가 말을 걸었다.

"안녕하십니까, 클레넘 선생? 내가 귀찮게 한 건 아니길 바랍니다."

젊고 쾌활한 바너클, 페르디난드였다. 친절한 표정에 호감이 가는데, 지저분한 교도소 때문에 한층 더 쾌활하고 자유롭게 보였다.

클레넘이 권한 의자에 앉으면서 페르디난드가 말했다.

"내가 찾아와서 깜짝 놀랐군요, 클레넘 선생."

"솔직히 말해서 많이 놀랐습니다."

"방해한 건 아니겠지요?"

"아닙니다."

"고맙습니다. 솔직히 말해서 선생이 여기에 잠시 머물러야 한다는 소식을 듣고 크게 안타까웠습니다. (신사 사이에 은밀하게 묻는 말이지만) 이번 일에 우리 부서가 관여한 건 설마 아니겠지요?"

"선생네 부서요?"

"'빙글빙글 돌리기 관청'이요."

"내가 이렇게 된 책임을 훌륭한 기관 탓으로 돌릴 순 없겠지요."

"맹세하건대, 아무런 관계가 없다는 대답을 들어서 진심으로 기쁩니다. 선생 대답에 마음이 놓입니다. 선생이 곤란을 겪는 일에 우리 부서가 관여했다면 많이 안타까웠을 겁니다."

젊고 유쾌한 페르디난드 말에, 클레넘은 전혀 그렇지 않다고 다시 확인시켜 주었다.

"그렇군요. 그런 말을 들어서 다행입니다. 우리가 선생을 가두는 데 관여했을 수 있다고 마음속으로 걱정했거든요. 불행히도 우리가 이따금 그러기도 한다는 건 의심할 여지가 없으니까요. 바라는 바는 아니지만, 사람이 경제적으로 어려움에 빠져들면, 아아…… 우리도 어쩔 수 없지요."

이 말에 클레넘이 우울하게 대답했다.

"선생 말에 무조건 동의하지는 않습니다만, 관심을 보여주셔서 고맙습니다."

"아니에요, 하지만 정말입니다! 우리 부서는 가능하면 해를 안 끼치려고 애쓰고 있답니다. 선생은 우리를 협잡꾼으로 보시겠지요. 틀린 말이라고 하지 않겠습니다. 하지만 모든 행동에는 의도가 있고 의도가 있어야 하니까요. 모르시겠어요?"

"모르겠군요."

"그 문제를 올바른 관점에서 안 보는군요. 관점이 중요합니다. 우리는 우리를 가만히 놔두는 하나만 요구한다는 관점에서 우리 부서를 바라보세요. 그러면 다른 부서만큼은 훌륭한 부서라는 사실을 깨달을 테니까요."

"당신네 부서는 가만히 놔두라고 존재하는 건가요?"

클레넘이 묻자, 페르디난드가 대답했다.

"바로 그겁니다. 우리 부서는 모든 걸 그대로 놔둬야 한다는 의도를 확실히 하려고 존재합니다. 그게 우리 부서가 바라는 겁니다. 그게 우리 부서가 존재하는 이유입니다. 물론 다른 목적이 있어서 존재한다고 보이도록 일정한 형식을 유지하기는 하지만, 형식일 뿐입니다. 하느님 맙소사, 우리 부서는 형식이 전부입니다! 선생께서 이제껏 수없이 겪은 절차를 생각해보세요. 그래서 목적지에 조금이라도 다가간 적은 한 번도 없지요?"

"네."

"올바른 관점에서 바라보세요, 그러면 우리가 이해된답니다 – 공식적 실질적으로. 제한된 크리켓 게임[85]과 비슷해요. 아무것도 모르는 외야수가 공공기관을 아웃시키려고 달려들면 우리가 막아야 하거든요."

클레넘은 투수는 어떻게 되느냐 묻고, 젊고 쾌활한 바너클은 지쳐서 녹초가 되고, 불구가 돼서 등골이 부러지고, 죽어가다 포기해서 다른 게임으로 넘어간다고 대답했다. 그런 다음에 덧붙였다.

"그래서 선생이 잠시 머무는 상황에 우리 부서는 아무런 관련이 없다는 말이 나로선 정말 다행스러운 겁니다. 우리 부서가 쉽게 관여할 수도 있었거든요. 우리를 그냥 놔두지 않는 사람에게 우리 부서가 영향을 끼쳐야 하는 더없이 불행한 순간이 가끔 있다는 사실을 부정할 수 없어서요. 클레넘 선생, 지금 나는 모든 걸 솔직하게 말하고 있답니다. 선생과 나 사이는 그래도 된다고 생각합니다. 선생이 우리를 그냥 놔두지 않는 실수를 저지르는 모습을 처음 보았을 때 내가 솔직하게 말한 이유는 내 눈에 선생이 아무것도 모른 채 덤벼든다고, 이렇게 말해도 기분이 안 나쁘길 바라는데, 너무 단순하다고 보였기 때문입니다."

"기분이 나쁠 건 없습니다."

"너무 단순했어요. 그래서 나는 애석하게 느끼고, 내가 선생이라면 자신을 그런 식으로 괴롭히지 않겠다고 암시하려 애쓴 겁니다. (우리 부서랑 다르게 행동한 건데, 나도 어쩔 수 없을 때는 그렇게 한답니다.) 그런데도 선생은 자신을 괴롭히고, 지금껏 그랬습니다. 이제 더는 그러지 마세요."

---

85) 주자가 안 뛰고 누상에 그대로 머무는 걸 말한다.

"이제는 그럴 기회조차 없을 것 같군요."

"아, 아닙니다, 있습니다! 선생님은 여길 떠날 겁니다. 누구나 여길 떠나니까요. 여길 떠나는 방법은 수없이 많습니다. 이제 우리를 찾아오지 마세요. 이걸 부탁하는 게 내가 찾아온 두 번째 목적입니다. 제발 부탁하니, 다시는 우리를 찾아오지 마세요."

페르디난드가 우호적이면서도 솔직한 어투로 이어갔다.

"맹세컨대, 선생이 지난 일을 반면교사로 삼아서 우릴 멀리하지 않는다면 내가 정말 화날 테니까요."

"그럼 발명품은요?"

"훌륭한 친구여, 내가 마음대로 부른 호칭은 양해하시고, 발명품을 알려고 드는 사람은 아무도 없어요, 반푼어치만 한 관심조차 없다고요."

"그 부서에 있는 사람 모두가 그렇다는 뜻인가요?"

"다른 부서도 마찬가지예요. 발명품이라면 모든 사람이 하품을 내쉬면서 싫어해요. 그냥 내버려 두길 바라는 사람이 얼마나 많은지 모르실 거예요. (의회에서 사용하는 표현을 따분하게 여기는 대신 가볍게 받아들인다면) 나랏일 하는 천재들한테 그냥 내버려 두길 바라는 경향이 얼마나 강한지 모르실 거예요. 내 말을 믿으세요, 클레넘 선생."

젊고 쾌활한 바너클이 상쾌한 어투로 이어갔다.

"우리 부서는 전력을 다해서 공격할 사악한 거인이 아니에요.[86] 왕겨를 찧어대서 나랏일이라는 바람이 어느 쪽으로 부는지를 보여주는 풍차에 불과하다고요."

"그 말을 믿는다면 우리 모두 전망이 우울하겠군요."

"아! 그렇게 말하지 마세요! 그런대로 괜찮으니까. 어차피 협잡꾼은 필요하고, 누구나 협잡꾼을 좋아하며, 협잡꾼 없이 앞으로 나아갈 수는

---

86) 돈키호테가 풍차를 거인으로 착각하고 전력을 다해서 공격하는 장면을 빗댄 표현이다.

없으니까요. 약간의 협잡꾼과 관례만 있으면 모든 게 훌륭하게 돌아가니까요, 선생께서 우리를 내버려 두기만 하신다면."

페르디난드는 여인에게서 태어나[87] 바너클 가문에서 새롭게 떠오르는 우두머리 자격으로 자신의 신념을 희망차게 고백하고, 자신들이 극단적으로 싫어하고 불신하는 신념을 읊조리다, 자리에서 일어났다. 말과 행동 하나하나가 그리도 솔직하고 정중할 수 없으며, 자신이 찾아온 이유를 그리도 점잖게 설명할 수도 없었다.

클레넘이 솔직하고 쾌활한 태도에 진심으로 고마워하며 한 손을 내밀 때, 상대가 말했다.

"머들이 죽은 것 때문에 선생이 잠시나마 불편을 겪는다는 말이 사실인지 물어도 괜찮을까요?"

"그 사람 때문에 망가진 수많은 사람 가운데 하나는 맞습니다."

"머들은 정말 똑똑한 친구였던 게 분명해요."

페르디난드 바너클이 말했다. 하지만 클레넘은 죽은 사람을 칭찬하고 싶은 마음이 아니라서 침묵하고, 페르디난드는 다시 말했다.

"물론 대단한 악당이지요. 하지만 놀라울 정도로 똑똑해요! 감탄이 절로 나오니까요. 협잡질을 완벽하게 해냈어요. 사람들을 제대로 파악하고 - 완벽하게 해치워서 - 커다란 혼란에 빠뜨렸어요!"

특유의 느긋한 자세로 감탄하고 감동하는 모습에, 클레넘이 반박했다.

"나로선 사람들이 머들을, 그리고 머들한테 넘어간 멍청이를 반면교사로 삼아서 그런 부류하고 두 번 다시 안 엮이길 바랄 뿐이라오."

그러자 페르디난드가 웃으면서 대답했다.

"친애하는 클레넘 선생께서는 그렇게 순진무구한 소망을 품으셨나

---

87) 욥기 14:1

요? 하지만 그만큼 뛰어난 능력과 탁월한 취향을 지닌 사람이 나오면 똑같이 성공할 수밖에 없어요. 낡은 양철 주전자만 때리면 인간이 벌떼처럼 몰려든다는[88] 사실을, 바로 이게 인간 벌떼를 다스리는 완벽한 방법이라는 사실을 선생께선 모르는 듯하군요. 사람들에게 주전자를 귀금속으로 만들었다는 확신만 주면 고인과 마찬가지로 사람들을 마음대로 휘두를 권력이 생긴답니다. 사람들이 훨씬 바람직한 대상에 빠져드는 사례는 여기저기에 있지만, 게다가 그런 사례를 찾으려고 멀리 갈 필요는 없지만, 그렇다 해서 그 법칙이 무의미한 건 아닙니다. 안녕히 계세요! 다음에 만나는 기쁨을 누릴 때는 지금 휘감은 먹구름이 사라지고 햇살이 환하게 비추기를 바랍니다. 나오지 마세요. 나가는 길을 완벽하게 아니까요. 안녕히 계시길!"

가장 똑똑하고 명랑한 바너클은 인사와 함께 계단을 내려가고 콧노래를 흥얼대며 휴게실을 지나서 앞마당에 세워놓은 말에 올라타, 귀족 친척과 한 약속을 지키러 떠났다. 정치력에 문제를 제기하는 세속적인 속물에게 멋지게 대답하는 데 약간의 개인교습을 받아야 하는 친척이었다.

페르디난드는 나가는 길에 러그를 지나친 게 분명하다. 일이 분 뒤에 빨간 머리 신사가 감방문에 나타나서 늙은 태양처럼 빛났으니 말이다.

"오늘은 어떠세요, 선생? 오늘은 도와드릴 일이 있을까요, 선생?"

러그가 묻고, 클레넘이 대답했다.

"고맙지만, 없습니다."

러그가 당혹스러운 상황을 즐기는 모습은 가정부가 소금과 식초에 절이는 작업을 즐기는 것 같기도 하고 세탁부가 산처럼 쌓인 세탁물을 즐기는 것 같기도 하고 청소부가 넘치는 쓰레기통을 즐기는 것 같기도

---

88) 서양에서 벌떼를 모을 때 양철 주전자를 때린다고 한다.

하고, 여타의 종사자가 엉망진창으로 꼬인 업무를 즐기는 것 같기도 했다. 그런 러그가 쾌활하게 말했다.

"시간이 날 때마다 들러서 철문 입구에 쌓이는 영장을 살피곤 한답니다, 선생. 우리가 예상한 만큼 꽤 두툼하게 쌓였더군요."

러그는 축하할 일이라도 되는 듯 두 손을 기분 좋게 문지르고 머리를 살짝 끄덕이며 덧붙였다.

"우리가 예상한 만큼 꽤 두툼하게 쌓였어요. 그걸로 샤워해도 될 정도로. 남이 찾아오는 걸 싫어하는 데다, 내가 필요할 때 휴게실에 알리면 된다는 걸 아시는 터라 일부러 감방까지 올라오진 않았답니다. 하지만 사실 매일같이 들락거린답니다, 선생."

러그가 살살 달래면서 물었다.

"지금은 내가 의견을 말하기에 안 좋은 시간일까요, 선생?"

"여느 때만큼이나 좋은 시간입니다."

"으흠! 선생에 대한 여론이 바쁘게 일어난답니다."

"그렇겠지요."

클레넘 대답에 러그가 달래는 어투로 덧붙였다.

"이제는 일반 여론에 조금 양보하는 편이 안 좋을까요, 선생, 단호하고 확실하게? 사람은 누구나 이런 식으로든 저런 식으로든 조금씩 양보하면서 살잖아요. 사실 지금은 우리가 양보할 때랍니다."

"내가 잘했다고 주장할 수는 없습니다, 러그 선생, 앞으로도 마찬가지고요."

"그러지 마세요, 선생, 그러지 마요. 고등법원으로 옮기는 비용은 조금밖에 안 드는데, 선생이 그곳에서 재판받아야 한다는 여론마저 들끓는다면, 아아 ― 정말이지…….."

"선생은 내가 마셜씨에 있겠다고 결심한 걸 취향 문제로 결론을 내린 것 같군요."

클레넘이 말하자, 러그는 애처로울 정도로 달래면서 설득하려는 어투로 대답했다.

"아아, 선생, 아아! 하지만 그게 바람직한 취향일까요, 그게 바람직한 취향? 문제는 바로 그거랍니다. 하마터면 그게 좋은 생각이냐고 물을 뻔했네요. 선생한테 아주 중요한 문제인데, 일이 파운드를 빚지고 들어오는 마셜씨에 머무니 선생은 감옥에 갇힌 것도 아니라고 사람들이 쑥덕댄다고요. 감옥에 가둔 것도 아니라고. 그런 소리를 내가 얼마나 많이 듣는지 몰라요. 간밤에는, 내가 자주 가는 곳은 아닌데, 최고로 훌륭한 법률 전문가들이 모인다는 평을 받는 특별 응접실에서도 똑같은 말을 들었어요 – 그곳에서도 들었다고요. 사람들이 선생님 일로 나한테 상처를 준다고요. 오늘 아침에 식사할 때만 해도 그래요. 우리 딸이 (여자라고 무시하겠지만, 이런 일에는 생각이 또렷하답니다, 러그 대 보킨스 사건 때 피고로 참여하는 경험도 했고요) 정말 놀랍다고 하더군요, 정말 놀랍다고. 이런 상황에서, 게다가 여론을 이겨낼 사람은 어디에도 없다는 사실을 고려할 때, 여론에 조금은 양보하는 편이 – 제발, 선생, 천박한 논거에 근거해서 말하자면 – 바람직한 거 아닐까요?"

작은 도릿을 곰곰이 떠올리느라 클레넘이 대답을 안 하자, 러그는 자신의 능변에 마음이 움직여서 주저하는 거로 여기며 이어갔다.

"내 얘길 한다면, 선생, 나는 고객의 취향이 심하게 흔들릴 때 내 취향은 고려하지 않는 걸 원칙으로 합니다. 하지만 선생은 남을 배려하는 성격임을 알기에, 고등법원에서 재판받는 편이 바람직하다는 말을 굳이 다시 하겠습니다. 선생 사례를 사방에서 투덜대는 터라, 전문가가 관심을 기울여도 뭐라 할 사람이 없을 정도는 되었으니, 선생이 고등법원으로 간다면 나 역시 주변 인맥을 조금 더 바람직하게 대할 수 있을 겁니다. 그렇다 해서 내 말에 결정적인 영향을 받지는 마세요, 선생. 나는 사실을 말할 뿐이니."

클레넘은 끝없이 몰려드는 외로움과 좌절감에 완전히 빠져든 데다 마냥 찌푸리는 담장 안에서 조용한 인물하고 말이 없는 대화만 주고받는 데 익숙한 터라, 망연자실한 상태를 떨쳐낸 다음에야 비로소 러그를 쳐다보고 무슨 얘길 하는지 떠올린 다음, 허둥지둥 말할 수 있었다.

"내가 내린 결정은 안 변해요, 변할 수도 없고요. 그러니 순리에 맡깁시다, 순리에 맡겨!"

그러자 러그가 화도 나도 답답도 한 심정을 드러내며 대답했다.

"아! 당연히 그래야지요, 선생. 내가 선생께 요점을 전하려다 본론에서 벗어났군요. 하지만 정말이지, 외국인이 아무리 대단하다 해도 섬나라 조국이 상급법원으로 옮겨주겠다는 영광스러운 특권을 거부하고 마셜씨 교도소에 그대로 남겠다는 영국인의 기개에는 못 미친다는 말이 곳곳에서 나오는 건 물론, 매우 훌륭한 모임에서조차 그런 말이 나오니, 나 역시 직업적 한계를 뛰어넘어 선생께 전하는 게 좋겠다고 생각했을 뿐, 개인적으로 별다른 의견은 없답니다."

"잘됐군요."

클레넘이 대답하자, 러그가 다시 말했다.

"아! 정말 아무런 의견도 없답니다, 선생! 행여나 의견이라는 게 있다면, 명문가 출신 신사분이 선생을 만나려고 여기까지 승마용 말을 타고 온 모습을 눈여겨보지 않았겠지요. 내가 신경 쓸 일도 아닌데 말이에요. 행여나 의견이라는 게 있다면, 지금 휴게실에서 기다리는 다른 신사분에게, 겉모습이 규인처럼 보이는 신사분에게, 클레넘 선생은 여기에 머물 생각이 없으니 훨씬 좋은 거처로 곧바로 옮길 거라고 알릴 권한을 지금 당장 위임받길 바랐겠지요. 하지만 나는 기계처럼 일만 하는 터라, 그 일 역시 나와 아무런 상관이 없답니다. 그러니 이제 그 신사분을 만나겠습니까, 선생?"

"날 만나려고 기다리는 사람이 누구라고 하셨지요?"

"내가 직업상 윤리에 어긋나는 무례를 저질렀군요, 선생. 그분은 내가 선생을 법률적으로 돕는다는 소릴 듣고, 내가 제한된 역할을 마칠 때까지 방해하고 싶지 않다고 했답니다. 내가 신사분한테 이름을 물어볼 만큼 본론에서 멀리 안 벗어난 게 다행일 뿐입니다."

빈정대는 어투에, 클레넘이 피곤해서 한숨을 내쉬며 대답했다.

"직접 만나야 알 수 있겠군요."

"그럼 만나시겠습니까, 선생? 밖으로 나가면서 신사분께 그렇게 전하는 영광을 누려도 되겠습니까? 정말로? 고맙습니다, 선생. 그만 나가 보겠습니다."

러그가 가시 돋친 어투로 내뱉고는 잔뜩 화난 표정으로 나갔다.

클레넘은 현재와 같은 마음 상태에서 겉모습이 군인처럼 보인다는 신사에 관심이 사라지다 못해 그런 사람이 찾아왔다는 자체를 반쯤 잊어버려, 주변을 언제나 어둡게 가리는 장막에 침침하게 둘러싸일 즈음에 계단을 오르는 묵직한 발소리가 일었다. 마음이 내켜서 올라오는 소리도 빠르게 올라오는 소리도 아닌 듯했다. 상대를 경멸하느라 일부러 덜거덕대며 큰 걸음으로 올라오는 느낌이었다. 소리는 감방문 앞 층계참에 멈추는데, 클레넘은 계단을 그렇게 올라올 만한 인물이 구체적으로 떠오르지 않았다. 그 시간 역시 순간에 불과했다. 쾅 소리와 함께 감방문이 갑자기 열리더니, 행방불명된 블랑두아가, 많은 걱정을 자아내던 당사자가 문가에 나타난 것이다.

"살베, 친애하는 죄수 친구! 날 찾은 것 같더군. 그래서 찾아왔소!"

블랑두아가 말했다.

화도 나고 놀랍기도 해서 클레넘이 뭐라 하기도 전에 존 밥티스트가 잇따라 들어오고, 팽스마저 들어왔다. 두 사람은 클레넘이 갇힌 뒤로 찾아온 적이 없는데, 팽스는 숨을 거칠게 몰아쉬며 옆걸음질로 창가에 다가가서 모자를 바닥에 내려놓고 두 손으로 머리칼을 세운 다음에 팔짱을 낀 모습이 하루를 힘들게 보내다 잠시 쉬러 온 사람 같았다. 밥티스트는 무서운 옛날 감방 동료를 감시하면서 방문에 등을 댄 채 바닥에 가만히 앉아 두 손으로 발목을 하나씩 잡았다. 마르세유의 어느 더운 날 아침에 그늘이 훨씬 짙은 완전히 다른 감옥에서 감방 동료 앞에 앉던 자세 그대로였다. 당시의 감방 동료를 지금은 열심히 감시한다는 게 다를 뿐이었다.

"여기에 있는 정신병자 두 명한테서 선생이 찾는다는 소식을 듣고, 죄수 친구, 이렇게 찾아왔소!"

'라니에'라고도 하고 '리고'라고도 하는 블랑두아가 말하더니, 낮에는 벽에 세워놓는 침대 틀을 경멸스럽게 둘러보다, 거기에 서서 등을 기댄 채 도전적인 자세로 주머니에 두 손을 찔렀다. 머리에 쓴 모자조차 안 벗은 상태였다.

"저주스러운 악당! 당신은 우리 어머니 집에 일부러 섬뜩한 의혹을 덮어씌웠어. 그런 이유가 뭐야? 사악한 짓을 꾸민 이유가 뭐냐고?"

클레넘이 소리치자, 리고는 찡그린 얼굴로 가만히 바라보다 웃으며 대답했다.

"고상한 신사분이 하는 말을 들어보라고, 온 세상아! 도덕적인 인물이 하는 말을 들어보라고! 하지만 조심해, 조심해. 열정은 명예를 해칠지 모르니, 친구. 신성한 파랑! 명예를 해칠지 몰라."

존 밥티스트가 끼어들며 클레넘에게 말했다.

"선생님! 우선 제 말을 들으세요! 선생님은 이 사람을, 리고를 찾으라고 지시했어요, 그렇지요?"

"맞아, 사실이네."

"저는 제일 먼저 우리 동포가 많은 곳으로 찾아갔어요. 런던에 외국인이 온 소식을 들었느냐고 물었어요. 다음에는 프랑스 사람이 많은 곳으로 찾아갔어요. 그리고는 독일 사람이 많은 곳으로 찾아갔어요. 모두 하나같이 말했어요. 다른 사람은 잘 안다고요. 하지만! 이 사람을, 리고를 아는 사람은 한 명도 없었어요. 외국인이 가는 곳마다 찾아다니면서 열다섯 번이나 (존 밥티스트가 왼손 손가락을 쭉 펴서 순식간에 세 번을 연달아 내밀며 이어갔다) 물었는데, 열다섯 번 모두 (밥티스트가 똑같은 동작을 되풀이했다) 이 사람을 몰랐어요. 하지만……!"

밥티스트는 "하지만"이라고 소리치고는 오른손 집게손가락을 뒤로 돌려서 조심스럽게 살짝 흔드는 이탈리아인 특유의 동작을 했다.

"하지만……! 오랜 시간이 지나도록 못 찾고 런던을 헤매는데, 하얀 머리칼 군인이 - 아니 - 지금 이 사람 같은 머리칼이 아니라 - 어떤 사람이 말하길, 하얀 머리칼 군인이 모처에 숨어서 은밀하게 산다고 했답니다. 하지만……!"

밥티스트가 말하고 또 멈추다 이어갔다.

"저녁을 먹고 나서 가끔 산책하며 담배를 태운다고요. 이탈리아에서 사람들이 흔히 말하듯 (불쌍한 사람은 누구나 알듯) 인내심이 필요했습니다. 저는 인내했습니다. 그곳이 어디냐고 물었습니다. 어떤 사람은 여기라 했고 다른 사람은 저기라 했습니다. 아, 으흠! 여기도 아니고 저기도 아니었습니다. 저는 끈질기게 기다렸습니다. 마침내 찾았습니다. 그런 다음에 지켜보았습니다. 그런 다음에 숨었습니다, 그 사람이 산책하면서 담배를 태울 때까지. 그 사람은 머리가 희끗희끗한 군인이었습니다 - 하지만……!"

여기에서 말을 또 멈추고 집게손가락을 뒤로 돌려서 열심히 흔들다 이어갔다.

"그 사람은 여기에 있는 바로 이 사람이었습니다!"

밥티스트가 손가락으로 가리키더니, 신분이 높다고 굳세게 주장하던 사내한테 굽신대던 습관 때문에 이번에도 리고한테 머리를 애매하게 숙이는 게 눈에 띄었다. 그리고는 클레넘을 다시 쳐다보며 마무리했다.

"아, 으흠, 선생님! 저는 좋은 기회가 오길 기다렸습니다. 팽코 선생님께 몇 자 적어 보냈습니다."

색다른 호칭에 팽스는 어깨를 으쓱하고, 밥티스트는 계속 말했다.

"당장 와서 도와달라고. 나는 팽코 선생께 그 사람 리고를 보여주고, 팽코 선생은 낮에 몰래 살폈습니다. 밤에는 제가 그 집 문 옆에서 지내고요. 마침내 우리는 들어가고, 바로 오늘 저 사람을 데려온 겁니다! 저 사람이 유명한 변호사가 (러그를 영광스럽게 부르는 호칭이었다) 있는 동안에는 안 올라가겠다 해서, 우리는 저 밑에서 기다리고 팽코 선생은 밖으로 나가는 문을 지켰습니다."

오랜 설명을 마치자, 클레넘이 뻔뻔하고 사악한 얼굴로 시선을 돌렸다. 그래서 시선이 마주치는 순간, 상대는 코가 콧수염으로 내려가고 콧수염이 코로 올라갔다. 그러다 코와 콧수염이 제자리를 잡는 순간, 상체를 앞으로 숙여서 손가락을 다섯 번이나 커다랗게 뚝뚝 꺾는 소리를 클레넘 얼굴에 미사일처럼 날렸다.

"자, 철학자 선생! 바라는 게 뭐요?"

클레넘은 모멸감을 그대로 드러내며 대답했다.

"우리 어머니 집에 감히 살인 혐의를 노골적으로 덧씌운 이유를 알고 싶소."

"감히? 허허! 감히? '감히'라고 했소? 맙소사, 조그만 친구, 조금 경솔하구먼!"

"나는 혐의를 깨끗하게 씻어내고 싶소. 당신을 그 집으로 데려가서 모든 사람한테 보여줄 것이오. 또 알고 싶은 건, 내가 당신을 계단 밑으로 밀어버리고픈 욕구가 불타오를 당시에 당신은 그 집에 무슨 볼일이 있었느냐는 것이오. 기분 나쁜 얼굴로 쳐다보지 마시오! 나는 당신이 약한 사람을 괴롭히는 겁쟁이라는 사실을 잘 아니까. 비참한 공간에 갇혔어도 당신한테 명백한 사실을, 당신도 잘 아는 사실을 그대로 말할 기백은 있으니까."

리고는 입술까지 하얗게 질린 채 콧수염을 쓰다듬으며 "맙소사, 조그만 친구, 자네 말을 들으니까 존경스러운 마님이자 자네 어머니가 살짝 의심스럽구먼"이라고 중얼대다, 어떻게 이어갈지 몰라서 잠시 주저하는 것 같았다. 하지만 주저하던 모습은 금방 사라졌다. 위협적으로 거들먹대며 자리에 앉아서 이렇게 말한 것이다.

"포도주 한 병 줘. 여기서도 포도주를 살 수 있잖아. 미친놈을 보내서 포도주 한 병 가져오라고 해. 포도주가 없으면 아무 말도 안 하겠어. 어서! 좋아, 싫어?"

클레넘은 경멸하는 표정으로 돈을 꺼내며 말했다.

"저 사람이 바라는 대로 해줘, 존 밥티스트."

그러자 리고가 덧붙였다.

"밀수꾼 자식아, 진한 적포도주로 가져와! 아주 진한 포도주가 아니면 안 마시니까."

하지만 밀수꾼 자식이 손가락을 의미심장하게 흔들어서 방문을 막는 역할을 절대로 포기하지 않겠다는 뜻을 단호하게 전달하자, 팽스 선생이 다녀오겠다고 제안했다. 그리고는 포도주 한 병을 들고 곧바로 돌아오는데, 학생들 사이에 (모든 물건이 부족하니) 코르크 따개가 부족한 이유로, 교도소 전통에 따라, 코르크 마개를 딴 상태였다.

"미친 친구! 커다란 잔."

리고가 말하고, 팽스 선생은 텀블러를 갖다 주는데 머리에 내던지고 픈 욕구를 간신히 억누르는 기색이 또렷하고, 리고는 이렇게 자랑했다.

"하하! 한번 신사는 영원한 신사야. 처음부터 신사는 끝까지 신사라고. 이게 뭐야! 신사는 시중을 받아야 하는 거 아닌가? 나는 시중을 받는 성격이라고!"

리고는 이렇게 말하면서 텀블러 절반을 채우더니, 말을 마치자마자 꿀꺽 들이켠 다음에 입맛을 다시며 다시 말했다.

"하! 오래 묵은 죄수는 아니로군! 톡 쏘는 포도주가 부드럽게 숙성되기도 전에 당신 피가 감옥 생활로 말라비틀어지겠어, 용감한 선생. 몸이 말랑말랑해…… 체력과 혈색은 벌써 줄어들고. 경의를 표하겠소, 선생!"

리고가 절반을 다시 채워서 꿀꺽 삼키는데, 마시기 전과 마신 다음에 텀블러를 앞으로 내밀어서 조그맣고 하얀 손을 적나라하게 드러냈다. 그러면서 덧붙였다.

"사업을 위해서 건배. 대화를 위해서 건배. 당신은 몸보다 입이 자유로우니까, 선생."

"나는 그 자유를 사용해서 당신도 잘 아는 당신 모습을 말한 거야. 당신은 우리가 생각하는 이상으로 나쁜 인간이라는 걸 알거든."

"신사라는 호칭을 늘 덧붙이라고, 상관없으니까. 우리는 모든 점에서 똑같아. 다른 게 있다면 당신은 평생 신사가 될 수 없고, 나는 평생 신사가 아닐 수 없다는 거야. 그 차이는 대단해! 계속하라고. 말로는 카드 게임이나 주사위 놀이에 아무런 영향을 못 미치니까. 당신도 알아? 당신도? 나는 게임을 하는데, 말은 아무런 힘이 없다고."

리고는 존 밥티스트와 맞닥뜨렸으니, 자신이 살아온 내력을 상대가 모두 파악했다는 사실을 아는 터라 그동안 쓰던 가면을 벗어던져서 악명높은 쓰레기 얼굴을 그대로 드러낸 채, 손가락을 뚝뚝 꺾으며 다시 말했다.

"그럼, 그렇고말고, 젊은 친구. 나는 이런저런 말이 나와도 끝까지 게임을 한다고. 내 몸이 죽고 영혼이 죽을 때까지! 그래서 이긴다고. 당신이 끼어든 장난질에 내가 열중하는 이유를 알고 싶나? 그렇다면 존경스러운 마님이자 당신 어머니에게 팔 물건이 예전에도 지금도 나한테 있다는 사실을 – 무슨 말인지 알겠나? – 당신은 알아야 해. 나는 소중한 물건을 설명하고 가격을 제시했어. 그런데 존경스러운 당신 어머니는 너무나 차분하고 너무나 둔감하고 너무나 꼼짝을 않더군, 조각상처럼. 간단히 말해서, 존경스러운 당신 어머니가 나를 짜증 나게 한 거야. 그러다 보니 내가 있는 장소를 다양하게 바꾸다 재미를 즐기는 차원에서 – 그럼, 그렇고말고! 신사는 다른 사람 돈으로 즐기는 법이거든! – 갑자기 사라지는 생각을 멋지게 떠올렸어. 당신의 독특한 어머니도 우리 플린트윈치도 기회만 되면 똑같은 생각을 기꺼이 떠올릴 거야. 아! 쳇, 쳇, 쳇, 높은 데서 낮은 곳을 내려보듯 바라보지 말라고! 다시 말하지만, 당신 어머니도 플린트윈치도 마음을 다해 기꺼이 그러면서 황홀하게 즐겼을 거라고. 그런데 당신이라면 안 그랬을까?"

리고가 텀블러에 가라앉은 찌꺼기를 바닥에 던져, 존 밥티스트 바로 옆까지 튀었다. 그와 동시에 새로운 관심이 생겼는지, 텀블러를 내려놓으며 말했다.

"내가 따를 순 없어. 왜? 나는 시중받으러 태어났거든. 그러니 이리

와서, 존 밥티스트, 잔에 따라!"

조그만 사내가 클레넘을 바라보는데, 상대 눈은 리고만 쳐다보는
데다 특별히 반대하는 기색도 없어, 바닥에서 일어나 술병을 들고서
텀블러에 따르는데, 예전처럼 순종하는 자세에는 뭔가 우스꽝스러운
느낌이 섞이고, 금방이라도 폭발해서 불길이 번질 듯한 (잔뜩 경계하는
눈초리로 보아 타고난 신사 역시 비슷하게 생각하는 듯한) 모습은, 모
든 일에 양보한 채 착한 마음으로 무관심하게 대응하고 바닥에 다시
앉는 모습과 놀랍게 대비되었다.

리고가 잔을 쭉 들이켠 다음에 말했다.

"용감한 선생, 그 생각이 멋진 이유는 몇 가지 있어. 우선 내가 재밌
고, 고매한 당신 엄마와 우리 플린트윈치를 걱정하게 하고, 당신을 고
통스럽게 하고(신사를 정중하게 대하도록 내가 당신한테 주는 교훈이
야), 당신이 열심히 찾는 인간은 정말 무서운 인간이란 사실을 관심
있는 사람 모두한테 알려주거든. 맙소사, 그 사람은 정말 무서운 사람
이라고! 이게 전부가 아니야. 당신 어머니가 정신을 차릴 수도 있거든.
당신이 금방 알아챈 의심을 받다 보면, 특정 상대가 나타나는 순간에
특정 계약을 막던 장애물이 사라졌다고 언론에 은밀하게 광고하자는
생각을 당신 어머니가 떠올릴 수 있으니까. 그럴 수도 있고, 아닐 수도
있으니까. 그런데 말을 막는구먼, 그래, 할 말이 뭐야? 무슨 말을 하고
싶어?"

클레넘은 감옥에 갇힌 죄수라는 현실이 상대를 눈앞에 두고도 어머
니 집으로 못 데려가는 지금보다 아프게 다가온 적이 없었다. 오랫동안
압박하던 뭔지 모를 두려움과 위기감이 손도 발도 꿈틀댈 수 없는 지금
이 순간에 숨통을 바짝 죄는 느낌이었다.

리고가 술을 들이켜다 멈추고 술잔 너머로 섬뜩한 미소를 머금으며

덧붙였다.

"친구든 철학자든 도덕적인 사람이든 저능아든 무엇이든, 그대는 나를 그냥 내버려 두는 편이 낫지 않았을까?"

"아니지! 최소한 당신이 무사히 살아있다는 사실은 알았으니까. 최소한 당신은 여기에 있는 증인 두 명에게서 도망칠 수 없으니까. 두 증인이 당신을 관계 당국이나 수많은 사람 앞에 내보일 수 있으니까!"

클레넘이 말하자, 리고는 의기양양하게 위협하는 분위기로 손가락을 다시 뚝뚝 꺾으며 대답했다.

"하지만 나를 다른 사람 앞에 내보일 순 없어. 두 증인은 지옥에나 가라고 해! 나를 내보일 생각은 관두고! 당신도 지옥에나 가라고! 뭐야! 내가 아는 걸 당신도 안다는 거야? 내가 판매할 상품이 무언지 알아? 쳇, 가련한 빚쟁이! 당신은 내 일을 방해했어. 이건 넘어가지. 그럼 뭐야! 뭐가 남아! 당신한테는 하나도 안 남아, 나한테는 모두 남고. 나를 내보인다! 그게 당신이 바라는 거야? 내가 직접 내보이지, 너무 빠르긴 하지만. 밀수꾼! 펜이랑 잉크랑 종이를 가져와."

존 밥티스트가 조금 전처럼 다시 일어나, 예전 같은 자세로 리고 앞에 필기구를 내려놓았다. 리고는 가만히 생각하다 사악한 미소를 머금고는 아래처럼 쓰면서 커다랗게 읽었다.

클레넘 마님에게.
답을 기다립니다.
마셜씨 교도소
마님 아들 감방에서

친애하는 마님, 오늘 여기에 있는 죄수한테서(정치적인 이유로 은 거한 나를 정보원까지 고용해 찾아낸 죄수한테서) 마님이 내가 무사한지 걱정한다는 얘기를 듣고 많이 놀랐습니다.

안심하세요, 친애하는 마님. 나는 잘 지냅니다, 몸도 마음도 건강하게.

마님 댁으로 당장 날아가고픈 마음은 굴뚝 같으나, 현 상황에, 내가 영광스럽게 제안한 내용을 마님께서 아직은 충분히 결정하지 못했을 듯하네요. 오늘부터 일주일 뒤에 마지막으로 직접 찾아뵐 테니, 마님께서 무조건 받아들이시든가 거절하시고, 거기에 따르는 결과를 충분히 누리십시오.

지금 당장 흥미진진한 사업을 성사시키고 마님을 다정하게 포용하고픈 욕구를 억누르는 이유는, 마님께 세부 사항을 천천히 조정할 여유를 드려서 양측 모두 만족하기를 바라기 때문입니다.

그동안 내가 호텔에 머물며 식사하는 비용을 마님께서 지급하도록 제안해도 지나친 건 아니겠지요? 내가 묵는 곳을 여기에 있는 죄수가 엉망진창으로 만들어놓았거든요.

친애하는 마님께 최고로 숭고하고 최고로 고귀하게 배려할 것을 약속합니다.

리고 블랑두아.

친애하는 플린트윈치에게 우정 천 개를 전하고
마님 손에 키스를 보냅니다.

리고는 편지를 다 쓰고 종이를 접어서 클레넘 발치로 화려하게 던졌다.

"여봐! 내보인다는 말이 나와서 하는 말인데, 누구든 보내서 저 편지를 그 주소로 내보이고, 답신을 여기로 내보이도록."

"존 밥티스트, 저 사람 편지를 전달하겠나?"

클레넘이 말했다. 하지만 존 밥티스트는 손가락을 다시 열심히 저었다. 자신은 리고를 감시하고 문을 지켜야 한다는, 정말 어렵게 찾았으니, 바닥에 앉아서 문에 등을 기대고 발목을 잡은 채 리고를 감시해야 한다는 뜻이었다. 이번에도 팽스 선생이 나서니, 결국 팽스 선생이 전달하기로 하고, 존 밥티스트는 팽스 선생이 간신히 나갈 정도로 감방문을 살짝 열다 곧바로 닫았다.

리고가 말했다.

"내가 기꺼이 여기에 앉아서 포도주를 마시는 동안 손가락 하나만 건드리거나 흉을 보거나 높은 신분을 부정하면, 당장 저 편지를 쫓아가서 일주일 유예기간을 취소하겠어. 나를 찾았다고? 그래서 잡았다고? 좋아, 이제 나를 어떻게 할 건가?"

클레넘이 무기력감을 자각하고 씁쓸하게 대답했다.

"당신을 찾을 때만 해도 나는 죄수가 아니었어."

리고는 담배 재료가 든 상자를 주머니에서 꺼내, 담배 몇 개비를 빠른 손으로 능숙하게 말면서 느긋하게 받아쳤다.

"당신과 당신 감옥은 지옥에나 가라고, 나는 당신네 누구한테도 관심이 없으니까. 밀수꾼! 불."

존 밥티스트가 다시 일어나서 상대가 달라는 걸 건넸다. 차갑고 하얀 손가락이 뱀처럼 나긋하게 꼬이고 서로를 휘감으며 능숙하게 움직이는 모습이 섬뜩했다. 클레넘은 뱀굴이라도 바라보듯 오싹한 느낌을 억누를 수 없었다.

존 밥티스트가 이탈리아 말이나 노새라도 되는 듯, 리고가 자극적인 소리로 커다랗게 불렀다.

"어이, 돼지! 뭐야! 예전에 지내던 끔찍한 감방도 여기에 비하면 정말 훌륭했어. 철창과 돌덩이도 위엄이 있었거든. 사내대장부가 묵을만한 감옥이었다고. 하지만 여긴? 쳇! 멍청이나 들어오는 병원이라고!"

리고가 추악한 미소를 머금은 채 담배를 태우니, 입이 아니라 축 늘어진 코가 담배를 피우는 듯했다. 섬뜩한 그림에 나오는 괴물 같았다. 그런 리고가 첫 번째 담뱃불로 두 번째 담뱃불을 붙이다, 클레넘에게 말했다.

"미친놈이 없어도 시간은 보내야 해. 누구든 말해야 한다고. 진한 포도주만 이렇게 온종일 마셔대면 안 되지, 포도주를 새로 갖다 줄 것도 아니고. 여자가 잘생겼더군, 선생. 딱히 내 취향이라고 말할 순 없지만, 그래도 천둥과 번개처럼 놀라울 정도로 잘생겼어! 당신이 사모한 걸 축하해."

"누구를 말하는지 모르겠군."

"델라 벨라 가우언, 선생, 이탈리아 표현으로. 가우언 부인, 잘생긴 부인."

"당신이 그 부인 남편을 쫓아다닌 것 같던데?"

"뭐라고! 쫓아다녀? 무례하군. 친구라고."

"그렇다면 당신은 친구도 팔아먹나?"

리고가 순간적으로 깜짝 놀란 채 입에서 담배를 떼어내며 쳐다보았다. 하지만 태연하게 대답하면서 입술 사이로 담배를 다시 물었다.

"돈이 된다면 무어든 팔지. 당신네 변호사나 정치인이나 음모꾼이나 증권거래소 사람도 그렇게 사는 거 아니야? 당신도 그렇게 살지 않아? 여기에 갇힌 이유가 뭐야? 당신은 친구를 안 팔았나? 맙소사! 내가 보기에는 그런 것 같은데, 아니야?"

클레넘은 상대만 노려보던 시선을 창문으로 돌려서 담벼락을 내다보고, 리고는 계속 말했다.

"정말 그래, 선생. 사회는 자신을 팔고 나를 팔아, 나는 사회를 팔고. 당신은 다른 여자도 알고 지냈더군. 마찬가지로 잘생기고 정신력 강한 여자. 가만있자. 사람들이 뭐라고 불렀더라? 그래, 웨이드 아가씨."

대답은 없지만, 리고는 제대로 맞췄다는 걸 가볍게 느낄 수 있었다. 그래서 계속 말했다.

"그래, 얼굴이 잘생기고 정신력 강한 여자가 거리에서 말하고, 나는 무슨 뜻인지 알아듣고 대답했어. 얼굴이 잘생기고 정신력 강한 여자가 속마음을 시원하게 털어놓더군. '나는 호기심도 있고 원한도 있다. 당신은 명예를 유난히 중시하는 사람이 아니겠지?' 내가 대답했어. '아가씨, 나는 신사로 태어나고 신사로 죽겠지만, 명예를 유난히 중시하진 않는다오. 별 볼 일 없는 환상을 경멸한다오.' 그러자 아가씨가 좋아하면서 대답하더군. '당신이 다른 사람과 다른 점은 자기 입으로 그렇게 말한다는 거다.' 그 여자도 사회를 알거든. 나는 그 여자가 기분 좋게 하는 말을 용감하고 정중하게 받아들였어. 나는 정중하고 용감한 성격이거든. 그 여자가 제안했어. 우리가 많은 시간을 함께 지내는 걸 보았다는 거야. 내가 그 집 고양이처럼 시간을 보내는 듯 보였다는 거야. 호기심도 있고 원한도 있다 보니, 그 부부가 어떻게 움직이고 사는지, 잘생긴 가우언 부인은 얼마나 사랑받고 얼마나 존중받는지, 기타 등등을 알고픈 마음이 생겼다는 거야. 자신이 부자는 아니지만, 파악해서 알려주면 이런저런 식으로 약간의 사례를 하겠다는 거야. 나는 제안을 우아하게 – 나는 언제나 우아한 성격이라 – 받아들였어. 그래! 세상은 그렇게 돌아가. 그게 원칙이라고."

이렇게 말하는 동안 클레넘은 등을 돌려서 그 상태 그대로 대화가 끝났지만, 리고는 바싹 달라붙은 두 눈을 번뜩이며 계속 훑어본 터라,

이 말에서 저 말로 넘어가며 무모하게 허풍떠는 사이에 상대 머리가 움직이는 모습만 보고도, 자신이 한 말 가운데 클레넘이 모르는 내용은 없다는 걸 깨달을 수 있었다. 그래서 가벼운 입김으로 가우언 부인을 날려버리듯 세 번째 담배에 불을 붙이며 감탄했다.

"우왜! 잘생긴 가우언 부인! 매력이 넘치지만 경솔해! 예전 연인한테 받은 연애편지를 남편이 보면 안 되는데, 산에 있을 때 침실에 두었으니, 잘한 행동은 아니야. 그럼, 그렇고말고. 잘한 행동은 아니지. 우왜! 가우언 부인이 실수한 거야."

클레넘이 커다랗게 반발했다.

"팽스가 어서 돌아오면 좋겠어. 이 작자는 존재 자체로 방을 오염시키니까."

"아! 하지만 그 작자는 여기서든 어디서든 잘 지내. 어디서나 그래. 그 작자는 늘 잘 지낸다고!"

리고가 손가락을 뚝뚝 꺾으며 즐거운 표정으로 대답하더니, 클레넘이 앉은 의자를 빼면 세 개밖에 없는 의자에 다리를 쭉 뻗어서 걸치고 노래하면서 노래 속 씩씩한 인물처럼 가슴을 쿵쿵 두드렸다.

"이 길을 누가 이렇게 늦게 지나나요?
마졸렌 동무여!
이 길을 누가 이렇게 늦게 지나나요?
언제나 흥겹게!

후렴을 불러, 돼지야! 다른 감옥에서는 불렀잖아. 어서 불러! 안 부르면 돌 맞아 죽은 성인처럼 만들어줄 테니까. 성인과 함께 돌 맞아 죽길 바랄 정도로!"

"국왕을 따르는 가장 훌륭한 기사랍니다,

마졸렌 동무여!

국왕을 따르는 가장 훌륭한 기사랍니다,

언제나 흥겨운!"

예전에 순순히 복종하던 습관도 있고, 까딱하다간 은인이 해를 입을 것 같기도 하고, 다른 것보다는 노래하는 편이 좋기도 해서 존 밥티스트가 후렴을 따라 부르니, 리고가 커다랗게 웃다, 두 눈을 감고서 담배만 열심히 태웠다.

팽스가 계단을 올라오는 소리가 들린 건 15분이 지난 다음인데, 그 간격이 클레넘에게는 못 견디도록 길게 느껴졌다. 팽스가 올라오는 소리에 또 다른 사람이 올라오는 소리까지 겹치더니, 존 밥티스트가 문을 열자, 팽스와 예레미야가 들어왔다. 예레미야를 보는 순간에 리고가 달려들어 시끌벅적하게 껴안았다.

예레미야는 아무런 격식도 안 차린 채 상대를 억지로 떼어내면서 말했다.

"그동안 어떻게 지냈소, 선생? 고맙지만 괜찮소. 더 껴안지 마시오."

리고가 정신을 차리고 다시 껴안으려는 순간에 덧붙인 말이었다.

"으음, 클레넘 도련님. 잠자는 개와 잃어버린 개 얘기를 내가 했는데, 보시다시피, 현실이 되었군요."

모든 점에서 평소처럼 차분한 모습인데, 실내를 둘러보면서 고개를 끄덕일 때는 훈계라도 하는 것 같았다. 그러다 다시 말했다.

"바로 여기가 빚쟁이들이 들어오는 마셜씨 교도소로군요! 하! 정말 별 볼 일 없는 시장으로 돼지 새끼를 잔뜩 끌어다 놓았더군요, 클레넘 도련님."

클레넘은 꾹 참는다고 해도, 리고는 아니었다. 조그만 예레미야 외투 옷깃 양쪽을 장난치듯 매섭게 움켜잡고서 소리친 것이다.

"시장도 돼지 새끼도 돼지를 몰고 온 녀석도 지옥에나 가라고 해! 자! 내가 보낸 편지에 답이나 내놓으라고."

그러자 예레미야가 대답했다.

"나를 놓아준다면, 클레넘 도련님께 주려고 가져온 쪽지부터 전달하 겠네, 선생."

그리고는 쪽지를 전했다. 클레넘 어머니가 종이쪽지에 휘갈긴 글씨 에는 이런 내용이 담겨있었다.

'너 자신을 망가뜨린 정도로 끝나길 바란다. 다른 사람까지 망가뜨리 지 말렴. 예레미야 플린트윈치가 나를 대신해서 이 글을 전한다. 너를 사랑하는 클레넘 부인이.'

클레넘은 내용을 두 차례나 조용히 읽더니, 갈기갈기 찢어발겼다. 그러는 동안 리고는 의자에 올라가서 두 발을 의자에 댄 채 등받이에 걸터앉았다. 그리고는 쪽지를 갈가리 찢어발기는 모습을 자세히 쳐다 보다 물었다.

"자, 멋진 플린트윈치, 내 편지에 답은?"

예레미야가 쉰 목소리를 억지로 쥐어짜며 대답했다.

"클레넘 마님이 손에 쥐가 나서 글을 못 쓰다, 내가 말로 전달하는 방법도 괜찮겠다고 하시더군. 마님이 안부를 전하라 하시고는, 당신 제안에 동의한다고, 전체적으로 볼 때 부당하진 않다고 하시더군. 그러 니 일주일 뒤 오늘까지 약속을 망치지 말라고 하시더군."

리고는 한바탕 폭소를 터트린 다음에 옥좌에서 내려오며 "좋아! 호텔 을 알아보러 나가야겠군!"이라고 말했다. 하지만 자리를 여전히 굳세게 지키는 존 밥티스트와 두 눈이 마주치는 순간에 덧붙였다.

"이리 와, 돼지. 예전에는 내 뜻과 다르게 너를 부하로 삼았지만, 이번에는 네 뜻과 다르게 너를 부하로 삼겠어. 다시 말하겠는데, 비열한 자식아, 나는 시중을 받으려고 태어났다고. 일주일 뒤 오늘까지 밀수꾼을 하인으로 삼아서 시중을 받겠네."

존 밥티스트가 어떻게 하느냐는 표정으로 쳐다보자, 클레넘은 그러라는 신호를 보내면서 "저 사내가 두렵지 않다면"이라고 커다랗게 덧붙였다. 존 밥티스트는 손가락을 열심히 흔들며 대답했다.

"아닙니다, 나리, 두렵지 않습니다, 이제는 저 사내랑 감방에 있었다는 비밀을 지킬 필요가 없으니까요."

리고는 두 사람 대화를 못 들은 척하다, 마지막 담배에 불을 붙이고 밖으로 나갈 채비를 했다. 그러더니 사람들을 쭉 둘러보며 말했다.

"그 사내를 두려워하라고. 우와! 예쁜 자식들, 갓난아기들, 귀여운 인형들, 당신네 모두 그 사내를 두려워하라고. 여기서는 포도주를 병째 주고 저기서는 고기와 술과 숙소를 주는구나. 그 사내한테 손가락 하나라도 건들거나 나쁜 소릴 지껄이는 경거망동은 하지 말도록. 그 사내는 언제나 이겨야 하는 성격이거든! 우와! 그럼, 그렇고말고.

국왕을 따르는 가장 훌륭한 기사랍니다,
언제나 흥겨운!"

리고는 자신을 주인공 삼아 후렴구를 읊조리며 밖으로 뚜벅뚜벅 나가고 존 밥티스트는 그 뒤를 바싹 따라가니, 리고가 하인으로 삼겠다고 한 이유는 밥티스트를 쉽게 떨쳐낼 수 없다는 사실을 깨달은 결과 같기도 했다. 예레미아는 돼지 시장을 깔보는 표정으로 둘러보면서 턱을 긁다, 클레넘에게 고개를 까닥이고는 뒤따라 나갔다. 팽스는 여전히 미안해서 의기소침한 표정이다 뒤따라 나가는데, 클레넘이 은밀하게 지시하는 한두 마디를 열심히 듣고서 걱정하지 말라고, 책임지고 해내겠다고, 끝까지 최선을 다하겠다고 속삭인 다음이었다. 다시 혼자 남은 죄수는 자신이 더 많은 경멸을 받고 더 많은 모멸을 당하고 더 많이 버림받고 더 많이 무기력하다는, 한마디로 그만큼 더 나락에 떨어지고 그만큼 더 비참하다는 느낌에 시달렸다.

29장. 마셜씨 교도소에서 간절하게 호소하다

철창에서 제일 나쁜 동료는 지나친 걱정과 후회다. 온종일 깊은 생각에 잠기고 밤에 잠을 못 이루는 인간은 역경을 헤쳐나갈 수 없다. 다음날 아침, 클레넘은 몸이 가라앉고 영혼이 바닥에 떨어지니, 거대한 무게감에 짓눌려 머리가 절로 수그러드는 걸 느꼈다.

밤이면 밤마다 12시나 1시에 잠자리에서 비참한 마음으로 일어나, 창가에 앉아서 마당에 켠 희미한 등잔불을 바라보다, 고개를 들어서 해가 떠오르는 흔적을 찾는다, 하늘이 그 흔적을 드러내기 몇 시간 전부터. 이제는 밤이 찾아와도 옷을 벗을 생각조차 못 했다.

속에서 불이 확확 이는 불안감에다 감옥에 갇혔다는 초조함까지 고통스럽게 달려드니, 심장이 찢어져서 죽고 말겠다는 확신까지 몰려들며 클레넘을 괴롭혔다. 감옥이 너무나 끔찍하고 혐오스러운 나머지, 숨을 들이쉬는 자체도 고통스러웠다. 그러다 보니 숨을 못 쉰다는 공포감마저 때때로 몰려들어, 창문에서 목을 움켜잡은 채 숨을 헐떡일 때도 잦았다. 바깥 공기를 마시고픈 갈망마저 치솟아, 사방에 틀어박힌 담장 너머가 그립다 못해 그 자리에서 미쳐버릴 듯한 느낌마저 들었다.

클레넘 이전에도 수많은 죄수가 똑같은 상태를 겪고 끊임없이 강력하게 몰려드는 공포에 녹초가 되듯, 클레넘도 녹초가 되었다. 그렇게 시달린 게 이틀 밤과 낮이었다. 하지만 강도는 점차 줄어들고 간격은 점차 늘어났다. 가끔 격렬하게 되돌아오는 정도였다. 그러다 황량한 고요가 뒤를 잇더니, 주 중반에는 축 늘어진 채 미열이 생겼다.

존 밥티스트와 팽스가 멀리 떠난 상태라 클레넘이 마주치길 두려워할 상대는 플로니쉬 부부밖에 없었다. 클레넘은 훌륭한 부부가 안 찾아오기만 간절하게 기원했다. 병적으로 불안한 상태였다. 혼자 있고 싶었다. 나약하고 비참한 모습을 누구에게도 보여주고 싶지 않았다. 플로니쉬 부인에게 편지를 써, 당장은 집중할 일이 생겼다고, 다정한 얼굴을 마주하는 게 즐겁긴 해도 당장은 방해받고 싶지 않다고 알렸다. 젊은 존도 있었다. 업무를 마친 뒤에 매일같이 찾아와서 도와줄 일이 있는지 물어볼 때마다, 클레넘은 글 쓰는 일에 열중하는 척하면서 쾌활한 표정으로 괜찮다고 대답할 뿐이었다. 두 사람이 심각하게 대화하던 주제는 두 사람 사이에 두 번 다시 안 나왔다. 하지만 온갖 불행을 겪는 내내, 클레넘 마음에서 그 주제가 사라진 적은 한 번도 없었다.

약속한 일주일 가운데 여섯째 날은 안개가 자욱해서 무덥고 습했다. 교도소 특유의 가난과 누추함과 더러움이 무더운 대기에 피어나는 느낌이었다. 클레넘은 아픈 머리에 지친 마음으로 마당에 떨어지는 빗방울 소리를 들으며 시골 대지에 부드럽게 떨어지는 광경을 떠올리다, 밤이 물러나는 장면을 지켜보았다. 태양 대신 탁하고 노란 햇무리가 하늘에 동그랗게 떠올라, 희미한 빛이 누더기 조각처럼 교도소 담장에 내려앉았다. 철문이 열리는 소리가 들리고, 바깥에서 기다리던 누더기들이 발을 질질 끌며 들어오는 소리가 들리고, 청소하는 소리, 물을 끌어 올리는 소리, 이리저리 움직이며 교도소 아침을 시작하는 소리가 들렸다. 몸이 아프고 머리가 어지러워서 세수하는 도중에 몇 번이나 쉬다, 결국에는 열린 창문 옆 의자로 간신히 기어갔다. 거기에 앉아서 꾸벅꾸벅 조는 동안, 감방을 청소하는 노파가 아침 작업을 마쳤다.

잠도 부족하고 (식욕에 입맛까지 완전히 사라지니) 먹은 것도 부족해서 머리가 어지러워, 간밤에는 엉뚱한 장소를 헤매는 느낌에 두세 차례 시달렸다. 따듯한 바람에 실려 오는 노랫가락도 들었다, 실재가 아니라는 걸 알면서도. 완전히 지쳐서 꾸벅꾸벅 조는 순간에 그 소리가 다시 들렸다. 이런저런 목소리가 자신을 부르는 것 같아, 거기에 대답하고는 깜짝 놀랐다.

시간을 판단할 힘도 없어 1분이 1시간일 수 있고 1시간이 1분일 수도 있는 상태에서 꾸벅꾸벅 졸며 꿈꾸는데, 정원이 - 습하고 따듯한 공기에 향내를 머금은 화원이 - 살금살금 다가오는 느낌이 또렷했다. 화원이든 무어든 쳐다보려면 상당한 고통을 감내하며 머리를 들어야 하는데도, 마침내 고개를 들어서 둘러볼 즈음에는 하찮고 보잘것없는 느낌만 가득했다. 그런데 탁자 찻잔 옆에 활짝 편 꽃다발이 있었다. 고르고 고른, 사랑스럽고 아름다운 꽃다발이었다.

평생에 걸쳐 그렇게 아름답게 보인 건 없었다. 클레넘은 꽃다발을 들어서 향을 들이켜고, 열나는 머리로 올리다 내려놓고, 말라비틀어진 손바닥을 대서 쭉 폈다, 꽁꽁 언 손을 활짝 펴서 불이 활활 타오르는 열기를 쬐듯. 오랫동안 기쁘게 바라보다, 누가 보냈는지 궁금해서 꽃다발을 갖다 놓은 게 분명한 노파에게 그게 어디에서 왔는지 물으려고 감방문을 열었다. 하지만 노파는 없었다. 한참 전에 떠난 듯했다, 노파가 탁자에 따라놓은 차마저 차갑게 식은 걸 보면. 클레넘은 차를 마시려 했으나 차 향을 견딜 수 없어, 열린 창문 옆 의자로 간신히 돌아와서 낡고 조그만 원탁에 꽃다발을 내려놓았다.

　돌아다닌 탓에 일던 현기증이 사라지자 클레넘은 이전 상태로 빠져들었다. 간밤에 들리던 선율이 바람에 실릴 때, 감방문이 가볍게 열리는 듯하더니, 잠시 뒤에 조용한 형상 하나가 까만 망토를 걸치고 선 듯했다. 그 형상이 망토를 벗어서 바닥에 떨어뜨리는 듯하더니, 예전처럼 낡은 드레스를 걸친 작은 도릿이 나타나는 듯했다. 그래서 덜덜 떠는 듯했다. 두 손을 꼭 움켜잡는 듯했다. 빙그레 웃는 듯했다. 그러다 눈물을 터트리는 듯했다.

　클레넘은 정신을 차리다 비명을 질렀다. 사랑스럽고 가련하고 슬프고 소중한 얼굴에서 자신이 변한 걸 깨달았다. 거울을 바라보는 것 같았다. 작은 도릿이 다가오더니, 두 손을 클레넘 가슴에 대서 의자에 그대로 앉히고는 발치에 무릎을 꿇고 앉아, 입술을 들어서 뽀뽀하는데, 하늘에서 빗방울을 꽃밭에 떨구듯 눈물을 클레넘에게 툭툭 떨구며, 작은 도릿이, 살아있는 생명체가, 이름을 불렀다.

　"아, 더없이 훌륭하신 분! 소중한 클레넘 선생님, 나한테 우는 모습을 보이지 마세요! 나를 보고 기뻐서 우는 게 아닌 한. 아, 나를 보고 기뻐서 우는 거라면 좋겠어요. 선생님의 가련한 아이가 돌아왔으니!"

　운명의 여신도 어쩔 도리가 없는, 충실하고 다정한 모습이었다. 입에서 나오는 소리도, 반짝이는 눈빛도, 두 손이 와 닿는 느낌도 천사처럼 아늑하고 편안했다!

　클레넘이 꼭 껴안자 작은 도릿이 "아무도 선생님이 아프다는 말을 안 했어요"라고 하면서 그 목을 두 팔로 가만히 감싸고, 그 머리를 자기 가슴에 기대고, 그 머리에 한 손을 올리고 그 손에 뺨을 기대며, 다른 사람에게 보살핌을 받아야 할 아기 때부터 바로 그 방에서 아버지를 돌보듯, 순진무구하고 사랑스럽게 클레넘을 보살폈다.

클레넘이 간신히 입을 열면서 물었다.

"정말 나를 찾아온 거야? 그 옷차림으로?"

"나는 선생님이 이렇게 입은 걸 다르게 입을 때보다 좋아하길 바랐어요. 이 옷을 언제나 곁에 지니고 다녔어요, 예전의 나를 떠올리려고. 혼자 오진 않았어요. 오랜 친구를 데려왔어요."

클레넘이 둘러보니, 매기가 오랫동안 안 보이던 커다란 모자에 예전처럼 바구니를 팔에 끼우고서 크게 기뻐하며 킥킥 웃었다.

"어제저녁에 비로소 오빠랑 런던에 도착했어요. 도착하자마자 플로니쉬 부인에게 전갈을 보냈어요, 선생님 소식을 듣고 제가 왔다는 소식도 선생님께 알리려고. 그러다 선생님이 여기에 계신다는 말을 들었어요. 혹시 밤에 저를 생각하시나요? 제 생각을 조금은 하셨을 거라 믿고 싶어요. 저는 언제나 선생님을 생각했으니까요. 아침이 너무 느리게 오는 것 같았으니까요."

"나도 늘 생각했어……"

클레넘은 작은 도릿을 뭐라고 불러야 할지 망설이고, 작은 도릿은 금방 알아챘다.

"선생님은 아직 제 이름을 안 부르셨어요. 선생님이 늘 불러주시던 이름, 바로 그게 제 이름이에요."

"나도 늘 생각했어, 이곳에 갇힌 뒤로, 작은 도릿, 매일, 매시간, 1분 1초마다."

"정말요? 정말요?"

클레넘은 작은 도릿이 환하게 기뻐하는 얼굴을, 그러다 빨갛게 물드는 뺨을 바라보았다. 창피했다. 자신은 완전히 파산해서 명예를 잃고 망가지고 병든 죄수였다.

"철문이 열리기 전에 도착했지만 선생님께 곧장 오는 게 두려웠어요. 도움을 주기보다는 해를 끼칠 듯해서요. 교도소가 너무나 익숙하면서도 낯선 데다, 불쌍한 아버지 생각이, 선생님 생각 역시, 너무 많이 떠올라서 압도당했거든요. 하지만 철문으로 가기 전에 치버리 교도관한테 가고, 그분은 우리를 들여보내고 존이 쓰는 방으로 - 제가 예전에 쓰던 방으로 - 데려가, 우리는 그 방에서 조금 기다렸어요. 제가 꽃다발 하나를 방문까지 가져왔는데, 선생님은 아무런 소리도 못 듣더군요."

작은 도릿은 멀리 떠날 때보다 훨씬 여성스럽게 보이고, 이탈리아 태양은 얼굴을 눈에 띄게 숙성시켰다. 하지만 그것 말고는 변한 게 없었다. 소심하면서도 진지하고 성실한 모습은 지금도 여전히 보이고, 그럴 때마다 마음이 흔들리는 느낌 역시 똑같았다. 그 모습이 새롭게 다가온다면 변한 건 클레넘이지 작은 도릿은 아니었다.

작은 도릿은 낡은 보닛을 벗어 예전 자리에 걸고, 매기와 함께 감방을 최대한 깔끔하고 깨끗하게 조용히 청소하고, 향수까지 뿌렸다. 청소를 마치자, 포도를 비롯한 과일로 가득한 바구니를 풀어, 내용물을 차분하게 정리했다. 그 일마저 마치자, 사람을 보내서 바구니를 가득 채워오도록 매기에게 속삭이니, 또 다른 물품으로 가득한 바구니가 곧이어 들어와, 당장 마시고 먹을 시원한 음료수와 젤리, 나중에 먹을 통닭과 포도주와 물을 제일 먼저 꺼냈다. 다양한 물품을 모두 정리 정돈한 다음에는 창문에 달 커튼을 만들려고 오래된 바늘통을 꺼내더니, 시끌벅적해서 정신이 산만할 수밖에 없는 교도소인데도 클레넘은 의자에 차분하게 앉고, 작은 도릿은 바로 옆에 차분하게 앉아서 바느질했다.

고개는 예전처럼 얌전하게 숙이고 손은 바삐 움직이면서 작업에 열중하는 모습을 보니 - 사실, 작업에 흠뻑 빠져들기보다는 툭하면 고개를 들어서 애정이 가득한 눈으로 쳐다보다, 다시 숙이는 눈에는 눈물이 가득한 모습을 보니 - 클레넘은 큰 위안이 되면서 마음이 편안한 데다, 천부적으로 훌륭한 성품을 타고난 인물이 어려움을 겪는 자신에게 지칠 줄 모르는 미덕을 쏟아붓는다는 느낌이 들긴 해도, 덜덜 떨리는 목소리와 손이 차분하게 변하거나 쇠약한 체력이 튼튼하게 변하지는 않았다. 하지만 사랑하는 마음과 함께 내면을 단단하게 다질 수는 있었다. 아아, 작은 도릿에 대한 사랑을 말로 어찌 다 표현할 수 있겠는가!

담장 그늘이 어린 지점에 두 사람이 나란히 앉은 지금, 클레넘은 자신에게 떨어지는 그늘이 햇빛 같았다. 작은 도릿이 많은 말을 못하게 해, 클레넘은 의자에 등을 기대고 앉아서 가만히 쳐다보았다. 작은 도릿이 이따금 일어나서 마실 걸 주기도 하고 클레넘 머리를 부드럽게 쓰다듬기도 했다. 그런 다음, 옆자리에 앉아서 고개를 다시 숙이고 바느질에 열중했다.

그늘은 태양과 함께 움직여도, 작은 도릿은 옆자리에서 조금도 안 움직였다, 시중들 때 말고는. 태양이 내려가도 작은 도릿은 그대로 있었다. 바느질이 끝난 지금은 조금 전에 보살펴준 뒤로 의자 팔걸이에 머뭇거리던 손이 여전히 똑같은 자리에서 머뭇거렸다. 클레넘이 그 손에 자기 손을 얹자, 덜덜 떨리는 손이 꼭 움켜잡았다.

"친애하는 클레넘 선생님, 떠나기 전에 꼭 드릴 말씀이 있어요. 지금껏 미루고 또 미루었지만, 말씀드려야겠어요."

"나도, 친애하는 작은 도릿, 지금껏 할 말을 미루었어."

작은 도릿이 상대 입을 막으려는 듯 손을 갖다 대더니, 덜덜 떨면서 원래 자리로 툭 떨구었다.

"이제 저는 외국에 안 나가요. 오빠는 나가지만 저는 아니에요. 오빠는 저를 언제나 좋아했는데, 지금은 많이 고마워해요 - 오빠가 아플 때 제가 곁에 우연히 머물렀다는 이유 하나로 - 어디든 제가 좋은 곳에 마음대로 머물면서 하고픈 대로 하라고 할 정도로. 오빠는 제가 행복하게 사는 것만 바란다면서."

하늘에서 별 하나가 밝게 빛났다. 작은 도릿이 그 별을 올려다보면서 이어갔다, 마음에 품은 간절한 소망이 하늘에서 반짝이는 별에 닿기라도 하듯.

"말씀드리지 않아도 오빠가 런던에 온 건 사랑하는 아버지 유언장을 찾아서 재산을 정리하려는 의도임을 아실 거예요. 오빠는 유언장이 있으면 제가 부자로 살만한 유산을 남겼을 게 분명하다고, 행여나 유언장이 없으면 오빠가 그렇게 만들어주겠다고 했어요."

클레넘이 입을 열려고 하다, 작은 도릿이 덜덜 떠는 손을 다시 올리는 바람에 또 다물었다.

"저는 돈이 필요하지 않아요. 돈을 바라지도 않고요. 선생님을 돕는다는 의미 말고는 저한테 아무런 가치가 없어요. 저는 부자로 살 수 없어요, 선생님이 여기에 계신 한. 가난한 이상으로 불행할 수밖에 없어요, 선생님이 고생하시는 한. 제가 가진 모든 걸 선생님께 빌려드리도록 해주실래요? 여기에 살 때 선생님이 지켜주셨다는 사실을 제가 한 번도 안 잊고 앞으로도 영원히 못 잊는다는 걸 증명하도록 해주실래요? 친애하는 클레넘 선생님, '좋다'고 대답하시어, 저를 세상에서 가장 행복한 사람으로 만들어주실래요? 오늘 밤에는 대답하지 마세요, 선생님을 여기에 두고 떠나도 행복하다는 마음이 들도록, 선생님이 긍정적으로 생각하실 거라는 희망을 품고 떠나도록. 저를 위해서 - 선생님이 아니라 저를 위해서, 다른 누구를 위해서가 아니라 저를 위해서! - 제가 지상에게 가장 커다란 기쁨을 느끼도록, 선생님에게 도움이 되었다는 기쁨을, 베푸신 은혜에 조금이나마 보답했다는 최고의 기쁨을 느끼도록 해주시겠어요? 하고픈 말을 제대로 못 하겠어요. 제가 오랫동안 살던 이곳으로 선생님을 찾아올 순 없어요, 제가 숱한 장면을 목격한 이곳으로 찾아와서 선생님을 차분하게 위로하는 모습 역시 생각할 수 없고요. 눈물이 마구 흐를 테니까요. 눈물을 못 참을 테니까요. 그러니, 제발, 제발, 제발, 작은 도릿한테서 등을 돌리지 마세요, 고통만 가득한 지금! 슬픔이 가득한 마음으로 간청하고 애원하오니, 제발, 제발, 제발, 소중한 선생님, 제가 지닌 모든 것을 받으시어, 저한테 축복이 되도록 해주세요!"

하늘에 뜬 별이 작은 도릿 얼굴을 여전히 환하게 비출 때, 그 얼굴이 자기 손에 얹은 클레넘 손으로 가라앉았다.

클레넘이 팔로 감싸서 그 얼굴을 들어 올려 다정하게 대답한 건 어둠이 훨씬 짙어진 다음이었다.

"안 돼, 친애하는 작은 도릿. 안 돼, 귀여운 아이야. 크나큰 희생을 받아들일 순 없어. 크나큰 대가를 치르고 손에 넣은 자유와 희망은 무엇보다 소중하고 귀해. 내가 감당할 순 없어, 사방에서 쏟아질 비난도 감당할 수 없고. 하지만 이 순간에도, 뜨겁게 감사하고 사랑하는 마음이 가득하다는 것만큼은 하늘에 대고 맹세할 수 있어!"

"하지만 고통을 겪는 선생님께 헌신하도록 해주지는 않으실 건가요?"

"안 돼, 누구보다 소중한 작은 도릿, 하지만 나는 그대한테 헌신할게. 그대가 여기서 이런 옷을 입고 살던 지난날에 내가 나를 잘 알았더라면(오로지 나를 말하는 거야), 그래서 마음속 비밀을 또렷하게 읽었더라면, 내가 나를 좀 더 진지하게 돌아보아, 완전히 끝장난 지금 비로소, 기운이 떨어진 걸음으로 결코 따라잡을 수 없는 지금 비로소 환하게 비치는 빛을 지난날에 알았더라면, 그때 알았더라면, 그래서 내가 당시에 부르던 불쌍한 아이가 아니라 충실한 손으로 나를 높이 들어 올려 행복하고 바람직한 사내로 만들어줄 여인으로 사랑하고 존경했 더라면, 이제는 못 돌릴 기회를 그때 잡았더라면 – 아, 그랬더라면, 아, 그랬더라면! – 나는 적당히 잘 살고 그대는 가난할 때 다른 힘이 우리를 억지로 갈라놓았더라면 – 그대가 재산을 넘기겠다는 고귀한 제안을 지금이랑 다르게 받아들일 수도·있을 텐데, 아니, 그래도 그대 재산에 손대는 걸 부끄러워했을 텐데, 안 그랬으니, 나는 절대로 손댈 수 없어, 절대로!"

작은 도릿은 조그만 손을 간절하게 들어, 입이 할 수 있는 이상으로 애처롭고 진지하게 간청하고, 클레넘은 다시 말했다.

"작은 도릿이여, 나는 굴욕을 이미 충분히 겪었어. 이보다 더 타락할 수는 없어. 그대를 – 너무나 소중하고 너무나 관대하고 너무나 선량한 그대를 – 망가뜨릴 순 없어. 신께서 그대를 축복하고 상을 내리시길! 다 지난 일이야."

클레넘은 작은 도릿을 꼭 껴안았다, 자기 딸이라도 되는 듯.

"우리는 예전의 나를 완전히 잊어야 해. 그대는 현재의 나만 보아야 한다고. 이제 나는 네 볼에 작별 키스를 하겠어, 아이야 – 좀 더 가깝게 될 수도 있었던 아이야, 지금보다 더 소중할 수 없는 아이야 – 앞날이 꽉 막히고 완전히 망가져, 더는 함께할 수 없는 사내로서 앞날이 창창한 그대한테. 굴욕스러운 나를 잊어달라고 부탁할 용기는 없지만, 나를 현재 모습으로만 기억하길 부탁할게."

종소리가 울려서 방문객한테 떠나라고 경고하기 시작했다. 클레넘 은 벽에서 망토를 집어, 작은 도릿 몸에 다정하게 감싸주었다.

"한 마디만 더, 작은 도릿. 나로선 힘든 말이지만, 꼭 필요한 말이 야. 교도소가 그대한테 중요한 시절은 오래전에 끝났어. 무슨 말인지 알겠니?"

"아! 찾아오지 말라는 말은 하지 마세요! 저를 그런 식으로 내치지 마세요!"

작은 도릿이 울부짖었다, 눈물을 펑펑 흘리고 두 손을 추켜든 채 호소하며.

"나는 그러고 싶어, 할 수만 있다면. 하지만 나한테 너무나 소중한 얼굴을 완벽하게 몰아낼 용기가 없어. 소중한 얼굴이 다시 찾아온다는 희망을 완벽하게 포기할 용기도 없고. 하지만 금방 찾아오지는 마, 자주 찾아오지도 말고! 여기는 불결해. 내 몸에 더러운 게 잔뜩 달라붙었다고. 그대가 속한 사회는 훨씬 밝고 쾌활한 사회야. 이곳을 돌아보면 안 돼, 작은 도릿. 그대는 완전히 다른, 훨씬 행복한 사회로 눈길을 돌려야 해. 다시 청하건대, 신께서 그 길에 들어선 그대를 축복하시길! 신께서 그대에게 상을 내리시길!"

울적한 표정으로 가만히 있던 매기가 갑자기 소리쳤다.

"아, 선생님을 병원으로 보내요. 선생님을 병원에 넣어요, 작은 엄마! 병원으로 안 보내면 선생님은 예전 모습을 다시는 못 찾아요. 병원에 가면 물레에 앉아서 실을 짜는 조그만 여자가 공주와 함께 찬장으로 가서 말할 거예요, 여기에 닭고기가 왜 있는가? 그러면 사람들이 닭고기를 꺼내서 선생님께 줄 거고, 그러면 모든 게 행복하게 되는 거예요!"

중간에 끼어든 건 적절했다. 종소리가 끝나는 중이었기 때문이다. 클레넘은 망토를 다정하게 감싸주고 (작은 도릿이 아니면 힘이 없어서 걸을 수도 없을 텐데) 팔을 내준 다음에 계단 밑까지 에스코트했다. 작은 도릿은 마침내 휴게실을 지나고, 철문은 작은 도릿을 내보내고서 희망을 몽땅 앗아가듯 으르렁대며 묵직하게 닫혔다.

클레넘은 그 소리가 장례식 종소리처럼 가슴으로 파고들었다. 모든 힘이 다시 사라지는 느낌이었다. 계단을 오르는 게 너무나 힘들었다. 그래도 꾸역꾸역 기어올라, 어둡고 외로운, 끝없이 비참하기만 한 감방으로 들어섰다.

자정이 되어갈 무렵이라 교도소 전역이 오랫동안 조용할 때, 판자를 삐걱대는 소리가 계단을 조심스럽게 오르다, 열쇠로 문을 때리는 소리가 조심스럽게 일었다. 젊은 존이었다. 젊은 존이 양말만 신은 채 살며시 들어와서 문을 닫고 양손을 꼭 맞잡으며 속삭였다.

"교도소 규칙에 어긋나지만, 신경 쓰지 않습니다. 모든 난관을 뚫고 선생님을 찾아오기로 작정했으니까요."

"무슨 일인가?"

"아무 일 아닙니다, 선생님. 미스 도릿이 나올 때 마당에서 기다렸습니다. 미스 도릿이 무사히 돌아가는 걸 누군가 확인하길 선생님이 바라실 것 같아서요."

"고맙네, 고마워! 작은 도릿을 집까지 데려다주었나, 존?"

"호텔까지 데려다주었습니다. 도릿 선생님이 묵던 호텔. 미스 도릿은 그곳까지 걸어가는 동안 더없이 다정하게 말해, 제가 깜짝 놀랐습니다. 미스 도릿이 마차를 안 타고 왜 걸어갔다고 생각하세요?"

"모르겠네, 존."

"선생님 얘기를 하려고요. 저한테 말했거든요. '존, 너는 늘 명예롭게 행동하니, 내가 그곳에 없을 때 선생님을 돌보겠다고, 부족한 것 없이 편히 지내시도록 돕겠다고 맹세한다면, 나는 마음이 정말 편안할 거야.' 저는 맹세했어요. 선생님을 지키겠다고, 영원히!"

클레넘은 크게 감동해, 이렇게 말하는 정직한 영혼에게 한 손을 내밀었다. 하지만 존은 가만히 쳐다보며 문을 지킬 뿐, 앞으로 다가오는 기색이 없었다. 그러다 물었다.

"제가 손을 맞잡기 전에, 미스 도릿이 저한테 맡긴 전갈을 맞춰보세요."

클레넘은 고개를 젓고, 존은 떨리는 목소리로 또렷이 되풀이했다.

"'선생님께 전해, 작은 도릿이 영원한 사랑을 보낸다고.' 이제 전달했네요. 제가 명예롭게 행동했나요, 선생님?"

"그래, 그래!"

"미스 도릿한테 제가 명예롭게 행동했다고 말씀해 주실래요, 선생님?"

"그래, 그래!"

"이제 제 손을 잡으세요, 선생님. 제가 선생님을 영원히 지켜드리겠어요!"

젊은 존은 손을 따듯하게 움켜쥐더니, 조금 전처럼 판자를 삐걱대며 계단을 조심스레 내려가고 신발도 없이 마당을 조심스레 나아가, 문을 조심스레 잠그고는 신발을 벗어놓은 건물로 다가갔다. 뜨겁게 달군 쟁기가 잔뜩 깔렸다 해도,[89] 그 길을 걸어서 자신이 맡은 일을 해낼 것 같았다.

---

89) 중범죄를 저지른 죄수한테 불에 달군 쟁기가 깔린 길을 걸어가게 하는 형벌을 말한다.

30장. 끝이 다가오다

약속한 한 주가 지나고 마지막 날 햇빛이 마셜씨 교도소 철문 쇠창살을 건드렸다. 철문이 작은 도릿을 뱉어내고 쾅 닫힌 뒤로 밤새도록 새까맣던 쇠창살은 신새벽에 이글거리는 태양 빛을 받아 황금색으로 물들었다. 저 멀리서 울퉁불퉁한 지붕 위로 도시를 비스듬히 가로지르고 교회 탑 열린 격자창을 지나, 속세의 천박한 교도소 쇠창살을 기다란 빛으로 환하게 때린 것이다.

낮이 계속되는 동안 낡은 집 출입구 안쪽은 방문객 하나 없이 조용했다. 하지만 태양이 나지막이 걸릴 즈음, 세 사내가 출입구로 접어들어 황량한 주택건물로 다가갔다.

리고가 첫 번째로, 앞에서 담배를 태우며 혼자 걸었다. 밥티스트가 두 번째로, 리고만 열심히 쳐다보며 종종걸음으로 바싹 쫓아갔다. 팽스가 세 번째로, 고집스러운 머리칼을 풀어주려고 모자를 옆구리에 끼운 채 걸었다. 날씨가 너무 더웠다. 세 사람이 현관 계단 앞에 모이자, 리고가 뒤를 돌아보며 말했다.

"미친 두 사람! 아직 가지 마!"

"갈 생각도 없네."

팽스가 대답하자, 리고는 음흉한 시선을 답례로 흘린 다음, 현관문을 커다랗게 두드렸다. 게임을 하려고 술까지 마셨으니, 게임을 어서 시작하고픈 마음만 간절했다. 기다랗게 울리던 노크 소리가 끝나자마자 리고는 쇠고리를 잡고서 다시 두드렸다. 그 소리가 끝나기도 전에 예레미야 플린트윈치가 현관문을 열고, 세 사람은 돌이 깔린 복도로 들어섰다. 리고가 예레미야를 옆으로 밀치고는 위층으로 곧장 올라갔다. 같이 온 두 사람이 뒤를 따르고, 예레미야가 두 사람 뒤를 따라, 조용한 클레넘 마님 방으로 우르르 들어섰다. 창문 하나를 활짝 열어놓고, 애프리가 낡은 창턱 의자에 앉아서 양말을 꿰매는 것 말고는 모든 게 예전과 똑같았다. 조그만 탁자에 평소에 놓아두는 물건도 그대로, 벽난로에서 죽은 듯 피어나는 불길도 그대로, 까만 천을 깔아놓은 침대도 그대로, 까만 관처럼 생긴 소파에 앉은 주인도 그대로, 사형 집행인이 사용하는 받침나무처럼 각지고 새까만 나무를 소파에 댄 것도 그대로였다.

하지만 실내에는 무언가를 준비하면서 잔뜩 긴장한 분위기가 감돌았다. 이런 느낌이 이는 이유는 - 방 안에 있는 물건은 몇 년 동안 같은 자리에 하나같이 못 박힌 상태라 - 방 주인 얼굴에 나타나는 특징을 사전에 충분히 파악한 사람이 그 표정을 자세히 살필 때 비로소 알아차릴 수 있었다. 여주인은 주름까지 똑같이 접힌 새까만 드레스 차림 그대로에 딱딱한 자세도 그대로지만, 얼굴에서는 살짝 더 굳은 표정에 이마를 살짝 더 우울하게 찡그린 표정이 두드러졌다. 긴장한 느낌을 온몸으로 뿜어대는 표정이었다. 그런 여주인이 잇따라 들어오는 두 사람을 보고서 의아한 표정으로 물었다.

"저 사람들은 뭐야? 저 사람들이 들어오는 이유는 뭐야?"

리고가 대답했다.

"저 사람들이 뭐냐고요, 친애하는 마님? 솔직히 말해서, 두 사람은 마님의 죄수 아들 친구랍니다. 그리고 저 사람들이 들어오는 이유가 뭐냐고요? 마님, 나는 죽어도 모르니, 직접 물어보면 좋겠군요."

"현관 앞에서 가지 말라고 했잖아!"

팽스가 대답하자, 리고가 반박했다.

"갈 생각도 없다고 했잖아. 한마디로, 마님, 죄수가 보낸 첩자 두 명이랍니다…… 미친 사람이지만, 첩자랍니다. 우리가 논의하는 동안 같이 있어도 괜찮다면, 그렇게 하세요. 상관없으니."

"내가 무엇 때문에 두 사람이 있길 바라야 하지? 내가 두 사람하고 무슨 상관이 있지?"

클레넘 마님이 되묻자, 리고는 낡은 방이 흔들릴 정도로 묵직하게 안락의자에 주저앉으면서 대답했다.

"그렇다면 친애하는 마님, 두 사람을 내보내도 좋습니다. 마님이 알아서 하세요. 두 사람은 나를 감시하는 첩자가 아니니까요, 내가 데려온 악당도 아니고."

클레넘 마님이 잔뜩 화나서 이맛살을 찌푸리며 말했다.

"잘 듣게! 팽스, 캐스비네 일꾼! 자네 주인과 자네 일이나 신경 쓰게. 나가. 옆 사람도 데려가고."

팽스가 대답했다.

"고맙습니다, 마님. 우리 둘이 물러나는 걸 조금도 반대하지 않는다고 기꺼이 말씀드리겠습니다. 클레넘 선생께 한 약속은 이미 모두 지켰으니까요. 클레넘 선생께서 끊임없이 열망한 건 (감옥에 갇힌 뒤로 훨씬 심하게 열망한 건) 흉악한 신사를 여기로, 살그머니 빠져나간 곳으로 데려와야 한다는 거였습니다. 그래서 우리가 데려왔습니다 - 여기로. 그리고 사악하게 생긴 저 신사 얼굴에 대고 하고픈 말은, 내가 볼 때, 저 신사가 완전히 사라져도 세상이 더 나빠질 부분은 없다는 겁니다."

"자네 의견을 안 물었네. 나가게."

클레넘 마님이 말하자, 팽스가 대답했다.

"흉악한 사람을 데려와서 미안합니다, 마님. 클레넘 선생이 이 자리에 못 온 것도 미안하고요. 제가 잘못해서 그런 거랍니다, 그건."

"클레넘 잘못이란 뜻이겠지."

클레넘 마님이 말하자, 팽스가 반박했다.

"아닙니다, 제 잘못이란 뜻입니다, 마님. 파멸을 초래한 투자로 이끈 게 불행하게도 바로 저니까요."

팽스는 투자라는 표현에 여전히 집착할 뿐, 투기라는 단어를 절대로 안 썼다. 그런 팽스가 초조한 표정으로 덧붙였다.

"하지만 정말 좋은 투자여야 했다는 점은 수치로 증명할 수 있어요. 실패한 뒤로 매일같이 검토하는데, 결과는 - 수치상으로 볼 때 - 크게 성공하는 거랍니다. 지금 이 자리에서 계산 방식을 자세히 언급할 순 없지만……"

팽스가 계산 내용을 집어넣은 모자 속을 간절한 표정으로 바라보며 이어갔다.

"계산 결과를 의심할 여지는 없답니다. 클레넘 선생 정도면 지금 쌍두마차를 타고 다녀야 마땅하고, 저는 3천에서 5천 파운드 정도가 있어야 마땅하지요."

팽스는 확신이 가득한 표정으로 머리칼을 곤두세웠다. 그만한 액수가 주머니에 있다고 해도 이보다 더하지는 못할 것 같았다. 팽스는 돈을 모조리 잃은 뒤로 짬이 날 때마다 논쟁할 여지가 없는 계산 결과를 이렇게 제시하는 걸 낙으로 삼으니, 죽는 날까지 이런 식으로 마음을 달랠 운명이었다.

"하지만 더 말하지 않겠습니다. 알트로, 친구, 자네도 계산하는 걸 보았으니, 결과가 어떻게 나왔는지 알잖아."

팽스가 묻자, 밥티스트는 수학적으로 계산할 능력이 없으면서도 고개를 끄덕이며 치아를 환하게 드러냈다.

예레미야가 밥티스트를 지켜보다, 그때 비로소 물었다.

"아! 바로 자네로군, 그렇지? 얼굴을 본 기억은 나는데, 자네 이빨을 볼 때까지 확신이 없었거든. 아! 그래, 맞아."

예레미야가 클레넘 마님을 쳐다보며 이어갔다.

"클레넘 도련님이 수다쟁이 아줌마랑 찾아온 날 밤에 현관문을 두드려서 블랑두아에 관한 질문 공세를 펼친 비공식 난민이 바로 이 사람이에요."

밥티스트가 쾌활하게 인정했다.

"맞아요. 그런데 저 사람을 보세요! 결과적으로 내가 저 사람을 찾아냈다고요."

"결과적으로 자네가 엄청나게 노력하는 걸 반대하지 말았어야 했군."

예레미야가 비꼬고, 팽스는 창턱 의자와 그곳에서 수선하는 양말을 슬금슬금 바라보다 말했다.

"그럼 떠나기 전에 한마디만 더 하겠습니다. 클레넘 선생이 여기에 계셨다면 - 여기에 있는 흉악한 신사를 마지못해 돌아오게 할 정도로 탁월한 능력을 발휘하긴 했어도, 불행하게 감옥에 갇혀서 병에 시달리는데 - 여기에 계셨다면⋯⋯"

팽스가 창턱 의자로 다가가서 오른손을 양말에 대며 이어갔다.

"이렇게 말했을 겁니다. '애프리, 꿈 이야기를 해줘요!'"

팽스는 유령이 경고하듯 오른손 집게손가락을 자기 코와 양말 사이로 치켜들고 몸을 돌려서 증기를 내뿜으며 밥티스트를 예인해 나갔다. 두 사람이 나가고 현관문을 닫는 소리에 뒤이어 마당을 지나는 소리까지 굼뜨게 들리는 동안 아무도 입을 안 열었다. 클레넘 마님과 예레미야가 서로를 바라보다 애프리를 물끄러미 쳐다보는데, 애프리는 가만히 앉아서 양말만 열심히 수선할 뿐이었다.

예레미야가 창턱 의자 쪽으로 눈살을 한두 차례 찡그리다 무언가를 준비하듯 두 손바닥을 옷자락에 문지르다 마침내 말했다.

"자! 우리끼리 할 얘기가 있다면 시간을 그만 낭비하고 당장 시작하는 편이 좋겠지요……그러니, 애프리, 여편네, 그만 나가!"

동시에 애프리가 양말을 내던지고 벌떡 일어나서 오른손으로 창턱을 붙잡고 창턱 의자에 오른발 무릎을 올리고는 달려드는 사람을 물리치려는 듯 왼손을 마구 휘저었다.

"싫어, 안 나가, 예레미야 – 싫어, 안 나가 – 싫어, 안 나가! 안 나가! 여기에 있겠어. 내가 모르는 걸 모두 듣고 내가 아는 걸 모두 말하겠어. 이제는 죽는 한이 있더라도 그러겠어. 그러겠어, 그러겠어, 그러겠어, 그러겠다고!"

예레미야는 놀랍기도 하고 화도 나서 한 손을 입술에 대고 손가락에 침을 쭉 묻히더니, 손가락을 다른 손 손바닥에 대고 동그라미를 가만히 그리면서 자기 마누라를 바라보며 잔인하게 웃다, 가까이 다가가면서 뭐라고 중얼거리는데, 너무 화나서 숨이 막힌 나머지 "약을 먹여야해!"라는 말만 들리고, 애프리는 왼손을 계속 휘두르며 소리쳤다.

"가까이 오지 마, 예레미야! 가까이 오지 말라고, 안 그러면 마을 사람을 모두 깨울 테니까! 창문 밖으로 뛰어내릴 테니까. 불이야! 사람을 죽인다! 소리 지를 테니까! 죽은 사람까지 깨울 테니까! 그 자리에 멈춰, 안 그러면 죽은 사람도 깨어날 만큼 소리를 지를 테니까!"

클레넘 마님이 단호한 어조로 "멈춰!"라고 소리쳤다. 예레미야가 이미 멈춘 다음이었다.

"끝이 다가오고 있어, 플린트윈치. 그냥 둬. 애프리, 오랜 세월을 함께 지냈는데, 인제 와서 나를 배신할 작정이야?"

"네, 내가 모르는 걸 듣고 내가 아는 걸 말하는 게 마님을 배신하는 거라면. 이제 다 끝났어요. 이제 돌이킬 수 없어요. 이제 그렇게 할 거예요. 그렇게 할 거라고요, 그렇게, 그렇게, 그렇게! 그게 마님을 배신하는 거라면, 좋아요, 똑똑한 두 사람을 모두 배신하겠어요. 클레넘 도련님이 집으로 돌아온 날에 나는 똑똑한 두 사람한테 맞서 싸우라고 했어요. 제가 똑똑한 두 사람을 평생 두려워했다고 해서 도련님까지 두려워할 필요는 없다고 했어요. 그런 뒤로 온갖 일이 벌어졌는데, 이제 예레미야한테 더는 안 당하겠어요. 멍하게 지내지도 않고 겁먹지도 않고 뭔지도 모르는 일에 끼지도 않겠어요. 이제 안 그래요, 안 그래요, 안 그래요! 클레넘 도련님이 남은 것 하나 없이 감옥에 갇혀서 병들어 스스로 할 수 있는 게 없으니, 앞으로는 도련님을 편들겠어요. 도련님을 편들겠어요, 도련님을 편들겠어요, 도련님을 편들겠다고요!"

"네가 이러는 게 클레넘한테 도움이 되는지 어떻게 아니, 혼란 덩어리야?"

마님이 엄하게 묻자, 애프리가 대답했다.

"저는 무엇 하나 제대로 아는 게 없어요. 마님이 평생에 걸쳐 사실대로 말한 게 하나라도 있다면, 저를 혼란 덩어리라고 부른 거예요. 똑똑한 두 사람이 나를 그렇게 만들려고 온갖 짓을 했으니까요. 제가 좋아하든 싫어하든 상관없이 결혼시키고, 저한테 무시무시한 꿈만 꾸면서 살아가도록 만들었으니, 제가 혼란 덩어리 말고 또 뭐가 될 수 있겠어요? 똑똑한 두 사람이 그렇게 만들어, 나는 그런 사람이 되었어요.

하지만 더는 굴복하지 않겠어요. 그래요, 절대로, 절대로, 절대로, 절대로!"

애프리는 누가 달려들어도 물리치겠다는 듯 손을 열심히 휘저었다.

클레넘 마님은 그런 애프리를 물끄러미 바라보다, 리고에게 시선을 돌렸다.

"어리석은 여자가 뭐라고 하는지 당신도 모두 듣고 보았겠지. 방해꾼이 있는 걸 반대하나?"

"내가요, 마님? 그건 마님 문제지요."

리고가 대답하자, 클레넘 마님이 우울하게 말했다.

"나는 상관없어. 이제 선택권이 별로 없어. 플린트윈치, 끝이 다가온다고."

예레미야는 복수심이 빨갛게 이글거리는 눈으로 마누라를 노려보는 거로 대답을 대신하고는, 마누라에게 달려들지 않도록 자신을 옥죄듯 두 팔을 조끼에 넣어서 옴짝달싹 못 하게 가로지르더니, 모서리에 이상한 자세로 서서 한쪽 팔꿈치에 턱을 기댄 채 리고를 쳐다보았다. 리고는 의자에서 일어나 탁자에 앉아서 두 다리를 대롱거렸다. 그래서 딱딱하게 굳은 클레넘 마님 얼굴을 느긋하게 바라보는데, 콧수염이 올라가고 코가 내려왔다.

"마님, 나는 신사로서……"

리고가 입을 여는데, 클레넘 마님이 단호한 어투로 끼어들었다.

"당신에 관한 소문이 무성하더군, 살인죄로 프랑스 감옥에 갇혔다는 얘기까지 나오고."

리고가 과장된 동작으로 손 키스를 정중하게 보내며 대답했다.

"완벽합니다. 정확해요. 한 여성을 죽였다는! 터무니없어요! 헛소리예요! 당시에 나는 크게 성공하는 영광을 누렸으니, 이번에도 크게 성공하는 영광을 누리고 싶어요. 마님 두 손에 뽀뽀하겠어요. 마님, (방금 하려던 얘기를 계속하자면) 나는 신사로서 '지금 앉은 자리에서 이런저런 문제를 확실하게 마무리하겠다'고 하면 그대로 마무리하는 성격이랍니다. 마님께 하고 싶은 말은, 지금 우리는 그동안 진행한 업무를 마무리하는 단계에 들어섰다는 겁니다. 무슨 뜻인지 아시겠지요?"

클레넘 마님이 잔뜩 찡그린 표정으로 뚫어지게 바라보며 대답했다. "그래."

"게다가 나는 돈이나 주고받는 거래는 잘 몰라도, 쾌락을 추구하는 수단으로 언제나 돈을 바람직하게 여기는 신사입니다. 무슨 뜻인지 아시겠지요?"

"물을 필요도 없는 소릴 계속하는군. 그래."

"게다가 나는 신사로서 다정하고 부드러운 성격이지만, 누구든 하찮게 여기면 곧바로 분노한답니다. 고상한 품성을 지닌 사람이라면 그런 상황에 누구나 분노하니까요. 나는 품성이 고상합니다. 잠자는 사자를 깨우면 – 즉, 내가 분노하면 – 복수하는 걸 돈으로 받는 것만큼이나 즐기지요. 무슨 뜻인지 아시겠지요?"

"그래."

클레넘 마님이 대답했다. 조금 전보다 큰 목소리였다.

"흥분하지 마세요. 평정심을 유지하세요. 지금 우리는 마무리 작업에 들어갔다고 조금 전에 말씀드렸습니다. 우리가 두 번에 걸쳐 대화한 내용을 확인하겠습니다."

"그럴 필요 없네."

클레넘 마님이 거절하자, 리고가 폭발했다.

"제기랄, 마님, 그러고 싶다고요! 게다가 그렇게 해야 방향이 또렷하게 잡히기도 하고요. 첫 번째 대화는 한계가 있었어요. 나는 마님께 인사하는 영광을 누렸습니다 – 소개장을 내놓으며. 나는 근면한 기사[90]로 마님을 섬기지만, 세련된 태도와 다양한 언어를 구사하는 덕분에 마님네 동포 사이에서 크게 성공했습니다. 마님네 동포는 자기네끼리는 녹말가루처럼 뻣뻣하지만, 세련된 외국 신사한테는 매우 관대하니까요. 그러면서 영광스러운 이 집에 대해 (실내를 둘러보고 미소를 머금으며 이어갔다) 사소한 내용 한두 가지를 파악하고, 확인할 필요가 있다는 걸, 제가 마님을 직접 만나는 기쁨을 누려야 한다는 걸 깨달았습니다. 그래서 그랬습니다. 그리고 친애하는 플린트윈치한테 금방 돌아오겠다고 말하는 영광을 누리고 우아하게 떠났습니다."

클레넘 마님은 공감하는 표정도 반발하는 표정도 아니었다. 리고가 말을 멈출 때도 말할 때도 똑같은 표정, 얼굴을 찌푸린 채 자세히 듣는 표정, 억지로 용기 내는 어두운 표정이었다.

"내가 우아하게 떠났다고 한 이유는 여성을 불안하게 하지 않고 물러난 자체가 우아했기 때문입니다. 육체적으로나 도덕적으로나 우아하게 행동하는 리고 블랑두아의 성격 가운데 하나지요. 돌아올 날짜를 안 정해서 마님을 약간 불안하게 만든 건 정치적인 행동이었고요. 하지만 마님 하인도 정치적이더군요. 맙소사, 마님, 정치적이요! 본론으로 돌아갑시다. 나는 미리 정하지 않은 날에 마님 댁에 나타나는 영광을 다시 누렸습니다. 그래서 무언가 팔 게 있음을, 그걸 안 사면 지극히 존경하는 마님 명성에 하자가 생길 수 있음을 암시했습니다. 내 생각을 개괄적으로 설명하겠습니다. 요구한 액수가……천 파운드였던 것 같군요. 내 말 가운데 수정할 게 있나요?"

대답할 수밖에 없어, 클레넘 마님이 마지못해 입을 열었다.

---

90) '근면한 기사(Knight of Industry)'는 프랑스말로 '사기꾼(chevalier d'industrie)'을 문자 그대로 번역한 표현이다.

"그래, 천 파운드를 요구했지."

"달리 요구합니다, 2천 파운드로. 질질 끌어온 벌금입니다. 하지만 본론으로 다시 돌아가겠습니다. 우리는 일치하지 않아요. 그 문제에서 우리는 다르지요. 나는 장난치는 걸 좋아합니다. 장난치는 것 역시 사랑스러운 성격 가운데 하나랍니다. 장난치듯, 나는 모처에 숨어, 살해당한 듯 꾸몄습니다. 재밌게 꾸민 의심에서 벗어나는 것만 해도 내가 요구한 액수의 절반 가치는 있을 테니까요. 이런저런 사건과 첩자들이 끼어들어 장난치는 걸 막으면서 막 익어가는 과일을 – 마님과 플린트원치만 아는 과일을 – 망가뜨리긴 했지만. 그래서 마님, 내가 마지막으로 찾아왔습니다. 잘 들으세요! 마지막이 분명하니까요."

리고는 떨어진 신발 뒤꿈치로 탁자 모서리를 툭툭 치면서 잔뜩 찌푸린 상대 얼굴을 거만하게 바라보다 훨씬 험악한 어투로 이어갔다.

"쳇! 잠깐만! 하나씩 풀어갑시다. 호텔 비용 청구서니 계약대로 돈을 내세요. 앞으로 5분 뒤면 서로 칼을 휘두를지 모르니, 그때까지 미루지 않겠소. 어서 돈을 내요! 돈을 세서 내라고!'"

"저걸 받아서 돈을 내게, 플린트원치."

클레넘 마님이 말하고, 예레미야가 받으러 다가오자, 리고는 청구서를 상대 얼굴에 대고 흔들다 손을 내밀며 시끄럽게 말했다.

"돈을 내라고! 정확히 계산해서! 제대로!"

예레미야는 청구서를 잡아빼고 핏발 선 눈으로 총액을 바라보다 주머니에서 천으로 만든 조그만 가방을 꺼내, 동전을 센 다음에 건넸다.

리고는 동전을 쨍그랑거리다 무게를 재고 공중에 살짝 던지다 낚아채더니, 다시 쨍그랑거리며 말했다.

"용감한 리고 블랑두아한테는 호랑이가 신선한 고기를 먹는 소리로 들리는군. 그렇다면, 말해보시오, 마님. 얼마면 되겠소?"

리고가 갑자기 쳐다보며 동전을 움켜쥔 손을 흔드는 게, 금방이라도 때릴 것 같았다.

"전에 한 말을 다시 하지만, 우리는 당신 생각처럼 부자가 아니야. 당신이 요구한 액수는 너무 커. 당장은 요구에 응할 방법이 없다고, 행여나 의향이 있다고 해도."

"행여나! 이 여자가 하는 말 좀 들어보소! 설마 그럴 의향이 없다는 뜻은 아니겠지?"

"나는 내 머리에 떠오른 생각을 말하지, 당신 머리에 떠오른 생각을 말하지 않아."

"그렇다면 말해보라고. 의향대로. 어서! 의향을 말해야 나도 어떻게 할지 결정하지."

리고가 다그치는데, 클레넘 마님은 더 빠르지도 더 느리지도 않게 대답했다.

"내가 받고 싶은 의향이 분명한 서류를 - 혹은 서류뭉치를 - 확실히 손에 넣은 모양이군."

리고는 커다랗게 웃다 뒤꿈치로 탁자를 툭툭 치고 동전을 쨍그랑대면서 대답했다.

"그렇겠지! 그 말은 맞는 것 같아!"

"그 서류는 나한테 그만한 가치가 있을 수도 있겠지. 하지만 아직은 어느 만한 가치가 있는지 모르겠어."

클레넘 마님 말을 리고가 흉악하게 받아쳤다.

"제기랄! 일주일이나 생각하고도 모르겠어?"

"그래! 돈도 없고 - 다시 말하지만 우리는 가난하거든, 부자가 아니라 - 파괴력이 얼마나 되는지도 모르는 서류에 가치를 매길 순 없어. 당신은 이번에 세 번째로 암시하고 협박했어. 정확하게 말하라고, 아니면 가고 싶은 곳에 가서 하고 싶은 대로 하든가. 변덕스러운 고양이한테 생쥐처럼 시달리느니, 단번에 갈가리 찢기는 편이 좋으니."

리고가 무섭게 노려보는데, 잔뜩 구부러진 매부리코가 바싹 달라붙은 두 눈에 다리 역할을 하는 것 같았다. 리고는 그렇게 오랫동안 노려보다, 사악한 미소를 다시 머금으며 중얼거렸다.

"대담한 여자로군!"

"단호한 여자겠지."

"당신은 늘 그랬어. 뭐라고? 저 여자는 늘 그랬어. 그렇지 않은가, 귀여운 플린트윈치?"

"플린트윈치, 아무 말도 하지 마. 지금 이 자리에서 말하거나 밖으로 나가서 하고 싶은 대로 할 사람은 저 사람뿐이니까. 바로 그게 우리가 결정한 사항이니까. 저 사람이 하고 싶은 대로 하게 놔둬."

클레넘 마님은 사악하게 노려보는 리고 눈길에 움츠러들지도 피하지도 않았다. 리고가 다시 노려보아도, 클레넘 마님은 한 곳만 차분하게 쳐다볼 뿐이었다. 마침내 리고가 탁자에서 내려와 클레넘 마님이 있는 바로 옆 소파로 의자를 끌어다 앉더니, 팔을 쭉 내밀어서 클레넘 마님 손목을 건들고, 클레넘 마님은 딱딱한 얼굴을 잔뜩 찡그린 채 열심히 들었다.

"그렇다면 마님, 여기에 있는 가족 일부한테 가족 내력을 살짝 말해도 괜찮겠군."

리고가 손가락으로 상대 손목을 나긋나긋하게 건들며 이어갔다.

"나는 의사랑 비슷하니, 당신 맥박을 짚어드리리다."

클레넘 마님이 꾹 참는 가운데 리고가 손목을 잡고 맥박을 재면서 말했다.

"이상한 결혼과 이상한 엄마, 복수와 억압. 아니, 이게 뭐야? 맥박이 이상하게 뛰는군! 맥박이 두 배는 빨라진 것 같아. 만성적인 질병 때문인가요, 마님?"

클레넘 마님이 불구인 팔을 힘껏 비틀어서 빼내지만 표정에는 아무런 변화가 없고, 리고는 얼굴에 미소를 다시 머금었다.

"나는 모험을 즐기며 살아왔다오. 모험을 좋아하는 성격이거든. 모험가도 많이 만났다오, 흥미로운 사람들⋯⋯즐거운 만남! 그 가운데 한 명한테 내가 지금부터 털어놓을 놀라운 가족사와 증거물을 ‑ 다시 말하지요, 존경스러운 마님 ‑ 증거물을 ‑ 얻었다오. 가만히 듣다 보면 정말 재미있을 거요. 하지만, 쳇! 깜빡 잊었군. 역사라면 이름이 있어야지. 어느 집안의 역사라고 할까? 하지만, 그것도 쳇! 집안은 정말 많잖아. 그렇다면 이 집안의 역사라고 할까?"

리고가 소파 위로 상체를 기울여 의자 다리 두 개와 왼팔 팔꿈치로 균형을 잡더니, 자기가 하는 말을 강제로 주입하려는 듯 손으로 상대 팔을 툭툭 치고 두 다리를 꼬고 오른손으로 머리칼을 쓸어넘기고 콧수염을 매만지다 자기 코를 툭툭 치는데, 거칠고 무례하고 탐욕스럽고 잔인하고 강력했다. 하나같이 협박하는 분위기였다. 그러면서 이야기를 느긋하게 이어갔다.

"그렇다면 좋습니다, 이 집안 역사라고 하지요. 그럼 이야기를 시작하리다. 가령, 이 집에 삼촌과 조카가 살았다고 합시다. 삼촌은 성격이 강인하고 완고한 노인이며, 조카는 소심한 성격에다 억눌려 지내지요."

애프리가 창턱 의자에 앉아서 앞치마 끝을 말아 올려 질근질근 씹기도 하고 머리끝에서 발끝까지 덜덜 떨기도 하면서 열심히 듣다, 갑자기 소리쳤다.

"예레미야, 다가오지 마! 클레넘 도련님 아버지와 그 삼촌 이야기는 나도 꿈속에서 들었어. 지금 저 사람이 그 얘기를 하는 거야. 내가 이 집에 들어오기 전이지만, 클레넘 도련님 아버지가 어릴 적에 고아가 돼서 모든 걸 빼앗긴 채 겁에 질려서 가난하고 우유부단하게 살았다는, 부인을 선택할 힘조차 없어서 삼촌이 대신 골랐다는 이야기를 꿈속에서 들었어. 그 부인이 저기에 있군! 나는 그걸 꿈속에서 들었는데, 당신은 그 이야기를 그 부인 앞에서 하는군."

예레미야가 마누라에게 주먹을 흔들어대고 클레넘 마님이 하녀를 가만히 노려보는데, 리고가 손 키스를 날리며 칭찬했다.

"완벽하게 맞습니다, 친애하는 플린트윈치 부인. 꿈꾸는 소질이 대단하군요."

애프리가 대답했다.

"당신한테 칭찬받을 생각은 없어요. 당신하고 얘기할 생각도 없고요. 하지만 예레미야는 모든 게 꿈이라 하고, 그래서 나도 꿈이라고 하는 거예요!"

애프리는 다른 사람 입이라도 - 심한 독감에 걸린 듯 이빨을 달그락대며 협박하는 예레미야 입이라도 - 틀어막으려는 듯, 앞치마를 입에 다시 쑤셔 넣고, 리고는 다시 말했다.

"사랑스러운 플린트윈치 부인께서 영성과 감수성을 계발하시어, 갑자기 놀라울 정도로 정확하게 말씀하시는군요. 그렇습니다. 그대로랍니다. 삼촌은 조카한테 결혼하라고 명령했습니다. 예컨대 이렇게 말했겠지요. '조카야, 나만큼이나 성격이 강인한 여성, 단호하고 엄격한 여성, 약자를 가루로 부숴버릴 여성, 동정심도 사랑하는 마음도 없고 용서할 줄도 모르고 복수심에 불타서 돌덩이처럼 냉혹하지만, 불덩이처럼 사나운 여자를 소개하겠다.' 아! 대단한 여자! 아, 지적으로 탁월한 여자! 삼촌이 소개할 정도로 거만하고 고상한 여자. 하, 하, 하! 정말이지, 나는 그렇게 상냥한 여자가 좋다오!"

클레넘 마님은 표정이 변했다. 얼굴은 어두운 기색이 또렷하고 이맛살은 잔뜩 찡그렸다. 그런 마님 팔을 잔인한 악기라도 되는 듯 리고가 손으로 톡톡 치면서 말했다.

"관심이 생기는 것 같군요, 마님. 공감이 가는 것 같아요. 그렇다면 계속 이어갑시다."

하지만 축 늘어진 코와 쭉 올라간 콧수염을 하얀 손으로 가린 채 자신이 만들어낸 효과를 충분히 즐기다, 다시 말했다.

"플린트윈치 부인이 똑똑하게 말한 대로 조카는 고아가 돼서 모든 것을 빼앗겨, 겁에 질려서 먹을 것도 제대로 못 먹고 사는 처지라, 고개를 조아리며 대답했겠지요. '삼촌, 명령대로 하겠습니다. 삼촌 뜻대로 하십시오!' 삼촌은 뜻대로 했겠지요. 언제나 그랬으니까요. 상서로운 결혼식을 올리고, 신혼부부는 여기에 있는 매혹적인 저택에서 신혼살림을 시작하고, 그런 부인을 가령 플린트윈치가 반겼다고 합시다. 어때, 늙은 음모꾼?"

예레미야는 마누라를 감시하느라 대답조차 못 하고, 리고는 두 사람을 번갈아 보면서 못생긴 코를 툭툭 치고 혀를 끌끌 차며 이어갔다.

"곧이어 그 부인은 야릇하고 자극적인 내용을 발견했어요. 그래서 가득한 분노와 질투심과 복수심으로 – 마님도 알아요! – 보복할 계획을 세워, 짓눌릴 대로 짓눌린 남편이 모든 걸 감수하는 건 물론, 자신의 연적까지 응징하도록 교묘하게 강제했어요. 지능이 대단했지요!"

애프리가 두근대는 심장을 달래다, 앞치마를 입에서 빼내며 다시 소리쳤다.

"다가오지 마, 예레미야! 당신이 그 부인이랑 다투던 어느 겨울날 저물녘에 – 그 부인은 저기에 앉고 당신은 그 부인을 가만히 쳐다보면서 – 클레넘 도련님이 집에 돌아왔을 때 아버지를 의심하는 것만큼은 막아야 한다고, 모든 권력과 권능을 늘 장악하지 않았느냐고, 도련님 아버지를 위해서 도련님이랑 맞서 싸워야 한다고 소리치는 꿈을 꾼 적이 있어. 같은 꿈에서 당신은 마님께 그건 아니라고 주장했는데, 그게 무언지는 모르겠어. 마님이 갑자기 크게 폭발하면서 말을 막았거든. 그 꿈을 당신도 나만큼이나 잘 알아. 당시에 당신은 한 손에 촛불을 들고 주방으로 내려와서 내가 머리에 뒤집어쓴 앞치마를 벗겨 냈으니까. 내가 꿈을 꾼 거라고 했으니까. 아무런 소리도 못 들었다고 했으니까."

애프리가 폭발하다 앞치마를 입에 다시 쑤셔 넣는데, 한 손은 창턱에 계속 올려놓고 한쪽 무릎 역시 창턱 의자에 계속 올려놓아, 남편이 다가오면 당장에라도 소리 지르거나 뛰어내릴 채비를 갖추었다.

리고는 한 마디도 안 놓치고 열심히 듣더니, 눈썹을 추켜세우고 팔짱을 끼고 등을 의자에 기대면서 소리쳤다.

"하하! 확실해요, 플린트원치 부인이 신탁을 받으셨어! 그 신탁을 우리는, 마님과 나와 늙은 음모꾼은, 어떻게 해석해야 할까? 늙은 음모꾼이 마님께 그건 아니라고 주장했다! 그래서 마님이 갑자기 크게 폭발하면서 말을 막았다! 마님한테 뭐가 아니었을까? 지금은 또 뭐가 아닐까? 어서 말씀하시지, 마님!"

지독한 조롱을 받고서 클레넘 마님은 가만히 앉아 가쁜 숨만 몰아쉬었다. 입이 근질거렸다. 덜덜 떨리던 입술이 벌어졌다, 진정하려고 모든 노력을 다하는데도.

"어서 말해요, 마님! 어서 말하라고! 늙은 음모꾼이 마님께 그건 아니라 주장하고 - 마님은 그 입을 틀어막았다. 음모꾼이 말하려던 게 무엇이었을까? 나는 그게 뭔지 알지만, 마님 입으로 직접 듣고 싶군요. 어때요? 마님한테는 뭐가 아니었을까?"

클레넘 마님이 자제하려고 애쓰다 갑자기 폭발했다.

"클레넘 생모!"

"잘했어요. 말을 잘 듣는군."

리고가 비아냥대자, 클레넘 마님은 딱딱하게 군은 얼굴이 갑자기 폭발하는 열정에 갈가리 찢기고, 오랫동안 억누른 화염이 틈새마다 터져 나왔다.

"직접 말하겠어! 당신 입으로 안 듣겠어, 사악한 오명으로 덧칠할 테니까. 그 이야길 바라보아야 한다면, 내가 선 각도에서 바라보겠어. 더 말하지 마. 내가 말할 테니까!"

클레넘 마님이 소리치자, 예레미야가 끼어들었다.

"내가 지금까지 보아온 이상으로 완고하고 고집스러운 여자가 아니라면, 리고와 블랑두아와 악마가 자기 입으로 말하도록 내버려 두세요. 저자가 모두 아는데 굳이 말할 필요가 뭐겠어요?"

"저자가 모두 아는 건 아니야."

"저자는 관심 가는 부분을 모두 알아요."

예레미야가 퉁명스럽게 강조해도 클레넘 마님은 막무가내였다.

"저자는 나를 몰라."

"저자가 무엇 때문에 관심을 가지겠느냐고요, 자만심만 강한 마님아!"

예레미야가 반박하고, 클레넘 마님은 계속 말했다.

"내가 말하겠어, 플린트윈치, 내가 말하겠다고. 어차피 이렇게 되었으니 내가 말하겠어, 직접 말하겠어, 어떤 심정이었는지 말하겠다고. 뭐! 내가 이 방에서 아무런 고통을 안 받았으니까, 갇힌 것도 아니고 빼앗긴 것도 없으니까, 온실 속에서 가만히 돌아보아야 한다는 거야? 저자가 보여? 저자 목소리가 들려? 자네 마누라가 지금보다 백 배는 더 배은망덕하더라도, 저자가 침묵하면 자네 마누라 역시 침묵하도록 설득할 자신이 지금보다 천 배는 없더라도, 내 입으로 직접 말하겠어, 저자가 뱉어내는 소리나 듣는 고통에 시달리느니."

리고는 의자를 뒤로 살짝 물리고 두 다리를 앞으로 쭉 펴고는 팔짱을 낀 채 상대를 정면으로 바라보고, 클레넘 마님은 그런 리고를 쳐다보며 이어갔다.

"당신은 엄격하고 혹독한 환경에서 자라는 게 무언지 몰라. 나는 그런 환경에서 자라났어. 죄악으로 물든 쾌락과 환락을 조금도 모르고 살았다고. 건전한 억압과 징벌과 공포로 가득한 나날을 보냈다고. 썩어 문드러진 마음과 사악한 생활방식, 우리한테 내린 저주 – 바로 이게 내가 보낸 어린 시절의 주제였어. 그래서 그런 성격으로 자라고, 가슴에는 악인을 증오하는 마음이 가득 들어찼어. 길버트 클레넘 노인이 고아 조카를 남편감으로 제시할 때, 우리 아버지는 그 사람 역시 나만큼이나 엄격하고 혹독한 환경에서 나만큼이나 엄격한 규제를 받으며 자랐다고 강조했어. 정신적으로 혹독한 훈육을 겪었을 뿐 아니라, 금욕을 실천하는 집안에서 살아, 야단법석을 떨며 방탕하게 사는 삶을 모른다고, 하루하루 변함없이 열심히 일하며 지낸다고. 삼촌이 알아차리기도 전에 어른이 되었다고, 학창 시절부터 삼촌 집을 성소로 삼아, 신앙이 없고 방종한 무리한테 오염되는 걸 피했다고. 그런데 결혼하고 열두 달이 안 돼, 아버지가 나한테 그렇게 말할 당시에, 남편은 죄인한테 내 자리를 내주고 나를 능욕하는 죄를 하느님께 지었다는 사실을 깨닫는 순간, 하느님이 나에게 그걸 깨닫도록 명령했다는 걸, 지옥에 떨어질 인물을 징벌하도록 명령했다는 걸 과연 내가 의심할 수 있었을까? 내가 잘못한 것도 아닌데, 내가 어떻게 자랐는데, 모든 죄악을 거부하고 모든 죄악에 맞서 싸우도록 성장한 내가, 그렇게 성장한 내가, 그걸 한순간이라도 잊어버릴 수 있었을까?"

클레넘 마님이 탁자에 있는 금시계에 분노 가득한 손을 얹었다.

"아니야! 여기에 '잊지 말라'는 머리글자가 있어, 당시에도 있었고. 그 사람 비밀 서랍에 있던 이 금시계에 새긴 오래된 머리글자가 무얼 의미하는지, 누가 거기에 새겨놓았는지, 왜 새겨놓았는지 알아보도록 명령하신 거야. 하느님 명령이 아니라면 그걸 알아낼 순 없었다고. '잊지 말라.' 이 글자가 성난 구름 위에서 호통치는 소리처럼 들렸어. 죽어 마땅한 죄악을 잊지 말라, 그걸 알아내도록 명령받은 걸 잊지 말라, 고통을 가하도록 명령받은 걸 잊지 말라. 나는 잊지 않았어. 내가 그걸 가슴에 새긴 게 잘못인가? 내가 잘못한 건가! 나는 하느님의 종이며 심부름꾼에 불과해. 죄악으로 단단히 엮여서 나한테 끌려오지 않았다면, 내가 두 사람을 무슨 권능으로 압박하겠어!"

옛날 일을 떠올리는 단호한 여인의 백발로 40년 넘는 세월이 흘러들었다. 복수심에 불타는 자존심과 분노. 그걸 뭐라고 하든, 본질은 영원히 변할 수 없다는 속삭임 속에서 갈등과 투쟁으로 얼룩진 40년 넘는 세월이 흘러들었다. 하지만, 40년 넘는 세월이 지나고 복수의 여신이 지금 찾아와서 그 얼굴을 빤히 들여다본다고 해도, 클레넘 마님은 여전히 오랜 분노 속에 살았다. 창조의 질서를 여전히 거슬러, 창조주 형상으로 빚은 흙에 자신의 숨결을 불어넣었다. 진실로, 진실로 말하노니, 여행자가 수많은 나라에서 괴물 같은 우상을 수없이 마주치긴 해도, 흙에서 생겨난 우리 피조물이 자신을 빚은 모습에 사악한 열정을 담아서 신성을 부여한, 교만하고 천박하고 충격적인 우상을 발견할 순 없다. 그런데도 클레넘 마님은 그런 우상처럼 분노와 변명으로 얼룩진 말을 마구 쏟아냈다.

"그 여자를 내놓으라고, 이름과 주소를 말하라고 남편을 다그친 게, 그 여자를 비난한 게, 그 여자가 엎드려서 내 발치에 얼굴을 파묻도록 한 게, 내가 그 여자를 모욕한 거야, 내가 그 여자한테 막말을 퍼부은 거야? 옛날에 사악한 왕을 찾아가서 죄악을 비난하도록 명령받은 선지자는 하느님의 종이며 심부름꾼이 아니었던가? 나는 그들과 멀리 떨어진 하찮은 존재라서 죄악을 비난하면 안 되는 건가? 그 여자가 자신은 젊다고, 남편이 힘들고 불행하게 살았다고(남편이 배신한 도덕적인 훈육을 이렇게 표현하더군), 두 사람이 은밀한 결혼식으로 신성을 모독했다고, 징벌을 가할 도구로 내가 지명되는 순간에 두 사람한테 공포와 굴욕감이 몰려들었다고, 사랑했기에 (그 여자가 내 발치에 엎드려서 말하더군) 그 사람을 포기하고 나한테 보냈다고 변명할 때, 내가 원수를 내 발판으로 삼아서[91] 분노를 퍼부은 게 그 여자를 벌벌 떨며 움츠러들게 한 건가! 그건 내 탓이 아니야, 그 여자가 억지로 속죄하도록 한 것도 아니고!"

클레넘 마님이 손가락조차 제대로 못 움직이는 세월을 그렇게 많이 보내고도, 그 순간에 아무렇지 않은 듯 주먹을 움켜쥔 채 탁자를 한 차례 이상 내려친 건, 이렇게 말하면서 팔을 공중에 추켜올린 건 정말이지 놀랍지 않을 수 없었다!

"끔찍한 비행을 저지른 사악한 마음에 억지로 속죄하도록 한 게 무슨 의미가 있지? 마음에 깊은 원한이 맺혀서 복수심이 활활 타오르는 나한테? 그럴 수도 있겠지, 악마와 한 약속 말고는 아무런 약속도 안 지키는, 정의가 무언지 모르는 당신 같은 사람한테는. 웃으려면 웃어. 하지만 나는 내가 아는 대로, 그리고 예레미야가 아는 대로 말하겠어, 듣는 사람이 정신 나간 여편네하고 당신밖에 없더라도."

리고가 끼어들었다.

"자신도 듣는다고 하세요, 마님. 마님이 자신을 합리화하려고 애쓴

---

91) '내가 네 원수를 네 발판으로 삼을 때'(시편 110:1)

다는 의심이 살짝 드니까요."

"틀렸어. 그렇지 않아. 나는 그럴 필요가 없어."

클레넘 마님이 잔뜩 화나서 강하게 소리치자, 리고가 받아쳤다.

"정말? 하!"

"내가 묻겠는데, 그 여자한테 요구한 속죄는 무엇이었을까? '당신은 아들이 있고 나는 아들이 없어. 당신은 아들을 사랑해. 아들을 나한테 줘. 그러면 아이도 내가 낳은 아들이라고 믿을 거고, 세상 모든 사람도 내가 낳은 아들이라고 믿을 거야. 세상 사람이 당신을 모르도록, 아이 아버지가 당신을 두 번 다시 안 만나고 연락도 안 하도록 하겠다고 맹세해. 동시에, 아이 아버지가 삼촌한테 모든 걸 빼앗기고 그래서 당신 아들이 거지로 살아가지 않도록, 당신 역시 두 사람을 두 번 다시 안 만나고 연락도 안 하겠다고 맹세해. 그런 다음에 남편한테 받은 모든 재산을 포기한다면, 내가 돕겠어. 당신이 바란다면, 나만 빼고 아무도 모르는 곳으로 자유롭게 물러나, 나만 빼고 아무도 모르는 거짓말로 살아가며 좋은 평판을 누리도록.' 이게 전부야. 그 여자는 죄악과 수치로 얼룩진 애정만 포기하는 거로 충분했어. 그게 전부야. 죄책감을 가슴에 담고 찢어지는 마음을 달래며 자유롭게 살게 된 거라고. 약간의 고통을 (정말 가벼운 고통을!) 자처해서 영원한 고통을 벗어던지는 거라고, 내 말대로만 한다면. 내가 현세에서 벌주면 그 여자는 내세에서 새로운 길이 열리는 거 아니야? 만족할 수 없는 복수와 억누를 수 없는 화염에 휩싸인 걸 그 여자가 깨달았다 해서, 그게 나 때문인가? 당시에 그리고 나중에 내가 협박하고 그 여자가 공포에 휩싸였다 해서, 그게 온전히 나 때문인가?"

클레넘 마님이 탁자에 있는 금시계를 뒤집어서 뚜껑을 열어, 안에 적힌 글씨를 딱딱한 표정으로 바라보았다.

"두 사람은 잊지 않았어. 죄인은 자신이 저지른 죄악을 못 잊거든. 곁에 있는 클레넘은 아버지한테 하루하루가 치욕이고, 곁에 없는 클레넘은 생모한테 하루하루가 고통인 거, 바로 그게 여호와의 정의잖아.[92] 양심이 깨어나서 콕콕 쑤시는 고통에 그 여자가 미쳐버리는 게, 그렇게 사는 게 만물을 주재하시는 분의 의지라는 생각이 나한테 가득하다고 말할 수도 있겠군. 나는 노력을 다했어, 내가 아니면 저주받은 삶 속에서 방황할 아이를 교화하려고, 아이가 순결하게 태어났다는 말을 듣게 하려고, 늘 두려워서 벌벌 떨며 자라고, 그래서 저주받은 세상에 태어나기 전부터 머리를 무겁게 내리누르던 죄악을 실질적으로 참회하며 살아가게 하려고. 그게 잔인한가? 아무런 책임도 없는 원죄 때문에 나 역시 고통스럽게 살지 않았겠어? 클레넘 아버지랑 나는 이 집에서 지낼 때도 지구 반 바퀴는 떨어진 듯 지냈어. 그러다 죽으면서 나한테 시계를 돌려보냈더군, '잊지 말라'는 머리글자와 함께. 나는 잊지 않아, 해석이 그 사람과 다르긴 해도. '잊지 말라'는 머리글자를 나는 하느님이 명령했다고 해석하거든. '잊지 말라'는 머리글자를 탁자에 내려놓은 뒤에도 그렇게 해석하고, 수천 킬로미터 떨어진 거리에 있을 때도 그렇게 해석했거든."

클레넘 마님이 손을 아무렇지 않게 움직여서 시계 상자를 집더니 속으로 빨려들기라도 할 듯 열심히 쳐다보자, 리고가 경멸하는 표정으로 손가락을 뚝뚝 꺾으며 소리쳤다.

"자, 마님! 시간이 됐구려. 이제, 독실한 마님, 마무리합시다! 지금까지 한 얘기 가운데 내가 모르는 부분은 없으니까, 이제 돈을 훔친 얘기로 들어갑시다, 아니면 내가 말할 테니! 제기랄, 엉뚱한 소리는 지금껏 충분히 들었으니 돈 훔친 얘기로 곧장 들어가자고요!"

---

92) 신약에 나오는 신은 사랑하는 신이나, 구약에 나오는 여호와는 복수하는 신이다.

클레넘 마님이 두 손으로 머리를 감싸며 대답했다.

"당신은 비열해. 플린트윈치가 어떤 치명적인 실수를 저질렀기에, 모든 일을 맡아서 도와준 유일한 인물이 무얼 애매하게 처리했기에, 불에 탄 잿더미에서 꺼낸 서류 조각을 당신이 하나로 조합해서 유언 보충서를 살려내다니, 앞으로 이 집에서 당신이 어떤 권세를 휘두를지 모르겠지만……"

리고가 불쑥 끼어들었다.

"그래, 길버트 클레넘 노인이 남긴 유서에다 살짝 보충한 서류를, 어떤 부인이 작성하고 늙은 음모꾼이 - 아, 쳇, 늙은 음모꾼, 허리가 굽은 꼬마 꼭두각시가 - 증인으로 서명한 서류를, 내가 아는 편안한 장소에서 손에 넣은 건 정말 대단한 행운이 분명하겠지! 마님, 계속하지. 시간이 없어. 누가 마무리할까, 마님, 아니면 나?"

클레넘 마님이 바닥으로 가라앉은 마음을 억지로 끌어모으며 대답했다.

"나! 당신이 나를 끔찍하게 왜곡해서 말하는 건, 누구든 그렇게 말하는 건 견딜 수 없어. 당신은 악명높은 외국 감옥과 노예선을 겪은 터라, 내가 그런 건 돈 때문이라고 여길 거야. 하지만 돈 때문이 아니었어."

"깔, 깔, 깔! 당신 말에는 예의가 없어, 거짓말, 거짓말, 거짓말이라고. 당신이 서류를 숨기고 돈을 차지한 건 자신도 알거든."

리고가 다그치자, 클레넘 마님이 너무 화나서 불구가 된 다리로 벌떡 일어서기라도 할 듯 몸부림치며 받아쳤다.

"돈 때문이 아니라고, 비열한 놈아! 길버트 클레넘 노인이 죽음을 앞두고 마음이 약해진 데다 조카가 한때 환상을 품은 여자를 자신이 망가뜨렸다는, 여자가 우울증에 빠져서 사람들을 피했다는 망상에 빠져들어, 나약한 상태에서 나한테, 그 여자가 저지른 죄악으로 삶이 망가진 나한테, 그 여자의 사악한 행실을 만천하에 알릴 임무를 부여받은 나한테, 그 여자가 부당하게 겪은 고생을 보상하라고, 유산을 물려주라고 지시하는데, 내가 부당한 지시를 거부하는 건 너무나 당연한 거 아니야? 그게 단순히 돈을 탐낸 행위랑 – 당신이, 그리고 당신 감방 동료들이, 다른 사람한테 돈을 빼앗는 행위와 – 다를 게 없다는 건가?"

"시간이 없어. 조심하라고!"

리고 말에 클레넘 마님이 대답했다.

"지붕 끝부터 바닥 끝까지 화염에 휩싸인다 해도 나는 이 집에 남겠어. 내 행동은 강도가 도적질한 것과 완전히 다르다고 증명할 수만 있다면."

리고가 조롱하듯, 상대 얼굴에 대고 손가락을 뚝뚝 꺾었다.

"당신이 죽음으로 천천히 몰아간 여자한테 1천 기니를 줘라. 그 여자 후원자 막내딸에게 혹은 (후원자한테 딸이 없다면) 후원자 형제의 막내딸에게 '나이도 어리고 의지할 부모도 없는 고아를 아무런 사심 없이 지켜준 걸 감사하는 의미로' 1천 기니를 줘라. 합쳐서 2천 기니를 줘라. 뭐야! 그런데도 그 돈을 슬쩍한 게 아니라고?"

"그 후원자는……"

클레넘 마님이 힘차게 말하는데, 리고가 가로막았다.

"이름을 말해! 프레데릭 도릿 선생이라고. 얼버무릴 생각 말고."

"그 프레데릭 도릿 때문에 모든 문제가 일어난 거야. 그자가 악기를 연주하지 않았더라면, 젊고 재산도 넉넉한 시절에 가수들과 연주자들, 빛을 등지고 어둠만 바라보는 악마의 자식들을 후원하지 않았더라면, 그 여자도 천박한 상태에 머물 수 있었어. 그러다 죽을 수 있었다고. 그런데 아니었어. 프레데릭 도릿 머리로 악마가 들어와, 너는 건전하고 순수한 인물로 자선을 베푸는 성향이 있다고, 노래에 소질이 있는 불쌍한 소녀가 있으니 노래를 가르치라고 속삭인 거라고. 그래서 클레넘 아버지랑 만나게 된 거라고. 예술이라는 저주스러운 덫에 빠져 순수하고 고결한 척하는 행위를 남몰래 즐기면서. 그래서 사악한 고아는 노래를 배우다 사기 쳐서 나를 비참하게 만든 거라고! - 아니야, 말이 그렇다는 거야……"

클레넘 마님이 빨갛게 달아오른 얼굴로 재빨리 덧붙였다.

"나는 그보다 대단한 인물이거든. 내가 누군데!"

예레미야 플린트윈치가 서서히 다가가다 클레넘 마님도 모르는 사이에 팔꿈치 바로 옆에 서더니, 클레넘 마님이 이런 말까지 하는 순간에는 반발하는 표정으로 인상을 잔뜩 찡그리고, 두 다리에 박힌 가시라도 빼듯 각반을 힘껏 잡아챘다.

클레넘 마님이 계속 말했다.

"이 일도 마무리 단계에 접어든 데다 나는 그 사람들 얘기를 그만할 테고 당신 역시 마찬가지일 테니, 그 사람들 얘기를 여기에 있는 우리만 알면서 끝내느냐 아니냐를 결정하는 일만 남았군. 마지막으로, 내가 서류를 감추고서 클레넘 아버지한테 말할 때……"

"하지만 그분은 동의하지 않았죠."

예레미야가 끼어들자, 클레넘 마님은 예레미야가 바로 옆에 있다는 사실에 화들짝 놀라며 머리를 뒤로 젖히고는, 불신이 새롭게 이는 얼굴로 노려보며 반박했다.

"누가 그 사람이 동의했다고 했나? 그 사람이 서류를 내놓으라 재촉하고 내가 거부할 때 자네는 툭하면 우리 사이에 끼어들더니, 그 사람이 동의했다는 말이라도 나오면 즉각 반발할 생각이었군. 내가 말하려던 건 그 서류를 숨길 때, 그걸 곧장 없애는 대신 내 곁에, 바로 이 집에 오랫동안 간직했다는 거야. 길버트 노인이 남긴 나머지 재산은 클레넘 아버지한테 넘어갔으니, 2천 기니 문제는 따로 건들지 않더라도, 언제든 필요하면 새로 찾아낸 척할 수 있거든. 그런데 그런 척해야 한다는 점 말고는, 이 집에서 지내는 내내 그걸 새롭게 밝혀야 할 이유를 못 찾았어. 죄악을 저지른 응보며 망상을 품은 결과였지. 나는 내가 받은 소명대로 행동했고 내가 받은 소명대로 이 방에서 오랜 고통을 겪었어. 마침내 내 앞에서 서류를 파기할 때는 - 아니, 그런 줄 알았을 때는 - 그 여자가 오래전에 죽은 뒤였어, 그 여자를 지켜주던 프레데릭 도릿은 당연히 오래전에 파산해서 무능한 상태였고 그 사람은 딸이 없었어. 그래서 조카딸을 찾아, 그 아이한테 아무런 소용도 없는 돈보다 훨씬 많은 도움을 주었어."

클레넘 마님이 입을 다물다, 시계에 대고 말하듯 덧붙였다.

"아이 자체는 순수하더군, 내가 죽을 때 그 돈을 물려주고픈 마음이 들 정도로."

클레넘 마님이 시계를 가만히 바라보자, 리고가 말했다.

"내가 중요한 내용을 하나 더 떠올려줄까, 훌륭한 마님? 그 서류는 지금 감옥에 갇힌 친구가 - 감옥 동료가 - 외국에서 돌아온 날 밤에도 이 집에 있었어. 또 다른 내용도 떠올려줄까? 당신은 날개를 한 번도 못 편 카나리아를 새장에 너무 오랫동안 가두어두었어, 여기에 있는 늙은 음모꾼까지 알 정도로. 늙은 음모꾼이 카나리아를 마지막으로 본 게 언제인지 말하도록 꾀어볼까?"

애프리가 입에서 앞치마를 빼내며 소리쳤다.

"내가 말할게요! 그 꿈도 꾸었으니까. 예레미야, 행여나 가까이 다가온다면 세인트폴 성당까지 들리도록 비명을 지르겠어! 그 사내는 예레미야 쌍둥이 동생을 말하는 건데, 클레넘 도련님이 집으로 돌아온 날 밤에, 깜깜한 밤에 찾아오자, 예레미야가 뭔지 모를 물건이랑 서류를 건네고, 쌍둥이 동생은 그걸 철제상자에 넣어서 떠났어요……도와줘요! 살인자! 막아줘요, 예-레-미-야를!"

예레미야가 달려들자, 리고가 중간에서 두 팔로 붙잡았다. 잠시 몸싸움하다, 예레미야가 포기하고 두 손을 주머니에 넣었다. 그러자 리고는 팔꿈치로 쿡 찔러서 예레미야를 뒤로 밀쳐내며 놀렸다.

"뭐야! 꿈꾸는 재능이 탁월한 여성을 공격하다니! 하, 하, 하! 맙소사, 이분은 자네한테 큰 자랑거리라고. 꿈꾼 내용이 몽땅 진짜로 드러났잖아. 하, 하, 하! 자네는 꼬마 플린트윈치를 제대로 닮았구먼. 정말 똑같이 생겼어. 앤트워프[93] 부둣가 작은 거리에 있는 '당구대 세 개 식당'에서 그 친구를 만났거든! 아, 하지만 술을 쭉쭉 들이켜는 용감한 친구였어. 아, 담배도 쭉쭉 용감하게 피워대는 친구! 아, 아늑한 독신용 아파트 6층에서 살았지. 아래층에는 재단사, 의자 제작자, 통 제작자가 살고. 그 방에서 그 친구를 만났어. 코냑과 담배에 절어서 하루에 열두 번씩 자다 한 번씩 혼절하더군. 그러다 심하게 혼절해서 하늘로 올라갔지. 하, 하, 하! 그 친구 철제상자에 있는 서류를 내 손에 넣은 과정에 무슨 문제가 있겠어? 그 친구가 자네를 대신해서 내 손에 넘길 수도 있고, 자물쇠를 채워놓아서 내가 호기심이 발동할 수도 있고, 내가 살그머니 빼돌릴 수도 있는데. 하, 하, 하! 그게 뭐가 문제겠어, 내가 안전하게 보관하는데? 인제 와서 따질 필요는 없잖아, 안 그래, 플린트윈치? 인제 와서 따질 필요는 없잖아, 안 그래요, 마님?"

예레미야는 팔꿈치로 힘껏 찔러서 반격하곤 원래 있던 모서리로 돌아가, 두 손을 주머니에 찌른 채 숨을 고르다, 빤히 쳐다보는 클레넘 마님을 빤히 바라보았다. 그러자 리고가 감탄했다.

"하, 하, 하! 뭐야? 두 사람이 서로를 모르는 듯 보이는군. 서류를

---

93) 벨기에 항구도시.

숨긴 클레넘 마님께 음모를 꾸민 플린트윈치 선생을 소개하겠소."

예레미야는 뚫어지라 노려보는 클레넘 마님 시선을 똑같이 노려보더니, 주머니에서 한 손을 빼내 턱을 긁으며 한두 걸음 다가가다 말했다.

"그래, 두 눈 부릅뜨고 노려보는 의미가 무언지는 알지만, 굳이 힘을 뺄 필요는 없어. 아무도 신경을 안 쓰니까. 나는 오래전부터 당신한테 누구보다 완고하고 고집 센 여자라고 말했어. 그게 당신이야. 스스로 비천하고 죄 많은 여자, 누구보다 오만불손한 여자. 그게 당신이야. 우리가 다툴 때마다 내가 말하고 또 말했지, 당신은 모두가 당신 앞에 엎드리길 바란다고. 하지만 나는 엎드리지 않아. 당신은 모든 사람을 산 채로 꿀꺽 삼키길 바라지만, 나는 산 채로 꿀꺽 먹히지 않아. 서류를 손에 처음 넣었을 때 파기하지 않은 이유가 뭐지? 내가 파기하라고 충고했지만 당신은 안 그랬어. 충고대로 하는 건 당신 방식이 아니거든. 정말이지, 당신은 충고에 따라야 했어. 물론 나중에 그럴 수도 있겠지. 내가 아는 건 그 정도밖에 안 된다는 듯이! 서류를 곁에 두었다는 의심을 받기 시작하면, 자존심 강한 당신도 충고를 받아들일 것처럼! 하지만 그건 자신을 속이는 짓에 불과해. 모든 일을 벌인 이유는 가혹한 여자, 모든 걸 경멸하고 원한에 사무친 여자, 권력을 가차 없이 휘두르는 여자라서가 아니라, 하느님 종이며 심부름꾼이라서, 그렇게 하라는 소명 때문이라고, 자신을 스스로 속이듯 말이야. 당신이 누구길래 그런 소명을 받았다는 거야? 당신은 굳세게 믿지만, 나한테는 헛소리에 불과해. 얘기가 나온 김에 모두 털어놓겠어."

예레미야가 팔짱을 낀 채 집요한 표정을 떠올렸다.

"당신이 나한테조차 우위를 점하려 애쓰는 바람에, 그러면 안 되는 걸 아는 나는 속이 문드러졌다고 ─ 40년 내내. 나를 냉혹하게 깔아뭉개

는 형태로 나타났거든. 당신한테는 많이 감탄해. 능력이 탁월하고 고집
스럽거든. 하지만 탁월한 능력과 완고한 고집 때문에 한 사내는 40년
내내 속이 문드러진 채 온갖 고통에 시달려야 했어. 그래서 이제는
그렇게 노려보는 눈빛에 아무런 신경도 안 쓴다고. 이제 서류 문제로
넘어갈 테니, 내가 무슨 말을 하는지 잘 듣도록. 당신은 서류를 어딘가
에 숨긴 채 아무한테도 안 알려주었어. 당시만 해도 마음대로 돌아다녔
으니, 서류가 보고 싶으면 아무 때나 봤겠지. 하지만 잘 들어. 당신은
지금처럼 꼼짝 못 하게 된 거야. 서류가 보고 싶어도 못 보게 된 거지.
그래서 서류는 오랜 세월 동안 은밀한 장소에 그대로 있었어. 그러다
클레넘이 집으로 언제 돌아올지 모르게 된 거야. 금방이라도 들이닥쳐
서 집 안을 샅샅이 뒤질 것 같았지. 그래서 나는 오천 번이나 제안했어,
서류를 직접 못 가져온다면 나한테라도 알려달라고, 벽난로 불에 당장
넣겠다고. 하지만 당신은 안 그랬어. 오로지 자신만 그곳을 알아야 했
지. 그래야 권력이 생기거든. 당신이 자신한테 아무리 겸손한 호칭을
붙이더라도, 나한테 당신은 권력만 탐내는 악마야! 그런데 클레넘이
왔어, 일요일 밤에. 이 방에 들어오고 십 분도 안 돼서 아버지 시계
얘기를 꺼냈지. 클레넘 아버지가 시계를 보낸 당시에 당신은, '잊지
말라'는 머리글자가, 원래 상황은 오래전에 끝났으니, 서류를 숨긴 걸
'잊지 말고 원래대로 돌려놓으라'는 의미라는 걸 너무나 잘 알고 있었
어! 그래서 클레넘이 궁금해하는 모습에 겁이 살짝 난 거야. 이제는
서류를 태워야 했지."

예레미야가 자기 마누라를 보고서 빙그레 웃으며 이어갔다.

"그래서 말 안 듣는 지저분한 여편네가 당신을 잠자리에 누이기 직전
에, 어디다 숨겼는지 마침내 나한테 말했어, 지하실 낡은 장부 사이에
있다고. 바로 다음 날 아침에 클레넘이 샅샅이 뒤진 곳. 하지만 일요일

밤이라서 태울 순 없었어. 당연히 그럴 수 없었지. 당신은 규율을 엄격히 지키는 사람이거든. 그래서 자정을 넘겨 월요일로 접어들기만 기다렸어. 그런데 그 모든 게 나를 산 채로 집어삼키는 원칙 같아서 정말 짜증이 났어. 성질이 살짝 난 데다 당신처럼 규율을 엄격하게 지키는 성격도 아닌 터라, 나는 자정이 되기 전에 서류를 살폈어. 지하실에서 노랗게 변한 수많은 서류 가운데 하나를 반으로 접어, 월요일로 접어드는 순간, 침대에 누운 당신 곁에서 당신 등잔불에 의지해 벽난로로 걸어가며 마법사처럼 바꿔치기해, 진짜를 불태우는 척했어. 쌍둥이 동생 에브라임은 정신이 이상한 감시꾼이야. 구속복을 입혀야 할 사람은 에브라임이었다고. 당신이 그 여자를 감시하도록 맡긴 기간이 끝난 뒤로 이런저런 일을 했는데, 재미를 본 게 하나도 없었지. 마누라는 죽고(중요한 건 아니야, 그 마누라가 아니라 내 마누라가 죽으면 좋았겠지만), 정신병원에 한 투자는 실패했어. 환자를 뜨거운 열기로 구워서 정신을 차리게 하는 일에[94] 문제가 생기고, 그래서 빚을 져야 했거든. 그동안 긁어모은 돈과 나한테 받은 푼돈을 한 방에 날린 거야. 동생은 월요일로 막 접어든 시간에 여기로 와서 운명이 바뀌기만 기대했어. (당신이 들으면 충격을 받을까 걱정스러운데, 빌어먹을 놈이) 한마디로, 앤트워프에 가서 여기에 있는 작자를 만날 예정이었던 거야. 당시에 나는 동생이 정말 먼 길을 와서 꾸벅꾸벅 존다고 생각했는데, 지금 생각하니, 술에 취했던 거야. 동생이 마누라와 함께 감시할 때, 클레넘 생모는 늘 편지를 썼어. 끊임없이 썼어. 주로 당신한테 고백하는 편지, 용서를 비는 편지였지. 동생은 기회가 될 때마다 그걸 나한테 한 움큼씩 보냈어. 나는 당신이 그걸 산 채로 집어삼키지 못하도록

---

94) 당시에 정신병원에서 시행한 잔인한 치료법 가운데 하나로, 광기를 태워서 없앤다는 구실로 환자를 욕탕에 넣어 뜨거운 열기를 오랫동안 쐬게 했다.

몰래 보관하는 편이 좋겠다 생각했고, 그래서 상자에 넣어둔 채 기분이 내킬 때마다 읽곤 했지. 그러다 클레넘이 돌아온다는 소식을 듣고는 서류를 치우는 게 좋겠다 확신하고 편지 뭉텅이를 보관한 상자에 집어넣고서 자물쇠 두 개를 단단히 채워, 동생한테 가져가서 내가 따로 편지할 때까지 보관하라고 맡겼어. 그런데 편지를 보내도 답장이 없는 거야. 어째야 좋을지 모르던 참에 이자가 우리 집에 처음 나타나고. 그때 비로소 나는 묘한 상황을 당연히 의심했어. 저자가 하는 말을 안 들어도, 나는 동생이 (나로선 그놈 입에 재갈을 물리고 싶은 마음만 가득할 뿐인데) 코냑과 담배에 취해서 이야기를 늘어놓아, 저자가 내 편지 뭉텅이랑 당신 서류를 알게 되었다는 걸 충분히 짐작할 수 있어. 이제 하고 싶은 말은 딱 하나 남았는데, 우둔한 여인아, 유언 보충서로 당신을 힘들게 할까 말까를 아직 완전히 결정하지 못했다는 거야. 힘들게 하진 않을 것 같아. 내가 당신보다 우위에 있다는 걸, 이제 당신을 마음대로 휘두를 수 있다는 걸 확인하는 거로 충분하거든. 현 상황에서 내가 더 설명할 건 없어, 내일 밤 이 시간까지는."

예레미야가 눈살을 찡그리며 마무리했다.

"그러니 당신은 부릅뜬 눈으로 다른 사람을 노려보는 게 좋을 거야. 나를 그렇게 노려보아도 아무런 소용도 없거든."

예레미야가 말을 마치자, 클레넘 마님은 시선을 천천히 떼다 한 손에 이마를 떨구더니, 다른 손으로 탁자를 꽉 누르면서 당장에라도 일어날 것처럼 몸뚱이를 묘하게 꿈틀대며 말했다.

"그 상자는 여기서 받을 가격을 다른 데서 절대로 못 받아. 거기에 담긴 정보를 다른 사람한테 파는 것 역시 나한테 파는 만큼 이익을 못 내고. 하지만 나는 당신이 요구하는 액수를 당장 끌어모을 방법이 없어. 부자가 아니거든. 지금 일부를 받고 나중에 일부를 받는 게 어떨까? 그런데 당신이 입을 꾹 다문다는 건 내가 어떻게 확신하지?"

리고가 대답했다.

"천사여, 내가 받을 액수는 벌써 말했고, 시간은 없어. 여기에 오기 전에 가장 중요한 서류 내용을 베껴서 다른 사람한테 맡겼거든. 밤이 돼서 마셜씨 교도소 철문이 닫힐 때까지 미뤄보라고. 그러면 아무리 애써도 소용이 없을 테니 말이야. 죄수가 읽게 되거든."

클레넘 마님이 두 손으로 머리를 다시 감싸면서 커다랗게 절규하더니, 두 발로 벌떡 일어났다. 잠시 비틀거리는 게 금방이라도 쓰러질 듯하다, 꿋꿋이 버티면서 소리쳤다.

"그게 무슨 뜻이야! 그게 무슨 뜻이냐고!"

너무나 오랜만에 일어선 자세가 몸에 익숙하지 않아서 더없이 뻣뻣했다. 유령처럼 보였다. 그 모습에 리고가 뒤로 주춤하면서 목소리를 떨어뜨렸다. 세 사람 눈에는 죽은 여자가 일어선 것 같았다.

"프레데릭 선생 조카딸, 해외에서 마주친 미스 도릿이 죄수를 좋아하거든. 프레데릭 선생 조카딸 미스 도릿이 지금 죄수를 돌본다고. 죄수가 아파서. 여기로 오다 교도소에 들러서 미스 도릿한테 꾸러미를 맡겼어, '클레넘을 위해' – 클레넘을 위해서라면 무슨 일이든 할 여자라 – 꾸러미를 보관하라는, 오늘 밤 철문이 닫히기 전에 찾으러 오는 사람이 있을 때를 대비해서 봉인은 뜯지 말라는, 하지만 종소리가 울리기 전에 찾으러 오는 사람이 없으면 클레넘한테 주라고 설명하는 편지랑 함께. 미스 도릿한테 보내는 사본도 동봉했는데, 클레넘이 미스 도릿한테 건네겠지. 뭐야! 이왕 여기까지 왔는데, 그 꾸러미에 또 다른 생명을 부여하지 않은 채 당신네를 만나러 올 순 없잖아. 나는 당신네를 안 믿거든. 그 상자는 여기서 받을 가격을 다른 데서 못 받는다고 주장하는데, 그렇다면, 작은 조카딸이 비밀을 지키는 차원에서 건넬 가격을 부인이 제한하고 결정하겠다는 뜻인가? 다시 말하겠는데, 시간이 없어. 오늘 밤 종이 울리기 전에 꾸러미를 안 돌려받으면 돈을 아무리 줘도 못 사니까. 조그만 조카딸한테 판 다음이라!"

클레넘 마님이 다시 꿈틀대며 몸부림치더니, 벽장으로 달려가서 문을 활짝 열어 두건인지 숄인지를 꺼내 머리에 뒤집어썼다. 애프리가 공포에 젖은 눈으로 지켜보다, 방 한가운데로 달려가서 옷자락을 움켜잡으며 무릎을 꿇었다.

"안 돼, 안 돼, 안 돼요! 지금 뭘 하는 거예요? 어디를 가려고요? 마님은 몹시 무서운 여자지만, 저는 마님한테 나쁜 감정이 없어요. 불쌍한 클레넘 도련님을 지금 도울 수도 없고요. 그러니 저를 겁낼 필요는 없어요. 비밀을 지킬 테니까요. 나가지 마세요, 그러다간 거리에 쓰러져서 죽어요. 저한테 약속 하나만 하세요, 불쌍한 여자를 이 집에 몰래 숨겨놓았다면, 그 여자를 보살피는 책임을 저한테 맡기겠다는. 그것 하나만 약속하시고, 저를 조금도 겁내지 마세요."

클레넘 마님이 급히 서둘다 순간적으로 동작을 멈추더니, 깜짝 놀라며 근엄하게 물었다.

"이 집에 숨겨? 그 여자는 예전에 죽었어, 20년도 넘는 옛날에. 플린트윈치한테 물어봐 – 저자한테도 물어보고. 클레넘이 외국으로 갈 때 그 여자가 죽었다고 할 테니."

그러자 애프리가 부르르 떨며 말했다.

"그렇다면 문제가 훨씬 커요, 그 여자가 유령이 돼서 돌아다니는 거니까요. 그 여자가 아니면 누가 먼지를 떨어뜨리면서 살며시 부스럭대는 소리를 내겠어요? 우리가 잠자리에 든 다음에 누가 이리저리 돌아다니면서 벽에 꾸불꾸불한 자국을 기다랗게 내겠어요? 어쨌든 나가지 마세요 – 나가지 마세요! 거리에서 죽는다고요, 마님!"

클레넘 마님은 간청하는 손길을 매몰차게 떼어내고, 리고에게 "내가 돌아올 때까지 여기서 기다려!"라고 말하고는 밖으로 뛰쳐나갔다. 세 사람은 클레넘 마님이 마당을 지나서 대문으로 급히 나가는 모습을 창문에서 지켜보았다.

세 사람은 잠시 물끄러미 서 있었다. 제일 먼저 움직인 사람은 애프리였다. 두 손을 맞잡은 채 마님을 쫓아나간 것이다. 두 번째는 예레미야 플린트윈치였다. 한 손을 주머니에 넣고 다른 손으로 턱을 문지르면서 방문으로 천천히 뒷걸음질을 치다, 아무 말도 없이 몸뚱이를 묵직하게 비틀며 나간 것이다. 리고는 혼자 남아, 마르세유 감방에서 그런 것처럼 열린 창문 창턱 의자에 가만히 앉았다. 그리고는 담뱃갑과 성냥을 꺼내서 담배를 태웠다.

"우와! 예전 감방만큼이나 우중충하군. 따뜻하긴 해도 음침한 건 똑같아. 자기가 돌아올 때까지 기다리라고? 그래, 물론이지. 그런데 도대체 어디를 간 거지? 얼마나 기다려야 하느냐고! 상관없어! 리고 라니에 블랑두아, 상냥한 친구, 결국에는 돈을 받을 테니까. 부자가 될 거라고. 신사로 살다 신사로 죽을 거라고. 네가 이긴 거야, 멋진 친구. 자네 성격은 이기는 거잖아. 우와!"

리고가 지극히 만족스러운 표정으로 머리 위 대들보에 추파를 보내니, 콧수염은 올라가고 코는 내려왔다.

31장. 끝나다

 태양이 떨어지면서 거리마다 여명이 깔릴 때, 오랜 세월 동안 거리에 익숙하지 않던 인물이 길을 급히 걸었다. 낡은 집 주변에서는 관심을 보이는 시선이 없었다. 지켜볼 사람 자체가 거의 없었다. 하지만 강변에서 삐뚤삐뚤한 길을 지나 런던 다리로 이어지는 길에 올라서 널찍한 도로에 들어서는 순간, 깜짝 놀란 시선이 주변을 에워싸기 시작했다.

 잔뜩 흥분한 표정은 단호하고, 걸음은 빨라도 힘에 벅차서 애매하고, 까만 상복에 두건을 급하게 걸친 모습은 너무나 특이하고, 세상 사람이 아닌 듯 창백한 얼굴에 삐쩍 마른 몸으로 급히 걸으니, 사람들 눈에는 몽유병 환자처럼 보일 수밖에 없었다. 주변에 모여든 인파랑 너무나 동떨어진 모습이 사람들 눈에 띄려고 연단에 올라선 모습 이상으로 놀라우니, 모든 시선을 잡아끄는 건 너무나 당연했다. 산책하던 사람은 물끄러미 쳐다보고, 바쁘게 지나치던 사람은 걸음을 늦추며 고개를 돌리고, 가던 길을 멈추고 한쪽 옆으로 물러난 사람은 유령처럼 지나는 여자를 쳐다보라며 동료에게 속삭이니, 당사자는 그렇게 걸으면서 소용돌이를 만들고 주변을 휩쓸어 느긋한 시선과 호기심 어린 시선을 잡아끌었다.

독방에서 오래도록 지낸 사람에게 빤히 바라보는 시선은 사방에서 요란하게 몰려들고, 공중에 붕 뜬 느낌은 혼란스러운데 두 발로 선 느낌은 훨씬 더 혼란스럽고, 대충 기억하던 풍경은 너무나 많이 변해, 갑갑한 방에서 오랫동안 상상하던 풍경이 무섭게 몰려드는 실재와 너무나 달라 머리가 어지러운 가운데, 클레넘 마님은 인파가 실제로 에워싸며 지켜보는 게 아니라 환상에 불과하다고 여기며 꾸준히 걸었다. 다리를 건너서 꽤 오랜 길을 곧장 나아갈 즈음에는 길을 물어야 한다는 생각이 떠올랐다. 그래서 걸음을 멈추고 물을 만한 사람을 찾으려고 둘러보다, 그때 비로소 열심히 쳐다보는 눈길이 사방에 가득하다는 사실을 깨달았다.

"나를 에워싼 이유가 뭔가요?"

클레넘 마님이 덜덜 떠는 목소리로 물었다.

안쪽에 있는 누구도 대답하지 않았다. 하지만 바깥쪽 사람이 날카롭게 소리쳤다.

"당신이 미쳤기 때문이오!"

"나는 여깄는 여느 사람 못지않게 멀쩡하다오. 마셜씨 교도소로 가는 길을 알고 싶소."

바깥쪽 날카로운 목소리가 다시 받아쳤다.

"다른 건 차치하더라도, 바로 그게 미쳤다는 증거라오, 바로 앞에 있는 교도소를 찾으니 말이오!"

이 대답에 환호성이 이는 가운데, 키는 작고 표정은 온순하고 차분한 젊은이가 다가와서 물었다.

"찾아가는 곳이 마셜씨 교도소인가요? 나는 그곳에 근무하러 가는 중이랍니다. 이리 오시지요."

클레넘 마님은 그 팔에 한 손을 얹고, 젊은이는 부인을 인도하며 길을 건넜다. 잔뜩 모여든 인파는 좋은 구경거리를 놓치는 게 아쉬워서 앞쪽 뒤쪽 양쪽으로 몰려들며, 정신병원으로 보내라고 소리쳤다. 그래서 교도소 앞마당에 소용돌이가 이는 가운데, 철문이 열리고 닫혀서 인파를 차단했다. 소란스러운 바깥에 비해 아늑한 피난처로 보이는 휴게실 내부는 벌써 켜놓은 노란 등불이 교도소 특유의 어둠에 맞서는 중이었다.

두 사람을 들여보낸 교도관이 물었다.

"맙소사, 존! 무슨 일이니?"

"아무 일 아니에요, 아버지. 이분이 길을 찾다 사람들한테 괴롭힘을 당한 것뿐이에요. 누구를 찾으세요, 부인?"

"미스 도릿. 여기에 있나?"

젊은이는 훨씬 많은 관심을 느꼈다.

"네, 여기에 있어요. 누가 찾아오셨다고 할까요?"

"클레넘 부인."

"클레넘 선생님 어머니?"

젊은이가 묻자, 클레넘 마님은 입술을 꽉 깨물며 망설이다 대답했다.

"그래. 미스 도릿한테 클레넘 어머니가 찾아왔다고 전하는 편이 좋겠어."

"소장님 가족이 시골에 내려간 터라, 소장님께서 미스 도릿한테 관사에 있는 방 하나를 마음대로 사용하도록 하셨답니다. 그러니 그 방에 올라가서 기다리시는 동안, 제가 가서 미스 도릿을 데려오면 좋지 않을까요?"

클레넘 마님은 그러자며 머리를 끄덕이고, 존은 자물쇠를 열고서 측면 계단을 올라, 위층 관사로 인도했다. 그래서 어둠이 깔리는 방으로 안내한 다음에 혼자 두고 떠났다. 창문 밖으로 어둠에 잠기는 교도소 마당이 내려다보였다. 재소자들이 여기저기 거닐기도 하고, 창밖으로 고개를 내밀어 멀리 떠나는 친구와 커다란 소리를 주고받기도 했다. 감옥에 갇힌 상태나마 여름날 초저녁을 대체로 무난하게 보내는 분위기였다. 공기는 후덥지근하면서도 무겁고, 비좁은 공간은 답답했다. 감옥 바깥에서 자유롭게 외치는 소리가 일어나, 머리와 가슴에 깃든 추억을 아련하게 건드는 듯했다. 클레넘 마님은 창가에 서서 자신이 갇힌 감옥 바깥에 있는 또 다른 감옥을 어리둥절한 표정으로 내려다보다, 갑자기 이는 다정한 목소리에 깜짝 놀랐다. 작은 도릿이 나타난 것이다.

"다행히도 이렇게 회복하셨으니, 클레넘 마님……"

작은 도릿이 도중에 멈췄다. 자신한테 고개를 돌리는 얼굴에 다행스러운 느낌도 건강한 느낌도 없었다.

"회복한 게 아니야. 기운을 차린 것도 아니고. 뭐가 뭔지 모르겠어."

클레넘 마님이 말하며 손을 열심히 흔들어서 모든 가능성을 옆으로 밀치다 덧붙였다.

"꾸러미 하나를 받았다고, 오늘 밤 철문이 닫히기 전에 찾으러 오는 사람이 없으면 클레넘한테 넘기라는 편지랑 함께."

"네."

"그걸 찾으러 왔네."

작은 도릿이 가슴에서 꾸러미를 꺼내 클레넘 마님 손에 건네는데, 그 손은 꾸러미를 받은 다음에도 앞으로 내민 상태 그대로였다.

"뭐가 들었는지 아니?"

작은 도릿은 클레넘 마님이 직접 말한 대로 기운을 차린 게 아니라 그림이나 석상이 살아난 듯 너무나 비현실적인 모습으로, 완전히 색다른 힘으로 그곳까지 왔다는 사실에 당황하며 대답했다.

"아니요."

"읽어보렴."

여전히 내민 손에서 작은 도릿이 꾸러미를 받아 봉인을 뜯었다. 그러자 클레넘 마님이 '작은 도릿'이라고 쓴 안쪽 꾸러미를 건네고, 바깥쪽 꾸러미를 잡았다. 담장과 교도소 건물에서 피어난 그늘이 한낮에도 감방 내부를 어둑하게 하는데 지금은 태양까지 떨어져서 한층 더 어두운 터라 글씨가 안 보였다. 창가만 예외였다. 여름철 초저녁 햇살이 그나마 비추어, 작은 도릿은 그곳으로 가서 읽었다. 조용히 읽었다. 깜짝 놀라는 탄성과 두려움에 휩싸인 한탄을 가끔 터트리는 정도였다. 작은 도릿이 다 읽고서 돌아보니, 옛날 주인이 무릎을 꿇고서 기다리다 말했다.

"내가 한 짓을 이제 알겠구나."

"그런 것 같아요, 안타깝게도. 하지만 당혹스럽고 안타깝고 불쌍해, 지금껏 무엇을 읽었는지 제대로 이해하진 못한 것 같아요."

작은 도릿이 대답했다. 떨리는 목소리였다.

"너한테서 빼앗은 유산은 그대로 돌려주마. 용서하렴. 나를 용서할 수 있겠니?"

"네, 당연하지요! 그렇게 무릎 꿇지도, 제 드레스에 키스하지도 마세요. 그러시기에는 너무 연로하세요. 안 그래도 기꺼운 마음으로 용서할 테니까요."

"부탁할 게 또 있단다."

"이런 자세로 하지 마세요. 마님의 백발이 제 머리칼 아래에 있는 게 너무나 부자연스러워요. 제발 일어나세요. 도와드릴게요."

작은 도릿이 말하면서 부인을 일으키고는, 약간 움츠러든 표정으로 진지하게 쳐다보았다.

"너한테 간절하게 청원할 건(그래서 또 다른 부탁으로 이어질 건), 자비롭고 관대한 마음에 간절하게 탄원하는 건, 내가 죽을 때까지 클레넘한테 사실을 밝히지 말라는 거야. 곰곰이 생각한 다음, 내가 살아있을 때 밝히는 게 클레넘한테 좋겠다는 판단이 서면, 그럼 말해도 돼. 하지만 그런 판단이 안 서면, 그러면, 내가 죽을 때까지 안 밝히겠다고 약속할 수 있겠니?"

"미안해요. 당장은 머리가 혼란스러워서 확실하게 대답하기는 어려워요. 내용을 아는 게 클레넘 선생님께 도움이 안 된다는 확신이 든다면……"

"네가 클레넘을 사랑한다는 걸, 클레넘을 누구보다 소중하게 여긴다는 걸 알아. 클레넘을 누구보다 소중하게 여기는 건 바람직해. 나도 바라는 바야. 하지만 클레넘을 누구보다 소중하게 여기면서, 나한테 남은 얼마 안 되는 시간 동안만 나를 봐줄 수 있겠다는 생각이 든다면, 그렇게 해주겠니?"

"네."

"신께서 축복하시길!"

클레넘 마님은 어둠 속에 있어 밝은 빛무리를 받는 작은 도릿 눈에 흐릿하게 보였다. 하지만 신이 축복하길 비는 목소리에는 열정과 낙담이 동시에 깃들었다. 딱딱하게 굳은 사지를 움직이는 게 익숙하지 않은 만큼 딱딱하게 굳은 눈에 깃드는 감정 역시 익숙하지 않은 탓이었다. 클레넘 마님이 훨씬 강한 어조로 이어갔다.

"이상하겠군, 내가 못된 짓을 한 너한테 고백하는 걸 나에게 못된 짓을 한 여자 아들한테 고백하는 것보다 어렵게 여기니. 그 여자는 나한테 정말 못된 짓을 했거든! 신께 중대한 죄를 저질렀을 뿐 아니라,

나한테 정말 못된 짓을 했거든. 클레넘 아버지가 나한테 그렇게 된 게 그 여자 때문이거든. 결혼한 첫날부터 클레넘 아버지가 나를 끔찍이도 두려워한 것 역시 그 여자가 나를 그렇게 만들었기 때문이거든. 나는 두 사람한테 하늘이 내린 징벌이었는데, 그것 역시 그 여자 때문이거든. 너는 클레넘을 사랑하니 (얼굴이 빨갛게 달아오르는구나, 두 사람 앞에 행복한 나날이 가득하길!) 너만큼이나 자비롭고 관대한 클레넘한테 지금처럼 솔직하게 고백하지 않는 이유는 무얼까 궁금하겠구나. 그런 의문이 드니?"

"저는 클레넘 선생님이 늘 다정하고 관대하고 선량하고 믿음직한 분인 걸 아는 터라, 그런 의문이 자연스레 든답니다."

"그래, 그렇겠지. 하지만 클레넘은 내가 살아있는 동안 그 일을 마지막까지 숨기고 싶은 유일한 인물이야. 나는 억제하고 교정하는 방식으로 어린 클레넘을 키웠어, 세상에 대한 기억이 처음 싹트던 시절부터. 부모 죄를 자식에까지 갚는다[95]는 사실도 알고, 낙인이 찍힌 채 태어난 사실도 아는 터라, 정말 엄하게 대했거든. 클레넘이 아버지랑 있을 때면 아버지 약점이 아들한테 뻗치려고 애쓰는 모습을 보고서 그걸 막으려고 애썼거든, 아버지가 겪는 굴레와 시련에 아들은 걸려들지 않도록. 어린 클레넘이 책을 읽다 감동한 눈으로 올려다볼 때면 내 눈에 생모 얼굴이 보이고, 나를 부드럽게 풀어주려 애쓸 때 역시 나를 완고하게 만든 생모 모습이 보였거든."

이 말을 듣고서 작은 도릿이 움찔하자 클레넘 마님은 물 흐르듯 말하길 멈추더니, 과거를 우울하게 거슬러 가는 목소리로 이어갔다.

"클레넘이 잘되라고 그런 거야. 내가 받은 고통을 해소하려는 목적이 아니라. 내가 뭔데, 그럴 가치가 무언데, 하늘이 저주한 상황에!

---

95) 나를 싫어하는 자에게는 아비의 죄를 그 후손 삼 대에까지 갚는다(출애굽기 20:5).

나는 아이가 자라는 모습을 지켜보았어. 선택받은 자로 경건하게 산 건 아니지만(그러기엔 아이 생모가 너무나 커다란 죄를 지었기든), 바르고 정직한 데다 내 말도 잘 들었어. 아이는 나를 사랑한 적이 없어, 아이가 사랑할 수도 있겠다는 희망을 살짝 품긴 했지만 – 우리 인간은 약한 존재잖아, 그래서 썩어 문드러진 애정에 믿음과 신념으로 맞서는 거잖아. 하지만 아이는 나를 늘 존중하고 예의를 다하려고 애썼어. 지금도 그렇고. 아이는 왜 그런지도 모르면서 마음이 늘 공허할 수밖에 없었어. 결국엔 나한테 등을 돌린 채 자기 길을 갔지. 하지만 그런 순간조차 존중하는 마음으로 사려 깊게 행동했어. 지금까지 말한 게 아이가 나를 대하는 모습이야. 너와 나는 기간도 훨씬 짧고 관계도 훨씬 가벼워. 내 방에 앉아서 바느질할 때, 너는 나를 두려워하면서도 내가 친절하게 돕는다고 여겼어. 지금은 사실을 제대로 파악했지만. 내가 너한테 나쁜 짓을 한 것도 알고. 내가 그런 짓을 꾸민 이유와 동기를 네가 아무리 오해하고 곡해한다 해도, 클레넘이 겪을 오해와 곡해에 비하면 아무것도 아니야. 세상에 존재하는 모든 보상을 다 한다 해도, 막다른 골목으로 몰린다 해도, 나는 클레넘 인생에 차지한 위치를 바닥으로 내동댕이칠 수가, 클레넘이 그동안 보인 존경심을 바닥으로 내동댕이칠 수가, 모든 걸 드러낼 수가 없어. 클레넘이 그럴 수밖에 없다면 그러라고 해, 내가 세상을 떠난 다음에. 하지만 살아있는 동안만큼은 번갯불에 맞아서 가루가 되고 땅이 갈라지는 지진에 묻혀서 사라진 것처럼 여기지 않도록, 더는 존중하지 않는다고 여기지 않도록 해줘."

클레넘 마님이 말하는데, 자존심은 더없이 강하고, 그래서 생긴 고통은, 오랜 열정으로 생긴 고통은 더없이 가혹했다. 이렇게 덧붙일 때도 그 느낌은 조금도 안 줄었다.

"나를 겁내는 것 같구나, 행동이 너무 잔인했다는 듯."

작은 도릿은 부정할 수 없었다. 겉으로 안 드러내려고 애쓰지만, 오랫동안 원한에 휩싸인 마음 상태가 너무나 무섭고 섬찟해서 자기도 모르게 움츠러들었다. 그 본성이 모든 궤변을 벗어던진 채 작은 도릿 앞에 적나라하게 드러난 것이다.

"나는 내가 받은 소명대로 했어. 악에 맞서서 처절하게 싸웠다고, 선에 맞선 게 아니라. 나는 죄악에 가혹하게 맞서는 도구였어. 나처럼 소박한 죄인은 언제나 죄악을 억누를 소명이 있는 거 아닐까?"

"언제나?"

"내가 복수심에 자극받아서 저지른 잘못이 압도적으로 많더라도, 그 속에서 정당성을 찾을 순 없는 걸까? 옛날에는 죄인을 없애려고 죄 없는 사람까지 없앴는데, 나한테는 정당성이 하나도 없는 걸까? 옛날에 여호와는 피를 본 다음조차 죄악에 대한 증오심을 더 키우셨는데?"

"아, 마님, 클레넘 마님, 분노하는 감정과 용서할 줄 모르는 행위는 마님과 저한테 어떤 위안도 될 수 없고, 삶의 지침도 될 수 없답니다. 저는 여기 이 초라한 교도소에서 오랜 세월을 보내고, 공부도 많이 한 건 아니지만, 나중에 좋은 날이 온다는 사실을 명심하시길 제발 간청드려요. 병든 자를 고치시고, 죽은 자를 일으키시고, 고통받고 버림받은 자를 가까이하시며, 나약한 우리를 안타까이 여기시어 눈물을 흘리신 주님만 따르세요. 다른 모든 걸 옆으로 제쳐놓는다면, 그래서 주님만 생각하며 산다면, 우리는 올바른 길을 갈 수밖에 없으니까요. 주님은 복수심에 시달린 적도 누굴 처벌한 적도 없다고 저는 확신해요. 다른 발자취를 좇는 대신 주님만 따른다면 어떤 혼란도 깃들 수 없다고 저는 확신해요."

작은 도릿이 일찍이 시련을 겪던 현장에서 창가로 살며시 흘러드는 빛을 받으며 바라보는 모습이 어둠에 빠져든 새까만 물체랑 훌륭하게 대비되었다. 하지만 그 삶과 교리가 새까만 물체의 삶과 교리에 대비되는 광경은 더더욱 훌륭했다. 새까만 물체는 고개를 푹 숙인 채 한마디도 할 수 없었다. 그 상태 그대로 있었다, 밖으로 나가라는 종이 울릴 때까지.

클레넘 마님이 깜짝 놀라며 소리쳤다.

"잘 들어! 부탁할 게 또 있다고 했지. 한시도 늦출 수 없는 일이야. 너한테 꾸러미를 건넨 사내가 우리 집에서 돈을 가져오기만 기다려. 클레넘한테 비밀을 숨기려면 돈을 줄 수밖에 없어. 정말 많은 돈이야. 내가 당장 구할 수 있는 액수보다 많은 돈. 사내는 깎아줄 생각이 조금도 없어. 내가 돈을 못 마련하면 너를 찾아가겠다고 협박했거든. 지금 나랑 우리 집에 가서 네가 이미 파악했다는 걸 사내한테 알려주겠니? 나랑 가서 사내를 설득하도록 도와주겠니? 클레넘을 위해서 부탁한다는 소린 감히 못 하겠지만, 클레넘이란 이름으로 하는 부탁을 거절하지는 말렴."

작은 도릿은 기꺼이 동의했다. 그래서 교도소 공간으로 잠시 사라져서 준비를 마치고 바로 돌아왔다. 두 사람은 휴게소를 피해서 다른 계단으로 내려가, 이제 아무도 없어서 조용하기만 한 교도소 바깥마당으로 나서며 길을 재촉했다.

아무리 어두운 밤도 여명이 길게 이어지는 이상으로 어둡지 않은 여름철 저물녘이었다. 거리와 다리는 또렷하고 하늘은 고요하고 아름다웠다. 사람들이 문가에 앉거나 서서 아이들과 놀며 저녁 시간을 즐기고, 일부는 산책하며 상쾌한 공기를 즐겼다. 낮에 가득한 걱정과 근심은 저절로 사라져, 두 여인 말고는 급히 걷는 사람도 없었다. 다리를 건널 때는 다양한 성당의 높이 솟은 첨탑이 평소에 에워싸던 어둠을 뚫고서 선명하게 다가오는 듯했다. 하늘로 오르는 연기는 거무죽죽한 색깔이 사라지고 밝은 빛을 띠었다. 아름다운 황혼이 지평선에 옅게 걸쳐서 평화로운 구름층에 부드럽게 깃들었다. 밝은 빛을 내뿜는 중심에서 고요한 창공 여기저기로 발산하는 거대한 빛줄기가 이른 별 사이로 흐르는 게, 가시 면류관을 영광으로 바꿔놓는 평화와 희망에 후대가 동참하는 걸 축복하는 징표 같았다.

클레넘 마님은 이제 혼자가 아닌 데다 날도 어두워서 이상하게 보이지도 않아, 아무런 방해를 안 받고 작은 도릿 옆에서 급히 걸을 뿐이었다. 두 여인은 큰길을 벗어나 클레넘 마님이 아까 빠져나온 갈림길로 들어서, 인적 없이 조용하기만 한 골목길 사이로 구불구불 내려갔다. 두 여인이 대문으로 다가갈 때 갑자기 천둥 같은 소리가 일었다.

"무슨 소리지? 어서 들어가자."

클레넘 마님이 소리쳤다. 작은 도릿이 대문으로 함께 들어서다, 날카로운 비명을 내지르며 클레넘 마님을 붙잡았다.

창가에 걸터앉아 담배를 태우는 사내와 낡은 건물이 보이더니, 다음 순간에 천둥소리와 함께 불쑥 일어서며 물결치다, 사방이 갈라지고 부서지며 무너졌다. 거대한 소리에 귀가 먹먹하고 가득한 먼지에 숨이 막히고 앞이 안 보이는 가운데, 두 여인은 그대로 못 박힌 채 얼굴을 가렸다. 먼지 폭풍이 두 사람과 평온한 하늘로 내달리다 잠시 뒤에 갈라지면서 별이 모습을 드러냈다. 두 사람이 도와달라고 비명을 내지르면서 올려다보는데, 회오리바람 속에 거대한 탑처럼 홀로 우뚝 선 굴뚝 더미가 흔들리고 부서지며 바닥에 쌓인 폐허 더미로 우박처럼 떨어졌다. 파편 하나하나가 그 밑에 깔린 악당을 더 깊게 묻으려는 것 같았다.

535

흩날리는 먼지 입자가 달라붙어 알아볼 수 없을 만큼 까맣게 변한 모습으로 두 여인은 마구 울부짖고 비명을 내지르며 대문을 지나서 거리로 피신했다. 그러다 클레넘 마님은 판석 바닥으로 풀썩 쓰러져, 그 시간 이후로 손가락 하나 못 움직이고 말 한마디 못 했다. 3년이라는 세월 내내 휠체어에 축 늘어져, 옆에 있는 사람을 열심히 쳐다보고 그들이 하는 말을 알아듣는 듯 보이는 정도였다. 기다랗고 완고하게 이어가던 침묵은 영원히 달라붙어, 눈동자를 움직이는 정도로, 그리고 머리를 움직여서 긍정과 부정을 간신히 표시하는 정도로 석상처럼 살다 죽었다.

애프리는 교도소에서 두 여인을 찾아다니다 포기하고 다리에 올라선 다음에 비로소 멀리 있는 두 여인을 발견했다. 당장 달려가서 늙은 주인을 품에 안고 옆집으로 운반도 하고, 최선을 다해서 간호도 했다. 집에서 이상한 소리가 나던 원인은 이제 비로소 밝혀졌다. 위대한 사람이 흔히 그러듯, 구체적인 사실은 언제나 올바로 파악하지만, 그 원인을 추론해서 내린 결론은 늘 어긋났던 거다.

먼지 폭풍이 사라지고 여름날 밤이 차분하게 깔리자, 수많은 사람이 길마다 들어차고, 땅 파는 사람은 무리를 이루어서 교대하며 잔해더미를 파냈다. 건물이 무너질 당시에 안에 사람이 백 명은 있었다, 오십 명은 있었다, 열다섯 명은 있었다, 두 명은 있었다는 소문이 돌았다. 그러다 마침내 두 명으로 판명 났다. 외국인과 예레미야였다.

사람들은 가스등에서 너울거리는 불빛에 의지하며 짧은 밤 내내 파고, 태양이 처음 떠오를 때는 같은 높이에서 파고, 태양이 중천에 걸칠 때는 그 밑에서 파고, 태양이 기울 때는 비스듬한 각도에서 파고, 태양이 가라앉을 때는 다시 같은 높이에서 팠다. 열심히 파고 삽으로 퍼서 달구지와 손수레와 바구니로 옮기며 밤이고 낮이고 끊임없이 작업했다. 외국인 형상을 한 흉측하고 더러운 쓰레기더미를 발견한 건 두 번째 밤이었다. 머리 위로 육중한 대들보가 무너져서 유리 조각처럼 산산이 쪼개진 모습이었다.

그런데 예레미야는 발견하지 못했다. 그래서 계속 파고 삽으로 퍼서 달구지와 손수레와 바구니로 옮기며 밤이고 낮이고 끊임없이 작업했다. 낡은 건물에 규모가 상당한 지하실이 있다는(이건 사실이다), 예레미야가 사고 순간에 지하실에 있었거나 지하실로 재빨리 대피했다는, 튼튼한 아치 밑에 무사히 있다는 소문이, 심지어 벽돌 더미 밑에서 숨이 막힌 채 "나는 여기에 있소!"라고 힘없이 외치는 소리를 들었다는 소문마저 돌았다. 도시 반대편 끝에서는 굴 파는 사람들이 파이프로 연결해서 말을 주고받는다는, 그곳으로 수프와 브랜디를 들여보낸다는, 예레미야가 친구 여러분, 나는 괜찮다, 빗장뼈가 부러진 게 전부라는 말까지 용감하게 했다는 소문도 돌았다. 하지만 벽돌 더미가 모두 사라지도록 파내고 푸고 옮기는 작업을 끝냈어도, 그래서 지하실이 훤히 드러나도, 예레미야는, 살았든 죽었든, 멀쩡하든 안 멀쩡하든, 안 나타났다.

건물이 무너질 당시에 예레미야가 그곳에 없었다는 사실이 알려지고, 증권을 짧은 시간에 최대한 많은 돈으로 바꾸고 회사 경영권을 넘기는 작업에 몰두하느라 다른 곳에서 정말 열심히 움직였다는 사실까지 알려지기 시작했다. 애프리는 똑똑한 예레미야가 스물네 시간 뒤에 자신을 충분히 알려주겠다고 한 말을 떠올리고는, 그 시간에 확보할 모든 걸 확보해서 도망치겠다는 의미였다고 나름대로 결론을 내렸다. 하지만 예레미야한테서 벗어난 게 너무나 고마운 나머지, 입을 꼭 다물었다. 그곳에 묻힌 적이 없는 사람은 아무리 파내도 찾을 수 없다는 결론에 나름대로 합리적으로 도달해, 사람들은 더 파는 걸

단념하고 작업을 마쳤다. 예레미야를 찾으려고 더 깊숙이 파고들지 않은 것이다.

이 결정을 많은 사람이 안 좋게 받아들였다. 런던 지하 어딘가에 예레미야가 분명히 누워있다는 것이었다. 넥타이를 한쪽 귀밑으로 흘린, 영국 출신으로 알려진 노인이 폰 플린데빙이라는 이름으로 헤이그 운하 기묘한 제방에서 그리고 암스테르담 술집에서 네덜란드 사람들과 어울린다는 정보가 계속 들어와도 그 믿음은 흔들릴 줄 몰랐다.

32장. 끝으로 치닫다

클레넘은 여전히 심한 병에 시달리며 마셜씨 교도소에 누워있고, 러그는 법조계 사업을 확대할 희망을 품고 열심히 돌아다니는데 틈새는 어디에도 안 보이고, 팽스는 자책감에 끊임없이 시달렸다. 클레넘은 감옥에서 시드는 게 아니라 사륜마차를 타고 다녀야 마땅하고, 팽스는 쥐꼬리만 한 임금에 목매는 게 아니라 삼사천 파운드 정도는 주머니에 늘 넣고 다녀야 마땅하다는 걸 증명하는 완벽한 계산 방식이 아니라면, 불행한 수학자는 병나서 자리에 드러누워 벽만 바라보다 죽어가는 수많은 사람 가운데 한 명이, 위대하게 살다 죽은 머들의 마지막 희생 제물이 될 수밖에 없을 터였다. 팽스는 의문의 여지가 없는 계산 방식 하나만 여전히 붙든 채 불안하고 초조하게 하루하루를 살았다. 계산한 수치를 모자에 넣고 다니면서 시간이 날 때마다 직접 살펴보는 건 물론, 잠시 붙들린 사람마다 보여주면서 계산 방식이 정말 확실하지 않으냐고 물었다. 블리딩 하트 단지 전역에는 팽스가 이렇게 안 물은 주민이 없고, 숫자놀이는 전염성이 있어, 일종의 숫자놀이 홍역 같은 게 그쪽 지역에 번지니, 단지 전체가 황홀경에 빠져들었다.

팽스는 마음이 불안할수록 족장이 미웠다. 최근에 둘이서 대화할 때는 내뿜는 콧김에 짜증 어린 소리가 묻어나왔다. 살아있는 모델로 여기는 화가나 가발 제작자와 달리 족장의 혹투성이 머리를 딱딱한 시선으로 바라볼 때도 잦았다.

하지만 족장이 부르거나 나가라고 할 때마다 뒤쪽 조그만 선착장을 들락거리며 콧김을 내뿜고, 사업은 평소처럼 꾸준했다. 팽스는 블리딩 하트 단지에 써레질하고 캐스비 나리는 곡식을 수확했다. 팽스가 고되게 일하면서 욕을 다 먹으면 캐스비 나리는 이익을 다 챙기면서 천상의 향기를 내뿜으니, 토요일 초저녁에 한 주를 결산하고는 통통한 엄지손가락 두 개를 빙글빙글 돌리면서 하는 말을 빌리자면, "모든 게 관련자 모두한테 만족스럽게 되었네 – 관련자 모두한테 – 관련자 모두한테 만족스럽게".

팽스라는 예인선이 머무는 선착장은 지붕이 납이라서 햇볕이 쨍쨍 내리쬐는 날이면 뜨겁게 달아올라, 선박을 뜨겁게 달구었다. 그렇게 이글거리던 어느 토요일 초저녁에 암녹색 묵직한 배가 부르는 즉시 예인선은 뜨겁게 달아오른 상태로 선착장에서 나오고, 족장은 이렇게 말했다.

"팽스, 일을 제대로 안 하는군, 일을 제대로 안 해."

"무슨 말씀인지요?"가 짤막한 대답이었다.

족장은 늘 차분하고 침착한데, 그날 저녁은 유난히 차분해서 팽스로선 짜증이 치밀 정도였다. 인간이란 족속은 하나같이 더위에 시달리는데, 족장은 완벽하게 시원했다. 모두가 목이 타는데, 족장은 음료를 들이켰다. 주변에는 라임 같기도 하고 레몬 같기도 한 향이 감돌았다. 족장이 황금빛 음료를 만들어서 마시는데, 커다란 잔에서 반짝이는 게 초저녁 햇살이라도 들이켜는 듯했다. 마음에 안 들긴 해도 최악은 아니었다. 최악은 파랗고 커다란 눈, 반질반질한 머리, 하얗고 기다란 머리칼, 암녹색 다리를 앞으로 쭉 뻗어서 편안한 신발을 발등에 겹치며 마무리한 채, 진짜 바라는 건 인간을 달달 볶아서 기름을 짜내는 것밖에 없으면서도, 겉으로는 인류를 위해서 음료를 마시는 듯 자비로운 표정이라는 사실이었다.

그래서 팽스는 "무슨 말씀인지요?"라고 다시 묻고는 두 손으로 머리칼을 섬뜩하게 세웠다.

"내 말은, 자네가 사람들한테 모질게 해야 한다는, 더 모질게 해야 한다는, 훨씬 모질게 해야 한다는 뜻이라네. 자네는 사람들을 쥐어짜질 않아. 쥐어짜질 않는다고. 거두어들인 돈이 기준 미달이야. 바짝 쥐어짜야 해. 안 그러면 우리 관계는 지금처럼 만족스러울 수 없다고. 나는 관련자 모두가 만족하길 바라거든. 관련자 모두가."

"내가 사람들을 쥐어짜지 않는다고요? 내가 하는 일이 무언데요?"

"자네가 할 일은 다른 일이 아니야. 자네는 본분에 충실해야 한다고. 그런데 본분에 충실하지 않잖아. 자네는 쥐어짜라고 돈을 받는 거니, 돈을 내놓도록 쥐어짜야 한다고."

족장은 자신이 특별히 의도하거나 기대하지 않았는데도 매우 멋진 말을 했다는 사실에 깜짝 놀라며 커다랗게 웃더니, 젊은 시절을 그린 초상화를 쳐다보고 통통한 엄지손가락 두 개를 빙글빙글 돌리면서 고개를 끄덕이다, 지극히 만족한 표정으로 다시 말했다.

"쥐어짜라고 돈을 받았으니, 돈을 내놓도록 쥐어짜야 한다고."

"아! 하실 말씀이 더 있나요?"

"그래, 그래. 더 있네. 괜찮다면 월요일 아침이 되자마자 단지를 다시 쥐어짜게."

"아! 너무 이르지 않은가요? 오늘 바짝 쥐어짰는데요."

"말도 안 돼. 기준 미달이라고, 기준 미달."

족장이 말하고는 자비로운 표정으로 혼합주를 꿀꺽꿀꺽 삼키자, 팽스는 가만히 지켜보다 다시 물었다.

"아! 하실 말씀이 더 있나요?"

"그래, 그래, 더 있네. 딸아이가 마음에 안 들어. 정말 안 들어. 클레넘 마님을 너무 자주, 너무 많이 찾아가, 지금은 마님이 관련자를 만족하게 해줄 처지가 아닌데도. 게다가 내가 잘못 본 게 아니라면 감옥에 있는 클레넘도 찾아가고."

"아파서 누워있으니까요. 마음씨가 친절해서 그런 거겠지요."

"쳇, 쳇. 딸아이는 그런 거랑 상관이 없어, 상관이 없다고. 내가 허락할 수 없어. 클레넘한테 빚을 갚고 나오라 해, 나오라고. 빚을 모두 갚고 나오라고."

팽스는 머리칼이 강한 철삿줄처럼 일어서는데도 두 손으로 한층 더 일으켜 세우고는, 더없이 섬뜩한 미소를 머금었다.

"괜찮다면 우리 딸한테 말하게, 내가 허락할 수 없다고, 허락할 수 없다고."

족장이 온화한 표정으로 말하자, 팽스가 되물었다.

"아! 직접 말하면 안 되나요?"

나이만 어설프게 먹은 멍청이는 멋진 말을 다시 하고픈 욕망이 치솟았다.

"아니지, 아니야. 자네는 그 말을 하라고 돈을 받았으니, 돈을 갚도록 그 말을 하라고."

"아! 하실 말씀이 더 있나요?"

"그래. 자네 역시 그쪽으로 너무 자주, 너무 많이 가는 듯하더군. 내가 충고하는데, 자신이 잃은 돈과 다른 사람이 잃은 돈에 관심을 끊도록 하게. 자네 일이나 신경 쓰라고, 자네 일이나 신경 써."

팽스가 갑작스럽게 "아!"라는 감탄사를 짤막하면서도 커다랗게 뱉어내는 식으로 반응하니, 족장은 파랗고 커다란 눈을 급히 움직이며 쳐다보고, 팽스는 그만큼 커다란 콧김을 내뿜다 덧붙였다.

"하실 말씀이 더 있나요?"

족장이 혼합주를 다 마시고 상쾌한 분위기로 일어나며 대답했다.

"당장은 없네, 당장은 없어. 이제 산책할 예정이네, 산책을. 내가 돌아올 때까지 자네가 있을 수도 있겠지. 하지만 혹시 모르니, 미리 말하겠는데, 본분, 본분을 다하게. 월요일에 쥐어짜고, 또 쥐어짜고, 또 쥐어짜라고. 월요일에 쥐어짜!"

팽스는 머리칼을 다시 뻣뻣하게 세우고 나서 족장이 챙 넓은 모자를 쓰는 광경을 가만히 쳐다보았다. 마음이 상한 표정과 결정을 못 내린 표정이 순간적으로 다투는 느낌이었다. 처음보다 열이 오르고 숨도 가빴다. 하지만 더 말하지 않고 캐스비가 나가는 모습을 지켜보다, 창가에 친 녹색 블라인드 너머로 훔쳐보며 중얼댔다.

"그럴 줄 알았어. 당신이 어디로 가는지 알겠다고. 좋아!"

그러더니 콧김을 내뿜으며 선착장으로 돌아가서 세심하게 정돈하고 모자를 내려놓고는 주변을 둘러보며 "잘 있어!"라고 말한 뒤, 콧김을 내뿜으며 길을 나섰다. 블리딩 하트 단지 끝에 있는 플로니쉬 부인 상점으로 곧장 방향을 잡아, 여느 때보다 뜨겁게 달아오른 표정으로 계단 꼭대기에 올라섰다.

계단 꼭대기에서 서서, 안으로 들어와서 아버지랑 '행복한 오두막'에 계시라는 플로니쉬 부인의 초대를 거절하고 – 다른 요일이라면 계속 권했겠지만, 다행히도 토요일이라 돈을 뺀 모든 점에서 장사를 열심히 도와주는 사람이 많은 터라 되풀이되는 권유를 모면한 채 – 팽스는 족장이 나타나기만 숨죽여 기다렸다. 족장은 예상대로 반대편 끝에서 단지로 들어서서 밝은 빛을 발산하며 천천히 다가오다, 다양한 청원인에 둘러싸였다. 그러자 팽스는 계단을 내려와서 콧김을 최대치로 내뿜으며 족장한테 곧장 돌진했다.

족장은 평소처럼 자상한 표정으로 다가오다 팽스를 보고 깜짝 놀라긴 했어도, 월요일까지 미루는 대신 당장 쥐어짜려 한다고 생각했다. 두 사람이 만나는 모습에 단지 주민은 많이 놀랐다. 두 권력자가 그곳에서 만나는 모습을 여태껏 어떤 주민도 못 보았기 때문이다. 그런 두 권력자가 단지에서 만나다니, 팽스가 누구보다 자비로운 인물에게 바싹 다가가 암녹색 조끼 앞에 멈추어, 오른손 검지랑 엄지로 방아쇠를 만들어서 널찍한 모자챙에 대고는 빠르고도 정확하게 날려서 커다란 공깃돌처럼 반지르르한 머리를 훤히 드러나게 하다니, 주민 모두 하나같이 입이 쩍 벌어질 정도로 놀라지 않을 수 없었다.

족장이라는 인간에게 이런 식으로 살짝 무례하게 행동한 팽스는 "자, 달콤한 말만 늘어놓는 사기꾼아, 이제 네놈과 결판을 내고 말겠다!"라고 소리쳐서 블리딩 하트를 더더욱 놀라게 하며 시선을 잡아끌었다.

사람들이 눈을 크게 뜨고 귀를 곤추세운 채 팽스와 족장을 에워쌌다. 창문마다 활짝 열리고 현관 계단마다 사람들이 몰려나왔다.

팽스가 말했다.

"도대체 무슨 사기를 치는 거야? 무얼 그렇게 속이느냐고? 목적이 뭐야, 자비로운 척하는 거? 네놈이 자비롭다는 거?"

여기에서 팽스는 족장을 때릴 의도가 없는 게 분명한, 하지만 억울한 마음을 달래고 넘치는 체력을 건전하게 단련하려는 게 분명한 동작으로 주먹을 날리니, 흑투성이 머리가 살짝 숙이면서 피했다. 팽스는 한마디 할 때마다 독특한 동작을 되풀이하고 구경꾼은 늘어나며 감탄하는 가운데, 팽스가 다시 말했다.

"네놈이 시키는 일은 완전히 관두었으니, 이제 네놈 정체를 까발리고 말겠어. 네놈은 지상에서 만날 수많은 사기꾼 가운데서 가장 고약한 사기꾼이야. 내가 그런 놈 둘한테 당한 자격으로 말하는데, 네놈 같은 사기꾼한테 당하는 거나 머들한테 당하는 거나 별반 다를 게 없다고. 네놈은 가면을 쓴 악당, 대리인을 시켜서 착취하는 놈, 쥐어짜고 비틀어 짜는 고리대금업자야. 인자한 척하는 좀도둑. 지저분한 사기꾼이라고!"

(이 지점에 주먹을 다시 날리고 피하자, 사방에서 폭소가 터졌다.)

"여기에 모인 선량한 사람들한테 우리 둘 가운데 누가 지독한 사람인지 물어보라고. 하나같이 자네 팽스라고 대답할 거야."

족장이 말하자 "물론이지"와 "옳소!"라는 말이 터져 나왔다. 그러자 팽스가 소리쳤다.

"하지만 내가 말하지요, 선량한 주민 여러분 – 캐스비! 온화한 척하는 인간, 사랑 덩어리, 암녹색 미소를 머금은 이 작자가 바로 여러분을 착취하는 주범이라오! 산 채로 여러분 살가죽을 벗기는 작자는 바로 여기에 있는 위선자라오! 일주일에 30실링을 받고 일하는 나를 보지 마시고, 턱없이 많은 돈을 벌어들이는 캐스비를 보시오!"

"맞다! 팽스 말을 들어보자!"

여러 목소리가 터져 나오자 팽스가 (주먹을 날리고 피하는 동작을 되풀이한 뒤에) 받아쳤다.

"팽스 말을 들어보자고요? 그래요, 내 생각도 그래요! 이제 팽스 말을 들을 시간도 됐으니까. 팽스가 오늘 밤에 단지로 내려온 이유도 여러분한테 모두 털어놓겠소. 팽스는 태엽에 불과하다오. 태엽을 감는 사람은 캐스비고!"

남녀노소 모두 팽스 말에 넘어갈 것 같다가도, 비단결처럼 곱고 기다란 백발과 챙 넓은 모자를 보는 순간에 원점으로 돌아갔다. 그래서 팽스가 다시 말했다.

"나는 바닥을 박박 긁는 소리로 음조를 맞추는 손풍금이라오. 여기서는 한가지 소리만 난다오. 박박 긁어, 박박 긁어, 박박 긁어! 그런데 손풍금 주인은 바로 이 작자라오. 내가 돈을 박박 긁어다 바치는 작자라오. 아아, 선량한 주민 여러분, 캐스비가 오늘 밤에 윙윙대며 천천히 자비롭게 돌아가는 팽이처럼 단지를 느긋하게 돌아다닐 때, 여러분은 주변에 모여들어 돈을 박박 긁어다 바치는 종만 탓할 뿐, 손풍금 주인이 얼마나 대단한 사기꾼인지는 모른다오! 여러분은 어떻게 생각하겠소, 손풍금 주인은 오늘 밤에 나타나고, 나는 월요일 아침에 나타나서 모든 비난을 감수한다면? 여러분은 어떻게 생각하겠소, 내가 여러분을 충분히 쥐어짜지 않는다는 이유로 손풍금 주인이 조금 전까지 나를 박박 긁었다면? 여러분은 어떻게 생각하겠소, 월요일 아침이 되자마자 나한테 여러분을 바싹 쥐어짜라고 노골적으로 명령했다면?"

"창피한 짓이로군!", "수치스럽군!"이라고 중얼거리는 소리가 곳곳에서 일고, 팽스는 콧김을 내뿜었다.

"수치스럽다! 그래요, 나도 그렇게 생각한다오! 캐스비 악당은 누구보다 수치스러운 악당이라오. 창피도 하고 두렵기도 해서 자기는 안 그런 척하려고 일꾼한테 쥐꼬리만 한 돈을 주고서 돈을 박박 긁어오게 하는 악당! 돈을 긁어오는 일꾼한테 비난이 쏠리게 하고 자기는 명성만 탐하는 악당! 아아, 거짓말로 18펜스를 훔쳐 가는 지독한 사기꾼도 여기에 있는 캐스비 머리에 비하면 아무렇지 않을 정도로!"

"맞는 말이다!", "더는 사기 치지 말라!"는 소리가 터져 나오고, 팽스는 계속 말했다.

"그것 말고 또 어떤 특징이 있는지 봅시다. 비싼 팽이가 여러분 사이에서 윙윙대며 부드럽게 돌아가니, 여러분은 팽이에 어떤 무늬가 있고 어떤 구멍이 났는지 알 수 없답니다. 잠시 귀를 기울여보세요. 내가 호감 가는 스타일이 아니라는 건 나도 잘 아니까."

이 부분에서 주민들 의견이 갈렸다. 강경한 주민은 "그렇다, 당신은 호감 가는 스타일이 아니다"라 소리치고 점잖은 주민은 "아니다, 당신은 호감 가는 스타일이다"라고 소리치는 가운데 팽스가 말했다.

"대체로 나는 무미건조하고 불편하고 음울하게 일만 하는, 돈만 박박 긁어가는 사람이라오. 그런 사람이 바로 나라오. 하지만 전신을 직접 그려서 여러분 앞에 내놓은 초상화는 바로 저기에 있소! 완전히 똑같이 생긴 초상화! 그런데도 저런 인간을 주인으로 모시는 나 같은 인간은 도대체 어떻게 된 인간이냐는 말이오? 그런 인간한테 기대할 게 무어라고? 코코넛 열매에서 삶은 양고기와 초절임 소스가 나오는 걸 본 적이 있소?"

블리딩 하트 단지 누구도 본 적이 없다는 사실은 순식간에 확실하게 드러나고, 팽스는 다시 말했다.

"으음, 이런 주인 밑에서 나처럼 돈은 박박 긁어가는 사람도 유쾌한 성품일 수는 없겠지요. 어릴 적부터 돈을 박박 긁어다 바쳐야 했으니까요. 그런 내가 지금껏 어떻게 살았겠습니까? 죽도록 일해서 돈을 박박 긁어다 바치고 또 죽도록 일해서 돈을 박박 긁어다 바치고, 바퀴를 돌리고, 또 바퀴를 돌리고! 나는 나 자신을 유쾌하게 여긴 적이 한 번도 없소. 마찬가지로 다른 사람한테 유쾌한 적도 없소. 십 년 뒤에 내 가치가 주당 1실링 줄어든다면, 이 사기꾼은 주당 1실링을 덜 줄 것이오. 행여나 6펜스 싸게 일할 사람이 나타난다면, 내가 하는 일을 그 사람한테 6펜스 싸게 맡길 것이오. 흥정과 거래! 확고한 원칙! 캐스비 머리는 표지판으로 정말 대단하지만……"

팽스가 그 머리를 경멸하듯 쳐다보며 이어갔다.

"실제로는 사기 칠 방법만 떠올리는 머리며, 그 표어는 '돈을 박박 긁어오라'랍니다."

팽스가 입을 다물고 주변을 둘러보며 물었다.

"여기에 영문법을 잘 아는 분이 계시나요?"

블리딩 하트 단지는 그렇다고 대답하길 꺼리고, 팽스는 다시 말했다.

"괜찮소. 사기꾼이 나한테 맡긴 임무는 늘 열심히 일하라는 '현재시제 명령문'에서 한 번도 벗어난 적이 없다는 지적을 하고 싶었을 뿐이오. 그대는 늘 열심히 일하라. 그자가 늘 열심히 일하게 하라. 우리 모두 늘 열심히 일하라. 여러분 모두 늘 열심히 일하게 하라. 그들 모두 늘 열심히 일하게 하라. 여기에는 여러분의 자비로운 캐스비 족장이 있고, 저기에는 캐스비 족장의 황금률이 있지요. 그런데도 캐스비 족장을 보면 기분이 좋아지는데, 나를 보면 안 그렇지요. 캐스비 족장은 꿀처럼 달콤하지만, 나는 쓰레기처럼 더러우니까요. 캐스비 족장은 새까만 찌꺼기를 주고, 나를 그걸 만져서 온몸을 더럽히니까요."

팽스는 단지 주민이 예전 주인을 잘 보도록 약간 물러선 상태였는데, 다시 가까이 다가가며 덧붙였다.

"자, 나는 많은 사람 앞에서 말하는 게 익숙하지 않아도 여태껏 기다랗게 늘어놓았으니, 모든 상황을 고려해서 네놈한테 이런 짓은 그만하라는 요구로 마무리하겠어."

마지막 족장은 맹렬한 비난을 받아, 생각을 정리하는 데 상당한 시간이 필요하고 상황을 되돌리는 데 더 많은 시간이 필요한 터라, 당장은 대꾸할 말이 없었다. 그래서 미묘한 처지를 벗어날 족장다운 방법을 곰곰이 떠올리는 듯할 때 팽스가 족장 머리에 방아쇠를 갖다 대서 모자를 조금 전처럼 정확히 날려버렸다. 조금 전에는 블리딩 하트 주민 한두 명이 비굴하게 집어서 건네주었지만, 지금은 하나같이 팽스한테 깊은 인상을 받은 터라, 족장이 직접 몸을 돌리고 숙여서 모자를 집어야 했다.

팽스는 오른손을 외투 주머니에 가만히 넣고 있다가 바로 그 순간에 번개처럼 빠르게 가위를 꺼내서 족장 뒤로 달려들어, 어깨로 신성하게 흘러내린 머리채를 싹둑 잘라버렸다. 그런 다음에는 깜짝 놀란 족장 손에서 챙 넓은 모자를 낚아채고 냄비 모양으로 잘라, 족장 머리에 씌워주었다.

그러다 주춤했다. 팽스조차 자포자기 행동이 낳은 끔찍한 결과에 깜짝 놀란 것이다. 머리칼은 싹둑 잘리고 두 눈은 통방울처럼 튀어나오고 머리통은 커다랗고 동작은 굼뜬 사내가 가만히 서서 물끄러미 쳐다보는데, 인상적인 느낌도 존경스러운 느낌도 전혀 없는 인물이 땅속에서 갑자기 튀어나와 캐스비는 어디에 있느냐고 묻는 것 같았다. 팽스는 유령 같은 몰골을 감탄하는 눈빛으로 물끄러미 바라보다, 가위를 내던지고 끔찍한 범죄로 자처한 결과를 피해서 재빨리 도망쳤다. 최대한 빨리 도망치려고 애쓰는데, 뒤에서 쫓아오는 건 블리딩 하트 단지 전역에 울려 퍼지는 폭소가 공중에 일으키는 잔물결뿐이었다.

33장. 계속 가다!

열병에 시달리는 감방은 변화가 없지만, 열병에 시달리는 세상은 변화가 빠른데 되돌릴 수도 없다.

작은 도릿은 두 가지 변화를 모두 받아들여야 하는 운명이었다. 마셜 씨 교도소 담장은 작은 도릿이 지극한 사랑과 관심으로 클레넘을 간호하고 보살피다 잠시 곁을 떠날 때까지 그 그늘 속에 교도소 딸로 매일 일정 시간 받아들였다. 교도소 철문 바깥의 삶 역시 절박하게 필요로 하는 부분이 있어, 작은 도릿은 그 요구 역시 차분하게 받아들였다. 패니는 거만하고 변덕스럽고 엉뚱했으니, 거북 등딱지 접이칼을 건넨 저녁에 단단히 짜증 나던 상태는 – 사교계로 못 들어가는 상태는 – 갈수록 더 심해지기만 했다. 그래서 위안을 받으려 애쓰면서도 위안을 거부하고, 부당한 처사라며 억울해하면서도 다른 사람이 그렇게 여기는 걸 거부했다. 패니 오빠도 있으니, 나약하고 거만하며 늘 술에 취해서 비틀대는 젊은이로 머리끝부터 발끝까지 덜덜 떨며, 늘 자랑하던 돈이 목구멍에 들어가서 밖으로 나올 생각을 안 하는 듯 말소리는 희미하고 인생을 혼자서 살아갈 수도 없어, 여동생을 이기적으로 사랑하고 후원하는 척하니(불행하고 품행도 나쁜 팁은 부정적인 특징이 늘 강했

550

으니!), 작은 도릿이 곁에서 돌봐야 했기 때문이다. 망사 상복을 걸친 머들 부인도 있는데, 머리에 처음 얹은 상복 모자는 깊은 슬픔에 빠져서 갈가리 찢어발겼는지, 파리에서 들여온 고급 상복 차림으로 패니와 정면으로 맞서고, 쪼그라든 가슴으로 패니의 젊은 가슴과 매일 매시간 맞섰다. '번뜩이는 머리'도 있어, 두 여인이 잘 지내도록 하는 법은 몰라도 둘 다 훌륭한 여성이라 엉뚱한 소리를 안 한다며 서로를 인정하는 선에서 마무리하자는 의견에 소박하게 매달리는 경향이 있는데, 그럴 때마다 두 여인은 손을 맞잡고 무섭게 달려들었다. 제너럴 부인도 있는데, 외국에서 돌아와 이틀에 한 번씩 자두와 프리즘을 보내며 빈자리든 뭐든 가정교사로 들어갈 자리에 넣을 추천서를 끈질기게 요구했다. 그럴 때마다 혹은 몇 번에 한 번씩, 어떤 집이든 빈자리가 있으면 가정교사로 부인만큼 잘 맞고 훌륭한 사람은 지상 어디에도 있을 수 없다고, (추천서에 잘 드러나듯) 많은 사람이 완벽하게 만족한다고 추천하겠다는 답변을 들었다. 하지만 열렬히 숭배하는 사람은 정말 많으나, 당장으로선 그런 역할을 바라는 사람이 주변에 한 명도 없다는 답변도 들었다.

유명한 머들이 사망한 충격에 처음 시달릴 때만 해도, 주요 인사 대부분은 머들 부인을 잘라낼지 위로할지 결정할 수 없었다. 하지만 자신들도 한 일이 있는 터라 머들 부인은 끔찍한 사기에 당했다고 인정하는 게 그나마 유리하겠다는 판단이 들어, 관대하게 받아들였다. 그러면서 출신 성분도 교양도 훌륭한 상류층 여성이나, 천박한 야만인의 간계에 (조그만 욕조에서 발견되는 순간, 머들은 머리끝부터 발끝까지 천박했으니) 희생당했다는, 상류사회를 위해서라도 상류층 신분을 지켜주어야 한다는 말까지 나돌았다. 머들 부인은 고인의 흉악한 범죄에 누구보다 많이 분노한다는 사실을 알려서 상류사회의 신의에 보답하니, 전체적으로 볼 때 꽤 멋진 지혜를 발휘하고 멋들어지게 행동해서 뜨거운 용광로를 완전히 빠져나온 셈이었다.

'번뜩이는 머리'가 물려받은 귀족 작위는 다행히도 한 인간을 구석 자리로 영원히 치워놓는 선반 가운데 하나로 작용했다, 바너클 크레인 이 돋보이는 자리로 끌어올릴 이유가 없는 한. 그래서 애국심 강한 공직자는 자신한테 주어진 색깔에 - 분기마다 받는 봉급에 - 집착하며, 자리에 완전히 뿌리내렸다. '번뜩이는 머리'가 용기를 낸 덕분에 '번뜩이는 머리' 부인과 머들 부인은, 죽음이 냄새를 피우듯 어제 먹은 수프 와 마구간 냄새가 낮 동안 떠날 줄 모르는 게 많이 불편하긴 해도, 점잖고 자그마한 건물의 다른 층에 거주하며 사교계라는 투기장 바깥 에서 싸울 채비를 갖추었다. 작은 도릿은 그 광경을 모두 지켜보는 동안, 아직 태어나지 않은 언니네 아이들이 구석 자리 어디에 처박힐지, 그 희생 제물을 누가 보살필지 절로 불안한 마음이 들었다.

클레넘은 심하게 아팠다. 작은 도릿이 마음속 감정이나 불안감을 털어놓을 때가 아니었다. 당장은 편히 쉬면서 체력부터 회복하는 게 중요했다. 너무나 암울한 시기에 작은 도릿이 기댈 사람은 미글스 선 생밖에 없었다. 미글스 선생은 해외에 머물지만, 작은 도릿은 클레넘 이 마셜씨에 갇히자마자 선생 딸을 통해 편지를 보내서 소식을 알린 뒤로 자신이 걱정하는 내용을, 주로 한 가지를, 털어놓으며 상의했다. 리고가 손아귀에 넣은 서류의 본질을 정확히 안 밝힌 채, 관련 내용을 대략 털어놓고 리고가 처한 운명마저 알려준 것이다. 바로 이것 때문 에 미글스 선생은 마셜씨 교도소로 즉각 찾아오는 대신, 해외에 계속 머물렀다.

미글스 선생은 저울과 국자를 오랫동안 조심스레 사용하던 습관 덕 분에 서류 원본을 찾는 게 무엇보다 중요하다는 사실을 단번에 깨달았다. 그래서 답장을 보내, 작은 도릿이 걱정하는 바에 충분히 공감한 다음, '서류 원본을 찾으려고 애쓰지도 않은 채' 영국으로 돌아갈 순 없다고 덧붙인 것이다.

헨리 가우언이 미글스 부부를 안 만나는 편이 바람직하다고 마음먹은 다음이었다. 다행히도 부인까지 그러도록 명령하지는 않았지만, 자신과 장인은 서로 안 맞는 것 같다고, 둘 다 좋은 사람이긴 해도 – 험한 꼴 비슷한 걸 안 보이고 점잖게 – 서로 떨어져서 지내는 게 최선인 것 같다고 미글스 선생에게 말했다. 가련하게도 미글스 선생은 자신이 딸 곁에 머물며 끊임없이 무시당하는 건 딸한테도 안 좋다는 사실을 이미 충분히 깨달은 터라, "좋네, 가우언! 페트 남편은 자네야. 자네가 내 역할을 대신하는 게 자연의 섭리지. 자네가 바라는 게 그거라면, 좋아, 그러도록 하지!"라고 대답했다. 여기에는 헨리 가우언도 예상을 못 한 뜻밖의 장점이 있었으니, 미글스 부부는 딸과 어린 손자를 훨씬 자유롭게 만날 수 있고, 가우언은 돈이 나오는 데를 구차하게 확인할 필요가 없어서 자존심을 지킬 수 있었다.

따라서 이 시기에 미글스 선생이 그 일에 열심히 매달린 과정은 너무나 자연스러웠다. 우선, 딸에게서 리고가 주로 찾아간 마을과 주로 묵던 호텔 이름을 몇 개 들었다. 그런 다음에 제일 먼저 세운 계획은 그 마을과 호텔을 신중하면서도 신속하게 찾아다니는 것이었다. 리고가 상자나 꾸러미를 맡긴 채 안 갚은 돈이 행여나 있다면, 돈을 갚고 상자나 꾸러미를 찾아오려는 목적이었다.

미글스 선생은 하인 없이 애 엄마하고만 성지순례에 나서, 수많은 상황에 맞닥뜨렸다. 사람들이 하는 말을 조금도 알아들을 수 없다는, 그리고 자신이 하는 말을 조금도 못 알아듣는 사람들에게 물어보고 다녀야 한다는 사실이 무엇보다 어려웠다. 그런데도 영어가 온 세상의

모국어라는 묘한 확신은 조금도 안 흔들린 채, 여인숙 주인을 만날 때마다 장광설을 늘어놓으며 수다를 떨고, 복잡한 설명을 시끌벅적하게 늘어놓고, 사람들이 자기네 말로 대답하는 걸 완벽하게 거부했다. "하나같이 멍청하다"는 이유였다. 때로는 통역하는 사람도 있으나, 미글스 선생은 당장 입 닥치고 꺼지라는 식으로 관용구를 늘어놓으니, 상황은 한층 더 나빠질 뿐이었다. 하지만 저울에 놓고 따져본다면 그것 때문에 손해를 봤는지는 의심스럽다. 리고가 남긴 물건은 못 찾았어도, 리고가 남긴 빚은 물론 다양한 불신과 의혹은 나름대로 알아들어, 가는 곳마다 뼈아픈 비난까지 받아야 했다. 경찰서로 끌려간 건 네 번이고, 그럴 때마다 "근면한 기사", "쓸데없는 놈", "도적놈"이라는 욕설을 들었는데, 미글스 선생은 모든 욕설을 (의미를 모르는 터라) 아무렇지 않게 받아내고, 증기선과 정부 마차에 실려서 쫓겨나는 무례를 겪으면서도 애 엄마랑 팔짱을 한 채 영국인 특유의 영어를 쾌활하게 늘어놓았기 때문이다.

하지만 영어로 말할 때도 머릿속으로 생각할 때도, 미글스 선생은 확실하고 날카로우며 끈기도 있는 사내였다. 여태껏 아무런 성과 없이 파리로 자칭 "순례 여행길을 돌" 때도 미글스 선생은 낙담하지 않았다. 이렇게 말할 정도였다.

"리고를 쫓아서 영국에 가까워진다는 건, 애 엄마, 원본이 나타나든 안 나타나든, 원본이 있는 곳은 그만큼 가까워진다는 뜻이라오. 영국에서 건너온 사람은 못 찾는 곳, 하지만 자신은 아무 때나 가져올 수 있는 곳에 리고가 원본을 두었다고 보는 게 합리적일 테니 말이오. 안 그렇소?"

파리에선 작은 도릿 편지가 기다렸다. 사라진 사내 얘기를 이제 비로소 클레넘 선생에게 살짝 했는데, 미글스 선생이 그 사내 행적을 찾아서 여행한다는 말을 듣고는, 웨이드 아가씨가 리고와 아는 사이로, 당시에 칼레 모모 거리에 살았다는 말을 꼭 전해달라고 했다는 내용이었다.

미글스 선생은 "아하!" 하고 무릎을 친 다음, 합승 마차를 타던 시절 치고는 정말 빠르게 달려가, 금 간 현관문에서 금 간 종을 울렸다. 현관문이 삐거덕 열리더니, 어두운 입구에서 여성 농부가 "여보세요! 나 봐요! 누구요?"라고 물었다. 미글스 선생은 자신이 누구며 무얼 하러 왔는지 안다면 칼레 사람들이 정말 대단한 거라고 중얼대다, "웨이드 아가씨를 찾아왔다오"라고 대답했다. 그리고는 웨이드 아가씨가 있는 곳으로 안내받아, 목청을 가다듬으며 인사했다.

"정말 오랜만이구려. 그동안 편히 지내셨지요, 웨이드 아가씨?"

웨이드 아가씨는 잘 지냈다는 대답도, 잘 지냈느냐는 인사도 없이 또 무슨 일로 찾아왔느냐고 물었다. 그 사이에 미글스 선생은 실내를 둘러보는데, 상자 형태를 띤 물건은 안 보였다. 그리고는 상대를 달래는 목소리까지는 아닐지라도 차분하고 편안한 목소리로 대답했다.

"눈앞에 가득한 어둠을 아가씨가 조금이나마 밝혀줄 것 같아서 찾아왔다오. 불쾌한 예전 일은 다 옛날 일로 치워버립시다. 인제 와서 어쩔 수는 없으니까. 우리 딸을 기억하지요? 시간이 정말 많이 흘렀다오! 어머니가 되었으니까!"

더없이 나쁜 소식을 순진무구하게 알린 셈이었다. 미글스 선생이 재미난 말을 떠올리려고 잠시 입을 다무는데, 소용은 없었다. 웨이드 아가씨가 차갑게 침묵하다 물었기 때문이다.

"그런 말이나 하려고 찾아오신 건 아니겠지요?"

"맞아요, 맞아. 내가 생각하기에 아가씨는 선량한 성격이니……"

미글스 선생이 말하는데, 웨이드 아가씨가 미소를 머금으며 끼어들었다.

"저한테 선량한 성격을 기대하면 안 된다는 정도는 아시지 않나요?"

"그렇게 말하지 마시오. 아가씬 나쁜 성격이 아니라오."

미글스 선생이 말하다, 이런 식으로 돌려서 접근하는 건 아무런 소용이 없다는 사실을 깨닫고 다시 말했다.

"하지만 본론으로 들어가서, 우리 친구 클레넘한테 들었는데, 안타깝게도 지금 클레넘이 아픈데……"

미글스 선생은 입을 다시 다물고, 웨이드 아가씨는 다시 침묵했다.

"……아가씨가 블랑두아라는 사람을 안다고 하더군요, 최근에 런던에서 끔찍한 사고로 죽은 사람 말이오."

미글스 선생은 웨이드 아가씨가 반발하려는 걸 알아채고 재빨리 덧붙였다.

"아니, 오해하지 마시오! 아주 조금 안다는 뜻이니까. 나도 잘 알아요. 아주 조금 안다는 걸."

미글스 선생 목소리가 다시 편안하게 가라앉았다.

"다만, 그 사내가 지난번에 영국으로 들어가면서 서류 상자 하나를, 혹은 서류 꾸러미 같은 걸 – 어떤 형태든 어떤 서류든 – 아가씨께 맡기지 않았느냐 하는 문제가 있다오, 자신이 찾으러 올 때까지 잠시만 맡아달라고 부탁하면서."

"문제요? 누구 문제요?"

"내 문제라오. 또한 클레넘 문제도 되고, 다른 사람 문제도 되지요."

미글스 선생이 사랑스러운 페트를 가만히 떠올리며 이어갔다.

"나는 아가씨가 우리 딸을 나쁘게 여기지 않으리라 확신하오. 그럴 순 없으니까. 아아! 그건 우리 딸 문제도 된다오. 우리 딸이 가깝게 지내던 분하고 깊은 관계가 있으니까. 그래서 찾아왔다오, 문제를 솔직히 털어놓고 그자가 서류를 맡겼는지 물어보려고."

"제가 예전에 딱 한 번 고용하고 값을 치르고 해고한 사내를 아는 사람은 하나같이 나를 표적으로 삼아서 자기네 문제를 해결하려는 것 같군요!"

"아니요, 그렇지 않소! 그렇게 받아들이지 마시오, 그건 세상에서 가장 간단한 질문이며, 따라서 누구한테나 대답할 수 있다오. 내가 언급한 서류는 애초에 그 사람 소유가 아니라 불법으로 습득한 물건이 니, 물건을 지닌 사람한테 언제든 문제를 일으킬 소지가 크다오, 진짜 주인이 찾는 중이라서. 그자는 칼레를 거쳐서 런던으로 가는데, 서류 를 지니고 가면 안 되는 이유가, 나중에 손쉽게 찾을 곳에 맡겨야 하는 이유가, 하지만 자신 같은 부류는 믿을 수 없는 이유가 있었다오. 그자가 여기에 맡겼소? 분명히 말하지만, 아가씨한테 무례하지 않게 물어볼 방법을 안다면, 모든 걸 감수하고서라도 그렇게 물었을 것이 오. 내가 개인적으로 물었지만, 질문 자체에 개인적인 뜻은 하나도 없다오. 누구한테나 똑같이 물었을 테니까요, 실제로 지금껏 많은 사 람한테 똑같이 묻기도 했고. 그자가 여기에 맡겼소? 그자가 여기에 맡긴 물건이 있소?"

"없습니다."

"그렇다면 불행하게도, 웨이드 아가씨는 그 물건을 전혀 모르오?"

"전혀 모릅니다. 뭔지 모를 질문에 충분히 대답했습니다. 그 사람은 여기에 물건을 맡기지 않았으며, 나는 그것에 대해 아는 게 하나도 없습니다."

미글스 선생이 일어나며 한탄했다.

"아아! 정말 미안하오. 더 물을 건 없소. 크게 실례한 건 아니길 바랄 뿐이오…… 태티코럼은 잘 지내나요, 웨이드 아가씨?"

"해리엇이 잘 지내냐고요? 아, 네!"

"내가 또 실수했구려. 그 얘기만 나오면 계속 실수하는 것 같구려. 내가 조금만 더 신중했더라면 아이한테 그런 이름을 지어주진 않았을 텐데. 하지만 젊은 사람과 즐겁고 상쾌하게 지내다 보면, 신중하지 않을 때가 있는 법이라오. 오랜 친구가 안부를 전하더라고 전해주시오, 웨이드 아가씨, 그래도 괜찮다는 생각이 드신다면."

웨이드 아가씨는 대답을 안 하고, 미글스 선생은 우중충한 실내를 정직한 얼굴로 태양처럼 환하게 밝히다, 부인이 기다리는 호텔로 돌아가서 "잘 안 됐다오, 애 엄마. 아무런 효과가 없어!"라고 보고했다. 그리고는 런던행 증기 여객선에 곧바로 올라타서 바닷길을 밤새 달려 마셜씨 교도소에 다음 날 나타났다.

미글스 부부가 교도소 쪽문에 나타난 저물녘은 성실한 존이 근무하는 시간이었다. 존은 미스 도릿이 지금 없다고, 하지만 아침에 다녀갔다고, 저녁에 다시 올 게 분명하다고, 클레넘 선생은 조금씩 회복하는 중이라고, 매기와 플로니쉬 부인과 밥티스트가 돌아가면서 돌본다고, 미스 도릿은 저녁 시간이 되면 종이 울리기 전에 올 거라고 대답했다. 그리고는 소장이 미스 도릿에게 빌려준 방이 위층에 있으니, 괜찮다면 그 방에서 기다리라고 권했다. 미글스 선생은 사전에 아무런 대비도 없이 찾아가면 클레넘에게 안 좋을지 모른다는 염려가 들어, 제안을 받아들였다. 그래서 방으로 올라가 단둘이 남는 순간에 창문에 쳐놓은 창살 사이로 감옥을 내려다보았다.

답답한 교도소 내부에 미글스 부인은 충격을 받고서 흐느끼고 미글스 선생은 가쁜 숨을 몰아쉬기 시작했다. 그래서 방 안을 이리저리 거닐며 부인 손수건을 부채 삼아 열심히 부치는 바람에 호흡이 한층 거칠어질 때, 방문이 열리는 쪽으로 고개를 돌리다 깜짝 놀랐다.

"엉? 맙소사! 미스 도릿이 아니군! 맙소사, 애 엄마, 저길 봐! 태티코럼이야!"

그랬다. 태티코럼이 길이 60cm 정도 되는 정사각형 철제상자를 가슴에 안고서 나타났다. 애프리가 꿈을 처음 꿀 때, 깜깜한 밤에 집 밖으로 나가다 남편이랑 똑같이 생긴 사내가 겨드랑이에 끼운 걸 본 바로 그 상자였다. 태티코럼이 오랜 주인 발치에 상자를 내려놓고서 옆에 무릎을 꿇은 채 두 손으로 상자를 두드리며 울부짖었다. 더없이 기쁘기도 하고 슬프기도 한, 웃는 것 같기도 하고 우는 것 같기도 한 표정이었다.

"죄송해요, 사랑하는 주인님. 저를 다시 받아주세요, 주인님. 상자를 가져왔어요!"

"태티!"

미글스 선생이 깜짝 놀라자, 태티코럼이 다시 말했다.

"주인님이 찾으시던 거예요! 여기에 가지고 왔어요! 주인님이 오셨을 때 옆방에 갇힌 상태였어요. 주인님이 상자를 찾는다는 소리를 듣고, 그 여자가 모른다고 하는 소리도 들었는데, 그자가 상자를 맡길 때 제가 옆에 있었어요. 그래서 잠자는 시간에 몰래 갖고 나왔어요. 자, 여기에 있어요!"

미글스 선생이 한층 숨 가쁜 소리로 감탄하며 물었다.

"맙소사, 얘야, 여기까지 어떻게 왔니?"

"주인님과 같은 배를 타고 왔어요. 반대편에 망토를 쓰고 앉아있었어요. 주인님이 부두에서 역마차에 올라타는 모습을 보고 저는 다른 역마차에 올라타서 여기까지 쫓아왔어요. 그 여자는 상자가 절실하게 필요하다는 말을 들은 이상 절대로 안 내놓을 거예요. 바다에 버리거나 불에 태우겠지요. 그런데 제가 이렇게 가져왔어요!"

"이렇게 가져왔다"고 말할 때는 너무나 기뻐서 얼굴이 빨갛게 달아올랐다.

"그 여자는 상자를 안 맡으려고 했어요, 그 여자를 굳이 변명하자면. 그런데도 그자가 억지로 맡겼지만, 주인님이 그렇게 말씀하신 데다 본인 입으로 부정까지 한 터라, 그 여자는 상자를 절대로 안 내놓았을 거예요. 하지만 제가 이렇게 가져왔어요! 친애하는 주인님, 아, 주인님, 저를 다시 받아주세요, 예전에 정겹게 부르시던 이름도 돌려주시고요! 이걸 가져온 공을 생각하시어, 저를 용서해주세요. 이렇게 가져왔으니까요!"

미글스 부부는 고집불통 고아 여자애를 다정하게 받아주어 자기네 이름을 스스로 빛내고, 태티코럼은 한층 더 흐느끼며 울부짖었다.

"아! 지금껏 너무나 비참하게 지냈어요! 늘 불행했어요! 늘 한탄했어요! 처음 볼 때부터 그 여자가 두려웠어요. 그 여자가 저를 장악한 건 제 안에 깃든 악마를 이해하는 척했기 때문이에요. 제 안에 광기가 있는데, 그 여자가 필요할 때마다 일깨웠어요. 저는 광기가 치밀 때마다 모든 사람이 출신 성분 때문에 깔본다고 생각했어요. 사람들이 친절하게 대할수록 나쁘게 여겼어요. 의기양양하게 짓누른다고, 부러운 눈빛으로 쳐다보도록 만든다고 여겼어요, 그분들한테 그런 생각은 없다는 사실을 알면서도…… 당시에 확실히 알았으면서도. 그래서 젊고 예쁜 우리 아가씨는 당신 자격만큼 행복할 수 없었고요, 제가 도망쳤으니까요! 아가씨는 저를 금수만도 못한 쓰레기로 여길 게 분명해요! 하지만 두 분이 좋게 말씀해 주세요. 두 분이 그러신 것처럼 저를 용서하라고 말씀해 주세요. 앞으로는 예전처럼 막돼먹게 굴지 않을 테니까요. 물론 지금도 막돼먹은 면은 있지만, 예전처럼 심하진 않아요, 정말로. 웨이드 아가씨를 쭉 지켜보았거든요, 모든 걸 나쁘게 여기고 좋은 걸 나쁜 쪽으로 비트는 모습을. 저 역시 나이를 먹으면 그럴까 두려웠거든요. 지금껏 지켜보았거든요, 무엇 하나 기뻐할 줄 모른 채 자신을 늘 고문하고 의심하며 늘 비참하게 지내는 모습을."

태티코럼이 고통스러운 표정으로 마무리했다.

"그 여자만 그랬다는 건 아니에요. 저 역시 그랬으니까요. 제가 하고픈 말은, 지금껏 힘든 일을 겪었으니 다시는 예전처럼 나쁘게 굴지 않겠다는 거, 조금씩이나마 좋아지도록 애쓰겠다는 거예요. 열심히 노력하겠어요. 스물다섯까지 세는 정도로 끝내지 않겠어요, 주인님, 스물다섯을 천 번은 물론, 만 번이라도 세겠어요!"

문이 열리면서 태티코럼은 입을 다물고 작은 도릿이 들어오니, 미글스 선생은 기쁘면서도 자랑스럽게 상자를 내밀고, 작은 도릿은 고맙기도 하고 기쁘기도 한 표정을 다정한 얼굴에 머금었다. 비밀은 안전하다! 자신과 관련된 부분을 숨길 수 있다! 자신이 겪은 손실을 클레넘 선생은 모르게 됐다! 때가 되면 클레넘 선생이 알아야 할 내용을 모두 알려주겠지만, 자신이 관련된 사항만큼은 완전히 숨길 수 있다. 이미 모두 지나간 일, 모두 용서하고 모두 잊어버린 일이다.

"이제, 친애하는 미스 도릿, 나는 사업하는 사람이니 - 최소한 예전에는 - 그 성격에 걸맞게 직설적으로 묻겠소. 오늘 밤에 클레넘을 만나도 되겠소?"

미글스 선생이 묻자, 작은 도릿이 대답했다.

"오늘 밤은 아닌 것 같아요. 제가 가서 어떤지 볼게요. 하지만 오늘 밤에는 안 만나시는 편이 좋을 것 같네요."

"일단 아가씨가 보고 오시오. 그러면 아가씨가 제시하는 의견에 전적으로 따르겠소. 오늘 밤에는 우중충한 이 방 이상 가까이 다가가지 않겠소. 그렇다면 앞으로 일정 기간은 클레넘을 못 만날 것 같구려.

무슨 뜻인지 아가씨가 다녀오면 설명하리다."

작은 도릿은 밖으로 나가고, 미글스 선생은 작은 도릿이 아래층 휴게실을 나와 교도소 마당으로 들어서는 모습을 창문 창살 사이로 내려다보다, 다정하게 말했다.

"이리 오렴, 태티코럼."

태티코럼이 창가로 다가갔다.

"지금 막 이 방을 나간 저 아가씨가 보이니, 태티, 조그맣고 차분하고 연약한 체구로 걸어가는 모습이? 잘 보렴. 사람들이 길을 비켜주지? 남정네들이 - 초라하고 불쌍한 사람들을 보렴 - 모자를 벗고서 정중하게 인사하는구나. 아가씨는 건물 입구로 가만히 들어서고. 저 모습이 보이니, 태티코럼?"

"네, 주인님."

"내가 들은 바에 따르면, 저 아가씨는 예전에 교도소 아이라고 불렸어. 여기에서 태어나, 여기에서 오랫동안 산 거야. 나는 여기에서 숨도 제대로 못 쉰단다. 그러니 아가씨가 태어나고 성장하기에 얼마나 음울하고 답답한 곳이겠니, 태티코럼?"

"네, 맞아요, 주인님!"

"저 아가씨가 자기 생각만 했더라면, 사람들이 자신을 여기에 집어넣었다고 생각했더라면, 자신을 여기에 내던졌다고, 그래서 힘겹게 살아가도록 했다고 여겼더라면 늘 짜증만 내다 쓸모없는 존재가 되었을 거야. 하지만 내가 들은 바에 따르면, 태티코럼, 저 아가씨는 어릴 적부터 모든 걸 받아들인 채 주변을 도우며 누구보다 고상하고 헌신적으로 살았더구나. 조금 전에 이 방에 있을 때 저 아가씨 눈에서 내가 본 게 무엇인지 알려줄까?"

"네, 주인님."

"의무감이야, 태티코럼. 어릴 적부터 의무감을 깨닫고 성실하게 살아온 거야. 나머지는 전지전능하신 하느님께서 다 하시거든, 신분이나 출신 성분에 상관없이."

두 사람은 창가에 머물고, 애 엄마까지 곁으로 다가와서 안타까운 눈으로 죄수들을 바라보는데, 돌아오는 작은 도릿이 보였다. 방으로 곧장 올라와, 클레넘 선생이 차분하게 쉬는 모습을 지금 막 보고 왔다면서 오늘 밤에는 안 만나는 게 좋겠다 권하고, 미글스 선생은 기꺼이 받아들였다.

"좋소! 그게 최선이라는 걸 의심하지 않소. 그렇다면 그대가 알아서 안부를 전하시오, 그대는 누구보다 훌륭한 아가씨니까. 나는 내일 아침 먼 길을 다시 떠나오."

작은 도릿이 깜짝 놀라며 어디에 가시느냐고 물었다.

"나는 숨을 안 쉬면 살 수가 없구려, 아가씨. 이 공간이 나한테서 숨을 앗아갔으니, 클레넘이 나오기 전까지는 숨을 두 번 다시 제대로 못 쉴 것 같소."

"그게 어떻게 내일 아침 먼 길을 떠나는 이유인가요?"

"잘 들으면 알 거요. 오늘 밤 우리 세 사람은 시티 호텔에 묵을 거요. 내일 아침, 애 엄마와 태티코럼은 트위크넘으로 내려가고 – 티킷 부인이 버컨 박사랑 응접실 창가에 앉아있다, 두 사람을 보고서 유령이 나타난 줄 알겠구려 – 나는 데니얼 도이스를 찾아서 해외로 다시 나갈 거요. 데니얼 도이스를 여기로 데려와야 하거든. 분명히 말하겠는데, 아가씨, 오랜 시간과 거리를 그대로 둔 채 구체적인 현실을 일부만 담아서 편지를 주고받으면 좋은 방법을 찾을 수 없소. 데니얼 도이스를 데려와야 하오. 내일 동틀 녘부터 데니얼 도이스를 데려오는 일에 집중하겠소. 해외로 나가서 데니얼 도이스를 찾는 건 어렵지 않소. 여행으로 잔뼈가 굵었으니, 외국의 다양한 언어와 전통은 나한테 하나같이 똑같다오, 무엇하나 제대로 모르는 건. 따라서 특별히 불편한 것도 없소. 당장 길을 나서는 게 무엇보다 중요하오. 자유롭게 숨 쉬지 않고는 살 수가 없으니 말이오. 클레넘이 마셜씨 교도소에서 나오기 전까지는 자유롭게 숨 쉴 수 없으니 말이오. 지금도 숨이 콱콱 막힌다오, 이렇게 말하는 것조차 가쁠 정도로, 여기에 있는 소중한 상자를 아가씨 대신 아래층으로 운반하는 것조차 힘들 정도로."

네 사람은 종이 울리기 시작할 때 거리로 나섰다. 상자는 미글스 선생이 들었다. 작은 도릿은 탈것을 준비하지 않아, 미글스 선생이 깜짝 놀라면서 마차를 불러주었다. 작은 도릿이 마차에 올라타서 의자에 앉더니, 상자를 옆에 내려놓았다. 그리고는 고맙기도 하고 기쁘기도 한 표정으로 그 손에 뽀뽀하자, 미글스 선생이 말했다.

"마음에 안 드는구려, 아가씨. 마셜씨 철문 앞에서 이런 식으로 예의를 차리다니, 옳은 방법이 아닌 것 같소."

작은 도릿이 상체를 숙여서 그 뺨에 뽀뽀하자, 미글스 선생이 갑자기 풀죽은 목소리로 말했다.

"아가씨를 보니 옛날 생각이 나는군. 하지만 우리 딸은 남편을 정말 좋아해서 흠결까지 숨겨준다오, 아무도 못 볼 거라고 여기면서. 가문이 좋고 인맥도 대단한 남편인 것도 맞고!"

딸을 잃은 걸 나름대로 위로하려는 말이었다. 하지만 이렇게 말한다 해서 누가 미글스 선생을 탓하겠는가!

34장. 다 갔다

쾌적한 가을날, 마셜씨 교도소 죄수는 기운이 처지긴 해도 건강을 꽤 회복한 상태로 가만히 앉아, 자신에게 책을 읽어주는 목소리에 귀를 기울였다. 가을날, 황금빛 들판은 수확을 마치고서 다시 쟁기질하고, 여름 과일은 농익다 못해 시들기 시작하고, 녹색 물결이 출렁이던 밀밭은 바삐 움직이는 손길에 바닥으로 눕고, 과수원마다 주렁주렁 매달린 사과는 빨갛게 익고, 산딸기는 노란 잎사귀 사이마다 새빨갛게 반짝였다. 숲속에는 기묘한 나뭇가지 사이로 벌써 매섭게 다가오는 겨울이 살포시 어리고, 주변 경치는 나무에 잔뜩 매달린 자두처럼 나른하던 여름 날씨를 내던진 채 맑고 또렷하게 빛났다. 그러니, 해변에서 바라본 바다는 열기에 축 늘어진 모습을 완전히 떨쳐내고 눈 수천 개를 크게 떠서 반짝이니, 해변에 시원하게 펼쳐진 모래사장도 그렇고, 나무에서 떨어진 가을 단풍처럼 수평선에 걸친 채 둥둥 떠가는 조그만 돛단배도 그렇고, 바다 전역에 활력이 넘쳤다.

가을이 아름답게 익어가는 동안, 교도소는 걱정 근심과 가난이 얼굴까지 파고들며 무익하게 익어가니, 변하는 계절을 휑한 눈으로 무심하게 바라볼 뿐, 아무런 감흥도 느낄 수 없었다. 어떤 꽃이 피든 교도소 담장과 쇠창살에는 하나같이 죽은 열매만 맺혔다. 그런데도 클레넘은 자신에게 책을 읽어주는 목소리에서 자연이 펼치는 위대한 변화를, 자연이 다정하게 달래는 노래를 들었다. 어릴 적에는 어머니 무릎 대신 자연의 무릎에 기대고 누워서 희망찬 미래를, 재미난 환상을, 상상력이라는 씨앗으로 땅속에 숨어있다 다정함과 겸손함으로 피어날 결실을 꿈꾸곤 했다. 매서운 바람마저 막아주는 참나무를, 종묘장 도토리에 미래가 단단히 틀어박힌 참나무를 떠올리곤 했다. 지금 그런 느낌이 자신에게 책을 읽어주는 목소리를 따라 추억처럼 일어났다. 살아생전에 자애롭고 사랑스럽게 속삭이던 목소리 하나하나가 메아리처럼 일어났다.

목소리가 멈출 때, 클레넘은 한 손으로 두 눈을 가리면서 햇빛이 너무 강하다고 중얼거렸다.

그 즉시 작은 도릿이 책을 옆에 내려놓고 조용히 일어나서 창가에 커튼을 쳤다. 매기는 평소에 즐겨 앉던 자리에서 바느질에 열중했다. 햇빛이 부드럽게 변하자, 작은 도릿이 의자를 클레넘 곁으로 바싹 끌어당겼다.

"이번 일은 금방 끝날 거예요, 누구보다 소중한 클레넘. 데니얼 도이스 선생님이 우정어린 편지를 보내서 격려하실 뿐 아니라, 러그 선생님한테는 전적으로 도와주겠다는 편지를 보내셨으며, 모든 사람이 (분노하던 시기도 이제 지나가) 동정하는 마음으로 당신을 좋게 말하니, 이번 일은 금방 끝날 거예요."

"소중한 여인이여. 고귀한 마음씨여. 착하디착한 천사여!"

"너무 많이 칭찬하시네요. 그래도 저는 당신이 다정하게 말하는 소리가, 그리고, 그리고 마음속 깊은 곳에서 흘러나오는 소리가 좋아요, 그래서……"

작은 도릿이 눈을 들어서 클레넘 눈을 바라보며 덧붙였다.

"그러지 말라고 할 수가 없네요."

클레넘이 작은 도릿 손을 들어서 자기 입술에 댔다.

"내가 만나지 않을 때도 자주 찾아왔소, 작은 도릿?"

"네, 방에 못 들어갈 때도 자주 찾아왔어요."

"아주 많이?"

"꽤 많이."

수줍은 목소리였다.

"매일?"

작은 도릿이 주저하며 대답했다.

"매일, 최소한 두 번씩은 온 것 같아요."

클레넘이 가볍고 조그만 손에 다시 뜨겁게 키스하고는 놓아주려 하는데, 그 손이 다정하게 머무는 게 그대로 잡아주길 바라는 것 같았다. 그래서 두 손으로 꼭 잡아 자기 가슴에 가만히 내려놓았다.

"누구보다 소중한 작은 도릿, 이제 곧 끝나는 건 감옥 생활 말고 또 있다오. 그대가 희생하는 것도 끝내야 한다오. 우리는 다시 헤어지는 법을, 멀찌감치 떨어져서 각자 다른 길을 걸어가는 법을 배워야 한다오. 그대가 돌아왔을 때, 우리가 나눈 대화를 잊은 건 아니겠지요?"

"네, 안 잊었어요. 그런데 왠지 오늘은 체력이 돌아온 듯 보이네요, 아닌가요?"

"그래요, 기운이 가득하다오."

클레넘에게 붙잡힌 손이 얼굴로 슬금슬금 다가왔다.

"저한테 커다란 행운이 찾아왔다고 말씀드리면 기운이 더 생길까요?"

"정말 기쁠 거요. 어떤 행운도 그대한테는 과분하지 않으니, 작은 도릿."

"당신한테 말할 기회가 오기를 오랫동안 기다렸어요. 말할 수 있기만 갈망하고 또 갈망했어요. 재산을 정말로 안 받을 건가요?"

"절대로!"

"그렇다면 절반도 안 받을 건가요?"

"절대로, 친애하는 작은 도릿!"

작은 도릿이 물끄러미 바라보는데, 애정 가득한 얼굴에 이해할 수 없는 표정이 묘하게 어렸다. 한순간에 눈물을 터트릴 듯한 표정, 그러면서도 행복하고 자랑스러운 표정이었다.

"제가 언니 얘기를 하면 마음이 아플 거예요. 불쌍한 언니가 모든 걸 잃었거든요. 남은 건 남편 수입밖에 없어요. 결혼할 때 아빠한테 받은 재산 전부가 당신 돈과 마찬가지로 사라졌어요. 똑같은 사람한테 맡겼다, 모두 사라졌어요."

클레넘은 놀랐다기보다 충격이었다. 그래서 말했다.

"그렇게 심각한 건 아니기를 바랐는데, 손실이 크리란 걱정은 했다오, 패니 남편과 사기꾼이 어떤 관계인지를 아는 터라."

"네. 모두 사라졌어요. 언니가 불쌍해요. 가련한 언니가 너무나, 너무나 불쌍해요. 가련한 오빠도 마찬가지고!"

"팁도 똑같은 사람한테 재산을 맡겼소?"

"네! 그래서 모두 사라졌어요. 그렇다면 제가 받을 엄청난 재산은 어떻게 되었을 것 같으세요?"

클레넘은 걱정이 일어서 미심쩍은 얼굴로 쳐다보고, 작은 도릿은 손을 빼고서 그 자리에 얼굴을 기대며 대답했다.

"저한테 남은 재산 역시 하나도 없어요. 여기에 살던 때처럼 가난해요. 아빠가 영국으로 건너오셨을 때, 당신이 가진 재산을 똑같은 인물에게 모두 맡겨, 역시 깨끗하게 사라졌거든요. 아, 누구보다 소중하고 훌륭하신 분, 이제 저한테 찾아온 행운을 정말로 함께 누리지 않으실 건가요?"

작은 도릿은 클레넘 가슴에 얼굴을 기대고 안긴 채 사내가 흘린 눈물로 뺨을 적시다, 가녀린 손을 상대 목에 둘러서 두 손으로 휘감으며 이어갔다.

"절대로 헤어지지 말아요, 누구보다 소중한 클레넘. 앞으로 다시는, 세상이 끝나는 날까지! 저는 예전에도 부자인 적이 없고, 자랑스러운 적이 없고, 행복한 적이 없는데, 당신 곁에 있는 지금은 어느 때보다 부자고, 당신이 의지하는 게 자랑스럽고, 감옥에 함께 있는 게 행복해요, 이게 하느님 뜻이라면, 감옥에서라도 사랑과 진실이 가득한 마음으로 당신을 돌보고 보살피고픈 마음이 가득할 정도로. 어디서든, 어딜 가든, 저는 당신 여자예요! 저는 당신을 사랑해요! 세상에서 가장 대단한 행운을 누리며 가장 높고 가장 명예로운 귀부인으로 지내느니, 당신과 함께 여기에 살겠어요. 매일같이 나가서 열심히 일하며 먹을 음식을 벌어오겠어요. 아, 아빠가 오랜 세월을 고통스럽게 지낸 이 방에서 마침내 제가 온 마음에 가득한 은총을 누린다는 사실을 가련한 아빠가 아신다면!"

매기는 당연히 처음부터 빤히 바라보고, 당연히 눈이 퉁퉁 붓도록 울더니, 이제는 크게 기뻐하며 작은 엄마를 꼭 껴안다 누구든 기쁜 소식을 알릴 만한 사람을 찾아, 나막신 춤을 추듯 요란하게 달려서 계단을 내려갔다. 그런 매기가 입구로 들어오던 플로라와 피 선생 숙모를 만난 건 정말 대단한 우연이 아니었을까? 작은 도릿이 한두 시간 뒤에 나오다, 꾸준히 기다리던 두 사람 말고 또 누굴 만나겠는가?

플로라는 눈이 살짝 충혈되었는데, 기가 많이 죽은 모습이었다. 피 선생 숙모는 너무나 뻣뻣한 나머지, 강력한 기계로 내리누르지 않한 몸뚱이를 조금도 안 구부릴 듯한 모습이었다. 보닛 모자는 뒤를 쫑긋 세운 모습이 섬뜩하고, 딱딱한 손가방은 고르곤 머리를 보고서 돌로 변하는 순간에 그 머리를 집어넣은 것처럼 보였다. 이렇게 독특한 모습으로 피 선생 숙모는 교도소 소장 관저 입구 계단에 퍼질러 앉아, 교도소 아이들에게 문제의 두세 시간 동안 대단한 재밋거리를 주었으니, 아이들이 놀릴 때마다 화나서 얼굴을 새빨갛게 물들이며 우산을 흔들어대기 일쑤였다.

하지만 플로라는 작은 도릿에게 이렇게 말했다.

"운명이 또렷하게 갈리고 상류사회에서 바라보는 눈이 크게 다른 신분으로 이동하는 건 심하게 간섭하는 것처럼 보일 수밖에 없다는 사실을 고통스럽게 깨달았으니 현재의 자네 신분에 크게 떨어지지 않는 뒷골목 파이 가게에서 클레넘을 - 데니얼 도이스와 클레넘이라고 해야 마땅한데 습관을 이길 수가 없어 - 위한 건 아닐지라도 일꾼이 친절하니 마지막으로 말하고 싶고 마지막으로 설명하고 싶어 누추한 공간에서 콩팥 세 개를 핑계 삼아 대화하는 시간을 갖자는 제안을 그대가 선량한 마음으로 받아들이면 좋겠어."

작은 도릿은 꽤 애매한 발언을 제대로 알아듣고 플로라 뜻대로 하겠다고 대답했다. 따라서 플로라는 문제의 파이 가게를 향해 앞장서서 길을 건너고, 피 선생 숙모는 특별한 이유도 없이 제일 뒤에서 인내심을 발휘하며 추적추적 따라오다 하마터면 마차에 치일 뻔했다.

대화를 나눌 핑계로 "콩팥 세 개"가 조그만 양철 접시 세 개에 담겨서 나와 세 사람 앞에 하나씩 놓이는데, 콩팥마다 가운데에 구멍이 뚫려, 친절한 일꾼이 깡통 주둥이로 뜨거운 고깃국물을 붓는 게 등잔 세 개에 기름이라도 붓는 듯하고, 플로라는 손수건을 꺼냈다. 그러다 말했다.

"클레넘이 - 미안해, 습관을 이길 수가 없네 - 자유를 되찾을 때 지금 여기에 있는 파이처럼 껍질을 안 벗겨서 잘게 저민 육두구 씨앗처럼 보일 만큼 콩팥에 문제가 많더라도 진정으로 사랑하는 손이 건네면 충분히 마음에 들 수도 있는 장면을 상상이라는 멋진 꿈으로 담아냈더라도 이제 그 장면은 완전히 날아가서 완전히 사라지고 훨씬 다정한 관계를 생각하는 중이란 사실을 알았으니 두 사람 모두 행복하길 진심으로 바란다고 두 사람 누구도 나무라지 않겠다고 말하고 싶은데, 세월은 나를 예전보다 날씬하지 않게 하고 내가 너무나 잘 아는 걸 먹은 뒤로는 몸을 조금만 움직여도 얼굴이 달아오르다 못해 뾰루지까지 생긴다는 걸 깨닫는 건 매우 비참할 수 있는데, 부모님이 간섭해서 그럴 수도 있고 아닐 수도 있어 피 선생이 수수께끼 같은 단서를 잡을 때까지 정신적으로 아무런 감각이 없었거든 그렇다 해도 두 사람 누구한테든 옹졸하게 안 굴고 진심으로 행복하길 빌겠어."

작은 도릿이 플로라 손을 잡고서 예전에 베푼 친절에 고마워했다. 그러자 플로라는 상대 손에 순수한 마음으로 뽀뽀하며 대답했다.

"그걸 친절이라고 하지 마, 자네는 누구보다 훌륭하고 소중한 꼬맹이였으니까 내가 무례하게 말하자면 돈을 양심적으로 절약하는 관점에서도 도움이 돼서 평소보다 훨씬 바람직했다고 덧붙여야 하겠지만 다른 사람보다 더 많은 부담을 짊어지고 싶은 건 아니었는데 그러면 사람을 편하게 하기보다 불편하게 하기 십상이란 사실을 그리고 그렇게 하는 게 훨씬 즐겁다는 사실을 늘 깨달았는데 내가 옆길로 벗어나는군, 마무리하는 순간이 오기 전에 어린 시절의 순수함을 지키는 차원에서 말하고 싶은 소망 하나는 클레넘이 불행에 빠져들기 전에 내가 그를 버린 게 아니라는 사실을 내가 도와줄 게 있는지 물어보려고 끊임없이 오갔다는 사실을 그러다 호텔에 주문하면 커다란 잔에 음식을 따듯하게 담아서 공손하게 가져오는 파이 가게에서 클레넘이 모르는 사이에 길을 마주하고 앉아서 멋진 시간을 몇 시간이고 보냈다는 사실을 클레넘이 알아주길 바란다는 거야."

플로라 두 눈에 실제로 맺힌 눈물이 이 말에 신빙성을 더했다.

"누구보다 소중한 사이로 내가 자네한테 진심으로 바라는 건 완전히 다른 시절에 서로 허물없이 지낸 걸 양해한다면 당시에 크게 즐겁기도 하고 크게 슬프긴 했어도 우리 사이가 완전히 무의미했는지 아닌지조차 내가 모르더라고 클레넘한테 알려주라는 거야 피 선생이 커다란 변화를 겪으면서 마법이 풀린 건 확실한 터라 마법을 새로 짜지 않는 한 어떤 일도 기대할 수 없고 다양한 상황에서 그걸 막는 무엇보다 강력한 마법은 없을 테니, 클레넘한테 바람직했으며 처음에는 자연스럽게 일어났더라도 내가 정말 기뻐한 건 아니었다고 말할 준비는 안 되어 활기 넘치는 성격인데도 아빠가 선동가한테 체면을 구긴 뒤로 예전에 한 번도 못 본 모습으로 누구보다 심하게 짜증만 낼 뿐 좋아지는 게 하나도 없는 집에서 울적하게 지내지만 나는 단점이 많아도 질투하는 성격이나 나쁜 마음을 품는 성격이 아니야."

작은 도릿은 핀칭 부인이 미로처럼 펼쳐나가는 이야기를 자세히 알아들을 순 없어도 본질은 알아듣고 진심으로 받아들였다. 그러자 플로라가 크게 기뻐하며 말했다.

"화관은 시들다 말라 죽고 기둥은 무너지고 피라미드는 이름이 뭔지 모를 사람한테 뒤집히니 그걸 어지럽다 말하지 말고 연약하다 말하지 말고 어리석다 말하지 말렴 이제 나 혼자 물러나서 기쁨이 사라지고 남은 재를 쳐다보아야 하니까 하지만 우리가 대화하는 구실을 소박하게 해낸 피자값을 내는 무례를 한 번만 더 저지르고 영원히 안녕이라고 말하겠어!"

피 선생 숙모는 자기 몫을 엄숙하게 다 먹고는 기회가 오는 순간,
교도소 소장 관사 계단에 퍼질러 앉을 때부터 가혹하게 공격하려고 꾸준
히 떠올리던 내용을 조카 미망인에게 고대 점성술사처럼 소리쳤다.

"그놈을 데려와, 창문 밖으로 내던질 테니!"

플로라는 집에 가서 저녁을 먹자는 식으로 훌륭한 여성을 달랬으나
소용이 없었다. 피 선생 숙모는 "그놈을 데려와, 창문 밖으로 내던질
테니!"라는 말만 끈질기게 되풀이했다. 심지어 작은 도릿을 경멸하는
표정으로 꾸준히 노려보며 똑같은 말을 되풀이하다, 두 팔을 접어서
팔짱을 끼고는 파이 가게 모서리에 틀어박혔다. '그놈'을 데려와서 '창
문 밖으로 내던지는' 운명을 완수할 때까지 안 움직일 기세였다.

이런 상황이 펼쳐지자, 플로라는 작은 도릿에게 피 선생 숙모가 몇
주 사이에 이렇게 대단한 활력과 기개를 보인 적이 없다고, 꿈쩍도
안 하는 노파가 누그러질 때까지 "몇 시간이고" 기다려야 할 것 같다고,
그러니 먼저 가는 게 좋겠다고 털어놓았다. 그래서 두 사람은 다정한
마음을 간직한 채 정겨운 모습으로 헤어졌다.

피 선생 숙모는 단단한 요새처럼 굳세게 버티고, 플로라는 음식을
먹어야 할 듯해서 호텔에 심부름꾼을 보내 이미 보아둔 음식을 커다란
잔에 담아오게 하고 나중에 또 담아오게 했다. 여기에 담긴 내용물과
신문, 파이 국물에서 걷어낸 크림 덕분에 플로라는 남은 시간을 기분
좋게 보냈다. 하지만 당혹스러울 때도 가끔 있었는데, 경솔한 동네 꼬
맹이들 사이에서 노파가 자신을 파이 재료로 파이 가게에 팔고서 한쪽
구석에 틀어박히다, 마지막 순간에 계약 이행을 거부했다는 소문이
엉뚱하게 돌아다닌 결과였다. 그래서 남자 꼬맹이랑 여자 꼬맹이가
몰려들다 못해 해가 떨어질 즈음에는 장사를 못 할 지경까지 이르고,
가게 주인은 피 선생 숙모를 데려가라고 절박하게 부탁하기 시작했다.

그래서 마차를 입구에 대고 가게 주인과 플로라가 힘을 합쳐서 노력한 결과, 훌륭한 여인은 마침내 마차에 올라탔다. 하지만 그런 다음에도 창문 밖으로 머리를 내민 채 그놈을 데려오라고, 당장 창문 밖으로 내던지겠다고 소리치는 건 똑같았다. 그러면서도 안타까운 표정으로 마셜씨 교도소 쪽을 노골적으로 노려본 걸 보면, 일관성이 누구보다 대단한 여인이 말한 '그놈'은 아서 클레넘을 말하는 듯했다. 하지만 어디까지나 추측일 뿐, 구체적으로 누구인지, 누굴 데려오고 누굴 데려오지 말아야 피 선생 숙모가 만족할지를 확실히 파악할 순 없었다.

가을날은 계속되고, 작은 도릿은 마셜씨 교도소에서 클레넘을 안 만나고 간 적이 없었다, 한 번도, 절대로.

하루는 클레넘이 아침마다 가벼운 걸음으로 오르면서 가슴을 쿵쿵 뛰게 하는 소리에, 사랑하는 여인이 오랫동안 힘겹게 지내던 방으로 새로운 사랑을 담아서 천상의 빛을 뿌리러 오는 소리에 귀를 기울였다. 그런데 작은 도릿 혼자가 아니었다.

작은 도릿이 방문 밖에서 기쁜 목소리로 물었다.

"누구보다 소중한 클레넘, 어떤 분을 모시고 왔어요. 안으로 들어가시라고 할까요?"

클레넘도 발소리를 듣고서 작은 도릿과 함께 두 사람이 더 올라온다고 생각한 터였다. 그래서 "그래요"라 대답하니, 작은 도릿과 함께 미글스 선생이 들어왔다. 살갗은 햇볕에 타고 얼굴은 유쾌한 표정이 가득했다. 미글스 선생이 두 팔을 활짝 벌려서 클레넘을 꼭 껴안았다, 햇볕에 탄 유쾌한 아버지처럼. 그러다 말했다.

"이제 나는 괜찮아. 이제 다 끝났어. 클레넘, 소중한 친구, 나를 오래전부터 기다렸다고 당장 고백하게."

"네, 맞아요, 선생님. 하지만 에이미가 말하길……"

"작은 도릿. 다른 이름은 사양할래요."

작은 도릿이 속삭였다.

"……하지만 작은 도릿이 말하길, 자세히 묻지 말라고, 선생님이 직접 찾아오실 때까지 기다리지 말라고 했답니다."

클레넘이 말하자, 미글스 선생이 상대방 손을 움켜쥐고 흔들면서 대답했다.

"그래서 지금 이렇게 왔잖은가, 친구. 그래서 지금 모든 걸 남김없이 설명하려고 하지 않는가. 사실, 예전에 찾아왔다네 - 알롱과 마르숑 사이에서 곧장 달려왔지, 안 그랬다면 창피해서 자네 얼굴을 이렇게 못 볼 거야 - 하지만 당시에 자네는 사람을 만날 상태가 아니고, 나는 데니얼 도이스를 찾아서 먼 길을 나서야 했다네."

"불쌍한 데니얼 도이스 선생님!"

클레넘이 한탄하자, 미글스 선생이 반박했다.

"그렇게 말하지 말게. 데니얼 도이스는 불쌍하지 않으니까. 정말 잘 지내니까. 저쪽 나라에서 대단한 역할을 하거든. 분명히 말하는데, 활활 타오르는 집처럼 눈부시게 성공했다네. 멋들어지게 해냈다네, 데니얼 도이스가. 사람들이 제대로 일하는 걸 안 바라면서 제대로 일할 사람을 찾는 곳에서는 느긋하게 쉬고, 사람들이 제대로 일하길 바라면서 제대로 일할 사람을 찾는 곳에서는 열심히 일하거든. 이제 자네도 '빙글빙글 돌리기 관청' 때문에 속끓일 필요가 없네. 분명히 말하는데, 데니얼 도이스가 그들 없이도 해냈거든!"

"가슴을 짓누르던 짐이 내려가네요! 그 말씀을 들으니 행복해요!"

클레넘이 감탄하자, 미글스 선생이 반박했다.

"행복? 데니얼 도이스를 만날 때까지 그런 말 말게. 분명히 말하는

데, 데니얼 도이스는 저쪽 나라에서 모든 작업을 감독하며 열심히 일하니까, 지켜본 사람마다 머리끝이 쭈뼛 일어설 정도니까. 다행히도 더는 공공의 적이 아니라네! 메달도 받고 가슴에 두르는 띠도 받고 십자훈장도 받고, 뭔지 모를 상도 잔뜩 받았다네, 귀족으로 태어난 사람처럼. 하지만 이쪽 나라에서 말하면 안 된다네."

"왜요?"

클레넘이 묻자, 미글스 선생이 머리를 진지하게 저으며 대답했다.

"아, 젠장! 이쪽 나라로 건너올 때 그 모든 걸 금고에 넣어서 숨겨야 하거든. 이쪽 사람들은 그런 걸 안 주거든. 브리타니아는 남 좋은 걸 못 보는 브리타니아거든. 자기 자식한테도 상을 안 주는 건 보통이고, 다른 나라에서 받은 상을 자랑하는 것조차 싫어하거든."

미글스 선생이 머리를 다시 저으며 덧붙였다.

"그럼, 그렇고말고! 이쪽 나라는 늘 그래!"

"선생님 말씀을 들으니까 제가 잃은 돈 두 배가 (데니얼 도이스 선생님 돈을 빼더라도) 돌아온 이상으로 즐겁네요."

미글스 선생도 인정했다.

"그럼, 당연히 그렇겠지, 당연하고말고. 그래서 그 소식부터 제일 먼저 알린 거라네. 자, 데니얼 도이스를 만난 얘기로 돌아가세. 내가 데니얼 도이스를 찾아냈거든. 아랍인을 비롯해 숱한 인종이 뒤섞인 갈색 피부 사이에서! 자네도 알잖아! 으흠! 데니얼 도이스는 나한테 곧장 달려오고, 나 역시 곧장 달려가, 결국에는 함께 돌아왔다네!"

"데니얼 도이스 선생님이 영국에요?"

클레넘은 깜짝 놀라고, 미글스 선생은 두 팔을 활짝 벌리면서 대답했다.

"그래! 나는 이런 일을 세상에서 제일 못하는 사람이야. 외교계에 있었다면 무슨 일을 했을지 모르겠어. 그럼, 그렇고말고! 한마디로 말해서, 클레넘, 우리는 영국에 보름 전에 왔어. 지금 데니얼 도이스가 어디에 있느냐고 묻는다면, 아아, 내가 할 대답은…… 바로 여기에 왔다는 거야! 이제 나도 숨을 제대로 쉴 수 있겠어!"

문 뒤에서 데니얼 도이스가 안으로 뛰어들어 두 손으로 클레넘을 붙잡더니, 유연한 엄지손가락으로 손바닥에 다양한 모양을 만들면서 남은 얘기를 이어갔다.

"내가 전할 건 딱 세 가지밖에 없으니, 친애하는 클레넘, 곧바로 말하겠소. 첫 번째, 지난 일은 더 말하지 말라는 거요. 당신 계산에 오류가 있었고 그게 무언지는 나도 아오. 그래서 회사 전체에 영향을 미치고, 실패했지요. 인간은 실패를 통해서 배우니, 다음에는 그런 오류를 피할 수 있을 것이오. 나도 비슷한 실수를 자주 저질렀소. 실패는 인간에게 중요한 교훈을 주지요, 배울 마음만 있다면. 당신은 현명한 사람이니 이번 실패를 통해 많은 걸 배웠을 거요. 여기까지가 첫 번째 이야기요. 두 번째, 당신이 이번 실패를 너무 무겁게 받아들여 심각하게 자책한다는 말을 듣고서 마음이 아팠소. 우리 친구한테 당신 소식을 듣는 순간, 나는 우리 친구와 사태를 올바로 해결하려고 밤낮없이 달려왔소. 세 번째, 우리 둘은 의견 일치를 보았소, 당신이 마음의 고통도 심하고 병까지 걸렸으니, 당신 모르게 사태를 정상으로 돌린 다음에 찾아와서 문제를 해결했다고, 모든 게 정상으로 돌아왔다고, 사업은 굳건하게 일어섰으며, 동업자인 당신과 내 앞에 새로운 미래가 활짝 열렸다고 깜짝 선물로 알리자고. 이게 세 번째요. 하지만 당신도 알다시피 우리 사이는 언제든 삐걱댈 수 있어, 내가 마무리할 여지를 남겨두었소. 친애하는 클레넘, 그대를 믿고 솔직하게 털어놓으리다. 그대는 나한테 많은 도움을 줄 힘이 있고, 나 역시 그대한테 많은 도움을 줄 힘이 있소, 예전에도 지금도. 예전에 일하던 자리는 지금 그대가 필요해서 간절하게 기다리니, 이제 여기에 머물 이유는 조금도 없다는 뜻이오."

침묵이 흘렀다. 클레넘이 등을 돌린 채 창가로 가서 가만히 서고, 곧 결혼할 조그만 여인이 다가가서 옆에 나란히 선 다음에 비로소 침묵은 깨졌다. 데니얼 도이스가 말한 것이다.

"내가 방금 부정확하게 말한 것 같구려. 여기에 더 머물 이유는 조금도 없다고 했으니 말이오, 클레넘. 하지만 그대가 내일 아침까지 머물길 바랄 수도 있다고 여긴다면 내가 착각한 거요? 내가 똑똑하진 않아도, 그대가 이 방과 이 담장을 나가는 순간에 곧장 가고 싶은 곳이 있다는 걸 알지 않겠소?"

"네, 맞습니다. 우리는 그걸 소중하게 여겼으니까요."

클레넘이 대답하자, 데니얼 도이스가 다시 말했다.

"좋소! 여기에 계신 아가씨가 스물네 시간 동안 나를 아버지처럼 바라보는 영광을 베푼다면, 그래서 나하고 마차에 올라타서 성 바울 대성당[96]으로 곧장 달려가는 영광을 베푼다면 내가 제대로 풀어보겠소."

작은 도릿은 데니얼 도이스와 곧바로 떠나고, 미글스 선생은 조금 더 머물며 말했다.

"내일 아침에 애 엄마와 나까지 필요하진 않을 것 같으니 우리는 그만 떠나겠네. 애 엄마가 페트 생각을 떠올릴 수도 있거든. 마음이 여린 여자라서. 애 엄마는 시골집에 머무는 게 좋으니 나도 곁으로 가서 말벗이나 하겠네."

이 말을 하고 두 사람은 헤어졌다. 그러다 해는 저물고 밤이 지나고 아침이 찾아오니, 작은 도릿이 평소처럼 소박한 옷차림으로 매기하고

---

96) 결혼허가증을 발급받는 곳이다.

햇살을 환하게 받으며 교도소로 들어섰다. 초라한 감방은 그날 아침에 가장 행복한 방으로 변했다. 차분한 기쁨이 그렇게 가득 들어찬 방은 세상 어디에도 있을 수 없었다!

"내 사랑, 매기가 불을 피우는 이유는 뭐지? 곧바로 나가야 하잖소."

클레넘이 묻자, 작은 도릿이 대답했다.

"제가 부탁했어요. 묘한 생각이 떠올랐거든요. 당신이 나 대신 무언가를 태우면 좋겠다는 생각."

"무얼?"

"여기에 접어놓은 종이. 당신 손으로 이 상태 그대로 불길에 넣는다면 제가 정말 기쁘겠어요."

"미신이오, 사랑하는 작은 도릿? 부적이오?"

작은 도릿이 촉촉하게 젖은 눈으로 환하게 웃더니, 까치발로 일어서서 클레넘에게 키스하며 대답했다.

"당신이 제일 좋아하는 것이니, 불길에 넣어서 활활 태우기만 하면 돼요."

그래서 두 사람은 벽난로 앞에 가만히 서서 기다렸다. 클레넘은 작은 도릿 허리를 한 손으로 감싸고, 불길은 예전에 그러듯 작은 도릿 눈동자에서 환하게 빛났다.

"이제 불길이 충분히 올라오지요?"

클레넘이 묻자, 작은 도릿이 대답했다.

"네, 충분히 올라와요."

클레넘이 활활 타오르는 불 위에 종이를 올린 채 물었다.

"이 부적에다 하고픈 말이 있소?"

"(괜찮다면) '그대를 사랑해!'라고 말해주세요."

작은 도릿이 조그맣게 대답하자, 클레넘은 그렇게 말하고, 종이는 불길에 휩싸였다.

　두 사람은 마당을 조용히 지나갔다. 아무도 없었다. 하지만 수많은 머리가 창문 뒤에서 몰래 훔쳐보았다. 휴게실에는 낯익은 얼굴 하나만 있었다. 두 사람은 곁으로 다가가서 다정한 말을 넉넉하게 건네더니, 작은 도릿이 마지막으로 돌아서서 한 손을 내밀며 말했다.

　"잘 있어, 착한 존! 당신도 행복하길 바랄게!"

　그런 다음에 두 사람은 이웃에 있는 성 조지 성당 계단을 올라서 제단으로 다가갔다. 데니얼 도이스가 신부 아버지 자격으로 기다리고 있었다. 작은 도릿에게 사망자 명부를 베개 대신 건넨 오랜 친구도 있었다. 작은 도릿이 결혼식을 올리려고 다시 나타난 모습에 크게 감동한 표정이었다.

　창에 그려놓은 우리 구세주 형상으로 햇살이 환히 비추는 가운데 두 사람은 결혼했다. 이제 혼인명부에 서명할 차례였다. 작은 도릿이 예전에 파티를 끝낸 뒤에 살포시 잠든 방으로 들어섰다. 그곳에서 서명하는 모습을 (데니얼 도이스와 클레넘 사무장을 하다가 나중에는 동업자까지 될 운명인) 팽스가 선동가 기질을 평화로운 우정으로 가라앉힌 채 문에 서서 지켜보는데, 플로라는 그 팔 하나를 씩씩하게 붙잡고 매기는 다른 팔을 붙잡았다. 그 뒤에는 치버리 부자를 비롯한 교도관이 있었다. 교도소 아이가 행복하게 결혼하는 광경을 지켜보려고 마셜씨 교도소 업무를 잠시 벗어던진 것이다. 그런데 플로라는 얼마 전에 선언한 바와 달리, 은둔하는 듯한 모습이 아니었다. 아니, 정반대로, 놀라울 정도로 쾌활하고 시끌벅적하게 결혼식을 즐겼다.

　작은 도릿이 서명하는 사이에 오랜 친구는 잉크 받침을 들어주고, 서기는 훌륭한 성직자 몸에서 사제복을 벗다 멈추고, 모든 하객은 특별한 관심을 보이며 바라보았다. 오랜 친구가 이렇게 말했기 때문

이다.

"여러분도 아시다시피, 여기에 있는 새신부는 우리가 신기한 눈으로 오랫동안 지켜보던 아가씨인데, 우리가 관리하는 세 번째 명부에 이름을 올리러 왔군요. 아가씨가 출생한 기록은 첫 번째 명부에 있고, 바로 이 방에서 두 번째 명부에 아름다운 머리를 누였는데, 이번에는 신부가 돼서 세 번째 명부에 귀여운 이름을 올리는군요."

서명을 마치자 모든 사람이 길을 내주고, 작은 도릿은 남편과 단둘이 교회를 나섰다. 입구 계단에 잠시 멈추어서 환하게 내리쬐는 가을빛 아침 햇살이 신선한 거리 풍경을 바라보다, 계단을 내려갔다.

평범하지만 유익하고 행복한 삶으로 내려갔다. 시간이 많이 지난 다음에, 패니 언니가 사교계를 밤낮없이 쫓아다니느라 돌보기를 포기한 조카를 자신이 낳은 자식만큼이나 사랑하며 모성애를 베풀러 내려갔다. 팁 오빠를 몇 년 동안 간호하며 말벗을 해주러 내려갔다. 재산이 그대로 있다면 한 몫 떼어줄 생각을 한 대가로 작은 도릿에게 끝없이 요구하며 짜증 내다, 결국에는 마셜씨 교도소와 말라비틀어진 과실을 사랑스러운 눈으로 바라보며 삶을 마감할 팁이었다. 두 사람은 시끌벅적한 거리로 조용히 내려갔다. 햇살도 비추고 그늘도 어리는 길을 걸어가는 동안, 시끄러운 사람과 열정 가득한 사람, 교만한 사람과 심술궂은 사람과 허영심 가득한 사람이 늘 그렇듯 안달복달하고 시끌벅적하게 부대끼며 살았다.

작가 소개

찰스 디킨스(charles John Huffam Dickens)는 영국 빅토리아 시대를 풍미한 소설가다. 이백 년도 넘은 1812년 2월 7일에 영국 남부 포츠머스 외곽에서 팔 남매 가운데 둘째로 태어났으나, 첫째가 어려서 죽는 바람에 장남으로 살아간다. 할아버지는 머슴, 할머니는 하녀 출신이고 아버지는 해군 경리국 하급관리였다. 아버지는 사교적이고 유머가 풍부하나 경제적으로 무능하고, 어머니는 선량하고 밝은 성격이나 자녀에게 무정했다. 경제적인 이유로 어려서 이사를 계속 다녔다.

여섯 살부터 학교에 잠시 다니지만, 다락방에서 소설을 읽으며 훨씬 많은 걸 배운다. 열한 살부터 런던 빈민가에서 산다. 아버지는 빚이 점차 늘어나 가족은 마셜씨 채무자 감옥에서 지내고 디킨스 혼자 구두약 공장에서 일하며 살아간다. 디킨스에게 평생에 걸친 트라우마였으며, 40대까지 누구에게도 말하지 않는 비밀이었으나, 당시에 경험한 내용은 디킨스 작품 전반에 나온다.

아버지는 할머니 유산으로 빚을 청산하고 찰스 디킨스를 웰링턴 하우스 아카데미(Wellington House Academy)에 삼 년 동안 보낸다. 하지만 어머니는 '공장에서 돈이나 벌라'며 끊임없이 반대하고, 디킨스는 어머니와 서먹한 관계를 평생 유지한다.

열여섯 살에 학교를 그만두고 변호사 사무실에서 이 년간 심부름꾼으로 일하고 대영박물관 자료실 검토원으로 잠시 일한다. 스물한 살에는 속기법을 익혀서 의회 출입기자가 된다. 여기에서 의회와 정치에 대한 불신, 부정부패, 빈부 격차 등 사회현상에 눈을 뜬다. 디킨스가 말년에 고백한 바에 의하면 "젊은 시절에 신문사에서 혹독한 훈련을 잘 견딘 게 내가 성공한 첫 번째 원인"이다. 당시 경험은 신문 기사에 등장하는 사건과 주요 인물을 밀착 취재해서 작품에 등장시키는 디킨스 특유의 작품세계로 나타난다.

스물두 살부터 글을 쓰기 시작해 Monthly Magazine에 단편 'A Dinner at Poplar Walk'를 발표한다. 스물세 살에는 'Boz'라는 필명으로 다양한 정기 간행물에 풍속 스케치를 기고하면서 '모닝 크로니클' 기자가 된다. 그래서 쌓은 경험은 시대 상황을 비롯해 거리 풍경과 풍속을 정교하게 묘사하는 능력으로 발전한다.

스물다섯 살에는 그동안 발표한 풍속 스케치를 모아서 '보즈가 그린 스케치'를 출간한다. 그리고 '픽윅 페이퍼스'를 연재한다. 스물여섯 살에는 화가 시모어가 만화를 그려서 보조하며 시작한 희곡 소설 《픽위크 클럽》을 출판하면서 명성을 얻기 시작한다. 이후 이 년 동안 '벤트리스 미셀러니' 편집장으로 일하고 안락한 집으로 이사하면서 더욱 정열적으로 집필활동에 매진한다.

이즈음에 평생에 걸친 문학적 조언자며 나중에 '찰스 디킨스 전기'를 집필하는 존 포스터(John Poster)를 만난다. 4월에는 '이브닝 크로니클' 편집장 딸 캐서린 호가스(Catherine Hogarth)와 결혼한다. 처가는 경제적으로 부유하지 않아도 문화적으로 세련된 분위기였다. 결혼 생활은 불행한데, 함께 살게 된 처제 메리(Mary)를 통해 이상적인 여인상을 발견하고 처제와 정신적으로 독특한 유대관계를 맺는다. 하지만 이듬해에 처제가 병으로 죽자, 디킨스는 너무나 커다란 충격에 처음이자 마지막으로 소설 연재를 중단한다. 처제 손가락에서 뺀 반지를 죽을 때까지 손가락에 끼울 정도였다. 메리에 대한 그리움은 나중에 '골동품 가게'에서 '어린 넬'로 재현한다. 하지만 자녀를 돌보려고 다른 처제 조지나가 오면서 빈자리를 메운다. 조지나는 평생을 독신으로 살며 디킨스 집안에서 살림을 맡는 건 물론, 디킨스가 언니 캐서린과 이혼한 다음에도 임종까지 지킨다.

집필활동에 왕성하던 디킨스는 서른세 살 나이에 견문을 넓히고자 아내 캐서린과 함께 미국을 방문한다. 왕도 없고 계급도 없는 자유민주주의 국가라는 사실에 잔뜩 기대하나, 노예제도를 목격하고 실망한다. 자신이 쓴 책을 미국에서 수백만 부나 팔면서 인세는 한 푼도 안 준다는 사실 역시 크게 실망하고는 공식 석상에서 비난해, 미국에서 인기가 떨어진다. 이후에 '미국 여행 노트' 두 권을 발표한다.

서른네 살에는 '크리스마스 캐럴'을 출간한다. 크리스마스이브 하루에 육천 권이 팔려나간 이후, 영어권 사회에서는 크리스마스트리에 걸어놓는 장식품처럼 되었다. 이 책이 크게 성공하면서 디킨스는 크리스마스 이야기를 매년 발표한다.

서른여덟 살에는 뉴게이트 감옥을 방문한다. 디킨스는 감옥에서 젊은 여성들이 고통스러워하는 모습에 특히 많은 관심을 보인다. 가난한 집에서 태어나 부모에게 사랑을 못 받고 어린 나이에 거리를 떠돌다 구렁텅이에 빠지거나 매춘으로 접어드는 악순환을 정확히 이해한 것이다. 그래서 독지가를 모아 런던에서 매춘부와 여성 노숙자를 위해 '집 없는 여성을 위한 쉼터'를 설립한다. 일정한 규율 아래 포근한 보금자리를 제공하며 읽고 쓰는 법을 가르쳐서 사회에 재편입하는 길을 열어준 것이다.

마흔한 살에는 '가정 이야기'라는 잡지를 창간해, 가정이 가장 중요하다고 주장하지만, 디킨스 자신은 아내와 끊임없는 불화를 겪으며 가정생활을 힘들게 이어간다.

마흔여섯 살에는 윌키 콜린스의 멜로드라마 '얼어붙은 골짜기'에서 연출을 맡고 배우로 출연하다 열여덟 살 여배우 엘렌 터넌과 사랑에 빠진다. 이후에 집필한 '두 도시 이야기' 마네뜨 아가씨에게서 그 분위기를 담아낸다.

이듬해에 아내와 이혼한다. 그리고 전국을 순회하며 작품 낭독회를 시작한다. 극장에서 유료관객을 대상으로 작품 몇 장면을 골라 낭독하는 건데, 엄청난 인기를 누린다. 순회 낭독회를 통해 디킨스는 막대한 돈을 벌지만, 건강을 해친다.

이듬해에 'All the Year Round'라는 잡지를 발행하면서 '두 도시 이야기'를 연재한다.

1870년 6월 8일, 오십구 세 나이로 저택에서 소설 원고 '에드윈 드루드의 수수께끼'를 온종일 쓰고 저녁 식사를 하다가 쓰러져 다음 날 세상을 떠난다. 웨스트민스터 사원 '시인의 묘역'에 묻혀 묘비에 다음 같은 글이 담긴다.

"가난하고 고통받고 박해받는 사람을 동정했다. 이 사람이 죽으면서 세상은 영국에서 가장 위대한 작가를 잃었다."

디킨스가 세상을 떠났다는 말에 노동자는 주막에서 "우리 친구가 죽었다"며 울부짖고, 신문과 잡지는 찰스 디킨스 일대기를 지면에 며칠 동안 도배하고, 한 신문은 부고란에 이렇게 적었다. "디킨스가 발표한 소설은 언제나 화제를 불러모았다. 디킨스는 현실정치와 사건을 작품에 담았다. 디킨스가 담아낸 건 소설이 아니라 현실 세계였다."

<작품세계 및 역자 후기>

　프랑스는 밑에서 위로 올라가는 '혁명 전통'이 있다면, 영국은 명예
혁명, 청교도 혁명, 산업혁명 등, 위에서 밑으로 내려가는 혁명 전통이
있다. 반면에 독일은 후발 자본주의 국가로 영국과 프랑스를 쫓아가려
애쓰는 가운데 다양한 농민전쟁이 발발한다. 따라서 프랑스는 민중계
몽을 추구하는 계몽주의 전통이 강하다면, 영국은 경험주의와 합리주
의 전통이 강하고 독일은 관념론과 변증법이 발전한다. 찰스 디킨스
작품에는 영국 특유의 경험주의와 합리주의가 그대로 배어난다. 다양
한 군상이 살아가는 모습을 심층 분석해서 있는 그대로 제시하는 방법
으로 독자 스스로 옳고 그름을, 나아가 가장 바람직한 삶을 판단하게
하는 것이다.

　셰익스피어가 영어를 아름다운 운문으로 엮어서 독자의 심금을 울리
는 시인이라면, 디킨스는 산문을 정확하고 정교하게 풀어내며 독자의
공감을 끌어내는 이야기꾼이다. 디킨스 작품은 현란하며, 귀족의 속물
근성에 대한 풍자는 사악할 정도로 익살맞다.

　디킨스 작품에 일관되게 나타나는 특징은, 첫째, 예수의 삶과 가르침
을 절대기준으로 삼는다는 것, 둘째, 억압하는 인간 제도를 비판하고
억압당하는 인간을 옹호한다는 것, 셋째, 각종 신화에 담긴 내용을 인
간이 세상을 바라보는 상징으로 활용한다는 것, 넷째, 실재 인물을 심
층 분석해서 작품 등장인물로 삼는다는 것, 다섯째, 작품 대부분을 분
권 형식으로 월간지에 연재해, 독자와 끊임없이 호흡하려 애쓴다는
것, 여섯째, 일반명사를 이름으로 사용해서 등장인물의 특징을 압축적
으로 드러낸다는 것, 일곱째, 화려한 문장으로 캐릭터를 묘사하고 풍자
하는 실력이 탁월하며, 그래서 만연체 문장이 많다는 것이다. 제대로

번역하지 않으면 맛을 잃는 건 물론 오역으로 나아갈 수밖에 없는 함정이 작품 곳곳에 가득한 것이다.

당시 영국은 산업혁명으로 전 세계에서 가장 빠르게 발전하는 나라였다. 디킨스는 작가로 성공해 번듯한 마차를 타고 저명인사와 교류하면서도 대다수 서민이 진흙탕을 밟고 힘겹게 살아가며 신음하는 소리를 듣고 영국 최고 전성기의 아픈 그림자를 직시해서 위대한 작품을 남겼다. 당시에는 다섯 살 어린애가 공장에서 열두 시간씩 일하고도 겨우 동전 몇 닢을 손에 쥔 채 집으로 돌아가니, 노동자 평균수명은 스물여덟 살이었다.

디킨스는 가난한 사람을 깊이 동정하고, 사회적인 악습에 반격하고, 사회에서 실제로 일어난 사건을 기사로 작성하고 소설에 담았다. 칼 맑스가 "정치 현실과 사회현실에 대해 전문 정치인이나 정치 평론가나 학자보다 많은 진실을 말했다"고 평할 정도였다. 초기 소설은 풍자가 강하지만 후기 소설은 치밀한 구성과 사회비평이 돋보인다.

디킨스는 서민성과 사회 현안에 대한 성찰이 누구보다 탁월하다. 서민은 디킨스에게 환호하고 디킨스는 서민을 위해 살려고 노력하니, 디킨스가 말하거나 발표하는 내용마다 사회에 커다란 영향을 미친다. 세계에서 가장 중요한 작가 가운데 하나였던 것이다.

'작은 도릿'은 찰스 디킨스가 중후반기에 집필한 작품이다. 생전에 "발표한 작품 가운데서 제일 많은 독자가 좋아한 작품"이었다.

작품은 마르세유 감옥에 갇힌 죄수 두 명으로 시작해, 주인공이 감옥에서 나오는 장면으로 끝난다. 모든 인간은 스스로 만들어낸 감옥에 갇혀서 평생을 살아간다는 걸, 그 감옥에서 벗어날 때 비로소 온전한 인간으로 완성된다는 걸 상징한다.

작가가 바라본 인간은 신성에 합당한 인간 유형부터 신성을 철저하게 거부하는 인간 유형까지 스펙트럼이 다양하며, 대부분은 그 중간에서 좌충우돌하며 살아간다. '작은 도릿'은 감옥에서 태어나고 성장해도 그 영혼은 감옥에 갇힌 적이 없으며, 영국 최고 부자로 모두가 부러워하는 '머들'은 감옥에 갇힌 적이 없으나 그 영혼은 평생을 감옥에 갇혀서 살아가다 죽는다.

'클레넘 마님'은 억울한 삶을 복수하겠다는 감옥에 갇히고, '캐스비'는 자비와 위선을 무기로 돈벌이에 몰두하는 감옥에 갇히고, '바너클 가문'은 특권 유지라는 감옥에 갇히고, '헨리 가우언'은 허무주의로 가장한 이기주의라는 감옥에 갇히고, 도릿 선생은 비굴한 과거라는 감옥에 갇히고, 머들 부인과 페니는 사교계라는 감옥에 갇히고, 제너럴 부인은 예의범절이라는 감옥에 갇혀서 하나같이 독특한 트라우마로 세상을 바라보니, 그 삶은 허구일 수밖에 없다. 하지만 찰스 디킨스는 '작은 도릿'이 가장 비참하게 살면서도 자신을 희생하고 가족에게 헌신하는 자세에서, '클레넘'이 자신에게 주어진 책임을 다하려 노력하는 삶에서 '완성된 인간형'이자 '자유로운 영혼'을 발견한다.

1년에 걸친 번역 작업을 마치면서 나를 가둔 감옥은 무엇일까 생각해본다. '크리스마스 캐럴'을 처음 접하는 순간에 흠뻑 빠져들어, 찰스 디킨스 작품을 모두 번역 출간하겠다는 감옥에 갇히고, 자본주의 사회에서 생활인으로 하루하루 살아가는 감옥에 갇혔다는 생각이 든다. 디킨스에 빠져든 세월도 어느덧 10년이란 세월이 흘렀다. '믿고 보는 번역'이라는, '고맙다'는 독자의 평가가 지금껏 나를 버티게 했다. 하지만 자본주의 원리에 어긋나는 출판은 - 마케팅과 광고와 영업 능력이 하나도 없는 출판은 - 좋은 작품 좋은 번역만 중시하는 출판은

- 오로지 독자의 입소문에 의지할 수밖에 없는 출판은 한계가 또렷했다. 지난 1년은 '번아웃' 상태에서 싸우며 작업하는 기간이었다. '작은 도릿'을 어렵게 작업해서 출간했으니, 디킨스 작품 13종 가운데 9종을 출간한 셈이다.

《올리버 트위스트》(1837-1839)

《니콜라스 니클비》(1838-1839)

《골동품상점》(1840-1841)

《Barnaby Rudge》(1841)

《Martin Chuwwlewit》(1843-1844)

《크리스마스 캐럴》(1843)

《Dombey and Son》(1846-1848)

《데이비드 코퍼필드》(1849-1850)

《황폐한 집》(1852-1853)

《어려운 시절》(1854)

《작은 도릿》(1855-1857)

《두 도시 이야기》(1859)

《위대한 유산》(1860-1861)

《Our Mutual Friend》(1864-1865)

디킨스가 생전에 완성해서 발표한 작품이다. 영문으로 표기한 4종이 나한테는 아직 미완성으로 남았다. 아, 남은 4종까지 모두 번역 출간해서 비꽃의 '디킨스 문학 전집'을 완성하고 싶다. 나한테 그럴 능력이

있는지 의심스럽다. 예전에 못 느끼던 의심이다. 그래도 다시 일어서길
바란다. 힘을 다시 추스르길 바란다. '디킨스 문학 전집' 우리말 완성을
나에게 주어진 책임으로 받아들이길, 성실하게 노력해서 번역가의 삶
을, 자유로운 영혼을 완성하기를 바란다.

2022년에

김옥수